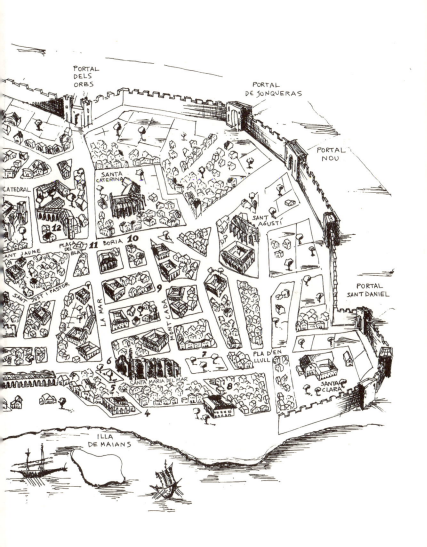

Legende der Stadtkarte im Anhang

Ildefonso Falcones de Sierra, verheiratet und Vater von vier Kindern, arbeitet als Anwalt in Barcelona. Sein Debütroman *Die Kathedrale des Meeres* war ein überwältigender internationaler Erfolg. Mit weltweit mehr als sieben Millionen verkauften Büchern hat sich Falcones als der bestverkaufte spanische Autor historischer Romane verewigt.
Zuletzt erschien bei Penguin sein Bestseller *Das Lied der Freiheit*.

Die Kathedrale des Meeres in der Presse:

»Ein großer, mächtiger, gewaltiger historischer Roman! Leidenschaftlich erzählt, voll Leid, Wärme und Kraft.« *Bild am Sonntag*

»Ein farbiges Historienpanorama.« *Frankfurter Allgemeine Zeitung*

»Während uns Ken Follett den Geist des Mittelalters immer nur beschreibt, taucht Falcones ganz in ihn ein.« *Diana Gabaldon in der Washington Post*

Außerdem von Ildefonso Falcones lieferbar:

Das Lied der Freiheit

Besuchen Sie uns auf www.penguin-verlag.de und Facebook.

ILDEFONSO FALCONES

DIE KATHEDRALE DES MEERES

Historischer Roman

Aus dem Spanischen von Lisa Grüneisen

PENGUIN VERLAG

Die spanische Originalausgabe erschien 2006 unter dem Titel
La Catedral del Mar bei Grupo Editorial Random House Mondadori, S. L., Barcelona.

Sollte diese Publikation Links auf Webseiten Dritter enthalten,
so übernehmen wir für deren Inhalte keine Haftung, da wir uns diese
nicht zu eigen machen, sondern lediglich auf deren Stand zum Zeitpunkt
der Erstveröffentlichung verweisen.

Verlagsgruppe Random House FSC® N001967

PENGUIN und das Penguin Logo sind Markenzeichen
von Penguin Books Limited und werden
hier unter Lizenz benutzt.

2. Auflage 2018
© 2006 by Ildefonso Falcones de Sierra
© der deutschsprachigen Ausgabe 2007 by
Scherz Verlag, Frankfurt am Main
Umschlag: Bürosüd, München
Umschlagmotiv: © Javier de Agustín
Druck und Bindung: GGP Media GmbH, Pößneck
Printed in Germany
ISBN 978-3-328-10313-4
www.penguin-verlag.de

 Dieses Buch ist auch als E-Book erhältlich.

ERSTER TEIL

DIENER DER ERDE

1

1320
Das Gehöft von Bernat Estanyol
Navarcles, Principado de Cataluña

In einem unbeobachteten Moment blickte Bernat in den strahlend blauen Himmel hinauf. Die milde Septembersonne fiel auf die Gesichter seiner Gäste. Er hatte so viel Zeit und Mühe auf die Vorbereitung verwendet, dass nur schlechtes Wetter das Fest hätte verderben können. Bernat lächelte in den Herbsthimmel, und als er wieder nach unten blickte und das muntere Treiben sah, das auf dem gepflasterten Hof vor den Stallungen herrschte, lächelte er noch mehr.

Die etwa dreißig Gäste waren bester Dinge, denn die Ernte war dieses Jahr außerordentlich gut gewesen. Alle, Männer, Frauen und Kinder, hatten von Sonnenaufgang bis Sonnenuntergang gearbeitet, zunächst bei der Weinlese, dann beim Keltern, ohne sich einen Tag Ruhe zu gönnen.

Erst wenn der Wein in den Fässern und die Traubenmaische eingelagert war, um während der Wintertage Schnaps daraus zu brennen, feierten die Bauern ihre Herbstfeste. Und Bernat Estanyol hatte beschlossen, in dieser Zeit zu heiraten.

Bernat beobachtete seine Gäste. Sie hatten bereits im Morgengrauen aufstehen müssen, um zu Fuß den für einige von ihnen sehr weiten Weg von ihren Gehöften zu jenem der Estanyols zurückzulegen. Sie unterhielten sich angeregt, vielleicht über die Hochzeit, vielleicht über die Ernte, vielleicht auch über beides. Einige, wie etwa das Grüppchen, bei dem seine Vettern Estanyol und die Familie Puig standen, lachten schallend und warfen ihm vielsagende Blicke zu. Bernat merkte, wie er errötete, und ging nicht darauf ein. Er wollte sich nicht einmal vorstellen, was die Ursache der Heiterkeit war. Auf dem Hof verstreut erkannte er die Fontaníes, die Vilas, die Joaniquets und natürlich die Familie seiner Braut, die Esteves.

Verstohlen betrachtete Bernat seinen Schwiegervater Pere Esteve, der sich immer wieder über seinen gewaltigen Bauch strich, während er mit einigen Leuten redete, um sich dann unversehens einer anderen Gruppe zuzuwenden. Als Pere mit fröhlicher Miene in seine Richtung winkte, nickte Bernat ihm zum wiederholten Male zu. Dann schaute er sich nach den Brüdern seiner Braut um und entdeckte sie unter den Gästen. Vom ersten Moment an hatten sie ihn mit einem gewissen Argwohn behandelt, sosehr sich Bernat auch bemüht hatte, sie für sich zu gewinnen.

Er sah hinüber zu seinem Hof, dann wieder zu den Leuten, und verzog ein wenig den Mund. Plötzlich kam er sich trotz des heiteren Treibens alleingelassen vor. Es war noch kein Jahr her, dass sein Vater gestorben war, und was seine Schwester Guiamona anging, die seit ihrer Hochzeit in Barcelona lebte, so hatte sie nicht auf die Nachrichten geantwortet, die er ihr geschickt hatte – obwohl er sie so gerne wiedergesehen hätte. Sie war die einzige nahe Angehörige, die ihm nach dem Tod seines Vaters geblieben war.

Ein Todesfall, der den Hof der Estanyols für die ganze Gegend interessant gemacht hatte. Ein nicht enden wollender Strom von Kupplerinnen und Vätern mit Töchtern im heiratsfähigen Alter setzte ein. Vorher hatte sie nie jemand besucht, doch der Tod des Vaters, dem seine aufrührerische Art den Beinamen »der verrückte Estanyol« eingetragen hatte, weckte wieder die Hoffnungen jener, die ihre Töchter mit dem reichsten Bauern der Region verheiraten wollten.

»Es wäre an der Zeit für dich, zu heiraten«, sagten sie zu ihm. »Wie alt bist du?«

»Siebenundzwanzig, glaube ich«, war seine Antwort.

»In diesem Alter solltest du beinahe schon Enkel haben«, warfen sie ihm vor. »Was willst du alleine auf diesem Hof? Du brauchst eine Frau.«

Bernat nahm die Ratschläge geduldig entgegen, wohl wissend, dass sie unweigerlich von dem Vorschlag einer Kandidatin gefolgt wurden, die stärker war als ein Ochse und schöner als der unglaublichste Sonnenuntergang.

Das Thema war nicht neu für ihn. Schon der verrückte Estanyol, der seit Guiamonas Geburt Witwer war, hatte versucht, ihn zu verheiraten. Doch sämtliche Väter mit heiratsfähigen Töchtern hatten den Hof unter Verwünschungen wieder verlassen, denn niemand konnte die Forderungen des verrückten Estanyol bezüglich der Mitgift erfüllen, welche die zukünftige Schwiegertochter mitbringen sollte. So hatte das Interesse an Bernat nachgelassen. Im Alter war der Vater noch schlimmer geworden, und seine Tobsuchtsanfälle hatten sich in Raserei verwandelt. Bernat hatte sich ganz der Bestellung des Landes und der Pflege seines Vaters gewidmet, und dann plötzlich, mit siebenundzwanzig Jahren, war er auf einmal allein und wurde förmlich belagert.

Der erste Besuch jedoch, den Bernat erhalten hatte, als er den Toten noch nicht begraben hatte, war der des Verwalters des Herrn von Navarcles gewesen, seines Feudalherrn. »Wie recht du doch hattest, Vater!«, dachte Bernat, als er den Verwalter mit mehreren berittenen Soldaten kommen sah.

»Wenn ich sterbe«, hatte der Alte in seinen klaren Momenten immer wieder gesagt, »werden sie kommen. Dann musst du ihnen das Testament zeigen.«

Und mit diesen Worten hatte er auf den Stein gedeutet, unter dem, in Leder eingeschlagen, das Schriftstück mit dem letzten Willen des verrückten Estanyol lag.

»Warum, Vater?«, wollte Bernat beim ersten Mal wissen.

»Wie du weißt, besitzen wir dieses Land als Erbpacht. Aber ich bin Witwer, und wenn ich kein Testament gemacht hätte, hätte der Grundherr bei meinem Tod ein Anrecht auf die Hälfte unseres gesamten Hausrats und des Viehs. Dieses Recht nennt sich *Intestia*. Es gibt noch viele andere solcher Rechte zugunsten der Herren, und du solltest sie alle kennen. Sie werden kommen, Bernat, sie werden kommen, um mitzunehmen, was uns gehört, und nur wenn du ihnen das Testament zeigst, kannst du sie loswerden.«

»Und wenn sie es mir wegnehmen?«, fragte Bernat. »Du weißt ja, wie sie sind . . .«

»Selbst wenn sie es täten – es ist in den Büchern registriert.«

Der Zorn des Verwalters und des Grundherrn hatte sich in der ganzen Gegend herumgesprochen und den Sohn noch attraktiver gemacht, der den gesamten Besitz des Verrückten erbte.

Bernat erinnerte sich sehr gut an den Besuch, den ihm sein jetziger Schwiegervater vor dem Beginn der Ernte abgestattet hatte. Fünf Sueldos, eine Matratze und ein weißlinnenes Hemd, das war die Mitgift, die er für seine Tochter Francesca bot.

»Was soll ich mit einem weißlinnenen Hemd?«, wollte Bernat wissen, während er weiter das Stroh in der ebenerdigen Scheune des Hofes verteilte.

»Schau doch«, antwortete Pere Esteve.

Auf die Heugabel gestützt, blickte Bernat zum Eingang hinüber, zu dem Pere Esteve deutete. Das Gerät fiel ihm aus der Hand. Im Gegenlicht stand Francesca. Sie trug das weißleinene Hemd, und ihr gesamter Körper zeichnete sich darunter ab.

Ein Schauder war Bernat den Rücken hinabgelaufen, und Pere Esteve hatte gelächelt.

Bernat war auf das Angebot eingegangen, gleich dort im Heuschober, ohne sich dem Mädchen auch nur zu nähern. Aber er hatte kein Auge mehr von ihm gewendet.

Es war eine überstürzte Entscheidung gewesen, das wusste Bernat, aber er konnte nicht behaupten, dass er sie bereute. Dort drüben stand Francesca, jung, schön, stark. Sein Atem beschleunigte sich. Noch heute ... Was das Mädchen wohl dachte? Empfand sie genauso wie er? Francesca beteiligte sich nicht an der fröhlichen Unterhaltung der Frauen. Sie stand schweigend und mit ernstem Gesicht neben ihrer Mutter und quittierte die Scherze und das Gelächter der anderen mit einem gezwungenen Lächeln. Ihre Blicke begegneten sich für einen Moment. Sie errötete und sah zu Boden, doch Bernat beobachtete, wie sich ihre Brüste unruhig hoben und senkten. Die Erinnerung an das weißleinene Hemd und den darunter durchschimmernden Körper beflügelte erneut Bernats Phantasie und Verlangen.

»Herzlichen Glückwunsch!«, hörte er hinter sich, während ihm jemand kräftig auf den Rücken klopfte. Sein Schwiegervater war zu ihm getreten. »Gib gut auf sie acht«, setzte er hinzu, während er Bernats Blick folgte und auf das Mädchen deutete, das nicht mehr wusste, wohin es schauen sollte. »Möge das Leben, das du ihr bietest, wie dieses Fest sein ... Es ist der beste Festschmaus, den ich je gesehen habe. Mit Sicherheit kommt nicht einmal der Herr von Navarcles in den Genuss solcher Köstlichkeiten!«

Bernat hatte seine Gäste gut bewirten wollen und siebenundvierzig Laibe Weißbrot aus Weizenmehl vorbereitet – keine Gerste, kein Roggen oder Dinkel, wie sie die Bauern für gewöhnlich aßen. Helles Weizenmehl, weiß wie das Hemd seiner Frau! Mit den Laiben beladen, war er zur Burg von Navarcles gegangen, um sie im Backhaus des Grundherrn zu backen, in der Annahme, dass zwei Laibe wie sonst auch als Bezahlung ausreichen würden. Beim Anblick der Weizenbrote waren die Augen des Bäckers groß wie Teller geworden, um sich dann zu zwei schmalen Schlitzen zu verengen. Diesmal hatte der Preis sieben Laibe betragen, und als Bernat die Burg verließ, hatte er laut auf das Gesetz geflucht, das es ihnen untersagte, Backöfen in ihren Häusern zu haben.

»Gewiss«, antwortete er seinem Schwiegervater, während er die unangenehme Erinnerung beiseiteschob.

Die beiden blickten über den Hof. Man mochte ihm einen Teil des Brotes gestohlen haben, dachte Bernat, aber nicht den Wein, den seine Gäste nun tranken – den besten, den sein Vater abgefüllt hatte und der jahrelang gereift war –, nicht das gepökelte Schweinefleisch, den Gemüseeintopf mit Huhn und natürlich auch nicht die vier Lämmer, die, ausgenommen und auf Stangen gespießt, langsam über dem Feuer brieten und einen unwiderstehlichen Duft verbreiteten.

Plötzlich kam Bewegung in die Frauen. Der Eintopf war fertig, und die Schüsseln, die die Gäste mitgebracht hatten, wurden gefüllt. Pere und Bernat setzten sich an den einzigen Tisch, der im Hof stand, und die Frauen bedienten sie. Niemand nahm auf den übrigen vier Stühlen Platz. Stehend, auf Holzklötzen sitzend oder direkt auf der Erde hockend begannen die Leute, dem Festmahl zuzusprechen, den Blick auf die Lämmer gerichtet, um die sich unentwegt einige Frauen kümmerten, während sie Wein tranken, plauderten, riefen und lachten.

»Ein wirklich großartiges Fest«, urteilte Pere Esteve zwischen zwei Bissen.

Jemand ließ die Brautleute hochleben, und alle stimmten mit ein.

»Francesca!«, rief ihr Vater und erhob das Glas auf die Braut, die bei den Frauen stand.

Bernat sah das Mädchen an, das erneut wegschaute.

»Sie ist aufgeregt«, entschuldigte Pere sie mit einem Augenzwinkern. »Francesca, Tochter!«, rief er. »Stoß mit uns an! Nutz die Gunst der Stunde, bald sind wir alle weg ... fast alle jedenfalls ...«

Das Gelächter verschüchterte Francesca noch mehr. Das Mädchen hob zögerlich ein Glas, das man ihm in die Hand gedrückt hatte, trank einen kleinen Schluck und wandte sich dann ab, um sich wieder dem Lamm zu widmen.

Pere Esteve stieß mit Bernat an, dass der Wein aus dem Glas schwappte. »Du wirst schon dafür sorgen, dass sie ihre Schüchternheit verliert«, sagte er mit seiner dröhnenden Stimme, sodass es alle Anwesenden hören konnten.

Lachend und scherzend sprachen alle dem Wein, dem Schweinefleisch und dem Gemüseeintopf zu. Als die Frauen gerade das Lamm vom Feuer nehmen wollten, verstummte eine Gruppe von Gästen und sah zum Waldrand hinter einigen weiten Feldern hinüber, am Ende einer sanften Anhöhe, auf dem die Estanyols einen Teil der Rebstöcke gepflanzt hatten, die so hervorragenden Wein gaben.

Binnen Sekunden herrschte Schweigen unter den Anwesenden.

Drei Reiter waren zwischen den Bäumen erschienen, gefolgt von einigen uniformierten Männern zu Fuß.

»Was mag er hier wollen?«, flüsterte Pere Esteve.

Bernats Blick folgte den Männern, die am Feldrain entlang auf sie zukamen. Die Gäste murmelten leise.

»Ich verstehe das nicht«, sagte Bernat schließlich, gleichfalls flüsternd. »Er ist noch nie hier vorbeigekommen. Das ist nicht der Weg zur Burg.«

»Dieser Besuch gefällt mir überhaupt nicht«, erklärte Pere Esteve.

Die Männer näherten sich langsam. Statt des munteren Plauderns, das bislang im Hof geherrscht hatte, waren nun alle verstummt. Nur die Stimmen der Reiter waren zu vernehmen; bis zum Hof konnte man ihr Lachen hören. Bernat blickte zu seinen Gästen. Einige von ihnen hielten die Köpfe gesenkt. Er sah sich nach Francesca um, die bei den Frauen stand. Die polternde Stimme des Herrn von Navarcles war weithin zu hören. Bernat spürte, wie ihn die Wut packte.

»Bernat! Bernat!«, rief Pere Esteve, während er ihn am Arm fasste. »Was machst du noch hier? Lauf zu ihnen, um sie zu begrüßen.«

Bernat sprang auf und lief los, um seinen Herrn willkommen zu heißen.

»Willkommen in Eurem Haus«, begrüßte er ihn keuchend, als er vor ihm stand.

Llorenç de Bellera, Herr von Navarcles, zügelte sein Pferd und hielt vor Bernat an.

»Bist du Estanyol, der Sohn des Verrückten?«, fragte er schroff.

»Ja, mein Herr.«

»Wir waren auf der Jagd, und auf dem Heimweg zur Burg hat uns dieses Fest überrascht. Was ist der Anlass?«

Zwischen den Pferden konnte er die mit der Jagdbeute beladenen Soldaten sehen: Kaninchen, Hasen und Rebhühner. ›Euer Besuch ist es, der einer Erklärung bedarf‹, hätte er gerne geantwortet. ›Oder hat Euch der Bäcker von dem Weißbrot erzählt?‹

Sogar die Pferde schienen auf seine Antwort zu warten. Ganz still standen sie da und sahen ihn aus ihren großen Augen an.

»Es ist meine Hochzeit, mein Herr.«

»Mit wem hast du dich vermählt?«

»Mit Pere Esteves Tochter, mein Herr.«

Llorenç de Bellera sah Bernat schweigend über den Kopf seines Pferdes hinweg an. Die Tiere schnaubten laut.

»Und?«, bellte Llorenç de Bellera.

»Meine Frau und ich würden uns sehr geehrt fühlen, wenn Eure Herrschaft und Ihre Begleiter die Güte hätten, sich zu uns zu gesellen.«

»Wir sind durstig, Estanyol«, gab der Herr de Bellera zur Antwort.

Die Pferde setzten sich in Bewegung, ohne dass die Reiter ihnen die Sporen geben mussten. Bernat ging mit gesenktem Haupt neben seinem Herrn zum Gehöft zurück. Am Ende des Weges hatten sich sämtliche Gäste versammelt, um sie zu begrüßen. Die Frauen blickten zu Boden, die Männer hatten die Kopfbedeckungen abgenommen. Ein leises Raunen erhob sich, als Llorenç de Bellera vor ihnen anhielt.

»Los, los!«, befahl er, während er vom Pferd stieg. »Das Fest soll weitergehen.«

Die Leute gehorchten und machten schweigend kehrt. Mehrere Soldaten traten zu den Pferden und kümmerten sich um die Tiere. Bernat geleitete seine neuen Gäste zu dem Tisch, an dem zuvor Pere und er gesessen hatten. Ihre Schüsseln und ihre Gläser waren verschwunden.

Der Herr de Bellera und seine beiden Begleiter nahmen Platz. Bernat trat einige Schritte zurück, während sie sich zu unterhalten begannen. Die Frauen trugen eilig Weinkrüge, Gläser, Brot, Schüsseln mit Gemüseeintopf und Teller mit gepökeltem Schweinefleisch und frisch gebratenem Lamm auf. Bernat sah sich nach Francesca um, konnte sie aber nirgends entdecken. Sie befand sich nicht mehr unter den Frauen. Sein Blick begegnete dem seines Schwiegervaters, der bei den übrigen Gästen stand, und Bernat deutete mit dem Kinn in Richtung der Frauen. Pere Esteve schüttelte fast unmerklich den Kopf und wandte sich ab.

»Feiert weiter!«, rief Llorenç de Bellera, eine Lammhaxe in der Hand. »Los, macht schon!«

Schweigend gingen die Gäste zu den Feuerstellen, über denen das Lamm gebraten hatte. Nur eine Gruppe rührte sich nicht vom Fleck, unbemerkt von den Blicken des Herrn und seiner Freunde. Es waren Pere Esteve, seine Söhne und einige weitere Gäste. Bernat entdeckte das weißleinene Hemd seiner Braut in ihrer Mitte und trat zu ihnen.

»Verschwinde, du Dummkopf«, fuhr ihn sein Schwiegervater an.

Bevor er etwas sagen konnte, drückte ihm Francescas Mutter einen gefüllten Teller in die Hand und wisperte: »Kümmere du dich um den Herrn und halte dich von meiner Tochter fern.«

Die Bauern begannen, schweigend das Lamm zu verzehren, während sie verstohlen zu dem Tisch hinübersahen. Im Hof waren nur das Gelächter und das Johlen des Herrn von Navarcles und seiner beiden Kumpane zu hören. Die Soldaten ruhten sich abseits des Festes aus.

»Vorher hat man euch lachen hören«, schrie der Herr de Bellera, »so laut, dass ihr uns das Wild erschreckt habt. Lacht, verdammt nochmal! Nun lacht schon!«

Niemand lachte.

»Bauerntölpel«, sagte er zu seinen Begleitern, die ihrerseits die Bemerkung mit lautem Gelächter quittierten.

Die drei stillten ihren Hunger mit dem Lammbraten und dem Weißbrot. Das gepökelte Schweinefleisch und den Gemüseeintopf ließen sie stehen. Bernat aß etwas abseits im Stehen, während er aus den Augenwinkeln zu der Gruppe hinübersah, in deren Mitte Francesca sich verbarg.

»Mehr Wein!«, forderte der Herr von Bellera und hob sein Glas.

»Estanyol!«, brüllte er dann, während er sich unter den Gästen nach ihm umsah. »Nächstes Mal, wenn du deine Pacht zahlst, bringst du mir von diesem Wein, nicht dieses Gesöff, mit dem dein Vater mich bisher betrogen hat«, hörte ihn Bernat hinter sich schreien. Francescas Mutter kam mit einem Krug herbeigelaufen.

»Estanyol, wo steckst du?«

Der Mann hieb mit der Faust auf den Tisch, als die Frau gerade neben ihm stand, um sein Glas zu füllen. Einige Tropfen Wein spritzten auf die Kleider von Llorenç de Bellera.

Bernat stand bereits neben ihm. Die Freunde des Grundherrn lachten über das Missgeschick, und Pere Esteve hatte die Hände vors Gesicht geschlagen.

»Du alte Eselin! Wie kannst du es wagen, den Wein zu verschütten?« Die Frau senkte unterwürfig den Kopf, und als der Grundherr Anstalten machte, sie zu ohrfeigen, wich sie zurück, stolperte und fiel hin. Llorenç de Bellera wandte sich seinen Freunden zu und brach in schallendes Gelächter aus, als er sah, wie die Frau davonschlich. Dann wurde er wieder ernst und wandte sich an Bernat.

»Ah, da bist du ja, Estanyol. Sieh nur, was das alte Tatterweib angerichtet hat! Willst du deinen Herrn beleidigen? Bist du so blöd? Weißt du etwa nicht, dass die Gäste von der Herrin des Hauses bewirtet werden sollten? Wo ist die Braut?«, fragte er dann, während er seinen Blick über den Platz schweifen ließ. »Wo ist die Braut?«, brüllte er noch einmal, als Bernat schwieg.

Pere Esteve nahm Francesca am Arm und ging hinüber zum Tisch, um sie an Bernat zu übergeben. Das Mädchen zitterte.

»Eure Herrschaft«, sagte Bernat, »dies ist meine Frau Francesca.«

»Das ist schon besser«, bemerkte Llorenç, während er sie schamlos von oben bis unten musterte, »schon viel besser. Von nun an wirst du uns den Wein einschenken.«

Der Herr von Navarcles nahm wieder Platz und hielt dem Mädchen sein Glas hin. Francesca ging einen Krug holen und eilte zurück, um ihn zu bedienen. Ihre Hand zitterte, als sie versuchte, den Wein einzuschenken. Llorenç de Bellera packte sie am Handgelenk und hielt sie fest, während sich der Wein ins Glas ergoss. Dann zog er sie am Arm zu sich und nötigte sie, auch seine Begleiter zu bedienen. Die Brüste des Mädchens streiften sein Gesicht.

»So serviert man Wein!«, rief der Herr von Navarcles, während Bernat neben ihm die Fäuste ballte und die Zähne zusammenbiss.

Llorenç de Bellera und seine Freunde zechten weiter und riefen immer wieder nach Francesca, um die Szene ein ums andere Mal zu wiederholen.

Die Soldaten fielen jedes Mal in das Lachen ihres Herrn und seiner Kumpane ein, wenn das Mädchen sich über den Tisch beugen musste, um den Wein einzuschenken. Francesca versuchte, ihre Tränen zurückzuhalten, und Bernat stand ohnmächtig daneben und merkte, wie ihm das Blut über die Handflächen zu laufen begann, weil sich seine Fingernägel ins Fleisch gegraben hatten. Die Gäste sahen jedes Mal schweigend weg, wenn das Mädchen Wein nachschenken musste.

»Estanyol!«, grölte Llorenç de Bellera, während er aufstand und Francesca am Handgelenk packte. »In Ausübung des Rechts, das mir als deinem Herrn zusteht, habe ich beschlossen, die erste Nacht mit deiner Frau zu verbringen.«

Die Begleiter des Herrn de Bellera quittierten die Worte ihres Freundes mit lautem Beifall. Bernat stürzte zum Tisch, doch bevor er ihn erreichte, sprangen die beiden Männer, die betrunken wirkten, auf und legten die Hände auf ihre Schwerter. Bernat erstarrte. Llorenç de Bellera sah ihn an, grinste und brach dann in lautes Gelächter aus. Das Mädchen sah Bernat hilfesuchend an.

Bernat trat einen Schritt vor, doch die Schwertspitze eines der beiden Freunde des Adligen bohrte sich in seine Magengrube. Hilflos blieb er erneut stehen. Francesca sah ihn unverwandt an, während sie zur Außentreppe des Gehöfts geschleift wurde. Als der Besitzer des Landes sie um die Taille fasste und über seine Schulter warf, begann das Mädchen zu schreien.

Die Freunde des Herrn von Navarcles setzten sich wieder hin und tranken und lachten weiter, während sich die Soldaten am Fuß der Treppe postierten, um Bernat den Zutritt zu verwehren.

Bernat stand an der Treppe vor den Soldaten und nahm weder das Gelächter der Freunde des Herrn de Bellera wahr noch das Schluchzen der Frauen, weder das Schweigen seiner Gäste noch die groben Scherze der Soldaten, die mit vielsagenden Blicken zum Haus hinübersahen. Er hörte nur Francescas Schreie, die aus dem Fenster im ersten Stock drangen.

Der Himmel war immer noch strahlend blau.

Nach einer Zeit, die Bernat endlos vorkam, erschien Llorenç de Bellera erhitzt auf der Treppe und gürtete den Jagdrock zu.

»Jetzt bist du an der Reihe, Estanyol!«, rief er mit seiner dröhnenden Stimme, während er an Bernat vorbei zum Tisch zurückging. »Doña Caterina«, setzte er an seine Begleiter gewandt hinzu und meinte seine junge Ehefrau, die er erst kürzlich geheiratet hatte, »ist es leid, dauernd von meinen ganzen Bastarden zu erfahren, und mir hängt ihr Gejammer allmählich zum Hals heraus. Erfülle deine Pflicht als guter Ehemann!«, befahl er, wieder an Bernat gewandt.

Bernat senkte den Kopf. Unter den aufmerksamen Blicken aller Anwesenden stieg er mühsam die Außentreppe hinauf. Er betrat das erste Zimmer, einen großzügigen Raum, der als Küche und Esszimmer diente, mit einem gewaltigen Herd an der einen Wand, über dem sich ein beeindruckender schmiedeeiserner Kaminabzug befand. Bernat hörte seine eigenen Schritte auf dem Holzboden, während er die Treppe in den zweiten Stock hinaufstieg, wo die Schlafräume und der Speicher lagen. Er steckte den Kopf durch die Luke im obersten Zimmer und spähte in den Raum, ohne sich ganz hineinzuwagen. Es war kein Laut zu hören.

Mit dem Kinn auf Höhe des Fußbodens, der Körper noch auf der Treppe, sah er Francescas Kleider im Zimmer verstreut liegen; das weißleinene Hemd, der Stolz der Familie, war zerfetzt und zerrissen. Er stieg ganz nach oben.

Francesca lag völlig nackt und mit verlorenem Blick zusammengekauert auf der neuen Matratze, die nun mit Blut befleckt war. Ihr verschwitzter, mit Kratzern und blauen Flecken übersäter Körper regte sich nicht.

»Estanyol!«, hörte Bernat Llorenç de Bellera von unten brüllen. »Dein Herr wartet auf dich.«

Von Krämpfen geschüttelt, erbrach sich Bernat, bis nur noch grüne Galle kam. Francesca rührte sich immer noch nicht. Bernat stieg hastig hinab. Als er bleich unten ankam, gingen ihm die furchtbarsten Gedanken im Kopf herum. Nahezu blind, stieß er mit dem massigen Llorenç de Bellera zusammen, der am Fuß der Treppe stand.

»Es sieht mir nicht so aus, als hätte der frischgebackene Ehemann die Ehe vollzogen«, sagte Llorenç de Bellera zu seinen Begleitern.

Bernat musste aufschauen, um den Herrn von Navarcles anzusehen.

»Ich ... ich konnte nicht, Euer Herrschaft«, stotterte er.

Llorenç de Bellera schwieg einen Moment.

»Nun, wenn du nicht kannst, so bin ich mir gewiss, dass einer meiner Freunde kann ... oder einer meiner Soldaten. Ich habe dir doch gesagt, dass ich nicht noch mehr Bastarde will.«

»Ihr habt kein Recht ...!«

Die Bauern, die die Szene beobachteten, zuckten zusammen bei dem Gedanken, welche Folgen diese Anmaßung nach sich ziehen würde. Der Herr von Navarcles packte Bernat mit einer Hand am Hals und drückte zu, während Bernat nach Luft schnappte.

»Wie kannst du es wagen? Willst du etwa Vorteile aus dem legitimen Vorrecht deines Herrn ziehen, mit der Braut zu schlafen, und später mit einem Bastard auf dem Arm ankommen, um Forderungen zu stellen?« Llorenç schüttelte Bernat, bevor er ihn losließ. »Willst du das? Was Recht ist, bestimme einzig und allein ich, verstanden? Hast du vergessen, dass ich dich bestrafen kann, wann immer und wie immer ich will?«

Llorenç de Bellera ohrfeigte Bernat so kräftig, dass dieser zu Boden ging.

»Meine Peitsche!«, brüllte er wütend.

Die Peitsche! Als Kind war Bernat gezwungen gewesen, gemeinsam mit seinen Eltern der öffentlichen Bestrafung eines armen Kerls beizuwohnen, dessen Vergehen nie genau bekannt geworden war. Das Geräusch, mit dem der Lederriemen auf den Rücken dieses Mannes niedergefahren war, klang ihm noch heute in den Ohren. Er hatte es lange Jahre seiner Kindheit hindurch Nacht für Nacht gehört. Damals hatte sich keiner der Anwesenden zu rühren gewagt, und so war es auch heute. Bernat rappelte sich hoch und sah zu seinem Herrn hinauf; dieser stand vor ihm wie ein Fels und wartete mit ausgestreckter Hand darauf, dass ihm einer seiner Diener die Peitsche reichte. Bernat erinnerte sich an den wunden Rücken des unglücklichen Mannes damals, eine blutige Masse, aus dem selbst der Zorn des Herrn keinen Fetzen mehr herauszureißen vermocht hatte. Er kroch auf allen vieren zur Treppe, die Augen verdreht und zitternd wie ein Kind, das von Albträumen heimgesucht wurde. Niemand rührte sich. Niemand sprach. Und die Sonne strahlte immer noch vom Himmel.

»Es tut mir leid, Francesca«, stammelte er, nachdem er sich, gefolgt von einem Soldaten, mühsam die Treppe hinaufgeschleppt hatte.

Er löste die Hose und kniete neben seiner Frau nieder. Das Mädchen hatte sich nicht bewegt. Bernat betrachtete seinen schlaffen Penis und fragte sich, wie er dem Befehl seines Herrn Folge leisten sollte. Mit einem Finger streichelte er Francesca sanft über die Seite.

Francesca reagierte nicht.

»Ich muss . . . wir müssen es tun«, flehte Bernat und packte sie am Handgelenk, um sie zu sich umzudrehen.

»Fass mich nicht an!«, schrie Francesca ihn an und erwachte aus ihrer Lethargie.

»Er wird mir die Haut in Fetzen herunterreißen!« Bernat drehte seine Frau mit Gewalt zu sich herum und wälzte sich auf ihren nackten Körper.

»Lass mich los!«

Sie rangen miteinander, bis es Bernat gelang, sie an beiden Handgelenken zu fassen und zu sich hochzuziehen. Trotzdem wehrte sich Francesca weiter.

»Es wird ein anderer kommen«, flüsterte er ihr zu. »Es wird sich ein anderer finden, der . . . der dir Gewalt antut!« Die Augen des Mädchens kehrten in die Realität zurück und sahen ihn anklagend an. »Er wird mir die Haut in Fetzen vom Körper ziehen . . .«

Francesca hörte nicht auf, sich zu sträuben, aber Bernat warf sich ungestüm auf sie. Die Tränen des Mädchens reichten nicht aus, um das Verlangen zu bezähmen, das bei der Berührung ihres nackten Körpers in Bernat aufgekeimt war, und er drang in sie ein, während Francesca die ganze Welt zusammenschrie.

Das Geschrei war ganz nach dem Geschmack des Soldaten, der Bernat gefolgt war und nun ohne jede Scham die Szene in der Bodenluke lehnend verfolgte.

Bernat war noch nicht fertig, als Francesca ihren Widerstand aufgab. Allmählich verwandelte sich ihr Geschrei in Schluchzen. Begleitet vom Weinen seiner Frau, kam Bernat zum Höhepunkt.

Llorenç de Bellera hatte die verzweifelten Schreie gehört, die aus dem Fenster im zweiten Stock drangen, und als sein Spitzel ihm meldete, dass die Ehe vollzogen worden sei, ließ er die Pferde holen und ritt mit seinem unheilvollen Gefolge davon. Die meisten Gäste folgten seinem Beispiel und machten sich niedergedrückt auf den Heimweg.

Es wurde still auf dem Hof. Bernat lag auf seiner Frau und wusste nicht, was er tun sollte. Erst jetzt bemerkte er, dass er sie fest an den Schultern gepackt hatte. Er ließ sie los, um sich neben ihrem Kopf auf der Matratze abzustützen, doch sein Körper sank wie leblos auf ihren. Er versuchte, sich aufzurichten, und da begegnete er Francescas Blick, die durch ihn hindurchsah. In dieser Haltung musste er bei jeder Bewegung erneut den Körper seiner Frau berühren. Bernat wollte dieser Situation entkommen, wusste aber nicht, wie er das anstellen sollte, ohne dem Mädchen wehzutun. Er wünschte sich, schweben zu können, um von Francesca wegzukommen, ohne sie berühren zu müssen.

Nach einigen endlosen Momenten der Unentschlossenheit rückte er ungeschickt von dem Mädchen ab und kniete neben ihr nieder. Er wusste immer noch nicht, was er tun sollte: aufstehen, sich zu ihr legen, das Zimmer verlassen oder sich rechtfertigen ... Er wandte den Blick von Francescas Körper ab, die immer noch unbewegt dalag, ihre Blöße vulgär zur Schau gestellt. Er versuchte, ihr Gesicht zu erkennen, das weniger als zwei Handbreit von seinem entfernt war, aber es gelang ihm nicht. Er blickte nach unten, und beim Anblick seines nackten Gliedes überkam ihn plötzlich Scham.

»Es tut mir ...«

Eine unerwartete Bewegung von Francesca überraschte ihn. Das Mädchen hatte ihm das Gesicht zugewandt. Bernat versuchte, Verständnis in ihrem Blick zu erkennen, doch dieser war völlig leer.

»Es tut mir leid«, begann er noch einmal. Francesca sah ihn immer noch an, ohne die geringste Regung zu zeigen. »Es tut mir leid. Es tut mir leid. Er ... er hätte mir die Haut vom Leib gerissen«, stotterte er.

Bernat dachte an den Herrn von Navarcles, wie er mit ausgestreckter Hand vor ihm gestanden und auf die Peitsche gewartet hatte. Er forschte erneut in Francescas Blick: Leere. Bernat versuchte, eine Antwort in den Augen des Mädchens zu finden, und erschrak: Ihr Blick war ein stummer Schrei, eine Fortsetzung des Schreis, den er zuvor von ihr gehört hatte.

Unbewusst streckte Bernat die Hand aus und näherte sie Francescas Wange, so als wollte er ihr begreiflich machen, dass er sie verstand.

»Ich . . .«, versuchte er es erneut.

Er berührte sie nicht. Als sich seine Hand näherte, verkrampften sich sämtliche Muskeln des Mädchens. Bernat schlug die Hände vors Gesicht und weinte.

Francesca blieb reglos und mit abwesendem Blick liegen.

Schließlich hörte Bernat auf zu weinen, stand auf, zog die Hose hoch und verschwand durch die Bodenluke, die ins Untergeschoss führte. Als seine Schritte verklungen waren, stand auch Francesca auf und ging zu der Truhe, die das gesamte Mobiliar der Schlafkammer darstellte, um sich ihre eigenen Kleider herauszuholen. Als sie sich angezogen hatte, suchte sie langsam ihre verstreut herumliegenden Habseligkeiten zusammen, darunter das kostbare weißleinene Hemd. Sie faltete es sorgfältig zusammen, wobei sie darauf achtete, dass die Fetzen genau aufeinander zu liegen kamen, und legte es in die Truhe.

2

Francesca schlich durchs Haus wie eine gequälte Seele. Sie erfüllte ihre hausfraulichen Pflichten, doch sie tat es schweigend, während eine Traurigkeit von ihr ausging, die schon bald jeden Winkel des Hauses der Estanyols erfasste.

Bernat hatte oft versucht, sich für das zu entschuldigen, was geschehen war. Je weiter der Schrecken ihres Hochzeitstages in die Ferne rückte, desto ausführlicher wurden Bernats Erklärungen: die Angst vor der Grausamkeit des Herrn, die Folgen sowohl für ihn als auch für sie, wenn er den Gehorsam verweigert hätte. Und »Es tut mir leid« – Tausende Male hatte Bernat diese Worte zu Francesca gesagt, die ihn ansah und ihm stumm zuhörte, so als wartete sie auf den Moment, in dem Bernats Ausführungen unweigerlich auf denselben entscheidenden Punkt kamen: »Es wäre ein anderer gekommen, hätte ich es nicht getan ...« An diesem Punkt verstummte Bernat jedes Mal. Jede Entschuldigung versagte, und erneut stand die Vergewaltigung zwischen ihnen wie eine unüberwindliche Hürde. Die Entschuldigungen und das Schweigen, das er zur Antwort bekam, legten sich über die Wunde, die Bernat schließen wollte, und das schlechte Gewissen ging in den alltäglichen Pflichten verloren, bis Bernat schließlich vor Francescas Gleichgültigkeit resignierte.

Jeden Morgen, wenn er bei Tagesanbruch aufstand, um sein hartes Tagewerk als Bauer zu verrichten, sah Bernat aus dem Schlafzimmerfenster. Das hatte er schon mit seinem Vater getan, selbst in dessen letzten Zeiten. Gemeinsam hatten sie sich auf die mächtige steinerne Brüstung gelehnt und den Himmel betrachtet, um zu sehen, was für ein Tag sie erwartete. Sie hatten über ihr fruchtbares, von regelmäßigen Ackerfurchen durchzogenes Land geblickt, das sich in das weite Tal zu Füßen des Gehöfts erstreckte, sie hatten den Vögeln zugehört und aufmerksam auf die Geräusche der Tiere im Stall gelauscht. Es waren Momente stillen Einverständnisses zwischen Vater und Sohn und ihrem Land gewesen, die wenigen Minuten, in denen sein Vater wieder zu Sinnen zu kommen schien. Bernat hatte davon geträumt, diese Momente mit seiner Frau zu teilen, anstatt sie alleine zu erleben, während er sie im Untergeschoss wirtschaften hörte, und ihr all das erzählen zu können, was er selbst aus dem Mund seines Vaters gehört hatte, wie dieser vorher von seinem, und so weiter über Generationen hinweg.

Er hatte davon geträumt, ihr erzählen zu können, dass dieses reiche Land einmal freieigener Besitz der Estanyols gewesen war und seine Vorfahren es mit Freude und Sorgfalt bestellt und seine Früchte geerntet hatten, ohne Abgaben oder Steuern zahlen zu müssen oder überheblichen, ungerechten Herren verpflichtet zu sein. Er hatte davon geträumt, mit ihr, seiner Frau, der zukünftigen Mutter der Erben dieses Landes, dieselbe Trauer teilen zu können, die er mit seinem Vater geteilt hatte, als dieser ihm von den Gründen berichtet hatte, deretwegen die Kinder, die sie ihm einmal schenken würde, nun, dreihundert Jahre später, eines anderen Knechte sein würden. Er hätte ihr gerne voller Stolz erzählt, dass vor dreihundert Jahren die Estanyols und viele andere als freie Männer ihre Waffen in ihren Häusern aufbewahrt hatten, um unter dem Befehl des Grafen Ramon Borrell und seines Bruders Ermengol d'Urgell das alte Katalonien vor den Einfällen der Sarazenen zu verteidigen. Er hätte ihr gerne erzählt, wie mehrere Estanyols unter dem Befehl des Grafen Ramon in dem siegreichen Heer gekämpft hatten, welches in Albesa, unweit von Balaguer in der Ebene von Urgel, die Sarazenen des Kalifats von Córdoba besiegte. Sein Vater hatte ihm voller Begeisterung davon erzählt, wenn sie die Zeit dazu gehabt hatten, doch die Begeisterung war Wehmut gewichen, als er vom Tod des Grafen Ramon Borrell im Jahre 1017 berichtete. Ihm zufolge hatte dieser Todesfall sie zu Leibeigenen gemacht. Der fünfzehnjährige Sohn des Grafen Ramon Borrell war diesem auf den Thron gefolgt. Seine Mutter, Ermessenda von Carcassonne, hatte die Regierungsgeschäfte übernommen, und die Barone von Katalonien, die Seite an Seite mit den Bauern gekämpft hatten, nutzten nun, da die Grenzen des Prinzipats gesichert waren, das Machtvakuum. Sie bedrängten die Bauern, jene zu ermorden, die nicht nachgaben, und sich dann ihres Landes zu bemächtigen. Den früheren Besitzern erlaubten sie, den Boden weiterhin zu bestellen, wenn sie dem Grundherrn einen Teil ihrer Ernte ablieferten. Die Estanyols hatten nachgegeben, aber viele Familien auf dem Lande waren grausam dahingemetzelt worden.

»Als freie Männer, die wir waren«, hatte sein Vater ihm erzählt, »haben wir Seite an Seite mit den Rittern gegen die Mauren gekämpft – als Fußvolk natürlich –, aber gegen die Ritter hatten wir keine Chance. Als die nächsten Grafen von Barcelona die Zügel in Katalonien wieder an sich reißen wollten, sahen sie sich einem reichen und mächtigen Adel gegenüber, mit dem sie zu paktieren gezwungen waren, und das immer auf unsere Kosten. Zuerst war es unser Land, das alte Katalonien, dann unsere Freiheit, unser Leben ... und schließlich unsere Ehre. Deine Großeltern waren es, die unsere Freiheit verloren«, hatte er mit zitternder Stimme erzählt, den Blick unverwandt auf die Felder gerichtet. »Man untersagte ihnen, ihr Land zu verlassen. Man machte sie zu Leibeigenen, die an ihren Grund und Boden gefesselt waren, wie später ihre Kinder – ich – und ihre Enkelkinder – du. Unser Leben ... dein Leben liegt in den Händen des Grundherrn, dem es obliegt, Recht zu sprechen, und der das Recht hat, uns zu misshandeln und unsere Ehre zu verletzen. Wir können uns nicht einmal wehren! Wenn dir jemand Unrecht tut, musst du zu deinem Grundherrn gehen, damit dieser Entschädigung fordert, und wenn er sie bekommt, behält er die Hälfte für sich.«

Dann zählte er ihm immer wieder die zahlreichen Rechte des Herrn auf, Rechte, die sich Bernat ins Gedächtnis eingegraben hatten, weil er es nie gewagt hatte, den aufgebrachten Monolog seines Vaters zu unterbrechen. Der Herr konnte von einem Leibeigenen jederzeit einen Teil seines Besitzes einbehalten, wenn dieser ohne Testament starb, wenn er kinderlos blieb oder seine Frau Ehebruch beging, wenn der Hof abbrannte oder er diesen belieh, wenn er die Leibeigene eines anderen Grundherrn heiratete und natürlich, wenn er ihn verlassen wollte. Der Grundherr konnte in der ersten Nacht mit der Braut schlafen, er konnte die Frauen dazu verpflichten, seine Kinder zu stillen, und ihre Töchter, als Mägde auf der Burg zu dienen. Ein Leibeigener war verpflichtet, ohne Entgelt das Land des Grundherrn zu bestellen und zur Verteidigung der Burg zu kämpfen. Er musste einen Teil der Erträge seiner Felder abliefern und seinen Herrn oder seine Gesandten in seinem Haus aufnehmen und sie während ihres Aufenthaltes bewirten. Er musste für die Nutzung des Waldes oder des Weidelandes ebenso zahlen wie für die Benutzung der herrschaftlichen Schmiede, des Backhauses oder der Mühle, und er musste zu Weihnachten und anderen Feiertagen Geschenke abliefern.

Und was war mit der Kirche? Als er seinem Vater diese Frage gestellt hatte, war dessen Stimme noch wütender geworden.

»Mönche, Ordensleute, Priester, Diakone, Erzdiakone, Kanoniker, Äbte, Bischöfe . . . sie alle sind um keinen Deut besser als die Feudalherren, die uns unterdrücken! Sie haben uns sogar untersagt, den Habit zu nehmen, damit wir unser Land nicht verlassen können und unsere Knechtschaft ewig währt!«

»Bernat«, hatte er ihm bei diesen Gelegenheiten geraten, wenn die Kirche zur Zielscheibe seines Zorns wurde, »vertraue nie denen, die behaupten, Gott zu dienen. Sie werden dir gute Worte geben, die so hochgestochen sind, dass du sie nicht verstehst. Sie werden dich mit Argumenten zu überzeugen versuchen, denen nur sie folgen können, bis sie sich deines Verstandes bemächtigt haben. Sie werden dir gegenüber als gütige Menschen auftreten, die behaupten, uns vor dem Bösen und der Versuchung erretten zu wollen, doch in Wirklichkeit steht ihre Meinung über uns fest, und all diese Soldaten Christi, wie sie sich nennen, werden keinen Deut von dem abweichen, was in ihren Büchern steht.«

»Vater«, hatte Bernat ihn daraufhin gefragt, »was steht in ihren Büchern über uns Bauern?«

Sein Vater hatte über die Felder geblickt, bis dorthin, wo sie in den Himmel übergingen.

»Sie sagen, wir seien wie die Tiere, unfähig zu begreifen, was Höflichkeit bedeutet. Sie sagen, wir seien schändlich, niederträchtig und verabscheuungswürdig, schamlos und unwissend. Sie sagen, wir seien grausam und starrsinnig, wir hätten keine Ehre verdient, weil wir sie nicht zu schätzen wüssten, und verstünden nur die Sprache der Gewalt. Sie sagen . . .«

»Ist es denn so, Vater?«

»Das wollen sie aus uns machen, mein Sohn.«

»Aber Ihr betet jeden Tag, und als Mutter starb . . .«

»Zur Jungfrau bete ich, mein Sohn, zur Jungfrau. Unsere Jungfrau

Maria hat nichts mit den Mönchen und Priestern zu schaffen. An sie können wir weiterhin glauben.«

Bernat Estanyol hätte sich gerne morgens auf die Fensterbrüstung gelehnt und mit seiner jungen Frau gesprochen, ihr erzählt, was ihm sein Vater erzählt hatte, und mit ihr gemeinsam über die Felder geschaut.

Im Oktober spannte Bernat die Ochsen an und lockerte mit dem Pflug die Felder auf, damit Sonne, Luft und Dünger der Erde wieder Kraft gaben. Dann säte er mit Francescas Hilfe das Getreide aus. Sie warf aus einem Korb die Saatkörner aus, während er zunächst mit dem Ochsengespann die Erde umpflügte und sie nach der Aussaat mit Hilfe einer schweren Eisenplatte wieder festdrückte. Sie arbeiteten schweigend, ein Schweigen, das nur von den Rufen unterbrochen wurde, mit denen Bernat die Ochsen antrieb und die im ganzen Tal widerhallten. Bernat glaubte, durch die gemeinsame Arbeit würden sie sich ein wenig näherkommen, aber Francesca blieb gleichgültig. Sie nahm ihren Korb und warf die Saat aus, ohne ihn auch nur anzusehen.

Der November kam, und Bernat widmete sich den Arbeiten, die in dieser Zeit des Jahres zu tun waren. Er mästete die Schweine, machte Feuerholz für das Gehöft und Häcksel für die Felder, bereitete die Äcker und Gemüsebeete vor, die im Frühjahr bestellt wurden, und beschnitt und pfropfte die Reben. Wenn er nach Hause kam, hatte sich Francesca um den Haushalt, den Gemüsegarten, die Hühner und die Kaninchen gekümmert. Abend für Abend setzte sie ihm schweigend das Essen vor und ging dann schlafen. Morgens stand sie vor ihm auf, und wenn Bernat nach unten kam, standen das Frühstück und der Brotbeutel mit dem Mittagessen auf dem Tisch. Während er frühstückte, hörte er, wie sie das Vieh im Stall versorgte.

Weihnachten war im Handumdrehen vorüber, und im Januar endete die Olivenernte. Bernat besaß nicht sehr viele Olivenbäume, gerade genug, um den Bedarf des Hofes an Öl zu decken und die Abgaben an den Herrn zu zahlen.

Danach ging es für Bernat ans Schweineschlachten. Zu Lebzeiten seines Vaters hatten sich die Nachbarn, die sonst nur selten zum Hof der Estanyols kamen, stets am Schlachttag eingefunden. Bernat hatte diese Tage als wahre Festtage in Erinnerung. Die Schweine wurden geschlachtet, und dann wurde gegessen und getrunken, während die Frauen das Fleisch verarbeiteten.

Eines Morgens erschienen die Esteves: Vater, Mutter und zwei der Brüder. Bernat begrüßte sie im Hof. Francesca wartete hinter ihm.

»Wie geht es dir, Tochter?«, fragte ihre Mutter.

Francesca antwortete nicht, ließ sich jedoch umarmen. Bernat beobachtete die Szene: Die Mutter schloss ihre Tochter liebevoll in die Arme, in der Hoffnung, diese werde es ihr gleichtun. Doch das tat sie nicht; sie blieb stocksteif. Bernat sah seinen Schwiegervater an.

»Francesca«, sagte Pere Esteve nur, während er es nicht über sich brachte, seiner Tochter in die Augen zu blicken.

Ihre Brüder begrüßten sie mit einer Handbewegung.

Francesca ging zum Stall, um das Schwein zu holen; die übrigen blieben im Hof stehen. Niemand sagte etwas, nur das erstickte Schluchzen der Mutter war zu hören. Bernat war versucht, sie zu trösten, ließ es jedoch bleiben, als er sah, dass weder ihr Mann noch ihre Söhne Anstalten dazu machten.

Francesca erschien mit dem Schwein, das sich weigerte, ihr zu folgen, so als wüsste es, welches Schicksal ihm bevorstand, und übergab es ihrem Mann. Bernat und Francescas Brüder warfen das Schwein um und setzten sich darauf. Die schrillen Schreie des Tieres hallten durch das ganze Tal der Estanyols. Pere Esteve trennte ihm mit einem sicheren Schnitt die Kehle durch, und alle warteten schweigend ab, während das Blut des Tieres in die Schüsseln floss, die von den Frauen ausgetauscht wurden, wenn sie voll waren.

Sie tranken nicht einmal ein Glas Wein, während Mutter und Tochter das mittlerweile zerteilte Schwein verarbeiteten.

Als gegen Abend die Arbeit beendet war, versuchte die Mutter erneut, ihre Tochter zu umarmen. Bernat beobachtete die Szene und wartete auf eine Reaktion seiner Frau, doch die gab es nicht. Ihr Vater und ihre Brüder verabschiedeten sich mit gesenktem Blick von ihr. Die Mutter trat zu Bernat.

»Ruf mich, wenn du meinst, dass das Kind kommt«, sagte sie zu ihm, etwas abseits von den anderen. »Ich glaube nicht, dass sie es tun wird.«

Die Esteves machten sich auf den Heimweg. Als Francesca an diesem Abend die Treppe zur Schlafkammer hinaufstieg, konnte Bernat nicht anders, als auf ihren Leib zu starren.

Ende Mai, am ersten Tag der Ernte, blickte Bernat, die Sichel über der Schulter, auf seine Felder. Wie sollte er alleine das ganze Getreide einbringen? Vor zwei Wochen hatte er Francesca jegliche Anstrengung verboten, nachdem sie zweimal ohnmächtig geworden war. Bernat blickte erneut über die riesigen Felder, die ihn erwarteten. Die Frauen auf dem Land bekamen ihre Kinder während der Arbeit, aber nachdem Francesca zum zweiten Mal zusammengebrochen war, hatte er nicht umhingekonnt, sich Sorgen zu machen. Und wenn das Kind nicht seines war?

Bernat packte die Sichel und begann mit Kraft, das Korn zu schneiden. Die Ähren flogen nur so durch die Luft. Die Mittagssonne stand hoch am Himmel. Bernat hielt nicht einmal inne, um zu essen. Das Feld war schier endlos. Er hatte immer gemeinsam mit seinem Vater das Korn geschnitten, selbst als dieser bereits krank gewesen war. Die Getreideernte schien ihm neue Kraft zu verleihen. »Auf geht's, mein Sohn!«, hatte er ihn ermuntert. »Warten wir nicht, bis uns ein Unwetter oder ein Hagelschauer die Ernte vernichten.« Und dann hatten sie gesichelt. Wenn einer von beiden müde war, hatte er Unterstützung beim anderen gesucht. Sie hatten im Schatten gegessen und guten Wein getrunken, den gereiften seines Vaters, und geplaudert und gelacht ... Nun hörte er seine Sichel durch die Luft zischen und die Ähren schneiden, sonst nichts, nur die Sichel, und die Frage, wer der Vater seines zukünftigen Kindes war, ging ihm einfach nicht mehr aus dem Kopf.

In den folgenden Tagen war Bernat bis Sonnenuntergang bei der Ernte. Einmal arbeitete er sogar im Mondschein. Wenn er zum Gehöft zurückkehrte, stand das Abendessen auf dem Tisch. Er wusch sich am Becken und aß lustlos. Bis sich eines Abends plötzlich die Wiege bewegte, die er während des Winters getischlert hatte, als Francescas Schwangerschaft nicht mehr zu übersehen gewesen war. Bernat bemerkte es aus den Augenwinkeln, löffelte aber weiter seine Suppe. Ein Löffel, zwei, drei. Die Wiege bewegte sich erneut. Bernat starrte hinüber, der vierte Löffel mit Suppe war in der Luft versteinert. Er sah sich im Raum um, ob etwas auf die Anwesenheit seiner Schwiegermutter hindeutete, aber nein. Francesca hatte das Kind alleine zur Welt gebracht ... und sich dann schlafen gelegt.

Er legte den Löffel hin und erhob sich. Doch bevor er die Wiege erreichte, blieb er stehen, drehte sich um und setzte sich wieder. Stärker als je zuvor überkamen ihn Zweifel bezüglich dieses Kindes.

»Alle Estanyols haben ein Muttermal neben dem rechten Auge«, hatte sein Vater zu ihm gesagt. Er selbst hatte es, und auch sein Vater hatte es gehabt. »Dein Großvater hatte es auch«, hatte dieser beteuert, »und der Vater deines Großvaters . . .«

Bernat war erschöpft. Er hatte von Sonnenaufgang bis Sonnenuntergang ohne auszuruhen gearbeitet. Seit Tagen tat er das nun schon. Erneut sah er zu der Wiege hinüber.

Er stand wieder auf und trat zu dem Kind. Es schlief friedlich, die Fäustchen geöffnet, unter einer Decke, die aus den Fetzen eines weißleinenen Hemdes genäht war. Bernat drehte das Kind zu sich um, um sein Gesicht zu sehen.

3

Francesca sah das Kind nicht an. Sie gab dem Kleinen, den sie Arnau genannt hatten, erst die eine Brust, dann die andere, aber sie sah ihn nicht an. Bernat hatte viele Bäuerinnen ihre Kinder säugen sehen, und alle, von der reichsten bis zur ärmsten, hatten sie gelächelt, die Augen gesenkt oder ihre Kinder gestreichelt, während sie ihnen die Brust gaben. Nicht so Francesca. Sie wusch das Kind und versorgte es, doch in den zwei Monaten seines Lebens hatte Bernat nicht einmal gehört, dass sie mit ihm geschäkert hätte. Sie spielte nicht mit ihm, fasste es nicht an den Händchen, noch küsste oder kitzelte sie es. ›Was kann der Kleine dafür?‹, dachte Bernat, wenn er Arnau auf dem Arm hielt. Dann ging er mit ihm weg, um fernab von Francescas Kälte mit ihm zu sprechen und ihn zu streicheln.

Denn es war sein Kind. ›Alle Estanyols haben es‹, sagte sich Bernat, wenn er das Muttermal küsste, das Arnau neben der rechten Augenbraue hatte. »Wir alle haben es«, sagte er dann noch einmal laut, während er den Jungen zum Himmel hob.

Dieses Muttermal war bald mehr als nur eine Beruhigung für Bernat. Wenn Francesca zur Burg ging, um Brot zu backen, hoben die Frauen die Decke hoch, unter der Arnau lag, um ihn zu betrachten. Francesca ließ sie gewähren, und dann lächelten sie sich vor den Augen des Bäckers und der Soldaten zu. Und als Bernat ging, um das Land seines Herrn zu bestellen, klopften ihm die Bauern auf die Schultern und gratulierten ihm, diesmal vor den Augen des Verwalters, der ihre Arbeit überwachte.

Llorenç de Bellera hatte viele Bastarde, doch noch nie waren irgendwelche Forderungen erfolgreich gewesen. Sein Wort galt mehr als das einer ungebildeten Bäuerin, doch unter seinesgleichen wurde er nicht müde, mit seiner Männlichkeit zu prahlen. Es war offensichtlich, dass Arnau Estanyol nicht sein Sohn war, und der Herr von Navarcles begann ein spöttisches Grinsen bei den Bäuerinnen zu bemerken, die zur Burg kamen. Von seinen Gemächern aus sah er, wie sie untereinander und sogar mit seinen Soldaten tuschelten, wenn sie Estanyols Frau begegneten. Das Gerücht machte nicht nur unter den Bauern die Runde, und Llorenç de Bellera wurde zum Gespött von seinesgleichen.

»Iss nur tüchtig, Bellera«, ermunterte ihn grinsend ein Baron, der zu Besuch auf der Burg weilte, »mir ist zu Ohren gekommen, dass du Kräfte brauchst.«

Alle Anwesenden, die am Tisch des Herrn von Navarcles saßen, quittierten die Bemerkung mit schallendem Gelächter.

»Auf meinem Grund und Boden«, erklärte ein anderer, »lasse ich nicht zu, dass ein Bauernweib meine Männlichkeit in Frage stellt.«

»Lässt du etwa Muttermale verbieten?«, gab der Erste, schon unter dem Einfluss des Weins, zurück und erntete erneutes Gelächter, das Llorenç de Bellera mit einem gezwungenen Lächeln beantwortete.

Es geschah Anfang August. Arnau schlief in seiner Wiege im Schatten eines Feigenbaums auf dem Vorplatz des Gehöfts. Seine Mutter arbeitete im Garten bei den Ställen, und sein Vater, der stets ein Auge auf die hölzerne Wiege hatte, trieb die Ochsen immer wieder über das Getreide, das er im Hof ausgebreitet hatte, um die wertvollen Körner aus den Ähren zu dreschen, die sie während des Jahres ernähren sollten.

Sie hörten sie nicht kommen. Drei Reiter preschten im Galopp auf den Hof: Es waren der Verwalter Llorenç de Belleras sowie zwei weitere Männer. Sie waren bewaffnet und saßen auf beeindruckenden Schlachtrössern, die speziell für den Krieg gezüchtet worden waren. Bernat bemerkte, dass die Pferde nicht gepanzert waren wie bei den Ausritten seines Herrn. Wahrscheinlich hatten sie es nicht für nötig erachtet, sie zu wappnen, um einen einfachen Bauern einzuschüchtern. Der Verwalter hielt sich ein wenig abseits, aber die anderen beiden gaben ihren Tieren die Sporen. Die Pferde, die für den Kampf abgerichtet waren, zögerten nicht und gingen auf Bernat los. Bernat stolperte rückwärts und fiel schließlich hin, genau neben den Hufen der unruhigen Tiere. Erst jetzt zügelten die Reiter ihre Pferde.

»Dein Herr«, rief der Verwalter, »Llorenç de Bellera, verlangt nach den Diensten deiner Frau als Amme für Don Jaume, den Sohn deiner Herrin Doña Caterina.«

Bernat versuchte aufzustehen, doch einer der Reiter gab seinem Pferd erneut die Sporen.

Der Verwalter wandte sich an Francesca: »Nimm dein Kind und komm mit!«

Francesca nahm Arnau aus der Wiege und ging mit gesenktem Kopf hinter dem Pferd des Verwalters her. Bernat schrie auf und versuchte aufzustehen, doch bevor es ihm gelang, ging ihn einer der Reiter erneut mit seinem Pferd an und warf ihn um. Er versuchte es erneut, immer wieder, jedes Mal mit dem gleichen Ergebnis: Die beiden Reiter trieben unter Gelächter ihr Spiel mit ihm, indem sie ihm nachsetzten und ihn umwarfen. Schließlich blieb er keuchend und kraftlos auf dem Boden liegen, genau vor den Vorderläufen der Tiere, die unruhig auf ihren Trensen kauten. Als der Verwalter in der Ferne verschwunden war, machten die Reiter kehrt und gaben ihren Pferden die Sporen.

Es war wieder still auf dem Hof. Bernat blickte der Staubwolke hinterher, die die Reiter hinterließen, und sah dann hinüber zu den Ochsen, die sich an den Ähren gütlich taten, über die sie wieder und wieder getrottet waren.

Von jenem Tag an versorgte Bernat mechanisch das Vieh und die Felder, während er in Gedanken bei seinem Sohn war. Nachts wanderte er durchs Haus. Er vermisste das Kindergebrabbel, das Leben und Zukunft verhieß, das Knarren der Wiege, wenn Arnau sich bewegte, das durchdringende Weinen, wenn er Hunger hatte. Er versuchte in jedem Winkel, an den Wänden, überall den unschuldigen Duft seines Jungen zu erhaschen. Wo er jetzt wohl schlief? Da stand sein Bettchen, das er mit seinen eigenen Händen getischlert hatte. Wenn er schließlich Schlaf fand, weckte ihn die Stille wieder auf. Dann kauerte sich Bernat auf der Matratze zusammen und ließ die Stunden verstreichen. Die Geräusche des Viehs im Erdgeschoss waren seine einzige Gesellschaft.

Bernat ging regelmäßig zur Burg des Llorenç de Bellera, um Brot zu backen, und dachte dabei an Francesca, die dort eingeschlossen war und Doña Caterina und dem launischen Appetit ihres Sohnes zu Diensten sein musste. Die Burg – so hatte ihm sein Vater einmal erzählt, als sie dort zu tun hatten – war am Anfang nicht mehr als ein Wachturm auf der Anhöhe eines kleinen Vorgebirges gewesen. Jetzt gruppierten sich um den Burgturm herum ohne jegliche Ordnung das Backhaus, die Schmiede, einige neue, größere Pferdestallungen, Kornspeicher, Küchen und Gesindehäuser.

Die Burg war über eine Meile vom Hof der Estanyols entfernt. Die ersten Male hatte er nichts über seinen Jungen in Erfahrung bringen können. Wen auch immer er fragte, die Antwort war stets die gleiche: Seine Frau und sein Sohn befänden sich in Doña Caterinas Privatgemächern. Der einzige Unterschied bestand darin, dass einige, wenn sie ihm antworteten, höhnisch lachten, während andere den Kopf senkten, so als wollten sie dem Vater des Kindes nicht in die Augen schauen. Bernat nahm die Ausflüchte über einen ewig scheinenden Monat lang hin, bis er eines Tages, als er mit zwei Laiben Brot aus dem Backhaus kam, einem schmutzigen Schmiedeburschen begegnete, den er manchmal über seinen Kleinen ausgefragt hatte.

»Was weißt du über meinen Arnau?«, fragte er ihn.

Weit und breit war niemand zu sehen. Der Junge versuchte, ihm auszuweichen, als ob er ihn nicht gehört hätte, doch Bernat hielt ihn am Arm fest.

»Ich habe dich gefragt, was du über meinen Arnau weißt.«

»Deine Frau und dein Sohn . . .«, begann der Junge mit gesenktem Blick.

»Ich weiß, wo sie sind«, fiel ihm Bernat ins Wort. »Meine Frage ist, ob es Arnau gut geht.«

Der Junge bohrte seine Zehen in den Sand, den Blick immer noch gesenkt. Bernat schüttelte ihn.

»Geht es ihm gut?«

Der Bursche sah nicht auf, und Bernat schüttelte ihn erneut.

»Nein, tut es nicht!«, schrie der Junge. Bernat trat einen Schritt zurück, um ihm in die Augen zu sehen. »Nein, tut es nicht«, wiederholte der Junge. Bernat sah ihn fragend an.

»Was ist mit ihm?«

»Ich kann nicht . . . Wir haben Befehl, dir nichts zu sagen . . .« Die Stimme des Jungen brach.

Bernat schüttelte ihn erneut heftig und erhob die Stimme, ohne sich darum zu scheren, dass er die Wache auf sich aufmerksam machen konnte.

»Was ist mit meinem Sohn? Was ist mit ihm? Antworte!«

»Ich kann nicht. Wir können nicht . . .«

»Würde das deine Meinung ändern?«, fragte er ihn und hielt ihm einen Brotlaib hin.

Der Schmiedebursche riss die Augen auf. Ohne zu antworten, riss er Bernat das Brot aus den Händen und biss hinein, als hätte er tagelang nichts gegessen. Bernat zog ihn in eine Ecke, wo sie vor Blicken sicher waren.

»Was ist mit meinem Arnau?«, fragte er noch einmal nachdrücklich.

Der Junge sah ihn mit vollem Mund an und gab ihm ein Zeichen, ihm zu folgen. Verstohlen schlichen sie sich an den Hauswänden entlang bis zur Schmiede. Sie schlüpften hinein und gingen in den hinteren Teil. Der Junge öffnete die Tür zu einem kleinen Verschlag, in dem Material und Werkzeug aufbewahrt wurden, und ging hinein. Bernat folgte ihm. Kaum waren sie drinnen, hockte sich der Bursche auf den Boden und stürzte sich auf das Brot. Bernat sah sich in dem kleinen Raum um. Es war brütend heiß. Er entdeckte nichts, was ihm erklärt hätte, warum der Schmiedelehrling ihn dorthin geführt hatte: In diesem Raum gab es nur Werkzeuge und altes Eisen.

Er sah den Jungen fragend an. Dieser deutete in eine Ecke des Verschlags, während er genüsslich weiterkaute. Bernat wandte sich dorthin.

Auf einigen Holzplanken lag in einem zerfransten Weidenkorb verlassen und abgemagert sein Sohn und schien dort auf seinen Tod zu warten. Die weißleinene Decke war schmutzig und zerlumpt. Bernat konnte den Schrei nicht unterdrücken, der sich seiner Brust entrang. Es war ein erstickter Schrei, ein unmenschliches Schluchzen. Er nahm Arnau und drückte ihn an sich. Das Kind reagierte nur sehr schwach, aber es reagierte.

»Der Herr hat befohlen, deinen Sohn hierzulassen«, hörte Bernat den Schmiedeburschen sagen. »Am Anfang ist deine Frau noch ein paar Mal am Tag vorbeigekommen, um ihn zu beruhigen und ihm die Brust zu geben.«

Bernat drückte den kleinen Körper mit Tränen in den Augen an seine Brust, um ihm Leben einzuhauchen.

»Zuerst kam der Verwalter«, erzählte der Junge weiter. »Deine Frau wehrte sich und schrie ... Ich habe es gesehen, ich war in der Schmiede.« Er deutete auf einen Spalt in der Bretterwand. »Aber der Verwalter ist sehr kräftig ... Als er fertig war, kam der Herr in Begleitung einiger Soldaten herein. Deine Frau lag auf dem Boden, und der Herr begann, über sie zu lachen. Dann lachten alle. Von da an warteten jedes Mal neben der Tür die Soldaten darauf, dass deine Frau herauskam, um deinen Sohn zu stillen. Sie konnte sich nicht wehren. Seit einigen Tagen kommt sie kaum noch. Die Soldaten ... sie fallen über sie her, sobald sie Doña Caterinas Gemächer verlässt. Sie schafft es nicht mal mehr bis hierher. Manchmal sieht der Herr sie, aber er lacht nur.«

Ohne zu überlegen, hob Bernat sein Hemd und schob den kleinen Körper seines Sohnes darunter. Dann verbarg er die Ausbuchtung hinter dem Brot, das ihm verblieben war. Der Kleine bewegte sich nicht. Der Schmiedelehrling sprang auf, als Bernat zur Tür ging.

»Der Herr hat es verboten. Du kannst nicht einfach ...!«

»Lass mich vorbei, Junge!«

Der Bursche versuchte, ihm zuvorzukommen. Bernat hatte keinen Zweifel daran. Während er mit einer Hand das Brot und den kleinen Arnau festhielt, ergriff er mit der anderen eine Eisenstange, die an der Wand lehnte, und drehte sich unerwartet um. Die Stange traf den Jungen am Kopf, als er gerade aus dem Verschlag schlüpfen wollte. Er fiel zu Boden, ohne dass ihm die Zeit blieb, ein Wort zu sagen. Bernat sah nicht einmal hin. Er ging einfach hinaus und zog die Tür hinter sich zu.

Es war leicht, die Burg Llorenç de Belleras zu verlassen. Niemand wäre auf die Idee gekommen, dass Bernat unter dem Brotlaib den geschundenen Körper seines Sohnes trug. Erst als er vor dem Burgtor stand, dachte er an Francesca und die Soldaten. In seiner Wut machte er ihr Vorwürfe, weil sie nicht versucht hatte, sich mit ihm in Verbindung zu setzen, ihn vor der Gefahr zu warnen, in der sich ihr Kind befand, dass sie nicht um Arnau gekämpft hatte ... Bernat drückte den Körper seines Sohnes an sich und dachte an all die Zeit, die er untätig gewesen war, während Arnau auf ein paar elenden Holzplanken den Tod erwartete.

Wie lange würden sie brauchen, um den Jungen zu finden, den er niedergeschlagen hatte? Ob er tot war? Hatte er die Tür des Verschlags hinter sich geschlossen? Unzählige Fragen schossen Bernat durch den Kopf, während er zu seinem Hof zurückging. Ja, er hatte sie geschlossen, er erinnerte sich vage daran.

Als er um die erste Kehre des Serpentinenpfades bog, der zur Burg hinaufführte, und diese aus der Sicht verschwand, holte Bernat seinen Sohn hervor. Seine stumpfen Augen blickten ins Leere. Er war leichter als der Brotlaib! Seine Ärmchen und Beinchen ... Bernat schluckte schwer. Tränen traten ihm in die Augen. Er sagte sich, dass dies nicht der Moment war, um zu weinen. Er wusste, dass sie ihn verfolgen würden, dass sie die Hunde auf ihn hetzen würden, aber ... Was nützte es zu fliehen, wenn das Kind nicht überlebte? Bernat verließ den Weg und versteckte sich in einem Gebüsch. Er kniete nieder, legte das Brot hin und nahm Arnau in beide Hände, um ihn vor sein Gesicht zu halten. Das Kind lag hilflos vor seinen Augen, sein Köpfchen fiel zur Seite. »Arnau!«, flüsterte Bernat. Er schüttelte ihn sanft, immer und immer wieder. Seine kleinen Äuglein bewegten sich, um ihn anzusehen. Mit tränenüberströmtem Gesicht stellte Bernat fest, dass das Kind nicht einmal die Kraft hatte zu weinen. Er legte sich das Bündel auf den Arm, zerkrümelte ein wenig Brot, befeuchtete es mit Speichel und hielt es dem Kleinen vor den Mund. Arnau reagierte nicht, aber Bernat versuchte es geduldig immer wieder, bis es ihm schließlich gelang, das Brot in den winzigen Mund zu schieben. Er wartete ab. »Iss, mein Sohn«, bat er ihn. Bernats Lippen bebten, als sich Arnaus Kehle fast unmerklich zusammenzog. Er zerkrümelte noch mehr Brot und wiederholte den Vorgang. Arnau schluckte noch siebenmal.

»Wir schaffen das«, sagte er zu ihm. »Ich verspreche es dir.«

Bernat ging auf den Weg zurück. Alles blieb ruhig. Mit Sicherheit hatten sie den Jungen noch nicht entdeckt. Andernfalls hätte er Lärm gehört. Für einen Augenblick dachte er an Llorenç de Bellera, grausam, niederträchtig und gnadenlos, wie er war. Welche Befriedigung würde es ihm verschaffen, einen Estanyol zu jagen!

»Wir schaffen das, Arnau«, sagte er erneut und lief zum Gehöft.

Er sah sich auf dem ganzen Weg nicht einmal um. Auch bei seiner Ankunft gönnte er sich keinen Moment Ruhe. Er legte Arnau in die Wiege, holte einen Sack und tat gemahlenes Getreide und getrocknetes Gemüse hinein, einen Schlauch mit Wasser und einen zweiten mit Milch, Pökelfleisch, eine Schüssel, einen Löffel und Kleider, etwas Geld, das er versteckt hatte, ein Jagdmesser und seine Armbrust... Wie stolz war sein Vater auf diese Armbrust gewesen!, dachte er, während er sie in der Hand wog. Mit ihr hatten die Estanyols an der Seite des Grafen Ramón Borrell gekämpft, als sie noch freie Männer gewesen waren. Frei! Bernat band sich das Kind vor die Brust und schulterte den Rest. Er würde immer ein Leibeigener sein, es sei denn...

»Fürs Erste werden wir Flüchtlinge sein«, sagte er zu dem Kind, bevor er sich auf den Weg ins Gebirge machte. »Niemand kennt diese Berge besser als die Estanyols«, versicherte er ihm, als sie schon zwischen den Bäumen waren. »Wir sind immer schon hier auf die Jagd gegangen, weißt du.« Bernat ging durch den Wald bis zu einem Bach, stieg hinein und watete bis zu den Knien im Wasser bachaufwärts. Arnau hatte die Augen geschlossen und schlief, aber Bernat sprach weiter mit ihm. »Die Hunde des Herrn sind nicht besonders schlau, sie wurden zu oft misshandelt. Wir gehen bis ganz nach oben, wo der Wald dichter wird und man mit dem Pferd nur schwer vorankommt. Die Herrschaften jagen nur zu Pferde, und dorthin kommen sie nie. Sie würden sich ihre Kleider zerreißen. Und die Soldaten... Weshalb sollten sie hier jagen? Sie begnügen sich damit, uns das Essen wegzunehmen. Wir werden uns verstecken, Arnau. Niemand wird uns finden, ich schwöre es dir.« Bernat streichelte das Gesicht seines Sohnes, während er weiter den Bach hinaufwatete.

Am Nachmittag machte Bernat Rast. Der Wald war so dicht geworden, dass die Bäume bis an den Bach heranreichten und den Himmel vollständig verdeckten. Er setzte sich auf einen Felsbrocken und betrachtete seine Beine, die weiß waren und aufgeweicht vom Wasser. Erst jetzt nahm er den Schmerz in seinen Füßen wahr, aber er gab nichts darauf. Er legte das Gepäck ab und band Arnau los. Der Kleine hatte die Augen geöffnet. Er vermischte Milch mit Wasser, fügte gemahlenes Getreide hinzu, rührte die Mischung um und hielt dem Kind die Schüssel an die Lippen. Arnau verzog das Gesicht. Bernat tauchte einen Finger in den Bach, tunkte ihn dann in den Brei und versuchte es erneut. Nach mehreren Versuchen reagierte Arnau und ließ sich von seinem Vater mit dem Finger füttern. Als die Schüssel leer war, schloss er die Augen und schlief ein. Bernat aß nur ein wenig Pökelfleisch. Er hätte sich gerne ausgeruht, aber er hatte noch einen weiten Weg vor sich.

»Die Höhle der Estanyols«, so hatte sein Vater sie genannt. Sie erreichten sie im Dunkeln, nachdem sie eine weitere Rast eingelegt hatten, damit Arnau etwas zu essen bekam. Man betrat die Höhle durch einen schmalen Spalt im Fels, den Bernat, sein Vater und zuvor sein Großvater von innen mit Baumstämmen verschlossen hatten, um geschützt vor Unwetter und wilden Tieren zu schlafen, wenn sie auf der Jagd waren.

Er machte ein Feuer vor dem Eingang der Höhle und ging dann mit einer Fackel hinein, um sich zu vergewissern, dass kein Tier darin hauste. Dann legte er Arnau auf ein improvisiertes Lager aus dem Sack und trockenem Reisig und fütterte ihn erneut. Der Kleine nahm die Nahrung an und fiel dann in einen tiefen Schlaf, genau wie Bernat, der nicht einmal mehr die Kraft hatte, von dem Pökelfleisch zu essen. Hier waren sie in Sicherheit vor dem Grundherrn, dachte er, bevor er die Augen schloss und, dem Atem seines Sohnes lauschend, einschlief.

Llorenç de Bellera preschte mit seinen Männern im gestreckten Galopp davon, nachdem der Schmiedemeister seinen Gehilfen tot in einer Blutlache gefunden hatte. Arnaus Verschwinden und die Tatsache, dass sein Vater auf der Burg gesehen worden war, wiesen direkt auf Bernat hin. Der Herr von Navarcles, der hoch zu Pferde vor dem Tor des Gehöfts der Estanyols wartete, lächelte, als seine Männer ihm mitteilten, dass drinnen großes Durcheinander herrsche und Bernat offensichtlich mit seinem Sohn geflohen sei.

»Nach dem Tod deines Vaters bist du noch einmal davongekommen«, presste er hervor, »aber jetzt wird all das mir gehören. Sucht ihn!«, rief er seinen Männern zu. Dann wandte er sich an seinen Verwalter: »Mach eine Aufstellung aller Güter, des Hausrats und des Viehs dieses Anwesens und gib acht, dass kein Gran Korn fehlt. Dann mach dich auf die Suche nach Bernat.«

Nach einigen Tagen wurde der Verwalter bei seinem Herrn im Burgfried vorstellig.

»Wir haben auf den übrigen Gehöften gesucht, in den Wäldern und auf den Feldern. Keine Spur von Estanyol. Er muss in eine Stadt geflohen sein, vielleicht nach Manresa oder ...«

Llorenç de Bellera brachte ihn mit einer Handbewegung zum Schweigen.

»Er wird schon auftauchen. Gib den übrigen Grundherren und unseren Spitzeln in den Städten Bescheid. Sag ihnen, ein Leibeigener sei von meinem Land verschwunden und müsse ergriffen werden.«

In diesem Moment erschienen Francesca und Doña Caterina. Francesca hatte Jaume, Caterinas Sohn, auf dem Arm. Llorenç de Bellera sah sie an und verzog das Gesicht. Er brauchte sie nicht mehr. »Meine Liebe«, sagte er zu seiner Frau, »ich begreife nicht, wie Ihr es zulassen könnt, dass eine Hure meinen Sohn nährt.« Doña Caterina zuckte zusammen. »Wisst Ihr etwa nicht, dass Eure Amme es mit der gesamten Soldatenschaft treibt?«

Doña Caterina riss Francesca ihren Sohn aus den Armen.

Als Francesca erfuhr, dass Bernat mit Arnau geflohen war, fragte sie sich, was wohl aus ihrem Kleinen geworden war. Das Land und der Besitz der Estanyols gehörte nun dem Herrn de Bellera. Sie wusste nicht wohin, und solange fielen die Soldaten weiter über sie her. Ein Stück hartes Brot, etwas verfaultes Gemüse, manchmal ein Knochen zum Abnagen, das war der Preis für ihren Körper.

Keiner der zahlreichen Bauern, die zur Burg hinaufkamen, würdigte sie auch nur eines Blickes. Francesca versuchte einige Male, einen von ihnen anzusprechen, aber sie wichen ihr aus. Nach Hause zu ihren Eltern traute sie sich nicht, denn ihre Mutter hatte sie vor dem Backhaus öffentlich verstoßen, und so war sie gezwungen, in der Nähe der Burg zu bleiben, eine von vielen Bettlern, die an der Burgmauer nach Abfällen wühlten. Ihr einziges Schicksal schien es zu sein, im Gegenzug für die Essensreste des Soldaten, der sie an diesem Tag ausgewählt hatte, von Hand zu Hand zu gehen.

Es wurde September. Mit Arnau ging es allmählich aufwärts. Bernat hatte seinen Sohn bereits lächeln sehen, und er machte auf allen vieren Ausflüge durch die Höhle und in die nähere Umgebung. Aber die Vorräte begannen knapp zu werden, und der Winter stand vor der Tür. Es war Zeit für den Aufbruch.

4

Zu seinen Füßen lag die Stadt.

»Sieh nur, Arnau«, sagte Bernat zu dem Kind, das friedlich an seine Brust geschmiegt schlief. »Barcelona. Dort werden wir frei sein.«

Seit seiner Flucht mit Arnau hatte Bernat immerzu an diese Stadt gedacht, die große Hoffnung aller Unfreien. Bernat hatte von ihr gehört, wenn sie das Land des Herrn bestellten, die Mauern der Burg ausbesserten oder irgendeine andere Arbeit für den Herrn de Bellera verrichteten. Immer auf der Hut, um nicht von dem Verwalter oder den Soldaten gehört zu werden, hatte das Getuschel lediglich Neugier in Bernat geweckt. Er war glücklich auf seinem Land und hätte niemals seinen Vater im Stich gelassen. Er hätte auch nicht mit ihm flüchten können. Aber nachdem er sein Land verloren hatte und nachts in der Höhle den Schlaf seines Sohnes bewachte, hatten diese Worte Gestalt angenommen, bis sie von den Wänden der Höhle widerhallten.

»Wenn man es schafft, ein Jahr und einen Tag dort zu leben, ohne von seinem Grundherrn entdeckt zu werden«, erinnerte er sich, »erhält man die Bürgerschaft und ist frei.« Damals hatten alle Leibeigenen geschwiegen. Bernat hatte sie angesehen. Einige hatten mit finsterer Miene die Lippen zusammengepresst, andere hatten den Kopf geschüttelt, und wieder andere hatten gelächelt und in den Himmel geblickt.

»Und man muss nur in der Stadt leben?«, hatte ein Junge das Schweigen gebrochen. Er war einer von denen, die davon geträumt hatten, die Fesseln zu zerreißen, die sie an ihr Land ketteten. »Weshalb kann man in Barcelona die Freiheit erhalten?«

Der Älteste hatte ihm bedächtig geantwortet: »Ja, mehr ist nicht nötig. Man muss nur eine Zeitlang dort leben.«

Der Junge hatte ihn mit leuchtenden Augen gebeten, weiterzuerzählen.

»Barcelona ist sehr reich. Viele Jahre lang, von Jaime dem Eroberer bis zu Pedro dem Großen, haben die Könige von der Stadt Geld für ihre Kriege und für ihren Hof gefordert. In all diesen Jahren haben die Bürger Barcelonas dieses Geld bezahlt, dafür jedoch besondere Privilegien verlangt. Schließlich schrieb Pedro der Große diese Rechte während des Krieges gegen Sizilien in einem Kodex fest.« Der Alte hatte gestockt. »*Recognoverunt proceres* heißt er, glaube ich. Dort steht geschrieben, dass wir die Freiheit erwerben können. Barcelona braucht Arbeiter, freie Arbeiter.«

Am nächsten Tag war der Junge nicht zu der vom Herrn festgesetzten Zeit erschienen. Und auch nicht am darauffolgenden Tag. Sein Vater aber hatte schweigend weitergearbeitet. Nach drei Monaten hatte man den Jungen, angetrieben von Peitschenhieben, in Ketten zurückgebracht. Doch alle glaubten, einen Funken Stolz in seinen Augen erkennen zu können.

Von den Höhen der Sierra de Collserola, auf der alten Römerstraße, die Ampurias mit Tarragona verband, sah Bernat der Freiheit entgegen ... und erblickte das Meer! Er hatte es noch nie zuvor gesehen, hatte sich diese gewaltige Wasserfläche, die kein Ende zu haben schien, nicht einmal ausmalen können. Er wusste, dass es auf der anderen Seite dieses Meeres katalanische Besitzungen gab, das erzählten die Händler, aber vorstellen konnte er sich das nicht so recht. Zum ersten Mal sah er etwas, das kein Ende zu haben schien. »Hinter diesen Bergen.« – »Auf der anderen Seite des Flusses.« Immer hatte er Fremden, die nach dem Weg fragten, einen solchen Punkt benennen können ... Er blickte zum Horizont, der mit dem Wasser verschmolz. So schaute er eine Weile in die Ferne, während er Arnaus Köpfchen streichelte, über die weichen, lockigen Haare, die ihm während der Zeit in den Bergen gewachsen waren.

Dann sah er dorthin, wo das Meer auf Land traf. Fünf Schiffe ankerten vor der kleinen Insel Maians. Bis zu diesem Tag hatte Bernat lediglich Zeichnungen von Schiffen gesehen. Zu seiner Rechten erhob sich der Berg Montjuïc, der ebenfalls vom Meer umspült wurde. Zu seinen Füßen erstreckten sich Felder und Ebenen, bis hin zu den Stadtmauern von Barcelona. Innerhalb der Mauern befanden sich Hunderte von Häusern. Einige duckten sich flach zwischen die Nachbarbauten, andere waren von majestätischer Pracht: Paläste, Kirchen,

Klöster ... Bernat fragte sich, wie viele Leute dort leben mochten. Die Stadt schien ihm wie ein Bienenstock. Außer zum Meer hin war sie an allen Seiten von Mauern umgeben, und jenseits der Mauern nur noch Felder. Vierzigtausend Menschen lebten hier, hatte er gehört.

»Wie soll man uns unter vierzigtausend Menschen finden?«, murmelte er und sah Arnau an. »Du wirst frei sein, mein Sohn.«

Dort konnten sie untertauchen. Er würde nach seiner Schwester suchen. Doch Bernat wusste, dass er zuerst durch die Stadttore musste. Und wenn Llorenç de Bellera seine Beschreibung ausgegeben hatte? Das Muttermal ... In den drei Nächten, die er von den Bergen bis hierher gebraucht hatte, hatte er darüber nachgedacht. Er setzte sich auf den Boden und ergriff einen Hasen, den er mit der Armbrust erlegt hatte. Er schnitt ihm die Kehle durch und ließ das Blut auf seine Handfläche tropfen, in der er ein kleines Häuflein Sand hielt. Er vermischte das Blut mit dem Sand, und als die Mischung zu trocknen begann, strich er sie über sein rechtes Auge. Dann steckte er den Hasen in den Sack.

Als er merkte, dass die Paste getrocknet war und er das Auge nicht mehr öffnen konnte, begann er den Abstieg zum Stadttor Santa Anna im nördlichen Teil der westlichen Stadtmauer. Die Leute bildeten eine Schlange auf dem Weg, um in die Stadt zu gelangen. Bernat schloss sich ihnen an, wobei er leicht die Füße nachzog, während er unablässig das Kind streichelte, das mittlerweile wach war. Ein barfüßiger Bauer, der sich unter einem großen Sack Rüben beugte, wandte sich zu ihm um. Bernat lächelte ihm zu.

»Lepra!«, schrie der Bauer, ließ den Sack fallen und sprang mit einem Satz vom Weg.

Bernat sah, wie die ganze Schlange bis hin zum Stadttor sich auflöste und zu beiden Seiten in den Straßengraben zurückwich. Sie rückten von ihm ab und ließen Gegenstände und Lebensmittel, mehrere Karren und einige Maultiere vor dem Stadttor zurück. Und mittendrin tappten schreiend die Blinden umher, die vor dem Stadttor Santa Anna um Almosen bettelten.

Arnau begann zu weinen, und Bernat sah, wie die Soldaten ihre Schwerter zogen und die Tore schlossen.

»Geh zum Siechenhaus!«, schrie ihm jemand von Ferne zu.

»Es ist keine Lepra!«, protestierte Bernat. »Ich habe mir einen Ast ins Auge gestoßen. Seht her!« Bernat hob die Hände und bewegte sie. Dann setzte er Arnau ab und begann sich zu entkleiden. »Seht her!«, sagte er noch einmal und zeigte seinen kräftigen, unversehrten, makellosen Körper, ohne eine Schwäre oder eine offene Stelle. »Seht her! Ich bin nur ein Bauer, aber ich brauche einen Arzt, der mein Auge heilt, andernfalls kann ich nicht mehr arbeiten.«

Einer der Soldaten näherte sich ihm. Der Hauptmann musste ihm einen Stoß in den Rücken geben. Einige Schritte vor Bernat blieb er stehen und musterte ihn.

»Dreh dich um«, wies er ihn an, während er eine kreisende Bewegung mit dem Finger machte.

Bernat gehorchte. Der Soldat wandte sich an den Hauptmann und schüttelte den Kopf. Vom Tor deuteten sie mit dem Schwert auf Arnau, der zu Bernats Füßen saß.

»Und das Kind?«

Bernat bückte sich, um seinen Sohn hochzunehmen. Er entkleidete ihn, wobei er ihn mit der rechten Körperseite an seine Brust drückte, packte ihn am Kopf und hielt ihn so vor sich, um ihn zu zeigen; mit den Finger verdeckte er das Muttermal.

Der Soldat schüttelte erneut den Kopf, während er zum Tor hinübersah.

»Du solltest die Wunde verbinden, Bauer«, sagte er. »Andernfalls wirst du keinen Schritt in der Stadt machen können.«

Die Leute kehrten auf den Weg zurück. Das Stadttor Santa Anna wurde wieder geöffnet, und der Bauer mit den Rüben schulterte seinen Sack, ohne Bernat eines Blickes zu würdigen.

Als Bernat das Stadttor durchquerte, hatte er sich ein Hemdchen von Arnau über die Wunde gebunden. Die Soldaten sahen ihm hinterher, aber wie sollte er nun keine Aufmerksamkeit erregen, da sein halbes Gesicht von einem Hemd bedeckt war? Er ließ das Kollegiat Santa Anna zur Linken liegen und ging hinter den Leuten her, die in die Stadt strömten. Den Kopf hielt er gesenkt. Die Bauern begannen sich in der Stadt zu zerstreuen; die nackten Füße, die Riemenschuhe und die Strohsandalen verschwanden, und Bernat sah plötzlich ein Paar Beine vor sich, die in feuerroten seidenen Strümpfen steckten. Diese wiederum endeten in grünen Schuhen aus feinem Stoff, die eng an den Füßen anlagen und in zwei Spitzen ausliefen, die so lang waren, dass sie mit einem goldenen Kettchen an den Knöcheln festgebunden waren.

Er blickte auf und sah sich einem Mann mit Hut gegenüber. Dieser trug ein mit Gold- und Silberfäden verziertes Gewand, einen gleichfalls goldbestickten Gürtel sowie Perlen und Edelsteine. Bernat starrte ihn mit offenem Mund an. Der Mann wandte sich ihm zu, sah jedoch durch ihn hindurch, als ob er nicht existierte.

Bernat zögerte, schlug die Augen wieder nieder und atmete erleichtert auf, als er sah, dass der Mann ihm nicht die geringste Aufmerksamkeit schenkte. Er ging bis zur Kathedrale, die sich noch im Bau befand, und allmählich begann er den Kopf zu heben. Niemand beachtete ihn. Eine Weile sah er zu, wie die Tagelöhner an der Kirche arbeiteten: Sie klopften Steine, liefen auf hohen Gerüsten herum, hievten riesige Steinquader mit Kränen nach oben ... Dann begann Arnau zu weinen und verlangte seine Aufmerksamkeit.

»Guter Mann«, wandte er sich an einen Arbeiter, der an ihm vorbeiging, »wo finde ich das Töpferviertel?« Seine Schwester Guiamona hatte einen Töpfer geheiratet.

»Geh diese Straße entlang«, antwortete ihm der Mann in Eile, »bis du zum nächsten Platz kommst, der Plaza de Sant Jaume. Dort siehst du einen Brunnen. Halte dich rechts und geh weiter bis zur neuen Stadtmauer am Portal de la Boquería. Aber dort gehst du nicht ins Raval, sondern immer an der Mauer entlang in Richtung Meer bis zum nächsten Stadttor, dem Portal de Trentaclaus. Dort ist das Töpferviertel.«

Bernat versuchte vergeblich, sich all diese Namen zu merken, aber als er noch einmal nachfragen wollte, war der Mann bereits verschwunden.

»Geh diese Straße entlang bis zur Plaza de Sant Jaume«, sagte er zu Arnau. »Daran erinnere ich mich noch. Auf dem Platz biegen wir nach rechts ab, daran erinnern wir uns auch noch, nicht wahr, mein Sohn?«

Arnau hörte auf zu weinen, sobald er die Stimme seines Vaters hörte.

»Und jetzt?«, fragte Bernat laut. Sie standen auf einem anderen Platz, der Plaza de Sant Miquel. »Dieser Mann hat nur von *einem* Platz gesprochen. Aber wir können nicht falsch gegangen sein.«

Bernat versuchte einige Leute zu fragen, doch niemand blieb stehen.

»Alle haben es eilig«, sagte er zu Arnau, als er einen Mann vor – ja, vor was? einer Burg? – stehen sah. »Der da scheint keine Eile zu haben. Vielleicht ... Guter Mann«, rief er ihm zu, während er an seinem schwarzen Umhang zupfte.

Selbst Arnau, der sich an seine Brust klammerte, zuckte zusammen, als der Mann sich umdrehte, so sehr erschrak Bernat.

Der alte Jude schüttelte nachsichtig den Kopf. »Sprich«, sagte er zu ihm.

Bernat konnte den Blick nicht von dem gelben Zeichen wenden, das auf der Brust des alten Mannes prangte. Dann warf er einen Blick in das, was er für eine befestigte Burg gehalten hatte. Alle, die dort ein und aus gingen, waren Juden! Alle trugen dieses Zeichen. Ob es erlaubt war, mit ihnen zu sprechen?

»Willst du etwas?«, fragte der Alte noch einmal.

»Wie ... wie komme ich ins Töpferviertel?«

»Folge dieser Straße«, wies ihm der alte Mann die Richtung, »dann kommst du zum Portal de la Boquería. Folge der Mauer in Richtung Meer, und am nächsten Stadttor ist das Viertel, nach dem du suchst.«

Bernat hatte gehört, dass man keine fleischlichen Beziehungen mit Juden unterhalten dürfe. Deswegen zwang die Kirche sie, dieses Zeichen zu tragen, damit niemand behaupten konnte, er habe nicht gewusst, dass es sich um einen Juden handelte. Die Priester sprachen stets voller Empörung über diese Leute, doch dieser alte Mann ...

»Danke, guter Mann«, sagte Bernat und lächelte vorsichtig.

»Ich danke dir«, antwortete dieser, »doch in Zukunft gib acht, dass man dich nicht mit einem von uns sprechen sieht, geschweige denn mit einem Lächeln.«

Der alte Mann verzog schmerzlich den Mund.

Am Portal de la Boquería sah Bernat eine große Anzahl von Frauen, die Fleisch kauften, Hühnerklein und Ziegenfleisch. Er sah ein Weilchen zu, wie sie die Ware prüften und mit den Händlern feilschten.

»Das ist das Fleisch, das unserem Herrn solche Probleme macht«, sagte er zu dem Kind. Dann lachte er bei dem Gedanken an Llorenç de Bellera. Wie oft hatte er gesehen, wie dieser versucht hatte, die Hirten und Viehzüchter einzuschüchtern, die ihr Fleisch in die gräfliche Stadt lieferten! Aber mehr hatte er nicht gewagt, als ihnen mit seinen Pferden und seinen Soldaten Angst einzujagen. Wer Vieh nach Barcelona lieferte, hatte Weiderecht im gesamten Prinzipat, denn es durften nur lebende Tiere in die Stadt gebracht werden.

Bernat machte einen Bogen um den Markt und ging hinunter zum Portal de Trentaclaus. Hier waren die Straßen schmaler, und als er zu dem Stadttor kam, bemerkte er, dass vor den Häusern Dutzende von Keramikgegenständen trockneten, Teller, Schüsseln, Töpfe, Krüge oder Ziegel.

»Ich suche das Haus von Grau Puig«, sagte er zu einem der Soldaten, die das Stadttor bewachten.

Die Puigs waren Nachbarn der Estanyols gewesen. Bernat erinnerte sich an Grau, den vierten von acht Söhnen, die von dem wenigen Land, das die Puigs besaßen, nicht satt wurden. Seine Mutter hatte die Leute sehr geschätzt, weil die Mutter der Puigs ihr bei der Geburt von Bernat geholfen hatte. Grau war der Klügste und Fleißigste der acht. Deshalb war Josep Puigs Wahl auf den damals Zehnjährigen gefallen, als ein Verwandter sich angeboten hatte, einen seiner Söhne als Töpferlehrling in Barcelona anzunehmen.

Doch da Josep Puig schon kaum seine Familie ernähren konnte, hätte er nur schwerlich die zwei Scheffel Weizen und die zehn Sueldos aufbringen können, die sein Verwandter für die fünf Lehrjahre forderte. Dazu kamen noch die zwei Sueldos, die Llorenç de Bellera dafür verlangte, dass er einen seiner Untertanen freigab, und die Kleidung, die Grau während der ersten beiden Jahre benötigte. Im Lehrvertrag verpflichtete sich der Meister lediglich, diesen in den letzten drei Jahren einzukleiden.

Deshalb war Puig in Begleitung seines Sohnes Grau, der etwas älter war als Bernat und seine Schwester, auf dem Hof der Estanyols vorstellig geworden. Der verrückte Estanyol hörte sich Josep Puigs Vorschlag aufmerksam an: Wenn er seiner Tochter die verlangten Dinge als Mitgift gab und diese Grau im Voraus aushändigte, würde sein Sohn mit achtzehn Jahren, wenn er Töpfergeselle war, die Ehe mit Guiamona eingehen. Der verrückte Estanyol sah Grau an. Manchmal, wenn seine Familie nicht mehr ein noch aus gewusst hatte, hatte der Junge ihnen bei der Feldarbeit geholfen. Er hatte nie um etwas gebeten, aber er war immer mit einem bisschen Gemüse oder Getreide nach Hause zurückgekehrt. Der verrückte Estanyol hatte Vertrauen in ihn, und so ging er auf den Vorschlag ein.

Nach fünf harten Lehrjahren war Grau Geselle geworden. Er tat, was sein Meister von ihm verlangte, und zufrieden mit seinen Leistungen, begann dieser ihm einen Lohn zu zahlen. Mit achtzehn Jahren löste Grau sein Versprechen ein und heiratete Guiamona.

»Junge«, hatte sein Vater damals zu Bernat gesagt, »ich habe beschlossen, Guiamona noch einmal eine Mitgift zu geben. Wir sind nur zu zweit und haben das beste, größte und fruchtbarste Land in der ganzen Gegend. Sie können das Geld gut gebrauchen.«

»Aber Vater«, war ihm Bernat ins Wort gefallen, »weshalb rechtfertigt Ihr Euch?«

»Weil deine Schwester ihre Mitgift schon bekommen hat und du mein Erbe bist. Es ist dein Geld.«

»Tut das, was Ihr für richtig haltet.«

Vier Jahre später, mit zweiundzwanzig, stellte sich Grau der öffentlichen Prüfung, die von den vier Zunftmeistern abgenommen wurde. Unter den aufmerksamen Blicken der Männer fertigte er seine ersten eigenen Stücke an, einen Krug, zwei Teller und eine Schüssel, und wurde von ihnen zum Meister ernannt. Dies ermöglichte es ihm, eine eigene Werkstatt in Barcelona zu eröffnen und natürlich das Meisterzeichen zu verwenden, das für eventuelle Reklamationen in jede Keramik geprägt werden musste, die seine Werkstatt verließ. Grau wählte in Anlehnung an seinen Nachnamen einen stilisierten Berg.

Grau und Guiamona, die ein Kind erwartete, bezogen ein kleines eingeschossiges Häuschen im Töpferviertel, das auf königliche Anordnung im äußersten Westen der Stadt lag, zwischen der von König Jaime I. errichteten Stadtmauer und dem alten Festungsring der Stadt. Sie kauften das Haus von Guiamonas Mitgift, die sie für einen solchen Zweck zurückgelegt hatten.

In diesem Haus, in dem sich die Werkstatt im Wohnraum befand und der Brennofen in der Schlafkammer stand, begann Grau zu einem Zeitpunkt mit seinem Gewerbe, als sich der Handel in Katalonien im Aufschwung befand. Von den Handwerkern wurde verlangt, sich zu spezialisieren, was viele von ihnen, die in der Tradition verhaftet waren, verweigerten.

»Wir werden Krüge und Karaffen machen«, beschloss Grau, »nur Krüge und Karaffen.«

Guiamona betrachtete die vier Meisterstücke, die ihr Mann angefertigt hatte.

»Ich habe viele Händler gesehen«, fuhr ihr Mann fort, »die förmlich um Karaffen für Öl, Honig oder Wein bettelten, und Töpfermeister, die sie ohne Umschweife wieder wegschickten, weil sie ihre Öfen brauchten, um komplizierte Kacheln für ein neues Haus zu brennen, bunt glasierte Teller für das Tafelgeschirr eines Adligen oder Tiegel für einen Apotheker.«

Guiamona fuhr mit den Fingern über die Meisterstücke. Wie glatt sie waren! Als Grau sie ihr in seinem Glück nach seiner Prüfung geschenkt hatte, hatte sie geglaubt, dass sie stets von solchen Dingen umgeben sein würde. Sogar die Zunftmeister hatten ihm gratuliert. Mit diesen vier Stücken hatte Grau allen Töpfermeistern gezeigt, dass er sein Handwerk beherrsche. Der Krug, die beiden Teller und die Schüssel waren mit Zickzacklinien, Palmblättern, Rosetten und Lilien verziert und vereinten auf einer vorab aufgetragenen weißen Grundierung alle Farben auf sich: das für Barcelona so typische Kupfergrün, das auf keinem Meisterstück der gräflichen Stadt fehlen durfte, Manganrot, Eisenschwarz, Kobaltblau und Antimonatgelb. Jede Linie und jede Verzierung war in einer anderen Farbe gehalten. Guiamona hatte es kaum abwarten können, bis die Stücke gebrannt waren, aus Angst, sie könnten im Ofen zerspringen. Zum Schluss hatte Grau eine Bleiglasur aufgetragen, die sie vollständig versiegelte. Guiamona spürte erneut die glatte Oberfläche unter ihren Fingerkuppen. Und nun wollte er nur noch Krüge anfertigen.

Grau trat zu seiner Frau.

»Mach dir keine Sorgen«, beruhigte er sie, »für dich werde ich weiterhin solche Sachen machen.«

Grau war erfolgreich. Er füllte den Brennofen seiner kleinen Werkstatt mit Krügen und Karaffen, und bald wussten die Händler, dass sie bei Grau Puig jederzeit alles bekamen, was sie brauchten. Niemand musste mehr bei überheblichen Töpfermeistern betteln.

Und so unterschied sich das Haus, vor dem Bernat nun stand, während der kleine Arnau wach geworden war und nach seinem Essen verlangte, ganz erheblich von jener ersten Werkstatt. Soweit Bernat mit seinem linken Auge erkennen konnte, handelte es sich um ein großes, zweistöckiges Gebäude. Im Erdgeschoss, das zur Straße hin offen war, befand sich die Töpferei. In den beiden darüberliegenden Stockwerken wohnte der Meister mit seiner Familie. Neben dem Haus gab es ein Gemüsebeet und einen Garten, und auf der anderen Seite Nebengebäude, in denen sich die Brennöfen befanden, sowie ein Platz, wo unzählige Krüge und Karaffen in allen Formen, Größen und Farben zum Trocknen in der Sonne lagen. Hinter dem Haus befand sich eine Freifläche, wo der Ton und andere Materialien entladen und gelagert wurden, wie es städtische Vorschrift war. Dort wurden auch die Asche und andere Rückstände aus den Brennöfen aufbewahrt, denn es war den Töpfern verboten, diese einfach auf die Straße zu kippen.

In der Werkstatt, die von der Straße aus einsehbar war, arbeiteten zehn Mann. Ihrem Aussehen nach war keiner von ihnen der Meister. Bernat sah, wie sich vor der Tür neben einem mit neuen Krügen beladenen Ochsenkarren zwei Männer voneinander verabschiedeten. Einer von ihnen stieg auf den Karren und fuhr los. Der andere war gut gekleidet, und bevor er in die Werkstatt zurückkehren konnte, rief Bernat nach ihm.

»Wartet!«

Der Mann sah zu, wie Bernat näher kam.

»Ich suche Grau Puig«, erklärte dieser.

Der Mann musterte ihn von oben bis unten.

»Falls du Arbeit suchst, wir brauchen niemanden. Der Meister hat keine Zeit zu vergeuden«, sagte er dann missgelaunt, »und ich auch nicht.«

Mit diesen Worten kehrte er ihm den Rücken zu.

»Ich bin ein Verwandter des Meisters.«

Der Mann erstarrte und fuhr dann herum.

»Hat dir der Meister nicht schon genug Geld gegeben? Warum gibst du nicht endlich Ruhe?«, grummelte er, während er Bernat einen Schubs gab. Arnau begann zu weinen. »Du hast es doch gehört: Wenn du dich noch einmal hier blicken lässt, zeigen wir dich an. Grau Puig ist ein einflussreicher Mann.«

Bernat war zurückgewichen, während der Mann ihn vor sich her stieß. Er wusste nicht, wovon er sprach.

»Hört mich an«, verteidigte er sich, »ich . . .«

Arnau weinte.

»Hast du mich nicht verstanden?«, überbrüllte der Mann Arnaus Geschrei.

Doch dann kam aus einem der Fenster im Obergeschoss ein Schrei, der noch lauter war.

»Bernat! Bernat!«

Bernat und der Mann sahen zu der Frau hinauf, die mit dem Oberkörper aus dem Fenster lehnte und winkte.

»Guiamona!«, rief Bernat zurück.

Die Frau verschwand, und Bernat wandte sich wieder dem Mann zu, der die Augen zusammengekniffen hatte.

»Du kennst Doña Guiamona?«, fragte er ihn.

»Sie ist meine Schwester«, antwortete Bernat trocken. »Und damit du es weißt, mir hat niemand jemals irgendwelches Geld gegeben.«

»Es tut mir leid«, entschuldigte sich der Mann mit hochrotem Kopf. »Ich meinte die Brüder des Meisters: Erst kommt der eine, dann der nächste, und dann noch einer und noch einer.«

Als Bernat seine Schwester aus dem Haus kommen sah, ließ er den Mann einfach stehen und lief zu ihr hin, um sie zu umarmen.

»Und Grau?«, fragte Bernat seine Schwester, nachdem sie es sich bequem gemacht hatten. Zuvor hatte er sich das Blut vom Auge gewischt, Arnau der maurischen Sklavin übergeben, die sich um die kleinen Kinder von Guiamona kümmerte, und zugesehen, wie der Junge eine Schüssel Milch mit Getreide gegessen hatte. »Ich würde ihn gerne in die Arme schließen.«

Guiamona verzog das Gesicht.

»Was ist los?«, wunderte sich Bernat.

»Grau hat sich sehr verändert. Er ist jetzt wohlhabend und einflussreich.«

Guiamona wies auf die zahlreichen Truhen, die entlang der Wände standen, einen Schrank – ein Möbelstück, das Bernat noch nie zuvor gesehen hatte – mit einigen Büchern und Keramiken, die Teppiche, die den Boden zierten, und die Vorhänge, die vor den Fenstern hingen.

»Er kümmert sich kaum noch um die Werkstatt und den Verkauf; das macht Jaume, sein erster Geselle, den du auf der Straße getroffen hast. Grau handelt jetzt mit Schiffen, Wein und Öl. Er ist Zunftmeister und ein angesehener Mann in der Stadt, und er will unbedingt in den Rat der Hundert gewählt werden.«

Guiamona ließ ihren Blick durchs Zimmer schweifen.

»Er ist nicht mehr der Alte, Bernat.«

»Du hast dich auch sehr verändert«, unterbrach Bernat sie.

Guiamona sah an ihrem füllig gewordenen Körper hinunter und nickte lächelnd.

»Dieser Jaume«, hakte Bernat nach, »hat etwas über Graus Verwandte gesagt. Was meinte er damit?«

Guiamona schüttelte den Kopf, bevor sie antwortete.

»Nun, er meinte, dass sie alle in der Werkstatt aufgetaucht sind, als sie erfuhren, dass ihr Bruder zu Geld gekommen war. Brüder, Vettern und Neffen flohen von ihrem Land, um Graus Hilfe zu erbitten.«

Guiamona entging der Gesichtsausdruck ihres Bruders nicht.

»Du etwa auch . . .?«

Bernat nickte.

»Aber . . . du hattest so ein wunderbares Stück Land!«

Guiamona konnte die Tränen nicht zurückhalten, während Bernat seine Geschichte erzählte. Als er ihr von dem Jungen in der Schmiede berichtete, stand sie auf und kniete neben dem Stuhl nieder, auf dem ihr Bruder saß.

»Aber das erzählst du niemandem«, riet sie ihm. Dann hörte sie ihm weiter zu, den Kopf an sein Bein geschmiegt.

»Mach dir keine Sorgen«, schluchzte sie, als Bernat mit seiner Erzählung zu Ende war. »Wir werden dir helfen.«

»Aber Schwester«, sagte Bernat, während er ihr über den Kopf strich, »wie wollt ihr mir helfen, wenn Grau nicht einmal seinen eigenen Brüdern geholfen hat?«

»Weil du anders bist!«, flüsterte Guiamona schniefend.

Es war bereits dunkel, als ihr Mann nach Hause kam. Der kleine, schmale Grau kam aufgeregt schimpfend die Treppe hinauf. Guiamona hatte auf ihn gewartet und hörte ihn kommen. Jaume hatte Grau über die neue Situation informiert: »Euer Schwager schläft in der Scheune bei den Lehrlingen und das Kind . . . bei Euren Kindern.«

Grau ging wütend auf seine Frau los, als sie ihm entgegentrat.

»Wie konntest du es wagen?«, schrie er sie an, nachdem er sich ihre ersten Erklärungen angehört hatte. »Er ist ein Leibeigener auf der Flucht! Weißt du, was es bedeuten würde, wenn man einen Flüchtigen in meinem Haus fände? Mein Ruin! Es wäre mein Ruin!«

Guiamona hörte ihm zu, ohne ihn zu unterbrechen, während er vor ihr auf und ab lief und mit den Händen fuchtelte. Sie war einen Kopf größer als er.

»Du bist verrückt! Ich habe meine eigenen Brüder auf Schiffen in die Fremde geschickt. Ich habe den Frauen meiner Familie Mitgift gegeben, damit sie Männer von anderswo heiraten. Und das alles, damit niemand etwas dieser Familie anhaben kann. Und jetzt kommst du ... Warum sollte ich bei deinem Bruder anders handeln?«

»Weil mein Bruder anders ist!«, schrie sie zu seiner Überraschung.

Grau zögerte.

»Was ... was willst du damit sagen?«

»Das weißt du ganz genau. Ich glaube nicht, dass ich dich daran erinnern muss.«

Grau senkte den Blick.

»Gerade heute«, murmelte er, »habe ich mich mit einem der fünf Ratsherren der Stadt getroffen, damit man mich als Zunftmeister in den Rat der Hundert wählt. Es sieht so aus, als hätte ich drei der fünf Ratsherren auf meiner Seite. Kannst du dir vorstellen, was meine Gegner sagen werden, wenn sie erfahren, dass ich einem flüchtigen Leibeigenen Unterschlupf gewährt habe?«

Guiamona sagte sanft zu ihrem Mann: »Wir verdanken ihm alles.«

»Ich bin nur ein Handwerker, Guiamona. Reich, aber ein Handwerker. Die Adligen verachten mich, und die Händler hassen mich, auch wenn sie mit mir zusammenarbeiten. Wenn sie herausbekommen, dass wir einen Flüchtigen aufgenommen haben ... Weißt du, was die adligen Grundherren dazu sagen würden?«

»Wir verdanken ihm alles«, wiederholte Guiamona.

»Gut, dann geben wir ihm Geld, und er soll verschwinden.«

»Was er braucht, ist die Freiheit. Ein Jahr und einen Tag.«

Grau wanderte erneut nervös im Zimmer auf und ab. Dann schlug er die Hände vors Gesicht.

»Wir können nicht«, sagte er. »Wir können nicht, Guiamona.« Er sah sie an. »Stell dir vor ...«

»Stell dir vor! Stell dir vor!«, fiel sie ihm ins Wort und erhob erneut die Stimme. »Stell dir vor, was geschieht, wenn wir ihn wegschicken, die Häscher Llorenç de Belleras oder deine eigenen Feinde ihn festnehmen und erfahren, dass du alles ihm verdankst, einem flüchtigen Leibeigenen, der einer Mitgift zustimmte, die mir nicht zustand.«

»Willst du mir drohen?«

»Nein, Grau, nein. Aber es steht geschrieben. Alles steht geschrieben. Wenn du es nicht aus Dankbarkeit tun willst, dann tu es für dich selbst. Es ist besser, wenn du ihn unter Kontrolle hast. Bernat wird Barcelona nicht verlassen. Alles, was er will, ist die Freiheit. Wenn du ihn nicht aufnimmst, laufen ein flüchtiger Bauer und ein Kind durch Barcelona, beide mit demselben Muttermal am rechten Auge wie ich, hilflos deinen Gegnern ausgeliefert, die du so fürchtest.«

Grau Puig sah seine Frau eindringlich an. Er wollte etwas erwidern, winkte dann aber ab. Er verließ den Raum, und Guiamona hörte ihn die Treppe zum Schlafzimmer hinaufgehen.

5

ein Sohn wird im großen Haus bleiben. Doña Guiamona wird sich um ihn kümmern. Wenn er alt genug ist, kann er als Lehrling in der Werkstatt anfangen.«

Bernat hörte nicht länger, was Jaume sagte. Der Geselle hatte bei Tagesanbruch in der Schlafkammer der Scheune gestanden. Sklaven und Lehrburschen waren wie vom Dämon besessen von ihren Strohsäcken aufgesprungen und waren schiebend und rempelnd hinausgelaufen. Bernat dachte, dass Arnau hier gut aufgehoben war und später ein Lehrling sein würde, ein freier Mann mit einem ehrbaren Beruf.

»Hast du verstanden?«, fragte ihn der Geselle.

Als Bernat schwieg, entfuhr Jaume ein Fluch.

»Verdammtes Bauernpack!«

Bernat war kurz davor, sich auf ihn zu stürzen, doch das Grinsen auf Jaumes Gesicht hielt ihn davon ab.

»Versuch es nur«, sagte er. »Tu es, und deine Schwester hat niemanden mehr, an den sie sich halten kann. Ich wiederhole dir noch einmal das Wichtigste, Bauer: Du wirst von Sonnenaufgang bis Sonnenuntergang arbeiten, wie alle anderen. Dafür erhältst du ein Bett, Essen und Kleidung ... und Doña Guiamona sorgt für deinen Sohn. Der Zutritt zum Haus ist dir untersagt. Unter keinen Umständen darfst du es betreten. Es ist dir außerdem verboten, die Werkstatt zu verlassen, bis das Jahr und der Tag vergangen sind, die du brauchst, damit man dir die Freiheit gewährt. Wenn ein Fremder die Werkstatt betritt, musst du dich verstecken. Du darfst niemandem von deiner Situation erzählen, nicht einmal den Leuten hier, obwohl ... mit diesem Muttermal ...« Jaume schüttelte den Kopf. »Das ist die Abmachung, die der Meister mit Doña Guiamona getroffen hat. Bist du damit einverstanden?«

»Wann kann ich meinen Sohn sehen?«, fragte Bernat.

»Das ist nicht meine Sache.«

Bernat schloss die Augen. Als sie Barcelona zum ersten Mal gesehen hatten, hatte er Arnau die Freiheit versprochen. Sein Sohn sollte nicht der Sklave eines Herrn sein wie er.

»Was muss ich tun?«, fragte er schließlich.

Die Brennöfen mit Holz befeuern, mit Hunderten, Tausenden von Holzscheiten, damit die Öfen immer arbeiteten. Und dafür sorgen, dass diese nie verloschen. Ton schleppen und aufräumen, den Lehm entfernen, Tonstaub aufkehren und Asche schippen. Immer und immer wieder im Schweiße seines Angesichts Asche und Staub in den Hinterhof schleppen. Wenn er mit Staub und Asche bedeckt zurückkam, war die Werkstatt erneut schmutzig, und die Arbeit begann von vorne. Die Krüge zusammen mit den Sklaven zum Trocknen in die Sonne bringen, stets bewacht von den aufmerksamen Blicken Jaumes, der brüllend zwischen ihnen umherlief, Backpfeifen unter den jungen Lehrlingen austeilte und die Sklaven misshandelte, bei denen er ohne zu zögern die Peitsche einsetzte, wenn etwas nicht zu seiner Zufriedenheit war.

Als ihnen einmal ein großes Gefäß aus den Händen fiel, das sie gerade in die Sonne tragen wollten, und über den Boden rollte, schlug Jaume mit der Peitsche auf die Schuldigen ein. Dabei war das Gefäß nicht einmal zerbrochen, aber der Verwalter brüllte wie von Sinnen und hieb erbarmungslos auf die drei Sklaven ein, die es gemeinsam mit Bernat geschleppt hatten. Irgendwann erhob er die Peitsche auch gegen Bernat.

»Wenn du das tust, bringe ich dich um«, drohte ihm dieser ganz ruhig.

Jaume zögerte. Dann lief er rot an und schlug mit der Peitsche nach den anderen, die sich bereits beeilt hatten, ausreichend Abstand zu bekommen. Jaume rannte ihnen hinterher. Als er ihn davonlaufen sah, atmete Bernat tief durch.

Dennoch schuftete er hart, ohne dass ihn jemand züchtigen musste. Er aß, was man ihm vorsetzte. Er hätte der dicken Frau, die ihnen das Essen brachte, gerne gesagt, dass seine Hunde besser ernährt worden waren, aber als er sah, wie gierig sich die Lehrjungen und die Sklaven über die Schüsseln hermachten, beschloss er zu schweigen. Er schlief im Gemeinschaftsschlafraum auf einem Strohsack, unter dem er seine wenigen Habseligkeiten und das Geld aufbewahrte, das ihm geblieben war. Aber die Auseinandersetzung mit Jaume schien ihm den Respekt der Sklaven und Lehrlinge und auch der übrigen Gesellen eingebracht zu haben, und so schlief Bernat ruhig, trotz der Flöhe, des Schweißgestanks und des Schnarchens ringsum.

Er ertrug das alles für die zweimal in der Woche, die ihm die maurische Sklavin den zumeist schlafenden Arnau nach unten brachte, wenn Guiamona sie nicht mehr benötigte. Bernat nahm ihn in die Arme und sog seinen Duft nach sauberen Kleidern und Kinderöl ein. Dann schob er vorsichtig, um ihn nicht zu wecken, die Kleider beiseite, um seine Ärmchen und Beinchen und das runde Bäuchlein zu betrachten. Er wuchs und gedieh. Bernat wiegte seinen Sohn in den Armen und sah Habiba an, die junge Maurin, um sie stumm um etwas mehr Zeit zu bitten. Manchmal versuchte er ihn zu streicheln, aber seine schwieligen Hände schadeten der zarten Kinderhaut, und Habiba nahm ihm den Kleinen sofort wieder weg. Im Laufe der Wochen gelangte er zu einem stummen Einverständnis mit der Maurin – sie sprach nie mit ihm –, und Bernat streichelte mit dem Handrücken über die rosigen Wangen des Kleinen. Wenn das Mädchen ihm schließlich bedeutete, den Jungen zurückzugeben, küsste er ihn auf die Stirn, bevor er ihn ihr überreichte.

Im Laufe der Monate stellte Jaume fest, dass Bernat sinnvollere Aufgaben in der Werkstatt übernehmen konnte. Die beiden hatten sich zu respektieren gelernt.

»Die Sklaven haben keinen Verstand im Kopf«, berichtete der Verwalter Grau Puig. »Sie arbeiten nur aus Angst vor der Peitsche, sie geben überhaupt nicht acht. Euer Schwager hingegen ...«

»Sag nicht, dass er mein Schwager ist!«, unterbrach ihn Grau wieder einmal, da sich Jaume nur zu gerne seinem Meister gegenüber diese Spitze herausnahm.

»Der Bauer«, verbesserte sich der Verwalter mit vorgetäuschter Verlegenheit, »der Bauer hingegen ist anders. Er zeigt Interesse selbst an den niedersten Arbeiten. Er reinigt die Öfen, wie sie noch nie ...«

»Und was schlägst du vor?«, unterbrach ihn Grau erneut, ohne von den Papieren aufzublicken, die er gerade durchsah.

»Nun, man könnte ihm Aufgaben mit größerer Verantwortung übertragen, und so billig, wie er uns kommt ...«

Bei diesen Worten sah Grau den Verwalter an.

»Täusch dich nicht«, sagte er. »Er hat uns kein Geld gekostet wie die Sklaven, er erhält auch keinen Lehrvertrag und muss nicht entlohnt werden wie die Gesellen. Aber er ist der teuerste Arbeiter, den ich je hatte.«

»Ich meinte ja auch nur . . .«

»Ich weiß, was du meintest.« Grau widmete sich wieder seinen Papieren. »Tu, was du für richtig hältst, aber lass dir eines gesagt sein: Der Bauer darf nie vergessen, wo sein Platz in dieser Werkstatt ist. Andernfalls werfe ich dich hinaus, und du wirst niemals Meister werden. Hast du mich verstanden?«

Jaume nickte, doch von diesem Tag an arbeitete Bernat direkt den Gesellen zu. Er stand sogar über den Lehrlingen, die nicht in der Lage waren, mit den großen, schweren Formen aus feuerfestem Ton zurechtzukommen, die auf die richtige Temperatur gebracht werden mussten, um das Steingut oder die Keramik zu brennen. Mit diesen wurden große, bauchige Krüge mit kleiner Öffnung, schmalem Hals und flachem Boden gefertigt, die bis zu zweihundertachtzig Liter fassten und zum Transport von Getreide oder Wein gedacht waren. Bislang hatte Jaume diese Arbeit mindestens zweien seiner Gesellen übertragen müssen. Mit Bernats Hilfe genügte einer für den gesamten Vorgang: Die Form musste gefertigt und gebrannt werden, dann wurde eine Schicht aus Zinn- und Bleioxid als Schmelzmittel auf die Krüge aufgetragen, und diese wurden ein zweites Mal bei geringerer Temperatur gebrannt, damit sich Zinn und Blei miteinander verbanden und die Krüge mit einer harten weißen Glasur überzogen.

Jaume war zufrieden mit seiner Entscheidung: Die Produktion der Werkstatt hatte sich beträchtlich gesteigert, und Bernat arbeitete weiterhin mit der gleichen Sorgfalt wie zuvor. »Besser sogar als jeder der Gesellen!«, musste er eines Tages eingestehen, als er zu Bernat und dem zuständigen Gesellen ging, um das Meistersiegel auf den Boden eines neuen Krugs zu prägen.

Jaume versuchte die Gedanken zu erraten, die sich hinter dem Blick des Bauern verbargen. Es war weder Hass in seinen Augen, noch schien er nachtragend zu sein. Er fragte sich, was ihm widerfahren war, dass es ihn hierher verschlagen hatte. Er war nicht wie die anderen Verwandten des Meisters, die in der Töpferei erschienen waren.

Sie alle hatten sich für Geld kaufen lassen, Bernat hingegen . . . Wie er seinen Sohn streichelte, wenn die Maurin ihn zu ihm brachte! Er wollte die Freiheit und arbeitete dafür härter als jeder andere.

So vergingen das Jahr und der eine Tag, die nötig waren, um Bernat und seinem Sohn das Ende der Leibeigenschaft zu bringen. Grau Puig erhielt den erwünschten Sitz im Rat der Hundert der Stadt. Aber Jaume konnte keine Veränderung an dem Bauern bemerken. Ein anderer hätte seine Bürgerrechte eingefordert und sich auf der Suche nach Vergnügungen und Frauen in die Straßen Barcelonas gestürzt, doch Bernat tat nichts dergleichen. Was war mit dem Bauern los?

Bernat wurde den Gedanken an den Jungen aus der Schmiede nicht los. Er fühlte sich nicht schuldig, denn dieser Unglücksrabe hatte ihm den Weg zu seinem Sohn verstellt. Aber wenn er tot war . . . Er konnte sich zwar von dem Joch seines Herrn befreien, aber auch nach einer Frist von einem Jahr und einem Tag war er nicht vor der Bestrafung wegen Mordes losgesprochen. Guiamona hatte ihm geraten, keinem davon zu erzählen, und so hatte er es gehalten. Er durfte kein Risiko eingehen. Vielleicht hatte Llorenç de Bellera nicht nur Befehl gegeben, ihn wegen Landflucht zu verhaften, sondern auch wegen Mordes. Was würde aus Arnau, wenn man ihn festnahm? Auf Mord stand die Todesstrafe.

Sein Sohn wuchs und gedieh prächtig. Er sprach noch nicht, aber er lief bereits und gluckste fröhlich vor sich hin. Obwohl Grau immer noch nicht das Wort an ihn richtete, hatte Bernat sich durch seine neue Position in der Werkstatt – um die sich Grau nicht kümmerte, weil er mit seinen Geschäften und Aufträgen beschäftigt war – noch mehr Achtung erworben. Mit dem stillschweigenden Einverständnis Guiamonas, die aufgrund der neuen Situation ihres Mannes ebenfalls sehr beschäftigt war, brachte ihm die Maurin das Kind, das nun meist wach war, öfter als früher vorbei.

Bernat durfte sich nicht in der Stadt blicken lassen, wollte er nicht die Zukunft seines Sohnes zerstören.

ZWEITER TEIL

DIENER DES ADELS

6

Weihnachten 1329
Barcelona

Arnau war nun acht Jahre alt und hatte sich zu einem aufgeweckten Jungen entwickelt. Das lange, kastanienbraune Haar fiel ihm lockig auf die Schultern und umrahmte ein hübsches Gesicht, in dem die großen, klaren, honigfarbenen Augen hervorstachen.

Grau Puigs Haus war weihnachtlich geschmückt. Der Töpfermeister, der im Alter von zehn Jahren dank der Hilfe eines großzügigen Nachbarn den väterlichen Grund und Boden verlassen konnte, hatte seinen Weg in Barcelona gemacht. Nun wartete er gemeinsam mit seiner Frau auf das Eintreffen der Gäste.

»Sie kommen, um mir ihre Ehrerbietung zu erweisen«, sagte er zu Guiamona. »Wann hat man schon einmal gesehen, dass Adlige und Händler das Haus eines Handwerkers betreten?«

Sie beschränkte sich darauf, ihm zuzuhören.

»Selbst der König unterstützt mich. Verstehst du? Der König! König Alfons.«

An diesem Tag wurde in der Werkstatt nicht gearbeitet. Bernat und Arnau saßen trotz der Kälte draußen auf dem Boden und beobachteten von dem Platz aus, auf dem die Krüge lagerten, das unablässige Kommen und Gehen der Sklaven, Gesellen und Lehrburschen. In den vergangenen acht Jahren hatte Bernat keinen Fuß mehr ins Haus der Puigs gesetzt. Doch das machte ihm nichts aus, sagte er sich, während er Arnaus Haar streichelte. Da saß, an ihn geschmiegt, sein Sohn – was wollte er mehr? Der Junge aß und lebte bei Guiamona und wurde sogar gemeinsam mit Graus Kindern von einem Lehrer im Lesen, Schreiben und Rechnen unterwiesen. Doch er wusste, dass Bernat sein Vater war, denn Guiamona hatte dafür gesorgt, dass er es nicht vergaß. Was Grau anging, so behandelte er seinen Neffen mit absoluter Gleichgültigkeit.

Arnau benahm sich gut im Haus. Bernat hatte ihn immer wieder dazu ermahnt. Wenn er lachend in die Werkstatt stürmte, erhellte sich Bernats Gesicht. Die Sklaven und die Gesellen, selbst Jaume, beobachteten mit einem Lächeln auf den Lippen, wie der Junge auf den Vorplatz gerannt kam, um dort zu warten. Wenn Bernat mit seiner Arbeit fertig war, lief er zu ihm und umarmte ihn stürmisch. So manchen Abend, wenn die Werkstatt schloss, ließ Habiba ihn entwischen, und dann saßen Vater und Sohn schwatzend und lachend beisammen, unbeeindruckt von dem geschäftigen Treiben um sie herum.

Die Lage hatte sich verändert. Grau kümmerte sich nicht mehr um die Einnahmen aus der Werkstatt und schon gar nicht um die anderen Dinge, die mit ihr zusammenhingen. Trotzdem war sie unverzichtbar für ihn, denn dem Betrieb verdankte er seine Ämter als Zunftmeister, Ratsherr von Barcelona und Mitglied des Rats der Hundert. Doch nachdem er diese Bedingung erfüllt hatte, war Grau Puig ganz in die Politik und die Hochfinanz eingestiegen, was für einen Ratsherrn der gräflichen Stadt nicht sonderlich schwer war, und hatte seinem Gesellen Jaume die Verwaltung der Werkstatt überlassen.

Seit dem Beginn seiner Herrschaft im Jahr 1291 hatte Jaime II. versucht, sich gegen die Oligarchie der Feudalherren Kataloniens durchzusetzen, und dazu die Hilfe der freien Städte und ihrer Bürger gesucht, angefangen mit Barcelona. Sizilien war bereits seit den Zeiten Pedros des Großen im Besitz der Krone; als der Papst nun Jaime II. das Recht auf die Eroberung Sardiniens zugestand, finanzierten Barcelona und seine Bürger dieses Unternehmen.

Die Annexion der beiden Mittelmeerinseln durch die Krone war im Interesse aller Parteien: Sie garantierte die Getreideversorgung Kataloniens ebenso wie die katalanische Vorherrschaft im westlichen Mittelmeer und damit die Kontrolle über die Handelsrouten zu Wasser. Die Krone wiederum behielt sich die Ausbeutung der Silberminen und Salinen der Inseln vor.

Grau hatte diese Ereignisse nicht selbst miterlebt. Seine Gelegenheit kam mit dem Tod Jaimes II. und der Thronbesteigung Alfons' III. In diesem Jahr, 1329, erhoben sich die Sarden in der Stadt Sassari. Zur gleichen Zeit erklärten die Genuesen Katalonien den Krieg, weil sie dessen Handelsmacht fürchteten, und griffen die Schiffe an, die unter der Flagge des Prinzipats fuhren. Weder der König noch die Händler zweifelten auch nur einen Moment daran, dass der Feldzug zur Unterdrückung des Aufstands auf Sardinien und der Krieg gegen Genua von der Bürgerschaft Barcelonas finanziert werden musste. Und so geschah es, hauptsächlich angetrieben von einem Ratsherren der Stadt: Grau Puig, der großzügig seinen Beitrag zu den Kriegskosten leistete und mit flammenden Reden auch die Zögerer davon überzeugte, sich zu beteiligen. Der König selbst hatte ihm öffentlich für seine Hilfe gedankt.

Während Grau immer wieder an die Fenster trat, um Ausschau nach seinen Gästen zu halten, verabschiedete sich Bernat mit einem Kuss auf die Wange von seinem Sohn.

»Es ist bitterkalt, Arnau. Besser, du gehst hinein.« Der Junge wollte widersprechen. »Heute werdet ihr ein feines Essen bekommen, nicht wahr?«

»Hähnchen, Nougat und Waffeln«, antwortete sein Sohn beiläufig.

Bernat gab ihm einen zärtlichen Klaps auf den Hintern.

»Lauf ins Haus. Wir sprechen ein andermal weiter.«

Arnau kam gerade rechtzeitig zum Essen. Er selbst sowie die beiden jüngeren von Graus Kindern – Guiamon, der so alt war wie er, und die anderthalb Jahre ältere Margarida – würden in der Küche essen, die beiden Älteren – Josep und Genís – oben mit den Eltern.

Das Eintreffen der Gäste machte Grau noch nervöser.

»Ich mache das schon alles«, hatte er zu Guiamona gesagt, als er die Feier vorbereitete. »Du brauchst dich nur um die Frauen zu kümmern.«

»Aber wie willst denn du . . .?«, hatte Guiamona protestiert, doch Grau war bereits dabei gewesen, der Köchin Estranya, einer korpulenten, störrischen Mulattensklavin, Anweisungen zu geben. Diese blickte verstohlen zu ihrer Herrin hinüber, während sie den Ausführungen des Hausherrn lauschte.

Hinter dem Rücken ihres Mannes hatte Guiamona versucht, Ordnung in die Dienerschaft zu bringen und alles vorzubereiten, damit das Weihnachtsfest ein Erfolg wurde. Doch am Tag der Feier kümmerte sich Grau um alles, sogar um die kostbaren Umhänge seiner Gäste, und so blieb ihr nichts anderes übrig, als sich im Hintergrund zu halten, wie es ihr Mann bestimmt hatte, und den Frauen zuzulächeln, die sie von oben herab ansahen. Unterdessen plauderte Grau mit diesem oder jenem, während er gleichzeitig den Sklaven Zeichen gab, was sie zu tun hatten und um wen sie sich kümmern sollten. Doch je wilder er gestikulierte, desto kopfloser wurden sie. Schließlich beschlossen sämtliche Sklaven – mit Ausnahme von Estranya, die in der Küche das Essen vorbereitete –, Grau durchs ganze Haus zu folgen, um seine dringlichen Befehle entgegenzunehmen.

Von jeder Aufsicht befreit – denn Estranya und ihre Hilfen hantierten mit dem Rücken zu ihnen an ihren Töpfen und Herdfeuern –, vermatschten Margarida, Guiamon und Arnau das Hähnchen mit dem Nougat und den Waffeln und tauschten Häppchen aus, wobei sie unaufhörlich herumalberten. Irgendwann griff Margarida nach einem Krug mit unverdünntem Wein und nahm einen kräftigen Schluck. Das Mädchen verzog das Gesicht und machte dicke Backen, doch es brachte die Mutprobe hinter sich, ohne den Wein auszuspucken. Dann drängte sie ihren Bruder und ihren Cousin, es ihr nachzutun. Arnau und Guiamon tranken. Sie gaben sich Mühe, gleichfalls Haltung zu bewahren wie Margarida, doch sie mussten husten und tasteten den Tisch nach Wasser ab, während ihnen die Tränen in die Augen schossen. Dann begannen die drei zu lachen.

»Raus hier!«, rief die Sklavin, nachdem sie die Albernheiten der Kinder eine Zeitlang über sich hatte ergehen lassen.

Die drei liefen johlend und lachend aus der Küche.

»Pssst!«, ermahnte sie einer der Sklaven, der an der Treppe stand. »Der Herr will keine Kinder hier sehen.«

»Aber . . .«, begann Margarida.

»Da gibt es kein Aber«, erklärte der Sklave.

In diesem Moment kam Habiba die Treppe hinunter, um neuen Wein zu holen. Der Herr hatte sie mit zornfunkelnden Augen angeschaut, weil einer seiner Gäste sich nachschenken wollte und nur ein paar armselige Tropfen gekommen waren.

»Hab ein Auge auf die Kinder«, sagte Habiba zu dem Sklaven an der Treppe, als sie an ihm vorbeiging. »Ich brauche Wein!«, rief sie dann Estranya zu, noch bevor sie die Küche betrat.

Grau, der befürchtete, dass die Maurin den einfachen Wein brachte statt den, den sie servieren sollte, kam hinter ihr hergerannt.

Die Kinder lachten nicht mehr. Am Fuß der Treppe stehend, beobachteten sie das hektische Treiben, zu dem sich plötzlich auch Grau gesellte.

»Was habt ihr hier zu suchen?«, fuhr er sie an, als er sie bei dem Sklaven stehen sah. »Und du? Was stehst du hier herum? Geh und sag Habiba, dass es der Wein aus den alten Karaffen sein soll. Merk dir das! Wenn du dich irrst, ziehe ich dir bei lebendigem Leib das Fell über die Ohren. Und ihr, Kinder, ab ins Bett!«

Der Sklave rannte wie angestochen in die Küche. Die Kinder sahen sich grinsend an, ihre Augen funkelten vom Wein. Als Grau die Treppe wieder hochrannte, begannen sie zu lachen. Ins Bett? Margarida sah zur Haustür, die weit offen stand, zog die Lippen kraus und hob die Augenbrauen.

»Und die Kinder?«, fragte Habiba, als sie den Sklaven kommen sah.

»Wein aus den alten Krügen«, gab dieser weiter.

»Und die Kinder?«

»Aus den alten Krügen. Den alten.«

»Und die Kinder?«, fragte Habiba noch einmal.

»Der Herr hat gesagt, geht ins Bett. Sie sind bei ihm. Den aus den alten Krügen, ja? Er zieht uns das Fell über die Ohren ...«

Es war Weihnachten, und Barcelona würde wie ausgestorben sein, bis die Leute zur Christmette strömten, um einen Hahn darzubringen. Der Mond spiegelte sich im Meer, so als würde die Straße, in der sie sich befanden, bis zum Horizont reichen. Die drei Kinder betrachteten den silbernen Streif auf dem Wasser.

»Heute wird niemand am Strand sein«, wisperte Margarida.

»Niemand fährt an Weihnachten aufs Meer hinaus«, setzte Guiamon hinzu.

Die beiden wandten sich zu Arnau um, der den Kopf schüttelte.

»Niemand wird es merken«, behauptete Margarida. »Wir gehen kurz hin und sind gleich wieder zurück. Es sind nur ein paar Schritte.«

»Feigling«, warf ihm Guiamon vor, als er zögerte.

Sie liefen bis Framenors, dem Franziskanerkonvent am östlichen Ende der Stadtmauer, direkt am Meer. Von dort blickten sie über den

Strand, der sich bis zum Kloster Santa Clara am westlichen Ende von Barcelona erstreckte.

»He, seht doch!«, rief Guiamon. »Die Flotte der Stadt!«

»So habe ich den Strand noch nie gesehen«, erklärte Margarida.

Arnau nickte mit großen Augen.

Von Framenors bis Santa Clara war der Strand mit Schiffen in allen Größen übersät. Kein Gebäude stand diesem herrlichen Anblick im Wege. Vor etwa hundert Jahren hatte König Jaime der Eroberer verboten, den Strand zu bebauen. Dies hatte Grau seinen Kindern einmal erzählt, als sie ihn zusammen mit ihrem Lehrer zum Hafen begleiteten, um zuzusehen, wie ein Schiff be- oder entladen wurde, dessen Miteigner er war. Der Strand musste frei bleiben, damit die Seeleute ihre Schiffe an Land ziehen konnten. Aber keines der Kinder hatte Graus Erklärung die geringste Beachtung geschenkt. Es war doch selbstverständlich, dass die Schiffe am Strand lagen. Sie waren schon immer dort gewesen.

»In den Häfen unserer Feinde und Handelsrivalen«, hatte der Lehrer erklärt, »werden die Schiffe nicht auf den Strand gezogen.«

»Das stimmt«, hatte Grau bestätigt. »Genua, unsere Feindin, hat einen wunderbaren geschützten, natürlichen Hafen, sodass die Schiffe nicht an Land gezogen werden müssen. Venedig, unsere Verbündete, besitzt eine große Lagune, die man durch enge Kanäle erreicht. Sie ist vor Stürmen gefeit, und die Schiffe können ruhig vor Anker gehen. Der Hafen von Pisa ist durch den Arno mit dem Meer verbunden, und auch Marseille nennt einen natürlichen Hafen sein Eigen, geschützt vor den Unbilden der See.«

»Bereits die Griechen aus Phokis nutzten den Hafen von Marseille«, ergänzte der Lehrer.

»Unsere Feinde haben bessere Häfen?«, fragte Josep, der Älteste. »Aber wir haben sie besiegt! Wir sind die Herren des Mittelmeers!«, rief er und wiederholte die Worte, die er so oft aus dem Mund seines Vaters gehört hatte. Die Übrigen pflichteten ihm bei. »Wie ist das möglich?«

Grau sah den Lehrer fragend an, auf der Suche nach einer Erklärung.

»Barcelona hat stets die besten Seefahrer gehabt. Nun besitzen wir keinen Hafen mehr, und doch . . .«

»Wieso haben wir keinen Hafen?«, brach es aus Genís hervor. Er deutete auf den Strand. »Und das hier?«

»Das ist kein Hafen. Ein Hafen muss ein vor der See geschützter Ort sein, und was du da meinst . . .« Der Lehrer wies mit der Hand aufs offene Meer hinaus, das an den Strand schlug. »Barcelona ist immer eine Seefahrerstadt gewesen. Früher, vor vielen Jahren, hatten auch wir einen Hafen, wie all diese Städte, die euer Vater erwähnte. Zu Zeiten der Römer ankerten die Schiffe im Schutz des Mons Taber, ungefähr dort.« Er deutete in Richtung der Stadt. »Doch das Meer ist nach und nach verlandet, und der Hafen verschwand. Danach hatten wir den Hafen Comtal, der ebenfalls verschwand, und zuletzt den Hafen Jaimes I., im Schutz einer kleinen natürlichen Bucht, dem Puig de les Falsies. Wisst ihr, wo sich dieser Puig de les Falsies heute befindet?«

Die vier Kinder blickten sich fragend an und sahen dann hilfesuchend zu Grau, der mit verschwörerischer Miene, so als sollte der Lehrer es nicht sehen, auf den Boden zu ihren Füßen deutete.

»Hier?«, fragten die Kinder wie aus einem Munde.

»Ja«, antwortete der Lehrer, »wir stehen darauf. Auch er verlandete, und Barcelona blieb ohne Hafen zurück. Doch damals waren wir bereits Seefahrer – die besten, und das sind wir immer noch. Auch ohne Hafen.«

»Wozu braucht man dann einen Hafen?«, warf Margarida ein.

»Das kann dir dein Vater besser erklären«, antwortete der Lehrer, und Grau nickte.

»Ein Hafen ist wichtig, Margarida, sehr wichtig. Siehst du das Schiff dort?« Er deutete auf eine Galeere, die von kleinen Booten umgeben war. »Wenn wir einen Hafen hätten, könnte es seine Ladung an der Mole löschen, ohne all diese Boote, die die Ware aufnehmen. Wenn jetzt ein Sturm aufkäme, befände es sich außerdem in großer Gefahr, da es sehr nahe am Ufer vor Anker liegt. Es müsste Barcelona verlassen.«

»Warum?«, wollte das Mädchen wissen.

»Weil es hier nicht beidrehen kann und auf Grund laufen könnte. Es ist sogar im Seegesetzbuch Barcelonas vorgeschrieben, dass ein Schiff im Falle eines Unwetters Schutz in den Häfen von Salou oder Tarragona suchen muss.«

»Wir haben keinen Hafen«, beklagte sich Guiamon, als hätte man ihm etwas Wichtiges weggenommen.

»Nein«, bestätigte Grau lachend und legte den Arm um ihn, »aber wir sind immer noch die besten Seefahrer, Guiamon. Wir sind die Herren des Mittelmeers! Und wir haben den Strand. Hier landen wir unsere Schiffe an, wenn die schifffahrtsfreie Jahreszeit gekommen ist, hier reparieren und bauen wir sie. Siehst du die Werft dort drüben? Sie liegt am Strand, gegenüber den Arkaden . . .«

»Dürfen wir mal auf die Schiffe?«, fragte Guiamon.

»Nein«, hatte sein Vater ernst geantwortet. »Die Schiffe sind heilig, mein Junge.«

Arnau war nie mit Grau und seinen Kindern aus dem Haus gegangen, und schon gar nicht mit Guiamona. Er war immer bei Habiba zu Hause geblieben. Aber wenn seine Cousins zurückkamen, hatten sie ihm alles erzählt, was sie gesehen und gehört hatten. Auch das mit den Schiffen hatten sie ihm erklärt.

Und da lagen sie nun alle in dieser Weihnachtsnacht. Da waren die kleinen Feluken, Jollen und Barkassen, die mittelgroßen Koggen, Brigantinen und Galeoten, sogar eine große bauchige Nao. Außerdem zahlreiche Karavellen, Karacken und Galeeren, die trotz ihrer Größe auf königlichen Befehl zwischen Oktober und April ihre Fahrt einstellen mussten.

»Seht nur!«, rief Guiamon noch einmal.

Bei der Werft, gegenüber der Plaza Regomir, brannten mehrere Lagerfeuer, um die herum einige Wachen saßen. Von der Plaza Regomir bis zum Kloster Framenors lagen still die Schiffe am Strand, nur vom Mondlicht beschienen.

»Folgt mir, Matrosen!«, befahl Margarida, den rechten Arm erhoben.

Und so führte Kapitänin Margarida ihre Männer von einem Schiff zum anderen, durch Stürme, Piratenangriffe und Seeschlachten. Sie sprangen von Bord zu Bord, besiegten die Genuesen und die Mauren und eroberten unter Siegesrufen auf König Alfons Sardinien.

»Wer da?«

Die drei blieben wie angewurzelt auf einer Feluke stehen.

Margarida lugte über die Reling. Drei Fackeln wanderten zwischen den Schiffen umher.

»Lasst uns abhauen«, flüsterte Guiamon, der bäuchlings auf dem Deck lag, an den Rockzipfel seiner Schwester geklammert.

»Wir können nicht«, antwortete Margarida. »Sie schneiden uns den Weg ab . . .«

»Und die Werft?«, fragte Arnau.

Margarida sah zur Plaza Regomir herüber. Zwei weitere Fackeln hatten sich in Bewegung gesetzt.

»Geht auch nicht«, wisperte sie.

Die Schiffe sind heilig! Graus Worte hallten in den Köpfen der Kinder wider. Guiamon begann zu schluchzen. Margarida zischte ihn an, er solle still sein. Eine Wolke verdeckte den Mond.

»Ins Meer«, befahl die Kapitänin dann.

Sie sprangen über Bord und wateten ins Wasser. Margarida und Arnau duckten sich, Guiamon blieb aufrecht stehen. Gebannt starrten die drei auf die Fackeln, die sich zwischen den Schiffen bewegten. Als die Fackeln auf die Schiffe am Ufersaum zukamen, wateten die drei noch weiter hinaus. Margarida blickte zum Mond hinauf, während sie stumm betete, er möge noch länger verborgen bleiben.

Die Suche zog sich ewig hin, doch zum Meer sah niemand. Die Kinder warteten, ins Wasser gekauert, verängstigt. Und völlig durchnässt. Es war bitterkalt.

Auf dem Heimweg konnte Guiamon nicht mehr laufen. Er klapperte mit den Zähnen, seine Knie zitterten, und er hatte Krämpfe. Margarida und Arnau hakten ihn unter, und so legten sie die kurze Strecke zurück.

Als sie ankamen, waren die Gäste bereits gegangen. Nachdem man das Fehlen der Kinder entdeckt hatte, wollten sich Grau und die Sklaven gerade auf die Suche nach ihnen machen.

»Es war Arnau«, beschuldigte ihn Margarida, während Guiamona und die maurische Sklavin den Kleinen in ein heißes Bad setzten. »Er hat uns überredet, zum Strand zu gehen. Ich wollte nicht . . .« Das Mädchen unterstrich seine Lügen durch bittere Tränen, die beim Vater stets Wirkung zeigten.

Doch weder das heiße Bad noch die Decken noch die heiße Suppe brachten Guiamon wieder auf die Beine. Das Fieber stieg. Grau ließ nach seinem Arzt schicken, aber auch dessen Behandlung zeigte keine

Wirkung. Das Fieber stieg weiter. Guiamon begann zu husten, und sein Atem wurde zu einem mühsamen Keuchen.

»Mehr kann ich nicht für ihn tun«, resignierte Doktor Sebastià Font in der dritten Nacht, die er vorbeikam.

Guiamona schlug die Hände vor ihr blasses, eingefallenes Gesicht und brach in Tränen aus.

»Das kann nicht sein!«, brüllte Grau. »Es muss doch irgendein Mittel geben.«

»Mag sein, aber . . .« Der Arzt kannte Grau und seine Abneigungen genau, doch die Situation war verzweifelt. »Du müsstest Jafudà Bonsenyor rufen lassen.«

Grau schwieg.

»Hol ihn her«, bat Guiamona schluchzend.

Ein Jude, dachte Grau. Wer einen Juden schlägt, schlägt den Teufel, hatte man ihm in seiner Jugend beigebracht. Als junger Bursche war Grau mit den anderen Lehrlingen hinter den jüdischen Frauen hergelaufen, um ihre Krüge zu zerbrechen, wenn sie zu den öffentlichen Brunnen gingen, um Wasser zu schöpfen. Schließlich hatte der König auf Bitten der jüdischen Gemeinde von Barcelona diese Demütigungen verboten. Grau hasste die Juden. Sein ganzes Leben lang hatte er jene verfolgt oder angespuckt, die das Judenzeichen trugen. Sie waren Ketzer, sie hatten Jesus Christus getötet . . . Und nun sollte er einen von ihnen in sein Haus lassen?

»Hol ihn her!«, schrie Guiamona.

Das Geschrei hallte durchs ganze Viertel. Bernat und die anderen hörten es und kauerten sich auf ihren Strohsäcken zusammen. Seit drei Tagen hatte Bernat weder Arnau noch Habiba gesehen, aber Jaume hielt ihn über die Ereignisse auf dem Laufenden.

»Deinem Sohn geht es gut«, sagte er zu ihm, wenn sie niemand beobachtete.

Jafudà Bonsenyor eilte gleich herbei, als man ihn rief. Er trug einen schlichten schwarzen Umhang mit Kapuze und dem gelben Zeichen der Juden. Grau beobachtete ihn aus dem Esszimmer, wie er sich, gebückt und mit seinem langen grauen Bart, in Guiamonas Anwesenheit Sebastiàs Erklärungen anhörte. »Mach ihn gesund, Jude!«, sagte er stumm, als sich ihre Blicke begegneten. Jafudà Bonsenyor neigte den Kopf. Er war ein Gelehrter, der sein ganzes Leben dem Studium der

Philosophie und der heiligen Schriften gewidmet hatte. Im Auftrag König Jaimes II. hatte er das *Llibre de paraules de savis y filósofs* verfasst. Aber er war auch Arzt, der bedeutendste Arzt der jüdischen Gemeinde. Doch als er Guiamon sah, schüttelte Jafudà Bonsenyor nur den Kopf.

Als Grau die Schreie seiner Frau hörte, stürzte er zur Treppe. Guiamona kam in Begleitung von Sebastià die Treppe hinunter, gefolgt von Jafudà.

»Du Jude!«, entfuhr es Grau, und er spuckte vor ihm aus.

Zwei Tage später starb Guiamon.

Gleich nach der Beerdigung des Jungen, als alle in Trauerkleidung nach Hause zurückkamen, winkte Grau Jaume zu sich und Guiamona.

»Ich möchte, dass du jetzt gleich Arnau mitnimmst und dafür sorgst, dass er nie wieder einen Fuß in dieses Haus setzt.«

Guiamona hörte schweigend zu.

Grau berichtete Jaume, was Margarida erzählt hatte: Arnau habe sie angestiftet. Seine beiden Kinder hätten diesen verbotenen Ausflug niemals aushecken können. Guiamona hörte seine Worte und seine Anschuldigungen, mit denen er ihr vorwarf, ihren Bruder und ihren Neffen bei sich aufgenommen zu haben. Und obwohl sie im Grunde ihres Herzens wusste, dass das Unglück nur durch ein Zusammentreffen unseliger Umstände geschehen war, hatte der Tod ihres Jüngsten ihr die Kraft geraubt, ihrem Mann zu widersprechen. Dass Margarida Arnau bezichtigte, machte es ihr nahezu unmöglich, dem Jungen gegenüberzutreten. Er war der Sohn ihres Bruders. Sie wünschte ihm nichts Böses, aber es war ihr lieber, ihn nicht mehr sehen zu müssen.

»Binde die Maurin an einen Deckenbalken in der Töpferei«, befahl Grau Jaume, bevor sich dieser auf die Suche nach Arnau machte, »und rufe das gesamte Personal zusammen, auch den Jungen.«

Der Gedanke war Grau bei der Beerdigung gekommen: Die Sklavin trug die Schuld. Sie hatte auf die Kinder aufpassen sollen. Während Guiamona weinte und der Priester seine Gebete aufsagte, hatte er die Augen zusammengekniffen und sich gefragt, wie er sie bestrafen sollte. Das Gesetz verbot ihm lediglich, sie zu töten oder zu verstümmeln, doch niemand konnte ihm einen Vorwurf daraus machen, wenn sie an den Folgen der Bestrafung starb. Grau hatte es noch nie mit einem so schweren Vergehen zu tun gehabt. Er dachte an die Foltern, von denen er gehört hatte: den Körper mit siedendem Tierfett übergießen ... Ob Estranya genügend Fett in der Küche hatte? Sie in Fesseln legen oder in ein Verlies werfen – das war zu wenig. Sie prügeln, in Fußeisen legen ... oder auspeitschen.

»Pass auf, wenn du sie benutzt«, hatte der Kapitän eines seiner Schiffe gesagt, nachdem er ihm das Geschenk gemacht hatte. »Mit einem einzigen Hieb kannst du einem Menschen die Haut abziehen.« Seit damals hatte er sie aufbewahrt: eine kostbare orientalische Peitsche aus geflochtenem Leder, dick, aber leicht und einfach zu handhaben. Sie endete in einer Reihe von Riemen, die mit scharfkantigen Metallstücken besetzt waren.

Irgendwann war der Priester verstummt, und mehrere Messdiener waren mit Weihrauchfässern um den Sarg herumgegangen. Guiamona hatte gehustet.

Nun war die Maurin mit den Händen an einen Deckenbalken gefesselt, sodass nur ihre Zehenspitzen den Boden berührten.

»Ich will nicht, dass mein Junge das mit ansieht«, sagte Bernat zu Jaume.

»Das ist nicht der richtige Moment, Bernat«, riet ihm Jaume. »Bring dich nicht in Schwierigkeiten ...«

Bernat schüttelte erneut den Kopf.

»Du hast sehr hart gearbeitet, Bernat, bring deinen Jungen nicht in Schwierigkeiten.«

Noch in Trauerkleidung trat Grau in den Kreis, den die Sklaven, Lehrlinge und Gesellen um Habiba bildeten.

»Zieh sie aus«, befahl er Jaume.

Die Maurin versuchte die Beine anzuziehen, als sie merkte, dass er ihr Hemd zerriss. Ihr nackter, dunkler, schweißnasser Körper war den Blicken der unfreiwilligen Zuschauer ausgeliefert ... und der Peitsche, die Grau auf dem Boden ausgebreitet hatte. Bernat packte Arnau, der zu schluchzen begonnen hatte, fest bei den Schultern.

Grau holte aus und ließ die Peitsche auf den nackten Torso niederfahren. Das Leder klatschte auf den Rücken, und die metallbesetzten Riemen schlangen sich um den Körper und gruben sich in ihre Brüste. Ein feiner Blutstriemen erschien auf der dunklen Haut der Maurin, während an ihren Brüsten das rohe Fleisch hervortrat. Der Schmerz durchfuhr sie. Habiba warf den Kopf nach hinten und heulte auf. Arnau begann heftig zu zittern und flehte Grau an, aufzuhören.

Grau holte erneut aus.

»Du solltest auf meine Kinder aufpassen!«

Das Klatschen des Leders zwang Bernat, seinen Sohn zu sich umzudrehen und seinen Kopf gegen seinen Bauch zu drücken. Die Sklavin schrie erneut auf. Arnaus Schreie wurden durch den Körper seines Vaters gedämpft. Grau peitschte die Maurin aus, bis ihr Rücken und ihre Schultern, ihre Brüste, ihr Hintern und ihre Beine eine einzige blutige Masse waren.

»Sag deinem Meister, dass ich gehe.«

Jaume presste die Lippen aufeinander. Für einen Moment war er versucht, Bernat zu umarmen. Doch sie wurden von einigen Lehrlingen beobachtet.

Bernat sah, wie der Geselle zum Haus hinüberging. Er hatte versucht, mit Guiamona zu sprechen, doch seine Schwester hatte ihn nicht empfangen. Seit Tagen hatte Arnau das Lager nicht mehr verlassen, auf dem sein Vater schlief. Er hockte den ganzen Tag auf Bernats Strohsack, den sie nun teilen mussten. Wenn sein Vater in den Raum kam, um nach ihm zu sehen, starrte er unablässig dorthin, wo sie versucht hatten, die Wunden der Maurin zu versorgen.

Nachdem Grau die Werkstatt verlassen hatte, hatten sie die Sklavin losgebunden, wobei sie gar nicht wussten, wo sie den Körper anfassen sollten. Estranya kam mit Öl und Salben in die Werkstatt geeilt, doch als sie die blutige Masse rohen Fleisches sah, schüttelte sie nur den Kopf. Arnau sah alles aus einiger Entfernung mit an, stumm, mit Tränen in den Augen. Bernat versuchte ihn hinauszuführen, doch der Junge weigerte sich. Habiba starb noch in derselben Nacht. Das einzige Zeichen, das ihren nahenden Tod ankündigte, war, dass die Maurin nicht mehr dieses unablässige Wimmern von sich gab, wie das eines Neugeborenen, das sie den ganzen Tag verfolgt hatte.

Grau hörte sich an, was sein Schwager ihm durch Jaume ausrichten ließ. Das war das Letzte, was er gebrauchen konnte: die beiden Estanyols mit ihren Muttermalen neben dem Auge, die auf der Suche nach Arbeit durch Barcelona liefen und jedem, der es hören wollte, von Grau erzählten ... und das waren viele, jetzt, da er sich anschickte, den Gipfel der Macht zu erklimmen. Sein Magen revoltierte, und er hatte einen trockenen Mund: Grau Puig, Ratsherr von Barcelona, Zunftmeister der Töpfer, Mitglied des Rats der Hundert, gewährt geflohenen Leibeigenen Zuflucht. Das durfte unter keinen Umständen herauskommen! Er wusste den Adel gegen sich. Je mehr Unterstützung Barcelona König Alfons gewährte, desto weniger war dieser von den Feudalherren abhängig und desto geringer fielen die Pfründen aus, die der Adel vom Monarchen zu erwarten hatte. Und wer hatte sich besonders für die Unterstützung des Königs eingesetzt? Er. Und wem schadete die Flucht der leibeigenen Bauern? Den Landadligen. Grau schüttelte den Kopf und seufzte. Verflucht die Stunde, in der er zugelassen hatte, dass dieser Bauer in seinem Haus unterkam!

»Er soll herkommen«, sagte er zu Jaume.

»Jaume hat mir gesagt, dass du uns verlassen willst«, sagte Grau, als sein Schwager vor ihm stand.

Bernat nickte.

»Und was gedenkst du zu tun?«

»Ich werde mir Arbeit suchen, um meinen Jungen zu versorgen.«

»Du hast keinen Beruf. Barcelona ist voll von Leuten wie dir: Bauern, die nicht von ihrem Land leben konnten, die Arbeit suchen und am Ende Hungers sterben. Außerdem«, setzte er hinzu, »bist du nicht einmal im Besitz des Bürgerbriefes, auch wenn du dich bereits lange genug in der Stadt aufhältst.«

»Was ist das, ein Bürgerbrief?«, fragte Bernat.

»Ein Dokument, das bescheinigt, dass du ein Jahr und einen Tag in Barcelona gelebt hast und deshalb ein freier Bürger bist, der keinem Herrn unterworfen ist.«

»Wo bekommt man dieses Dokument?«

»Das stellen die Ratsherren der Stadt aus.«

»Ich werde es verlangen.«

Grau musterte Bernat. Er war schmutzig, trug ein einfaches, zerschlissenes Hemd und Hanfschuhe. Grau stellte sich vor, wie sein Schwager vor den Ratsherren der Stadt stehen würde, nachdem er Dutzenden von Schreibern seine Geschichte erzählt hatte: der Schwager und der Neffe von Grau Puig, Ratsherr der Stadt, die dieser jahrelang in seiner Werkstatt versteckt hatte. Die Nachricht würde von

Mund zu Mund gehen. Er selbst hatte oft genug Situationen wie diese ausgenutzt, um seine Gegner zu attackieren.

»Setz dich«, forderte er ihn auf. »Nachdem Jaume mir von deinen Absichten erzählt hat, habe ich mit Guiamona gesprochen.« Er log, um seinen Gesinnungswechsel zu erklären. »Und sie hat mich gebeten, mich gnädig zu zeigen.«

»Ich brauche keine Gnade«, unterbrach ihn Bernat. Er dachte an Arnau, wie er mit verlorenem Blick auf dem Strohsack kauerte. »Ich habe jahrelang hart gearbeitet, um . . .«

»So war die Abmachung«, fiel ihm Grau ins Wort, »und du hast sie akzeptiert. Damals war sie in deinem Interesse.«

»Mag sein«, gab Bernat zu, »aber ich habe mich nicht als Sklave verkauft, und jetzt ist sie nicht mehr in meinem Interesse.«

»Vergessen wir das mit der Gnade. Ich glaube nicht, dass du irgendwo in der Stadt Arbeit finden wirst, schon gar nicht, wenn du nicht nachweisen kannst, dass du ein freier Bürger bist. Ohne dieses Dokument wird man dich nur ausbeuten. Weißt du, wie viele unfreie Bauern hier herumlaufen, ohne Kinder am Bein, die bereit sind, umsonst zu arbeiten, nur um ein Jahr und einen Tag in Barcelona bleiben zu können? Du kannst nicht mit ihnen konkurrieren. Noch bevor du den Bürgerbrief erhalten hast, wirst du verhungert sein. Du oder dein Sohn. Und trotz allem, was vorgefallen ist, können wir nicht zulassen, dass den kleinen Arnau das gleiche Schicksal ereilt wie unseren Guiamon. Einer reicht. Deine Schwester würde es nicht ertragen.« Bernat wartete schweigend ab, dass sein Schwager weitersprach. »Wenn du willst, kannst du weiter hier arbeiten, zu denselben Bedingungen . . . und für einen Lohn, der dem eines ungelernten Arbeiters entspricht, abzüglich der Kosten für Kost und Logis für dich und deinen Sohn.«

»Und Arnau?«

»Was ist mit dem Jungen?«

»Du hast versprochen, ihn als Lehrling anzunehmen.«

»Und das werde ich auch tun . . . wenn er alt genug ist.«

»Ich möchte das schriftlich.«

»Sollst du bekommen«, versprach Grau.

»Und den Bürgerbrief?«

Grau nickte. Für ihn war es ein Leichtes, ihn zu erhalten . . . und vor allem diskret.

7

Hiermit erklären wir Bernat Estanyol und seinen Sohn Arnau zu freien Bürgern der Stadt Barcelona.« Endlich! Bernat lief es kalt den Rücken hinunter, als er den Mann mit stockender Stimme die Dokumente vorlesen hörte. Er hatte ihn bei der Werft getroffen, nachdem er gefragt hatte, wo er jemanden finden könne, der des Lesens mächtig sei, und ihm eine kleine Münze für diese Gefälligkeit angeboten. Während im Hintergrund der Lärm aus der Werft zu hören war, der Geruch von Teer in der Luft lag und eine Brise Meeresluft sein Gesicht streichelte, hörte Bernat sich an, was in dem zweiten Schriftstück stand: Grau würde Arnau als Lehrling annehmen, wenn dieser zehn Jahre alt war, und verpflichtete sich, ihn im Töpferhandwerk zu unterweisen. Sein Sohn war frei. Er würde eines Tages seinen Lebensunterhalt verdienen und seinen Weg in dieser Stadt machen.

Bernat trennte sich lächelnd von der versprochenen Münze und ging zur Werkstatt zurück. Dass man ihnen den Bürgerbrief ausgestellt hatte, bedeutete, dass Llorenç de Bellera sie nicht bei der Obrigkeit angezeigt hatte und keine Strafsache gegen ihn vorlag. Ob der Junge aus der Schmiede überlebt hatte? Wie auch immer ... »Du kannst unser Land haben, Llorenç de Bellera. Wir haben unsere Freiheit«, murmelte Bernat trotzig. Graus Sklaven und auch Jaume unterbrachen ihre Arbeit, als sie Bernat, vor Glück strahlend, hereinkommen sahen. Auf dem Boden klebte immer noch Habibas Blut. Grau hatte angeordnet, es nicht wegzuwischen. Bernat versuchte, nicht daraufzutreten, und seine Miene verdüsterte sich.

»Arnau ...«, flüsterte er seinem Sohn in der Nacht zu, als sie auf dem Strohsack lagen, den sie sich teilten.

»Ja, Vater?«

»Wir sind jetzt freie Bürger Barcelonas.«

Arnau antwortete nicht. Bernat tastete nach dem Kopf des Jungen und streichelte ihn. Er wusste, wie wenig das für ein Kind bedeutete, dem man die Freude genommen hatte. Bernat hörte das regelmäßige Atmen der Sklaven und strich seinem Sohn weiter über den Kopf. Doch dann befiel ihn ein Zweifel: Würde der Junge zustimmen, irgendwann für Grau zu arbeiten? In dieser Nacht lag Bernat lange wach.

Jeden Morgen, wenn es hell wurde und die Männer ihr Tagwerk begannen, verließ Arnau Graus Werkstatt. Jeden Morgen versuchte Bernat, mit ihm zu sprechen und ihn aufzumuntern. Du musst dir Freunde suchen, wollte er einmal zu ihm sagen, doch bevor er dazu kam, kehrte Arnau ihm den Rücken und schlich niedergeschlagen auf die Straße. Genieße deine Freiheit, mein Sohn, wollte er ihm ein andermal raten, als der Junge ihn erwartungsvoll anschaute. Doch als er gerade zum Sprechen ansetzen wollte, kullerte eine Träne über die Wange des Jungen. Bernat ging in die Knie und konnte ihn nur umarmen. Dann sah er Arnau mit gesenktem Kopf über den Hof davonschleichen. Als Arnau zum wiederholten Mal den Blutflecken von Habiba auswich, hallte erneut Graus Peitsche in Bernats Kopf wider. Er schwor sich, nie mehr vor einer Peitsche zu kuschen – einmal war genug gewesen.

Bernat lief hinter seinem Sohn her, der sich umdrehte, als er seine Schritte hinter sich hörte. Als er neben Arnau stand, begann er, mit dem Fuß die getrocknete Erde zu lockern, auf der immer noch die Blutflecken der Maurin zu sehen waren. Arnaus Gesicht hellte sich auf, und Bernat scharrte fester.

»Was machst du da?«, rief Jaume von der anderen Seite des Hofes herüber. Bernat erstarrte. Erneut hallte die Peitsche durch seine Erinnerung.

»Vater . . .«

Mit der Spitze seiner Hanfschuhe schob Arnau langsam die geschwärzte Erde beiseite, die Bernat gelockert hatte.

»Was machst du da?«, rief Jaume noch einmal.

Bernat gab keine Antwort. Sekunden verstrichen. Als Jaume sich umdrehte, sah er, dass sämtliche Sklaven dort standen und ihn ansahen.

»Bring mir Wasser, mein Junge«, nutzte Bernat Jaumes Zögern aus.

Arnau rannte los, und zum ersten Mal seit Monaten sah Bernat ihn wieder laufen. Jaume nickte zustimmend.

Auf Knien schrubbten Vater und Sohn schweigend den Boden, bis die Spuren des Unrechts verschwunden waren.

»Jetzt geh spielen, mein Junge«, sagte Bernat an jenem Morgen, nachdem sie mit der Arbeit fertig waren.

Arnau sah zu Boden. Er hätte seinen Vater gerne gefragt, mit wem er spielen sollte. Bernat fuhr ihm durchs Haar, bevor er ihn zur Tür schob. Als Arnau auf der Straße stand, ging er wie jeden Tag um Graus Haus herum und kletterte auf einen dichtbelaubten Baum, der an der Gartenmauer stand. Dort wartete er in seinem Versteck darauf, dass seine Cousins mit Guiamona nach draußen kamen.

»Weshalb mögt ihr mich nicht mehr?«, murmelte er. »Es war doch nicht meine Schuld.«

Seine Cousins wirkten glücklich. Guiamons Tod trat immer weiter in den Hintergrund, und nur im Gesicht seiner Mutter spiegelte sich die schmerzliche Erinnerung. Josep und Genís rauften miteinander, beobachtet von Margarida, die eng an ihre Mutter geschmiegt dasaß. Arnau in seinem Baumversteck verspürte bei der Erinnerung an diese Umarmungen einen schmerzlichen Stich.

Morgen für Morgen kletterte Arnau auf den Baum.

»Mögen sie dich nicht mehr?«, hörte er eines Tages eine Stimme fragen.

Vor Schreck verlor er für einen Moment das Gleichgewicht und wäre beinahe heruntergefallen.

Arnau sah sich nach der Stimme um, konnte jedoch niemanden entdecken.

»Hier«, hörte er.

Er spähte in das Innere der Baumkrone, von wo die Stimme gekommen war, konnte jedoch immer noch nichts erkennen. Schließlich bewegten sich einige Äste. Dazwischen war die Gestalt eines Kindes auszumachen. Rittlings in einer Baumgabelung hockend, winkte ihm der Junge ernsthaft zu.

»Was hast du hier zu suchen ... in meinem Baum?«, fragte Arnau kurz angebunden.

Der Junge, der vor Schmutz starrte, ließ sich nicht aus der Fassung bringen.

»Dasselbe wie du«, antwortete er. »Zuschauen.«

»Das darfst du nicht«, behauptete Arnau.

»Warum nicht? Das mache ich schon lange. Früher habe ich auch dir zugesehen.« Der schmutzige Bursche schwieg einen Moment. »Mögen sie dich nicht mehr? Warum weinst du so oft?«

Arnau merkte, wie ihm eine Träne die Wange hinabkullerte. Er war wütend. Der Kerl hatte ihm nachspioniert.

»Komm da runter«, befahl er, als er wieder auf dem Boden stand.

Der Junge schwang sich behände nach unten und pflanzte sich vor ihm auf. Arnau war einen Kopf größer, doch der Junge schien keine Angst zu haben.

»Du hast mir nachspioniert«, warf Arnau ihm vor.

»Du spionierst doch selber«, verteidigte sich der Kleine.

»Ja, aber sie sind meine Cousins. Ich darf das.«

»Warum spielst du dann nicht mehr mit ihnen wie früher?«

Arnau hielt es nicht länger aus und schluchzte auf. Seine Stimme zitterte, als er versuchte, die Frage zu beantworten.

»Mach dir nichts draus«, versuchte ihn der Kleine zu beruhigen. »Ich weine auch sehr oft.«

»Und warum weinst du?«, fragte Arnau schluchzend.

»Ich weiß nicht . . . Manchmal muss ich weinen, wenn ich an meine Mutter denke.«

»Du hast eine Mutter?«

»Ja. Aber . . .«

»Was machst du dann hier, wenn du eine Mutter hast? Warum spielst du nicht bei ihr?«

»Ich kann nicht bei ihr sein.«

»Warum nicht? Wohnt sie nicht bei euch im Haus?«

»Nein . . .«, antwortete der Junge zögernd. »Oder doch. Im Haus ist sie schon . . .«

»Warum bist du dann nicht bei ihr?«

Der schmutzige Junge gab keine Antwort.

»Ist sie krank?«, fragte Arnau weiter.

Der andere schüttelte den Kopf. »Nein. Es geht ihr gut.«

»Was dann?« Arnau ließ nicht locker.

Der Junge sah ihn traurig an. Er biss sich ein paar Mal auf die Lippen, dann fasste er einen Entschluss. »Los«, sagte er und zog Arnau am Ärmel. »Komm mit.«

Der unbekannte Junge flitzte in einem Tempo davon, das man dem kleinen Burschen gar nicht zugetraut hätte. Arnau heftete sich an seine Fersen und versuchte, ihn nicht aus den Augen zu verlieren, was ihm nicht schwerfiel, solange sie sich in dem offenen, übersichtlichen Töpferviertel befanden. Doch je weiter sie nach Barcelona hineinkamen, desto schwieriger wurde es. Die engen Gassen der Stadt mit all ihren Menschen und den zahllosen Verkaufsständen wurden zu wahren Trichtern, die ein Durchkommen nahezu unmöglich machten.

Arnau wusste nicht, wo er sich befand, aber darum machte er sich keine Gedanken. Sein einziges Ziel war es, den flinken, wendigen Jungen nicht aus den Augen zu verlieren, der durch die Menschenmenge und an den Markständen vorbeischlüpfte, sehr zum Ärgernis des einen oder anderen. Arnau, der nicht so geschickt darin war, den Passanten auszuweichen, musste den Unmut ausbaden, den der Junge in seinem Kielwasser hinterließ, und wütende Rufe und Beschimpfungen über sich ergehen lassen. Einer verpasste ihm einen Schubs, ein anderer versuchte ihn am Hemd zu packen, doch Arnau riss sich von beiden los, verlor dabei allerdings seinen Führer aus den Augen und stand plötzlich alleine an einem großen, belebten Platz.

Er kannte diesen Platz. Er war schon einmal mit seinem Vater dort gewesen. »Das ist die Plaza del Blat«, hatte dieser gesagt. »Das Herz von Barcelona. Siehst du den Stein dort in der Mitte des Platzes?« Arnau hatte dorthin geschaut, wohin sein Vater zeigte. »Dieser Stein bedeutet, dass sich die Stadt von hier aus in ihre Viertel aufteilt: Mar, Framenors, Pi, La Salada oder Sant Pere.« Arnau betrat den Platz von der Straße der Seidenhändler her. Vor dem Portal des Palasts des Stadtrichters stehend, versuchte er, die Gestalt des schmutzigen Jungen ausfindig zu machen. Doch die Menschenmassen auf dem Platz hinderten ihn daran. Neben dem Portal befand sich der größte Schlachthof der Stadt, auf der anderen Seite wurde an mehreren Ständen frisches Brot verkauft. Arnau versuchte angestrengt, den kleinen Jungen zwischen den steinernen Bänken zu beiden Seiten des Platzes auszumachen, an denen sich die Bürger entlangschoben. »Das ist der Getreidemarkt«, hatte ihm Bernat erklärt. »Auf der einen Seite dieser Bänke dort verkaufen die Zwischenhändler und Händler der Stadt ihr Getreide, und auf der anderen Seite bieten die Bauern, die in die Stadt kommen, um ihre Ernte zu verkaufen, ihre Ware feil.« Arnau konnte den schmutzigen Jungen, der ihn hierher gelockt hatte, weder auf der einen noch auf der anderen Seite entdecken und auch nicht zwischen den Menschen, die um die Preise feilschten oder Getreide kauften.

Während Arnau dastand und versuchte, den Jungen ausfindig zu machen, wurde er von der Menge weitergeschoben, die auf den Platz strömte. Er wollte dem Strom entgehen, indem er sich zu den Brotständen stellte, aber als er mit dem Rücken gegen einen der Tische stieß, erhielt er eine schmerzhafte Kopfnuss.

»Hau ab, du Rotzlöffel!«, schrie ihn der Brotverkäufer an.

Arnau verschwand erneut in der lärmenden Menschenmenge des Marktes, ohne zu wissen, wohin. Er wurde hin und her geschoben von Leuten, die viel größer waren als er und ihn gar nicht bemerkten, weil sie mit Getreidesäcken beladen waren.

Arnau war den Tränen nahe, als plötzlich wie aus dem Nichts das verschmitzte, schmutzige Gesicht des Jungen auftauchte, den er durch halb Barcelona verfolgt hatte.

»Was stehst du hier herum?«, fragte der Kleine, wobei er die Stimme erhob, um sich bemerkbar zu machen.

Arnau antwortete nicht. Diesmal klammerte er sich an dem Hemd des Jungen fest und ließ sich über den ganzen Platz bis in die Calle Bòria schleifen. Durch diese gelangten sie in das Viertel der Kesselflicker. In den engen Gassen hallte das Hämmern auf Kupfer und Eisen wider. Jetzt rannten sie nicht mehr. Erschöpft nötigte Arnau, der immer noch den Hemdsärmel des Jungen umklammert hielt, seinen unaufmerksamen und ungeduldigen Führer, seine Schritte zu verlangsamen.

»Hier wohne ich«, sagte der Junge schließlich und deutete auf ein kleines, einstöckiges Häuschen. Vor der Tür stand ein Tisch mit Kupferkesseln in allen Größen, an dem ein dicker Mann arbeitete, der sie keines Blickes würdigte. »Das war mein Vater«, setzte der Junge hinzu, nachdem sie an dem Haus vorbei waren.

»Warum sind wir nicht . . .?«, begann Arnau, während er zu dem Haus zurückblickte.

»Warte ab«, unterbrach ihn der schmutzige Junge.

Sie gingen weiter die Straße entlang, um eine Biegung herum, bis sie sich an der Rückseite der kleinen Häuschen befanden, an der die Gärten lagen. Als sie zu dem Garten kamen, der zu dem Haus des

Jungen gehörte, schwang sich der Kleine auf die Mauer und forderte Arnau auf, es ihm nachzutun.

»Warum . . .?«

»Jetzt kletter schon rauf!«, befahl ihm der Junge, rittlings auf der Mauer sitzend.

Die beiden sprangen in den kleinen Garten. Doch dann blieb der Junge stehen und blickte zu einem Anbau am Haus hinüber. Es war ein enger Raum, der zum Garten hin, in einiger Höhe, eine winzige Fensteröffnung besaß. Arnau ließ einige Sekunden verstreichen, doch der Junge rührte sich nicht vom Fleck.

»Und jetzt?«, fragte er schließlich.

Der Junge wandte sich Arnau zu.

»Was ist?«

Aber der Kleine achtete nicht auf ihn. Arnau blieb wie angewurzelt stehen, während sein Begleiter eine Holzkiste nahm und sie unter das Fensterchen schob. Dann kletterte er hinauf und presste sein Gesicht an die Öffnung.

»Mama . . .«, flüsterte er.

Ein blasser Frauenarm erschien und berührte mühsam den Rand der Luke; der Ellenbogen blieb auf dem Fenstersims liegen, und die Hand begann, zärtlich über das Haar des Jungen zu streichen.

»Du bist heute früher dran, Joanet«, hörte Arnau eine sanfte Stimme sagen. »Die Sonne hat noch nicht den höchsten Punkt erreicht.«

Joanet nickte lediglich mit dem Kopf.

»Ist etwas?«, fragte die Stimme.

Joanet brauchte einige Sekunden, bevor er antwortete. Er zog die Nase hoch und sagte: »Ich bin mit einem Freund gekommen.«

»Ich freue mich, dass du Freunde hast. Wie heißt er?«

»Arnau.«

Woher wusste er seinen Namen? Natürlich! Er hatte ihm nachspioniert!, dachte Arnau.

»Ist er hier?«

»Ja, Mama.«

»Hallo, Arnau.«

Arnau sah zu dem Fenster hinauf. Joanet drehte sich zu ihm um.

»Guten Tag . . . Señora«, wisperte er, unsicher, was er zu einer Stimme sagen sollte, die aus einem Fenster kam.

»Wie alt bist du?«, wollte die Frau wissen.

»Acht Jahre ... Señora.«

»Zwei Jahre älter als mein Joanet, aber ich hoffe, dass ihr euch gut versteht und immer Freunde bleibt. Es gibt nichts Besseres auf dieser Welt als einen guten Freund. Vergesst das nie!«

Dann sagte die Stimme nichts mehr. Joanets Mutter strich ihrem Jungen weiter übers Haar, während Arnau beobachtete, wie der Kleine, den Rücken an die Mauer gelehnt, mit baumelnden Beinen auf der Holzkiste saß und die Liebkosung genoss, ohne sich zu rühren.

»Geht jetzt spielen«, sagte die Frau plötzlich, während sich die Hand zurückzog. »Leb wohl, Arnau! Gib gut auf meinen Jungen acht, du bist schließlich älter als er.«

Arnau wollte sich verabschieden, brachte aber keinen Ton heraus.

»Bis bald, mein Junge«, sagte die Stimme. »Kommst du mich wieder besuchen?«

»Natürlich, Mama.«

»Dann geht jetzt.«

Die beiden Jungen kehrten in die belebten Straßen Barcelonas zurück und liefen ziellos umher. Arnau wartete auf eine Erklärung von Joanet. Als diese ausblieb, wagte er schließlich zu fragen: »Warum kommt deine Mutter nicht heraus in den Garten?«

»Sie ist eingesperrt«, antwortete Joanet.

»Warum?«

»Das weiß ich nicht. Ich weiß nur, dass sie eingesperrt ist.«

»Und warum kletterst du nicht durch das Fenster hinein?«

»Ponç hat es mir verboten.«

»Wer ist Ponç?«

»Ponç ist mein Vater.«

»Und warum hat er es dir verboten?«

»Das weiß ich nicht.«

»Warum nennst du ihn Ponç und nicht Vater?«

»Auch das hat er mir verboten.«

Arnau blieb stehen und zog Joanet zu sich, bis dessen Gesicht genau vor seinem war.

»Ich weiß nicht, warum«, kam ihm der Junge zuvor.

Sie gingen weiter. Arnau versuchte, dieses Durcheinander zu verstehen, und Joanet wartete auf die nächste Frage seines neuen Gefährten.

»Wie ist deine Mutter?«, fragte Arnau schließlich.

»Sie war schon immer dort eingesperrt.« Joanet bemühte sich krampfhaft zu lächeln. »Einmal, als Ponç nicht in der Stadt war, habe ich versucht, mich durch das Fenster zu zwängen, aber sie hat es mir nicht erlaubt. Sie sagte, sie will nicht, dass ich sie sehe.«

»Warum lächelst du?«

Joanet ging einige Meter weiter, bevor er antwortete: »Sie sagt, ich soll immer lächeln.«

Für den Rest des Vormittags trottete Arnau mit gesenktem Kopf hinter diesem schmutzigen Jungen her, der niemals das Gesicht seiner Mutter gesehen hatte.

»Seine Mutter streichelt ihm durch ein kleines Fenster über den Kopf«, erzählte Arnau seinem Vater an diesem Abend im Flüsterton, als sie gemeinsam auf der Matratze lagen. »Er hat sie noch nie gesehen. Sein Vater erlaubt es ihm nicht, und sie auch nicht.«

Auch Bernat strich seinem Sohn über den Kopf, genau wie Arnau es ihm von der Mutter seines neuen Freundes erzählt hatte. Das Schnarchen der Sklaven und Lehrlinge, mit denen sie den Raum teilten, war in der Stille zu hören, die zwischen ihnen herrschte. Bernat fragte sich, welches Vergehen diese Frau begangen haben mochte, um eine solche Strafe verdient zu haben.

Ponç, der Kupferschmied, hätte ihm die Antwort ohne zu zögern geben können: »Ehebruch!«

Er hatte es Dutzende Male erzählt, jedem, der es hören wollte.

»Ich habe sie dabei ertappt, wie sie es mit ihrem Liebhaber trieb, einem jungen Burschen in ihrem Alter. Sie nutzten die Stunden aus, die ich in der Schmiede arbeitete. Ich ging natürlich zum Stadtrichter, um die gerechte Wiedergutmachung einzufordern, die unsere Gesetze vorschreiben.«

Und der kräftige Kupferschmied machte sich sogleich daran, von dem Gesetz zu erzählen, das dazu beigetragen hatte, Gerechtigkeit walten zu lassen.

»Unsere Oberen sind kluge Männer, sie wissen um die Ruchlosigkeit des Weibes. Nur adlige Damen können sich durch einen Eid von der Anklage des Ehebruchs freisprechen. Die Übrigen, wie meine Joana, müssen ihre Unschuld in einem Duell unter Beweis stellen und werden einem Gottesurteil unterworfen.«

Diejenigen, die bei dem Duell dabei gewesen waren, erinnerten sich daran, wie Ponç Joanas jugendlichen Liebhaber in Stücke zerrissen hatte. Gott hatte nur wenig zwischen dem von der Arbeit in der Schmiede gestählten Kesselmacher und dem zarten, liebestrunkenen Jüngling auszurichten vermocht.

Das königliche Urteil wurde gemäß den örtlichen Gesetzen gesprochen: »Gewinnt die Frau, soll ihr Gatte sie in Ehren wieder aufnehmen und für sämtliche Ausgaben aufkommen, welche die Frau oder ihre Freunde in dieser Sache gehabt haben mögen, sowie für mögliche Verletzungen des Duellanten. Sollte sie indes verlieren, werde sie selbst mitsamt ihrem ganzen Besitz an ihren Mann übergeben.« Ponç konnte nicht lesen, aber er betete den Inhalt des Urteils aus dem Gedächtnis herunter, während er jedem, der es sehen wollte, das Dokument zeigte:

> »Hiermit verfügen wir, dass Ponç, sollte er wollen, dass ihm Joana übergeben wird, eine angemessene Kaution zu leisten und die Versicherung zu geben hat, dass er sie bei sich zu Hause in einem Raum von zwölf Spannen Länge, sechs Spannen Breite und zwei Stockbreit Höhe unterbringt. Er verpflichtet sich, ihr ausreichend Stroh zu geben, um darauf zu schlafen, und eine Decke, um sich darunter zu wärmen. Er muss ein Loch ausheben, damit sie ihre Notdurft verrichten kann, und ein Fenster brechen, durch welches Joana ihre Verpflegung erhält. Ponç ist gehalten, ihr täglich zwölf Unzen durchgebackenes Brot zu geben, des weiteren so viel Wasser, wie sie verlangt. Es ist ihm verboten, ihr etwas zu reichen, das ihren Tod beschleunigt, oder etwas zu tun, das besagte Joana töten könnte. Aus all diesen Gründen muss Ponç eine angemessene Kaution und Versicherung abgeben, bevor man ihm Joana übergibt.«

Ponç brachte die Kaution, die der Stadtrichter von ihm verlangte, und dieser übergab ihm Joana. Der Kupferschmied errichtete in seinem Garten einen Raum von zweieinhalb Metern auf einen Meter zwanzig, hob eine Grube aus, damit die Frau ihre Notdurft verrichten konnte, brach das Fenster in die Wand, durch das sich Joanet, der neun Monate nach dem Urteil zur Welt kam und nie von Ponç anerkannt wurde, über den Kopf streicheln ließ, und mauerte seine junge Frau ein.

»Vater«, flüsterte Arnau Bernat zu, »wie war meine Mutter? Weshalb habt Ihr mir nie von ihr erzählt?«

Was soll ich ihm sagen? Dass sie ihre Jungfräulichkeit unter den Stößen eines betrunkenen Adligen verlor? Dass aus ihr die öffentliche Frau auf der Burg des Herrn von Bellera wurde?, fragte sich Bernat.

»Deiner Mutter«, antwortete er, »war kein Glück beschieden. Sie war eine bedauernswerte Person.«

Bernat hörte, wie Arnau die Nase hochzog, bevor er weitersprach.

»Hat sie mich geliebt?«, fragte der Junge mit belegter Stimme.

»Sie hatte keine Gelegenheit dazu. Sie starb bei deiner Geburt.«

»Habiba hat mich geliebt.«

»Ich liebe dich auch.«

»Aber Ihr seid nicht meine Mutter. Selbst Joanet hat eine Mutter, die ihm übers Haar streicht.«

»Nicht alle Kinder haben eine . . .«, wollte er ihn korrigieren.

Die Mutter aller Christen! Die Worte der Priester kamen ihm wieder in den Sinn.

»Was sagtet Ihr, Vater?«

»Doch, du hast eine Mutter. Natürlich hast du eine Mutter.« Bernat bemerkte, wie sein Sohn ruhig wurde. »Kindern wie dir, die keine Mutter haben, schenkt Gott eine neue Mutter: die Jungfrau Maria.«

»Wo ist diese Maria?«

»Die Jungfrau Maria«, korrigierte er ihn. »Und sie ist im Himmel.«

Arnau schwieg eine Weile, bevor er erneut nachhakte. »Und was hat man von einer Mutter, die im Himmel ist? Sie wird mich nicht streicheln, nicht mit mir spielen, mich nicht küssen, nicht . . .«

»Doch, das wird sie.« Bernat erinnerte sich klar und deutlich an die Erklärungen seines Vaters, die dieser ihm gegeben hatte, als er selbst die gleichen Fragen stellte. »Sie schickt die Vögel, damit sie dich streicheln. Wenn du einen Vogel siehst, dann gib ihm eine Botschaft an deine Mutter mit. Du wirst sehen, dass er in den Himmel fliegt, um sie der Jungfrau Maria zu überbringen. Dann geben sie die Nachricht einer an den anderen weiter, und einer von ihnen wird kommen, um fröhlich zwitschernd um dich herumzuflattern.«

»Aber ich verstehe die Vogelsprache nicht.«

»Du wirst lernen, sie zu verstehen.«

»Aber ich werde sie nie sehen können . . .«

»Doch, du kannst sie sehen. Du kannst sie in einigen Kirchen sehen, und du kannst sogar mit ihr sprechen.«

»In den Kirchen?«

»Ja, mein Sohn. Sie ist im Himmel und in einigen Kirchen, und du kannst durch die Vögel mit ihr sprechen oder in diesen Kirchen. Sie wird dir durch die Vögel antworten oder nachts, wenn du schläfst, und sie wird dich mehr lieben und verwöhnen als jede Mutter, die du sehen kannst.«

»Mehr als Habiba?«

»Viel mehr.«

»Und heute Nacht?«, fragte der Junge. »Heute habe ich nicht mit ihr gesprochen.«

»Keine Sorge, ich habe das für dich getan. Schlaf jetzt, und du wirst sehen.«

8

ie beiden neuen Freunde trafen sich jeden Tag. Sie liefen zusammen zum Strand, um die Schiffe zu betrachten, oder streiften durch die Straßen von Barcelona. Jedes Mal, wenn sie vor der Gartenmauer spielten und die Stimmen von Josep, Genís oder Margarida aus dem Garten der Puigs zu hören waren, sah Joanet, wie sein Freund in den Himmel blickte, so als hielte er Ausschau nach etwas, das über den Wolken schwebte.

»Was schaust du da?«, fragte er ihn eines Tages.

»Ach, nichts«, antwortete Arnau.

Das Lachen im Garten wurde lauter, und Arnau blickte erneut in den Himmel.

»Sollen wir auf den Baum klettern?«, fragte Joanet, der glaubte, es seien die Äste, die die Aufmerksamkeit seines Freundes weckten.

»Nein«, antwortete Arnau, während er nach einem Vogel Ausschau hielt, dem er eine Botschaft an seine Mutter mitgeben konnte.

»Warum willst du nicht auf den Baum klettern? Dann könnten wir sehen, wie . . .«

Was sollte er der Jungfrau Maria sagen? Was sagte man einer Mutter? Joanet unterhielt sich nicht mit seiner Mutter. Er hörte ihr nur zu und sagte ja oder nein . . . Aber er konnte wenigstens ihre Stimme hören und ihre Liebkosungen spüren, dachte Arnau.

»Klettern wir rauf?«

»Nein!«, schrie Arnau so laut, dass Joanet das Lächeln verging. »Du hast schon eine Mutter, die dich liebt, du brauchst keinen anderen Müttern hinterherzuspionieren.«

»Wenn wir raufklettern . . .«, erwiderte Joanet.

Dass sie sie liebten! Das sagten ihre Kinder zu Guiamona. »Sag ihr das, Vögelchen.« Arnau sah den Vogel in den Himmel fliegen. »Sag ihr, dass ich sie liebe.«

»Was ist jetzt? Klettern wir rauf?«, beharrte Joanet, während er bereits nach den unteren Ästen griff.

»Nein. Ich brauche das nicht . . .« Joanet ließ den Ast los und sah seinen Freund fragend an. »Ich habe auch eine Mutter.«

»Eine neue?«

Arnau zögerte.

»Ich weiß nicht. Sie heißt Jungfrau Maria.«

»Jungfrau Maria? Und wer ist das?«

»Sie lebt in bestimmten Kirchen. Ich weiß, dass sie immer in diese Kirche gegangen sind.« Er deutete in Richtung Mauer. »Aber sie haben mich nie mitgenommen.«

»Ich weiß, wo eine ist.« Arnau sah Joanet mit großen Augen an. »Wenn du willst, bringe ich dich hin. Zu der größten von Barcelona!«

Wie immer rannte Joanet davon, ohne die Antwort seines Freundes abzuwarten. Aber Arnau war schon auf der Hut und hatte ihn gleich eingeholt.

Sie liefen bis zur Calle de la Boquería und durch die Calle de Bisbe am Judenviertel entlang, bis sie vor der Kathedrale standen.

»Und du glaubst, die Jungfrau Maria ist da drin?«, fragte Arnau seinen Freund und deutete auf die Gerüste, die an den noch unvollendeten Mauern emporwuchsen. Er folgte mit dem Blick einem großen Stein, der von mehreren Männern mit Hilfe eines Seilzugs nach oben gehoben wurde.

»Natürlich«, antwortete Joanet überzeugt. »Das ist eine Kirche.«

»Das ist keine Kirche!«, hörten die beiden jemanden hinter ihrem Rücken sagen. Sie fuhren herum und standen vor einem grobschlächtigen Mann, der einen Hammer und eine Raspel in der Hand hielt. »Das ist die Kathedrale«, erklärte er, stolz auf seine Arbeit als Gehilfe des Steinmetzmeisters. »Verwechselt sie nie mit einer Kirche.«

Arnau warf Joanet einen wütenden Blick zu.

»Wo gibt es eine Kirche?«, fragte Joanet den Mann, als dieser sich bereits zum Gehen wandte.

»Gleich dort drüben«, antwortete dieser zu ihrer Überraschung, während er mit der Raspel zu der Straße zeigte, durch die sie gekommen waren. »An der Plaza Sant Jaume.«

Sie rannten die Calle del Bisbe wieder hinunter bis zur Plaza de Sant

Jaume. Dort entdeckten sie ein kleines Gebäude, das sich von den übrigen unterschied, mit unzähligen Reliefbildern über dem Portal, zu dem eine kleine Treppe hinaufführte. Die beiden zögerten nicht lange und schlüpften rasch hinein. Innen war es dunkel und kühl. Bevor ihre Augen Zeit hatten, sich an das dämmrige Licht zu gewöhnen, wurden sie von kräftigen Händen an den Schultern gepackt und ebenso schnell die Stufen wieder hinunterbefördert, wie sie hineingekommen waren.

»Wie oft muss ich euch noch sagen, dass ich kein Gerenne in der Kirche Sant Jaume will!«

Arnau und Joanet sahen sich an, ohne den Pfarrer weiter zu beachten. Die Kirche Sant Jaume! Auch dies war nicht die Kirche der Jungfrau Maria, sagten sie sich schweigend.

Als der Pfarrer verschwunden war, rappelten sie sich auf. Sie waren von einer Gruppe von sechs Jungen umringt, die genauso barfuß, zerlumpt und schmutzig waren wie Joanet.

»Mit dem ist nicht gut Kirschen essen«, sagte einer von ihnen, wobei er mit dem Kopf zum Kirchenportal hinüberdeutete.

»Wenn ihr wollt, können wir euch verraten, wo man hineinkann, ohne dass er es merkt«, sagte ein anderer, »aber dann müsst ihr selbst zurechtkommen. Wenn er euch erwischt . . .«

»Nein, darum geht es uns nicht«, antwortete Arnau. »Kennt ihr noch eine andere Kirche?«

»Man wird euch nirgendwo hineinlassen«, beteuerte ein Dritter.

»Das lasst unsere Sache sein«, entgegnete Joanet.

»Schaut euch den Kleinen an!«, lachte der Älteste von ihnen und kam auf Joanet zu. Er war um einiges größer, und Arnau hatte Angst um seinen Freund. »Alles, was auf diesem Platz passiert, ist unsere Sache, kapiert?«, sagte er und gab ihm einen Schubs.

Joanet wollte sich gerade auf den älteren Jungen stürzen, als etwas auf der anderen Seite des Platzes ihre Aufmerksamkeit erregte.

»Ein Jude!«, rief einer der Jungs.

Die ganze Bande rannte in Richtung eines Jungen, auf dessen Brust das gelbe Zeichen prangte. Der kleine Jude nahm die Beine in die Hände, als er merkte, was da auf ihn zukam, und erreichte den Eingang zum Judenviertel, bevor die Bande ihn erwischte. Die Jungen blieben wie angewurzelt vor dem Torbogen stehen. Einer von ihnen war allerdings bei Arnau und Joanet stehen geblieben. Er war noch kleiner als Joanet und hatte mit großen Augen beobachtet, wie diese gegen den Ältesten aufbegehrt hatten.

»Dort drüben ist noch eine Kirche, hinter Sant Jaume«, erklärte er ihnen. »Seht zu, dass ihr hier wegkommt.« Er machte eine Kopfbewegung zu der Gruppe, die jetzt zu ihnen zurückgeschlendert kam. »Pau wird sehr wütend sein und euch dafür büßen lassen. Er ist immer wütend, wenn ihm ein Jude entwischt.«

Arnau wollte Joanet wegziehen, der herausfordernd auf diesen Pau wartete. Aber als er sah, wie die Jungs plötzlich losliefen, gab Joanet dem Drängen seines Freundes nach.

Sie rannten die Straße hinunter in Richtung Meer, aber als sie feststellten, dass Pau und seine Bande ihnen nicht folgten – wahrscheinlich galt ihr Augenmerk eher den Juden, die über ihren Platz gingen –, verlangsamten sie ihre Schritte. Sie waren kaum eine Straße von der Plaza Sant Jaume entfernt, als sie auf eine weitere Kirche stießen. Sie blieben vor der Treppe stehen und sahen sich an. Joanet deutete auf die Tür.

»Lass uns warten«, sagte Arnau.

In diesem Moment kam eine alte Frau aus der Kirche und stieg langsam die Treppe hinunter. Arnau überlegte nicht lange.

»Gute Frau«, sagte er, als sie auf der Straße stand, »was ist das für eine Kirche?«

»Sant Miquel«, antwortete die Frau, ohne stehen zu bleiben.

Arnau seufzte. Sant Miquel.

»Wo gibt es hier noch eine Kirche?«, fragte Joanet dazwischen, als er den enttäuschten Gesichtsausdruck seines Freundes sah.

»Gleich am Ende dieser Straße.«

»Und was ist das für eine?« Mit seiner erneuten Frage weckte er zum ersten Mal die Aufmerksamkeit der Frau.

»Das ist die Kirche Sant Just i Pastor. Weshalb wollt ihr das so genau wissen?«

Die Jungen gaben keine Antwort und ließen die alte Frau stehen, die ihnen hinterhersah, wie sie mit gesenkten Köpfen davonschlichen.

»Alles Männerkirchen!«, entfuhr es Arnau. »Wir müssen eine Frauenkirche finden. Dort ist bestimmt auch die Jungfrau Maria.«

Joanet ging nachdenklich weiter.

»Ich kenne da einen Ort ...«, sagte er schließlich. »Da sind nur Frauen. Es ist am Ende der Stadtmauer, gleich am Meer. Er heißt ...« Joanet versuchte sich zu erinnern. »Er heißt Santa Clara.«

»Santa Clara ist nicht die Jungfrau Maria.«

»Aber sie ist eine Frau. Bestimmt ist deine Mutter bei ihr. Oder ist sie mit einem Mann zusammen, der nicht dein Vater ist?«

Sie gingen die Calle de la Ciutat entlang bis zum Portal de la Mar, dem Stadttor am Meer, das sich neben der Festung Regomir in der alten römischen Stadtmauer befand. Von dort führte ein Weg zum Konvent Santa Clara, das den östlichen Abschluss der neuen Stadtmauer bildete, gleich am Meer. Nachdem sie die Festung Regomir hinter sich gelassen hatten, wandten sie sich nach links und gingen weiter bis zur Calle de la Mar, die von der Plaza del Blat bis zur Kirche Santa María del Mar führte und weiter in kleinen, parallel verlaufenden Gässchen auslief, die am Strand mündeten. Von dort gelangte man, wenn man die Plaza del Born und den Pla d'en Llull überquerte, durch die Calle de Santa Clara zu dem gleichnamigen Kloster.

Trotz des unbedingten Wunsches, die Kirche zu finden, nach der sie suchten, konnte keiner der beiden Jungen dem Impuls widerstehen, an den Ständen der Silberschmiede zu verweilen, die sich zu beiden Seiten der Calle de la Mar befanden. Barcelona war eine prosperierende, reiche Stadt, und die zahllosen kostbaren Gegenstände, die an diesen Ständen feilgeboten wurden, waren ein guter Beleg dafür: Silbergeschirr, Krüge und Becher aus wertvollen Metallen mit eingearbeiteten Edelsteinen, Ketten, Armbänder und Ringe, Gürtel, eine schier endlose Menge von Kunstwerken, die in der Sommersonne funkelten und auf die Arnau und Joanet einen Blick zu erhaschen versuchten, bevor der Goldschmied sie zum Weitergehen nötigte.

Während sie vor dem Lehrling eines der Silberschmiede Reißaus nahmen, gelangten sie zur Plaza de Santa María. Zu ihrer Rechten lag ein kleiner Friedhof, der *Fossar Mayor*, zu ihrer Linken die Kirche.

»Nach Santa Clara müssen wir dort entlang ...«, begann Joanet, doch dann verstummte er. Das hier war beeindruckend!

»Wie sie das wohl gemacht haben?«, fragte sich Arnau, während er mit offenem Mund dastand.

Vor ihnen erhob sich eine mächtige, trutzige Kirche, streng, abweisend, gedrungen, ohne Fenster und mit außergewöhnlich dicken Mauern. Rund um den Kirchenbau hatte man das Gelände geräumt und eingeebnet. Überall waren Pflöcke in den Boden geschlagen, die durch Seile miteinander verbunden waren und geometrische Figuren bildeten.

Rings um die Apsis der kleinen Kirche erhoben sich zehn schlanke Säulen von sechzehn Metern Höhe, deren weißer Stein unter den Gerüsten hervorstrahlte, von denen sie umgeben waren.

Die hölzernen Gerüste, die am hinteren Teil der Kirche angebracht waren, wuchsen wie riesige Treppen nach oben. Selbst aus der Ferne musste Arnau den Kopf in den Nacken legen, um das Ende der Gerüste zu sehen, das weit oberhalb der Säulen lag.

»Gehen wir weiter«, drängte Joanet, als er lange genug das gefährliche Hin und Her der Arbeiter auf den Gerüsten beobachtet hatte. »Das ist bestimmt wieder eine Kathedrale.«

»Es ist keine Kathedrale«, hörten sie eine Stimme hinter sich. Arnau und Joanet blickten sich an und lächelten. Dann drehten sie sich um und sahen den kräftigen, schwitzenden Mann, der einen riesigen Steinquader auf dem Rücken trug, fragend an. Was ist es dann?, schien Joanet mit seinem Lächeln sagen zu wollen.

»Die Kathedrale wird von den Adligen und der Stadt finanziert. Diese Kirche hingegen, die noch viel bedeutender und schöner sein wird als die Kathedrale, wird vom Volk bezahlt und gebaut.«

Der Mann war nicht einmal stehen geblieben. Das Gewicht des Steins schien ihn vorwärts zu treiben. Aber er hatte ihnen zugelächelt.

Die beiden Jungen folgten ihm bis zur Seitenmauer der Kirche, an die ein weiterer Friedhof grenzte, der *Fossar Menor*.

»Können wir Euch helfen?«, fragte Arnau.

Der Mann schnaufte, bevor er sich umwandte und erneut lächelte.

»Vielen Dank, mein Junge, aber besser nicht.«

Schließlich bückte er sich und wuchtete den Stein auf den Boden. Die Jungen blickten sich an, und Joanet trat näher heran. Er versuchte, den Stein zu bewegen, doch es gelang ihm nicht. Der Mann brach in schallendes Lachen aus, das Joanet mit einem Lächeln beantwortete.

»Wenn es keine Kathedrale ist, was ist es dann?«, fragte Arnau, wobei er auf die achteckigen Säulen deutete.

»Das hier ist die neue Kirche, die das Ribera-Viertel in Dankbarkeit und Verehrung für unsere Schutzpatronin, die Jungfrau, erbaut . . .«

Arnau zuckte zusammen. »Die Jungfrau Maria?«, unterbrach er ihn mit weit aufgerissenen Augen.

»Natürlich, mein Junge«, antwortete der Mann und fuhr ihm übers Haar. »Die Jungfrau Maria, Schutzpatronin des Meeres.«

»Und . . . und wo ist die Jungfrau Maria?«, fragte Arnau weiter und sah zur Kirche herüber.

»Dort drüben in der kleinen Kirche. Aber wenn dieser Bau fertig ist, wird sie das größte Gotteshaus ihr Eigen nennen, das sie je besaß.«

Dort drinnen! Arnau hörte nicht mehr länger zu. Dort drinnen war seine Jungfrau. Plötzlich war ein Rauschen zu hören, und alle blickten nach oben: Ein Schwarm Vögel war vom obersten Gerüst aufgeflogen.

9

as Stadtviertel Ribera de Mar, wo die Kirche zu Ehren der Jungfrau Maria erbaut wurde, war aus einer Vorstadt des karolingischen, von den alten römischen Stadtmauern umgebenen Barcelonas hervorgegangen. In seinen Anfängen war es ein einfaches Viertel der Fischer, Stauer und anderer einfacher Leute gewesen. Schon damals gab es dort ein kleines Gotteshaus, Santa María de las Arenas, »Die Heilige Jungfrau vom Sande«, errichtet an jener Stelle, wo angeblich die heilige Eulalia im Jahre 303 den Märtyrertod erlitten hatte. Die kleine Kirche Santa María de las Arenas erhielt diesen Namen, weil sie direkt auf dem Sandstrand von Barcelona erbaut wurde, doch durch die Sedimentablagerungen, die auch die Häfen unbrauchbar gemacht hatte, die Barcelona früher einmal besaß, hatte sich die Küstenlinie immer weiter von der Kirche entfernt, bis schließlich ihr ursprünglicher Name verlorenging. Seit damals hieß sie Santa María del Mar, denn auch wenn die Entfernung zum Ufer größer geworden war, änderte dies nichts an der Verehrung all jener Männer, die vom Meer lebten.

Im Laufe der Zeit war auch die Stadt gezwungen gewesen, nach neuem Terrain vor den Toren zu suchen, um Platz für das aufstrebende Bürgertum Barcelonas zu schaffen, für das der römische Stadtkern zu klein geworden war. Unter den drei möglichen Himmelsrichtungen entschied sich die Bürgerschaft für den östlichen Bereich, wo der Verkehr vom Hafen in die Stadt strömte. Dort, in der Calle de la Mar, ließen sich die Silberschmiede nieder. Die übrigen Straßen erhielten ihre Namen von den Geldwechslern, Tuchhändlern, Metzgern und Bäckern, Wein- und Käsehändlern, Hutmachern, Waffenschmieden und einer Vielzahl anderer Handwerker. Es gab außerdem einen Handelshof, wo die auswärtigen Händler abstiegen, die in der Stadt weilten, und hinter der Kirche Santa María wurde die Plaza del

Born gebaut, auf der Wettkämpfe und Turniere stattfanden. Doch das neue Viertel am Ufer zog nicht nur reiche Handwerker an; auch viele Adlige zogen im Gefolge des Seneschalls Guillem Ramon de Montcada dorthin, dem der Graf von Barcelona, Ramon Berenguer IV., das Bauland für jene Straße überlassen hatte, die dann seinen Namen trug. Diese Calle Montcada mit ihren mächtigen, luxuriösen Palästen mündete in die Plaza del Born, neben der Kirche Santa María del Mar.

Nachdem sich Ribera de la Mar zu einem wohlhabenden Viertel gemausert hatte, wurde die alte romanische Kirche, in der die Fischer und Seeleute ihre Schutzpatronin verehrten, zu klein und zu ärmlich für die aufstrebenden und reichen Gläubigen. Doch die finanziellen Zuwendungen der Barceloneser Kirche und des Königs flossen ausschließlich in den Wiederaufbau der Kathedrale der Stadt.

Die Gläubigen von Santa María del Mar, Reich und Arm in ihrer Verehrung der Jungfrau geeint, ließen sich jedoch von der mangelnden Unterstützung nicht entmutigen. Im Gefolge des kürzlich zum Erzdiakon von Santa María del Mar ernannten Bernat Llull erbaten sie von der kirchlichen Obrigkeit die Erlaubnis, ein Bauwerk zu errichten, welches das größte Monument zu Ehren der Jungfrau Maria sein sollte. Und sie bekamen sie.

So wurde mit dem Bau von Santa María del Mar begonnen, errichtet vom Volk für das Volk. Davon kündete der Grundstein des Bauwerks, der genau dort gelegt wurde, wo später der Hauptaltar stehen sollte. Anders als bei Bauwerken, die von der Obrigkeit unterstützt wurden, war in ihn lediglich das Wappen der Pfarrei eingemeißelt als Zeichen dafür, dass dieser Bau mit all seinen Rechten einzig und allein den Gläubigen gehörte, die ihn errichtet hatten – die Reichen mit ihrem Geld, die einfachen Leute mit ihrer Arbeit.

Arnau betrachtete den Mann mit dem Steinquader. Noch immer schwitzend und keuchend, sah er lächelnd zu dem Bau hinüber.

»Kann man sie sehen?«, fragte Arnau.

»Die Jungfrau?«, fragte der Mann zurück, während er nun den Jungen anlächelte.

Und wenn Kinder nicht alleine in die Kirchen durften?, fragte sich Arnau. Was, wenn sie in Begleitung ihrer Eltern sein mussten? Wie hatte der Pfarrer von Sant Jaume noch einmal zu ihnen gesagt?

»Natürlich. Die Jungfrau wird sich freuen, Besuch von solchen Jungs wie euch zu bekommen.«

Arnau lachte nervös. Dann sah er Joanet an.

»Gehen wir?«, fragte er.

»He! Einen Moment!«, sagte der Mann zu ihnen. »Ich muss wieder an die Arbeit.« Er sah zu den Steinmetzen hinüber, die den Steinquader bearbeiteten. »Àngel!«, rief er einem etwa zwölfjährigen Knaben zu, der rasch zu ihnen gelaufen kam. »Begleite diese beiden Jungs in die Kirche! Sag dem Pfarrer, dass sie die Jungfrau sehen möchten!«

Dann verschwand der Mann in Richtung Meer. Arnau und Joanet blieben mit Àngel zurück, aber als der Junge sie anschaute, blickten beide zu Boden.

»Ihr wollt die Jungfrau sehen?«

Seine Stimme klang ehrlich. Arnau nickte und fragte: »Kennst du sie?«

»Na klar«, lachte Àngel. »Sie ist die Schutzpatronin des Meeres. Mein Vater ist Seemann«, setzte er stolz hinzu. »Kommt.«

Die beiden folgten ihm zum Eingang der Kirche, Joanet mit weit aufgerissenen Augen, Arnau mit gesenktem Kopf.

»Hast du eine Mutter?«, fragte er plötzlich.

»Ja, natürlich«, antwortete Àngel, während er weiter vor ihnen herging.

Sie traten durch das Portal von Santa María. Arnau und Joanet blieben stehen, bis sich ihre Augen an die Dunkelheit gewöhnt hatten. Es roch nach Wachs und Weihrauch. Arnau verglich die hohen, schlanken Säulen, die draußen standen, mit denen im Inneren der Kirche. Diese waren niedrig, dick und viereckig. Das einzige Licht kam durch ein paar schmale, längliche Fenster im dicken Mauerwerk und warf hier und dort gelbliche Rechtecke auf den Boden. An der Decke, an den Wänden, überall hingen und standen Schiffe, die einen sorgfältig gearbeitet, andere etwas grober geschnitzt.

»Kommt weiter«, raunte Àngel ihnen zu.

Während sie zum Altar gingen, deutete Joanet auf einige Gestalten, die auf dem Fußboden knieten. Sie hatten sie nicht sofort bemerkt. Als sie an ihnen vorüberkamen, staunten die Jungen über die gemurmelten Gebete.

»Was tun sie da?«, flüsterte Joanet Arnau ins Ohr.

»Sie beten«, antwortete dieser.

Wenn Guiamona mit seinen Cousins aus der Kirche zurückgekommen war, hatte sie ihn immer in seinem Schlafzimmer vor einem Kreuz niederknien lassen und ihn zum Beten angehalten.

Als sie schließlich vor dem Altar standen, kam ein schlanker Priester auf sie zu. Joanet versteckte sich hinter Arnau.

»Was führt dich hierher, Àngel?«, fragte der Mann mit leiser Stimme, sah dabei jedoch die beiden Jungen an.

Der Priester hielt Àngel seine Hand hin, und dieser kniete nieder.

»Diese beiden Jungen, Pater. Sie möchten die Jungfrau sehen.«

Die Augen des Priesters glänzten im Dunkeln, als er sich an Arnau wandte.

»Dort ist sie«, sagte er und deutete zum Altar.

Arnau sah in die Richtung, in die der Priester wies, bis er eine kleine, schlichte Frauenfigur aus Stein entdeckte. Auf ihrer rechten Schulter saß ein Kind, und zu ihren Füßen befand sich ein Schiff. Er blickte zu ihr auf. Die Frau hatte ein gütiges Gesicht. Seine Mutter!

»Wie heißt ihr?«, wollte der Priester wissen.

»Arnau Estanyol«, antwortete der eine.

»Joan, aber ich werde Joanet genannt«, erklärte der andere.

»Und der Nachname?«

Das Lächeln verschwand von Joanets Gesicht. Seine Mutter hatte ihm gesagt, dass er nicht den Nachnamen von Ponç, dem Kesselschmied, verwenden solle, da dieser sehr ungehalten sein würde, wenn er davon erfuhr. Ihren Namen sollte er allerdings auch nicht verwenden. Bislang war er nie in die Verlegenheit gekommen, jemandem seinen Nachnamen nennen zu müssen. Weshalb wollte ihn jetzt dieser Priester wissen?

»Genau wie er«, sagte er schließlich. »Estanyol.«

Arnau wandte sich zu ihm um und sah das Flehen in den Augen seines Freundes.

»Dann seid ihr also Brüder.«

»J...ja«, stotterte Joanet, als er Arnaus stillschweigendes Einverständnis bemerkte.

»Wisst ihr, wie man betet?«

»Ja«, antwortete Arnau.

»Ich nicht ... noch nicht«, ergänzte Joanet.

»Dann lass es dir von deinem älteren Bruder beibringen«, sagte der Priester. »Ihr könnt nun zur Jungfrau beten. Und du komm mit mir, Àngel. Ich habe eine Botschaft für deinen Meister. Da sind einige Steine, die . . .«

Die Stimme des Priesters verlor sich in der Ferne. Die beiden Jungen blieben vor dem Altar stehen.

»Muss man niederknien beim Beten?«, flüsterte Joanet Arnau zu.

Arnau wandte sich zu den Gestalten um, auf die Joanet deutete. Als Joanet zu den rotsamtenen Betschemeln ging, die vor dem Hauptaltar standen, hielt er ihn am Arm zurück.

»Die Leute knien auf dem Fußboden«, sagte er gleichfalls flüsternd, während er auf die Gläubigen zeigte. »Aber sie beten ja auch.«

»Und du?«

»Ich bete nicht. Ich spreche mit meiner Mutter. Du kniest doch auch nicht nieder, wenn du mit deiner Mutter sprichst, oder?«

Joanet sah ihn an. Nein, das tat er nicht . . .

»Aber der Priester hat nicht gesagt, dass wir mit ihr sprechen sollen. Nur, dass wir beten könnten.«

»Komm bloß nicht auf die Idee, dem Priester davon zu erzählen. Wenn du das tust, sage ich ihm, dass du gelogen hast und gar nicht mein Bruder bist.«

Joanet blieb neben Arnau stehen und betrachtete die vielen Schiffe, mit denen die Kirche geschmückt war. Er hätte gerne eines dieser Schiffe gehabt. Er fragte sich, ob sie wohl schwimmen konnten. Ganz bestimmt – wozu hätte man sie sonst schnitzen sollen? Er könnte mit einem dieser Schiffe zum Meer hinuntergehen und . . .«

Arnau sah unverwandt zu der steinernen Figur auf. Was sollte er ihr sagen? Ob die Vögel ihr seine Botschaft überbracht hatten? Er hatte ihnen gesagt, dass er sie liebte. Er hatte es ihnen oft gesagt.

»Mein Vater hat gesagt, dass sie jetzt bei dir ist, auch wenn sie eine Maurin war. Aber das soll ich keinem erzählen, weil die Leute behaupten, dass die Mauren nicht in den Himmel kommen«, flüsterte er. »Sie war eine gute Frau. Sie hatte keine Schuld. Es war Margarida.«

Arnau sah die Jungfrau unverwandt an. Sie war von Dutzenden brennender Kerzen umgeben. Die Luft rings um die steinerne Figur vibrierte.

»Ist Habiba bei dir? Wenn du sie siehst, dann sag ihr, dass ich sie auch lieb habe. Du bist mir nicht böse, wenn ich sie lieb habe, oder? Auch wenn sie eine Maurin ist.«

Durch das Dämmerlicht und das Flackern der Kerzen hindurch sah Arnau, wie sich die Lippen der kleinen Statue zu einem Lächeln verzogen.

»Joanet!«, sagte er zu seinem Freund.

»Was ist?«

Arnau deutete auf die Jungfrau, doch nun waren ihre Lippen wieder ... Vielleicht wollte die Jungfrau nicht, dass ein anderer das Lächeln sah. Vielleicht war es ein Geheimnis.

»Was denn?«, fragte Joanet noch einmal.

»Ach, nichts.«

»Habt ihr schon gebetet?«

Àngel und der Priester waren zurückgekehrt.

»Ja«, antwortete Arnau.

»Ich konnte nicht, weil ...«, versuchte sich Joanet zu entschuldigen.

»Ich weiß, ich weiß«, unterbrach ihn der Priester freundlich und strich ihm übers Haar. »Und du, was hast du gebetet?«

»Das Ave Maria«, antwortete Arnau.

»Ein schönes Gebet. Nun lasst uns gehen«, setzte der Priester hinzu, während er sie zur Tür brachte.

»Pater«, fragte Arnau, als sie wieder draußen standen, »dürfen wir wiederkommen?«

Der Priester lächelte ihnen zu.

»Natürlich. Aber ich hoffe, dass du deinem Bruder das Beten beigebracht hast, wenn ihr das nächste Mal kommt.« Joanet ließ sich von dem Priester die Wangen tätscheln. »Kommt wieder, wann immer ihr wollt. Ihr seid stets willkommen.«

Àngel machte sich auf den Weg zu der Stelle, wo die Steine aufgehäuft lagen. Arnau und Joanet folgten ihm.

»Und wohin geht ihr jetzt?«, fragte Àngel und wandte sich zu ihnen um. Die beiden Jungen blickten sich an und zuckten mit den Schultern. »Ihr könnt nicht auf der Baustelle herumlaufen. Wenn der Meister euch sieht ...«

»Der Mann mit dem Steinquader?«, unterbrach ihn Arnau.

»Nein«, antwortete Àngel lachend. »Das war Ramon, ein *Bastaix*.«

Joanet schloss sich dem fragenden Blick seines Freundes an. »Die *Bastaixos* sind die Packesel des Meeres; sie tragen die Waren vom Strand zu den Lagerhäusern der Händler und umgekehrt. Sie entladen die Waren, nachdem die Boote sie zum Strand gebracht haben.«

»Dann arbeiten sie nicht in Santa María?«, fragte Arnau.

»Doch. Sie leisten sogar am meisten.« Àngel lachte über den ratlosen Gesichtsausdruck der beiden Jungen. »Sie sind einfache Leute ohne finanzielle Mittel, aber fromme Verehrer der Jungfrau vom Meer, frommer als alle anderen. Da sie kein Geld zum Bau beitragen können, hat sich die Zunft der *Bastaixos* verpflichtet, die Felsblöcke aus dem königlichen Steinbruch am Montjuïc herbeizuschaffen. Sie schleppen sie auf dem Rücken herbei« – Àngel sah in die Ferne – »und legen Meilen zurück, beladen mit Steinen, die wir später zu zweit bewegen müssen.«

Arnau dachte an den riesigen Felsbrocken, den der *Bastaix* auf den Boden gewuchtet hatte.

»Natürlich arbeiten sie für ihre Jungfrau«, beteuerte Àngel noch einmal. »Mehr als alle anderen. Jetzt geht spielen«, setzte er dann hinzu, bevor er seinen Weg fortsetzte.

10

»Weshalb bauen sie die Gerüste noch höher?«

Arnau deutete auf den rückwärtigen Teil der Kirche Santa María. Àngel sah nach oben und nuschelte eine unverständliche Erklärung, den Mund voller Brot und Käse. Joanet begann zu kichern, Arnau stimmte mit ein, und schließlich konnte sich auch Àngel selbst das Lachen nicht verkneifen, bis er sich verschluckte und das Lachen in einen Hustenanfall überging.

Arnau und Joanet gingen jetzt jeden Tag nach Santa María, um in der Kirche niederzuknien. Bestärkt von seiner Mutter, hatte Joanet beschlossen, das Beten zu lernen, und sagte ein ums andere Mal die Gebete auf, die Arnau ihm beibrachte. Wenn die beiden Freunde sich später verabschiedeten, lief der Kleine zu dem Fensterchen und erzählte, wie viel er an diesem Tag gebetet hatte. Arnau hielt stumme Zwiesprache mit seiner Mutter. Nur wenn Pater Albert – denn so hieß der Pfarrer – zu ihnen trat, stimmte er in Joanets Gemurmel ein.

Wenn Arnau und Joanet die Kirche verließen, blieben sie immer in einiger Entfernung stehen, um die Bauarbeiten zu beobachten, die Zimmerleute, Steinmetze und Maurer. Dann hockten sie sich auf den Platz und warteten, bis Àngel eine Pause machte und sich zu ihnen setzte, um Brot und Käse zu essen. Pater Albert betrachtete sie mit Wohlwollen, die Arbeiter von Santa María lächelten ihnen zu, und sogar die *Bastaixos* schenkten den beiden Kindern, die dort vor der Kirche saßen, einen Blick, wenn sie mit Steinen beladen zur Baustelle kamen.

»Weshalb bauen sie die Gerüste noch höher?«, fragte Arnau noch einmal.

Die drei sahen zum hinteren Teil der Kirche hinüber, wo sich die zehn Pfeiler in den Himmel reckten, acht im Halbkreis, zwei etwas weiter weg. Dahinter hatte man mit dem Bau der Streben und der

Mauern begonnen, aus denen die Apsis entstehen sollte. Die Pfeiler überragten die kleine romanische Kirche, doch die Gerüste wuchsen immer weiter in die Höhe, als wären die Handwerker verrückt geworden und wollten eine Leiter bis in den Himmel bauen.

»Ich weiß es nicht«, antwortete Àngel.

»Diese Gerüste tragen ja gar nichts«, stellte Joanet fest.

»Aber sie werden etwas tragen müssen«, behauptete da eine sichere Männerstimme.

Die drei fuhren herum. Vor lauter Lachen und Husten hatten sie nicht bemerkt, dass hinter ihnen mehrere Männer standen. Einige waren vornehm gekleidet, andere trugen Priestergewänder mit edelsteinbesetzten Goldkreuzen auf der Brust, schweren Ringen und gold- und silberdurchwirkten Schärpen.

Pater Albert sah sie von der Kirchentür aus und eilte ihnen entgegen, um sie zu begrüßen. Àngel sprang mit einem Satz auf und verschluckte sich erneut. Er sah den Mann, der ihnen geantwortet hatte, nicht zum ersten Mal, doch nur selten hatte er ihn von so viel Prunk umgeben gesehen. Es war Berenguer de Montagut, der Baumeister von Santa María del Mar.

Auch Arnau und Joanet standen auf. Pater Albert trat zu der Gruppe und begrüßte die Bischöfe, indem er ihre Ringe küsste.

»Was werden sie tragen?«

Joanets Frage ließ Pater Albert auf halbem Wege zu einem weiteren Handkuss verharren. Aus seiner unbequemen Haltung heraus sah er den Jungen streng an. Sprich nicht, wenn du nicht gefragt wirst, schien sein Blick zu sagen. Einer der Pröpste machte Anstalten, zur Kirche zu gehen, doch Berenguer de Montagut fasste Joanet an der Schulter und beugte sich zu ihm hinunter.

»Kinder können oft sehen, was wir nicht sehen«, sagte er laut zu seinen Begleitern. »Es würde mich also nicht wundern, wenn diese Knaben etwas bemerkt hätten, was uns womöglich entgangen ist. Du willst wissen, weshalb wir die Gerüste noch höher bauen?« Joanet nickte, nicht ohne zuvor zu Pater Albert hinüberzusehen. »Siehst du das Ende der Pfeiler? Von dort oben, von jedem einzelnen, werden acht Bögen ausgehen, und auf ihnen wird das Gewölbe der neuen Apsis ruhen.«

»Was ist ein Gewölbe?«, fragte Arnau.

Berenguer lächelte und blickte sich um. Einige der Anwesenden lauschten den Erklärungen ebenso aufmerksam wie die Kinder.

»Ein Gewölbe ist in etwa so.« Der Baumeister legte die Finger gegeneinander, sodass sie eine Art Kuppel bildeten. Die Jungen blickten gebannt auf diese magischen Hände. Einige aus der hinteren Reihe reckten die Hälse, auch Pater Albert. »Stellt euch vor, meine Finger wären die Gewölberippen, für die wir vorher Holzgerüste gebaut haben. Und ganz oben, hier« – er öffnete die Hände und wies auf die Spitze seines Zeigefingers – »kommt ein großer Stein hin, den man Schlussstein nennt. Diesen Stein müssen wir ganz nach oben auf die Gerüste hieven. Seht ihr, dort?« Alle schauten nach oben. »Wenn wir ihn an seinen Platz gebracht haben, verkleiden wir den Raum zwischen zwei Gerüsten mit Brettern und formen die Gewölbeschale aus leichtem Stein und Mörtel. Dafür brauchen wir diese hohen Gerüste. Nachher kommt das Holz natürlich wieder weg.«

»Und wozu diese ganze Arbeit?«, hakte Arnau nach. Der Priester zuckte zusammen, als er den Jungen so sprechen hörte, auch wenn er sich bereits an seine Fragen und Beobachtungen zu gewöhnen begann. »Das alles wird man doch gar nicht sehen, wenn man in der Kirche ist. Es ist über dem Dach.«

Berenguer lachte, und einige seiner Begleiter stimmten mit ein. Pater Albert seufzte.

»Natürlich wird man es sehen, mein Junge. Die kleine Kirche, die jetzt hier steht, wird im Verlauf der Bauarbeiten verschwinden. Es ist, als entstünde aus dieser kleinen Kirche eine neue, größere und ...«

Joanets unwilliges Gesicht überraschte ihn. Der Junge hatte sich an die Intimität der kleinen Kirche gewöhnt, an ihren Geruch, die Dunkelheit, die Geborgenheit, die er fand, wenn er dort betete.

»Liebst du die Jungfrau vom Meer?«, fragte ihn Berenguer.

Joanet sah Arnau an, und beide nickten einhellig.

»Nun, wenn ihre neue Kirche fertig ist, wird diese Jungfrau, die ihr so sehr liebt, mehr Licht haben als jede andere Madonna auf der Welt. Sie wird nicht mehr im Dunkeln sein wie jetzt, und sie wird die schönste Kirche ihr Eigen nennen, die man sich nur vorstellen kann. Nicht mehr dicke, niedrige Mauern werden sie umgeben, sondern hohe, lichte Wände mit Pfeilern und Fenstern, die bis in den Himmel hinaufreichen.«

Alle schauten gen Himmel.

»Ja«, fuhr Berenguer de Montagut fort, »die neue Kirche der Jungfrau vom Meer wird bis in den Himmel reichen.«

Dann schritt er gemeinsam mit seinen Begleitern auf Santa María zu. Die Kinder und Pater Albert blieben zurück und sahen ihnen nach.

»Pater«, fragte Arnau schließlich, als die Besucher außer Hörweite waren, »was geschieht denn mit der Jungfrau, wenn die kleine Kirche abgebrochen wird, die neue aber noch nicht fertiggestellt ist?«

»Siehst du die Strebepfeiler dort drüben?«, antwortete der Pfarrer und deutete auf zwei der Pfeiler, die sich im Bau befanden, um den Umgang hinter dem Hauptaltar zu schließen. »Zwischen diesen beiden Pfeilern wird die Hauptkapelle errichtet, die Sakramentskapelle. Dort wird man die Jungfrau vorläufig unterbringen, neben dem Leib Christi und den Gebeinen der heiligen Eulalia, damit sie keinen Schaden nimmt.«

»Und wer wird sie bewachen?«

»Keine Sorge«, antwortete der Priester, nun mit einem Lächeln auf den Lippen, »die Jungfrau wird gut bewacht sein. Die Sakramentskapelle gehört der Bruderschaft der *Bastaixos*. Sie besitzen den Schlüssel und werden deine Jungfrau bewachen.«

Arnau und Joanet kannten die *Bastaixos* inzwischen. Àngel hatte ihnen ihre Namen genannt, wenn sie, einer hinter dem anderen, mit ihren riesigen Steinen beladen ankamen. Da war Ramon, den sie als Ersten kennengelernt hatten. Guillem, hart wie der Stein, den er auf seinem Rücken trug, von der Sonne gegerbt, das Gesicht von einem Unfall schrecklich entstellt, aber sanft und freundlich im Umgang. Ein weiterer Ramon, »der Kleine« genannt, weil er kleiner war als der erste Ramon und von gedrungener Gestalt. Miquel, ein sehniger Mann, dem man gar nicht zutraute, dem Gewicht seiner Last standzuhalten, doch er schaffte es, indem er alle Sehnen seines Körpers anspannte, bis es aussah, als könnten sie jeden Augenblick reißen. Sebastià, der Schweigsamste unter ihnen, und sein Sohn Bastianet. Pere, Jaume und so viele andere Namen, die jenen Arbeitern aus dem Ribera-Viertel gehörten, die es sich zur Aufgabe gemacht hatten, die Tausende von Steinen, die für den Bau der Kirche benötigt wurden, vom königlichen Steinbruch La Roca nach Santa María del Mar zu schleppen.

Arnau dachte an die *Bastaixos*, daran, wie sie zu der Kirche hinübersahen, wenn sie, unter ihrer Last gebeugt, in Santa María ankamen. Wie sie lächelten, nachdem sie die Steine abgeladen hatten. Wie stark ihre Schultern waren. Er war sich sicher, dass sie seine Jungfrau gut beschützen würden.

Keine Woche später wurde in die Tat umgesetzt, was Berenguer de Montagut angekündigt hatte.

»Kommt morgen bei Tagesanbruch«, rief ihnen Àngel, »wir ziehen den Schlussstein hoch.«

Und die Jungen waren da. Sie liefen hinter den Handwerkern herum, die sich allesamt vor den Gerüsten versammelt hatten. Es waren über hundert Personen: Arbeiter, *Bastaixos* und sogar Priester. Pater Albert hatte seinen Habit abgelegt und war gekleidet wie alle anderen. Um die Hüften trug er eine Schärpe aus festem rotem Stoff.

Arnau und Joanet mischten sich unter die Menge, wobei sie den einen oder anderen freundlich grüßten.

»Kinder«, sagte einer der Maurermeister zu ihnen, »wenn wir anfangen, den Schlussstein hochzuziehen, will ich euch hier nicht mehr sehen.«

Die beiden nickten.

»Und wo ist der Schlussstein?«, fragte Joanet und sah zu dem Meister auf.

Sie liefen zu der Stelle, die der Mann ihnen zeigte, vor dem ersten Gerüst, dem niedrigsten von allen.

»Gütige Jungfrau!«, riefen sie wie aus einer Kehle, als sie vor dem großen, runden Stein standen.

Auch viele der Männer betrachteten den Stein, doch sie schwiegen. Sie wussten, dass dies ein wichtiger Tag war.

»Er wiegt über sechstausend Kilo«, sagte jemand zu ihnen.

Joanet sah mit tellergroßen Augen zu Ramon hinüber, dem *Bastaix*, den er neben dem Stein entdeckt hatte.

»Nein«, erriet dieser seine Gedanken, »den haben wir nicht hergeschleppt.«

Die Bemerkung wurde mit nervösem Gelächter quittiert, das jedoch rasch wieder verstummte. Arnau und Joanet sahen, wie die Männer einer nach dem anderen vorbeikamen, den Stein betrachteten und dann zu den Gerüsten hinaufblickten. Sie mussten über sechstausend

Kilo mit Hilfe von Seilen auf eine Höhe von dreißig Metern hinaufziehen!

»Wenn etwas schiefgeht ...«, hörten sie einen von ihnen sagen, während er sich bekreuzigte.

»... wird er uns unter sich begraben«, brachte ein anderer den Satz zu Ende und biss sich auf die Lippen.

Niemand stand still. Sogar Pater Albert in seiner ungewohnten Kleidung lief unruhig zwischen den Männern umher, klopfte ihnen aufmunternd auf die Schultern und nahm sich Zeit für ein paar kurze Worte. Zwischen den Leuten und den Gerüsten erhob sich die alte Kirche. Viele sahen zu ihr herüber. Barceloneser Bürger begannen sich in einiger Entfernung von der Baustelle zu versammeln.

Schließlich erschien Berenguer de Montagut. Noch bevor ihn jemand grüßen konnte, schwang er sich auf das unterste Gerüst und wandte sich an die versammelte Menge. Während er sprach, befestigten einige Maurer einen großen Seilzug an dem Stein.

»Wie ihr seht«, rief Berenguer de Montagut, »wurden oben am Gerüst mehrere Flaschenzüge angebracht, mit denen wir den Schlussstein nach oben ziehen. Die Seilzüge dort oben, wie auch jener, der den Stein hält, bestehen aus drei Laufrädern hintereinander, die wiederum jeweils aus drei Blockrollen bestehen. Wie ihr wisst, benutzen wir keine Winden, da wir den Stein jederzeit auch seitlich bewegen können müssen. Über die Rollen laufen drei Trossen, sie werden nach oben geführt und dann wieder auf den Boden.« Hundert Köpfe folgten dem Lauf der Seile, den der Baumeister beschrieb. »Ich möchte, dass ihr euch hier um mich herum in drei Gruppen aufteilt.«

Die Maurermeister begannen, die Männer einzuteilen. Arnau und Joanet schlichen zu der rückwärtigen Fassade der alten Kirche und verfolgten von dort aus, an die Mauer gelehnt, die Vorbereitungen. Als Berenguer sah, dass sich die drei Gruppen formiert hatten, sprach er weiter: »Jede der drei Gruppen wird an einem der Seile ziehen. Ihr«, setzte er, an eine der Gruppen gewandt, hinzu, »seid Santa María. Sprecht mir nach: Santa María!« Die Männer riefen Santa María. »Ihr seid Santa Clara.« Die zweite Gruppe rief im Chor den Namen Santa Clara. »Und ihr seid Santa Eulalia. Ich werde euch mit diesen Namen ansprechen. Wenn ich sage: ›Alle zusammen!‹, dann meine ich alle drei Gruppen. Ihr müsst gerade ziehen, so wie man euch aufstellt.

Orientiert euch an eurem Vordermann und achtet auf die Befehle des Meisters, der die Gruppe leitet. Jetzt stellt euch in Reihen auf!«

Jede Gruppe hatte einen Meister, der die Männer in einer Reihe ausrichtete. Die Seile lagen bereit. Die Männer ergriffen sie. Berenguer de Montagut ließ ihnen keine Zeit zum Nachdenken.

»Alle zusammen! Auf los beginnt ihr zu ziehen, zuächst ganz langsam, bis die Seile unter Spannung stehen. Los!«

Arnau und Joanet sahen, wie Bewegung in die Reihen kam, bis sich die Trossen spannten.

»Alle zusammen! Feste!«

Die Jungen hielten den Atem an. Die Männer stemmten die Hacken in die Erde und begannen zu ziehen, und ihre Arme, ihre Rücken und ihre Gesichter spannten sich an. Arnau und Joanet sahen zu dem riesigen Stein hinüber. Er bewegte sich nicht von der Stelle.

»Alle zusammen! Fester!«

Der Befehl hallte auf dem Platz wider. Die Gesichter der Männer begannen sich zu verzerren. Die Holzplanken der Gerüste knarrten, und der Stein hob sich eine Handbreit vom Boden. Sechstausend Kilo!

»Weiter!«, brüllte Berenguer, ohne den Stein aus den Augen zu lassen.

Noch eine Handbreit. Die Jungen vergaßen zu atmen.

»Santa María! Fester! Höher!«

Arnau und Joanet sahen zu der Gruppe Santa María. Dort stand Pater Albert und zog mit geschlossenen Augen am Seil.

»Gut so, Santa María, gut so! Alle zusammen! Fester!«

Das Holz knarrte. Arnau und Joanet blickten zu den Gerüsten und dann zu Berenguer de Montagut, der nur auf den Stein achtete, der sich nun langsam, ganz langsam nach oben bewegte.

»Weiter! Weiter! Weiter! Alle zusammen! Feste!«

Als der Schlussstein auf Höhe des ersten Gerüsts war, wies Berenguer die Reihen an, nicht weiterzuziehen und den Stein in der Schwebe zu halten.

»Santa María und Santa Eulalia, halt!«, befahl er dann. »Santa Clara, zieht!« Der Schlussstein bewegte sich seitlich auf das Gerüst zu, von dem aus Berenguer seine Befehle gab. »Jetzt alle! Lasst ganz langsam los.«

Alle, auch die, die an den Seilen zogen, hielten die Luft an, als sich der Stein vor Berenguer auf das Gerüst senkte.

»Langsam!«, rief der Baumeister.

Die Planke bog sich unter dem Gewicht des Steins.

»Und wenn sie nachgibt?«, flüsterte Arnau Joanet zu.

Dann würde Berenguer ...

Aber sie hielt. Doch dieses Gerüst war nicht darauf ausgelegt, dem Gewicht des Steins lange standzuhalten. Er musste weiter nach oben, wo die Gerüste nach Berenguers Berechnungen standhalten würden. Die Maurer befestigten die Trossen am nächsten Flaschenzug, und die Männer zogen erneut an den Seilen. Das nächste Gerüst und das übernächste. Der sechstausend Kilo schwere Stein schwebte höher und höher, bis er sich an der Stelle befand, wo die Gerüste der Bogenrippen zusammenliefen, hoch über den Köpfen der Leute, ganz oben am Himmel.

Die Männer schwitzten, ihre Muskeln waren verkrampft. Manchmal fiel einer hin, und der zuständige Meister lief zu ihm, um ihn unter den Füßen seiner Vorderleute herauszuziehen. Einige kräftige Bürger waren dazugetreten, und wenn einer nicht mehr konnte, wählte der Meister einen von ihnen aus, damit er dessen Platz einnahm.

Von oben gab Berenguer seine Anweisungen, die ein weiterer Meister, der auf einem niedrigeren Gerüst stand, an die Männer weitergab. Als der Schlussstein das letzte Gerüst erreichte, entspannten sich so manche fest zusammengepresste Lippen zu einem Lächeln. Doch dies war der schwierigste Moment. Berenguer hatte genau berechnet, wo der Schlussstein platziert werden musste, damit er exakt in die Rippen eingepasst werden konnte. Tagelang hatte er mit Seilen und Pflöcken den Raum zwischen den zehn Pfeilern vermessen, hatte mit dem Senkblei auf den Gerüsten gestanden und immer neue Schnüre von den in die Erde gesteckten Pflöcken zu den Gerüsten hinaufgezogen. Tagelang hatte er Zahlen auf Pergamente gekritzelt, sie wieder ausradiert und neu beschrieben. Wenn der Schlussstein nicht exakt an der richtigen Stelle lag, würden die Bögen dem Schub nicht standhalten, und das Gewölbe könnte einstürzen.

Nach Tausenden von Berechnungen und unendlich vielen Skizzen hatte er schließlich die exakte Stelle auf den Planken des obersten Gerüsts angezeichnet. Dort musste der Schlussstein liegen, keine Handbreit weiter rechts oder links. Die Männer wurden ungeduldig, als Berenguer de Montagut, anders als auf den anderen Ebenen, nicht zuließ, dass sie den Stein auf die Planken absenkten, und immer neue Anweisungen gab.

»Noch ein Stückchen, Santa María. Nein! Zieht, Santa Clara. Jetzt wartet. Santa Eulalia! Santa Clara! Santa María! Weiter nach oben! Nach unten! Jetzt!«, rief er plötzlich. »Halt! Nach unten! Stück für Stück! Ganz langsam!«

Plötzlich war keine Spannung mehr auf den Seilen. Schweigend sahen alle nach oben, wo Berenguer de Montagut sich bückte, um die Lage des Schlusssteins zu prüfen. Er ging um den Stein herum, der zwei Meter im Durchmesser maß, dann richtete er sich auf und winkte nach unten.

An die Mauer der alten Kirche gelehnt, glaubten Arnau und Joanet den Widerhall des Jubelgeschreis zu spüren, der aus den Kehlen der Männer kam, die seit Stunden an den Seilen gezogen hatten. Einige umarmten sich und vollführten Luftsprünge vor Freude. Die Hunderte von Zuschauern, die das Schauspiel verfolgt hatten, johlten und applaudierten. Arnau hatte einen Kloß im Hals und eine Gänsehaut.

»Ich wäre so gerne schon älter«, flüsterte Arnau an diesem Abend seinem Vater zu, als sie nebeneinander auf dem Strohsack lagen. Ringsum war das Husten und Schnarchen der Sklaven und Lehrlinge zu hören.

Bernat versuchte zu ergründen, woher dieser Wunsch rührte. Arnau war glückstrahlend nach Hause gekommen und hatte tausendmal erzählt, wie sie den Schlussstein der Apsis von Santa María an seinen Platz gebracht hatten. Selbst Jaume hatte gebannt zugehört.

»Warum denn das, mein Junge?«

»Alle haben eine Aufgabe. In Santa María sind viele Jungen, die ihren Vätern oder Lehrmeistern zur Hand gehen. Joanet und ich hingegen ...«

Bernat legte den Arm um die Schultern des Jungen und zog ihn an sich. Tatsächlich lungerte Arnau jeden Tag dort herum, außer wenn man ihm hin und wieder einen Auftrag erteilte. Was also konnte er Sinnvolles tun?

»Du magst doch die *Bastaixos*, nicht wahr?«

Bernat hatte die Begeisterung bemerkt, mit der sein Sohn ihm von diesen Männern erzählte, die die Steine zur Kirche schleppten. Die Jungen folgten ihnen bis vor die Tore der Stadt, um dort auf sie zu warten und dann mit ihnen am Strand entlang zurückzugehen, von Framenors bis zur Kirche Santa María.

»Ja«, antwortete Arnau, während sein Vater etwas unter der Matratze hervorholte.

»Hier, nimm«, sagte er und überreichte ihm den alten Wasserschlauch, der sie auf ihrer Flucht begleitet hatte. »Biete ihnen kühles Wasser an. Du wirst sehen, sie werden es nicht zurückweisen und dir dankbar dafür sein.«

Am nächsten Morgen wartete Joanet wie immer in aller Frühe vor Graus Werkstatt auf ihn. Arnau zeigte ihm den Schlauch. Dann hängte er ihn sich um den Hals und sie liefen zum Strand hinunter, zum Àngel-Brunnen am Markt Los Encantes. Es war der einzige Brunnen, der am Weg der *Bastaixos* lag. Der nächste befand sich bereits bei der Kirche Santa María.

Als die Jungen die Schlange der *Bastaixos*, die gebückt unter der Last der Steine liefen, langsam herannahen sahen, kletterten sie auf eines der Boote, das am Strand lag. Arnau hielt dem ersten *Bastaix* den Schlauch hin. Der Mann lächelte und blieb neben dem Boot stehen, damit ihm Arnau einen Strahl Wasser direkt in den Mund spritzen konnte. Die übrigen warteten, bis er mit dem Trinken fertig war, dann kam der Nächste an die Reihe. Auf dem Rückweg zum Steinbruch, von ihrer Last befreit, hielten die *Bastaixos* bei dem Boot an, um ihnen für das kühle Wasser zu danken.

Von diesem Tag an wurden Arnau und Joanet die Wasserträger der *Bastaixos*. Sie warteten neben dem Àngel-Brunnen auf sie, und wenn ein Schiff zu entladen war und die *Bastaixos* nicht in Santa María arbeiteten, folgten sie ihnen durch die Stadt, um ihnen Wasser zu geben, ohne dass sie die schweren Bündel abladen mussten, die sie auf dem Rücken trugen.

Sie gingen auch weiterhin nach Santa María, um die Bauarbeiten zu verfolgen, mit Pater Albert zu sprechen und Àngel beim Essen zuzusehen. Wer sie sah, konnte einen neuen Glanz in ihren Augen entdecken, wenn sie die Kirche betrachteten. Auch sie trugen nun zu ihrem

Bau bei! So hatten es ihnen die *Bastaixos* und sogar Pater Albert gesagt.

Während der Schlussstein oben auf dem Gerüst thronte, konnten die Jungen beobachten, wie von den zehn Pfeilern die Rippen emporzuwachsen begannen. Die Maurer reihten auf den Bogengerüsten einen Stein an den anderen, immer näher auf den Schlussstein zu. Um die ersten acht Pfeiler herum waren bereits die Mauern des Chorumgangs errichtet worden. Die Strebepfeiler ragten nach innen, ins Innere der Kirche. Zwischen zweien dieser Strebepfeiler, so hatte ihnen Pater Albert erzählt, sollte sich die Sakramentskapelle befinden, die Kapelle der *Bastaixos*, wo die Jungfrau ihren Platz finden würde.

»Wisst ihr, woraus das Deckengewölbe bestehen wird?«, fragte der Pfarrer sie. Die Jungen schüttelten die Köpfe. »Aus allen zersprungenen Keramikgefäßen der Stadt. Zuerst werden Quader angebracht und darauf eine Schicht aus sämtlichen Keramikscherben, eine auf der anderen. Darüber erst kommt das Kirchendach.«

Arnau hatte die ganzen Gefäße auf einem Haufen neben den Steinen für Santa María liegen sehen. Er hatte seinen Vater gefragt, warum sie dort lagen, doch Bernat hatte keine Antwort gewusst.

»Ich weiß nur«, erklärte er, »dass alle zerbrochenen Stücke gesammelt werden, bis sie abgeholt werden. Ich wusste nicht, dass sie für deine Kirche bestimmt sind.«

So nahm die neue Kirche hinter der Apsis der alten Kirche Gestalt an. Man hatte bereits damit begonnen, diese vorsichtig abzubrechen, um die Steine wieder verwenden zu können. Das Ribera-Viertel sollte nicht auf eine Kirche verzichten müssen, auch nicht in der Zeit, während die neue, wunderbare Marienkirche entstand. Die Gottesdienste gingen unverändert weiter. Dennoch war es ein sonderbares Gefühl. Wie alle anderen betrat Arnau die Kirche durch das trichterförmige Portal des kleinen romanischen Baus. Im Inneren war die Dunkelheit, in die er sich immer geflüchtet hatte, um mit seiner Jungfrau zu sprechen, dem Licht gewichen, das durch die großen Fenster der neuen Apsis flutete. Die alte Kirche glich einem kleinen Raum, der von der Großartigkeit eines weiteren, größeren Raums umgeben war, ein Raum, der immer weiter verschwand, je weiter der Bau des zweiten voranschritt. Ein winziger Raum, an dessen Ende sich die hohe, bereits überwölbte Apsis von Santa María del Mar öffnete.

11

och Arnaus Leben beschränkte sich nicht auf Santa María und darauf, den *Bastaixos* zu trinken zu geben. Zu seinen Aufgaben, mit denen er sich Kost und Logis verdiente, gehörte es unter anderem, der Köchin zu helfen, wenn diese in der Stadt ihre Einkäufe erledigte.

Alle zwei oder drei Tage verließ Arnau bei Tagesanbruch Graus Werkstatt, um Estranya, die Sklavin, zu begleiten. Sie ging mit schwankenden, unsicheren Schritten, wobei ihre üppigen Fleischmassen bedenklich wogten. Sobald Arnau in der Küchentür erschien, überreichte ihm die Sklavin wortlos zwei Körbe mit Brotlaiben, die er zum Backhaus in der Calle Ollers Blanc bringen sollte. In dem einen befanden sich die Brotlaibe für Grau und seine Familie. Sie waren aus hellem Weizenmehl geformt und würden ein köstliches Weißbrot ergeben. In dem anderen waren die Brote für die übrigen Haushaltsmitglieder. Diese Brote waren aus Gerste, Hirse oder gar Bohnen- oder Kichererbsenmehl, und sie waren dunkel, fest und hart.

Nachdem sie die Brotlaibe abgegeben hatten, verließen Estranya und Arnau das Töpferviertel und betraten durch die Stadtmauer das Zentrum Barcelonas. Am Anfang war Arnau der Sklavin problemlos gefolgt, während er über das Wogen ihrer dunklen Fleischmassen grinste.

»Was gibt es da zu grinsen?«, hatte ihn die Mulattin mehr als einmal gefragt.

Dann hatte Arnau in ihr rundes, plattes Gesicht gesehen und sich das Lachen verkniffen.

»Du willst lachen? Dann lach«, herrschte sie ihn auf der Plaza del Blat an, während sie ihm einen Sack Mehl aufbürdete. »Und, wo ist dein Grinsen jetzt hin?«, fragte sie ihn an der Bajada de la Llet, als sie ihm die Milch zu tragen gab, die seine Cousins trinken würden. Sie wiederholte ihre Frage noch einmal auf der Plazoleta de les Cols, wo sie Kohl, Hülsenfrüchte oder Gemüse einkauften, und auf der Plaza de l'Oli, wo sie Öl, Wild oder Geflügel erstanden.

Ab da trottete Arnau mit gesenktem Kopf quer durch Barcelona hinter der Sklavin her. An den Fastentagen, die mit hundertsechzig Tagen fast die Hälfte des Jahres ausmachten, wogten die Fleischberge der Mulattin zum Strand hinunter, unweit der Kirche Santa María. Dort kämpfte Estranya auf einem der beiden Fischmärkte der Stadt – dem alten und dem neuen – darum, die besten Delphine, Thunfische, Störe, Makrelen, Zackenbarsche oder Adlerfische zu ergattern.

»Jetzt werden wir deinen Fisch kaufen«, sagte sie lächelnd, wenn sie das Gewünschte bekommen hatte.

Dann gingen sie zum Hinterausgang des Fischmarktes, und die Mulattin kaufte die Abfälle. Auch dort standen auf beiden Märkten viele Leute an, doch diesmal stritt sie sich mit niemandem.

Trotzdem waren Arnau die Fastentage lieber als jene, an denen Estranya Fleisch zu besorgen hatte, denn um die Fischabfälle zu kaufen, waren es nur zwei Schritte bis zum Hinterausgang. Für Schlachtabfälle hingegen musste Arnau durch halb Barcelona laufen, bevor er sich, mit den Einkäufen der Mulattin beladen, auf den Heimweg machen konnte.

In den Fleischereien neben den Schlachthäusern der Stadt kauften sie das Fleisch für Grau und seine Familie. Wie alles Fleisch, das innerhalb der Stadt angeboten wurde, war es erstklassige Ware. Es war verboten, tote Tiere in die Stadt zu bringen. Das Fleisch, das in der gräflichen Stadt verkauft wurde, stammte ausnahmslos von lebenden Tieren, die erst in der Stadt geschlachtet wurden.

Um die Schlachtabfälle zu kaufen, die den Bediensteten und den Sklaven vorgesetzt wurden, musste man die Stadt über die Carrer de la Portaferrisa verlassen, bis man zu dem Markt kam, auf dem verendete Tiere und allerlei Fleisch unbekannter Herkunft feilgeboten wurden. Estranya lächelte Arnau an, wenn sie dieses Fleisch kaufte. Dann lud sie ihm das Bündel auf, und nachdem sie noch einmal am Backhaus vorbeigegangen waren, um das Brot abzuholen, kehrten sie in Graus Haus zurück, Estranya mit ihren wogenden Hüften, Arnau mit hängender Zunge.

Eines Morgens, als Estranya und Arnau gerade ihre Besorgungen bei dem großen Schlachthof an der Plaza del Blat machten, begannen die Glocken der Kirche Sant Jaume zu läuten. Es war weder Sonntag noch ein Feiertag. Estranya blieb wie angewurzelt stehen, groß und mächtig, wie sie war. Jemand rief etwas über den Platz. Arnau konnte nicht verstehen, was er sagte, doch viele andere stimmten in sein Geschrei ein, und die Menschen begannen, in alle Himmelsrichtungen davonzustieben. Der Junge sah Estranya an, eine Frage auf den Lippen, die jedoch ungestellt blieb. Er legte die Bündel ab. Die Getreidehändler schlugen hastig ihre Stände ab. Die Leute rannten immer noch schreiend hin und her, und die Glocken von Sant Jaume hörten gar nicht mehr auf zu läuten. Arnau wollte zur Plaza de Sant Jaume laufen, aber ... Läuteten da nicht auch die Glocken von Santa Clara? Er spitzte die Ohren, und in diesem Augenblick begannen auch die Glocken von Sant Pere, von Framenors und von Sant Just zu läuten. Alle Glocken der Stadt! Wie betäubt blieb Arnau mit offenem Mund stehen, während er die Menschen kopflos hin und her laufen sah.

Plötzlich sah er Joanets Gesicht vor sich. Sein Freund konnte nicht stillstehen vor Aufregung.

»*Via fora! Via fora!*«, schrie er.

»Was?«, fragte Arnau.

»*Via fora!*«, brüllte ihm Joanet ins Ohr.

»Was heißt das?«

Joanet bedeutete ihm zu schweigen und zeigte auf das alte Hauptportal des stadtrichterlichen Palasts.

Arnau sah genau in dem Moment zu dem Portal hinüber, als ein Amtsdiener des Stadtrichters auf die Straße trat. Er war zum Kampf gerüstet, trug einen silbern schimmernden Harnisch und ein großes Schwert am Gürtel. In seiner Rechten hielt er eine vergoldete Fahnenstange mit dem Banner von Sant Jordi, einem roten Kreuz auf weißem Grund. Hinter ihm erschien, ebenfalls zum Kampf gerüstet, ein weiterer Mann, der das Banner der Stadt trug. Die beiden Männer gingen zur Mitte des Platzes bis zu dem Stein, der die Stadt in Viertel aufteilte. Dort angekommen, erhoben sie die Banner von Sant Jordi und Barcelona und riefen wie aus einem Munde: »*Via fora! Via fora!*«

Die Glocken läuteten noch immer, und das »*Via fora*« wurde von den Bürgern durch alle Straßen der Stadt getragen.

Joanet, der das Schauspiel mit ehrfürchtigem Schweigen verfolgt hatte, brach in ein ohrenbetäubendes Geschrei aus.

Endlich schien Estranya zu reagieren und zog Arnau weiter. Doch der Junge riss sich von der Hand der Mulattin los, wie gebannt von den beiden Männern, die in ihren schimmernden Harnischen und mit ihren Schwertern reglos mitten auf dem Platz standen und die bunten Banner hochhielten.

»Wir gehen, Arnau«, befahl ihm Estranya.

»Nein«, widersetzte sich dieser, angestachelt von Joanet.

»Los, komm schon. Das hier geht uns nichts an.«

»Was sagst du da, Sklavin?« Die Worte kamen von einer Frau, die genauso gebannt wie die Kinder gemeinsam mit anderen Frauen die Ereignisse beobachtete und den Wortwechsel zwischen Arnau und der Mulattin mit angehört hatte. »Ist der Junge ein Sklave?« Estranya schüttelte den Kopf. »Er ist also ein Bürger der Stadt?« Arnau nickte. »Wie kannst du es dann wagen, zu behaupten, das ›Via fora‹ gehe den Jungen nichts an?«

Estranya zögerte.

»Wer bist du, Sklavin«, fragte sie eine andere Frau, »dass du dem Jungen die Ehre verweigerst, die Rechte Barcelonas zu verteidigen?«

Estranya senkte den Kopf. Was würde ihr Herr sagen, wenn er davon erfuhr? Er hielt so große Stücke auf die Ehre der Stadt. Die Glocken läuteten noch immer. Joanet war zu den Frauen getreten und forderte Arnau auf, sich ihm anzuschließen.

»Frauen dürfen nicht mit dem Bürgerheer ziehen«, rief die erste Frau Estranya in Erinnerung.

»Und Sklaven erst recht nicht«, setzte eine andere hinzu.

»Wer, glaubst du, soll sich um unsere Männer kümmern, wenn nicht solche Jungen wie diese beiden?«

Estranya wagte es nicht, den Blick zu heben.

»Wer soll ihnen das Essen kochen, Botengänge erledigen, ihnen die Stiefel putzen oder die Armbrüste säubern?«

»Geh dorthin, wo du hingehörst«, rieten sie ihr. »Sklaven haben hier nichts verloren.«

Estranya nahm die Taschen, die bislang Arnau getragen hatte, und machte sich davon. Joanet lächelte erfreut und sah die Frauen bewundernd an. Arnau stand immer noch an derselben Stelle.

»Lauft schon, Jungs«, forderten die Frauen sie auf, »und kümmert euch um unsere Männer.«

»Und sag meinem Vater Bescheid!«, rief Arnau Estranya hinterher, die erst drei oder vier Meter weit gekommen war.

Joanet merkte, dass Arnau der Sklavin, die sich mühsam vorwärtsschleppte, unverwandt hinterhersah, und erriet seine Zweifel.

»Hast du nicht gehört, was die Frauen gesagt haben?«, erklärte er. »Wir sollen uns um die Soldaten von Barcelona kümmern. Dein Vater wird das verstehen.«

Arnau nickte, zuerst zögerlich, dann immer heftiger. Natürlich würde er das verstehen! Schließlich hatte er doch so dafür gekämpft, dass sie Bürger von Barcelona wurden.

Als sie wieder auf den Platz sahen, stellten sie fest, dass sich zu den beiden ersten Bannern ein drittes gesellt hatte: das Banner der Händler. Der Bannerträger trug keine Rüstung, aber er hatte eine Armbrust auf dem Rücken und ein Schwert am Gürtel. Wenig später kam ein weiteres Banner hinzu, das Banner der Silberschmiede, und nach und nach füllte sich der Platz mit bunten Fahnen, auf denen allerlei Symbole und Figuren zu sehen waren: das Banner der Gerber, der Chirurgen und Barbiere, der Zimmerleute, Kupferschmiede, Töpfer ...

Unter den Bannern sammelten sich, nach Berufen geordnet, die freien Bürger der Stadt Barcelona. Alle waren, wie es das Gesetz verlangte, mit einer Armbrust, einem Köcher mit hundert Pfeilen sowie einem Schwert oder einer Lanze bewaffnet. Binnen zweier Stunden war das Bürgerheer Barcelonas bereit auszuziehen, um die Privilegien der Stadt zu verteidigen.

In diesen zwei Stunden erfuhr Arnau, was das alles zu bedeuten hatte. Joanet erklärte es ihm.

»Barcelona verteidigt sich nicht nur, wenn es nötig ist«, sagte er, »wir greifen auch jeden an, der sich uns gegenüber zu viel herausnimmt.« Der kleine Bursche überschlug sich fast, während er auf die Soldaten und die Banner deutete und man ihm seinen Stolz darüber ansah, dass sie alle gekommen waren. »Es ist phantastisch! Du wirst schon sehen. Mit etwas Glück sind wir ein paar Tage unterwegs. Wenn jemand einem Bürger von Barcelona Unrecht tut oder die Rechte der Stadt angreift, kommt der Fall vor ... na ja, so genau weiß ich das nicht, vor den Stadtrichter oder den Rat der Hundert. Wenn die Obrigkeit zu dem Schluss gelangt, dass der Vorwurf gerechtfertigt ist, wird das Bürgerheer unter dem Banner von Sant Jordi zusammengerufen – das dort drüben, siehst du? Dort, in der Mitte des Platzes, das alle anderen überragt. Die Glocken läuten, und die Leute laufen mit dem Ruf »*Via fora*« auf die Straßen, damit ganz Barcelona davon erfährt. Die Zunftmeister holen ihre Banner hervor, und die Zunftmitglieder versammeln sich darunter, um in die Schlacht zu ziehen.«

Arnau beobachtete staunend, was um ihn herum geschah, während er sich hinter Joanet durch die auf der Plaza del Blat versammelten Gruppen zwängte.

»Und was muss man tun? Ist es gefährlich?«, fragte Arnau angesichts der waffenklirrenden Menge.

»Normalerweise ist es nicht gefährlich«, antwortete Joanet und lächelte ihm zu. »Du musst bedenken, dass der Stadtrichter das Heer im Namen der Stadt, aber auch im Namen des Königs einberuft. Es geht also nie gegen die königlichen Truppen. Es kommt immer darauf an, wer der Angreifer ist, aber wenn ein Feudalherr das Bürgerheer von Barcelona anrücken sieht, unterwirft er sich in der Regel ihren Forderungen.«

»Es kommt also gar nicht zum Kampf?«

»Das hängt davon ab, wie die Obrigkeit entscheidet, und von der Haltung des Feudalherrn. Beim letzten Mal wurde eine Festung geschleift. Damals kam es schon zum Kampf, es gab Tote und Angriffe und . . . Sieh mal! Da drüben ist dein Onkel.« Joanet deutete zu dem Banner der Töpferzunft hinüber. »Los, gehen wir hin.«

Unter dem Banner stand neben den anderen drei Zunftmeistern Grau Puig. Er war für den Kampf gerüstet, in Stiefeln, einem ledernen Waffenrock, der ihm von der Brust bis zu den Waden reichte, und mit einem Schwert am Gürtel. Um die vier Zunftmeister drängten sich die Töpfer der Stadt. Als Grau den Jungen bemerkte, gab er Jaume ein Zeichen, und dieser stellte sich den Kindern in den Weg.

»Wo wollt ihr hin?«, fragte er sie.

Arnau blickte hilfesuchend zu Joanet.

»Wir kommen, um dem Töpfermeister unsere Hilfe anzubieten«, antwortete Joanet. »Wir könnten die Tasche mit dem Essen tragen . . . oder was immer er will.«

»Bedaure«, entgegnete Jaume kurz angebunden.

»Und jetzt?«, fragte Arnau, als der Geselle ihnen den Rücken zukehrte.

»Was soll's!«, antwortete Joanet. »Keine Sorge, hier sind genug Leute, die sich freuen, wenn wir ihnen zur Hand gehen. Außerdem werden sie gar nicht merken, dass wir mit ihnen ziehen.«

Die beiden Jungen mischten sich unter die Männer. Sie betrachteten die Schwerter, Armbrüste und Lanzen, staunten über jene, die eine Rüstung trugen, oder versuchten, die angeregten Unterhaltungen aufzuschnappen.

»Wo bleibt denn das Wasser?«, hörten sie plötzlich eine laute Stimme hinter sich.

Arnau und Joanet fuhren herum. Die Gesichter der beiden Jungen begannen zu strahlen, als sie Ramon sahen, der ihnen zulächelte. Neben ihm waren die Augenpaare von zwanzig beeindruckend bewaffneten *Bastaixos* auf sie gerichtet.

Arnau tastete auf seinem Rücken nach dem Wasserschlauch. Er schien so betreten dreinzuschauen, als er ihn nicht fand, dass mehrere *Bastaixos* lachend zu ihm traten und ihm ihren anboten.

»Man muss immer vorbereitet sein, wenn die Stadt ruft«, scherzten sie.

Das Heer marschierte hinter dem roten Kreuz des Sant Jordi-Banners aus der Stadt heraus in Richtung Creixell, unweit von Tarragona. Die Einwohner dieser Stadt hielten eine Viehherde zurück, die den Metzgern von Barcelona gehörte.

»Ist das so schlimm?«, fragte Arnau Ramon, dem sie sich angeschlossen hatten.

»Selbstverständlich. Das Vieh der Schlachter von Barcelona besitzt Weide- und Wegrecht in ganz Katalonien. Niemand, nicht einmal der König, darf eine Viehherde aufhalten, die für die Stadt Barcelona bestimmt ist. Unsere Kinder sollen das beste Fleisch des Prinzipats essen«, setzte er hinzu und fuhr beiden durchs Haar. »Der Grundherr von Creixell hat eine solche Herde zurückgehalten und verlangt von dem Hirten Bezahlung für das Weiden und Passieren seines Landes. Stellt euch einmal vor, alle Adligen und Barone zwischen Tarragona und Barcelona würden Geld für das Weiden verlangen. Wir hätten nichts mehr zu essen!«

»Wenn du wüsstest, was für Fleisch uns Estranya vorsetzt«, dachte

Arnau. Er war versucht gewesen, seinem Vater zu erzählen, woher das Fleisch kam, das in der Suppe schwamm, die sie an den Tagen zu essen bekamen, an denen kein Fasten vorgeschrieben war. Doch als er ihn mit Genuss essen sah und beobachtete, wie sich Graus Sklaven und Arbeiter allesamt auf die Suppe stürzten, riss er sich zusammen, schwieg und aß ebenfalls.

»Gibt es noch andere Gründe, warum das Heer ins Feld zieht?«, fragte Arnau.

»Natürlich«, antwortete ihm Ramon. »Jeder Angriff auf die Privilegien Barcelonas oder auf einen Bürger der Stadt kann das Ausrücken des Heeres nach sich ziehen. Wird zum Beispiel ein Einwohner Barcelonas entführt, so zieht das Heer aus, um ihn zu befreien.«

Unter derlei Gesprächen zogen Arnau und Joanet die Küste entlang – vorbei an Sant Boi, Castelldefels und Garraf –, argwöhnisch beäugt von den Leuten, denen sie begegneten und die schweigend am Straßenrand stehen blieben, während das Bürgerheer vorüberzog. Selbst das Meer schien Respekt vor der Armee Barcelonas zu haben. Sein Rauschen ging in den Schritten der Hunderte von Männern unter, die hinter dem Banner von Sant Jordi marschierten. Die Sonne war den ganzen Tag ihr Begleiter, und als sich das Meer silbern zu färben begann, machten sie halt, um in Sitges zu übernachten. Der Herr von Fonollar empfing die Ratsherren der Stadt in seiner Burg, der Rest des Heeres kampierte vor den Toren der Stadt.

»Wird es zum Kampf kommen?«, fragte Arnau.

Alle *Bastaixos* blickten ihn an. In der Stille war das Knistern des Feuers zu hören. Joanet schlief, den Kopf auf Ramons Oberschenkel. Mehrere *Bastaixos* sahen sich auf Arnaus Frage hin an. Würde es zum Kampf kommen?

»Nein«, antwortete Ramon. »Der Grundherr von Creixell hat uns nichts entgegenzusetzen.«

Arnau wirkte enttäuscht.

»Vielleicht ja doch«, versuchte ihn ein anderer Zunftmeister von der anderen Seite des Lagerfeuers aus zu trösten. »Vor vielen Jahren, als ich noch ein junger Bursche war, ungefähr in deinem Alter«, Arnau brannte darauf, seine Geschichte zu hören, »wurde das Heer einberufen, um nach Castellbisbal zu ziehen. Der dortige Grundherr hatte eine Herde aufgehalten, so wie jetzt der Herr von Creixell. Der Herr von Castellbisbal lenkte nicht ein und stellte sich dem Heer der Stadt entgegen. Vielleicht glaubte er, die Bürger Barcelonas – Händler, Handwerker oder *Bastaixos* wie wir – seien nicht in der Lage zu kämpfen. Barcelona stürmte die Burg, nahm den Burgherrn und seine Soldaten gefangen und machte die Festung dem Erdboden gleich.«

Arnau sah sich bereits mit gezücktem Schwert eine Sturmleiter erklimmen oder siegreich von den Zinnen der Burg von Creixell herabrufen: »Wer wagt es, sich dem Heer von Barcelona entgegenzustellen?« Sämtliche *Bastaixos* beobachteten den Jungen, der verträumt in die Flammen starrte, während er mit den Händen einen Stock umklammerte, mit dem er zuvor herumgespielt hatte, und wild in der Glut herumstocherte. »Ich, Arnau Estanyol . . .« Das Gelächter brachte ihn wieder nach Sitges zurück.

»Leg dich schlafen«, riet ihm Ramon und stand selbst auf, Joanet auf dem Arm. Arnau verzog unwillig das Gesicht. »Du kannst ja vom Krieg träumen«, tröstete ihn ein *Bastaix*.

Die Nacht war kühl, und jemand gab den beiden Jungen eine Decke.

Am nächsten Morgen machten sie sich schon früh wieder auf den Weg nach Creixell. Sie kamen durch La Geltrú, Vilanova, Cubelles, Segur und Barà, alles Orte mit eigener Burg. In Barà ließen sie die Küste hinter sich und wandten sich landeinwärts nach Creixell. Der Ort lag eine knappe Meile vom Meer entfernt auf einem Hügel, an dessen höchstem Punkt sich die Burg des Herrn von Creixell erhob, eine Festungsanlage auf einer elfeckigen Steinwehr mit mehreren Verteidigungstürmen, um die sich die Häuser des Dorfes drängten.

Es waren noch einige Stunden bis zum Einbruch der Dunkelheit. Die Zunftmeister wurden zu den Ratsherren und dem Stadtrichter gerufen. Das Heer von Barcelona nahm in Kampflinie Aufstellung vor Creixell, die Banner stets voran. Arnau und Joanet liefen durch die Reihen und boten den *Bastaixos* Wasser an, doch fast alle lehnten ab, den Blick fest auf die Burg gerichtet. Niemand sprach, und die Jungen wagten es nicht, das Schweigen zu brechen. Dann kehrten die Zunftmeister zurück und begaben sich zu ihren Leuten. Das ganze Heer konnte sehen, wie sich drei Gesandte Barcelonas dem Ort Creixell näherten, während die gleiche Anzahl Männer die Burg verließ. Sie trafen sich in der Mitte.

Wie alle Barcelonesen beobachteten Arnau und Joanet die Unterhändler schweigend.

Es kam nicht zum Kampf. Dem Herrn von Creixell war hinter dem Rücken des Heeres die Flucht durch einen Geheimgang geglückt, der von der Burg zum Meer herunterführte. Der Dorfschulze gab angesichts der zum Kampf formierten Bürgerschaft Barcelonas den Befehl, sich den Forderungen der gräflichen Stadt zu beugen. Seine Mitbürger gaben das Vieh zurück, ließen den Schäfer frei, akzeptierten die Zahlung einer satten Entschädigung und verpflichteten sich, zukünftig die Privilegien der Stadt zu achten. Dann lieferten sie zwei ihrer Einwohner aus, denen sie die Schuld an dem Streit gaben. Diese wurden augenblicklich verhaftet.

»Creixell hat sich ergeben«, teilten die Ratsherren dem Heer mit.

Ein Raunen ging durch die Reihen. Die verhinderten Soldaten steckten ihre Schwerter zurück in die Scheiden, senkten die Armbrüste und Lanzen und legten die Rüstungen ab. Überall war Lachen, Rufen und Scherzen zu hören.

»Her mit dem Wein, Jungs!«, forderte Ramon sie auf. »Was ist denn mit euch los?«, fragte er, als sie sich nicht von der Stelle rührten. »Ihr hättet wohl gerne einen Kampf gesehen, stimmt's?«

Die Gesichter der Jungen waren Antwort genug.

»Jeder von uns hätte verwundet werden oder gar sterben können. Hätte euch das gefallen?« Arnau und Joanet schüttelten rasch den Kopf. »Ihr solltet es anders sehen: Ihr gehört zu der größten und mächtigsten Stadt des Prinzipats, und alle haben Angst, sich mit uns anzulegen.« Arnau und Joanet hörten Ramon mit großen Augen zu. »Jetzt geht und holt den Wein, Jungs. Auch ihr sollt auf diesen Sieg anstoßen.«

Das Banner von Sant Jordi kehrte ehrenvoll nach Barcelona zurück und mit ihm die beiden Jungen, die voller Stolz waren auf ihre Stadt, ihre Mitbürger und darauf, Barcelonesen zu sein. Die Gefangenen aus Creixell wurden in Ketten durch die Straßen Barcelonas geführt. Die Frauen und alle, die sich dort drängten, ließen das Heer hochleben und spien vor den Gefangenen aus. Arnau und Joanet begleiteten den Zug auf seinem ganzen Weg, voller Ernst und Stolz, und so traten sie auch vor Bernat, nachdem die Gefangenen schließlich in den Palast des Stadtrichters gebracht worden waren. Erleichtert, seinen Sohn gesund und munter wiederzusehen, vergaß Bernat die Standpauke, die er den Jungen hatte halten wollen, und lauschte lächelnd ihren Erzählungen.

12

Seit dem Abenteuer, das sie nach Creixell geführt hatte, waren bereits einige Monate vergangen, doch an Arnaus Leben hatte sich in dieser Zeit wenig geändert. Bis er zehn Jahre alt werden und als Lehrling in Graus Werkstatt anfangen würde, streifte er weiterhin mit Joanet durch das wunderbare, stets überraschende Barcelona. Er gab den *Bastaixos* zu trinken, und vor allem hatte er seine Freude an Santa María del Mar. Er sah den Bau voranschreiten und betete zur Jungfrau, erzählte ihr von seinen Sorgen und Nöten, während er sich an dem Lächeln erfreute, das er auf den Lippen der steinernen Figur zu erkennen glaubte.

Wie ihm Pater Albert erzählt hatte, wurde die Jungfrau nach der Entfernung des Altars der romanischen Kirche in die kleine Sakramentskapelle gebracht. Diese befand sich zwischen zwei Strebepfeilern im Chorumgang hinter dem neuen Hauptaltar von Santa María und war mit einem hohen, schweren Eisengitter versehen. Die *Bastaixos* waren die einzigen Stifter der Kapelle; es war ihre Aufgabe, sich um die Kapelle zu kümmern, sie zu bewachen, für Ordnung zu sorgen und darauf zu achten, dass die Kerzen nie verloschen. Dies war ihre Kapelle, die wichtigste der Kirche, in welcher der Leib Christi aufbewahrt wurde, und dennoch hatte die Pfarrei sie den einfachen Lastenträgern überlassen. Viele Adlige und reiche Händler würden gutes Geld dafür zahlen, als Stifter und Wohltäter der übrigen dreiunddreißig Kapellen aufzutreten, die zwischen den Strebepfeilern im Chorumgang oder in den Seitenschiffen von Santa María del Mar errichtet werden sollten, erklärte ihnen Pater Albert. Doch diese, die Sakramentskapelle, gehörte den *Bastaixos*, und der junge Wasserträger konnte stets problemlos zu seiner Jungfrau.

Eines Morgens war Bernat gerade dabei, seine Habseligkeiten unter die Matratze zu räumen, wo er die Börse mit dem Geld aufbewahrte, das er bei seiner überstürzten Flucht vom Hof vor knapp neun Jahren retten konnte, sowie dem kargen Lohn, den ihm sein Schwager zahlte, als Jaume den Schlafsaal der Sklaven betrat. Bernat sah den Gesellen erstaunt an. Normalerweise ließ sich Jaume nicht dort blicken.

»Was . . .?«

»Deine Schwester ist tot«, kam Jaume seiner Frage zuvor.

Bernats Beine gaben nach. Er sank auf die Matratze, die Börse mit den Münzen in den Händen.

»Wie . . . Wie ist es passiert?«

»Der Meister weiß es nicht. Sie lag am Morgen tot im Bett.«

Bernat ließ die Börse fallen und schlug die Hände vors Gesicht. Als er sie wieder wegnahm und aufblickte, war Jaume bereits verschwunden. Mit zugeschnürter Kehle erinnerte sich Bernat an das kleine Mädchen, das gemeinsam mit ihm und dem Vater auf den Feldern gearbeitet hatte, an die junge Frau, die stets ein Lied auf den Lippen hatte, während sie das Vieh versorgte. Bernat hatte oft gesehen, wie sein Vater in der Arbeit innehielt und die Augen schloss, um sich für einen Augenblick von dieser fröhlichen, unbekümmerten Stimme davontragen zu lassen. Und nun . . .

Arnaus Gesicht wirkte ungerührt, als ihm sein Vater beim Essen die Nachricht mitteilte.

»Hast du gehört, was ich gesagt habe, mein Junge?«, fragte Bernat.

Arnau nickte. Er hatte Guiamona seit einem Jahr nicht mehr gesehen, abgesehen von den inzwischen auch schon eine Weile zurückliegenden Gelegenheiten, bei denen er auf den Baum geklettert war, um zuzusehen, wie sie mit seinen Cousins spielte. Da saß er, verborgen in seinem Versteck, und weinte stumme Tränen, während sie lachten und umherliefen, und niemand . . . Er war versucht, seinem Vater zu sagen, dass Guiamona ihn nicht geliebt hatte, dass ihm daher ihr Tod gleichgültig war, doch der traurige Ausdruck in Bernats Augen hielt ihn davon ab.

»Vater . . .« Arnau trat zu seinem Vater.

Bernat umarmte seinen Sohn.

»Nicht weinen«, murmelte Arnau, den Kopf an die Brust des Mannes gelehnt.

Bernat drückte ihn fest an sich, und Arnau schlang seine Arme um ihn.

Gemeinsam mit den Sklaven und Lehrlingen nahmen sie schweigend ihre Mahlzeit ein, als der erste Klagelaut ertönte. Es war ein markerschütternder Schrei, der die Luft zu zerreißen schien. Alle sahen zum Haus herüber.

»Klageweiber«, sagte einer der Lehrlinge. »So wie meine Mutter. Vielleicht ist sie das. Keine in der ganzen Stadt weint so ergreifend wie sie«, setzte er stolz hinzu.

Arnau blickte zu seinem Vater. Ein weiterer Schrei erklang, und Bernat sah, wie sein Sohn zusammenzuckte.

»Wir werden noch einige davon hören«, warnte er ihn. »Ich habe gehört, dass Grau sehr viele Klageweiber hat rufen lassen.«

Und so war es. Den ganzen Tag und die ganze Nacht hindurch beweinten mehrere Frauen Guiamonas Tod, während die Leute in das Haus der Puigs strömten, um ihr Beileid auszusprechen. Weder Bernat noch sein Sohn taten bei diesem unablässigen Jammern der Klageweiber ein Auge zu.

»Ganz Barcelona weiß davon«, erzählte Joanet Arnau am nächsten Morgen, als dieser seinen Freund in der Menge entdeckte, die sich vor Graus Haus drängte. Arnau zuckte mit den Schultern. »Alle sind zur Beerdigung gekommen«, ergänzte Joanet angesichts der Geste seines Freundes.

»Warum?«

»Weil Grau reich ist und jedem, der kommt, um mit ihm zu trauern, etwas zum Anziehen schenkt. So wie das hier«, sagte Joanet lächelnd und zeigte Arnau ein langes, schwarzes Hemd.

Am späten Vormittag, als alle Anwesenden schwarz gekleidet waren, machte sich der Trauerzug auf den Weg zur Nazareth-Kirche. Dort befand sich die Kapelle des heiligen Hippolitus, Schutzpatron der Töpferzunft. Die Klageweiber gingen weinend und heulend neben dem Sarg her und rauften sich vor Trauer die Haare.

Die Kirche war voller wichtiger Persönlichkeiten, Zunftmeister verschiedener Innungen, Stadträte und die meisten Mitglieder des Rats der Hundert. Nun, da Guiamona tot war, achtete niemand auf die Estanyols. Doch Bernat zog seinen Sohn zu der Stelle, wo der Leichnam aufgebahrt war und sich die schlichten, von Grau verteilten Kleider mit Seidenstoffen und kostbarem schwarzen Leinen mischten. Man hatte ihm nicht einmal erlaubt, Abschied von seiner Schwester zu nehmen.

Während die Priester die Totenmesse lasen, konnte Arnau von dort die betrübten Gesichter seiner Cousins erkennen. Josep und Genís waren gefasst. Margarida zeigte Haltung, konnte jedoch nicht verhindern, dass ihre Unterlippe unablässig bebte. Sie hatten ihre Mutter verloren, genau wie er. Arnau fragte sich, ob sie das mit der Jungfrau Maria wussten. Dann sah er zu seinem Onkel hinüber, der reglos dastand. Arnau war sich sicher, dass Grau Puig seinen Kindern nicht davon erzählen würde. Die Reichen sind anders, hörte er immer wieder. Vielleicht gab es für sie einen anderen Weg, eine neue Mutter zu finden.

Die Trauerzeit war noch nicht vorüber, als Grau die ersten Ehevorschläge angetragen wurden. Und er hatte keine Bedenken, sie zu prüfen. Schließlich fiel seine Wahl auf Isabel, ein junges und wenig ansehnliches, aber adliges Mädchen. Sie sollte die neue Mutter von Guiamonas Kindern werden. Grau hatte die Vorzüge aller Anwärterinnen abgewägt, entschied sich jedoch letztlich für die einzige Adlige. Ihre Mitgift waren keinerlei Pfründen, Ländereien oder Reichtümer, lediglich ein Titel. Doch dieser würde ihm Zugang zu einer Klasse verschaffen, die ihm bislang verwehrt geblieben war. Was hatte er von der großzügigen Mitgift, die ihm einige Händler boten, weil sie auf eine Teilhabe an Graus Reichtum hofften? Die großen Adelsfamilien der Stadt kümmerte die Witwerschaft eines einfachen Töpfers nicht, so reich er auch sein mochte. Lediglich Isabels Vater, der über keinerlei Vermögen verfügte, erkannte in Graus Persönlichkeit die Möglichkeit zu einer vorteilhaften Allianz für beide Seiten, und er täuschte sich nicht.

»Du wirst gewiss verstehen«, wandte er sich an seinen zukünftigen Schwiegersohn, »dass meine Tochter nicht in einer Töpferwerkstatt leben kann.« Grau nickte. »Genauso wenig kann sie sich mit einem einfachen Töpfer vermählen.«

Diesmal wollte Grau etwas erwidern, doch sein Schwiegervater machte eine unwirsche Handbewegung.

»Grau«, setzte er hinzu, »wir Adligen können uns nicht mit dem Handwerk abgeben, verstehst du? Mag sein, dass wir nicht reich sind, aber wir werden niemals Handwerker werden.«

Wir Adligen ... Grau ließ sich seine Befriedigung darüber, darin mit eingeschlossen zu sein, nicht anmerken. Und sein Schwiegervater hatte recht: Welcher Adlige in der Stadt besaß schon einen Handwerksbetrieb? Von nun an würde er bei seinen Handelsgeschäften und im Rat der Hundert der »Herr Baron« sein. Baron! Wie sollte ein Baron von Katalonien einen Handwerksbetrieb unterhalten?

Durch Graus Protektion, der nach wie vor Zunftmeister war, hatte Jaume keinerlei Probleme, in den Meisterstand aufzusteigen. Die Angelegenheit wurde in aller Hast erledigt, weil es Grau sehr eilig damit war, Isabel zu heiraten. Ihn plagte die Angst, dass diese stets launischen Adligen es sich noch einmal anders überlegen könnten. Der zukünftige Baron hatte keine Zeit zu verlieren. Jaume würde Meister werden, und Grau würde ihm die Werkstatt und das Haus verkaufen, zahlbar in Raten. Es gab nur ein Problem.

»Ich habe vier Söhne«, erklärte Jaume. »Es wird schon schwierig genug für mich werden, Euch den Kaufpreis zu zahlen.« Grau forderte ihn auf fortzufahren. »Ich kann nicht alle Beschäftigten halten, die Ihr habt, Sklaven, Gesellen, Lehrlinge ... Ich könnte sie nicht einmal ernähren! Wenn ich vorwärtskommen will, muss ich mit meinen vier Söhnen zurechtkommen.« Grau erklärte sich mit allem einverstanden.

Der Tag der Hochzeit stand bereits fest. Auf Vermittlung von Isabels Vater hatte Grau einen kostspieligen Stadtpalast in der Calle de Montcada erworben, wo die Adelsfamilien Barcelonas lebten.

Sie hatten jeden Winkel seines neuen Zuhauses inspiziert. Grau überschlug im Kopf, was es ihn kosten würde, all diese Räume zu füllen. Hinter dem großen Portal zur Calle de Montcada lag ein gepflasterter Innenhof. Gegenüber befanden sich die Stallungen, die den größten Teil des Erdgeschosses einnahmen, sowie der Küchentrakt und die Schlafräume der Sklaven. Zur Rechten führte ein großer, steinerner Treppenaufgang in den ersten Stock, wo sich die Salons und weitere Wohnräume befanden. Darüber lagen im zweiten Stock die Schlafräume. Der gesamte Stadtpalast war aus Stein erbaut. Die großzügigen Spitzbogenfenster der Wohnetagen gingen auf den Patio hinaus.

Noch am selben Tag unterzeichneten sie den Kaufvertrag für die Werkstatt, und Grau erschien stolz mit dem Schriftstück bei seinem Schwiegervater.

»Herr Baron«, antwortete dieser und reichte ihm die Hand.

»Und nun?«, überlegte Grau, als er wieder alleine war. »Die Sklaven sind kein Problem. Ich behalte die, die ich gebrauchen kann, die anderen kommen auf den Markt. Was die Gesellen und Lehrlinge betrifft ...«

Grau sprach mit den Zunftmitgliedern und brachte sein gesamtes Personal gegen Zahlung geringer Summen anderweitig unter. Blieben nur sein Schwager und der Junge. Bernat hatte keinerlei Stand in der Zunft; er war nicht einmal Geselle. Niemand würde ihn in seiner Werkstatt einstellen, abgesehen davon, dass es verboten war. Der Junge hatte noch nicht einmal mit seiner Lehre begonnen, aber es existierte ein Vertrag. Und überhaupt: Wie sollte er jemanden darum bitten, einen Estanyol einzustellen? So würden alle erfahren, dass diese beiden Landflüchtigen mit ihm verwandt waren. Sie hießen Estanyol, wie Guiamona. Alle würden erfahren, dass er zwei Leibeigenen Unterschlupf gewährt hatte, und nun, da er in den Adelsstand aufgenommen werden würde ... Waren nicht die Adligen die erbittertsten Feinde der flüchtigen Bauern? Waren es nicht ebendiese Adligen, die den König drängten, die Gesetze so zu ändern, dass solche Fluchten unmöglich wurden? Wie sollte er ein Adliger werden, wenn die Estanyols in aller Munde waren? Und was würde sein Schwiegervater sagen?

»Ihr kommt mit mir«, sagte er zu Bernat, der schon seit Tagen in Sorge wegen der neuen Ereignisse war.

Jaume, der als neuer Besitzer der Werkstatt nicht länger Graus Anweisungen befolgen musste, setzte sich zu einem vertraulichen Gespräch mit ihm hin.

»Er wird es nicht wagen, etwas gegen euch zu unternehmen. Ich weiß es, er hat es mir gesagt. Er will nicht, dass eure Situation bekannt wird. Ich habe ein gutes Geschäft gemacht, Bernat. Er hat es eilig, er muss dringend seine Angelegenheiten regeln, bevor er Isabel heiratet. Du hast einen unterzeichneten Vertrag für deinen Sohn. Nutze ihn, Bernat. Setz diesen Schurken unter Druck. Droh ihm damit, vor Gericht zu gehen. Du bist ein guter Mann. Ich möchte, dass du weißt, dass alles, was in diesen Jahren geschehen ist ...«

Bernat wusste es. Und bestärkt von den Worten des früheren Gesellen wagte er es, seinem Schwager Widerworte zu geben.

»Was sagst du da?«, brüllte Grau, nachdem Bernat ihn gefragt hatte: »Wozu sollen wir dorthin mitkommen?«

»Weil ich es will!«, brüllte Grau weiter, während er nervös gestikulierte.

»Wir sind nicht deine Sklaven, Grau.«

»Dir bleibt nicht viel anderes übrig.«

Bernat musste sich räuspern, bevor er Jaumes Ratschläge weiter befolgte. »Ich kann vor Gericht gehen.«

Außer sich vor Wut, zitternd, klein und dünn, sprang Grau von seinem Stuhl auf. Doch Bernat zuckte nicht einmal mit der Wimper, sosehr es ihn auch drängte, das Weite zu suchen. Die Drohung mit dem Gericht hallte in den Ohren des Witwers wider.

Sie würden sich um die Pferde kümmern, die Grau sich gezwungenermaßen gemeinsam mit dem Stadtpalast zugelegt hatte. »Du willst doch nicht etwa die Ställe leer stehen lassen?«, hatte sein Schwiegervater beiläufig gesagt, als spräche er mit einem dummen Jungen. Grau überschlug immer neue Summen im Kopf. »Meine Tochter ist von klein auf geritten«, setzte der Adlige hinzu.

Doch das Wichtigste für Bernat war der gute Lohn, den er für sich und Arnau erhielt. Der Junge sollte ebenfalls im Pferdestall anfangen. Sie würden außerhalb des Palasts leben können, in einem eigenen Zimmer, ohne Sklaven, ohne Lehrlinge. Er und sein Sohn würden genügend Geld haben, um zurechtzukommen.

Es war Grau selbst, der Bernat drängte, Arnaus Lehrvertrag aufzuheben und einen neuen zu unterschreiben.

Seit man ihm die Bürgerschaft verliehen hatte, verließ Bernat hin und wieder die Werkstatt. Dabei war er stets allein oder in Begleitung von Arnau. Es schien keine Anzeige gegen ihn vorzuliegen, sonst hätte man ihn schon verhaftet. Schließlich stand sein Name in den Bürgerregistern, dachte er jedes Mal, wenn er auf die Straße trat. Meist ging er zum Strand hinunter und mischte sich unter die Dutzende von Seeleuten. Den Blick auf den Horizont gerichtet, ließ er sich den Wind um die Nase wehen und sog den herben Geruch nach Schiffen und Teer ein, der über dem Strand lag.

Arnau und Joanet sprangen um ihn herum. Sie liefen voraus, dann kamen sie genauso schnell zu ihm zurückgerannt und sahen ihn mit glänzenden Augen und einem Lächeln an.

»Unser eigenes Haus!«, rief Arnau. »Lass uns im Ribera-Viertel wohnen, bitte!«

»Ich fürchte, es wird nur ein Zimmerchen werden«, versuchte Bernat ihm klarzumachen, doch der Junge lächelte weiterhin, als ginge es um den prächtigsten Palast von Barcelona.

»Das ist kein schlechter Ort«, meinte Jaume, als Bernat ihm von dem Vorschlag seines Sohnes erzählte. »Dort wirst du ein Zimmer finden.«

Und dorthin gingen die drei nun. Die beiden Kinder liefen voran, Bernat trug ihre wenigen Habseligkeiten. Seit ihrer Ankunft in der Stadt waren fast zehn Jahre vergangen.

Auf dem gesamten Weg bis Santa María grüßten Arnau und Joanet unablässig die Leute, denen sie begegneten.

»Das ist mein Vater!«, rief Arnau einem *Bastaix* zu, der einen Sack mit Getreide trug, und zeigte auf Bernat, der mehr als zwanzig Meter hinter ihnen zurück war.

Der *Bastaix* lächelte, ohne jedoch, unter der Last gebeugt, seine Schritte zu verlangsamen. Arnau drehte sich um und wollte erneut zu Bernat zurücklaufen, doch nach einigen Schritten blieb er stehen. Joanet folgte ihm nicht.

»Los, komm schon«, forderte er ihn auf und wedelte ungeduldig mit den Händen.

Doch Joanet schüttelte den Kopf.

»Was ist denn los, Joanet?«, fragte er und ging zu ihm zurück.

Der Kleine sah zu Boden.

»Er ist nur dein Vater«, murmelte er. »Was wird jetzt aus mir?«

Er hatte recht. Alle hielten sie für Brüder. Daran hatte Arnau nicht gedacht.

»Los, komm mit«, sagte er und zog ihn am Arm.

Bernat sah sie auf sich zukommen. Arnau zog Joanet hinter sich her, der sich zu sträuben schien. »Ich beglückwünsche Sie zu Ihren Söhnen«, sagte der *Bastaix*, als er an ihm vorbeiging. Bernat lächelte. Seit über einem Jahr streiften die Jungs gemeinsam umher. Und die Mutter des kleinen Joanet? Bernat stellte sich vor, wie der Kleine auf einer Kiste hockte und sich von einem Arm ohne dazugehöriges Gesicht übers Haar streicheln ließ. Er hatte einen Kloß im Hals.

»Papa ...«, begann Arnau, als sie vor ihm standen. Joanet versteckte sich hinter seinem Freund. »Papa, würde es dir etwas ausmachen, Joanets Vater zu sein?«, brach es aus Arnau heraus.

Bernat sah, wie der Kleine seinen Kopf hinter Arnau hervorstreckte.

»Komm her, Joanet«, forderte Bernat ihn auf. »Du willst mein Sohn sein?«, fragte er, als der Junge sein Versteck verließ.

Joanets Gesicht begann zu strahlen.

»Heißt das ja?«, fragte Bernat.

Der Junge klammerte sich an Bernats Bein. Arnau lächelte seinem Vater zu.

»Geht spielen«, befahl ihnen Bernat, und seine Stimme versagte.

Die Jungen führten Bernat zu Pater Albert.

»Er kann uns bestimmt helfen«, meinte Arnau, und Joanet nickte zustimmend.

»Unser Vater!«, sagte der Kleine und kam Arnau damit zuvor. So hatte er Bernat auf dem ganzen Weg vorgestellt, selbst denen, die er nur vom Sehen kannte.

Pater Albert bat die Kinder, sie allein zu lassen, und lud Bernat zu einem Glas süßen Weins ein, während er sich seine Erklärungen anhörte.

»Ich weiß, wo ihr unterkommen könntet«, sagte er schließlich. »Es sind gute Leute. Sag mir, Bernat ... Du hast eine gute Arbeit für Arnau gefunden, er bekommt guten Lohn und lernt einen Beruf, und Stallburschen werden immer gebraucht. Aber was ist mit deinem anderen Sohn? Was hast du mit Joanet vor?«

Bernat verzog das Gesicht und vertraute sich dann dem Priester an.

Pater Albert begleitete sie zum Haus von Pere und seiner Frau, zwei alten Leuten ohne Familie, die in einem kleinen, zweigeschossigen Häuschen gleich am Strand lebten, mit einem ebenerdigen Wohnraum und drei Schlafkammern im ersten Stock. Pater Albert wusste, dass sie daran interessiert waren, eine davon zu vermieten.

Während des gesamten Weges – auch, als er Pere und seiner Frau die Estanyols vorstellte und zusah, wie Bernat ihnen sein Geld zeigte – hatte Pater Albert den Arm um Joanets Schulter gelegt. Wie hatte er nur so blind sein können? Wie hatte er nicht bemerken können, welche Qualen dieser kleine Kerl litt? Wie oft hatte er ihn gedankenverloren dasitzen sehen, den Blick ins Leere gerichtet!

Pater Albert drückte den Jungen an sich. Joanet sah ihn an und lächelte.

Das Zimmer war einfach, aber sauber. Die ganze Einrichtung bestand aus zwei Matratzen auf dem Boden, und im Hintergrund rauschte das Meer. Arnau spitzte die Ohren, um das Hämmern der Handwerker von Santa María zu hören, die genau hinter ihnen lag. Sie aßen von der Suppe, die Peres Frau gekocht hatte. Arnau betrachtete den Teller, dann sah er auf und lächelte seinen Vater an. Wie weit war nun Estranyas Fraß entfernt! Die drei aßen mit Appetit, beobachtet von der alten Frau, die jederzeit bereit war, ihre Schüsseln erneut zu füllen.

»Ab ins Bett«, verkündete Bernat, als er satt war. »Morgen wartet die Arbeit.«

Joanet zögerte. Er sah Bernat an, und als alle vom Tisch aufgestanden waren, ging er zur Tür.

»Das ist keine Uhrzeit, um noch nach draußen zu gehen, mein Sohn«, sagte Bernat zu ihm, sodass die beiden alten Leute es hören konnten.

13

as ist der Bruder meiner Mutter mit seinem Sohn«, erklärte Margarida ihrer Stiefmutter, als diese sich wunderte, dass Grau zwei weitere Leute für nur sieben Pferde eingestellt hatte.

Grau hatte ihr gesagt, dass er nichts mit den Pferden zu tun haben wolle, und tatsächlich ging er nicht einmal hinunter, um die herrlichen Stallungen im Erdgeschoss des Palastes in Augenschein zu nehmen. Sie kümmerte sich um alles, wählte die Tiere aus und brachte ihren besten Stallmeister mit, Jesús, der ihr außerdem riet, einen erfahrenen Stallburschen einzustellen: Tomás.

Aber vier Leute für sieben Pferde waren zu viel, selbst für die Gewohnheiten der Baronin. Das brachte sie bei ihrem ersten Besuch in den Stallungen zur Sprache, nachdem die Estanyols eingestellt worden waren.

Isabel bat Margarida, doch mehr zu erzählen.

»Sie waren Bauern, Leibeigene.«

Isabel sagte nichts, doch in ihr keimte ein Verdacht auf. Das Mädchen fuhr fort: »Der Junge, Arnau, war schuld am Tod meines kleinen Bruders Guiamon. Ich hasse sie! Ich weiß nicht, warum mein Vater sie eingestellt hat.«

»Wir werden es herausfinden«, murmelte die Baronin, den Blick auf Bernats Rücken geheftet, der gerade damit beschäftigt war, eines der Pferde zu striegeln.

Doch an diesem Abend ließ Grau nicht mit sich reden.

»Ich hielt es für angebracht«, antwortete er knapp, nachdem er Isabels Verdacht bestätigt hatte, dass die beiden Landflüchtige waren.

»Wenn mein Vater davon erfährt . . .«

»Aber er wird es nicht erfahren, nicht wahr, Isabel?«

Grau sah seine Frau an. Sie war bereits zum Abendessen angekleidet, eine der neuen Gewohnheiten, die sie in Graus Familie gebracht hatte. Sie war gerade zwanzig geworden und außergewöhnlich dünn, genau wie Grau. Ihr fehlten die Reize und die sinnlichen Kurven, mit denen ihn Guiamona seinerzeit empfangen hatte, doch sie war eine Adlige, und auch ihr Charakter sollte von Adel sein, dachte Grau.

»Du würdest doch nicht wollen, dass dein Vater erfährt, dass du mit zwei Landflüchtigen unter einem Dach lebst.«

Die Baronin warf ihm einen wütenden Blick zu und verließ den Raum.

Trotz der Abneigung der Baronin und ihrer Stiefkinder stellte Bernat sein Geschick im Umgang mit den Tieren unter Beweis. Er wusste, wie man mit ihnen umgehen musste, wie man sie fütterte, ihre Hufe auskratzte, wie man sie kurierte, wenn es nötig war, und wie man sich in ihrer Nähe bewegte. Wenn es ihm irgendwo an Erfahrung mangelte, dann darin, wie man sie aufputzte.

»Sie wollen, dass sie glänzen«, sagte er eines Tages zu Arnau, als sie auf dem Heimweg waren, »ohne ein einziges Staubkörnchen. Man muss sie immer und immer wieder bürsten, um den Sand aus dem Fell zu entfernen, und sie dann striegeln, bis sie glänzen.«

»Und die Mähnen und Schweife?«

»Die werden gestutzt, geflochten und geschmückt.«

»Wozu brauchen sie so viel Putz an den Pferden?«

Es war Arnau verboten, sich den Tieren zu nähern. Er bewunderte sie in den Ställen, sah zu, wie sie auf die Pflege seines Vaters ansprachen, und genoss es, wenn dieser ihm erlaubte, sie zu streicheln, wenn sie alleine waren. Hin und wieder, wenn niemand zuschaute, hob Bernat den Jungen ausnahmsweise auf eines der Tiere, ohne Sattel, während dieses im Stall stand. Die Aufgaben, die man Arnau zugewiesen hatte, erlaubten es ihm nicht, die Geschirrkammer zu verlassen. Dort putzte er ein ums andere Mal das Sattelzeug; er fettete das Leder ein und rieb mit einem Lappen darüber, bis das Fett eingezogen war und die Oberfläche der Sättel und Zaumzeuge glänzte. Er reinigte die Trensen und Steigbügel und bürstete die Decken und anderes Zubehör, bis auch das letzte Pferdehaar verschwunden war, eine Arbeit, bei der er am Ende Finger und Fingernägel zu Hilfe nehmen musste, um die feinen Borsten zu entfernen, die sich im Stoff verhakt hatten. Wenn er dann noch Zeit hatte, polierte er sorgfältig die Kutsche, die Grau erstanden hatte.

Im Laufe der Monate musste sogar Jesús anerkennen, dass der Bauer ein Händchen für Pferde hatte. Wenn Bernat einen der Ställe betrat, rührten sich die Tiere nicht von der Stelle. Meistens suchten sie sogar seine Nähe. Er tätschelte und streichelte sie und flüsterte ihnen zu, um sie zu beruhigen. Wenn hingegen Tomás in den Stall kam, legten die Pferde die Ohren an und drängten sich an die am weitesten entfernte Wand, während der Stallknecht sie anbrüllte. Was war nur mit dem Mann los? Bisher war er ein vorbildlicher Stallbursche gewesen, dachte Jesús, wenn er wieder einmal das Geschrei hörte.

Jeden Morgen, wenn Vater und Sohn zur Arbeit gingen, machte sich Joanet mit Feuereifer daran, Peres Frau Mariona zu helfen. Er putzte, räumte auf und begleitete sie zum Einkaufen. Später, während sie das Essen kochte, lief er zum Strand, um Pere zu suchen. Dieser hatte sein Leben lang als Fischer gearbeitet und verdiente sich zusätzlich zu den gelegentlichen Zuwendungen seiner Zunft ein paar Münzen dazu, indem er Segel flickte. Joanet leistete ihm Gesellschaft, lauschte aufmerksam seinen Erklärungen und lief hierhin und dorthin, wenn der alte Fischer etwas brauchte.

Und sooft er konnte, ging er seine Mutter besuchen.

»Heute Morgen«, erzählte er ihr eines Tages, »wollte Bernat Pere die Miete bezahlen, aber Pere hat ihm einen Teil des Geldes zurückgegeben. Er hat gesagt, dass der Kleine – weißt du Mama, ›der Kleine‹ bin ich – also, er sagte, Bernat bräuchte meinen Anteil nicht zu bezahlen, weil ich im Haus und am Strand helfe.«

Die Gefangene hörte zu, ihre Hand ruhte auf dem Kopf des Kindes. Wie viel hatte sich doch verändert! Seit ihr kleiner Junge bei den Estanyols lebte, hockte er nicht mehr schluchzend dort draußen, um auf ihre stummen Liebkosungen und ein liebes Wort zu warten – eine blinde Liebe. Jetzt sprach er, erzählte er, lachte er sogar!

»Bernat hat mich umarmt«, erzählte Joanet weiter, »und Arnau hat mir auf die Schulter geklopft.«

Die Hand schloss sich über dem Haar des Jungen.

Und Joanet sprach weiter. Ohne Punkt und Komma. Von Arnau

und Bernat, von Mariona, von Pere, dem Strand, den Fischern, den Segeln, die sie flickten, doch die Frau hörte nicht mehr zu, glücklich darüber, dass ihr Sohn endlich wusste, was eine Umarmung war. Dass ihr Kleiner endlich glücklich war.

»Lauf, mein Junge«, unterbrach ihn seine Mutter irgendwann und versuchte, das Zittern in ihrer Stimme zu verbergen. »Sie warten bestimmt schon auf dich.«

Aus dem Inneren ihres Kerkers hörte Joana, wie ihr Kleiner von der Kiste hüpfte und davonlief. Sie stellte sich vor, wie er über die Mauer sprang, die sie aus ihren Erinnerungen zu verbannen versuchte.

Welchen Sinn hatte das alles noch? Jahrelang hatte sie bei Wasser und Brot in diesen vier Wänden ausgehalten, dessen kleinsten Winkel sie Hunderte Male mit ihren Fingern abgetastet hatte. Sie hatte gegen die Einsamkeit und den Wahnsinn angekämpft, indem sie durch das winzige Fensterchen, das ihr der König, dieser großherzige Herrscher!, zugestanden hatte, den Himmel betrachtete. Sie hatte Fieber und Krankheit überstanden, und das alles nur für ihren kleinen Jungen, um ihm über den Kopf zu streichen, ihm Mut zu machen, ihm das Gefühl zu geben, dass er trotz allem nicht alleine auf der Welt war.

Doch nun war er nicht länger allein. Bernat umarmte ihn! Bernat war wie ein Bekannter für sie. Sie hatte von ihm geträumt, während Stunden zu Ewigkeiten wurden. »Gib gut auf ihn acht, Bernat«, sagte sie ins Leere hinein. Joanet war glücklich, er lachte und rannte, und...

Joana ließ sich zu Boden gleiten und blieb so sitzen. An diesem Tag rührte sie weder das Brot noch das Wasser an. Ihr Körper hatte kein Verlangen danach.

Joanet kehrte anderntags wieder und auch am nächsten und am übernächsten Tag. Sie hörte ihm zu, wie er lachte und voller Hoffnung von der Welt erzählte. Durch das Fenster drangen nur mehr schwache Laute: ja, nein, geh, lauf, lebe!

»Lauf und genieße das Leben, das du durch meine Schuld nicht gehabt hast«, flüsterte Joana noch, als der Junge schon über die Gartenmauer gesprungen war.

Das Brot stapelte sich in Joanas Gefängnis.

»Weißt du, was passiert ist, Mama?« Joanet schob die Kiste an die Wand und setzte sich darauf. Seine Füße reichten noch nicht bis auf den Boden. »Nein – woher solltest du das wissen?« Zusammengekauert lehnte er sich mit dem Rücken gegen die Wand, an der Stelle, wo er wusste, dass die Hand seiner Mutter nach seinem Kopf tasten würde. »Ich werde es dir erzählen. Es ist sehr lustig. Offenbar hat gestern eines von Graus Pferden . . .«

Es erschien kein Arm in dem Fensterchen.

»Mama? Hör mal zu, ich sag's dir, es ist wirklich lustig. Eines der Pferde . . .«

Joanet sah zu dem Fensterchen hinauf.

»Mama?«

Er wartete.

»Mama?«

Er spitzte die Ohren und versuchte, etwas durch das Hämmern der Kesselschmiede hindurch zu hören, das durch das ganze Viertel hallte. Nichts.

»Mama!«, rief er.

Er kniete sich auf die Kiste. Was sollte er tun? Sie hatte ihm immer verboten, sich dem Fenster zu nähern.

»Mama!«, rief er noch einmal, während er sich zu der Öffnung hochreckte.

Sie hatte ihm immer gesagt, er solle sie nicht ansehen, er solle nie versuchen, einen Blick auf sie zu erhaschen. Aber sie antwortete nicht! Joanet spähte durch das Fenster. Drinnen war es ziemlich dunkel.

Er zog sich hoch und schwang ein Bein in die Öffnung. Es ging nicht. Er konnte nur seitlich hinein.

»Mama?«, wiederholte er noch einmal.

Er hielt sich oben am Fenster fest, stellte beide Füße auf das Fensterbrett und schwang sich hinein.

»Mama?«, wisperte er, während sich seine Augen an die Dunkelheit gewöhnten.

Er wartete, bis er ein Loch ausmachen konnte, von dem ein unerträglicher Gestank ausging. Auf der anderen Seite, links von ihm, lag auf einem Strohsack zusammengekauert ein Körper.

Joanet wartete. Der Körper regte sich nicht. Das Dröhnen der Hämmer auf dem Kupfer war draußen geblieben.

»Ich wollte dir etwas Lustiges erzählen«, sagte er und trat näher. Tränen begannen, über seine Wangen zu kullern. »Du hättest gelacht«, stammelte er, als er neben ihr stand.

Joanet hockte sich neben seine tote Mutter. Joana hatte das Gesicht zwischen ihren Händen verborgen, als hätte sie geahnt, dass ihr Sohn in den Kerker kommen würde, als hätte sie nicht gewollt, dass er sie in diesem Zustand sah – nicht einmal im Tod.

»Darf ich dich berühren?«

Der Junge streichelte über das schmutzige, verfilzte, spröde Haar seiner Mutter.

»Du musstest erst sterben, damit wir zusammen sein können.«

Und Joanet begann, bitterlich zu weinen.

Bernat zögerte keinen Augenblick, als ihm Pere und seine Frau bei seiner Heimkehr noch in der Tür aufgeregt mitteilten, dass Joanet nicht nach Hause gekommen war. Sie hatten ihn nie gefragt, wo er hinging, wenn er das Haus verließ. Sie hatten angenommen, dass er nach Santa María ging, doch dort hatte ihn an diesem Tag niemand gesehen. Mariona schlug die Hand vor den Mund.

»Und wenn ihm etwas zugestoßen ist?«, schluchzte sie.

»Wir werden ihn finden«, versuchte Bernat sie zu beruhigen.

Joanet war neben seiner Mutter sitzen geblieben. Er strich ihr mit der Hand übers Haar, fuhr mit den Fingern hindurch, um es zu entwirren. Er unternahm keinen Versuch, ihre Gesichtszüge zu erkennen. Dann stand er auf und sah zu dem Fenster hinauf.

Es wurde dunkel.

»Joanet?«

Joanet sah erneut zum Fenster.

»Joanet?«, hörte er noch einmal eine Stimme auf der anderen Seite des Fensters fragen.

»Arnau?«

»Was ist los?«

Er antwortete von drinnen: »Sie ist tot.«

»Warum bist du nicht . . .?«

»Ich kann nicht. Hier drinnen gibt es keine Kiste. Es ist zu hoch.«

»Es stinkt entsetzlich«, stellte Arnau fest. Bernat klopfte an die Tür von Ponç, dem Kupferschmied. Was hatte der Junge den ganzen Tag dort drinnen gemacht? Er hämmerte noch einmal kräftig gegen die Tür. Warum machte er nicht auf? In diesem Augenblick öffnete sich die Tür, und ein Hüne erschien. Er füllte den gesamten Türrahmen aus. Arnau wich zurück.

»Was wollt ihr?«, raunzte der Kupferschmied. Er war barfuß und trug lediglich ein zerschlissenes Hemd, das ihm bis zu den Knien reichte.

»Ich heiße Bernat Estanyol, und das ist mein Sohn«, sagte Bernat und schob Arnau nach vorne, »der Freund Eures Sohnes Joanet . . .«

»Ich habe keinen Sohn«, unterbrach ihn Ponç und machte Anstalten, die Tür zuzuschlagen.

»Aber Ihr habt eine Frau«, entgegnete Bernat und drückte die Tür mit dem Arm wieder auf. Ponç gab nach. »Ihr hattet eine Frau«, erklärte er angesichts der Blicke des Kupferschmieds. »Sie ist tot.«

Ponç zeigte keine Regung.

»Und?«, fragte er und zog fast unmerklich die Schultern hoch.

»Joanet ist bei ihr dort drinnen.« Bernat versuchte, alle Härte in seinen Blick zu legen, deren er fähig war. »Er kann nicht heraus.«

»Da hätte er schon sein ganzes Leben lang hingehört, dieser Bastard.«

Bernat hielt dem Blick des Kupferschmieds stand, während er seinen Sohn an der Schulter festhielt. Arnau hätte sich am liebsten ganz klein gemacht, aber als der Kupferschmied ihn ansah, blieb er aufrecht stehen.

»Was gedenkt Ihr zu tun?«, beharrte Bernat.

»Nichts«, antwortete der Kupferschmied. »Morgen, wenn der Raum abgerissen wird, kann der Junge wieder raus.«

»Ihr könnt das Kind nicht die ganze Nacht . . .«

»In meinem Haus kann ich tun und lassen, was ich will.«

»Ich werde es dem Stadtrichter melden«, drohte Bernat, wohl wissend, dass seine Drohung nutzlos war.

Ponç kniff die Augen zusammen und verschwand wortlos im Haus. Die Tür ließ er offen stehen. Bernat und Arnau warteten, bis er mit einem Seil zurückkehrte, das er Arnau überreichte.

»Hol ihn raus«, wies er ihn an, »und sag ihm, dass ich ihn hier nicht mehr sehen will, jetzt, wo seine Mutter tot ist.«

»Wie . . .?«, begann Bernat.

»Genauso, wie er sich all die Jahre hineingeschlichen hat«, kam Ponç ihm zuvor. »Über die Gartenmauer. Durch mein Haus kommt ihr nicht.«

»Und die Mutter?«, fragte Bernat.

»Die hat mir der König überlassen mit der Maßgabe, sie nicht zu töten, und dem König werde ich sie zurückgeben, nun, da sie tot ist«, antwortete Ponç rasch. »Ich habe teures Geld als Sicherheit hinterlegt, und bei Gott, ich gedenke nicht, es wegen einer Hure in den Wind zu schreiben.« Mit diesen Worten schlug der Kupferschmied die Tür zu.

Nur Pater Albert, der Joanets Geschichte bereits kannte, und der alte Pere und seine Frau, denen Bernat davon erzählte, erfuhren von dem Unglück des Jungen. Die drei kümmerten sich rührend um ihn, doch der Junge blieb verschlossen. Er, der zuvor ungestüm und quirlig gewesen war, bewegte sich nun schleppend, als lastete ein unerträgliches Gewicht auf seinen Schultern.

»Die Zeit heilt alle Wunden«, sagte Bernat eines Morgens zu Arnau. »Wir müssen abwarten und ihm unsere Zuneigung und unsere Hilfe anbieten.«

Doch Joanet schwieg weiter, abgesehen von den Weinkrämpfen, die ihn jede Nacht schüttelten. Vater und Sohn lagen still auf ihrem Lager und hörten ihm zu, bis Joanets Kräfte nachzulassen schienen und der Schlaf ihn übermannte.

»Joanet«, hörte Bernat Arnau eines Nachts nach ihm rufen, »Joanet . . .«

Er bekam keine Antwort.

»Wenn du willst, kann ich die Jungfrau bitten, auch deine Mutter zu sein.«

Gut gemacht, mein Junge!, dachte Bernat. Er hatte ihm diesen Vorschlag nicht machen wollen. Es war Arnaus Jungfrau, Arnaus Geheimnis. Er musste es sein, der diese Entscheidung traf.

Doch Joanet antwortete nicht. Es herrschte absolute Stille im Zimmer.

»Joanet?«, versuchte es Arnau noch einmal.

»So hat mich meine Mutter genannt.« Es war das Erste, was Joanet seit Tagen sagte. Bernat blieb still liegen. »Und sie ist nicht mehr da. Ich heiße jetzt Joan.«

»Wie du willst ... Hast du gehört, was ich über die Jungfrau gesagt habe, Joanet ... Joan?«, korrigierte sich Arnau.

»Aber deine Mutter spricht nicht mit mir. Meine hat mit mir gesprochen.«

»Erzähl ihm das mit den Vögeln!«, flüsterte Bernat.

»Aber ich kann die Jungfrau sehen, und du konntest deine Mutter nicht sehen.«

Der Junge schwieg erneut.

»Woher weißt du, dass sie dich hört?«, fragte er schließlich. »Sie ist nur eine Figur aus Stein, und Figuren aus Stein können nicht hören.«

Bernat hielt den Atem an.

»Wenn sie nicht hören kann«, entgegnete Arnau, »warum sprechen dann alle mit ihr? Sogar Pater Albert tut das. Du hast es selbst gesehen. Glaubst du vielleicht, Pater Albert irrt sich?«

»Aber sie ist nicht Pater Alberts Mutter«, beharrte der Kleine. »Er hat mir gesagt, dass er schon eine Mutter hat. Woher soll ich wissen, dass die Jungfrau meine Mutter sein will, wenn sie nicht mit mir spricht?«

»Sie wird es dir nachts sagen, wenn du schläfst, und durch die Vögel.«

»Durch die Vögel?«

Arnau zögerte. Ehrlich gesagt hatte er das mit den Vögeln nie verstanden, sich aber nicht getraut, es seinem Vater zu sagen. »Das ist ein bisschen komplizierter. Mein ... unser Vater wird es dir erklären.«

Bernat hatte erneut einen Kloß im Hals. Es wurde wieder still im Zimmer, bis Joanet weitersprach: »Arnau, könnten wir die Jungfrau jetzt sofort fragen gehen?«

»Jetzt?«

Ja, jetzt, mein Junge. Er braucht das, dachte Bernat.

»Bitte.«

»Du weißt, dass es verboten ist, nachts in die Kirche zu gehen. Pater Albert ...«

»Wir werden ganz leise sein. Niemand wird etwas merken. Bitte.«

Arnau gab nach, und die beiden Jungen schlichen sich leise aus Peres

Haus, um die wenigen Schritte bis Santa María del Mar zurückzulegen.

Bernat rollte sich auf der Matratze zusammen. Was konnte den Jungen schon zustoßen? Alle in der Kirche mochten sie.

Das Mondlicht ergoss sich auf die Gerüste, die halb fertigen Mauern, die Strebepfeiler, Bögen und Gewölbe ... Santa María lag still da, und nur das eine oder andere Feuer wies auf die Anwesenheit von Wächtern hin. Arnau und Joanet gingen um die Kirche herum bis zur Calle del Born. Das Portal war verschlossen, und der Bereich um den Friedhof, wo der größte Teil des Baumaterials lagerte, war am besten bewacht. Ein einsames Feuer beleuchtete die im Bau befindliche Chormauer. Es war nicht schwer, in die Kirche zu gelangen: Dort, wo die Eingangstreppe entstehen sollte, befand sich ein hölzernes Gerüst, auf dem der Baumeisters Montagut angezeichnet hatte, wo genau das Portal und die Stufen entstehen sollten. Sie betraten die Kirche und schlichen leise zur Sakramentskapelle im Chorumgang, wo hinter einem schön gearbeiteten, schmiedeeisernen Gitter die Jungfrau auf sie wartete, wie stets von den Kerzen erleuchtet, die immer wieder von den *Bastaixos* erneuert wurden.

Die beiden bekreuzigten sich – »Das müsst ihr immer tun, wenn ihr die Kirche betretet«, hatte ihnen Pater Albert gesagt – und umklammerten die Gitterstäbe vor der Kapelle.

»Ich möchte, dass du seine Mutter wirst«, hielt Arnau stumme Zwiesprache mit der Madonna. »Seine ist gestorben, und mir macht es nichts aus, dich zu teilen.«

Joan umklammerte mit den Händen die Gitterstäbe und blickte zwischen der Jungfrau und Arnau hin und her.

»Und?«, fragte er.

»Still!«

»Papa sagt, dass er viel mitgemacht hat. Seine Mutter war eingesperrt, weißt du? Sie streckte nur ihren Arm durch ein kleines Fensterchen, und er konnte sie nicht sehen, bis sie starb. Aber er hat mir erzählt, dass er sie auch dann nicht angesehen hat. Sie hatte es ihm verboten.«

Der Rauch der Bienenwachskerzen, der von dem Leuchter vor der Statue aufstieg, vernebelte Arnaus Sicht, und die steinernen Lippen lächelten.

»Sie wird deine Mutter sein«, erklärte er und drehte sich zu Joan um.

»Woher weißt du das? Du hast doch gesagt, dass sie durch die Vögel . . .«

»Ich weiß es eben«, unterbrach Arnau ihn unwirsch.

»Und wenn ich sie frage . . .«

»Nein«, fiel ihm Arnau erneut ins Wort.

Joan sah zu der steinernen Figur. Er wollte auch mit ihr sprechen können, wie Arnau es tat. Weshalb hörte sie ihn nicht an, seinen Bruder aber wohl? Wie konnte Arnau wissen . . .? Während Joan sich schwor, dass auch er eines Tages ihrer Worte würdig sein würde, hörten sie ein Geräusch.

»Pssst!«, wisperte Arnau, während er zu dem dunklen Portal hinübersah.

»Wer ist da?« Der Widerschein einer Laterne erschien in der Öffnung.

Arnau begann, in Richtung Calle del Born davonzuschleichen, von wo sie gekommen waren, doch Joan blieb wie angewurzelt stehen und starrte auf die Laterne, die sich nun bereits dem Chorumgang näherte.

»Los, lass uns verschwinden!«, flüsterte Arnau ihm zu und zog ihn mit sich.

Als sie auf die Calle del Born traten, sahen sie mehrere Laternen auf sie zukommen. Arnau blickte sich um; zu dem ersten Licht im Inneren der Kirche waren weitere hinzugekommen.

Es gab keinen Ausweg. Die Wächter sprachen miteinander und riefen einander etwas zu. Was sollten sie bloß tun? Das Gerüst! Arnau stieß Joan zu Boden. Der Kleine war wie gelähmt. Das Gerüst war seitlich offen. Er gab Joan erneut einen Schubs, und die beiden krochen darunter, bis sie die Grundmauern der Kirche erreichten. Joan presste sich gegen die Steinquader. Die Lichter wanderten an dem Gerüst entlang. Die Schritte der Wächter auf den Holzbrettern hallten Arnau in den Ohren, und ihre Stimmen übertönten das Pochen seines Herzens.

Sie warteten ab, während die Männer sich in der Kirche umsahen. Es erschien ihnen eine Ewigkeit! Arnau spähte nach oben und versuchte herauszufinden, was dort geschah, doch jedes Mal, wenn ein Lichtstrahl durch die Bretterritzen fiel, duckte er sich noch tiefer.

Schließlich gaben die Wächter auf. Zwei von ihnen blieben auf dem Gerüst stehen und leuchteten von dort aus die Umgebung ab. Wie war es möglich, dass sie sein Herz nicht pochen hörten? Und das von Joan. Die Männer stiegen von dem Gerüst. Doch wo war Joan überhaupt? Arnau sah zu der Stelle hinüber, wo der Kleine gekauert hatte. Einer der Wächter hängte eine Laterne an das Gerüst, der andere verschwand in der Dunkelheit. Joan war nicht mehr da! Wo mochte er nur stecken? Arnau kroch zu der Stelle, an der das Gerüst an das Fundament der Kirche stieß. Er tastete mit der Hand im Dunkeln. Dort war eine Öffnung, ein schmaler Gang, der sich in der Mauer öffnete.

Von Arnau vorwärtsgestoßen, war Joan unter das Gerüst gekrochen. Nichts hatte sich ihm in den Weg gestellt, und der Junge war weitergekrochen, durch die Öffnung und in den Gang, der leicht abschüssig in Richtung Hauptaltar führte. Durch das Geräusch, mit dem sein Körper an den Wänden des Gangs entlangschleifte, konnte er nichts hören, aber Arnau musste direkt hinter ihm sein. Erst als sich der enge Tunnel weitete und er sich umdrehen, ja sogar hinknien konnte, hatte Joan bemerkt, dass er alleine war. Wo befand er sich? Es war stockfinster.

»Arnau?«, rief er.

Seine Stimme hallte in seinem Kopf wider. Es war ... es war wie in einer Höhle. Eine Höhle unter der Kirche!

Er rief erneut, immer wieder. Zuerst leise, dann immer lauter, doch seine eigene Stimme erschreckte ihn. Er konnte versuchen zurückzukriechen. Doch wo war der Tunnel? Joan streckte die Arme aus, aber seine Hände griffen ins Leere. Er war zu weit gekrochen.

»Arnau!«, rief er erneut.

Nichts. Er begann zu weinen. Was befand sich wohl an diesem Ort? Ungeheuer? Und wenn er in der Hölle war? Er befand sich unter einer Kirche – hieß es nicht, die Hölle sei dort unten? Und wenn nun der Teufel erschien?

Arnau kroch in den Gang. Joan konnte nur dort sein. Niemals hätte er sein Versteck unter dem Gerüst verlassen. Nachdem er ein Stück zurückgelegt hatte, rief er nach seinem Freund. Draußen konnte man ihn unmöglich hören. Nichts. Er kroch weiter.

»Joanet!« rief er, dann verbesserte er sich: »Joan!«

»Hier«, hörte er ihn antworten.

»Wo ist hier?«

»Am Ende des Tunnels.«

»Alles in Ordnung?«

Joan hörte auf zu zittern.

»Ja.«

»Dann komm her.«

»Ich kann nicht.« Arnau seufzte. »Hier ist so eine Art Höhle, und ich weiß nicht mehr, wo der Ausgang ist.«

»Taste dich an den Wänden entlang, bis du . . . oder nein!«, korrigierte sich Arnau sofort. »Tu das nicht, hörst du, Joan? Es könnte noch weitere Gänge geben. Wenn ich es bis dorthin schaffe . . . Sieht man etwas, Joan?«

»Nein«, antwortete der Kleine.

Er konnte sich weitertasten, bis er ihn fand – aber wenn er sich ebenfalls verirrte? Ah! Jetzt wusste er, wie er es schaffen könnte. Er brauchte Licht. Mit einer Laterne würden sie zurückfinden.

»Warte dort auf mich! Hörst du, Joan? Bleib ganz ruhig und rühr dich nicht von der Stelle! Hörst du?«

»Ja. Was hast du vor?«

»Ich hole eine Laterne und komme dann zurück. Warte hier auf mich und rühr dich nicht vom Fleck, verstanden?«

»Ja«, antwortete Joan zögerlich.

»Denk daran, direkt über dir ist die Jungfrau, deine Mutter.« Arnau hörte keine Antwort. »Joan, hast du mich gehört?«

Natürlich hatte er ihn gehört. »Deine Mutter«, hatte er gesagt. Aber er hatte ihn nicht mit ihr reden lassen. Und wenn Arnau seine Mutter nicht teilen wollte und ihn hier in der Hölle eingesperrt hatte?

»Joan?«, vergewisserte sich Arnau.

»Was?«

»Warte auf mich, und rühr dich nicht vom Fleck!«

Mühsam robbte Arnau rückwärts, bis er sich wieder unter dem Gerüst an der Calle del Born befand. Ohne lange zu überlegen, nahm er die Laterne, die der Wächter dort aufgehängt hatte, und verschwand wieder in dem Tunnel.

Joan sah das Licht näher kommen. Arnau drehte die Flamme höher, als die Seitenwände zurückwichen. Sein Freund kniete einige Schritte vom Ausgang entfernt und sah ihn ängstlich an.

»Hab keine Angst«, versuchte ihn Arnau zu beruhigen.

Arnau hielt die Laterne hoch und drehte die Flamme noch höher. Was war das . . .? Ein Friedhof! Sie befanden sich auf einem Friedhof. Eine kleine Höhle, die aus irgendeinem Grund unter Santa María überdauert hatte wie eine Luftblase. Die Decke war so niedrig, dass sie nicht einmal aufrecht stehen konnten. Arnau leuchtete auf mehrere große Amphoren, ähnlich den Krügen, die er in Graus Werkstatt gesehen hatte, nur grober gearbeitet. Einige waren zerbrochen und gaben den Blick auf die Gerippe frei, die sich darin befanden. Andere waren unversehrt: große Amphoren, die aus zwei aufeinanderliegenden, versiegelten Hälften bestanden.

Joan starrte zitternd auf eines der Skelette.

»Ganz ruhig«, sagte Arnau und wollte zu ihm gehen. Doch Joan wich hastig zurück.

»Was ist . . .?«, fragte Arnau.

»Lass uns von hier verschwinden«, bat Joan.

Ohne eine Antwort abzuwarten, kroch er in den Tunnel, und Arnau folgte ihm. Als sie das Gerüst erreichten, erlosch die Laterne. Es war niemand zu sehen. Arnau hängte die Laterne wieder an ihren Platz, und sie kehrten zu Peres Haus zurück.

»Kein Wort darüber, einverstanden?«, sagte er unterwegs zu Joan.

Joan gab keine Antwort.

14

Seit Arnau beteuert hatte, dass die Jungfrau nun auch seine Mutter sei, lief Joan in jeder freien Minute zur Kirche. Er umklammerte das Gitter vor der Sakramentskapelle, schob den Kopf zwischen die Stäbe und betrachtete die steinerne Figur mit dem Kind auf der Schulter und dem Schiff zu ihren Füßen.

»Irgendwann wirst du mit dem Kopf steckenbleiben«, sagte Pater Albert einmal zu ihm.

Joan zog den Kopf hervor und lächelte. Der Priester legte ihm die Hand auf die Schulter und beugte sich zu ihm hinunter.

»Liebst du sie?«, fragte er ihn und deutete ins Innere der Kapelle.

Joan zögerte.

»Sie ist jetzt meine Mutter«, antwortete er, mehr aus dem Wunsch als aus der Gewissheit heraus.

Pater Albert hatte einen Kloß im Hals. Es gab so vieles, was er dem Jungen über die heilige Jungfrau erzählen konnte! Er versuchte, etwas zu sagen, brachte aber keinen Ton heraus. Er umarmte den Kleinen und wartete, dass seine Stimme zurückkehrte.

»Betest du zu ihr?«, fragte er, als er sich wieder gefasst hatte.

»Nein. Ich spreche nur mit ihr.« Pater Albert sah ihn fragend an. »Ich erzähle ihr von mir.«

Der Priester betrachtete die Madonna.

»Nur weiter so, mein Sohn, nur weiter so«, setzte er hinzu, dann ließ er ihn allein.

Es war nicht schwer. Pater Albert fasste drei oder vier Kandidaten ins Auge und entschied sich schließlich für einen reichen Silberschmied. Bei der letzten Jahresbeichte war der Handwerker sehr zerknirscht gewesen wegen mehrerer ehebrecherischer Beziehungen, die er unterhalten hatte.

»Wenn du seine Mutter bist«, murmelte Pater Albert und richtete den Blick gen Himmel, »wird es dich nicht stören, dass ich diese kleine List für deinen Sohn anwende, nicht wahr?«

Der Silberschmied wagte es nicht, nein zu sagen.

»Es handelt sich lediglich um eine kleine Spende an die Domschule«, erklärte ihm der Pfarrer. »Du hilfst damit einem Jungen, und Gott . . . nun, Gott wird es dir vergelten.«

Er musste nur noch mit Bernat reden. Pater Albert machte sich auf die Suche nach ihm.

»Ich habe erreicht, dass man Joanet an der Domschule aufnimmt«, erklärte er ihm, während sie unweit von Peres Haus am Strand entlangspazierten.

Bernat sah den Priester an.

»Ich habe nicht genug Geld, Pater«, sagte er entschuldigend.

»Es wird dich nichts kosten.«

»Ich dachte, die Schulen . . .«

»Ja, aber das gilt für die städtischen Schulen. In der Domschule genügt es . . .« Wozu es ihm erklären? »Nun, ich habe es jedenfalls erreicht.«

Die beiden spazierten weiter.

»Er wird Lesen und Schreiben lernen, zuerst in Fibeln, später auch Psalmen und Gebete.«

Weshalb sagte Bernat nichts?

»Mit dreizehn Jahren kann er in die Oberschule übertreten und Latein und die sieben freien Künste erlernen: Grammatik, Rhetorik, Dialektik, Arithmetik, Geometrie, Musik und Astronomie.«

»Pater«, wandte Bernat ein, »Joanet hilft im Haushalt, sodass Pere mir einen Esser weniger berechnet. Wenn der Junge nun zur Schule geht . . .

»Er wird in der Schule beköstigt werden.«

Bernat sah ihn an und wiegte den Kopf, als dächte er darüber nach.

»Außerdem«, fügte der Priester hinzu, »habe ich bereits mit Pere gesprochen, und er ist damit einverstanden, dir auch in Zukunft denselben Preis zu berechnen.«

»Ihr habt Euch sehr für den Jungen eingesetzt.«

»Ja. Hast du etwas dagegen?« Bernat verneinte lächelnd. »Stell dir vor, Joanet könnte schließlich sogar zur Universität gehen, zur Hochschule in Lérida oder sogar an eine ausländische Universität, nach Bologna, Paris . . .«

Bernat lachte herzlich. »Wenn ich nein sagte, wäret Ihr enttäuscht, oder irre ich mich?«

Pater Albert nickte.

»Er ist nicht mein Sohn, Pater«, fuhr Bernat fort. »Wenn er es wäre, würde ich nicht zulassen, dass der eine Sohn für den anderen arbeitet. Aber wenn es mich nichts kostet, warum nicht? Der Junge hat es verdient. Vielleicht kommt er eines Tages an all die Orte, von denen Ihr erzählt habt.«

»Ich hätte lieber mit Pferden zu tun, so wie du«, sagte Joanet zu Arnau, während sie am Strand entlangspazierten, genau dort, wo Pater Albert und Bernat über seine Zukunft entschieden hatten.

»Es ist sehr hart, Joanet . . . Joan. Ich putze und putze, und wenn endlich alles glänzt, macht ein Pferd einen Ausritt, und ich fange wieder von vorne an. Und das nur, wenn Tomás mich nicht anschreit und mir ein Paar Steigbügel oder Zaumzeug bringt, damit ich noch einmal darübergehe. Beim ersten Mal gab er mir eine Kopfnuss, doch dann kam unser Vater . . . Das hättest du sehen sollen! Er setzte ihm die Mistgabel auf die Brust und drückte ihn gegen die Wand, und Tomás begann zu stottern und sich zu entschuldigen.«

»Deshalb wäre ich so gerne bei euch.«

»Ach was!«, entgegnete Arnau. »Seither rührt er mich nicht mehr an, aber es gibt immer etwas, das schlecht geputzt ist. Er macht es selbst schmutzig, weißt du? Ich hab's gesehen.«

»Weshalb sagt ihr es nicht Jesús?«

»Papa sagt, er würde mir nicht glauben. Jesús ist mit Tomás befreundet und würde ihn verteidigen, und die Baronin würde jede Gelegenheit nutzen, um uns anzugreifen. Sie hasst uns. Weißt du, du wirst viele Dinge in der Schule lernen. Ich werde nur das Zeug putzen, das andere schmutzig machen, und mich anschreien lassen.«

Die beiden schwiegen eine Weile, stapften durch den Sand und schauten aufs Meer hinaus.

»Nutz deine Chance, Joan«, sagte Arnau plötzlich und wiederholte die Worte, die er von Bernat gehört hatte.

Joan kam gut voran im Unterricht. Er legte großen Eifer an den

Tag, seit ihn der Priester, der zugleich ihr Lehrer war, vor den anderen belobigt hatte. Joan durchfuhr ein angenehmes Kribbeln, und er ließ sich von seinen Klassenkameraden bestaunen. Wenn seine Mutter noch lebte! Er würde auf der Stelle losrennen, um sich auf die Kiste zu hocken und ihr zu berichten, wie man ihn gelobt hatte. Der Klassenbeste, hatte der Lehrer gesagt, und alle, alle hatten ihn angesehen. Er war noch nie irgendwo der Beste gewesen!

An diesem Abend kam Joan, eingehüllt in eine Wolke der Zufriedenheit, nach Hause. Pere und Mariona hörten ihm lächelnd und erwartungsvoll zu und baten ihn, noch einmal zu wiederholen, was er gesagt hatte, denn vor lauter Freudenrufen und Gestikulieren war eigentlich nichts zu verstehen gewesen. Als Arnau und Bernat eintrafen, sahen die drei zur Tür. Joan wollte ihnen entgegenlaufen, doch das Gesicht seines Bruders hielt ihn davon ab. Man sah, dass er geweint hatte, und Bernat hatte eine Hand um seine Schulter gelegt und drückte ihn fest an sich.

»Was ist denn?«, fragte Mariona und ging auf Arnau zu, um ihn zu umarmen. Doch eine Handbewegung von Bernat ließ sie innehalten.

»Das muss man aushalten«, sagte er, an niemand Bestimmtes gewandt.

Joan suchte den Blick seines Bruders, doch Arnau sah Mariona an.

Und sie hielten es aus. Tomás, der Stallbursche, wagte es nicht, Bernat zu piesacken, Arnau hingegen schon.

»Er ist auf Streit aus, mein Junge«, versuchte Bernat Arnau zu trösten, wenn dieser wieder einmal beinahe platzte vor Wut. »Wir dürfen nicht in die Falle tappen.«

»Aber wir können nicht ein Leben lang so weitermachen, Papa«, beschwerte sich Arnau irgendwann.

»Das werden wir nicht. Ich habe gehört, wie Jesús ihn ein paar Mal ermahnt hat. Er arbeitet nicht gut, und Jesús weiß das. Die Pferde, mit denen er zu tun hat, sind nicht mehr zu führen, sie treten aus und beißen. Nicht mehr lange, und er wird fallen. Nicht mehr lange, mein Junge.«

Und wie Bernat vorausgesehen hatte, ließen die Folgen nicht lange auf sich warten. Die Baronin legte großen Wert darauf, dass Graus Kinder reiten lernten. Es war besser, wenn Grau nichts davon erfuhr, doch die beiden Knaben mussten reiten lernen. Also verließen sie mehrmals wöchentlich nach dem Unterricht die Stadt, Isabel und Margarida in der von Jesús gelenkten Kutsche, die Jungen, der Hauslehrer und Tomás zu Fuß, wobei der Stallbursche ein Pferd am Zügel führte. Auf einem freien Feld vor den Stadttoren erhielten sie nacheinander von Jesús Reitunterricht.

Jesús hielt in der rechten Hand ein langes Seil, das er am Zaumzeug des Pferdes befestigt hatte, sodass das Tier gezwungen war, im Kreis zu laufen. In der linken Hand hielt er eine Peitsche, um das Tier anzutreiben. Die Reitschüler saßen einer nach dem anderen auf und ritten, seinen Anweisungen und Ratschlägen folgend, im Kreis um den Stallmeister herum.

An diesem Tag ließ Tomás, der das Gespann vor der Kutsche beaufsichtigte, kein Auge vom Maul des Pferdes. Es war nur ein Ruck nötig, der fester war als gewöhnlich, nur einer. Es kam immer ein Moment, in dem das Tier scheute.

Genís Puig saß nun auf dem Pferd.

Der Stallbursche sah in das Gesicht des Knaben. Panische Angst stand darin geschrieben. Dieser Junge hatte eine Höllenangst vor Pferden und klammerte sich fest. Es kam immer ein Moment, in dem ein Pferd scheute.

Jesús schnalzte mit der Peitsche, damit das Pferd in Galopp fiel. Das Tier warf den Kopf zurück und zog an dem Seil.

Über Tomás' Gesicht huschte ein Lächeln, das sofort wieder verschwand, als sich das Seil löste und das Pferd plötzlich frei war. Es war nicht schwer gewesen, sich in die Sattelkammer zu schleichen und das Leder des Zaumzeugs so anzuschneiden, das es nur noch lose zusammenhielt.

Isabel und Margarida schrien entsetzt auf. Jesús ließ die Peitsche fallen und versuchte, das Pferd aufzuhalten, doch vergeblich.

Als Genís sah, dass sich das Seil gelöst hatte, begann er zu kreischen und klammerte sich an den Hals des Pferdes. Er presste seine Füße gegen die Flanken des Tieres, welches daraufhin durchging und im gestreckten Galopp auf die Stadttore zurannte, während Genís auf seinem Rücken hin und her geschleudert wurde. Als das Pferd einen kleinen Hügel übersprang, flog der Junge durch die Luft, überschlug sich mehrmals und landete kopfüber in einer Hecke.

Bernat, der in den Stallungen war, hörte zuerst die Hufe der Pferde im gepflasterten Patio und dann die Schreie der Baronin. Statt ruhig und im Schritt in den Hof zu kommen wie sonst, stampften die Pferde heftig auf. Als Bernat zum Stalltor ging, kam Tomás gerade mit dem Pferd hinein. Das Tier war unruhig, es war mit Schweiß bedeckt und schnaubte heftig.

»Was ist los?«, fragte Bernat.

»Die Baronin will deinen Sohn sprechen«, schrie Tomás, während er auf das Pferd einhieb.

Vor den Stallungen war immer noch das Zetern der Frau zu hören. Bernat betrachtete erneut das arme Tier, das unruhig auf den Boden stampfte.

»Die Herrin will dich sprechen!«, brüllte Tomás noch einmal, als Arnau aus der Sattelkammer kam.

Arnau blickte zu seinem Vater. Der zuckte mit den Schultern.

Sie gingen in den Patio. Die Baronin fuchtelte wütend mit der Reitgerte herum, die sie immer bei sich hatte, wenn sie ausritt, und brüllte Jesús, den Hauslehrer und die Sklaven an, die alle zusammengelaufen waren. Margarida und Josep standen hinter ihr. Und daneben Genís, mit blauen Flecken übersät, blutend und mit zerrissenen Kleidern. Als Arnau und Bernat erschienen, ging die Baronin ein paar Schritte auf den Jungen zu und zog ihm die Reitgerte durchs Gesicht. Arnau hielt sich die Wange. Bernat wollte eingreifen, doch Jesús ging dazwischen.

»Sieh dir das an«, brüllte der Stallmeister und reichte Bernat das Seil und das zerrissene Zaumzeug. »Das ist das Werk deines Sohnes!«

Bernat nahm die Gegenstände und untersuchte sie. Auch Arnau, der sich immer noch die Wange hielt, sah sich das Zaumzeug an. Er hatte es tags zuvor überprüft. Er blickte zu seinem Vater auf, und der sah zur Stalltür herüber, von wo aus Tomás die Szene beobachtete.

»Es war in Ordnung«, schrie Arnau. Er nahm das Zaumzeug und das Seil und hielt es Jesús unter die Nase. Er sah erneut zur Stalltür hinüber. »Es war in Ordnung«, beteuerte er noch einmal, während die ersten Tränen in seinen Augen aufblitzten.

»Sieh nur, wie er weint«, war plötzlich eine Stimme zu vernehmen. Es war Margarida, die mit dem Finger auf Arnau zeigte. »Er ist schuld an deinem Unfall und weint«, sagte sie dann, an ihren Bruder Genís gewandt. »Du hast nicht geweint, als du durch seine Schuld vom Pferd gefallen bist«, log sie.

Josep und Genís zögerten kurz, doch dann machten sie sich über Arnau lustig.

»Heulsuse«, sagte der eine.

»Ja, Heulsuse«, wiederholte der andere.

Arnau sah, wie sie mit dem Finger auf ihn zeigten und über ihn lachten. Er konnte einfach nicht aufhören zu weinen! Die Tränen rollten ihm über die Wangen, und sein Brustkorb verkrampfte sich vor lauter Schluchzen. Er stand da wie angewurzelt, streckte die Hände aus und zeigte noch einmal allen das Zaumzeug und den Strick, auch den Sklaven.

»Anstatt zu heulen, solltest du lieber um Verzeihung für deine Unachtsamkeit bitten«, fuhr ihn die Baronin an, nachdem sie ihren Stiefkindern ein überhebliches Lächeln zugeworfen hatte.

Um Verzeihung bitten? Arnau sah seinen Vater an. Die Frage war ihm ins Gesicht geschrieben. Bernat starrte die Baronin an. Margarida zeigte immer noch mit dem Finger auf ihn und tuschelte mit ihren Brüdern.

»Nein«, widersetzte er sich. »Es war in Ordnung.«

Und mit diesen Worten warf er Seil und Zaumzeug auf die Erde.

Die Baronin begann, mit den Händen zu fuchteln, erstarrte jedoch, als Bernat einen Schritt auf sie zu machte. Jesús hielt Bernat am Arm fest.

»Sie ist eine Adlige«, flüsterte er ihm ins Ohr.

Arnau sah einen nach dem anderen an und verließ dann den Palast.

»Nein!«, schrie Isabel, als Grau, nachdem er von dem Vorfall erfahren hatte, Vater und Sohn entlassen wollte. »Der Vater soll bleiben und für deine Kinder arbeiten. Er soll sich jeden Moment daran erinnern, dass wir auf die Entschuldigung seines Sohnes warten. Ich will, dass sich dieser Junge öffentlich bei deinen Kindern entschuldigt! Und das werde ich nicht erreichen, wenn du sie hinauswirfst. Lass ihm ausrichten, dass sein Sohn nicht mehr zur Arbeit zu erscheinen braucht, bis er sich entschuldigt hat.« Isabel gestikulierte unablässig, ihre Stimme überschlug sich. »Sag ihm, dass er so lange nur den halben Lohn erhält, und sollte er sich eine andere Arbeit suchen wollen, werden wir ganz Barcelona darüber in Kenntnis setzen, was hier vorgefallen ist, damit er nirgendwo ein Auskommen findet. Ich will eine Entschuldigung!«, forderte sie hysterisch.

»... werden wir ganz Barcelona darüber in Kenntnis setzen ...« Grau merkte, wie es ihn eiskalt überlief. So viele Jahre hatte er nun versucht, seinen Schwager zu verstecken, und nun ... Und nun wollte seine Frau, dass ganz Barcelona von seiner Existenz erfuhr!

»Ich bitte dich, diskret vorzugehen«, war alles, was ihm einfiel.

Isabel sah ihn aus blutunterlaufenen Augen an.

»Ich will sie demütigen!«

Grau wollte etwas sagen, doch dann schwieg er und kniff die Lippen zusammen.

»Diskretion, Isabel, Diskretion«, sagte er schließlich.

Grau fügte sich den Forderungen seiner Frau. Schließlich lebte Guiamona nicht mehr, es gab keine weiteren Muttermale in der Familie, und sie waren unter dem Namen Puig bekannt, nicht Estanyol. Nachdem Grau die Stallungen verlassen hatte, wurde Bernat vom Stallmeister über seine neuen Arbeitsbedingungen unterrichtet.

»Vater, das Zaumzeug war in Ordnung«, rechtfertigte sich Arnau am Abend, als die drei in dem kleinen Zimmer saßen, das sie sich teilten. »Ich schwöre es!«, beteuerte er, als Bernat schwieg.

»Aber du kannst es nicht beweisen«, warf Joanet ein, der bereits von dem Vorfall wusste.

»Du musst mir nichts schwören«, dachte Bernat, »aber wie soll ich dir beibringen, dass ...?«

Bernat lief es kalt den Rücken herunter, wenn er an die Reaktion seines Jungen in Graus Stall dachte: »Ich bin nicht schuld, ich muss mich nicht entschuldigen.«

»Ich schwöre es, Vater«, sagte Arnau noch einmal.

»Aber ...«

Bernat bedeutete Joan, zu schweigen.

»Ich glaube dir, mein Sohn. Und jetzt wird geschlafen.«

»Aber ...«, sagte diesmal Arnau.

»Schlaft jetzt!«

Arnau und Joan löschten das Licht, doch es dauerte bis spät in die

Nacht, bis Bernat das gleichmäßige Atmen hörte, das ihm verriet, dass die beiden Jungen eingeschlafen waren. Wie sollte er Arnau nur beibringen, dass sie eine Entschuldigung von ihm verlangten?

»Arnau . . .« Bernats Stimme bebte, als er sah, wie sein Sohn aufhörte, sich anzuziehen, und ihn ansah. »Grau . . . verlangt, dass du dich entschuldigst. Andernfalls . . .«

Arnau sah ihn fragend an.

»Andernfalls darfst du nicht mehr zur Arbeit kommen.«

Er hatte den Satz noch nicht ganz beendet, als er in den Augen seines kleinen Jungen eine Entschlossenheit entdeckte, die er noch nie zuvor gesehen hatte. Bernat blickte zu Joan hinüber und sah, dass auch er wie angewurzelt dastand, halb angezogen und mit offenem Mund. Er versuchte, weiterzusprechen, doch seine Stimme versagte.

»Und jetzt?«, brach Joan das Schweigen.

»Findet Ihr, dass ich mich entschuldigen sollte?«

»Arnau, ich habe alles aufgegeben, was ich hatte, damit du frei sein kannst. Ich habe unser Land verlassen, das den Estanyols über Jahrhunderte gehörte, damit niemand dir antun kann, was man mir angetan hat, meinem Vater und dem Vater meines Vaters . . . Und nun befinden wir uns wieder in der gleichen Lage: den Launen jener ausgeliefert, die sich adlig nennen. Mit einem Unterschied: Wir können uns weigern. Mein Sohn, lerne die Freiheit zu nutzen, die zu erlangen uns so viele Opfer gekostet hat. Die Entscheidung liegt nur bei dir.«

»Aber was ratet Ihr mir, Vater?«

Bernat schwieg einen Augenblick.

»Ich an deiner Stelle würde mich nicht unterwerfen.«

Joan versuchte sich an der Unterhaltung zu beteiligen. »Sie sind nur katalanische Barone! Vergeben kann nur der Herr.«

»Und wovon sollen wir leben?«, fragte Arnau.

»Mach dir darum keine Sorgen, mein Junge. Ich habe ein wenig Geld gespart, damit werden wir zurechtkommen. Wir werden uns anderswo Arbeit suchen. Grau Puig ist nicht der Einzige, der Pferde hat.«

Bernat ließ keinen Tag verstreichen. Noch am selben Abend versuchte er, eine neue Anstellung für sich und Arnau zu finden. Er fand ein Adelshaus mit Stallungen und wurde vom Hausverwalter freundlich empfangen. Viele in Barcelona beneideten Grau Puig um seine gutgepflegten Pferde, und als Bernat sich als der zuständige Mann vorstellte, zeigte der Verwalter Interesse, ihn einzustellen. Doch als Bernat am nächsten Tag erneut in den Stallungen erschien, um die Bestätigung für eine Nachricht zu erhalten, die er bereits mit seinen Söhnen gefeiert hatte, wurde er nicht einmal empfangen. »Sie haben nicht genug bezahlt«, log er beim Abendessen. Bernat versuchte es auch in anderen Adelshäusern, die über Stallungen verfügten, doch wenn es schien, als sei man gewillt, sie anzustellen, war am nächsten Morgen alles anders.

»Du wirst keine Arbeit finden«, erklärte ihm schließlich ein Stallmeister. Er hatte Mitleid mit Bernat, dem die Verzweiflung ins Gesicht geschrieben stand. »Die Baronin wird nicht zulassen, dass du eine Anstellung findest. Nachdem du bei uns warst, erhielt mein Herr eine Nachricht von der Baronin, in der diese ihn bat, dir keine Arbeit zu geben. Es tut mir leid.«

»Du Bastard.«

Er sagte es ihm ins Ohr, leise, aber bestimmt, die Vokale lang gedehnt. Tomás fuhr zusammen und versuchte zu entkommen, doch Bernat packte ihn von hinten um den Hals und drückte zu, bis der Stallknecht zusammensackte. Erst dann lockerte er den Griff. Wenn die Adligen Botschaften erhielten, hatte Bernat überlegt, musste ihm jemand folgen. »Lass mich durch die Hintertür raus«, bat er den Stallmeister. Tomás, der sich in einer Ecke gegenüber der Stalltür postiert hatte, sah ihn nicht kommen. Bernat schlich sich von hinten an.

»Du hast das Zaumzeug so präpariert, dass es sich löste, stimmt's? Und jetzt, was willst du noch?« Bernat drückte erneut den Hals des Stallburschen zu.

»Was . . . was tut das noch zur Sache?« Tomás schnappte nach Luft.

»Was willst du damit sagen?« Bernat drückte fest zu. Der Stallknecht ruderte mit den Armen, konnte sich jedoch nicht befreien. Nach einigen Sekunden merkte Bernat, wie Tomás erneut in sich zusammensackte. Er ließ seinen Hals los, bis er wieder zu sich kam. »Was willst du damit sagen?«, fragte er noch einmal.

Tomás schnappte ein paar Mal nach Luft, bevor er antwortete. Sobald wieder Farbe in sein Gesicht kam, erschien ein spöttisches Grinsen auf seinen Lippen.

»Bring mich um, wenn du willst«, sagte er atemlos, »aber du weißt ganz genau, wenn es nicht das Zaumzeug gewesen wäre, dann wäre es eben etwas anderes gewesen. Die Baronin hasst dich und wird dich immer hassen. Du bist nur ein flüchtiger Unfreier, und dein Sohn der Sohn eines flüchtigen Unfreien. Du wirst keine Arbeit in Barcelona finden. Die Baronin hat es befohlen, und wenn ich es nicht mache, wird dir ein anderer hinterherspionieren.«

Bernat spuckte ihm ins Gesicht. Tomás rührte sich nicht, und sein Grinsen wurde noch breiter.

»Es gibt keinen Ausweg, Bernat Estanyol. Dein Sohn wird um Entschuldigung bitten müssen.«

»Ich werde mich entschuldigen«, gab Arnau an diesem Abend mit geballten Fäusten und Tränen in den Augen nach, nachdem er die Erklärungen seines Vaters angehört hatte. »Gegen den Adel kommen wir nicht an, und wir brauchen Arbeit. Diese Schweine! Diese verdammten Schweine!«

Bernat sah seinen Sohn an. »Dort werden wir frei sein«, hatte er ihm wenige Monate nach seiner Geburt beim Anblick von Barcelona versprochen. Und dafür alle diese Mühen und all diese Anstrengungen?

»Nein, Junge. Warte. Wir werden uns etwas anderes suchen . . .«

»Sie haben das Sagen, Papa. Der Adel hat das Sagen. Auf dem Land, auf Eurem Grund und Boden und auch in der Stadt.«

Joanet beobachtete sie schweigend. »Man schuldet der Obrigkeit Gehorsam und Fügsamkeit«, hatten ihm seine Lehrer beigebracht. »Des Menschen Freiheit liegt in Gottes Reich, sie ist nicht von dieser Welt.«

»Sie können nicht ganz Barcelona beherrschen. Nur die Adligen besitzen Pferde, aber wir können einen anderen Beruf erlernen. Irgendetwas wird sich schon finden, Junge.«

Bernat bemerkte einen Funken Hoffnung in den Augen seines Sohnes. Er sah aus, als wollte er die letzten Worte förmlich aufsaugen.

»Ich habe dir die Freiheit versprochen, Arnau. Ich schulde sie dir, und ich werde sie dir geben. Gib sie nicht zu schnell verloren, mein Junge.«

In den folgenden Tagen lief Bernat auf der Suche nach der Freiheit durch die Straßen. Am Anfang folgte ihm Tomás – nun ganz offen –, wenn er seine Arbeit in Graus Stallungen beendet hatte. Doch als die Baronin begriff, dass sie auf Handwerker, kleine Händler oder Schiffsbauer keinen Einfluss hatte, hörte er damit auf.

»Er wird schwerlich etwas erreichen«, versuchte Grau seine Frau zu beruhigen, als diese zu ihm kam, um sich unter Tränen über das Verhalten des Bauern zu beschweren.

»Wie meinst du das?«, fragte sie.

»Er wird keine Arbeit finden. Barcelona leidet an den Folgen seiner wenig vorausschauenden Politik.«

Die Baronin bat ihn fortzufahren. Grau irrte sich nie in seinen Urteilen.

»Die Ernten der letzten Jahre waren katastrophal«, erklärte er seiner Frau. »Das Land ist übervölkert, und das wenige, was der Boden hergibt, gelangt nicht in die Städte. Sie essen es selber auf.«

»Aber Katalonien ist groß«, wandte die Baronin ein.

»Täusche dich nicht, meine Liebe. Katalonien ist groß, gewiss, doch seit Jahren pflanzen die Bauern kein Getreide mehr an, und das ist es, was gegessen wird. Jetzt kultivieren sie Flachs, Wein, Oliven oder Obst, aber kein Getreide. Die Umstellung hat die Herren der Bauern reich gemacht, und es ist uns, den Händlern, sehr gut gegangen, doch nun beginnt die Situation untragbar zu werden. Bislang ernähren wir uns von Getreide aus Sizilien und Sardinien, doch durch den Krieg mit Genua können wir uns nicht länger mit diesen Produkten versorgen. Bernat wird keine Arbeit finden, aber die Lage wird für alle schwierig werden, auch für uns, und die Schuld daran tragen vier unfähige Adlige ...«

»Warum sprichst du so?«, unterbrach ihn die Baronin, die sich angesprochen fühlte.

»Du wirst sehen, meine Liebe«, antwortete Grau ernst. »Wir leben vom Handel und verdienen viel Geld damit. Einen Teil unserer Gewinne investieren wir wieder in unsere eigenen Geschäfte. Heute haben wir andere Schiffe als noch vor zehn Jahren, und deswegen fahren wir weiterhin Gewinne ein. Die adligen Grundbesitzer hingegen haben keinen einzigen Sueldo in ihr Land oder ihre Anbaumethoden investiert. Tatsächlich verwenden sie immer noch dieselben Gerätschaften und Anbaumethoden wie die Römer. Die Römer! Die Felder müssen alle zwei oder drei Jahre brachliegen, wo sie doch doppelt oder dreimal so lange Ertrag bringen könnten, wenn man sie besser bestellte. Diese adligen Grundherren, die du so sehr verteidigst, kümmern sich keinen Deut um die Zukunft; alles, was sie wollen, ist leicht verdientes Geld. Sie werden das Prinzipat in den Ruin treiben.«

»So schlimm wird es schon nicht werden«, beharrte die Baronin.

»Weißt du, was ein Scheffel Weizen kostet?« Seine Frau antwortete nicht, und Grau schüttelte den Kopf, bevor er fortfuhr. »Um die hundert Sueldos. Weißt du, wo der Preis normalerweise liegt?« Diesmal erwartete er erst gar keine Antwort. »Bei zehn Sueldos ungemahlen und sechzehn Sueldos gemahlen. Der Preis für ein Scheffel hat sich verzehnfacht!«

»Aber wir werden doch weiterhin zu essen haben?« Der Baronin war die Besorgnis anzumerken, die sie überkommen hatte.

»Du willst es nicht verstehen, Frau. Wir können den Weizen zahlen – wenn es welchen gibt, denn es kann der Moment kommen, in dem es keinen mehr gibt . . . Das Problem ist, dass das Volk von Barcelona immer noch dasselbe für das Getreide bezahlt, obwohl der Preis um das Zehnfache gestiegen ist . . .«

»Dann werden wir also genug Getreide haben«, unterbrach ihn seine Frau.

»Ja, aber . . .«

»Und Bernat wird keine Arbeit finden.«

»Ich glaube nicht, aber . . .«

»Nun, das ist das Einzige, was mich interessiert«, sagte sie, bevor sie ihm, der ganzen Erklärungen überdrüssig, den Rücken zukehrte.

». . . aber es steht etwas Schreckliches bevor«, brachte Grau seinen Satz zu Ende, als die Baronin schon nicht mehr hören konnte, was er sagte.

Es war ein schlechtes Jahr. Bernat war es leid, immer und immer wieder diese Erklärung zu hören. Überall, wo er nach Arbeit fragte, war von einem schlechten Jahr die Rede. »Ich musste die Hälfte meiner Lehrlinge entlassen. Wie soll ich dir da Arbeit geben?«, fragte einer. »Es ist ein schlechtes Jahr. Ich habe nicht einmal genug, um meine Kinder zu ernähren«, sagte ein anderer. »Hast du es noch nicht bemerkt?«, fuhr ihn ein anderer an. »Es ist ein schlechtes Jahr. Ich musste über die Hälfte meiner Ersparnisse ausgeben, um meine Kinder zu ernähren. Früher hätte ein Viertel ausgereicht.« »Wie sollte ich es nicht bemerken«, dachte Bernat. Aber er suchte weiter, bis der Winter kam und mit ihm die Kälte. Nun wagte er vielerorts gar nicht mehr zu fragen. Die Kinder hungerten, die Eltern sparten sich das Essen vom Mund ab, um ihre Kinder zu ernähren, und Pocken, Typhus und Diphtherie begannen, ihre tödliche Runde zu machen.

Jedes Mal, wenn sein Vater außer Haus war, warf Arnau einen Blick in dessen Geldbörse, anfangs jede Woche, mittlerweile täglich. Manchmal sah er mehrmals am Tag nach, weil er wusste, dass Bernats Rücklagen zur Neige gingen.

»Was ist der Preis der Freiheit?«, fragte er eines Tages Joan, als sie beide zur Jungfrau beteten.

»Der heilige Gregor sagt, dass ursprünglich alle Menschen gleich geboren wurden und folglich alle frei waren.« Joan sprach mit ruhiger, gleichmütiger Stimme, so als sagte er eine Lektion auf. »Es waren freie Menschen, die sich zu ihrem eigenen Wohl einem Herrn unterwarfen, damit dieser für sie sorge. Sie verloren einen Teil ihrer Freiheit, doch sie gewannen einen Herrn, der seine schützende Hand über sie hielt.«

Arnau sah zur Jungfrau auf, während er seinem Bruder zuhörte. Weshalb lächelte sie nicht? Hatte der heilige Gregor wohl auch eine leere Börse, so wie sein Vater?«

»Joan?«

»Ja?«

»Was soll ich deiner Meinung nach tun?«

»Du selbst musst die Entscheidung treffen.«

»Aber was denkst du?«

»Das habe ich dir bereits gesagt. Es waren freie Menschen, die die Entscheidung trafen, sich einen Herrn zu suchen, damit er für sie sorge.«

Noch am selben Tag wurde Arnau in Grau Puigs Haus vorstellig, ohne dass sein Vater davon wusste. Er ging durch die Küche, um nicht von den Stallungen aus gesehen zu werden. Dort traf er Estranya an. Sie war dick wie eh und je, als beträfe sie der Hunger nicht. Plump wie eine Ente stand sie vor einem Topf, der über dem Feuer hing.

»Sag deinen Herrschaften, dass ich gekommen bin, um mit ihnen zu sprechen«, sagte er, als die Köchin ihn bemerkte.

Ein dummes Lächeln erschien auf dem Gesicht der Sklavin. Estranya sagte Graus Hausverwalter Bescheid, und dieser informierte seinen Herrn. Sie ließen ihn stundenlang warten. Unterdessen defilierte das gesamte Personal durch die Küche, um Arnau in Augenschein zu nehmen. Einige grinsten, anderen – den wenigsten – war eine gewisse Traurigkeit darüber anzumerken, dass er klein beigab. Arnau hielt den Blicken stand und begegnete jenen, die ihn angrinsten, mit Hochmut. Doch es gelang ihm nicht, den Spott aus ihren Gesichtern zu löschen.

Nur Bernat fehlte, obwohl Tomás, der Stallbursche, ihm sofort Bescheid gab, dass sein Sohn gekommen war, um sich zu entschuldigen. »Es tut mir leid, Arnau, es tut mir leid«, murmelte Bernat immer wieder, während er eines der Pferde striegelte.

Nachdem er lange gewartet hatte – seine Beine schmerzten ihn von dem langen Stehen, da Estranya ihm verboten hatte, sich hinzusetzen –, wurde Arnau in den großen Salon der Graus geführt. Er hatte keine Augen für den Luxus, mit dem das Haus eingerichtet war. Gleich beim Eintreten richtete sich sein Blick auf die fünf Familienmitglieder, die dort auf ihn warteten. Baron und Baronin saßen, seine drei Cousins standen daneben. Die Männer trugen kostbare, farbige Seidenhosen und knielange, mit goldenen Schärpen gegürtete Wämser, die Frauen perlen- und edelsteinbestickte Kleider.

Der Hausverwalter führte Arnau in die Mitte des Raumes, einige Schritte von der Familie entfernt. Dann begab er sich wieder zur Tür, wo er auf Graus Anweisung hin stehen blieb.

»Sprich«, sagte Grau, reglos wie stets.

»Ich bin gekommen, um Euch um Entschuldigung zu bitten.«

»Dann tu es.«

Arnau wollte zum Sprechen ansetzen, doch die Baronin fuhr ihm ins Wort.

»So gedenkst du dich zu entschuldigen? Stehend?«

Arnau zögerte einige Sekunden, doch schließlich beugte er ein Knie. Margaridas blödes Kichern hallte durch den Raum.

»Ich bitte Euch alle um Verzeihung«, sagte Arnau, während er die Baronin direkt ansah.

Die Frau durchbohrte ihn mit Blicken.

»Ich mache es nur für meinen Vater«, sagte Arnaus Miene.

»Die Füße!«, kreischte die Baronin. »Küss uns die Füße!«

Arnau wollte sich erheben, doch die Baronin hinderte ihn daran.

»Auf die Knie!«, brüllte sie durch den ganzen Salon.

Arnau gehorchte und rutschte auf den Knien zu ihnen. Nur für meinen Vater. Nur für meinen Vater. Ich tue es nur für meinen Vater ... Die Baronin hielt ihm ihre seidenen Pantoffeln hin und Arnau küsste sie, zuerst den linken, dann den rechten. Ohne hochzusehen rutschte er hinüber zu Grau. Der zögerte, als der Junge vor ihm kniete, den Blick starr auf seine Füße geheftet. Doch als seine Frau ihn wutentbrannt ansah, hob er sie nacheinander zum Mund des Jungen. Arnaus Cousins taten es ihren Eltern nach. Arnau versuchte den seidenen Pantoffel zu küssen, den Margarida ihm entgegenstreckte, doch als seine Lippen den Schuh berühren wollten, zog sie ihn weg und kicherte. Arnau versuchte es erneut, und wieder lachte seine Cousine ihn aus. Schließlich wartete sie, bis der Junge seinen Mund auf den Pantoffel presste, erst den einen, dann den anderen.

15

Barcelona
15. April 1334

Bernat zählte die Münzen, die Grau ihm ausbezahlt hatte, und tat sie, vor sich hin murmelnd, in die Geldbörse. Sie müssten eigentlich ausreichen, aber ... diese verfluchten Genuesen! Wann würde die Belagerung enden, unter der das Prinzipat litt? Barcelona hungerte.

Bernat befestigte die Börse an seinem Gürtel und machte sich auf die Suche nach Arnau. Der Junge war abgemagert. Bernat sah ihn besorgt an. Es war ein harter Winter gewesen. Aber zumindest hatten sie ihn überstanden. Wie viele konnten das von sich behaupten? Bernat presste die Lippen aufeinander und strich seinem Sohn übers Haar. Dann legte er ihm die Hand um die Schulter. Wie viele Kinder waren an Kälte, Hunger und Krankheiten gestorben? Wie viele Väter konnten nun noch die Hand um die Schultern ihrer Söhne legen? »Zumindest bist du am Leben«, dachte er.

An diesem Tag lief ein Schiff mit Weizen im Hafen von Barcelona ein, eines der wenigen, denen es gelungen war, den Belagerungsring der Genuesen zu durchbrechen. Das Getreide wurde von der Stadt zu astronomischen Summen aufgekauft, um es dann zu einem bezahlbaren Preis an die Bewohner weiterzugeben. An diesem Freitag gab es Weizen auf der Plaza del Blat. Seit den frühen Morgenstunden strömten die Menschen herbei und machten sich die Plätze streitig, um zuzusehen, wie die Beamten das Korn abmaßen.

Trotz der Bemühungen der Ratsherren, ihn zum Schweigen zu bringen, predigte seit einigen Monaten ein Karmelitermönch gegen die Mächtigen. Er warf ihnen vor, die Hungersnot verursacht zu haben, und beschuldigte sie, heimlich Getreide zu horten. Die Brandreden des Mönchs hatten Eindruck auf die Gläubigen gemacht, und die Gerüchte verbreiteten sich in der ganzen Stadt. An diesem Freitag versammelten sich immer mehr Menschen auf der Plaza del Blat. Sie diskutierten und drängten sich vor den Ständen, an denen die städtischen Beamten mit dem Getreide hantierten.

Die Behörden berechneten die Menge an Korn, die jedem Barcelonesen zustand, und betrauten den Marktaufseher der Plaza del Blat mit der Überwachung des Verkaufs.

»Mestre hat gar keine Familie!«, wurden wenige Minuten nach dem Beginn des Verkaufs die ersten Rufe laut. Sie galten einem zerlumpten Mann, der in Begleitung eines noch abgerisseneren Jungen war. »Sie sind alle während des Winters gestorben.«

Die Beamten nahmen Mestre das Getreide wieder weg, doch immer neue Beschuldigungen waren zu hören: Der da habe einen Sohn an einem anderen Stand anstehen. Jener habe bereits gekauft. Dieser habe keine Familie. Das sei nicht sein Sohn. Er habe ihn nur mitgebracht, um mehr zu bekommen ...

Der Platz verwandelte sich in eine Gerüchteküche. Die Menschenschlangen lösten sich auf, es kam zu Auseinandersetzungen, und aus Argumenten wurden Beschimpfungen. Jemand verlangte lautstark, dass die Obrigkeit das heimlich gehortete Getreide verkaufen sollte, und das wütende Volk stimmte in die Forderung mit ein. Die Beamten sahen sich einer zahlenmäßig überlegenen Menge gegenüber, die sich vor den Verkaufsständen drängte. Die Büttel des Königs begannen, gegen die hungernden Menschen vorzugehen, und nur eine rasche Entscheidung des Marktaufsehers rettete die Lage. Er ordnete an, das Getreide in den Palast des Stadtrichters am östlichen Ende des Platzes zu bringen, und setzte den Verkauf für den Vormittag aus.

Enttäuscht darüber, das begehrte Lebensmittel nicht bekommen zu haben, kehrten Bernat und Arnau zu Graus Haus zurück, um sich wieder an die Arbeit zu machen. Noch im Hofeingang, gegenüber den Stallungen, erzählten sie dem Stallmeister und jedem, der es hören wollte, was auf der Plaza del Blat vorgefallen war. Beide hielten sich nicht mit Schmähungen gegenüber den Behörden zurück und beklagten sich über den Hunger, den sie litten.

Angelockt von dem Geschrei, stand die Baronin an einem der Fenster zum Hof und ergötzte sich an der Not des flüchtigen Leibeigenen und seines unverschämten Sohnes. Während sie die beiden beobachtete, huschte ein Lächeln über ihre Lippen bei dem Gedanken an die Anweisungen, die Grau ihr gegeben hatte, bevor er auf eine Reise aufgebrochen war. Er hatte doch gewollt, dass seine Schuldner etwas zu essen hatten?

Die Baronin nahm die Börse mit dem Geld, das für die Ernährung der Gefangenen bestimmt war, die als Schuldner ihres Mannes im Gefängnis saßen, ließ den Hausverwalter rufen und trug ihm auf, Bernat Estanyol mit dieser Aufgabe zu betrauen. Für den Fall, dass es Schwierigkeiten gab, sollte er seinen Sohn Arnau mitnehmen.

»Erinnere sie daran, dass dieses Geld dafür bestimmt ist, Getreide für die Gefangenen meines Mannes zu kaufen«, sagte sie, während der Bedienstete verschwörerisch lächelte.

Der Hausverwalter gab die Anweisungen seiner Herrin weiter und ergötzte sich an den ungläubigen Mienen von Vater und Sohn. Dieser schaute noch fassungsloser drein, als er den Beutel nahm und die Münzen abwägte, die sich darin befanden.

»Für die Gefangenen?«, fragte Arnau seinen Vater, als sie den Palast der Puigs verlassen hatten.

»Ja.«

»Warum für die Gefangenen, Vater?«

»Sie sind im Gefängnis, weil sie Grau Geld schulden, und dieser ist verpflichtet, für ihre Verpflegung aufzukommen.«

»Und wenn er es nicht täte?«

Sie gingen weiter in Richtung Strand.

»Dann kämen sie frei, und das will Grau nicht. Er zahlt die Abgaben an den König, er zahlt den Kerkermeister, und er zahlt das Essen für die Gefangenen. So ist das Gesetz.«

»Aber...«

»Lass es gut sein, mein Junge, lass es gut sein.«

Die beiden gingen schweigend nach Hause.

An diesem Abend machten sich Arnau und Bernat auf den Weg zum Gefängnis, um ihren sonderbaren Auftrag zu erfüllen. Von Joan, der auf dem Heimweg von der Domschule zu Peres Haus die Plaza del Blat überqueren musste, erfuhren sie, dass sich die Gemüter nicht beruhigt hatten. Schon in der Calle del la Mar, die, von Santa María kommend, auf den Platz mündete, hörten sie das Geschrei der Menge. Eine Menschenmenge hatte sich vor dem Palast des Stadtrichters zusammengerottet, wo sich das Getreide befand, das am Morgen in Sicherheit gebracht worden war, und wo auch Graus Schuldner in Haft saßen.

Die Menschen forderten die Herausgabe des Getreides, doch die Behörden Barcelonas verfügten nicht über die nötigen Mittel für eine geordnete Ausgabe. Die fünf Ratsherren, die mit dem Stadtrichter zusammensaßen, versuchten, eine Lösung zu finden.

»Sie sollen schwören«, sagte einer. »Ohne Schwur kein Getreide. Jeder Käufer soll schwören, dass die Menge, die er verlangt, für den Unterhalt seiner Familie benötigt wird und dass er nicht mehr fordert, als ihm bei der Zuteilung zusteht.«

»Ob das genügen wird?«, zweifelte ein anderer.

»Der Schwur ist heilig!«, entgegnete der erste. »Schließlich werden auch Verträge, Unschuldsbeteuerungen oder Verpflichtungen mit einem Schwur besiegelt.«

So wurde es von einem Fenster des stadtrichterlichen Palasts aus verkündet. Die Neuigkeit sprach sich herum bis hin zu denen, zu denen die Verlautbarung nicht durchgedrungen war, und die gläubigen Christen, die sich auf dem Platz drängten, um Getreide zu fordern, machten sich bereit, zu schwören.

Das Getreide wurde auf den Platz zurückgebracht. Einige leisteten ihren Schwur. Andere waren misstrauisch, wieder wurden Vorwürfe laut, und es kam zu lauten Auseinandersetzungen. Das Volk empörte sich erneut und forderte die Herausgabe des Getreides, das die Behörden dem Karmelitermönch zufolge versteckt hielten.

Arnau und Bernat standen immer noch an der Einmündung der Calle de la Mar gegenüber dem Palast des Stadtrichters, wo der Verkauf des Getreides begonnen hatte.

»Papa«, fragte Arnau, »wird noch Getreide für uns übrig bleiben?«

»Ich hoffe es, mein Junge.«

Bernat versuchte, seinen Sohn nicht anzusehen. Wie sollte etwas für sie übrig bleiben? Das Getreide würde nicht einmal für ein Viertel der Bevölkerung reichen.

»Vater«, sagte Arnau, »warum bekommen die Gefangenen Getreide und wir nicht?«

Bernat tat, als hätte er in dem Lärm die Frage nicht gehört. Aber er sah seinen Sohn an: Er war ausgehungert, seine Arme und Beine waren streichholzdünn, und aus seinem ausgezehrten Gesicht standen die großen Augen hervor, die früher so sorglos gelächelt hatten.

»Vater, habt Ihr gehört?«

Ja, dachte Bernat, aber was soll ich dir antworten? Dass wir Armen im Hunger vereint sind? Dass nur die Reichen essen können? Dass nur die Reichen es sich erlauben können, ihre Schuldner durchzufüttern? Dass wir Armen für sie nichts wert sind? Dass die Kinder der Armen weniger wert sind als einer der Gefangenen im Palast des Stadtrichters?

Bernat gab keine Antwort.

»Es gibt Getreide im Palast!«, stimmte er in die Rufe des Volkes ein. »Es gibt Getreide im Palast!«, rief er noch lauter, als die Umstehenden verstummten und sich zu ihm umwandten. Bald waren es viele, die diesen Mann anstarrten, der behauptete, dass es im Palast Getreide gebe.

»Wie sollten die Gefangenen sonst essen können?«, rief er und hielt Graus Geldbörse hoch. »Die Adligen und die Reichen zahlen für das Essen der Gefangenen! Woher haben die Kerkermeister das Getreide für die Gefangenen? Gehen sie es vielleicht kaufen, so wie wir?«

Die Menge wich auseinander, um Bernat durchzulassen, der wie von Sinnen war. Arnau lief hinter ihm her und versuchte, seine Aufmerksamkeit zu erhaschen.

»Vater, was macht Ihr da?«

»Müssen die Kerkermeister etwa schwören, so wie ihr?«

»Was ist mit Euch los, Vater?«

»Woher haben die Kerkermeister das Getreide für die Gefangenen? Warum können wir unsere Kinder nicht ernähren, während die Gefangenen durchgefüttert werden?«

Bernats Worte brachten die Menge noch mehr auf. Diesmal konnten die Beamten das Getreide nicht rechtzeitig in Sicherheit bringen. Die Menge stürzte sich auf sie. Der Marktaufseher und der Stadtrichter wurden beinahe gelyncht. Sie verdankten ihr Leben einigen Gerichtsdienern, die sich vor sie stellten und sie in den Palast brachten.

Nur wenige bekamen die begehrte Ware. Das Getreide wurde auf dem Platz verstreut und von der Menge zertreten, während einige vergeblich versuchten, es aufzusammeln, bevor sie selbst von ihren Mitbürgern niedergetrampelt wurden.

Jemand schrie, dass der Rat an allem schuld sei, und die Menge zerstreute sich auf der Suche nach den Ratsherren der Stadt, die sich in ihren Häusern verschanzten.

Auch Bernat war von dem kollektiven Wahn erfasst und schrie aus voller Kehle, während er sich von der aufgebrachten Menge mitreißen ließ.

»Vater! Vater!«

Bernat sah seinen Sohn an.

»Was machst du hier?«, fragte er, während er weiterlief und immer wieder in die Schreie einstimmte.

»Ich . . . Was ist mit Euch los, Vater?«

»Verschwinde! Kinder haben nichts hier verloren.«

»Wohin soll ich . . .«

»Hier, nimm!«

Bernat übergab ihm zwei Geldbörsen, seine eigene und die mit dem Geld für die Gefangenen.

»Was soll ich damit?«, fragte Arnau.

»Geh, mein Junge. Geh.«

Arnau sah, wie sein Vater in der Menge verschwand. Das Letzte, was er von ihm sah, war der Hass in seinen Augen.

»Wohin geht Ihr, Vater?«, schrie er, als er ihn bereits aus den Augen verloren hatte.

»Er sucht die Freiheit«, antwortete ihm eine Frau, die gleichfalls beobachtete, wie sich die Menge in die Straßen der Stadt ergoss.

»Wir sind schon frei«, wagte Arnau zu sagen.

»Es gibt keine Freiheit, wenn man hungert, mein Sohn«, erklärte die Frau.

Weinend kämpfte sich Arnau gegen den Strom durch die Menge.

Die Aufstände dauerten zwei ganze Tage. Die Häuser der Ratsherren und viele andere Adelshäuser wurden geplündert. Das aufgebrachte Volk zog wütend durch die Straßen, zuerst auf der Suche nach Essen, später auf der Suche nach Rache.

Zwei ganze Tage herrschte angesichts der ohnmächtigen Stadtherren Chaos in Barcelona, bis ein Gesandter König Alfons', mit ausreichenden Truppen ausgestattet, den Aufstand niederschlug. Hundert Männer wurden festgenommen und viele andere mit Geldstrafen belegt. Von diesen hundert wurden zehn nach einem Eilprozess gehenkt. Unter den aufgerufenen Zeugen waren nur wenige, die in Bernat Estanyol mit seinem Muttermal neben dem rechten Auge nicht einen der Rädelsführer des Bürgeraufstands auf der Plaza del Blat wiedererkannten.

16

Arnau rannte die Calle de la Mar hinunter bis zu Peres Haus, ohne der Kirche Santa María auch nur einen Blick zu schenken. Die Augen seines Vaters hatten sich in ihm eingebrannt, und seine Schreie hallten immer noch in seinen Ohren wider. Noch nie hatte er ihn so gesehen. Was ist los mit Euch, Vater? Stimmt es, dass wir nicht frei sind, wie diese Frau behauptet? Er betrat Peres Haus, und ohne irgendjemandem Beachtung zu schenken, verschwand er in seinem Zimmer. Dort fand Joan ihn weinend vor.

»Die Stadt ist verrückt geworden«, sagte er, als er die Zimmertür öffnete. »Was hast du?«

Arnau gab keine Antwort. Sein Bruder blickte sich um.

»Und Vater?«

Arnau schniefte und machte eine Handbewegung in Richtung Stadt.

»Er ist dabei?«, fragte Joan weiter.

»Ja«, brachte Arnau mühsam heraus.

Joan dachte an die Unruhen, denen er auf dem Weg vom Bischofspalast nach Hause ausweichen musste. Die Soldaten hatten die Tore zum Judenviertel geschlossen und sich davor postiert, um zu verhindern, dass es von der Menge gestürmt wurde. Diese hatte sich nun darauf verlegt, die Häuser der Christen zu plündern. Wie konnte Bernat sich unter ihnen befinden? Bilder von entfesselten Horden, die die Türen der Wohlhabenden aufbrachen und mit deren Besitz beladen wieder herauskamen, kehrten Joan ins Gedächtnis zurück. Es konnte einfach nicht sein.

»Das kann nicht sein«, wiederholte er laut. Arnau sah von der Matratze, auf der er saß, zu ihm hoch. »Bernat ist nicht wie sie. Wie ist das möglich?«

»Ich weiß es nicht. Da waren viele Leute. Alle schrien . . .«

»Aber ... Bernat? Bernat ist zu so etwas nicht fähig. Vielleicht hat er nur ... Ich weiß nicht, vielleicht hat er nur versucht, jemanden zu finden!«

Arnau sah Joan an. Wie sollte er ihm sagen, dass es Bernat gewesen war, der am lautesten geschrien hatte und die Leute aufwiegelte? Wie sollte er ihm das sagen, wo er es doch selbst nicht glauben konnte?

»Ich weiß es nicht, Joan. Da waren so viele Leute.«

»Sie plündern, Arnau! Sie greifen die Ratsherren der Stadt an.«

An diesem Abend warteten die Jungen vergeblich auf ihren Vater. Am nächsten Morgen machte sich Joan bereit, zum Unterricht zu gehen.

»Du solltest nicht gehen«, riet ihm Arnau.

Joan ging trotzdem.

»Die Soldaten von König Alfons haben den Aufstand niedergeschlagen«, erzählte Joan knapp, als er in Peres Haus zurückkehrte.

Auch in dieser Nacht kam Bernat nicht zum Schlafen nach Hause.

Am Morgen verabschiedete sich Joan erneut von Arnau.

»Du solltest mal aus dem Haus gehen«, sagte er zu ihm.

»Und wenn er zurückkommt? Er kann nur hierhin kommen«, erklärte Arnau, und seine Stimme versagte.

Die beiden Brüder umarmten sich. Wo seid Ihr, Vater?

Pere machte sich auf die Suche nach Neuigkeiten. Sie zu erhalten war nicht so schwer wie der Weg zurück nach Hause.

»Es tut mir leid, Junge«, sagte er zu Arnau. »Dein Vater wurde festgenommen.«

»Wo ist er jetzt?«

»Im Palast des Stadtrichters, aber ...«

Arnau war bereits losgerannt. Pere sah seine Frau an und schüttelte dann den Kopf. Die alte Frau schlug die Hände vors Gesicht.

»Es waren Eilprozesse«, erklärte ihr Pere. »Eine ganze Menge Zeugen haben in Bernat mit seinem Muttermal den Rädelsführer des Aufstands wiedererkannt. Warum hat er das nur gemacht? Offenbar ...«

»Weil er zwei Kinder zu versorgen hat«, fiel ihm seine Frau ins Wort. Tränen standen in ihren Augen.

»Er hatte«, korrigierte Pere mit müder Stimme. »Sie haben ihn und neun weitere Aufrührer auf der Plaza del Blat gehängt.«

Mariona schlug erneut die Hände vors Gesicht, ließ sie dann aber plötzlich sinken.

»Arnau«, rief sie und lief zur Tür, blieb jedoch auf halbem Wege stehen, als sie die Worte ihres Mannes hörte: »Lass ihn, Frau. Von heute an wird er kein Kind mehr sein.«

Mariona nickte langsam. Pere nahm sie in die Arme.

»Lass mich zumindest dem Priester Bescheid geben«, bat Mariona.

»Das habe ich bereits getan. Er wird dort sein.«

Die Hinrichtungen waren auf ausdrücklichen Befehl des Königs sofort vollstreckt worden. Es war nicht einmal Zeit gewesen, ein Gerüst zu errichten. Die Verurteilten waren auf einfachen Karren hingerichtet worden.

Als Arnau die Plaza del Blat erreichte, blieb er abrupt stehen. Er keuchte. Der Platz war voller Menschen. Sie standen mit dem Rücken zu ihm und betrachteten schweigend zehn leblose Körper, die über den Köpfen der Leute vor dem Palast baumelten.

»Nein! Vater!«

Der Schrei hallte über den ganzen Platz. Die Leute drehten sich zu ihm um. Arnau ging langsam durch die Menge, die ihm Platz machte. Er sah sich die zehn Männer genau an ...

Arnau übergab sich, als er den Leichnam seines Vaters entdeckte. Die Leute ringsum traten einen Schritt zurück. Der Junge betrachtete noch einmal das aufgedunsene, bläulich-schwarz verfärbte Gesicht. Bernats Kopf war zur Seite gefallen, die Gesichtszüge verzerrt, die weit aufgerissenen Augen waren aus den Höhlen getreten, und die Zunge hing schlaff zwischen den Lippen. Als Arnau ihn zum zweiten und dritten Mal ansah, spuckte er nur noch Galle.

Arnau bemerkte, wie sich ein Arm um seine Schultern legte.

»Lass uns gehen, mein Sohn«, sagte Pater Albert zu ihm.

Der Priester versuchte ihn in Richtung Santa María zu ziehen, doch Arnau rührte sich nicht von der Stelle. Er betrachtete erneut seinen Vater, dann schloss er die Augen. Er würde nie wieder Hunger leiden. Der Junge krümmte sich unter Krämpfen zusammen. Pater Albert versuchte noch einmal, ihn von dem makabren Schauspiel wegzuziehen.

»Lasst mich, Pater. Bitte.«

Unter den Blicken des Priesters und der übrigen Anwesenden legte Arnau schwankend die wenigen Schritte zurück, die ihn von dem improvisierten Blutgerüst trennten. Er presste die Hände auf den Magen und zitterte am ganzen Körper. Als er vor seinem Vater stand, blickte er zu einem der Soldaten, die bei den Gehenkten Wache hielten.

»Kann ich ihn abnehmen?«, fragte er ihn.

Der Soldat zögerte angesichts des Blicks dieses Jungen, der dort vor dem Leichnam seines Vaters stand und zu diesem hinaufdeutete. Was hätten seine Söhne getan, wenn man ihn gehängt hätte?

»Nein«, sagte er schließlich. Er wünschte sich, nicht dort zu sein. Lieber hätte er gegen eine ganze Maurenarmee gekämpft. Was war das für ein Tod? Dieser Mann hatte es nur für seine Kinder getan, für diesen Jungen, der ihn nun fragend ansah wie alle Anwesenden auf dem Platz. Warum war der Stadtrichter nicht hier?

»Der Stadtrichter hat angeordnet, dass sie drei Tage hier auf der Plaza zur Schau gestellt werden«, sagte er schließlich.

»Ich werde warten.«

»Danach werden sie vor die Stadttore gebracht, wie jeder Hingerichtete in Barcelona, damit alle, die dort ein und aus gehen, das Gesetz des Stadtrichters kennenlernen.«

Der Soldat kehrte Arnau den Rücken und begann seine Runde.

»Es war der Hunger«, hörte er hinter sich. »Er hatte nur Hunger.«

Als ihn seine sinnlose Runde erneut zu Bernat führte, saß der Junge zu Füßen seines Vaters auf der Erde. Er hatte den Kopf in die Hände gestützt und weinte. Der Soldat wagte es nicht, ihn anzusehen.

»Lass uns gehen, Arnau«, sagte der Pater, der nun wieder neben ihm stand.

Arnau schüttelte den Kopf. Pater Albert wollte etwas sagen, doch ein Schrei hielt ihn davon ab. Die Angehörigen der übrigen Gehängten begannen auf dem Platz einzutreffen. In einem fassungslosen Schweigen, das nur hin und wieder von einem schmerzlichen Aufschrei übertönt wurde, versammelten sich Mütter, Kinder und Geschwister zu Füßen der Toten. Der Soldat konzentrierte sich auf seine Runde, während er sich an den Schlachtruf der Ungläubigen zu erinnern versuchte. Joan, der auf dem Nachhauseweg über den Platz musste, sank ohnmächtig zusammen, als er das entsetzliche Schauspiel sah. Ihm blieb nicht einmal Zeit, Arnau zu entdecken, der immer noch am selben Platz saß und den Oberkörper vor- und zurückwiegte. Joans Klassenkameraden hoben ihn auf und trugen ihn zum Bischofspalast zurück. Auch Arnau sah seinen Bruder nicht.

Die Stunden vergingen, und Arnau hatte immer noch keinen Blick für die Bürger, die aus Mitleid, Neugier oder Schaulust auf die Plaza del Blat strömten. Nur die Schritte des Soldaten, der vor ihm auf und ab ging, rissen ihn aus seinen Gedanken.

»Arnau, ich habe alles aufgegeben, was ich besaß, damit du frei sein kannst«, hatte sein Vater vor nicht allzu langer Zeit zu ihm gesagt. »Ich habe unser Land verlassen, das den Estanyols über Jahrhunderte gehörte, damit niemand dir antun kann, was man mir angetan hat, meinem Vater und dem Vater meines Vaters ... Und nun befinden wir uns wieder in der gleichen Lage: den Launen jener ausgeliefert, die sich adlig nennen. Aber mit einem Unterschied: Wir können uns weigern. Mein Sohn, lerne die Freiheit zu nutzen, die zu erlangen uns so viele Opfer gekostet hat. Die Entscheidung liegt nur bei dir.«

»Können wir uns wirklich weigern, Vater?« Erneut ging der Soldat an ihm vorüber. »Es gibt keine Freiheit, wenn man hungert. Ihr habt nun keinen Hunger mehr, Vater. Und Eure Freiheit?«

»Seht sie euch genau an, Kinder.«

Diese Stimme ...

»Sie sind Verbrecher. Seht sie euch gut an.« Zum ersten Mal nahm Arnau die Menschen wahr, die sich vor den Leichen drängten. Die Baronin und ihre drei Stiefkinder betrachteten das aufgedunsene Gesicht von Bernat Estanyol. Arnaus Blick fiel auf Margaridas Füße. Er sah ihr ins Gesicht. Seine Cousins waren blass geworden, doch die Baronin lächelte und sah ihn direkt an. Arnau stand auf. Er zitterte.

»Sie haben es nicht verdient, Bürger Barcelonas zu sein«, hörte er Isabel sagen. Seine Fingernägel gruben sich in seine Handflächen. Sein Gesicht verzerrte sich, und seine Unterlippe bebte. Die Baronin lächelte immer noch. »Was konnte man auch von einem geflohenen Leibeigenen anderes erwarten?«

Arnau wollte sich auf die Baronin stürzen, doch der Soldat stellte sich ihm in den Weg. Arnau stieß mit ihm zusammen.

»Was ist denn mit dir los, Junge?« Der Soldat folgte Arnaus Blick.

»Ich würde es nicht tun«, riet er ihm. Arnau versuchte an dem Soldaten vorbeizukommen, doch dieser hielt ihn fest am Arm gepackt. Isabel lächelte nun nicht mehr, den Kopf hoch erhoben, hochmütig, herausfordernd. »Ich würde es nicht tun. Du läufst in dein Verderben«, hörte er den Mann sagen. Arnau blickte zu ihm auf. »Er ist tot, aber du lebst«, beschwor ihn der Soldat. »Setz dich wieder hin, Junge.« Der Soldat bemerkte, dass Arnaus Anspannung ein wenig nachließ. »Setz dich wieder hin«, forderte er ihn noch einmal auf.

Arnau gab nach. Der Soldat wich nicht von seiner Seite.

»Seht sie euch genau an, Kinder.« Die Baronin lächelte wieder. »Morgen kommen wir wieder. Die Gehenkten bleiben an ihrem Strick, bis sie verfaulen, so wie auch die flüchtigen Verbrecher verfaulen sollen.«

Arnau konnte nichts gegen das Beben seiner Unterlippe tun. Er starrte die Puigs an, bis die Baronin beschloss, ihm den Rücken zuzukehren.

»Eines Tages ... eines Tages wirst du tot sein ... Ihr alle werdet tot sein ...«, schwor er sich. Arnaus Hass verfolgte die Baronin und ihre Stiefkinder über den ganzen Platz. Sie hatte gesagt, dass sie am nächsten Tag wiederkommen würde. Arnau sah zu seinem Vater hinauf.

»Ich schwöre bei Gott, dass sie sich nicht noch einmal am Anblick meines toten Vaters ergötzen werden. Aber was kann ich tun?« Wieder sah er den Soldaten vorbeigehen. »Vater, ich werde nicht zulassen, dass Ihr an diesem Strick verfault.«

Die folgenden Stunden verbrachte Arnau damit, darüber nachzugrübeln, wie er es anstellen sollte, den Leichnam seines Vaters verschwinden zu lassen. Doch jede Idee, die ihm in den Sinn kam, scheiterte an den Stiefeln, die vor ihm auf und ab gingen. Er konnte ihn nicht vom Seil abnehmen, ohne gesehen zu werden, und nachts würden Fackeln brennen ... Fackeln ... Fackeln. In diesem Augenblick erschien Joan auf dem Platz. Sein Gesicht war bleich, beinahe weiß, seine Augen waren verquollen und gerötet, seine Schritte bleischwer. Arnau stand auf, und Joan kam auf ihn zu und warf sich in seine Arme.

»Arnau ... ich ...«, stammelte er.

»Hör mir gut zu«, unterbrach ihn Arnau, die Arme um ihn gelegt. »Und hör nicht auf zu weinen.«

Das könnte ich gar nicht, Arnau, dachte Joan, überrascht über den Ton seines Bruders.

»Warte heute Abend um zehn an der Ecke auf mich, wo die Calle de la Mar auf den Platz stößt. Niemand darf dich sehen. Bring eine Decke mit, die größte, die du in Peres Haus finden kannst. Und jetzt geh.«

»Aber . . .«

»Geh, Joan. Ich will nicht, dass die Soldaten auf dich aufmerksam werden.«

Arnau musste seinen Bruder wegstoßen, um sich aus seiner Umarmung zu befreien. Joan sah forschend in Arnaus Gesicht. Dann sah er noch einmal zu Bernat hinauf. Er zitterte.

»Jetzt geh, Joan!«, wisperte Arnau ihm zu.

Am Abend, als der Platz verwaist war und nur noch die Angehörigen zu Füßen der Gehenkten saßen, wechselte die Wache. Die neuen Soldaten gingen nicht länger vor den Toten auf und ab, sondern setzten sich rund um ein Feuer, das sie am Ende der nebeneinander aufgereihten Karren entzündet hatten. Alles war ruhig, und die Nachtluft hatte sich abgekühlt. Arnau stand auf und ging an den Soldaten vorbei, wobei er sich bemühte, sein Gesicht zu verbergen.

»Ich gehe mir eine Decke holen«, sagte er.

Einer der Soldaten warf ihm einen kurzen Blick zu.

Er ging über die Plaza del Blat bis zur Einmündung der Calle de la Mar. Dort wartete er eine Weile, während er sich fragte, wo Joan steckte. Es war die vereinbarte Zeit, er hätte bereits da sein müssen. Arnau stieß einen Pfiff aus. Ringsum blieb es still.

»Joan?«, wagte er zu rufen.

Aus einem Hauseingang löste sich ein Schatten.

»Arnau?«, war in der Dunkelheit zu hören.

»Natürlich bin ich das.« Joans erleichterter Seufzer war über mehrere Meter zu hören. »Was dachtest du, wer ich bin? Warum hast du nicht geantwortet?«

»Es ist stockfinster«, entgegnete Joan.

»Hast du die Decke dabei?« Der Schatten hob ein Bündel hoch.

»Gut. Ich habe ihnen gesagt, dass ich eine Decke holen gehe. Jetzt leg sie dir um und nimm meinen Platz ein. Geh auf Zehenspitzen, damit du größer aussiehst.«

»Was hast du vor?«

»Ich werde ihn verbrennen«, antwortete er, als Joan neben ihm stand. »Ich will, dass du meinen Platz einnimmst. Die Soldaten sollen glauben, dass ich es bin. Du brauchst dich nur dorthin zu setzen, wo ich gesessen habe, nichts weiter. Verhülle einfach dein Gesicht. Und rühr dich nicht von der Stelle. Du tust nichts, was auch immer du siehst und was auch immer geschieht, hast du verstanden?« Arnau wartete Joans Antwort nicht ab. »Wenn alles vorbei ist, bist du ich. Du bist Arnau Estanyol, und dein Vater hatte keinen anderen Sohn. Hast du verstanden? Wenn die Soldaten dich fragen . . .«

»Arnau . . .«

»Was?«

»Ich traue mich nicht.«

»Wie bitte?«

»Ich traue mich nicht. Sie werden es bemerken. Wenn ich Vater sehe . . .«

»Willst du zusehen, wie er dort verwest? Willst du zusehen, wie er vor den Toren der Stadt baumelt, während Krähen und Würmer seinen Körper auffressen?«

Arnau machte eine Pause, damit sein Bruder sich diese Szenerie vorstellen konnte.

»Willst du, dass die Baronin unseren Vater weiter verspottet . . . sogar noch im Tod?«

»Ist es auch keine Sünde?«, fragte Joan plötzlich.

Arnau versuchte, seinen Bruder in der Dunkelheit zu erkennen, doch er erahnte nur einen Schatten.

»Er hatte nur Hunger! Ich weiß nicht, ob es eine Sünde ist, aber ich werde nicht zulassen, dass unser Vater an einem Strick verfault. Wenn du mir helfen willst, dann leg dir diese Decke um und tu weiter gar nichts. Wenn nicht . . .«

Arnau lief die Calle de la Mar hinunter, während Joan, in die Decke gehüllt, auf die Plaza del Blat ging. Er hatte den Blick fest auf Bernat gerichtet, eines von zehn Gespenstern, die auf den Karren baumelten, schwach beleuchtet vom Widerschein des Feuers, um das die Soldaten saßen. Joan wollte sein Gesicht nicht sehen, seine heraushängende, schwarz verfärbte Zunge, doch seine Augen gehorchten seinem Willen nicht, und so ging er weiter, den Blick starr auf Bernat gerichtet.

Die Soldaten beobachteten ihn, während er näher kam. Unterdessen lief Arnau zu Peres Haus. Er nahm seinen Wasserschlauch und schüttete das Wasser aus, dann füllte er Lampenöl hinein. Pere und seine Frau, die am Feuer saßen, sahen ihm zu.

»Mich gibt es nicht«, sagte Arnau mit versagender Stimme zu ihnen. Er kniete vor ihnen nieder und ergriff die Hand der alten Frau, die ihn liebevoll ansah. »Joan wird ich sein. Mein Vater hatte nur einen Sohn. Kümmert euch um ihn, wenn etwas passiert.«

»Aber Arnau . . .«, begann Pere.

»Psst«, wisperte Arnau.

»Was hast du vor, Junge?«, wollte der Alte wissen.

»Ich muss es tun«, entgegnete Arnau und stand auf.

Es gibt mich nicht. Ich bin Arnau Estanyol. Die Soldaten beobachteten Joan immer noch. Einen Toten zu verbrennen musste eine Sünde sein, dachte er. Bernat sah ihn an! Joan blieb einige Meter vor dem Gehenkten stehen. Er sah ihn an!

»Ist etwas, Junge?« Einer der Soldaten machte Anstalten, aufzustehen.

»Nein, nichts«, antwortete Joan, bevor er weiter auf die Augen des Toten zuging, die ihn fragend ansahen.

Arnau nahm eine Lampe und verließ das Haus. Unterwegs rieb er sich das Gesicht mit Schlamm ein. Sein Vater hatte ihm so oft von ihrer Ankunft in dieser Stadt erzählt, die ihn nun getötet hatte. Auch er hatte sich damals Schlamm ins Gesicht reiben müssen, um am Stadttor nicht erkannt zu werden. Arnau ging um die Plaza del Blat herum, über die Plaza de la Llet und die Plaza de la Corretgeria, bis er die Calle Tapineria erreichte. Dann stand er vor den aufgereihten Karren mit den Gehängten. Joan saß zu Füßen seines Vaters und versuchte das verräterische Zittern zu unterdrücken.

Arnau ließ die Lampe in der Straße stehen, warf sich den Schlauch über den Rücken und schlich zur Rückseite der Karren, die direkt an der Mauer des stadtrichterlichen Palasts standen. Bernat befand sich auf dem vierten Karren. Die Soldaten saßen immer noch schwatzend um das Feuer am anderen Ende der Reihe. Arnau kroch hinter die ersten Karren. Als er den zweiten erreichte, wurde eine Frau auf ihn aufmerksam. Ihre Augen waren vom Weinen verquollen. Arnau erstarrte, doch die Frau wandte den Blick ab und gab sich weiter ihrem Schmerz hin. Der Junge kletterte auf den Karren, auf dem sein Vater baumelte. Joan hörte ihn und drehte sich um.

»Schau nicht hin!« Sein Bruder hörte auf, in die Dunkelheit zu spähen. »Und versuch, nicht so zu zittern«, raunte Arnau ihm zu.

Er richtete sich auf, um Bernats Körper zu erreichen, doch ein Geräusch zwang ihn, sich wieder hinzulegen. Er wartete einige Sekunden und unternahm einen weiteren Versuch. Erneut ließ ihn ein Geräusch zusammenzucken, doch diesmal blieb Arnau stehen. Die Soldaten schwatzten immer noch. Arnau hob den Schlauch hoch und begann, das Öl über den Leichnam seines Vaters zu gießen. Der Kopf war ziemlich hoch, also reckte er sich, so gut er konnte, und presste den Schlauch fest zusammen, damit das Öl herausspritzte. Ein zähflüssiger Strahl begann Bernats Haar zu verkleben. Als das Öl aufgebraucht war, schlich Arnau in die Calle Tapineria zurück.

Er hatte nur einen einzigen Versuch. Arnau hielt die Lampe hinter seinen Rücken, um den schwachen Lichtschein zu verbergen. »Ich muss beim ersten Mal treffen.« Er sah zu den Soldaten hinüber. Nun war er es, der zitterte. Er atmete tief ein und betrat dann den Platz. Bernat und Joan waren etwa zehn Meter von ihm entfernt. Er drehte die Flamme hoch und trat aus dem Verborgenen hervor. Die Lampe in der Hand, kam es ihm vor, als würde es taghell auf der Plaza del Blat. Die Soldaten blickten zu ihm hinüber. Arnau wollte schon losrennen, als er feststellte, dass keiner von ihnen Anstalten machte, sich zu bewegen. »Weshalb sollten sie auch? Woher sollen sie wissen, dass ich meinen Vater verbrennen will? Meinen Vater verbrennen!« Die Lampe in seiner Hand zitterte. Beobachtet von den Soldaten, erreichte er Joan. Niemand unternahm etwas. Arnau blieb vor dem Leichnam seines Vaters stehen und betrachtete ihn ein letztes Mal. Das glänzende Öl auf seinem Gesicht verbarg die Angst und den Schmerz, der zuvor in ihm zu erkennen gewesen war.

Arnau schleuderte die Lampe auf den Leichnam, und Bernat fing Feuer. Die Soldaten sprangen auf, sahen die Flammen und rannten hinter Arnau her. Die Scherben der Lampe fielen auf den Karren, auf dem sich das Öl gesammelt hatte, das von Bernats Körper herabgetropft war, und auch dieser ging in Flammen auf.

»Stehenbleiben!«, hörte er die Soldaten rufen.

Arnau wollte loslaufen, als er sah, dass Joan immer noch vor dem Karren saß. Er war vollständig von der Decke bedeckt und wirkte wie paralysiert. Die übrigen Trauernden betrachteten stumm die Flammen, in ihrem eigenen Schmerz versunken.

»Halt! Halt, im Namen des Königs!«

»Beweg dich, Joan.« Arnau wandte sich zu den Soldaten um, die jetzt auf ihn zugerannt kamen. »Beweg dich! Du wirst verbrennen!«

Er konnte Joan nicht dort lassen. Das Öl, das auf den Boden getropft war, kam der zitternden Gestalt seines Bruders immer näher. Arnau wollte ihn wegziehen, als sich die Frau, die ihn zuvor entdeckt hatte, zwischen sie stellte.

»Lauf«, drängte sie ihn.

Arnau schüttelte den ersten Soldaten ab und rannte davon. Verfolgt von den Rufen der Soldaten, lief er durch die Calle Bòria bis zum Portal Nou. Je länger sie ihn verfolgten, desto später würden sie zu seinem Vater zurückkehren, um das Feuer zu löschen, dachte er im Laufen. Die Soldaten, die nicht mehr die Jüngsten waren und ihre Ausrüstung schleppen mussten, würden niemals einen Jungen einholen, dessen Füße förmlich vom Feuer getragen wurden.

»Im Namen des Königs!«, hörte er hinter sich.

Etwas zischte an seinem rechten Ohr vorbei. Arnau konnte hören, wie die Lanze vor ihm auf dem Boden aufschlug. Er sauste über die Plaza de la Llana, während mehrere Lanzen ihr Ziel verfehlten. Dann lief er an der Kapelle Bernat Marcús vorbei bis zur Calle Carders. Die Rufe der Soldaten begannen, sich in der Ferne zu verlieren. Zum Portal Nou konnte er nicht; dort waren mit Sicherheit weitere Soldaten postiert. In Richtung Meer würde er bis Santa María kommen, in Richtung Berge bis Sant Pere de les Puelles, doch dort würde er wieder auf die Stadtmauer treffen.

Arnau entschied sich für das Meer. Er ging um das Kloster San Agustín herum und verlor sich in dem Gewirr der Gassen hinter dem Mercadal-Viertel. Er sprang über Mauern, schlich durch Gärten und hielt sich immer im Dunkeln. Als er sicher war, dass ihm nur das Echo seiner Schritte folgte, ging er langsamer. Dem Wasserlauf des Rec Comtal folgend, erreichte er den Pla d'en Llull beim Kloster Santa Clara und von dort aus ohne weitere Schwierigkeiten die Plaza del

Born, seine Kirche, seine Zufluchtsstätte. Doch als er unter das hölzerne Gerüst am Portal kriechen wollte, bemerkte er etwas, das seine Aufmerksamkeit erregte: Auf dem Boden lag eine Laterne, deren schwache Flamme kurz vor dem Verlöschen war. Er spähte ringsum und entdeckte die Gestalt des Aufsehers. Er lag reglos auf dem Boden, als hätte ihn jemand niedergeschlagen.

Arnaus Herz schlug schneller. Warum? Die Aufgabe dieses Mannes war es, Santa María zu bewachen. Wer konnte ein Interesse daran haben ...? Die Jungfrau! Die Sakramentskapelle! Die Kasse der *Bastaixos*!

Arnau überlegte nicht lange. Sie hatten seinen Vater hingerichtet. Er konnte nicht zulassen, dass man nun auch noch seine Mutter entweihte. Vorsichtig betrat er durch das offene Portal die Kirche und schlich zum Chorumgang. Links von ihm, zwischen zwei Strebepfeilern, lag die Sakramentskapelle. Auf Zehenspitzen schlich er durch die Kirche und versteckte sich hinter einem Pfeiler am Hauptaltar. Von dort hörte er Geräusche aus der Kapelle, konnte jedoch noch nichts sehen. Er schlich zum nächsten Pfeiler, und nun konnte er zwischen zwei Pfeilern hindurch die Kapelle sehen, wie stets von zahllosen Kerzen erhellt.

Im Inneren der Kapelle war ein Mann gerade dabei, an dem schmiedeeisernen Gitter hochzuklettern. Arnau sah zur Madonna hin. Alles schien in Ordnung zu sein. Und nun? Er ließ den Blick durch die Kapelle schweifen. Die Kasse der *Bastaixos* war aufgebrochen. Während der Dieb an dem Gitter hochkletterte, glaubte Arnau das Klimpern der Münzen zu hören, die die *Bastaixos* zur Versorgung ihrer Waisen und Witwen in diese Kasse einzahlten.

»Du Dieb!«, rief er und warf sich gegen das Gitter.

Mit einem Satz hatte Arnau das Gitter erklommen und stieß den Mann vor die Brust. Der überraschte Dieb polterte lärmend zu Boden. Arnau blieb keine Zeit zum Nachdenken. Der Mann rappelte sich rasch auf und verpasste dem Jungen einen gewaltigen Fausthieb ins Gesicht. Arnau fiel rückwärts auf den Kirchenboden.

17

r muss gestürzt sein, als er nach dem Raub der Kasse der *Bastaixos* zu flüchten versuchte«, urteilte einer der königlichen Soldaten, der neben dem immer noch bewusstlosen Arnau stand.

Pater Albert schüttelte den Kopf. Wie konnte Arnau eine solch schreckliche Tat begangen haben? Die Kasse der *Bastaixos*, in der Sakramentskapelle, vor den Augen seiner Jungfrau! Die Soldaten hatten ihn einige Stunden vor Morgengrauen hergerufen.

»Das kann nicht sein«, murmelte er vor sich hin.

»Doch, Pater«, beteuerte der Beamte. »Der Junge trug diese Börse bei sich.« Er zeigte die Börse mit Graus Geld für die Gefangenen vor. »Was macht ein Junge mit so viel Geld?«

»Und sein Gesicht«, wandte ein anderer Soldat ein. »Wozu sollte sich jemand das Gesicht mit Lehm beschmieren, außer um auf Raubzug zu gehen?«

Pater Albert schüttelte erneut den Kopf, den Blick auf die Börse gerichtet, die der Soldat hochhielt. Was hatte Arnau zu dieser Nachtstunde dort verloren? Woher hatte er diese Börse?

»Was habt ihr jetzt vor?«, fragte er die Soldaten, als er sah, dass sie Arnau zum Aufstehen nötigten.

»Wir bringen ihn ins Gefängnis.«

»Auf gar keinen Fall«, hörte er sich selbst sagen.

Vielleicht gab es für das alles eine Erklärung. Es konnte nicht sein, dass Arnau versucht hatte, die Kasse der *Bastaixos* zu stehlen. Nicht Arnau.

»Er ist ein Dieb, Pater.«

»Das wird ein Gericht zu entscheiden haben.«

»So ist es«, bestätigte der Soldat, während seine Männer Arnau unter den Achseln packten, »aber er wird den Prozess im Gefängnis abwarten.«

»Wenn er in ein Gefängnis kommt, dann in das des Bischofs«, sagte der Priester. »Das Verbrechen wurde an einem geheiligten Ort begangen. Folglich fällt es unter die Zuständigkeit der Kirche, nicht des Stadtrichters.«

Der Soldat sah seine Männer an und dann Arnau. Dann befahl er ihnen mit einer Geste, den Jungen wieder loszulassen. Dieser Aufgabe kamen sie nach, indem sie ihn einfach fallen ließen. Ein höhnisches Lächeln erschien auf seinen Lippen, als er sah, wie das Gesicht des Jungen hart auf den Fußboden aufschlug.

Pater Albert sah sie wütend an.

»Bringt ihn zur Besinnung«, forderte Pater Albert, während er die Schlüssel zur Kapelle hervorzog, das Gitter öffnete und hineinging. »Ich will hören, was der Junge zu sagen hat.«

Er ging zur Kasse der *Bastaixos*, deren drei Schlösser aufgebrochen worden waren, und vergewisserte sich, dass sie leer war. Sonst fehlte nichts in der Kapelle, es war auch nichts zerstört worden.

»Was ist geschehen?«, hielt er stumme Zwiesprache mit der Jungfrau. »Wie konntest du zulassen, dass Arnau dieses Verbrechen begeht?« Er hörte, wie die Soldaten dem Jungen Wasser ins Gesicht schütteten. Als er aus der Kapelle kam, betraten gerade mehrere *Bastaixos*, die man über den Raub ihrer Kasse in Kenntnis gesetzt hatte, die Kirche.

Als Arnau das eiskalte Wasser spürte, kam er zu sich und sah, dass er von Soldaten umringt war. Er hörte erneut das Geräusch der Lanze, die in der Calle Bòria an seinem Ohr vorbeigezischt war. Er war vor ihnen davongerannt. Wie hatten sie ihn erwischen können? War er gestolpert? Die Gesichter der Soldaten beugten sich über ihn. Sein Vater! Er brannte! Er musste fliehen! Arnau rappelte sich auf und versuchte einen der Soldaten zur Seite zu stoßen, doch die Männer hielten ihn mühelos fest.

Niedergeschlagen sah Pater Albert zu, wie der Junge darum kämpfte, sich von den Soldaten loszureißen.

»Wollt Ihr noch mehr hören, Pater?«, warf ihm der Soldat spöttisch vor. »Oder ist Euch das Geständnis genug?« Dabei blickte er auf den verzweifelt sich wehrenden Arnau.

Pater Albert barg das Gesicht in den Händen und seufzte. Dann trat er zu den Soldaten, die Arnau festhielten.

»Warum hast du das getan?«, fragte er den Jungen, als er vor ihm stand. »Du weißt, dass diese Kasse deinen Freunden, den *Bastaixos*, gehört. Dass sie damit für die Witwen und Waisen ihrer Zunftbrüder sorgen, ihre Toten begraben, mildtätige Werke tun, deine Mutter, die Jungfrau, schmücken und dafür sorgen, dass stets Kerzen vor ihr brennen. Warum hast du es getan, Arnau?«

Die Gegenwart des Priesters beruhigte Arnau. Aber was machte er hier? Die Kasse der *Bastaixos*! Der Dieb! Er hatte ihm einen Schlag versetzt, doch was war dann geschehen? Mit weit aufgerissenen Augen blickte er um sich. Hinter den Soldaten erkannte er unzählige bekannte Gesichter, die ihn beobachteten und auf seine Antwort warteten. Er erkannte Ramon und den kleinen Ramon, Pere, Jaume, Joan, der sich auf Zehenspitzen stellte, um etwas zu sehen, Sebastià und seinen Sohn Bastianet und viele andere, denen er zu trinken gegeben und mit denen er unvergessliche Momente auf dem Marsch des Bürgerheers nach Creixell erlebt hatte. Sie beschuldigten ihn! Das war es!

»Ich war's nicht . . .«, stotterte er.

Der Beamte hielt ihm Graus Geldbörse vors Gesicht. Arnau fasste an die Stelle, wo sie hätte sein sollen. Er hatte sie nicht unter der Matratze zurücklassen wollen, falls die Baronin sie anzeigte und man Joan beschuldigte, und nun . . . Dieser verfluchte Grau! Diese verfluchte Börse!

»Suchst du das?«, warf ihm der Beamte entgegen.

Ein Raunen ging durch die *Bastaixos*.

»Ich war's nicht, Pater«, verteidigte sich Arnau.

Der Soldat lachte schallend, und seine Männer stimmten mit ein.

»Ramon, ich war es nicht. Ich schwöre es euch«, wiederholte Arnau und sah dem *Bastaix* in die Augen.

»Was hast du dann in der Nacht hier zu suchen? Woher hast du diese Börse? Weshalb hast du versucht zu fliehen? Weshalb hast du dein Gesicht mit Lehm beschmiert?«

Arnau betastete sein Gesicht. Der Lehm war getrocknet.

Die Börse! Der Soldat ließ sie vor seinen Augen hin und her baumeln. Inzwischen trafen immer mehr *Bastaixos* ein. Leise erzählte einer dem anderen, was vorgefallen war. Arnau starrte auf die baumelnde

Börse. Diese verfluchte Börse! Dann wandte er sich an den Pater.

»Da war ein Mann«, sagte er. »Ich habe versucht, ihn aufzuhalten, aber es ging nicht. Er war sehr stark.«

Erneut schallte das ungläubige Gelächter des Soldaten durch den Chorumgang.

»Arnau«, bat ihn Pater Albert, »beantworte die Fragen des Soldaten.«

»Nein . . . Ich kann nicht«, gestand er ein und sorgte damit für abfällige Gesten bei den Soldaten und für Aufruhr unter den *Bastaixos*.

Pater Albert schwieg. Er sah Arnau an. Wie oft hatte er diese Worte schon gehört? Wie viele Gläubige weigerten sich, ihm ihre Sünden zu offenbaren? »Ich kann nicht«, sagten sie zu ihm, Angst im Blick, »wenn das bekannt wird . . .« Natürlich, dachte der Priester dann, wenn Raub, Ehebruch oder Gotteslästerung bekannt würden, konnte man sie verhaften. Dann musste er weiter in sie dringen und ihnen schwören, das Beichtgeheimnis zu wahren, bis sich ihr Gewissen Gott und seiner Vergebung öffnete.

»Würdest du es mir unter vier Augen erzählen?«, fragte er.

Arnau nickte, und der Priester forderte ihn auf, in die Kapelle zu gehen.

»Wartet hier«, sagte er zu den Übrigen.

»Es geht um die Kasse der *Bastaixos*«, war da eine Stimme hinter den Soldaten zu vernehmen. »Es sollte auch ein *Bastaix* anwesend sein.«

Pater Albert nickte und sah Arnau an.

»Ramon?«, schlug er ihm vor.

Der Junge nickte erneut, und die drei verschwanden in der Kapelle. Dort drinnen schüttete Arnau sein ganzes Herz aus. Er erzählte von Tomás, dem Stallknecht, von seinem Vater, von Graus Börse, von dem Auftrag der Baronin, dem Aufstand, der Hinrichtung, dem Feuer . . . der Verfolgung, dem Dieb der Kasse und seinem aussichtslosen Kampf. Er sprach von seiner Angst, dass herauskommen könnte, dass die Börse Grau gehörte, oder dass man ihn verhaftete, weil er den Leichnam seines Vaters verbrannt hatte.

Es waren lange Erklärungen. Arnau konnte den Mann nicht beschreiben, der ihn niedergeschlagen hatte. Es sei dunkel gewesen, antwortete er auf die Fragen der beiden, aber er war groß und von kräftiger Statur. Schließlich sahen sich der Priester und der *Bastaix* an. Sie glaubten dem Jungen. Doch wie sollten sie den Leuten, die vor der Kapelle zu murren begannen, beweisen, dass er es nicht gewesen war? Der Priester sah zur Jungfrau auf, betrachtete die aufgebrochene Kasse und verließ dann die Kapelle.

»Ich glaube, der Junge sagt die Wahrheit«, verkündete er der kleinen Menge, die im Chorumgang wartete. »Ich glaube, dass er die Kasse nicht gestohlen hat. Vielmehr hat er versucht, den Raub zu verhindern.«

Ramon war hinter ihn getreten und nickte zustimmend.

»Warum kann er dann meine Fragen nicht beantworten?«, wollte der Soldat wissen.

»Ich kenne die Gründe.« Ramon nickte erneut. »Und sie sind hinreichend überzeugend. Wenn mir jemand nicht glaubt, möge er sprechen.«

Niemand sagte etwas.

»Wo sind die Zunftmeister der Bruderschaft?«

Drei *Bastaixos* traten zu Pater Albert.

»Jeder von euch bewahrt einen der drei Schlüssel zur Kasse auf, nicht wahr?«

Die Zunftmeister nickten.

»Schwört ihr, dass diese Kasse nur von euch dreien gemeinsam und in Anwesenheit von zehn Zunftbrüdern geöffnet wurde, wie es die Regeln vorsehen?«

Die Zunftmeister schworen laut, im gleichen Ton, in dem der Priester sie befragte.

»Schwört ihr also, dass der letzte Eintrag im Kassenbuch mit der Summe übereinstimmt, die sie enthalten sollte?«

Die drei Männer schworen erneut.

»Und Ihr, Soldat, schwört Ihr, dass dies die Börse ist, die der Junge bei sich trug?«

Der Soldat nickte.

»Schwört Ihr, dass der Inhalt derselbe ist wie zu dem Zeitpunkt, als Ihr sie fandet?«

»Ihr beleidigt einen Soldaten König Alfons'!«

»Schwört Ihr oder schwört Ihr nicht?«, herrschte der Priester ihn an.

Mehrere *Bastaixos* kamen auf den Soldaten zu und verlangten mit

Blicken nach einer Antwort.

»Ich schwöre.«

»Gut«, fuhr Pater Albert fort. »Ich gehe jetzt das Kassenbuch holen. Wenn dieser Junge der Dieb ist, muss der Inhalt der Börse genauso hoch oder höher sein als der zuletzt eingetragene Betrag. Ist er geringer, muss man ihm Glauben schenken.«

Ein zustimmendes Gemurmel ging durch die Reihen der *Bastaixos*. Die meisten sahen Arnau an. Sie alle hatten das kühle Wasser aus seinem Wasserschlauch getrunken.

Nachdem der Pfarrer Ramon die Schlüssel zur Kapelle übergeben und ihn angewiesen hatte, diese abzuschließen, begab er sich in seine Wohnräume, um das Kassenbuch zu holen, das gemäß der Zunftordnung der *Bastaixos* in den Händen einer dritten Person bleiben musste. Soweit er sich erinnerte, konnte der Inhalt der Kasse unmöglich mit der Summe übereinstimmen, die Grau dem Kerkermeister zur Ernährung seiner Schuldner schickte, sondern musste um ein Vielfaches höher sein. Es wäre ein unanfechtbarer Beweis, dachte er lächelnd.

Während Pater Albert das Buch holte und dann wieder in die Kirche zurückkehrte, schloss Ramon das Gitter zur Kapelle ab. Dabei bemerkte er ein Funkeln in der Kapelle. Er trat näher und betrachtete den Gegenstand, von dem das Funkeln ausging, ohne ihn jedoch zu berühren. Er sagte niemandem etwas davon, schloss das Gitter ab und gesellte sich zu den *Bastaixos*, die um Arnau und die Soldaten herumstanden und auf die Rückkehr des Priesters warteten.

Ramon raunte dreien von ihnen etwas zu, und gemeinsam verließen sie, unbemerkt von den anderen, die Kirche.

»Dem Kassenbuch zufolge«, verkündete Pater Albert und zeigte es den drei Zunftmeistern, damit sie sich davon überzeugen konnten, »befanden sich vierundsiebzig Silbermünzen und fünf Sueldos in der Kasse. Nun zählt das Geld in der Börse«, setzte er, an den Soldaten gewandt, hinzu.

Bevor er die Börse öffnete, schüttelte der Soldat den Kopf. Darin konnten sich keine vierundsiebzig Silbermünzen befinden.

»Dreizehn«, verkündete er, und dann, lauter werdend: »Aber der Junge könnte einen Komplizen haben, der den fehlenden Teil an sich genommen hat.«

»Und weshalb sollte dieser Komplize dreizehn Silbermünzen bei

Arnau zurücklassen?«, fragte einer der *Bastaix*.

Seine Beobachtung erntete zustimmendes Gemurmel.

Der Soldat sah die *Bastaixos* an. Einige von ihnen waren bereits zu Arnau getreten und klopften ihm auf den Rücken oder fuhren ihm übers Haar.

»Aber wenn es nicht der Junge war, wer war es dann?«

»Ich glaube, ich weiß es«, war Ramons Stimme von jenseits des Hauptaltars zu vernehmen.

Hinter ihm schleiften zwei der *Bastaixos*, mit denen er zuvor gesprochen hatte, einen korpulenten Mann herbei.

»Er muss es gewesen sein«, sagte einer aus der Gruppe der *Bastaixos*.

»Das ist der Mann!«, rief Arnau im gleichen Augenblick.

Mit El Mallorquí hatte es immer wieder Reibereien gegeben, bis die Zunftmeister irgendwann herausfanden, dass er eine Geliebte hatte, und ihn aus der Bruderschaft ausschlossen. Ein *Bastaix* durfte kein außereheliches Verhältnis unterhalten, genauso wenig wie seine Frau. In diesem Fall wurde der *Bastaix* aus der Zunft ausgeschlossen.

»Was sagt der Junge da?«, brüllte El Mallorquí, als sie den Chorumgang erreichten.

»Er beschuldigt dich, die Kasse der *Bastaixos* geplündert zu haben«, entgegnete ihm Pater Albert.

»Er lügt!«

Der Priester sah zu Ramon hinüber, und dieser nickte leicht mit dem Kopf.

»Auch ich beschuldige dich!«, rief er und wies mit dem Finger auf ihn.

»Er lügt ebenfalls.«

»Du wirst Gelegenheit haben, das im Kloster Santes Creus durch siedendes Wasser zu beweisen.«

Das Verbrechen war in einer Kirche begangen worden, und nach den Beschlüssen des Konzils von Gerona musste die Unschuld durch die Wasserprobe bewiesen werden.

El Mallorquí wurde blass. Der Soldat und seine Männer sahen den Priester verwundert an, doch dieser bedeutete ihnen zu schweigen. Die Probe mit dem siedenden Wasser wurde nicht mehr angewandt, doch die Priester drohten Verdächtigen immer noch häufig damit, ihre Gliedmaßen in kochendes Wasser zu tauchen.

Pater Albert sah El Mallorquí scharf an.

»Wenn der Junge und ich lügen, dann wirst du das kochende Wasser an deinen Armen und Beinen gewiss aushalten, ohne dein Verbrechen zu gestehen.«

»Ich bin unschuldig«, stammelte El Mallorquí.

»Wie gesagt, du wirst Gelegenheit haben, es zu beweisen«, wiederholte der Priester.

»Wenn du unschuldig bist«, schaltete sich Ramon ein, »dann erkläre uns doch, was dein Dolch in der Kapelle zu suchen hat.«

El Mallorquí fuhr zu Ramon herum.

»Das ist eine Falle!«, antwortete er hastig. »Jemand wird ihn dort hingelegt haben, um mich zu beschuldigen. Der Junge! Bestimmt ist er es gewesen!«

Pater Albert schloss erneut das Gitter zur Kapelle auf und kehrte mit einem Dolch zurück.

»Ist das dein Dolch?«, fragte er den Verdächtigen und hielt ihm die Waffe vor die Nase.

»Nein . . . nein.«

Die Zunftmeister und mehrere *Bastaixos* traten zu dem Pfarrer und baten darum, den Dolch in Augenschein nehmen zu dürfen.

»Natürlich ist das deiner«, sagte einer der Zunftmeister, während er den Dolch in der Hand wiegte.

Sechs Jahre zuvor hatte König Alfons aufgrund der vielen Aufstände im Hafen den *Bastaixos* und anderen Freien, die dort arbeiteten, das Tragen von Messern und ähnlichen Waffen verboten. Einzig Dolche ohne Spitze waren erlaubt. El Mallorquí hatte sich geweigert, dem königlichen Befehl Folge zu leisten, und sich seines herrlichen spitzen Dolches gerühmt, den er immer wieder vorzeigte, um seinen Ungehorsam zu beweisen. Erst als man ihm mit Ausschluss aus der Zunft drohte, hatte er zugestimmt, ihn zum Schmied zu bringen, damit dieser die Spitze abfeilte.

»Lügner!«, entfuhr es einem der *Bastaixos*.

»Dieb!«, rief ein anderer.

»Jemand muss ihn mir gestohlen haben, um mir die Schuld in die Schuhe zu schieben!«, protestierte El Mallorquí, während er sich von den beiden Männern loszureißen versuchte, die ihn festhielten.

Da erschien der dritte *Bastaix*, der sich mit Ramon auf die Suche nach El Mallorquí gemacht hatte. In der Zwischenzeit hatte er dessen Haus nach dem gestohlenen Geld durchsucht.

»Hier ist es«, rief er und hielt eine Börse hoch, die er dann dem Priester überreichte. Dieser wiederum händigte sie dem Soldaten aus.

Während der Soldat das Geld zählte, hatten die *Bastaixos* einen Kreis um El Mallorquí gebildet. Einer der Ihrigen konnte unmöglich so viel Geld besitzen!

»Vierundsiebzig Silbermünzen und fünf Sueldos«, verkündete der Soldat, nachdem er den Inhalt gezählt hatte.

Als die Summe feststand, stürzten sich die *Bastaixos* auf den Dieb. Es hagelte Beschimpfungen, Fußtritte und Fausthiebe, einige spuckten ihn sogar an. Die Soldaten hielten sich heraus. Ihr Anführer sah Pater Albert an und zuckte mit den Schultern.

»Dies hier ist ein Gotteshaus!«, rief daraufhin der Priester, während er versuchte, die *Bastaixos* beiseitezudrängen. »Dies hier ist ein Gotteshaus!«, rief er noch einmal, bis es ihm gelang, zu El Mallorquí vorzudringen, der auf dem Boden kauerte. »Dieser Mann ist ein Dieb, gewiss, und ein Feigling zudem, doch er hat einen Richterspruch verdient. Ihr könnt euch nicht wie Verbrecher verhalten. Bringt ihn zum Bischof«, wies er dann den Soldaten an.

Während der Pfarrer mit dem Soldaten sprach, kassierte El Mallorquí einen weiteren Fußtritt. Viele spuckten ihn an, während die Soldaten ihn hochzerrten und abführten.

Nachdem die Soldaten die Kirche mit El Mallorquí verlassen hatten, traten die *Bastaixos* lächelnd zu Arnau und baten ihn um Verzeihung. Dann zerstreuten sie sich und gingen nach Hause. Schließlich blieben nur Pater Albert, Arnau und die drei Zunftmeister vor der nun wieder offenen Sakramentskapelle zurück, des Weiteren die zehn von der Zunftordnung vorgeschriebenen Zeugen, wenn es um die Kasse der *Bastaixos* ging.

Der Priester tat das Geld in die Kasse zurück und vermerkte die Vorfälle der Nacht in dem Buch. Inzwischen war es hell geworden, und man hatte bereits nach einem Schlosser geschickt, damit er die drei Schlösser wieder in Ordnung brachte. Alle mussten warten, bis sich die Kasse wieder abschließen ließ.

Pater Albert legte einen Arm um Arnaus Schulter. Erst jetzt dachte er wieder daran, wie der Junge unter Bernats Leichnam gesessen hatte, der an einem Strick baumelte. Den Gedanken an das Feuer verdrängte er. Er war doch noch ein Kind! Der Pfarrer sah die Jungfrau an und hielt stumme Zwiesprache mir ihr. »Er wäre vor dem Stadttor verwest, also was macht es schon? Er ist nur ein kleiner Junge, dem nichts geblieben ist – kein Vater und keine Arbeit, die ihn ernährt . . .«

»Ich glaube«, entschied er plötzlich, »ihr solltet Arnau in eure Zunft aufnehmen.«

Ramon lächelte. Nachdem sich die Lage beruhigt hatte, war ihm bereits durch den Kopf gegangen, was Arnau ihnen erzählt hatte.

»Er ist noch ein Kind«, wandte einer der Zunftmeister ein.

»Er ist schwach. Wie soll er Lasten oder Steine auf seinen Schultern tragen können?«, zweifelte ein anderer.

»Er ist noch sehr jung«, bestätigte ein Dritter.

Arnau sah mit großen Augen von einem zum anderen.

»Was ihr sagt, stimmt«, antwortete der Priester, »doch weder seine Größe noch seine fehlende Kraft oder seine Jugend haben ihn daran gehindert, euer Geld zu verteidigen. Wäre er nicht gewesen, wäre die Kasse jetzt leer.«

Die *Bastaixos* nahmen Arnau genau in Augenschein.

»Ich denke, wir könnten es versuchen«, sagte Ramon schließlich, »und wenn er nicht taugt . . .«

Einer aus der Gruppe pflichtete bei.

»Einverstanden«, sagte schließlich einer der Zunftmeister. Er sah die beiden anderen an. Keiner von ihnen widersprach. »Wir lassen ihn auf Probe zu. Wenn er in den nächsten drei Monaten seinen Eifer unter Beweis stellt, nehmen wir ihn als *Bastaix* auf. Hier, nimm«, sagte er dann und überreichte ihm El Mallorquís Dolch, den er immer noch in der Hand hielt. »Das ist dein erstes Arbeitsmesser. Pater, vermerkt das im Buch, damit der Junge keine Schwierigkeiten bekommt.«

Arnau spürte, wie der Priester seine Schulter drückte. Er wusste nicht, was er sagen sollte, und so zeigte er den *Bastaixos* seine Dankbarkeit durch ein Lächeln. Er war ein *Bastaix*! Wenn sein Vater ihn jetzt sehen könnte!

18

»Wer war das? Kennst du ihn, Junge?«

Noch immer hallten eilige Schritte und die Rufe der Soldaten, die Arnau verfolgten, über den Platz, doch Joan hörte sie nicht. Das Prasseln, mit dem Bernats Leichnam verbrannt war, hallte in seinen Ohren wider.

Der Wachsoldat, der neben dem Gerüst stehengeblieben war, schüttelte Joan und wiederholte seine Frage: »Kennst du ihn?«

Doch Joan konnte den Blick nicht von der lodernden Fackel wenden, in die sich der Mann verwandelt hatte, der ihn an Kindes statt angenommen hatte.

Der Soldat schüttelte ihn erneut, bis der Junge ihn schließlich ansah. Sein Blick war wirr, und er klapperte mit den Zähnen.

»Wer war das? Weshalb hat er deinen Vater verbrannt?«

Joan hörte die Frage nicht einmal. Er begann zu zittern.

»Er kann nicht sprechen«, mischte sich die Frau ein, die Arnau gedrängt hatte, zu fliehen. Sie war es auch gewesen, die Joan, der wie erstarrt gewesen war, von den Flammen weggezerrt hatte. Sie hatte in Arnau den Jungen wiedererkannt, der den ganzen Tag neben dem Erhängten gewacht hatte. »Wenn ich den Mut gehabt hätte, das Gleiche zu tun«, dachte sie, »würde der Körper meines Mannes nicht vor der Stadtmauer verfaulen, den Vögeln zum Fraße.« Ja, dieser Junge hatte etwas getan, was jeder von denen, die hier waren, gerne getan hätte, und der Soldat . . . Er war für die Nachtwache zuständig, konnte also Arnau nicht erkannt haben. Für ihn war der Sohn der andere, der dort vor dem Leichnam seines Vaters hockte. Die Frau nahm Joan in die Arme und wiegte ihn hin und her.

»Ich muss wissen, wer ihn angezündet hat«, erklärte der Soldat.

Die Frau mischte sich mit Joan unter die Leute, die den toten Bernat anstarrten.

»Was tut das zur Sache?«, murmelte sie, während Joan von Krämpfen geschüttelt wurde. »Dieser Junge ist halb tot vor Hunger und Angst.«

Der Soldat sah nach oben. Dann nickte er langsam. Er hatte selbst einen Sohn verloren. Der Kleine war immer magerer geworden, bis ihn schließlich ein harmloses Fieber dahingerafft hatte. Seine Frau hatte ihn genauso in die Arme geschlossen, wie es diese Frau mit dem Jungen tat. Er sah die beiden an. Die Frau weinte, während sich der Junge schutzsuchend an ihre Brust schmiegte.

»Bring ihn nach Hause«, sagte er zu der Frau. Dann blickte er wieder zu Bernats brennendem Leichnam auf. »Verfluchte Genuesen!«

Es war Tag geworden in Barcelona.

»Joan!«, rief Arnau, kaum dass er die Tür geöffnet hatte.

Pere und Mariona, die im Erdgeschoss am Herd saßen, bedeuteten ihm, still zu sein.

»Er schläft«, sagte Mariona.

Die fremde Frau hatte Joan nach Hause gebracht und ihnen erzählt, was passiert war. Die beiden alten Leute kümmerten sich um Joan, bis er schließlich einschlief. Dann setzten sie sich an den wärmenden Herd.

»Was soll aus ihnen werden?«, fragte Mariona ihren Mann. »Ohne Bernat wird es der Junge nicht in den Ställen aushalten.«

Und wir können sie nicht versorgen, dachte Pere. Sie konnten es sich nicht leisten, den beiden Jungen das Zimmer unentgeltlich zu überlassen oder sie mit durchzufüttern. Pere wunderte sich über das Strahlen in Arnaus Augen. Sein Vater war gerade hingerichtet worden! Er hatte ihn sogar angezündet; die Frau hatte es ihm erzählt. Woher kam dieses Strahlen?

»Ich bin ein *Bastaix*!«, verkündete Arnau und machte sich über den Topf mit den kalten Resten des gestrigen Abendessens her.

Die beiden alten Leute wechselten einen Blick und sahen dann zu dem Jungen, der mit dem Rücken zu ihnen direkt aus dem Schöpflöffel aß. Er war völlig abgemagert! Der Getreidemangel hatte seine Spuren bei ihm hinterlassen, wie überall in Barcelona. Wie sollte dieser magere Junge Lasten schleppen?

Mariona schüttelte den Kopf und sah ihren Mann an.

»Man wird sehen«, sagte Pere.

»Was sagt Ihr?«, fragte Arnau, während er sich mit vollem Mund umdrehte.

»Nichts, mein Sohn, nichts.«

»Ich muss los«, sagte Arnau. Er nahm ein Stück hartes Brot und biss herzhaft hinein. Der Drang, Joan zu fragen, was auf dem Platz geschehen war, rang mit einem anderen drängenden Wunsch: sich seinen neuen Arbeitskollegen anzuschließen. Er traf eine Entscheidung. »Erzählt Joan davon, wenn er aufwacht.«

Im April wurde die Schifffahrt wiederaufgenommen, die seit Oktober geruht hatte. Die Tage wurden länger, und die großen Schiffe begannen, im Hafen einzulaufen oder Anker zu lichten. Niemand, weder Reeder noch Ausrüster oder Steuermänner, wollte sich länger als unbedingt nötig in dem gefährlichen Hafen von Barcelona aufhalten.

Bevor er sich zu der Gruppe der *Bastaixos* gesellte, die dort wartete, sah Arnau vom Strand aufs Meer hinaus. Es war immer dort gewesen, doch wenn er mit seinem Vater am Strand entlanggegangen war, hatte er dem Meer nach wenigen Schritten den Rücken gekehrt. An diesem Tag betrachtete er es mit anderen Augen: Er würde von ihm leben. Im Hafen ankerten neben unzähligen kleinen Booten auch zwei große, soeben eingelaufene Handelsschiffe sowie ein Verband von sechs riesigen Kriegsgaleeren mit je sechsundzwanzig Ruderbänken à zehn Ruderern.

Arnau hatte schon von der Flotte gehört. Die Stadt hatte sie ausgerüstet, um den König im Krieg gegen Genua zu unterstützen. Sie stand unter dem Befehl des vierten Ratsherren von Barcelona, Galcerà Marquet. Nur ein Sieg über die Genuesen würde den Weg für den Handel und die Versorgung der Hauptstadt des Prinzipats wieder freimachen. Aus diesem Grund hatte sich Barcelona großzügig gegenüber König Alfons gezeigt.

»Du willst doch nicht etwa einen Rückzieher machen?«, hörte er eine Stimme hinter sich sagen. Arnau drehte sich um. Vor ihm stand einer der Zunftmeister der *Bastaixos*. »Auf geht's«, munterte er ihn auf und ging weiter zum Treffpunkt der *Bastaixos*.

Arnau folgte ihm. Als er zu der Gruppe trat, begrüßten ihn die Männer mit einem Lächeln.

»Das hier wird etwas anderes sein, als Wasser auszugeben, Arnau«, sagte einer zu ihm. Die übrigen lachten.

»Hier, nimm«, forderte ihn Ramon auf. »Es ist die kleinste, die wir finden konnten.«

Arnau nahm behutsam die *Capçana* entgegen, das schützende Kopfpolster, mit welchem die Männer ihre Lasten trugen.

»Sie geht schon nicht kaputt!«, sagte einer der *Bastaixos* lachend, als er sah, wie vorsichtig Arnau sie festhielt.

Natürlich nicht!, dachte Arnau und lächelte dem *Bastaix* zu. Er setzte das Polster auf den Hinterkopf, zog den Lederriemen über die Stirn, um es zu befestigen, und lächelte erneut.

Ramon prüfte, ob das Polster richtig saß.

»In Ordnung«, sagte er und tätschelte ihm die Wange. »Fehlen nur noch die Schwielen.«

»Welche Schwielen?«, fragte Arnau, doch als nun die Zunftmeister eintrafen, richtete sich alle Aufmerksamkeit auf sie.

»Sie können sich nicht einigen«, erklärte einer von ihnen. Alle *Bastaixos*, auch Arnau, sahen ein Stück den Strand hinunter, wo mehrere kostbar gekleidete Männer standen und miteinander diskutierten. »Galcerà Marquet will, dass zuerst die Galeeren beladen werden. Die Händler hingegen bestehen darauf, dass zuerst die beiden Schiffe entladen werden, die soeben eingetroffen sind. Wir müssen abwarten«, kündigte er an.

Die Männer murrten leise. Die meisten setzten sich in den Sand. Arnau setzte sich zu Ramon, die *Capçana* immer noch umgeschnallt.

Ramon zeigte auf das Tragepolster. »Achte immer darauf, dass kein Sand hineinkommt. Das wird sonst unangenehm beim Tragen.«

Der Junge legte die *Capçana* ab und hielt sie vorsichtig fest, damit sie nicht mit dem Sand in Berührung kam.

»Wo liegt das Problem?«, fragte er Ramon. »Man kann doch zuerst die einen Schiffe be- oder entladen und dann die anderen.«

»Niemand will länger im Hafen von Barcelona liegen als unbedingt nötig. Wenn ein Sturm aufkommt, sind die Schiffe ihm schutzlos ausgeliefert.«

Arnau ließ seinen Blick über den Hafen schweifen, vom Puig de les Falsies bis Santa Clara. Dann sah er zu der Gruppe hinüber, die immer noch diskutierte.

»Der Ratsherr hat das Kommando, oder?«

Ramon lachte und fuhr ihm durchs Haar.

»In Barcelona haben die Händler das Kommando. Sie haben die königlichen Galeeren bezahlt.«

Schließlich endete die Diskussion mit einem Kompromiss: Die *Bastaixos* würden zunächst die Ausrüstung für die Galeeren aus der Stadt herbeitragen. Unterdessen würden die Lastschiffer damit beginnen, die Handelsschiffe zu entladen. Die *Bastaixos* mussten zurück sein, bevor die Lastkähne mit den Waren den Strand erreicht hatten. Diese sollten an einem geeigneten Ort gelagert werden, statt sie gleich auf die Lagerhäuser ihrer jeweiligen Besitzer zu verteilen. Dann würden die Lastkähne die Ausrüstung auf die Galeeren schaffen, während die *Bastaixos* für weiteren Nachschub sorgten. Von dort aus ging es dann wieder zu den Kauffahrern, um die Waren zu löschen, und immer so weiter, bis die Galeeren beladen und die Handelsschiffe entladen waren. Danach sollten sie die Ware auf die jeweiligen Lagerhäuser verteilen und, wenn dann noch Zeit blieb, die Handelsschiffe erneut beladen.

Als man sich geeinigt hatte, kam Bewegung in sämtliche Hafenarbeiter. Die *Bastaixos* begaben sich in Gruppen zu den städtischen Lagerhäusern Barcelonas, wo das Gepäck der Galeerenbesatzungen bereitstand, auch das der zahlreichen Ruderer. Unterdessen fuhren die Lastschiffer zu den kürzlich im Hafen eingetroffenen Kauffahrern hinaus, um die Waren an Bord zu nehmen. Da es keine Molen gab, konnte die Ladung ohne diese Berufsstände nicht gelöscht werden.

Die Besatzung jeder Barkasse oder Barke bestand aus drei bis vier Mann: dem Schiffsführer und – je nach Zunft – Sklaven oder freien Tagelöhnern. Die Mitglieder der Bruderschaft Sant Pere, der ältesten und reichsten der Stadt, verwendeten Sklaven – nicht mehr als zwei je Boot, wie es die Zunftordnung vorsah. Die junge Bruderschaft Santa María, die nicht über so viele Mittel verfügte, arbeitete mit angeheuerten Tagelöhnern. In jedem Fall war das Be- und Entladen der Ware, nachdem die Lastboote an den Kauffahrern angelegt hatten, ein zeitraubender und heikler Vorgang, selbst bei ruhiger See, denn die Hafenschiffer waren dem Eigentümer gegenüber für verlorengegangene oder beschädigte Ware verantwortlich. Sie konnten sogar zu Gefängnis verurteilt werden, wenn sie die entsprechenden Entschädigungen an die Händler nicht zu zahlen vermochten.

Herrschte stürmisches Wetter im Hafen von Barcelona, wurde es noch schwieriger, und zwar nicht nur für die Hafenschiffer, sondern für alle, die mit der Seefahrt zu tun hatten. Zunächst einmal, weil die Hafenschiffer sich weigern konnten, die Waren zu entladen – bei gutem Wetter durften sie das nicht –, es sei denn, sie handelten freiwillig einen Sonderpreis mit dem Eigentümer der Ware aus. Doch die größten Folgen hatte ein Sturm für die Eigner, Steuermänner und auch die Besatzung eines Schiffes. Unter Androhung strenger Strafen durfte niemand das Schiff verlassen, bis die Ladung vollständig gelöscht war. Befanden sich der Besitzer oder sein Schreiber an Land – denn sie durften als Einzige von Bord gehen –, waren sie dazu verpflichtet, wieder zurückzukehren.

Während sich also die Hafenschiffer daranmachten, das erste Schiff zu entladen, begannen die *Bastaixos*, nachdem die Zunftmeister sie in Gruppen aufgeteilt hatten, die Ausrüstung der Galeeren aus den verschiedenen städtischen Lagerhäusern zum Strand zu tragen. Arnau wurde in Ramons Gruppe eingeteilt, dem der Zunftmeister einen bedeutungsvollen Blick zuwarf, als er ihm den Jungen zuwies.

Sie gingen am Strand entlang zum Pórtico del Forment, dem städtischen Getreidespeicher, der nach dem Volksaufstand von Soldaten des Königs streng bewacht wurde. Arnau versuchte, sich hinter Ramon zu verstecken, als sie zum Tor kamen, doch den Soldaten fiel der schmächtige Junge zwischen all den kräftigen Männern auf.

»Was soll der denn tragen?«, fragte einer lachend, während er auf ihn deutete.

Als Arnau sah, dass die Blicke sämtlicher Soldaten auf ihn gerichtet waren, spürte er, wie sich sein Magen umdrehte. Er versuchte, sich noch kleiner zu machen, doch Ramon packte ihn an der Schulter, legte ihm die *Capçana* über die Stirn und antwortete dem Soldaten im gleichen Ton: »Er muss arbeiten! Er ist vierzehn Jahre alt und soll seine Familie unterstützen.«

Mehrere Soldaten nickten beifällig und ließen sie passieren. Arnau trottete mit gesenktem Kopf zwischen den Männern, den Lederriemen in die Stirn gedrückt. Als er den Pórtico del Forment betrat, schlug ihm der Geruch des dort gelagerten Getreides entgegen. In den Lichtstrahlen, die durch die Fenster fielen, tanzte feiner, weißer Staub, der rasch bei dem Jungen und vielen anderen *Bastaixos* Hustenreiz auslöste.

»Vor dem Krieg gegen Genua war hier alles voller Korn.« Er machte eine ausholende Handbewegung, die den gesamten Speicher umfasste, »doch nun . . .«

Dort standen die großen Krüge von Grau, stellte Arnau fest, einer neben dem anderen.

»Auf geht's«, rief einer der Zunftmeister.

Ein Pergament in den Händen, begann der Lagerverwalter auf die großen Krüge zu deuten. »Wie sollen wir diese randvollen Krüge transportieren?«, überlegte Arnau. Ein einzelner Mann konnte unmöglich eine solche Last tragen. Die *Bastaixos* taten sich zu je zweien zusammen. Nachdem sie die Krüge hingelegt und Seile daran befestigt hatten, schulterten sie eine kräftige Stange, die sie zuvor durch die Seile geführt hatten. Dann machten sie sich hintereinander auf den Weg in Richtung Strand. Noch mehr Staub wurde aufgewirbelt. Arnau hustete erneut. Als die Reihe an ihm war, hörte er Ramons Stimme.

»Gebt dem Jungen einen von den kleinen, von denen mit dem Salz.«

Der Lagerverwalter sah Arnau an und schüttelte den Kopf.

»Salz ist teuer«, erklärte er Ramon. »Wenn der Krug hinfällt . . .«

»Gib ihm einen mit Salz!«

Die Getreidekrüge waren etwa einen Meter hoch. Der von Arnau maß kaum einen halben Meter, doch als der Junge ihn mit Ramons Hilfe auf den Rücken wuchtete, merkte er, dass seine Knie zitterten.

Ramon packte ihn von hinten an den Schultern.

»Jetzt musst du dich beweisen«, raunte er ihm ins Ohr.

Arnau ging los, gebückt, die Hände fest um die Henkel des Kruges geklammert, den Kopf vorgereckt. Er merkte, wie ihm der Lederriemen in die Stirn schnitt.

Ramon sah ihn schwankend davongehen. Langsam setzte er einen Fuß vor den anderen. Der Verwalter schüttelte erneut den Kopf, und die Soldaten schwiegen, als er an ihnen vorüberkam.

»Für Euch, Vater!«, murmelte Arnau mit zusammengebissenen Zähnen, als er die glutheiße Sonne auf dem Gesicht spürte. Das Gewicht würde ihn in Stücke reißen! »Ich bin kein Kind mehr, Vater, seht Ihr?«

Hinter ihm kamen Ramon und ein weiterer *Bastaix*, eine Stange mit einem Getreidekrug zwischen sich. Beider Blicke waren auf die Füße des Jungen gerichtet. Sie konnten sehen, wie seine Knöchel aneinanderstießen. Arnau strauchelte. Ramon schloss die Augen.

Ob er noch dort hängt?, fragte sich Arnau in diesen Momenten, das Bild des toten Bernat vor Augen. »Niemand wird mehr über Euch spotten können! Nicht einmal diese Hexe und ihre Stiefkinder.«

Er richtete sich unter der Last auf und ging weiter.

Er schaffte es zum Strand. Ramon hinter ihm lächelte. Keiner sagte ein Wort. Die Lastschiffer kamen ihm entgegen und nahmen ihm den Salzkrug ab, bevor er das Wasser erreicht hatte. Es dauerte ein paar Sekunden, bis Arnau sich aufrichten konnte. »Habt Ihr gesehen, Vater?«, murmelte er und sah zum Himmel.

Ramon klopfte ihm auf den Rücken, als er das Getreide abgeladen hatte.

»Noch einen?«, fragte der Junge ernsthaft.

Er schleppte noch zwei. Als Arnau den dritten Krug am Strand ablieferte, trat Josep zu ihm, einer der Zunftmeister.

»Für heute ist es genug, Junge«, sagte er zu ihm.

»Ich kann noch weitermachen«, versicherte Arnau und versuchte zu verbergen, wie sehr ihn der Rücken schmerzte.

»Nein, das kannst du nicht. Ich kann nicht zulassen, dass du blutend durch Barcelona läufst wie ein verwundetes Tier«, sagte er väterlich, während er auf mehrere dünne Rinnsale deutete, die Arnaus Rücken hinabliefen. Der Junge hob die Hand zum Rücken und betrachtete sie. »Wir sind keine Sklaven. Wir sind freie Männer, freie Arbeiter, und so sollen die Leute uns sehen. Keine Sorge«, bemerkte er, als er Arnaus bekümmerte Miene bemerkte. »Uns allen ist es irgendwann einmal so ergangen, und wir alle hatten jemanden, der uns vom Weiterarbeiten abhielt. Die wunden Stellen, die sich an deinem Hinterkopf und an deinem Rücken gebildet haben, müssen zuerst verschorfen. In einigen Tagen wird es so weit sein. Du kannst mir glauben, dass ich dir von da an nicht mehr Ruhepausen zugestehen werde als jedem deiner Kollegen.« Damit überreichte ihm Josep ein kleines Fläschchen. »Wasch die Wunden gut aus und trage diese Salbe auf, damit der Schorf austrocknet.«

Angesichts der Worte des Zunftmeisters fiel die Anspannung von Arnau ab. An diesem Tag würde er keine Lasten mehr schleppen müssen. Doch nun machten sich Schmerzen und Müdigkeit nach der durchwachten Nacht bemerkbar. Arnau war am Ende seiner Kräfte. Er murmelte etwas zum Abschied und schleppte sich nach Hause. Joan wartete in der Tür auf ihn. Wie lange mochte er schon dort stehen?

»Weißt du, dass ich ein *Bastaix* bin?«, fragte Arnau ihn, als er vor ihm stand.

Joan nickte. Ja, das wusste er. Er hatte ihn während seiner letzten beiden Gänge beobachtet, hatte bei jedem unsicheren Schritt, den er machte, die Zähne zusammengebissen und die Hände geballt, hatte gebetet, dass er nicht stürzte, und als er sein schmerzverzerrtes Gesicht sah, waren ihm die Tränen gekommen. Nun wischte sich Joan die Tränen ab und breitete die Arme aus, um seinen Bruder zu begrüßen. Arnau warf sich ihm entgegen.

»Du musst meinen Rücken mit dieser Salbe einreiben«, sagte er noch, während Joan ihn ins Haus führte.

Mehr brachte er nicht mehr heraus. Er warf sich der Länge nach mit ausgebreiteten Armen hin und war nach wenigen Sekunden in einen heilsamen Schlaf gefallen. Vorsichtig, um ihn nicht zu wecken, säuberte Joan die Wunde und den Rücken mit warmem Wasser, das Mariona ihm brachte. Danach trug er die streng riechende Salbe auf. Sie schien sofort Wirkung zu zeigen, denn Arnau wälzte sich unruhig hin und her, ohne jedoch aufzuwachen.

In dieser Nacht war es Joan, der keinen Schlaf fand. Er saß neben seinem Bruder auf dem Boden und lauschte auf Arnaus Atem. War dieser gleichmäßig, fielen ihm langsam die Augen zu, doch sobald Arnau sich bewegte, schreckte er wieder hoch. »Und was wird jetzt aus uns?«, dachte er hin und wieder. Er hatte mit Pere und seiner Frau gesprochen. Das Geld, das Arnau als *Bastaix* verdienen konnte, würde nicht für sie beide reichen. Was sollte aus ihm werden?

»Ab in die Schule!«, befahl ihm Arnau am nächsten Morgen, als er Joan dabei antraf, wie er Mariona zur Hand ging.

Er hatte am Vortag darüber nachgedacht: Alles sollte so weitergehen, wie es zu Lebzeiten seines Vaters gewesen war.

Über den Herd gebeugt, warf die alte Frau ihrem Mann einen Blick zu. Joan wollte Arnau antworten, doch Pere kam ihm zuvor: »Mach, was dein älterer Bruder dir sagt«, forderte er ihn auf.

Marionas angespannter Blick wich einem Lächeln. Der alte Mann sah sie mit unverändert ernster Miene an. Wovon sollten sie leben? Doch Mariona lächelte weiter, bis Pere den Kopf schüttelte, so als wollte er die Unwägbarkeiten aus seinen Gedanken vertreiben, über die sie in der Nacht so lange gesprochen hatten.

Joan verließ eilig das Haus. Als der Kleine verschwunden war, versuchte Arnau erneut, sich zu strecken. Er konnte keinen einzigen Muskel rühren. Er war völlig verspannt und über und über mit schlimmen Schürfwunden übersät. Doch ganz langsam begann sein junger Körper, ihm wieder zu gehorchen. Nachdem er sein karges Frühstück verzehrt hatte, ging er in die Sonne hinaus. Lächelnd sah er über den Strand aufs Meer hinaus und zu den sechs Galeeren, die noch immer im Hafen vor Anker lagen.

Ramon und Josep ließen sich seinen Rücken zeigen.

»Eine Tour«, sagte der Zunftmeister zu Ramon, bevor er zu den anderen ging. »Danach zur Kapelle.«

Arnau sah Ramon an, während er das Hemd wieder überstreifte.

»Du hast es gehört«, sagte dieser.

»Aber ...«

»Hör auf ihn, Arnau. Josep weiß, was er tut.«

Ja, das wusste er. Nachdem er den ersten Krug transportiert hatte, begann Arnau wieder zu bluten.

»Wenn es schon beim ersten Mal geblutet hat, kommt es doch auf ein paar Touren mehr nicht an«, beteuerte Arnau, als Ramon nach ihm seine Ware am Strand ablud.

»Die Schwielen, Arnau. Es geht nicht darum, dass du dir den Rücken zuschanden schleppst, sondern dass sich Schwielen bilden. Jetzt geh und wasch dich, trage die Salbe auf, und dann gehst du in die Kapelle.« Arnau versuchte zu widersprechen. »Es ist unsere Kapelle, Arnau, deine Kapelle. Einer muss sich um sie kümmern.«

»Diese Kapelle bedeutet uns sehr viel«, setzte der *Bastaix* hinzu, der mit Ramon zusammenarbeitete. »Wir sind nur einfache Stauer, doch das Ribera-Viertel hat uns zugestanden, was kein Adliger und keine der reichen Zünfte besitzt: die Kapelle mit dem Allerheiligsten und die Schlüssel zur Kirche der Schutzpatronin des Meeres. Verstehst du?« Arnau nickte nachdenklich. »Nur wir *Bastaixos* dürfen diese Kapelle instand halten. Es gibt keine größere Ehre für einen von uns. Du wirst noch genug Zeit zum Be- und Entladen haben, mach dir da mal keine Sorgen.«

Mariona versorgte seine Wunden, und Arnau ging zur Kirche Santa María. Dort suchte er nach Pater Albert, damit dieser ihm die Schlüssel zur Kapelle aushändigte, doch der Priester forderte ihn auf, ihn zu dem Friedhof am Portal de les Moreres zu begleiten.

»Heute Morgen habe ich deinen Vater beerdigt«, sagte er und deutete auf den Friedhof. Arnau sah ihn fragend an. »Ich wollte dir nicht Bescheid geben, falls sich Soldaten dort zeigen sollten. Der Stadtrichter wollte nicht, dass die Leute den verbrannten Leichnam deines Vaters sehen, weder auf der Plaza del Blat noch vor den Toren der Stadt. Es war nicht schwer für mich, die Erlaubnis zu seiner Bestattung zu erhalten.«

Die beiden standen eine Weile schweigend vor dem Friedhof.

»Soll ich dich allein lassen?«, fragte der Pfarrer schließlich.

»Ich muss mich um die Kapelle der *Bastaixos* kümmern«, antwortete Arnau und wischte sich die Tränen ab.

Einige Tage lang machte Arnau immer nur eine Tour und ging dann zur Kapelle. Die Galeeren waren mittlerweile in See gestochen, und bei den Lasten handelte es sich um die üblichen Handelswaren: Stoffe, Korallen, Gewürze, Kupfer, Wachs ... Eines Tages blutete sein Rücken nicht mehr. Nachdem Josep ihn erneut untersucht hatte, durfte Arnau weitere große Stoffballen tragen. Er lächelte allen *Bastaixos* zu, die ihm begegneten.

Inzwischen erhielt er seinen ersten Lohn als *Bastaix*. Es war kaum mehr, als er für seine Arbeit bei Grau bekommen hatte! Er händigte Pere das ganze Geld aus und zusätzlich noch einige Münzen, die sich noch in Bernats Geldbörse befanden. »Es reicht nicht«, dachte der Junge, als Pere das Geld zählte. Bernat hatte ihm wesentlich mehr gezahlt. Er öffnete erneut die Börse. Es würde nicht mehr lange reichen, überlegte er, nachdem er den Inhalt überschlagen hatte. Die Hand in der Börse, sah er den alten Mann an. Pere zog die Stirn kraus.

»Wenn ich mehr tragen kann«, beteuerte Arnau, »werde ich auch mehr Geld verdienen.«

»Das wird noch eine ganze Weile dauern, Arnau, das weißt du, und bis dahin wird die Börse deines Vaters leer sein. Du weißt, dass dieses Haus mir nicht gehört ... Nein, es gehört mir nicht«, erklärte er angesichts der überraschten Miene des Jungen. »Die meisten Häuser in der Stadt gehören der Kirche – dem Bischof oder einem Orden. Wir besitzen es nur in Erbpacht, für die wir einen jährlichen Pachtzins entrichten müssen. Du weißt ja, dass ich nicht viel arbeiten kann. Um die Summe aufzubringen, habe ich also nur die Mieteinnahmen für das Zimmer. Wenn du nicht genug zahlst ... Verstehst du?«

»Was nützt es dann, frei zu sein, wenn die Menschen in der Stadt genauso an ihre Häuser gefesselt sind wie die Bauern an ihr Land?«, fragte Arnau kopfschüttelnd.

»Wir sind nicht an die Häuser gefesselt«, entgegnete Pere.

»Aber ich habe gehört, dass all diese Häuser vom Vater auf den Sohn übergehen. Sie werden sogar verkauft! Wie ist das möglich, wenn man das Haus nicht besitzt und man auch nicht daran gebunden ist?«

»Ganz einfach, Arnau. Der Kirche gehören viele Ländereien und Besitzungen, doch ihre Gesetze verbieten es ihr, kirchliches Eigentum zu veräußern.« Arnau wollte etwas sagen, doch Pere brachte ihn mit einer Handbewegung zum Schweigen. »Das Problem ist, dass der König Bischöfe, Äbte und sonstige kirchliche Würdenträger aus den Reihen seiner Freunde ernennt. Der Papst stellt sich nie dagegen. All diese Freunde des Königs erhoffen sich gute Einnahmen aus diesen Gütern, doch da sie sie nicht verkaufen können, haben sie sich die Erbpacht ausgedacht und umgehen so das Veräußerungsverbot.«

»Also so eine Art Miete«, sagte Arnau.

»Nein. Mieter kann man jederzeit auf die Straße setzen. Einen Erbpächter kann man nicht hinauswerfen ... solange er seinen Pachtzins zahlt.«

»Und könntest du dein Haus verkaufen?«

»Ja. Das nennt sich dann unterverpachten. Der Bischof erhielte einen Teil der Verkaufssumme, das Laudemio, und der neue Unterpächter könnte es genauso machen. Es gibt nur ein Verbot.« Arnau sah ihn fragend an. »Man darf es nicht jemandem überlassen, der gesellschaftlich höhergestellt ist, einem Adligen zum Beispiel. Obwohl ich nicht glaube, dass ich einen adligen Interessenten für dieses Haus finden würde, oder?«, setzte er grinsend hinzu. Arnau ging nicht auf den Scherz ein, und Peres Lächeln verschwand von seinem Gesicht. Die beiden schwiegen. »Jedenfalls«, stellte der Alte dann fest, »muss ich die Pacht zahlen, und mit dem, was ich verdiene und was du nach Hause bringst . . .«

»Was machen wir jetzt?«, dachte Arnau. Von seinem geringen Lohn würden sie sich nichts leisten können, nicht einmal Essen für zwei Personen. Aber Pere hatte es auch nicht verdient, für sie aufkommen zu müssen. Schließlich war er ihnen stets wohlgesinnt gewesen.

»Mach dir keine Sorgen«, sagte er zögernd. »Wir werden gehen, damit du . . .«

»Mariona und ich haben nachgedacht«, fiel ihm Pere ins Wort. »Wenn es euch nichts ausmacht, könnten Joan und du hier neben dem Herd schlafen.« Arnau riss erstaunt die Augen auf. »Dann könnten wir das Zimmer an eine Familie weitervermieten und den Pachtzins zahlen. Ihr müsstet euch nur zwei Matratzen besorgen. Was hältst du davon?«

Arnau strahlte übers ganze Gesicht. Seine Lippen bebten.

»Heißt das, ja?«, half ihm Pere.

Arnau presste die Lippen aufeinander und nickte energisch mit dem Kopf.

»Auf zur Jungfrau!«, rief einer der Zunftmeister der Bruderschaft.

Die Härchen auf Arnaus Armen und Beinen richteten sich auf.

An diesem Tag waren keine Schiffe da, die be- oder entladen werden mussten. Im Hafen lagen lediglich die kleinen Fischerboote. Die *Bastaixos* hatten sich wie immer am Strand versammelt. Die Sonne ging gerade auf und verhieß einen frühlingshaften Tag.

Seit er sich zu Beginn der Schifffahrtsperiode den *Bastaixos* angeschlossen hatte, hatten sie keinen einzigen Tag Gelegenheit gefunden, am Bau von Santa María mitzuarbeiten.

»Auf zur Jungfrau!«, war erneut ein Ruf aus der Gruppe der *Bastaixos* zu hören.

Arnau beobachtete die Männer. Ein Lächeln erschien auf ihren noch schläfrigen Gesichtern. Einige streckten sich und schwangen die Arme vor und zurück, um den Rücken zu lockern. Arnau erinnerte sich, wie er ihnen damals Wasser gegeben hatte, wenn sie gebückt an ihm vorüberzogen, die Zähne zusammengebissen, die riesigen Steine geschultert. Würde er das schaffen? Vor Angst verspannten sich seine

Muskeln. Er wollte es den übrigen *Bastaixos* nachtun und begann sich zu lockern, indem er die Arme vor- und zurückschwang.

»Dein erstes Mal«, beglückwünschte ihn Ramon. Arnau antwortete nicht und ließ die Arme hängen. »Mach dir keine Sorgen, mein Junge«, setzte er hinzu, legte ihm den Arm auf die Schulter und ermunterte ihn, der Gruppe zu folgen, die sich bereits in Bewegung gesetzt hatte. »Denk daran: Wenn du Steine für die Jungfrau schleppst, trägt sie einen Teil der Last.«

Arnau sah zu Ramon auf.

»Es stimmt«, beteuerte der *Bastaix* lächelnd. »Du wirst es heute sehen.«

Von Santa Clara im äußersten Osten Barcelonas machten sie sich auf den Weg quer durch die ganze Stadt, ließen die Stadtmauer hinter sich und stiegen zum königlichen Steinbruch La Roca auf dem Montjuïc hinauf. Arnau ging schweigend. Hin und wieder hatte er das Gefühl, von den anderen beobachtet zu werden. Es ging durch das Ribera-Viertel, an der Warenbörse und dem Pórtico del Forment vorbei. Als sie am Àngel-Brunnen vorbeikamen, betrachtete Arnau die Frauen, die darauf warteten, ihre Krüge zu füllen. Viele von ihnen hatten Joan und ihn vorgelassen, wenn sie mit ihrem Wasserschlauch dort anstanden. Die Leute grüßten. Einige Kinder sprangen um die Gruppe herum, tuschelten und deuteten respektvoll auf Arnau. Sie ließen die Werft hinter sich und erreichten das Kloster Framenors am westlichen Ende der Stadt. Dort endete die Stadtmauer von Barcelona. Dahinter entstanden die neuen Schiffszeughäuser der gräflichen Stadt, gefolgt von Feldern und Gemüsegärten – Sant Nicolau, San Bertran und Sant Pau del Camp. Dort begann der Aufstieg zum Steinbruch.

Doch bevor sie den Steinbruch erreichten, mussten die *Bastaixos* den Cagalell passieren. Noch bevor sie ihn sahen, schlug ihnen der Gestank der Abfälle der Stadt entgegen.

»Sie lassen gerade das Wasser ab«, sagte einer angesichts des bestialischen Gestanks.

Die meisten Männer nickten zustimmend.

»Sonst wäre der Gestank nicht so schlimm«, setzte ein anderer hinzu.

Der Cagalell war ein Tümpel an der Einmündung des Wasserlaufs der Rambla, gleich neben der Stadtmauer, in dem sich die Abfälle und das Schmutzwasser der Stadt sammelten. Da das Gelände uneben war, floss das Wasser nicht zum Strand ab, sondern blieb dort stehen, bis ein städtischer Angestellter einen Abfluss grub und den Unrat ins Meer leitete. Dann war der Gestank am Cagalell am schlimmsten.

Sie gingen an dem Tümpel entlang, bis sie zu einer Stelle kamen, wo man ihn mit einem Satz überspringen konnte. Dann marschierten sie weiter durch die Felder, bis sie den Fuß des Montjuïc erreichten.

»Und wie kommen wir auf dem Rückweg auf die andere Seite?«, fragte Arnau und deutete auf den Tümpel.

Ramon schüttelte den Kopf.

»Ich habe noch niemanden kennengelernt, der mit einem Stein auf dem Rücken einen solchen Satz machen kann«, sagte er.

Als sie zum königlichen Steinbruch hinaufstiegen, blieb Arnau stehen und sah auf die Stadt hinunter. Sie war weit weg, sehr weit. Wie sollte er diesen ganzen Weg mit einem Stein auf dem Rücken schaffen? Er merkte, wie seine Beine nachgaben, und lief rasch hinter der Gruppe her, die schwatzend und lachend weitergegangen war.

Schließlich tauchte hinter einer Wegbiegung der königliche Steinbruch La Roca auf. Arnau entfuhr ein Ausruf des Erstaunens. Es war wie auf der Plaza del Blat oder einem der anderen Märkte, nur ohne Frauen! Auf einem großen, ebenen Gelände verhandelten die königlichen Beamten mit den Leuten, die gekommen waren, um Steine zu kaufen. Am einen Ende der Freifläche, dort, wo man noch nicht mit dem Abbau des Gesteins begonnen hatte, drängten sich Karren und Maultiergespanne. Überall sonst erhoben sich Steilwände aus glänzendem Gestein. Unzählige Steinmetze schlugen gefährlich große Blöcke aus dem Fels, die sie dann auf der Freifläche auf die richtige Größe zurechtklopften.

Die *Bastaixos* wurden von allen, die auf ihre Steine warteten, herzlich empfangen. Während die Zunftmeister zu den Beamten gingen, mischten sich die übrigen unter die Leute. Es gab Umarmungen, Hände wurden geschüttelt, man hörte Scherze und Lachen, Krüge mit Wasser und Wein wurden ihnen entgegengehalten.

Arnau konnte den Blick nicht von den Steinmetzen und ihren Gehilfen wenden, die Karren und Maultiere beluden, stets gefolgt von einem Beamten, der das Ganze überwachte. Wie auf den Märkten diskutierten die Leute oder warteten ungeduldig, dass sie an die Reihe kamen.

»Das hast du nicht erwartet, stimmt's?«

Als Arnau sich umdrehte, sah er Ramon, der gerade einen Krug zurückreichte, und schüttelte den Kopf.

»Wofür sind all diese Steine?«

»Oje!« Und Ramon begann aufzuzählen: »Für die Kathedrale, für Santa María del Pi, Santa Anna, das Kloster von Pedralbes, die königlichen Zeughäuser, Santa Clara, die Stadtmauer. Überall wird gebaut und umgebaut, nicht zu sprechen von den neuen Wohnhäusern der Reichen und Adligen. Niemand will mehr Holz oder Ziegel. Stein soll es sein, nur noch Stein.«

»Und der König stellt die ganzen Steine zur Verfügung?«

Ramon musste herzhaft lachen.

»Nur die für Santa María del Mar. Die rückt er tatsächlich kostenlos heraus ... und wahrscheinlich auch die für das Kloster von Pedralbes, denn das entsteht im Auftrag der Königin. Für alle anderen verlangt er gutes Geld.«

»Und was ist mit den königlichen Schiffszeughäusern?«, fragte Arnau. »Wenn sie doch königlich sind ...«

Ramon lachte erneut.

»Sie mögen königlich sein, aber der König kommt nicht für die Kosten auf.«

»Die Stadt?«

»Auch nicht.«

»Die Händler?«

»Auch nicht.«

»Wer dann?«, wollte Arnau von dem *Bastaix* wissen.

»Die königlichen Schiffszeughäuser werden bezahlt von ...«

»Von den Sündern!«, fiel ihm der Mann ins Wort, der ihm den Krug gereicht hatte, ein Fuhrmann von der Kathedrale.

Ramon und er lachten über Arnaus verdutztes Gesicht.

»Von den Sündern?«

»Ja«, fuhr Ramon fort, »die neuen Zeughäuser werden von dem Geld der sündigen Händler bezahlt. Pass auf, es ist ganz einfach: Nach den Kreuzzügen ... Weißt du, was Kreuzzüge sind?« Arnau nickte. Natürlich wusste er, was die Kreuzzüge waren. »Nun, nachdem die

Heilige Stadt endgültig verloren war, untersagte die Kirche den Handel mit dem Sultan von Ägypten. Doch offenbar bekommen unsere Händler ihre besten Waren von dort, und keiner von ihnen ist bereit, auf den Handel mit dem Sultan zu verzichten. Also gehen sie vorher zum Seekonsulat und bezahlen eine Strafe für die Sünde, die sie begehen werden. So erkaufen sie sich im Voraus die Absolution, und es ist keine Sünde mehr. König Alfons hat bestimmt, dass dieses Geld für den Bau der neuen Schiffszeughäuser von Barcelona verwendet werden soll.«

Arnau wollte etwas sagen, doch Ramon unterbrach ihn mit einer Handbewegung. Die Zunftmeister riefen nach ihnen, und Ramon forderte den Jungen auf, ihm zu folgen.

»Sind wir vor ihnen dran?«, fragte Arnau mit einem Blick auf die zurückbleibenden Fuhrleute.

»Natürlich«, antwortete Ramon, ohne stehen zu bleiben. »Bei uns sind nicht so viele Kontrollen nötig wie bei ihnen. Die Steine sind umsonst, und es ist ganz einfach, sie zu zählen: ein *Bastaix*, ein Stein.«

»Ein *Bastaix*, ein Stein«, wiederholte Arnau bei sich, als der erste *Bastaix* mit dem ersten Stein an ihm vorbeiging. Sie hatten nun die Stelle erreicht, wo die Steinmetze die großen Blöcke zurechtklopften. Er sah in das angestrengte Gesicht des Mannes. Arnau lächelte, doch sein Zunftbruder erwiderte das Lächeln nicht. Die Scherze waren verstummt, niemand lachte und schwatzte mehr. Alle blickten auf die Steine, die auf dem Boden lagen, die *Capçana* um die Stirn gezurrt. Die *Capçana*! Arnau legte sie an. Die *Bastaixos* gingen mit ihren Steinen schweigend an ihm vorbei, einer nach dem anderen, und je mehr vorbeikamen, desto kleiner wurde die Gruppe, die rund um die Steine stand. Arnau betrachtete die Steine. Sein Mund war trocken, und sein Magen krampfte sich zusammen. Einer der *Bastaix* bückte sich, und zwei Männer wuchteten den Stein auf seinen Rücken. Arnau sah, wie er wankte und wie seine Knie zitterten. Er ließ einige Sekunden verstreichen, dann richtete er sich auf und ging an Arnau vorbei in Richtung Santa María. Mein Gott, der Mann war dreimal so stark wie er! Und seine Beine hatten gezittert! Wie sollte er ...?

»Arnau!«, riefen ihn die Zunftmeister zu sich. Sie würden sich als Letzte auf den Weg machen. Nur noch wenige *Bastaixos* waren übrig. Ramon schob ihn nach vorne.

»Nur Mut«, sagte er.

Die drei Zunftmeister sprachen mit einem der Steinmetze, doch der schüttelte nur den Kopf. Die vier Männer nahmen die Steine in Augenschein, zeigten hierhin und dorthin, dann schüttelten alle erneut den Kopf. Neben den Steinen stehend, versuchte Arnau zu schlucken, doch seine Kehle war trocken. Er zitterte. Er durfte nicht zittern! Er bewegte die Hände und dann die Arme. Sie durften nicht sehen, wie er zitterte!

Josep, einer der Zunftmeister, deutete auf einen Stein. Der Steinmetz machte eine gleichgültige Geste, dann sah er Arnau an, schüttelte erneut den Kopf und wies seine Männer an, den Stein zu holen. »Sie sind alle gleich«, beteuerte er immer wieder.

Als Arnau die beiden Männer mit dem Stein dort stehen sah, trat er zu ihnen. Er beugte den Rücken und spannte sämtliche Muskeln an. Alle Anwesenden schwiegen. Die Männer ließen den Stein vorsichtig los und halfen ihm, ihn mit den Händen zu umfassen. Als er das Gewicht spürte, ging er in die Knie. Arnau biss die Zähne zusammen und schloss die Augen. »Hoch!«, glaubte er eine Stimme zu hören. Niemand hatte etwas gesagt, aber alle hatten es gedacht, als sie die Beine des Jungen wanken sahen. Hoch! Hoch! Arnau richtete sich unter der Last auf. Viele atmeten auf. Ob er überhaupt gehen konnte? Arnau stand da, die Augen immer noch geschlossen. Würde er gehen können?

Er setzte einen Fuß nach vorne. Das Gewicht des Steines drückte ihn nach vorne und zwang ihn, den anderen Fuß nach vorne zu setzen und dann wieder den einen ... und wieder den anderen. Wenn er stehen blieb ... Wenn er stehen blieb, würde er mit dem Stein nach vorne umfallen.

Ramon zog die Nase hoch und hielt sich die Augen zu.

»Nur Mut, Junge!«, hörte man einen der wartenden Fuhrmänner rufen.

»Nur wacker voran!«

»Du schaffst es!«

»Auf nach Santa María!«

Die Rufe hallten von den Wänden des Steinbruchs wider und begleiteten Arnau noch immer, als er bereits alleine auf dem Weg zurück in die Stadt war.

Doch er war nicht alleine. Alle *Bastaixos*, die nach ihm losgegangen waren, holten ihn mühelos ein, und alle, vom Ersten bis zum Letzten, passten ihre Schritte für einige Minuten denen von Arnau an, um ihm Mut zuzusprechen und ihn anzufeuern. Sobald der Nächste ihn erreichte, nahm der Vorherige sein Tempo wieder auf.

Aber Arnau hörte sie nicht. Er dachte nicht einmal. Seine Aufmerksamkeit war einzig und allein auf den Fuß gerichtet, den er nach vorne setzen musste. Wenn er ihn vor sich auf dem Weg erscheinen sah, wartete er auf den nächsten. Einen Fuß vor den anderen setzend, überwand er den Schmerz.

In den Feldern von San Bertran dauerte es eine Ewigkeit, bis ihm die Füße gehorchten. Alle *Bastaixos* hatten ihn bereits überholt. Er erinnerte sich, wie sie die schweren Steine auf der Reling eines Bootes abgelegt hatten, wenn Joan und er ihnen Wasser zu trinken gaben. Er sah sich nach etwas Ähnlichem um und entdeckte nach kurzer Zeit einen Olivenbaum, auf dessen unteren Ästen er den Stein abstützen konnte. Wenn er ihn auf den Boden legte, würde er ihn nicht mehr schultern können. Er hatte kein Gefühl mehr in den Beinen.

»Wenn du stehen bleibst«, hatte Ramon ihm geraten, »achte darauf, dass sich deine Beine nicht völlig verkrampfen, sonst kannst du nicht weitergehen.«

Von einem Teil der Last befreit, bewegte Arnau weiter die Beine. Er atmete tief durch, einmal, zweimal, immer wieder. Einen Teil der Last trägt die Jungfrau, auch das hatte ihm Ramon gesagt. Mein Gott! Wenn das stimmte, wie viel wog dann dieser Stein wirklich? Er traute sich nicht, den Rücken zu strecken. Er tat weh, schrecklich weh. Er ruhte sich eine ganze Weile aus. Würde er sich wieder in Bewegung setzen können? Arnau blickte sich um. Er war allein. Nicht einmal die anderen Fuhrleute nahmen diesen Weg, sondern den zum Stadttor Trentaclaus.

Ob es wohl ging? Arnau sah in den Himmel. Er lauschte in die Stille und hob dann mit einem Ruck den Stein wieder an. Seine Füße setzten sich in Bewegung. Erst der eine, dann der andere, erst der eine, dann der andere ...

Am Cagalell legte er eine weitere Rast ein, den Stein auf einen Felsvorsprung gestützt. Dort erschienen die ersten *Bastaixos*, die bereits auf dem Rückweg zum Steinbruch waren. Niemand sagte etwas.

Sie sahen sich nur an. Arnau biss die Zähne zusammen und hob den Stein wieder an. Einige *Bastaixos* nickten ihm aufmunternd zu, doch keiner von ihnen blieb stehen. »Es ist seine Herausforderung«, sagte einer von ihnen, als Arnau ihn nicht mehr hören konnte. Er blickte zurück und sah, wie sich der Stein langsam vorwärtsbewegte. »Er muss alleine zurechtkommen«, pflichtete ein anderer bei.

Als Arnau die westliche Stadtmauer und das Kloster Framenors hinter sich gelassen hatte, begegneten ihm die ersten Einwohner Barcelonas. Er konzentrierte sich weiter auf seine Füße. Er war schon in der Stadt! Seeleute, Fischer, Frauen und Kinder, Werftarbeiter, Schiffszimmerleute – alle beobachteten schweigend den schweißüberströmten Jungen, der sich mit schmerzverzerrtem Gesicht unter der Last des Steins krümmte. Alle starrten auf die Füße des jungen *Bastaix*, denen Arnaus ganze Aufmerksamkeit galt, und alle feuerten ihn wortlos an: einer vor den anderen, einer vor den anderen ...

Einige schlossen sich Arnau schweigend an, und so erreichte der Junge nach über zwei Stunden Plackerei die Kirche Santa María, gefolgt von einer kleinen, stillen Menschenmenge. Die Bauarbeiten kamen zum Stillstand. Die Maurer beugten sich über die Gerüste, und die Zimmerleute und Steinmetzen ließen ihre Arbeit ruhen. Pater Albert, Pere und Mariona erwarteten ihn. Àngel, der Sohn des Hafenschiffers, der mittlerweile Geselle geworden war, kam ihm entgegengelaufen.

»Los!«, schrie er. »Du bist da! Du bist am Ziel! Los, komm schon!«

Von den Gerüsten herunter waren aufmunternde Rufe zu hören. Diejenigen, die Arnau gefolgt waren, brachen in Jubel aus. Ganz Santa María stimmte mit ein, sogar Pater Albert jubelte mit. Arnau jedoch blickte weiter auf seine Füße, einen vor den anderen, einen vor den anderen ... Bis er die Stelle erreichte, wo die Steine abgeladen wurden. Dort stürzten sich die Lehrlinge und Gesellen auf den Stein, den der Junge herangeschleppt hatte.

Erst jetzt sah Arnau auf, immer noch gebeugt und zitternd, und lächelte. Die Leute drängten sich um ihn und beglückwünschten ihn. Arnau wusste nicht, wer ihn dort umringte, er erkannte nur Pater Albert, der zum Friedhof Las Moreres hinübersah. Arnau folgte seinem Blick.

»Für Euch, Vater«, flüsterte er.

Als die Leute sich zerstreuten und Arnau erneut zum Steinbruch aufbrechen wollte, hinter seinen Zunftbrüdern her, von denen einige die Strecke bereits zum dritten Mal zurückgelegt hatten, rief der Priester ihn zu sich. Er hatte Anweisungen von Josep erhalten, dem Zunftmeister.

»Ich habe eine Aufgabe für dich«, sagte er zu ihm. Arnau blieb stehen und sah ihn erstaunt an. »Die Sakramentskapelle muss ausgefegt, aufgeräumt und mit neuen Kerzen versehen werden.«

»Aber . . .«, wandte Arnau mit einem Blick auf die Steine ein.

»Es gibt kein Aber.«

19

Es war ein harter Tag gewesen. So kurz nach der Sommersonnenwende war es abends lange hell, und die *Bastaixos* arbeiteten von Sonnenaufgang bis Sonnenuntergang, be- und entluden die Schiffe, die in den Hafen kamen, immer angetrieben von den Händlern und Kapitänen, die so wenig Zeit wie möglich im Hafen von Barcelona verlieren wollten.

Als Arnau müde nach Hause kam, die Füße nachziehend, die *Capçana* in der Hand, wandten sich ihm acht Gesichter zu. Bei Pere und Mariona am Tisch saßen ein Mann und eine Frau. Joan, ein Junge und zwei Mädchen sahen ihn vom Fußboden aus an, den Rücken an die Wand gelehnt. Alle aßen mit Appetit aus ihren Schüsseln.

»Arnau«, sagte Pere, »ich möchte dir unsere neuen Mieter vorstellen. Das ist Gastó Segura, ein Gerbergeselle.« Der Mann nickte lediglich mit dem Kopf, ohne mit dem Essen aufzuhören. »Seine Frau Eulàlia.« Diese lächelte ihm zu. »Und ihre drei Kinder, Simò, Aledis und Alesta.«

Arnau, der rechtschaffen müde war, hob kurz die Hand in Richtung Joan und der Gerberkinder und wollte die Schüssel nehmen, die Mariona ihm anbot. Doch etwas trieb ihn dazu, sich noch einmal zu den drei Neuankömmlingen umzudrehen. Diese Augen! Die Augen der beiden Mädchen waren auf ihn geheftet. Sie waren riesig, dunkelbraun und lebhaft. Die beiden lächelten.

»Iss jetzt, Junge!«

Das Lächeln verschwand. Alesta und Aledis blickten in ihre Schüsseln, und Arnau sah den Gerber an, der aufgehört hatte zu essen und eine Kopfbewegung in Richtung Mariona machte, die neben dem Feuer stand und ihm die Schüssel entgegenhielt.

Mariona überließ ihm ihren Platz am Tisch, und Arnau begann seinen Eintopf zu löffeln. Gastó Segura, der ihm gegenübersaß, schlürfte und kaute mit offenem Mund. Jedes Mal, wenn Arnau von seinem Teller aufsah, begegnete er dem Blick des Gerbers, der auf ihn gerichtet war.

Nach einer Weile stand Simò auf, um Mariona seine Schüssel und die seiner Schwestern zu geben, die bereits leer waren.

»Ab ins Bett«, befahl Gastó in das Schweigen hinein.

Dann sah der Gerber Arnau mit zusammengekniffenen Augen an. Der fühlte sich unbehaglich und konzentrierte sich auf seine Schüssel. Er hörte nur, wie die Mädchen aufstanden und sich schüchtern verabschiedeten. Als ihre Schritte verklungen waren, sah Arnau wieder auf. Gastós Aufmerksamkeit schien nachgelassen zu haben.

»Wie sind sie?«, fragte er Joan in dieser Nacht, als sie zum ersten Mal unten schliefen, ihre Strohsäcke zu beiden Seiten des Herdes auf dem Boden ausgebreitet.

»Wer?«, fragte Joan zurück.

»Die Töchter des Gerbers.«

»Wie sollen sie schon sein? Normal«, sagte Joan und machte ein ratloses Gesicht, das sein Bruder in der Dunkelheit nicht sehen konnte. »Ganz normale Mädchen. Nehme ich zumindest an«, zögerte er. »Eigentlich weiß ich es nicht. Sie haben mich nicht mit ihnen sprechen lassen. Ihr Bruder hat mir nicht einmal gestattet, ihnen die Hand zu geben. Stattdessen hat er meine Hand ergriffen und mich von ihnen weggezogen.«

Doch Arnau hörte ihm nicht mehr zu. Wie konnten diese Augen normal sein? Und sie hatten ihm zugelächelt. Beide.

Als es Tag wurde, kamen Pere und Mariona nach unten. Arnau und Joan hatten ihre Strohsäcke bereits weggeräumt. Kurz darauf erschienen der Gerber und sein Sohn. Die Frauen waren nicht dabei. Gastó hatte ihnen verboten herunterzukommen, bis die Jungen gegangen waren. Arnau verließ Peres Haus in Gedanken an diese riesigen braunen Augen.

»Heute bist du für die Kapelle zuständig«, sagte einer der Zunftmeister zu ihm, als er zum Strand kam. Tags zuvor hatte er beobachtet, wie der Junge schwankend das letzte Bündel ablud.

Arnau nickte. Es machte ihm nichts mehr aus, dass man ihn zur Kapelle schickte. Niemand zweifelte mehr an seinen Fähigkeiten als *Bastaix*. Die Zunftmeister hatten ihn in die Bruderschaft aufgenommen, und auch wenn er noch nicht so viel tragen konnte wie Ramon und die meisten anderen, so stürzte er sich doch mit Feuereifer auf seine Arbeit, die ihm Freude machte. Alle mochten ihn. Aber diese braunen Augen ... Womöglich würden sie ihn daran hindern, sich auf seine Arbeit zu konzentrieren, und außerdem war er müde – er hatte nicht gut geschlafen neben dem Herd. Er betrat Santa María durch das Hauptportal der alten Kirche, das noch stand. Gastó Segura hatte nicht zugelassen, dass er sie ansah. Warum durfte er die Mädchen nicht ansehen? Und heute Morgen hatte er ihnen bestimmt verboten ... Er stolperte über eine Schnur und wäre beinahe hingefallen. Er strauchelte noch einige Meter weiter und riss weitere Schnüre mit, bis ihn schließlich ein Paar Hände festhielt. Er verrenkte sich den Knöchel und stieß einen Schmerzensschrei aus.

»He, pass gefälligst auf!«, hörte er den Mann sagen, der ihm geholfen hatte. »Sieh nur, was du angerichtet hast!«

Sein Knöchel schmerzte, aber er schaute zu Boden. Er hatte die Schnüre und Pflöcke umgerissen, mit denen Berenguer de Montagut ... Aber das war doch nicht möglich! Arnau drehte sich langsam zu dem Mann um, der ihn aufgefangen hatte. Es konnte doch nicht der Baumeister sein! Er errötete, als er Berenguer de Montagut von Angesicht zu Angesicht gegenüberstand. Dann fiel sein Blick auf die Arbeiter, die in ihrer Beschäftigung innegehalten hatten und zu ihnen hinübersahen.

»Ich ... ich ...«, stotterte er. »Wenn Ihr wünscht, könnte ich Euch helfen.« Er deutete auf das Knäuel aus Schnüren zu seinen Füßen. »Es tut mir leid, Meister.«

Plötzlich erhellte sich Berenguer de Montaguts Miene. Er hielt ihn noch immer am Arm gepackt.

»Du bist der *Bastaix*«, stellte er lächelnd fest. Arnau nickte. »Ich habe dich schon ein paar Mal gesehen.«

Berenguers Lächeln wurde breiter. Die Gesellen atmeten erleichtert auf. Arnau blickte erneut auf die Schnüre, die sich um seine Füße geschlungen hatten.

»Es tut mir leid«, wiederholte er.

»Was soll's.« Der Baumeister gab den Gesellen einen Wink. »Bringt das in Ordnung«, wies er sie an. »Komm her, setzen wir uns. Hast du dir wehgetan?«

»Ich wollte Euch nicht verärgern«, sagte Arnau und verzog schmerzlich das Gesicht, nachdem er in die Hocke gegangen war, um sich aus den Schnüren zu befreien.

»Warte.«

Berenguer de Montagut zog ihn hoch und kniete sich dann hin, um die Schnüre zu entwirren. Arnau wagte es nicht, ihn anzusehen, und blickte zu den Gesellen hinüber, die die Szene verblüfft beobachteten. Der Baumeister ging vor einem einfachen *Bastaix* in die Knie!

»Wir müssen achtsam mit diesen Männern umgehen!«, rief er allen Anwesenden zu, als er Arnaus Füße befreit hatte. »Ohne sie hätten wir keine Steine. Komm mit mir. Setzen wir uns. Tut es weh?«

Arnau schüttelte den Kopf, aber er humpelte. Trotzdem versuchte er, sich nicht auf den Baumeister zu stützen. Berenguer hakte ihn fest unter und führte ihn zu einigen Säulen, die auf dem Boden darauf warteten, aufgerichtet zu werden. Die beiden setzten sich darauf.

»Ich werde dir ein Geheimnis verraten«, sagte der Baumeister, nachdem sie Platz genommen hatten. Arnau sah Berenguer an. Der Baumeister wollte ihm ein Geheimnis verraten! Was würde ihm an diesem Morgen noch alles passieren? »Ich habe neulich versucht, den Stein hochzuheben, den du hierhergetragen hast. Es ist mir nicht gelungen.« Berenguer schüttelte den Kopf. »Dies ist eure Kirche«, erklärte er dann, während er seinen Blick über den Bau wandern ließ. Arnau bekam eine Gänsehaut. »Eines Tages, zu Lebzeiten unserer Enkel, ihrer Kinder oder Kindeskinder, werden die Leute nicht von Berenguer de Montagut sprechen, wenn sie diesen Bau betrachten, sondern von dir, mein Junge.«

Arnau hatte einen Kloß im Hals. Was sagte der Baumeister da? Wie sollte ein *Bastaix* wichtiger sein als der große Berenguer de Montagut, Baumeister von Santa María und der Kathedrale von Manresa? Er war doch der wichtige Mann hier.

»Tut es weh?«, erkundigte sich der Baumeister noch einmal.

»Nein ... doch, ein bisschen. Ich habe mir nur den Knöchel verrenkt.«

»Das hoffe ich.« Berenguer de Montagut klopfte ihm auf den Rücken. »Wir brauchen deine Steine. Es ist noch viel zu tun.«

Gemeinsam mit dem Baumeister betrachtete nun auch Arnau den Bau.

»Gefällt sie dir?«, fragte Berenguer de Montagut unvermittelt.

Ob sie ihm gefiel? Diese Frage hatte er sich nie gestellt. Er sah, wie die Kirche wuchs, ihre Mauern, ihre Apsiden, ihre herrlichen schlanken Säulen, ihre Strebepfeiler, aber ... Gefiel sie ihm?

»Es heißt, sie wird die schönste aller Kirchen werden, die je auf der Welt für die Jungfrau errichtet wurde«, sagte er schließlich.

Berenguer sah Arnau an und lächelte. Wie sollte er einem Jungen, einem *Bastaix*, erklären, wie diese Kirche aussehen sollte, wenn nicht einmal Bischöfe und Adlige imstande waren, die Größe seines Projekts zu erahnen?

»Wie heißt du?«

»Arnau.«

»Nun gut, Arnau, ich weiß nicht, ob es die schönste Kirche der Welt wird.« Arnau vergaß seinen Fuß und sah den Baumeister an. »Aber ich versichere dir, dass sie einzigartig sein wird, und einzigartig bedeutet weder besser noch schlechter, sondern einfach nur das: einzigartig.«

Berenguer de Montagut ließ seinen Blick über den Bau schweifen, dann sprach er weiter: »Hast du schon einmal von Frankreich oder der Lombardei gehört, von Genua, Pisa, Florenz?« Arnau nickte. Natürlich hatte er von den Feinden seines Landes gehört. »Nun, an all diesen Orten werden ebenfalls Kirchen erbaut. Es sind große Kathedralen, prächtig und über und über mit Schmuckelementen verziert. Die Herrschenden dieser Orte wollen, dass ihre Kirchen die größten und schönsten auf der ganzen Welt sind.«

»Wollen wir das denn nicht?«

»Ja und nein.« Berenguer de Montagut sah ihn an und lächelte. »Wir wollen, dass dies die schönste Kirche der Menschheitsgeschichte wird. Doch das wollen wir mit anderen Mitteln erreichen als die anderen. Wir wollen, dass das Haus der Schutzpatronin des Meeres das Haus aller Katalanen ist, im selben Geist ersonnen und erbaut, der uns zu dem gemacht hat, was wir sind, indem wir auf unsere ureigenen Elemente zurückgreifen: das Meer und das Licht. Begreifst du?«

Arnau dachte einige Sekunden nach. Dann schüttelte er den Kopf.

»Wenigstens bist du ehrlich«, lachte der Baumeister. »Die Herrschenden handeln zu ihrem eigenen, persönlichen Ruhm. Anders hingegen wir. Ich habe gesehen, dass ihr eure Lasten manchmal zu zweit mit Hilfe einer Stange tragt statt auf dem Rücken.«

»Ja, wenn sie zu groß sind, um sie auf dem Rücken zu tragen.«

»Was würde geschehen, wenn wir die Länge der Stange verdoppelten?«

»Sie würde zerbrechen.«

»Nun, genauso ist es mit den Kirchen der Herrschenden ... Nein, ich will damit nicht sagen, dass sie einstürzen«, erklärte er angesichts der erschreckten Miene des Jungen. »Aber weil sie so groß, so hoch und so lang sein sollen, muss man sie sehr schmal bauen. Hoch, lang und schmal, verstehst du?« Diesmal nickte Arnau. »Unsere wird das genaue Gegenteil sein. Sie wird weder so lang werden noch so hoch, dafür aber sehr breit, damit alle Katalanen hineinpassen, vor ihrer Jungfrau vereint. Wenn sie eines Tages fertig ist, wirst du es sehen. Es wird Raum für alle Gläubigen da sein, ohne Unterschiede, und der einzige Schmuck wird das Licht sein, das Licht des Mittelmeeres. Mehr Schmuck brauchen wir nicht. Nur den Raum und das Licht, das dort hineinfallen wird.« Berenguer de Montagut deutete auf das Gewölbe und beschrieb eine Handbewegung bis zum Boden. Arnau folgte seiner Hand mit dem Blick. »Diese Kirche wird für das Volk erbaut werden, nicht zum höheren Ruhme eines Fürsten.«

»Meister ...« Einer der Gesellen war zu ihnen getreten. Die Pflöcke und Schnüre waren wieder in Ordnung gebracht.

»Begreifst du nun?«

Eine Kirche für das Volk!

»Ja, Meister.«

»Deine Steine sind Gold wert für diese Kirche, denk daran«, setzte Montagut hinzu und stand auf. »Tut es noch weh?«

Arnau hatte den Knöchel völlig vergessen und schüttelte den Kopf.

Weil er von der Arbeit als *Bastaix* freigestellt war, kehrte Arnau an diesem Tag früher nach Hause zurück. Er fegte rasch die Kapelle, putzte die Kerzen, ersetzte die bereits heruntergebrannten und verabschiedete sich nach einem kurzen Gebet von der Jungfrau. Pater Albert sah, wie er in aller Eile die Kirche Santa María verließ, und genauso eilig sah ihn Mariona ins Haus stürzen.

»Was ist los?«, fragte ihn die alte Frau. »Was machst du so früh hier?«

Arnau blickte sich in dem Raum um. Dort saßen sie, Mutter und Töchter, am Tisch und nähten. Die drei sahen ihn an.

»Arnau«, fragte Mariona erneut, »ist etwas?«

Arnau merkte, dass er errötete.

»Nein, nein . . .«

Er hatte sich keine Ausrede ausgedacht! Wie hatte er nur so dumm sein können! Und sie sahen ihn an. Alle sahen ihn an, wie er dort keuchend an der Tür stand.

»Nein, nein . . .«, wiederholte er. »Es ist nur . . . Ich habe heute früher Schluss gemacht.«

Mariona lächelte und warf einen vielsagenden Blick auf die Mädchen. Auch Eulàlia, die Mutter, konnte sich ein Lächeln nicht verkneifen.

»Nun, wenn du schon einmal früher freihast«, riss Mariona ihn aus seinen Gedanken, »kannst du Wasser für mich holen gehen.«

Sie hatte ihn wieder angesehen, dachte der Junge, als er mit dem Eimer zum Àngel-Brunnen ging. Wollte sie ihm etwas sagen? Arnau schwenkte den Eimer hin und her. Ganz bestimmt wollte sie das.

Doch er hatte keine Gelegenheit, es herauszufinden. Wenn Eulàlia nicht da war, sah er sich Gastós schwarzen Zahnstummeln gegenüber – den wenigen, die ihm geblieben waren. Und wenn keiner von beiden zu sehen war, hatte Simò ein wachsames Auge auf die Mädchen. Tagelang musste sich Arnau damit begnügen, sie verstohlen zu beobachten. Hin und wieder gelang es ihm, einen raschen Blick auf ihre fein gezeichneten Gesichter zu erhaschen, das wohlgeformte Kinn, die vorstehenden Wangenknochen, die gerade, zierliche italische Nase, die weißen, ebenmäßigen Zähne und diese beeindruckenden braunen Augen. Manchmal, wenn die Sonne in Peres Haus fiel, konnte Arnau beinahe den bläulichen Schimmer ihres langen, seidigen, rabenschwarzen Haars spüren. Und ganz selten, wenn er sich unbeobachtet fühlte, wanderte sein Blick an Aledis' Hals hinab bis dorthin, wo die Brüste der Älteren der beiden Schwestern zu erahnen waren, trotz des groben Kittels, den sie trug. Dann durchfuhr ein unbekannter Schauder seinen ganzen Körper, und wenn niemand hinschaute, ließ er seinen Blick noch weiter hinabgleiten, um sich an den Rundungen des Mädchens zu ergötzen.

Gastó Segura hatte während der Hungersnot alles verloren, was er besaß, und dieses Schicksal hatte ihn, der schon vorher ein schroffes Wesen besaß, noch verbitterter gemacht. Sein Sohn Simò arbeitete als Gerberlehrling mit ihm zusammen. Seine große Sorge waren diese beiden Mädchen, denen er keine Mitgift geben konnte, damit sie einen guten Ehemann fanden. Doch die Mädchen waren von einer außergewöhnlichen Schönheit, und Gastó vertraute darauf, dass sie einen anständigen Mann fanden. Dann hätte er zwei Mäuler weniger zu stopfen.

Dazu, so dachte der Mann, mussten die Mädchen ihre Unschuld bewahren. Niemand in Barcelona durfte auch nur den geringsten Zweifel an ihrem Anstand hegen. Nur so, schärfte er Eulàlia und Simò immer wieder ein, würden Alesta und Aledis einen guten Ehemann finden. Die drei – Vater, Mutter und älterer Bruder – hatten dieses Ziel zu ihrem eigenen gemacht. Doch während Gastó und Eulàlia fest darauf vertrauten, dass es ein Leichtes sein würde, dieses Ziel zu erreichen, sah das bei Simò anders aus, je länger sie mit Arnau und Joan unter einem Dach lebten.

Joan hatte sich zum begabtesten Schüler der Domschule entwickelt. Schon nach kurzer Zeit beherrschte er das Lateinische, und seine Lehrer lobten diesen ruhigen, besonnenen, nachdenklichen und vor allem gläubigen Schüler in den höchsten Tönen. Bei seinen ganzen Vorzügen zweifelten nur wenige daran, dass ihm eine große Zukunft innerhalb der Kirche bevorstand. Joan gelang es, die Achtung von Gastó und Eulàlia zu gewinnen, die oft gemeinsam mit Pere und Mariona aufmerksam und hingerissen den Ausführungen des Jungen über die Heiligen Schriften folgten. Nur die Priester konnten diese lateinischen Bücher lesen, und nun saßen die vier in einem bescheidenen Häuschen am Strand und konnten den heiligen Worten, den alten Geschichten und den Botschaften des Herrn lauschen, die sie zuvor nur von den Kanzeln herab gehört hatten.

Doch wenn Joan die Achtung seiner Mitbewohner gewonnen hatte, so stand ihm Arnau in nichts nach. Selbst Simò betrachtete ihn mit Neid. Ein *Bastaix*! Nur wenige im Ribera-Viertel wussten nicht, dass Arnau im Schweiße seines Angesichts Steine für die Jungfrau heranschleppte. »Angeblich hat der große Berenguer de Montagut vor ihm niedergekniet, um ihm zu helfen«, hatte ihm ein anderer Lehrling in der Gerberwerkstatt erzählt. Simò stellte sich vor, wie der große, von

Adligen und Bischöfen geachtete Baumeister zu Arnaus Füßen niederkniete. Wenn der Baumeister etwas sagte, verstummten alle, sogar sein Vater. Und wenn er brüllte, dann zitterten sie. Simò beobachtete Arnau, wenn dieser abends nach Hause kam. Er war müde und verschwitzt, in der Hand die *Capçana* ... und doch lächelte er! Wann hatte er selbst einmal gelächelt, wenn er von der Arbeit kam? Einmal war er Arnau begegnet, als dieser Steine nach Santa María schleppte. Seine Beine, die Arme, die Brust – alles schien aus Eisen zu sein. Simò betrachtete den Stein und dann Arnaus verzerrtes Gesicht. Hatte er da ein Lächeln gesehen?

So kam es, dass sich Simò sehr zurückhielt, wenn Arnau oder Joan kamen, obwohl er älter war als die beiden und eigentlich auf seine Schwestern aufpassen sollte. Die beiden Mädchen genossen die Freiheit, die ihnen verwehrt blieb, wenn ihre Eltern da waren.

»Machen wir einen Spaziergang am Strand!«, schlug Alesta eines Tages vor.

Simò wollte sich weigern. Am Strand spazieren gehen ... Wenn sein Vater sie sah!

»Einverstanden«, sagte Arnau.

»Es wird uns guttun«, pflichtete Joan bei.

Simò schwieg. Zu fünft gingen sie hinaus in die Sonne, Aledis neben Arnau, Alesta neben Joan, Simò als Letzter hinterdrein. Die Mädchen ließen ihre Haare im Wind flattern, der ihre weiten Kittel fest gegen ihre Körper presste, sodass sich die Brüste durch den Stoff abzeichneten.

Schweigend blickten sie aufs Meer hinaus oder gruben ihre Füße in den Sand, bis sie auf eine Gruppe untätiger *Bastaixos* trafen. Arnau winkte ihnen zu.

»Soll ich sie dir vorstellen?«, fragte er Aledis.

Das Mädchen sah zu den Männern herüber. Alle starrten sie an. Warum glotzten sie so? Mein Gott, sie schienen durch den Stoff ihres Kittels hindurchzusehen! Das Mädchen errötete und schüttelte den Kopf, doch Arnau ging bereits zu ihnen. Aledis kehrte um, und Arnau blieb auf halbem Wege stehen.

»Lauf ihr hinterher, Arnau«, hörte er einen seiner Zunftbrüder rufen.

»Lass sie nicht entwischen«, riet ihm ein Zweiter.

»Sie ist wirklich hübsch!«, urteilte ein Dritter.

Arnau beschleunigte seine Schritte, bis er Aledis eingeholt hatte.

»Was hast du denn?«

Das Mädchen gab keine Antwort. Sie wandte ihr Gesicht ab und hatte die Arme vor der Brust verschränkt, aber sie ging nicht nach Hause. So liefen sie nebeneinanderher, nur begleitet vom Rauschen der Wellen.

20

Als sie an diesem Abend gemeinsam am Herd saßen und aßen, schenkte das Mädchen Arnau eine Sekunde länger Beachtung als nötig, eine Sekunde, in der sie ihre wunderschönen braunen Augen auf ihn heftete.

Eine Sekunde, in der Arnau wieder das Meer rauschen hörte, während sich seine Füße in den warmen Sand gruben. Er warf den Übrigen einen Blick zu, um zu sehen, ob einer von ihnen die Unvorsichtigkeit bemerkt hatte. Doch Gastó unterhielt sich weiter mit Pere, und niemand schien im Geringsten auf ihn zu achten. Niemand schien die Wellen zu hören.

Als Arnau es wagte, Aledis erneut anzusehen, hatte sie den Kopf gesenkt und stocherte mit ihrem Löffel im Essen herum.

»Iss, Mädchen!«, rief Gastó sie zur Ordnung, als er sah, dass sie mit dem Löffel im Essen herumrührte, ohne ihn zum Mund zu führen. »Mit Essen spielt man nicht.«

Gastós Worte brachten Arnau in die Realität zurück, und während des restlichen Essens schenkte Aledis Arnau nicht nur keinen Blick mehr, sondern wich ihm regelrecht aus.

Die seltenen Male, die sie sich in den nächsten Tagen begegneten, hätte Arnau nur zu gerne erneut Aledis' braune Augen auf sich ruhen gespürt. Doch das Mädchen ging ihm aus dem Weg und hielt den Blick gesenkt.

»Auf Wiedersehen, Aledis«, sagte er eines Morgens gedankenverloren zu ihr, als er die Tür öffnete, um zum Strand hinunterzugehen.

Der Zufall wollte es, dass sie in diesem Moment allein waren. Er wollte die Tür hinter sich zuziehen, doch etwas trieb ihn dazu, sich noch einmal nach dem Mädchen umzudrehen. Und da stand sie neben dem Herd, aufrecht und wunderschön, und ihre braunen Augen waren eine Einladung.

Endlich! Arnau errötete und senkte den Blick. Verwirrt versuchte er die Tür zuzuziehen, doch erneut hielt er mitten in der Bewegung inne. Aledis stand immer noch dort und lockte ihn mit ihren großen braunen Augen. Sie lächelte. Aledis lächelte ihm zu.

Seine Hand glitt von der Türklinke, er stolperte und wäre beinahe hingefallen. Er wagte es nicht, sie erneut anzusehen, und lief leichtfüßig in Richtung Strand. Die Tür ließ er offen.

»Er ist verlegen«, flüsterte Aledis ihrer Schwester an diesem Abend zu, bevor ihre Eltern und ihr Bruder sich schlafen legten. Sie lagen nebeneinander auf der Matratze, die sie sich teilten.

»Warum sollte er verlegen sein?«, fragte diese. »Er ist ein *Bastaix*. Er arbeitet am Strand und schleppt Steine für die Jungfrau. Du bist nur ein Kind. Er ist ein Mann«, setzte sie mit einem Anflug von Bewunderung hinzu.

»Du bist selbst ein Kind«, gab Aledis zurück.

»Ah, da spricht die Frau!«, entgegnete Alesta und drehte ihr den Rücken zu. Es war der Satz, den ihre Mutter immer benutzte, wenn eine von ihnen beiden etwas wollte, was ihrem Alter nicht angemessen war.

»Schon gut, schon gut«, gab Aledis zurück.

War sie etwa keine Frau? Aledis dachte an ihre Mutter, an die Freundinnen ihrer Mutter, an ihren Vater. Vielleicht hatte ihre Schwester recht. Weshalb sollte Arnau, ein *Bastaix*, der ganz Barcelona seine Verehrung für die Jungfrau unter Beweis gestellt hatte, verlegen sein, weil sie, ein kleines Mädchen, ihn ansah?

»Er ist verlegen. Ich schwör's dir, er ist verlegen«, kam Aledis am nächsten Abend auf das Thema zurück.

»Du bist wirklich lästig! Warum sollte Arnau verlegen sein?«

»Ich weiß es nicht«, antwortete Aledis, »aber es ist so. Er traut sich nicht, mich anzusehen. Er wird verlegen, wenn ich ihn ansehe. Er zuckt zusammen, wird rot, geht mir aus dem Weg . . .«

»Du bist verrückt!«

»Mag sein, aber . . .« Aledis wusste, was sie sagte. Am Abend zuvor hatte ihre Schwester sie verunsichert, doch heute würde ihr das nicht gelingen. Sie beobachtete Arnau, wartete den geeigneten Moment ab, und als niemand sie überraschen konnte, trat sie ganz nahe an ihn heran, so nahe, dass sie den Geruch seines Körpers wahrnehmen konnte.

»Hallo, Arnau.«

Es war ein schlichter Gruß, begleitet von einem zärtlichen Blick. Sie stand so dicht neben ihm, dass sie ihn beinahe berührte. Und Arnau errötete erneut, wich ihrem Blick aus und ging ihr aus dem Weg. Als sie ihn weggehen sah, lächelte Aledis, stolz auf eine Macht, deren sie sich bislang nicht bewusst gewesen war.

»Morgen wirst du es sehen«, sagte sie zu ihrer Schwester.

Die Anwesenheit der neugierigen Alesta brachte sie dazu, ihr kleines Geplänkel noch weiter zu treiben. Es konnte nicht schiefgehen. Als Arnau am Morgen das Haus verlassen wollte, lehnte sich Aledis in den Türrahmen und verstellte ihm den Weg. Sie hatte es in Gedanken tausendmal durchgespielt.

»Warum willst du nicht mit mir sprechen?«, fragte sie mit zuckersüßer Stimme, während sie ihm erneut in die Augen sah.

Sie war selbst überrascht über ihre Kühnheit. Sie hatte sich diesen schlichten Satz so oft vorgesagt, wie sie sich gefragt hatte, ob sie es wohl fertigbrachte, ihn auszusprechen, ohne ins Stottern zu kommen. Arnau wandte sich instinktiv Aledis zu, während die übliche Röte auf seinen Wangen erschien. Hinaus konnte er nicht, aber er wagte es auch nicht, Aledis anzusehen.

»Ich . . . ich . . .«

»Du, du, du«, unterbrach ihn Aledis, die nun sicherer wurde. »Du weichst mir aus. Früher haben wir geredet und gelacht, und wenn ich jetzt mit dir zu sprechen versuche . . .«

Aledis straffte ihren Körper, so weit es ihr nur möglich war, und ihre jungen, festen Brüste zeichneten sich deutlich unter dem Kittel ab. Arnau sah sie, und alle Steine des königlichen Steinbruchs zusammen hätten seinen Blick nicht von dem ablenken können, was Aledis ihm dort darbot. Ein Schauder lief ihm den Rücken hinunter.

»Mädchen!«

Die Stimme von Eulàlia, die die Treppe hinunterkam, brachte sie alle in die Realität zurück. Aledis riss die Tür auf und verschwand nach draußen, bevor ihre Mutter das Erdgeschoss erreichte. Arnau sah Alesta an, die die Szene mit offenem Mund von der Küche aus verfolgt hatte, und verließ gleichfalls das Haus. Aledis war bereits verschwunden.

An diesem Abend tuschelten die Mädchen miteinander, ohne Antworten auf die Fragen zu finden, die die neue Erfahrung aufgeworfen hatte und die sie mit niemandem teilen konnten. Doch wenn sich Aledis einer Sache sicher war, dann war es die Macht, die ihr Körper auf Arnau ausübte. Auch wenn sie nicht wusste, wie sie es ihrer Schwester erklären sollte. Es war ein beglückendes Gefühl, das sie völlig erfüllte. Sie fragte sich, ob wohl alle Männer so reagierten, konnte sich aber keinen anderen vorstellen als Arnau. Niemals wäre sie auf die Idee gekommen, sich gegenüber Joan oder einem der Gerberlehrlinge, mit denen Simò befreundet war, so zu verhalten. Allein die Vorstellung ... Doch bei Arnau war es anders. Etwas war mit ihr geschehen.

»Was ist bloß mit dem Jungen los?«, fragte Josep, der Zunftmeister, Ramon.

»Ich weiß es nicht«, antwortete dieser ehrlich.

Die beiden Männer sahen zu den Lastkähnen hinüber. Dort stand Arnau und verlangte mit großer Geste, dass man ihm eine der schwersten Lasten aufbürdete. Als er seinen Willen durchgesetzt hatte, sahen Josep, Ramon und die anderen Zunftbrüder ihn mit unsicheren Schritten davongehen, die Lippen zusammengepresst, das Gesicht vor Anstrengung verzerrt.

»Lange hält er dieses Tempo nicht durch«, stellte Josep fest.

»Er ist jung«, versuchte Ramon ihn zu verteidigen.

»Er hält das nicht durch.«

Alle hatten es bemerkt. Arnau forderte die schwersten Bündel und die schwersten Steine und schleppte sie, als ginge es um sein Leben. Er rannte beinahe zur Ausgabestelle zurück und forderte erneut schwerere Lasten, als für ihn gut waren. Am Ende des Arbeitstages schlurfte er erschöpft zu Peres Haus.

»Was ist los, Junge?«, erkundigte sich Ramon am nächsten Tag, als sie gemeinsam Waren zu den städtischen Lagerhäusern trugen.

Arnau gab keine Antwort. Ramon wusste nicht, ob er schwieg, weil er nicht sprechen wollte oder weil er aus irgendeinem Grund nicht sprechen konnte. Erneut war sein Gesicht schmerzverzerrt wegen der schweren Last, die er auf seinen Schultern trug.

»Wenn du ein Problem hast, könnte ich . . .«

»Nein, nein«, brachte Arnau heraus. Wie sollte er ihm erzählen, dass sich sein Körper vor Verlangen nach Aledis verzehrte? Wie sollte er ihm erzählen, dass er nur dann Ruhe fand, wenn er immer schwerere Lasten auf seinen Schultern trug, bis sein Geist nur noch danach verlangte, ans Ziel zu kommen, und er darüber ihre Augen vergaß, ihr Lächeln, ihre Brüste, ihren ganzen Körper? Wie sollte er ihm erzählen, dass er jedes Mal, wenn Aledis ihr Spiel mit ihm trieb, die Kontrolle über seine Gedanken verlor und er sie nackt neben sich liegen sah und sich vorstellte, wie sie ihn liebkoste? Dann erinnerte er sich an die Worte des Pfarrers über verbotene Beziehungen. »Sünde! Sünde!«, mahnte dieser seine Gläubigen mit fester Stimme. Wie sollte er ihm erzählen, dass er erschöpft nach Hause kommen wollte, um todmüde auf sein Lager zu fallen und trotz der Nähe des Mädchens Schlaf zu finden?

»Nein, nein«, wiederholte er. »Danke, Ramon.«

»Er wird zusammenbrechen«, behauptete Josep bei Feierabend noch einmal.

Diesmal wagte Ramon nicht, ihm zu widersprechen.

»Findest du nicht, dass du zu weit gehst?«, fragte Alesta ihre Schwester eines Abends.

»Warum?«

»Wenn Vater davon erfährt . . .«

»Was sollte er erfahren?«

»Dass du Arnau liebst.«

»Ich liebe Arnau nicht! Es ist nur . . . er gefällt mir, Alesta. Wenn er mich ansieht . . .«

»Du liebst ihn«, beharrte die Jüngere.

»Nein. Wie soll ich es dir erklären? Wenn ich sehe, wie er mich ansieht, wie er errötet, dann ist das wie ein Kribbeln im ganzen Körper.«

»Du liebst ihn.«

»Nein. Schlaf jetzt! Was weißt du denn schon? Schlaf!«

»Du liebst ihn, du liebst ihn, du liebst ihn.«

Aledis beschloss, nicht zu antworten. Hatte ihre Schwester womöglich recht? Sie genoss es doch lediglich, sich beachtet und begehrt zu wissen. Es gefiel ihr, dass Arnau seine Augen nicht von ihrem Körper wenden konnte. Es bereitete ihr Genugtuung, seinen offensichtlichen Kummer zu bemerken, wenn sie aufhörte, ihn zu locken. War das Liebe? Aledis versuchte eine Antwort zu finden, doch schon nach kurzer Zeit kostete sie in Gedanken erneut dieses wohlige Gefühl aus, bevor sie schließlich einschlief.

Eines Morgens verließ Ramon den Strand, als er Joan vor Peres Haus treten sah, und ging zu ihm hinüber.

»Was ist mit deinem Bruder los?«, fragte er ihn, noch bevor er gegrüßt hatte.

Joan überlegte einige Sekunden.

»Ich glaube, er hat sich in Aledis verliebt, die Tochter von Gastó, dem Gerber.«

Ramon musste lachen.

»Dann ist es die Liebe, die ihn verrückt macht«, stellte er fest. »Wenn er so weitermacht, wird er zusammenbrechen. Man kann nicht in diesem Tempo durcharbeiten. Er ist nicht auf solche Anstrengung vorbereitet. Er wäre nicht der erste *Bastaix*, der zusammenbricht ... Und dein Bruder ist zu jung, um als Krüppel zu enden. Unternimm etwas, Joan.«

Noch am selben Abend versuchte Joan, mit seinem Bruder zu sprechen.

»Was ist mit dir los, Arnau?«, fragte er ihn von seiner Matratze aus. Dieser schwieg.

»Du musst es mir erzählen. Ich bin dein Bruder, und ich will dir helfen. Du hast mir auch immer geholfen. Lass mich deine Probleme mit dir teilen!«

Joan ließ seinem Bruder Zeit, über seine Worte nachzudenken.

»Es ist ... wegen Aledis«, gab Arnau zu. Joan wollte ihn nicht unterbrechen. »Ich weiß nicht, was mit diesem Mädchen los ist, Joan. Seit dem Spaziergang am Strand ist etwas anders zwischen uns. Sie sieht mich an, als wollte sie ... Ich weiß nicht. Außerdem ...«

»Außerdem was?«, fragte Joan, als sein Bruder verstummte.

Ich werde ihm nur von den Blicken erzählen, beschloss Arnau, während er an Aledis' Brüste dachte.

»Nichts.«

»Und wo liegt dann das Problem?«

»Ich habe schlechte Gedanken. Ich sehe sie nackt. Na ja, ich würde sie gerne nackt sehen. Ich würde gerne ...«

Joan hatte seine Lehrer gebeten, diese Materie im Unterricht näher zu behandeln. Da sie nicht wussten, dass sein Interesse in der Sorge um seinen Bruder begründet lag, hatten sie befürchtet, der Junge könne der Versuchung erliegen und von dem Weg abkommen, den er so entschlossen begonnen hatte, und sich in Erklärungen über das Wesen und die wollüstige Natur der Frau ergangen.

»Es ist nicht deine Schuld«, behauptete Joan.

»Nein?«

»Nein. Die Verderbtheit«, flüsterte er über den Herd hinweg, neben dem sie schliefen, »ist eine der vier angeborenen Untugenden des Menschen, mit denen wir wegen der Erbsünde zur Welt kommen. Die Verderbtheit der Frau jedoch übertrifft alles andere.«

Joan gab die Erklärungen seiner Lehrer aus dem Gedächtnis wieder.

»Welches sind die anderen drei Untugenden?«

»Geiz, Verblendung und Gleichgültigkeit.«

»Und was hat die Verderbtheit mit Aledis zu tun?«

»Die Frauen sind von Natur aus schlecht und genießen es, den Mann auf die Wege des Bösen zu führen«, dozierte Joan.

»Warum?«

»Weil die Frauen unstet sind wie ein Windhauch. Sie treiben von hier nach dort wie ein Blatt im Wind.«

Joan dachte an den Priester, der diesen Vergleich angestellt hatte. Dabei hatte er mit den Armen um seinen Kopf herumgefuchtelt, die Hände gespreizt, während seine Finger auf und ab flatterten.

»Zum Zweiten«, dozierte er weiter, »wurde die Frau von Natur aus mit wenig Verstand erschaffen, der ihrer natürlichen Verderbtheit Einhalt gebote.«

Joan hatte das alles gelesen und noch viel mehr, doch er war nicht in der Lage, das Gelesene in Worte zu fassen. Die Gelehrten behaupteten außerdem, die Frau sei von Natur aus kalt und phlegmatisch, und bekanntlich entbrenne etwas Kaltes, wenn es Feuer fange, besonders heftig. Den Kennern zufolge war die Frau die Antithese des Mannes. Sogar ihr Körper sei dem des Mannes entgegengesetzt, unten breit und oben schmal, während es bei einem wohlgestalten Mann genau andersherum sein solle: schlank von der Brust abwärts, breite Schultern und Brust, kurzer, kräftiger Hals und ein großer Kopf. Komme eine Frau zur Welt, so sei der erste Buchstabe, den sie ausspreche, das »E«, ein zänkischer Laut. Hingegen sei der erste Buchstabe, den ein Mann ausspreche, das »A«, der erste Buchstabe des Alphabets und dem »E« genau entgegengesetzt.

»Das kann nicht sein. Aledis ist nicht so«, widersprach Arnau schließlich.

»Mach dir nichts vor. Mit Ausnahme der Jungfrau Maria, die Jesus ohne Sünde empfing, sind alle Frauen gleich. Sogar die Vorschriften deiner Zunft tragen dem Rechnung! Verbieten sie nicht ehebrecherische Beziehungen? Schreiben sie nicht den Ausschluss jedes Mitglieds vor, das eine Geliebte hat oder mit einer ehrlosen Frau zusammenlebt?«

Diesem Argument hatte Arnau nichts entgegenzusetzen. Von den Argumenten der Gelehrten und Philosophen hatte er keine Ahnung. Er konnte sie trotz Joans Bemühungen ignorieren, doch bei den Zunftvorschriften war das anders. Diese Regeln waren ihm sehr wohl bekannt. Die Zunftmeister hatten ihn damit vertraut gemacht und ihn darauf hingewiesen, dass man ihn ausschließen werde, wenn er sich nicht daran halte. Und die Zunft konnte nicht irren!

Arnau war entsetzlich verwirrt.

»Aber was kann man dann tun? Wenn alle Frauen schlecht sind . . .«

»Zunächst einmal muss man sie heiraten«, fiel ihm Joan ins Wort, »und wenn der Bund der Ehe geschlossen ist, so handeln, wie es uns die Kirche lehrt.«

Heiraten . . . Diese Möglichkeit hatte er noch nie bedacht, aber wenn es die einzige Lösung war . . .

»Und was muss man tun, wenn man dann verheiratet ist?«, fragte er. Seine Stimme bebte angesichts der Aussicht, ein Leben lang mit Aledis zusammen zu sein.

Joan nahm den Faden dessen wieder auf, was ihm seine Lehrer an der Domschule erklärt hatten: »Ein guter Ehemann muss versuchen, die natürliche Verderbtheit seiner Frau zu kontrollieren, indem er einige Grundregeln befolgt. Die erste lautet, dass die Frau dem Manne untertan sein solle: *Sub potestate viri eris*, heißt es in der Genesis. Die zweite, nach dem Buch Kohelet: *Mulier si primatum haber* ...« Joan stockte. »*Mulier si primatum habuerit, contraria est viro suo.* Das heißt, wenn die Frau die Herrschaft im Haus übernimmt, wird sie ihrem Mann nicht gehorchen. Eine weitere Regel geht auf das Buch der Sprichwörter zurück: *Qui delicate nutrit servum suum, inveniet contumacem.* Wer jene mit Milde behandelt, die ihm dienen sollen – und dazu gehört auch die Frau –, wird dort Aufbegehren finden, wo er Bescheidenheit, Unterwürfigkeit und Gehorsam antreffen sollte. Und zeigt sich trotz alledem die Verderbtheit einer Frau, soll ihr Ehemann sie mit Scham und Angst strafen. Sie züchtigen, wenn sie jung ist, und nicht warten, bis sie alt ist.«

Arnau hörte seinem Bruder schweigend zu.

»Joan«, sagt er, als dieser geendet hatte, »glaubst du, ich könnte Aledis heiraten?«

»Natürlich! Aber du solltest noch ein wenig warten, bis du es in der Zunft zu etwas gebracht hast und sie ernähren kannst. In jedem Fall wäre es gut, wenn du mit ihrem Vater sprichst, bevor er sie einem anderen verspricht. Sonst kannst du nämlich nichts mehr machen.«

Das Bild von Gastó Segura mit seinen schwarzen Zahnstummeln erschien vor Arnaus innerem Auge wie ein unüberwindliches Hindernis. Joan erriet die Ängste seines Bruders.

»Du musst es tun«, sagte er.

»Würdest du mir helfen?«

»Natürlich!«

Für einige Momente herrschte Schweigen zwischen den beiden Matratzen vor Peres Herd.

»Joan«, sagte dann Arnau in die Stille hinein.

»Ja?«

»Danke.«

»Keine Ursache.«

Die beiden Brüder versuchten zu schlafen, doch es gelang ihnen nicht. Arnau, weil er völlig hingerissen war von der Idee, seine geliebte Aledis zu heiraten, und Joan, weil er den Erinnerungen an seine Mutter nachhing. Hatte Ponç, der Kupferschmied, womöglich recht gehabt? Die Frau sei von Natur aus schlecht. Die Frau soll dem Manne untertan sein. Der Mann soll die Frau züchtigen. Hatte der Kupferschmied recht gehabt? Wie konnte er, Joan, das Gedächtnis seiner

Mutter achten und gleichzeitig solche Ratschläge geben? Joan erinnerte sich, wie die Hand seiner Mutter in dem kleinen Fensterchen ihres Gefängnisses erschienen war und ihm über den Kopf gestreichelt hatte. Er erinnerte sich an den Hass, den er Ponç gegenüber empfunden hatte und immer noch empfand ...

In den folgenden Tagen brachte keiner der beiden den Mut auf, den misslaunigen Gastó anzusprechen. Der Aufenthalt als Mieter in Peres Haus erinnerte den Mann immer wieder aufs Neue an sein Unglück, das dazu geführt hatte, dass er sein eigenes Haus verlor. Der Gerber wirkte auf sie noch schroffer als sonst, und seine brummige, widerborstige, grobe Art hielt sie davon ab, ihm ihren Vorschlag zu unterbreiten.

Unterdessen ließ sich Arnau weiterhin von Aledis in ihren Bann ziehen. Er beobachtete sie, folgte ihr mit Blicken, und es gab keinen Moment des Tages, an dem seine Gedanken nicht bei ihr waren. Nur wenn Gastó auftauchte, wurden seine Phantasien zurechtgestutzt.

Denn ganz gleich, welche Verbote die Priester und die Zünfte aussprachen – der Junge konnte einfach nicht die Augen von Aledis wenden, die jede Gelegenheit nutzte, um ihn aufzureizen. Arnau war wie gebannt von ihrem Anblick. Ihr ganzer Körper zog ihn unwiderstehlich an. »Du wirst meine Frau sein. Eines Tages wirst du meine Frau sein«, dachte er erregt. Dann versuchte er, sie sich nackt vorzustellen, und seine Gedanken wanderten zu verbotenen, unbekannten Orten, denn mit Ausnahme des geschundenen Körpers von Habiba hatte er noch nie eine nackte Frau gesehen.

Arnau setzte alles daran, einen geeigneten Moment zu finden, um mit Gastó zu reden.

»Was steht ihr hier herum und haltet Maulaffen feil!«, fuhr der Gerber sie an, als die beiden Jungen einmal in der naiven Absicht vor ihn traten, ihn um die Hand seiner Tochter zu bitten.

Das Lächeln, mit dem Joan Gastó gewinnen wollte, verschwand von seinem Gesicht, als der Gerber zwischen sie trat und sie einfach beiseitestieß.

»Geh du, ich schaff das einfach nicht«, sagte Arnau ein andermal zu seinem Bruder.

Gastó saß alleine am Tisch im Erdgeschoss. Joan nahm ihm gegenüber Platz und räusperte sich. Als er zum Sprechen ansetzen wollte, sah der Gerber von dem Lederstück auf, das er gerade untersuchte.

»Gastó ...«, begann Joan.

»Ich ziehe ihm bei lebendigem Leibe die Haut ab! Ich reiße ihm die Eier ab!«, polterte der Gerber los, während er durch die Lücken zwischen den schwarzen Zahnstummeln ausspuckte. »Simó!«

Joan wandte sich zu Arnau um, der sich in einer Ecke des Raumes versteckt hatte, und zuckte mit den Achseln. Unterdessen war Simó auf den Schrei seines Vaters herbeigeeilt.

»Wie kommt dieser Knick hier hin?«, brüllte er ihn an und hielt ihm das Stück Leder vor die Nase.

Joan stand auf und zog sich von dem Familienstreit zurück.

Aber sie gaben nicht auf.

»Gastó ...«, versuchte es Joan erneut, als sich der Gerber nach dem Abendessen, offensichtlich guter Laune, zu einem Strandspaziergang aufmachte. Die beiden Jungen folgten ihm.

»Was willst du?«, fragte er, ohne stehen zu bleiben.

»Ich ... ich wollte mit dir über Aledis sprechen.«

Als Gastó den Namen seiner Tochter hörte, blieb er stehen und trat so nahe zu Joan, dass der Junge seinen übelriechenden Atem spürte.

»Was hat sie angestellt?«

Gastó respektierte Joan. Er hielt ihn für einen ernsthaften jungen Mann. Die Erwähnung von Aledis und sein angeborenes Misstrauen ließen ihn vermuten, dass Joan ihr etwas vorzuwerfen hatte, und der Gerber konnte nicht zulassen, dass auch nur der kleinste Makel auf sein Schmuckstück fiel.

»Nichts«, antwortete Joan.

»Was heißt nichts?«, entgegnete Gastó hastig, ohne auch nur einen Millimeter von Joan abzurücken. »Warum willst du dann mit mir über Aledis sprechen? Sag die Wahrheit, was hat sie angestellt?«

»Nichts. Sie hat nichts angestellt. Ehrlich.«

»Nichts? Und du?«, sagte er, diesmal zur Beruhigung seines Bruders an Arnau gerichtet. »Was hast du dazu zu sagen? Was weißt du über Aledis?«

»Ich? Nichts ...«

Arnaus Zögern gab Gastós zwanghaften Befürchtungen neue Nahrung.

»Erzähl es mir!«

»Es ist nichts ... gar nichts ...«

Gastó wartete nicht länger und stapfte zu Peres Haus zurück.

Die beiden Jungen versuchten es noch zwei weitere Male, aber sie kamen gar nicht dazu, sich zu erklären. Nach einigen Wochen schilderten sie entmutigt Pater Albert ihr Problem, der lächelnd versprach, mit Gastó zu reden.

»Es tut mir leid, Arnau«, erklärte Pater Albert eine Woche später. Er hatte Arnau und Joan an den Strand bestellt. »Gastó Segura willigt nicht in eine Heirat mit seiner Tochter ein.«

»Warum?«, fragte Joan. »Arnau ist ein anständiger Kerl.«

»Ihr wollt, dass ich meine Tochter einem Hafenarbeiter zur Frau gebe?«, hatte der Gerber dem Pfarrer entgegnet. »Einem Sklaven, der nicht einmal genug verdient, um sich ein Zimmer zu mieten?«

Der Pater hatte versucht, ihn zu überzeugen: »Im Ribera-Viertel arbeiten keine Sklaven mehr. Das war früher einmal. Du weißt genau, dass es verboten ist, Sklaven ...«

»Es ist Sklavenarbeit.«

»Das war es früher«, beharrte der Priester. »Außerdem«, setzte er hinzu, »ist es mir gelungen, eine gute Mitgift für deine Tochter zu beschaffen.« Gastó Segura, der das Gespräch bereits für beendet erklärt hatte, drehte sich abrupt zu dem Priester um. »Davon könnten sie ein Haus kaufen ...«

Gastó unterbrach ihn erneut:

»Meine Tochter braucht keine Almosen von den Reichen! Hebt Euch Eure Predigten für andere auf.«

Nachdem er Pater Alberts Worte gehört hatte, blickte Arnau aufs Meer hinaus. Ein Streifen schimmernden Mondlichts zog sich vom Horizont bis zum Ufer und verlor sich in der Gischt der Wellen, die sich am Strand brachen.

Pater Alberts Schweigen wurde vom Rauschen der Wellen übertönt. Und wenn Arnau ihn nach den Gründen fragte? Was sollte er ihm sagen?

»Warum?«, brachte Arnau heraus, während er weiter zum Horizont sah.

»Gastó Segura ist ein sonderbarer Mensch.« Er durfte den Jungen nicht noch trauriger machen! »Er will einen Adligen für seine Tochter! Wie kann ein Gerbergeselle so einen Wunsch hegen?«

Einen Adligen. Ob ihm der Junge das geglaubt hatte? Niemand konnte sich gering geschätzt fühlen, wenn der Adel im Spiel war. Sogar das stete, geduldige Rauschen der Wellen schien auf Arnaus Antwort zu warten.

Ein Schluchzen hallte über den Strand.

Der Priester legte den Arm um Arnaus Schulter und spürte, wie der Junge von Weinkrämpfen geschüttelt wurde. Dann nahm er auch Joan in den Arm. So standen die drei am Meer.

»Du wirst eine gute Frau finden«, sagte der Priester schließlich.

»Aber keine wie sie«, dachte Arnau.

DRITTER TEIL

DIENER DER LEIDENSCHAFT

21

Zweiter Sonntag im Juli 1339
Santa María del Mar
Barcelona

Vier Jahre waren vergangen, seit Gastó Segura dem *Bastaix* Arnau die Hand seiner Tochter verweigert hatte. Wenige Monate später war Aledis mit einem alten Gerbermeister verheiratet worden, einem Witwer, der lüstern über die fehlende Mitgift des Mädchens hinwegsah.

Arnau war nun achtzehn Jahre alt, groß, kräftig und gut aussehend. In den vergangenen vier Jahren hatte er ganz für die Zunft, Santa María del Mar und seinen Bruder Joan gelebt. Er hatte Waren und Steine geschleppt, in die Kasse der *Bastaixos* eingezahlt und andächtig an den Gottesdiensten teilgenommen. Aber er war nicht verheiratet, und die Zunftmeister sahen es mit Sorge, dass ein junger Mann wie er ledig blieb. Wenn er der Versuchung des Fleisches erlag, mussten sie ihn aus der Zunft ausschließen, und wie schnell war es geschehen, dass ein Bursche von achtzehn Jahren diese Sünde beging!

Doch Arnau wollte nichts von Frauen hören. Als der Pfarrer ihm mitgeteilt hatte, dass Gastó ihn nicht als Schwiegersohn akzeptiere, hatte Arnau aufs Meer hinausgeblickt. Seine Gedanken schweiften zu den Frauen, die es in seinem Leben gegeben hatte. Seine Mutter hatte er nie kennengelernt. Von seiner Tante Guiamona war er zunächst liebevoll aufgenommen worden, doch dann hatte sie ihm ihre Zuneigung entzogen. Habiba war unter Blut und Schmerzen aus seinem Leben verschwunden – noch immer gab es viele Nächte, in denen er davon träumte, wie Graus Peitsche auf ihren nackten Körper niederfuhr. Estranya hatte ihn wie einen Sklaven behandelt, Margarida ihn im Augenblick seiner größten Erniedrigung verspottet. Und Aledis ... Was ließ sich über Aledis sagen? Durch sie hatte er den Mann in sich entdeckt, doch dann hatte sie ihn verlassen.

»Ich muss für meinen Bruder sorgen«, hatte er den Zunftmeistern geantwortet, wenn das Thema zur Sprache kam. »Wie ihr wisst, hat er sich der Kirche verschrieben, um Gott zu dienen. Gibt es ein höheres Ziel als dieses?«

Daraufhin waren die Zunftmeister verstummt.

So hatte Arnau in diesen vier Jahren ein ruhiges Leben geführt, ganz auf seine Arbeit, die Kirche Santa María und vor allem Joan konzentriert.

Dieser zweite Julisonntag des Jahres 1339 war ein großer Tag für Barcelona. Im Januar 1336 war König Alfons der Gütige in der gräflichen Stadt gestorben, und nach den Osterfeierlichkeiten desselben Jahres war in Zaragoza sein Sohn Pedro gekrönt worden, der nun unter dem Titel Pedro III. von Katalonien, IV. von Aragón und II. von Valencia regierte.

In diesen fast vier Jahren zwischen 1336 und 1339 hatte der neue Herrscher der gräflichen Stadt Barcelona, Hauptstadt Kataloniens, noch keinen Besuch abgestattet. Adlige wie Händler betrachteten diesen Unwillen des Königs, der wichtigsten Stadt des Landes seine Ehre zu erweisen, mit Sorge. Die Abneigung des neuen Herrschers gegenüber dem katalanischen Adel war jedoch allgemein bekannt. Pedro III. entstammte der ersten Ehe des verstorbenen Alfons mit Teresa de Entenza, Gräfin von Urgel und Vizegräfin von Ager. Teresa starb noch vor der Krönung ihres Mannes zum König, und Alfons heiratete in zweiter Ehe Leonor von Kastilien, eine ehrgeizige und grausame Frau, mit der er zwei Kinder hatte.

König Alfons hatte zwar Sardinien erobert, doch war er charakterschwach und leicht beeinflussbar, und schon bald erreichte Königin Leonor, dass er ihren Kindern bedeutende Ländereien und Titel zuerkannte. Ihr nächstes Ziel war die unerbittliche Verfolgung ihrer Stiefsöhne, der Nachkommen Teresa de Entenzas, die in der Thronfolge ihres Vaters standen. Während seiner acht Jahre währenden Herrschaft duldete Alfons der Gütige Leonors Angriffe auf den Infanten Pedro, der damals noch ein Kind war, und seinen Bruder Jaime, Graf von Urgel, ebenso wie sein katalanischer Hofstaat. Lediglich zwei katalanische Adlige, Pedros Taufpate Ot de Montcada sowie der Komtur von Montalbán, Vidal de Vilanova, unterstützten Teresa de Entenzas Söhne und rieten König Alfons und den Infanten zu fliehen, um nicht vergiftet zu werden. Die Infanten Pedro und Jaime beherzigten ihren Rat und versteckten sich in den Bergen bei Jaca, in Aragón. Sie gewannen die Unterstützung des aragonesischen Adels und fanden, protegiert von Erzbischof Pedro de Luna, Zuflucht in Zaragoza.

Aus diesen Gründen brach die Krönung Pedros mit einer Tradition, die seit der Vereinigung des Königreichs Aragón und des Prinzipats Katalonien bestand. Das aragonesische Zepter wurde in Zaragoza überreicht, doch die Übergabe des Prinzipats Katalonien, das dem König als Graf von Barcelona zustand, sollte auf katalanischem Boden stattfinden. Bis zur Thronbesteigung Pedros III. hatten die Herrscher zunächst ihren Schwur in Barcelona geleistet, um erst danach in Zaragoza gekrönt zu werden. Die Krone stand dem König als Herrscher Aragóns zu, doch als Graf von Barcelona konnte er nur über Katalonien herrschen, wenn er zuvor auf die Gesetze und die Verfassung Kataloniens geschworen hatte.

Für die katalanischen Adligen war der Graf von Barcelona und Herrscher Kataloniens lediglich ein *Primus inter pares*. Das zeigte auch der Lehnseid, den sie ihm leisteten: »Wir, die wir ebenso hoch stehen wie Ihr, schwören Euch, die Ihr nicht mehr seid als wir, Euch als König und Souverän anzuerkennen, solange Ihr alle unsere Freiheiten und Gesetze achtet.« Als nun also Pedro III. zum König gekrönt werden sollte, wurde der katalanische Adel in Zaragoza vorstellig, um ihn aufzufordern, zuerst seinen Schwur in Barcelona zu leisten, wie es seine Vorgänger getan hatten. Der König weigerte sich, worauf die Katalanen die Krönungsfeierlichkeiten verließen. Doch der König musste den Treueschwur der Katalanen entgegennehmen, vorher konnte er nicht regieren. Trotz der Proteste des Adels und der Obrigkeit Barcelonas beschloss Pedro der Prächtige, wie er sich nannte, dies in der Stadt Lérida zu tun. Im Juni 1336 nahm er den Lehnseid entgegen, nachdem er auf die katalanischen Gesetze geschworen hatte.

An diesem zweiten Julisonntag des Jahres 1339 besuchte König Pedro nun zum ersten Mal Barcelona, die Stadt, die er zuvor gedemütigt hatte. Drei Ereignisse führten den König nach Barcelona: der Treueid, den ihm sein Schwager Jaime III., König von Mallorca, Graf von Roussillon und Sardinien und Herr von Montpellier, als Vasall der aragonesischen Krone leisten sollte; das Generalkonzil der kirchlichen Würdenträger der Provinz Tarragona – zu der Barcelona kirchenrechtlich gehörte; sowie die Überführung der Gebeine der heiligen Märtyrerin Eulalia aus der Kirche Santa María in die Kathedrale.

Die beiden ersten Ereignisse fanden in Abwesenheit des gemeinen Volkes statt. Jaime III. hatte ausdrücklich gefordert, seinen Lehnseid nicht vor dem Volk zu leisten, sondern im kleineren Rahmen in der Palastkapelle, lediglich in Gegenwart eines ausgewählten Kreises von Adligen.

Das dritte Ereignis jedoch war ein öffentliches Schauspiel. Adlige, Kirchenmänner und das gesamte Volk waren auf den Beinen – die einen als Zuschauer, die anderen, Privilegierteren, um den König und sein Gefolge zu begleiten, die nach einer Messe in der Kathedrale in feierlicher Prozession nach Santa María ziehen würden, um dann mit den Gebeinen der Märtyrerin zurückzukehren.

Die ganze Strecke von der Kathedrale bis Santa María del Mar war von Menschen gesäumt, die ihrem König zujubeln wollten. Die Apsis von Santa María war bereits eingewölbt, und es wurde nun an den Rippen des zweiten Jochs gearbeitet. Ein kleiner Teil der ursprünglichen romanischen Kirche stand noch.

Die heilige Eulalia hatte zur Römerzeit, im Jahre 303, den Märtyrertod erlitten. Ihre Gebeine hatten zunächst auf dem römischen Friedhof geruht und dann in der Kirche Santa María de las Arenas, die über der Nekropole errichtet wurde, als ein Edikt Kaiser Konstantins die Ausübung des christlichen Glaubens erlaubte. Nach der Invasion der Araber hatten die Verantwortlichen der kleinen Kirche beschlossen, die Reliquien der Märtyrerin zu verstecken. Als im Jahr 801 der fränkische König Ludwig der Fromme die Stadt befreite, machte sich der damalige Barceloneser Bischof Frodoí auf die Suche nach den Gebeinen der Heiligen. Seit ihrer Auffindung ruhten sie in einem Schrein in der Kirche Santa María.

Obwohl die Kirche eingerüstet war und überall Steine und Baumaterial herumlagen, war Santa María für das Ereignis prächtig herausgeputzt. Der Erzdiakon der Kirche, Bernat Rosell, erwartete gemeinsam mit den Mitgliedern des Baurats, Adligen, Benefiziaren und weiteren Kirchenleuten das königliche Gefolge. Sie trugen ihre prächtigsten Kleider, die in allen Farben leuchteten. Die Julimorgensonne flutete durch die noch unvollendeten Gewölbe und Fenster und brach sich auf dem Gold und Geschmeide jener, die das Privileg besaßen, im Inneren der Kirche auf den König zu warten.

Die Sonne funkelte auch auf Arnaus glattpoliertem abgestumpften Dolch, denn neben diesen wichtigen Persönlichkeiten waren außerdem die einfachen *Bastaixos* anwesend. Einige, darunter auch Arnau, warteten vor der Sakramentskapelle, »ihrer« Kapelle; andere standen Spalier am Hauptportal. Dieses befand sich neben dem Portal der alten romanischen Kirche, das noch als Eingang diente.

Die *Bastaixos*, diese ehemaligen Sklaven oder *Macips de ribera*, besaßen zahlreiche Privilegien in Santa María del Mar. Auch Arnau war in den letzten vier Jahren in ihren Genuss gekommen. Sie besaßen nicht nur die wichtigste Kapelle der Kirche, sie bewachten auch das Hauptportal. Ihre Messen wurden am Hauptaltar gefeiert, und ihr oberster Zunftmeister besaß den Schlüssel zum Tabernakel mit dem Allerheiligsten. Bei der Fronleichnamsprozession trugen sie das Gnadenbild der Jungfrau und, auf etwas niedrigeren Sänften, die Heiligen Tecla, Caterina und Macià. Lag ein *Bastaix* im Sterben, so wurde die letzte Wegzehrung, ganz gleich, zu welcher Tages- oder Nachtzeit, feierlich unter einem Baldachin durch das Hauptportal getragen.

An diesem Morgen passierte Arnau mit seinen Zunftbrüdern die Kontrollen der königlichen Soldaten, die den Weg des Gefolges absperrten. Ihm war bewusst, dass ihn die vielen Menschen beneideten, die sich am Wegesrand drängten, um den König zu sehen. Er, ein einfacher Lastenträger, betrat Santa María gemeinsam mit den Adligen und reichen Händlern, ganz so, als sei er einer von ihnen. Als er durch die Kirche zur Sakramentskapelle ging, standen ihm plötzlich Grau Puig, Isabel und seine drei Cousins gegenüber, allesamt in Seide gekleidet und mit Gold behangen.

Arnau zögerte. Die fünf Puigs sahen ihn herablassend an. Mit gesenktem Blick ging er an ihnen vorbei.

»Arnau!«, hörte er jemanden rufen, als er gerade an Margarida vorbei war. Hatte es ihnen nicht genügt, das Leben seines Vaters zu zerstören? Wollten sie ihn noch einmal demütigen, vor seiner Zunft, in seiner Kirche?

»Arnau!«, hörte er noch einmal.

Als er aufsah, stand Berenguer de Montagut vor ihm.

»Exzellenz«, sagte der Baumeister, an den Erzdiakon von Santa María del Mar gewandt, »darf ich Euch Arnau vorstellen, Arnau ...«

»Estanyol«, stammelte Arnau.

»Arnau Estanyol. Der *Bastaix*, von dem ich Euch so viel erzählt habe. Er hat schon Steine für die Jungfrau geschleppt, als er noch ein Kind war.«

Der Kirchenmann nickte und hielt Arnau seinen Ring hin. Der Junge kniete nieder, um ihn zu küssen. Als er sich wieder erhob, klopfte ihm Berenguer de Montagut auf den Rücken. Arnau sah, wie sich Grau und seine Familie vor dem Prälaten und dem Baumeister verneigten, doch diese würdigten sie keines Blickes und wandten sich anderen Adligen zu. Arnau fasste sich wieder, ließ die Puigs stehen und ging festen Schrittes davon, den Blick auf den Chorumgang gerichtet. Vor der Sakramentskapelle angekommen, gesellte er sich zu seinen Zunftbrüdern.

Das Geschrei der Menge kündigte das Eintreffen des Königs und seines Gefolges an: König Pedro III. mit seiner Gemahlin Maria, König Jaime von Mallorca mit Gemahlin, Königin Elisenda, die betagte Witwe von Pedros Großvater Jaime, die Infanten Pedro Ramón Berenguer und Jaime – Onkel des Königs die beiden Ersteren, der Letztere sein Bruder –, Kardinal Rodés, päpstlicher Legat, der Erzbischof von Tarragona, Bischöfe, kirchliche Würdenträger, Adlige und Edelleute. Sie alle zogen in feierlicher Prozession durch die Calle de la Mar nach Santa María. Noch nie hatte man in Barcelona so viele bedeutende Persönlichkeiten, so viel Luxus und Pracht gesehen.

Pedro III., genannt der Prächtige, wollte das Volk beeindrucken, das er über drei Jahre mit Missachtung gestraft hatte. Und es gelang ihm. Die beiden Könige, der Kardinal und der Erzbischof schritten unter einem Baldachin, der von mehreren Bischöfen und Adligen getragen wurde. Vor dem provisorischen Hauptaltar von Santa María empfingen sie aus den Händen des Erzdiakons der Kirche das Kästchen mit den Gebeinen der Märtyrerin. Der König selbst trug den Reliquienschrein von Santa María zur Kathedrale, wo die Gebeine in einer eigens zu diesem Zwecke errichteten Kapelle unter dem Hauptaltar beigesetzt wurden.

22

Nach der Beisetzung der Gebeine der heiligen Eulalia gab der König ein Festbankett in seinem Palast. Am Tisch des Königs saßen der Kardinal, das Königspaar von Mallorca, die Königin von Aragón und die Königinmutter, die Infanten des Königshauses sowie mehrere kirchliche Würdenträger, insgesamt fünfundzwanzig Personen. An weiteren Tischen saßen die Adligen und, zum ersten Mal in der Geschichte königlicher Bankette, eine große Anzahl von angesehenen Bürgern. Doch nicht nur der König und seine Höflinge begingen das Ereignis. In ganz Barcelona wurde acht Tage lang gefeiert.

Frühmorgens gingen Arnau und Joan zur Messe und nahmen an den feierlichen Prozessionen teil, die unter Glockengeläut durch die Stadt zogen. Danach flanierten sie wie alle anderen durch die Straßen der Stadt und vergnügten sich bei den Turnieren im Born-Viertel, bei denen die Adligen und Ritter ihr Geschick im Kampf bewiesen. Sie kämpften mit ihren langen Schwertern oder ritten zu Pferde gegeneinander an, die eingelegte Lanze auf den Gegner gerichtet. Auch beobachteten die beiden Knaben hingerissen, wie mit riesigem Aufwand große Seeschlachten nachgespielt wurden. »Außerhalb des Wassers wirken sie viel größer«, sagte Arnau zu Joan und deutete auf die Segelschiffe und Galeeren, die auf Karren durch die Stadt gezogen wurden, während die Matrosen Entermanöver und Kämpfe nachstellten.

Joan warf Arnau einen strafenden Blick zu, als dieser ein paar Münzen beim Kartenspiel oder Würfeln setzte, hatte jedoch nichts dagegen einzuwenden, bei den Wurf- und Kegelspielen mitzumachen, bei denen der junge Student ein erstaunliches Geschick an den Tag legte.

Doch die größte Freude hatte Joan an den vielen Troubadouren, die in die Stadt geströmt waren, um von den großen Heldentaten der Katalanen zu berichten. »Das ist die Chronik Jaimes I.«, erklärte er Arnau, nachdem sie die Geschichte der Eroberung Valencias gehört hatten. »Das ist die Chronik von Bernat Desclot«, erläuterte er, als ein anderer Troubadour mit seiner Geschichte von den Heldentaten König Pedros des Großen bei der Eroberung Siziliens oder dem französischen Feldzug gegen Katalonien geendet hatte.

»Heute müssen wir auf den Pla d'en Llull gehen«, sagte Joan nach der morgendlichen Prozession.

»Warum?«

»Ich habe gehört, dass dort ein Troubadour aus Valencia auftritt, der die Chronik von Ramon Muntaner kennt.« Arnau sah ihn fragend an. »Ramon Muntaner ist ein berühmter Chronist aus El Ampurdán, der die katalanischen Almogavaren bei ihrer Eroberung der Herzogtümer Athen und Neopatria anführte und vor sieben Jahren die Geschichte dieser Kriege niederschrieb. Es ist bestimmt sehr interessant ... Zumindest wird sie der Wahrheit entsprechen.«

Der Pla d'en Llull, eine Freifläche zwischen Santa María und dem Kloster Santa Clara, war zum Bersten voll. Die Leute hatten sich auf den Boden gesetzt und plauderten, ohne den Blick von der Stelle zu wenden, wo der valencianische Troubadour erscheinen musste. Ihm ging ein solcher Ruf voraus, dass sogar einige Adlige gekommen waren, um ihn anzuhören. Sie hatten Sklaven dabei, die Stühle für die ganze Familie schleppten.

»Sie sind nicht da«, sagte Joan zu Arnau, als er den besorgten Blick bemerkte, mit dem sein Bruder die Adligen betrachtete. Arnau hatte ihm von dem Zusammentreffen mit den Puigs in Santa María erzählt. Sie fanden einen guten Platz bei einer Gruppe von *Bastaixos*, die bereits seit einiger Zeit darauf warteten, dass die Vorführung begann. Arnau setzte sich, nicht ohne vorher noch einmal zu den Adelsfamilien herüberzusehen, die aus der am Boden sitzenden Menge herausragten.

»Du solltest lernen zu vergeben«, raunte ihm Joan zu. Arnaus einzige Erwiderung bestand in einem unfreundlichen Blick. »Ein guter Christ ...«

»Nein, Joan«, fiel ihm Arnau ins Wort, »niemals. Ich werde nie vergessen, was diese Frau meinem Vater angetan hat.«

In diesem Moment erschien der Troubadour, und die Leute begannen zu applaudieren. Martí de Xàtiva, ein großer, schlanker Mann mit gewandten, eleganten Bewegungen, hob die Hände und bat um Ruhe.

»Ich will euch die Geschichte erzählen, wie sechstausend Katalanen den Orient eroberten und die Türken, Byzantiner, Alanen und alle kriegerischen Völker besiegten, die sich ihnen entgegenzustellen versuchten.«

Erneut brandete Applaus auf dem Pla d'en Llull auf. Auch Arnau und Joan klatschten Beifall.

»Ich will euch auch erzählen, wie der Kaiser von Byzanz unseren Admiral Roger de Flor und viele andere Katalanen ermordete, die er zu einem Fest eingeladen hatte . . .«

»Verräter!«, schrie jemand dazwischen, worauf die Zuhörer in Verwünschungen ausbrachen.

»Sodann werde ich euch berichten, wie die Katalanen den Tod ihres Anführers rächten und Tod und Verwüstung über den Orient brachten. Dies ist die Geschichte der katalanischen Almogavaren, die im Jahre 1305 unter dem Befehl Roger de Flors in See stachen . . .«

Der Valencianer verstand es, seine Zuhörer zu fesseln. Er gestikulierte und schauspielerte, und hinter ihm stellten zwei Gehilfen die Szenen nach, die er erzählte. Auch das Publikum beteiligte er an der Darstellung. Er wandte sich an einen der vornehm gekleideten Adligen und bat ihn, nach vorne zu kommen, um Roger de Flor darzustellen. Alle waren mit den Herzen bei den Eroberungen der Almogavaren dabei, bis diese schließlich siegreich das Herzogtum Athen erreichten. Auch dort siegten sie, nachdem sie über zwanzigtausend Mann getötet und Roger Deslaur zu ihrem Hauptmann ernannt hatten, so berichtete der Troubadour. Auf der Burg von Solin gab man ihm die Witwe des Herrn von Solin zur Gemahlin. Der Valencianer suchte einen Adligen aus dem Publikum aus, bat ihn auf die Bühne und stellte ihm eine Frau zur Seite, die erstbeste, die er im Publikum fand und die er zu dem neuen Hauptmann führte.

»Und so«, berichtete der Troubadour, während er den Adligen und die Frau an den Händen fasste, »teilten sie die Stadt Theben und alle Orte und Festungen des Herzogtums unter sich auf. Die Frauen wurden den Almogavaren zu Eigen gegeben, einem jeden nach seinem Rang.«

Während der Troubadour die Chronik nacherzählte, wählten seine Gehilfen Männer und Frauen aus dem Publikum aus und stellten sie in zwei Reihen einander gegenüber. Die *Bastaixos* machten die Gehilfen auf Arnau aufmerksam, denn er war der einzig Unverheiratete. Seine Zunftbrüder zogen ihn hoch und priesen ihn als Kandidaten für das Fest an. Zu ihrer Freude wurde er von den Gehilfen ausgewählt, und unter großem Beifall betrat Arnau die Bühne.

Als sich der Junge in die Reihe der Almogavaren stellte, erhob sich im Publikum eine Frau und heftete ihre großen braunen Augen auf den jungen *Bastaix*. Die Gehilfen wurden auf sie aufmerksam. Niemand konnte diese junge, schöne Frau übersehen. Als sie auf sie zutraten, packte ein misslauniger Alter sie am Arm und versuchte, sie unter dem Gelächter der Leute wieder zum Hinsetzen zu bewegen. Das Mädchen widersetzte sich dem alten Mann, und die Gehilfen sahen zu dem Troubadour hinüber. Dieser machte eine aufmunternde Geste, und die Menge lachte über den alten Mann, der nun aufgesprungen war und mit dem Mädchen rang.

»Sie ist meine Frau«, hielt er einem der Gehilfen vor, während er mit ihm ins Handgemenge geriet.

»Die Besiegten haben keine Frauen«, bemerkte der Troubadour von der Bühne aus. »Sämtliche Frauen des Herzogtums Athen gehören den Katalanen.«

Der Alte zögerte kurz, ein Moment, den die Gehilfen nutzten, um ihm das Mädchen zu entreißen und es unter dem Gejohle der Menge in die Reihe der Frauen zu stellen.

Während der Troubadour in seiner Darstellung fortfuhr, den Almogavaren die athenischen Frauen übergab und die Menge bei jedem neuen Paar, das aus ihrer Mitte ausgewählt wurde, in Jubelrufe ausbrach, sahen sich Arnau und Aledis in die Augen. »Wie viel Zeit ist vergangen, Arnau?«, schienen ihn ihre dunklen Augen zu fragen. »Vier Jahre?« Arnau sah zu den *Bastaixos* hinüber, die ihm zugrinsten und ihn anfeuerten. Joans Blick jedoch wich er aus. »Sieh mich an, Arnau.« Aledis hatte den Mund nicht aufgemacht, doch ihre Aufforderung war laut und deutlich für ihn zu vernehmen. Arnau versank in ihren Augen. Der Valencianer nahm die Hand des Mädchens und führte es durch die beiden Reihen, dann ergriff er Arnaus Hand und legte die Hand von Aledis in die seine.

Erneut wurden Rufe laut. Alle Paare standen nun in einer Reihe, angeführt von Arnau und Aledis, mit dem Gesicht zum Publikum. Das Mädchen merkte, dass es am ganzen Körper zitterte. Sanft drückte es Arnaus Hand, während er verstohlen den Alten beobachtete, der aufrecht inmitten der Menge stand und ihn mit Blicken durchbohrte.

»So ordneten die Almogavaren ihr Leben«, verkündete der Troubadour und wies auf die Paare. »Sie ließen sich im Herzogtum Athen nieder, und dort, im fernen Orient, leben sie noch immer, zum Ruhme Kataloniens.«

Beifall brandete über den Pla d'en Llull. Aledis drückte erneut Arnaus Hand. »Nimm mich mit, Arnau«, flehten ihre tiefdunklen Augen. Plötzlich merkte Arnau, dass er ins Leere griff. Aledis war verschwunden. Der Alte hatte sie gepackt und schleifte sie zur Belustigung der Zuschauer in Richtung Santa María.

»Eine kleine Spende, der Herr?«, bat ihn der Troubadour und trat zu ihm.

Der Alte spuckte aus und zerrte Aledis weiter.

»Du Hure! Wieso hast du das getan?«

Der alte Gerbermeister hatte noch Kraft in den Armen, doch Aledis spürte die Ohrfeige nicht.

»Ich ... Ich weiß es nicht. Die Leute, das Geschrei ... Plötzlich hatte ich das Gefühl, im Orient zu sein. Wie hätte ich zusehen sollen, wie man ihm eine andere gibt?«

»Im Orient? Du Dirne!«

Der Gerber ergriff einen Lederriemen, und Aledis wurde bleich. »Bitte, Pau, bitte nicht. Ich weiß nicht, warum ich es getan habe. Ich schwöre es dir. Verzeih mir! Bitte, verzeih mir!«

Aledis fiel vor ihrem Mann auf die Knie und senkte den Kopf. Der Lederriemen in der Hand des Alten zitterte.

»Du verlässt dieses Haus erst wieder, wenn ich es dir erlaube«, lenkte der Mann ein.

Aledis sagte nichts mehr und rührte sich nicht von der Stelle, bis sie die Haustür zuschlagen hörte.

Vor vier Jahren hatte ihr Vater sie verheiratet. Da sie keinerlei Mitgift besaß, war ein verwitweter, kinderloser Gerbermeister die beste

Partie, die Gastó für seine Tochter machen konnte. »Eines Tages wirst du erben«, war seine einzige Begründung. Er erklärte ihr nicht, dass in diesem Falle er, Gastó Segura, an die Stelle des Gerbers treten und den Betrieb übernehmen würde. Seiner Ansicht nach brauchten Töchter von solchen Details nichts zu wissen.

Am Tag der Hochzeit wartete der Alte nicht einmal das Ende der Feier ab, um seine junge Ehefrau in die Schlafkammer zu führen. Aledis ließ es über sich ergehen, als er sie mit fahrigen Händen entkleidete und seinen sabbernden Mund auf ihre Brüste presste. Bei der ersten Berührung seiner schwieligen, rauen Hände zuckte Aledis zusammen. Dann führte Pau sie zum Bett und stürzte sich, noch angekleidet, auf sie. Zitternd und stöhnend befummelte er sie, biss in ihre Brustwarzen und rieb mit der Hand zwischen ihren Beinen, um sich dann, immer noch in Kleidern, auf sie zu legen und sich, immer heftiger keuchend, hin und her zu bewegen, bis er schließlich nach einem letzten Stöhnen in sich zusammensank und einschlief.

Am nächsten Morgen verlor Aledis ihre Jungfräulichkeit unter einem gebrechlichen, kraftlosen Körper, der ungeschickt Besitz von ihr ergriff. Sie fragte sich, ob sie je etwas anderes dabei würde empfinden können als Ekel.

Wenn Aledis aus irgendeinem Grund nach unten in die Werkstatt musste, betrachtete sie die jungen Lehrlinge ihres Mannes. Weshalb nur würdigten sie sie keines Blickes? Sie hingegen schaute genau hin. Ihre Augen ruhten auf den Muskeln dieser jungen Burschen und ergötzten sich an den Schweißperlen, die ihnen auf der Stirn standen, über Gesicht und Hals hinabrannen und auf ihren starken, kräftigen Körpern glänzten. Aledis' Blicke verfolgten die steten Bewegungen ihrer Arme, während sie das Leder walkten, immer und immer wieder... Doch die Anweisung ihres Mannes war unmissverständlich gewesen: »Zehn Peitschenhiebe für jeden, der meine Frau zum ersten Mal ansieht. Beim zweiten Mal setzt es zwanzig Hiebe, beim dritten Mal ist das Essen gestrichen.« Aledis fragte sich Nacht für Nacht, wo die Lust blieb, von der man ihr erzählt hatte, die Lust, nach der ihre Jugend verlangte und die ihr der Greis niemals würde schenken können, dem man sie zur Frau gegeben hatte.

In manchen Nächten zerkratzte ihr der alte Gerbermeister mit seinen zerschundenen Händen die Haut, andere Male zwang er sie, ihn mit der Hand zu befriedigen, dann wieder drang er in sie ein, in aller Hast, bevor ihn die Schwäche daran hinderte, den Akt zu vollziehen. Danach schlief er immer sofort ein. In einer dieser Nächte stand Aledis leise auf, um ihn nicht zu wecken, doch der Alte drehte sich nicht einmal um.

Sie schlich in die Werkstatt hinunter. Dort ging sie zwischen den Arbeitstischen umher, die sich im Halbdunkel abzeichneten, und strich mit den Fingern über die glatten Tischplatten. Begehrt ihr mich nicht? Gefalle ich euch nicht? Aledis dachte sehnsuchtsvoll an die Lehrlinge, während sie zwischen den Tischen umherschlich, als plötzlich ein schwacher Lichtstrahl in einer Ecke der Gerberei ihre Aufmerksamkeit erregte. In der Bretterwand, die die Werkstatt von dem Schlafraum der Lehrlinge trennte, befand sich ein kleines Astloch. Aledis blickte hindurch und schreckte zurück. Sie zitterte. Dann presste sie erneut das Auge an die Öffnung. Sie waren nackt! Für einen Moment befürchtete sie, ihr Atem könnte sie verraten. Einer von ihnen lag auf seinem Bett und berührte sich selbst!

»An wen denkst du?«, fragte ein anderer ganz nah an der Wand, hinter der Aledis lauschte. »An die Frau des Meisters?«

Der andere gab keine Antwort. Aledis brach der Schweiß aus. Ohne es zu merken, glitt eine Hand zwischen ihre Beine, und während sie den Jungen beobachtete, der an sie dachte, lernte sie, sich selbst Lust zu verschaffen. Den Rücken gegen die Wand gelehnt, ließ sie sich zu Boden sinken.

Am nächsten Morgen ging Aledis voller Verlangen an dem Arbeitsplatz des Lehrlings vorbei. Vor dem Tisch hielt sie unwillkürlich inne. Schließlich blickte der Lehrling einen Augenblick hoch. Sie wusste, dass der Junge sich berührt und dabei an sie gedacht hatte, und lächelte.

Am Nachmittag wurde Aledis in die Werkstatt gerufen. Dort erwartete sie der Gerbermeister, hinter dem Lehrling stehend.

»Meine Liebe«, sagte er zu ihr, als sie vor ihm stand, »du weißt doch, dass ich es nicht mag, wenn man meine Lehrlinge ablenkt.«

Aledis betrachtete den Rücken des Jungen. Zehn feine, blutige Striemen zeichneten sich darauf ab. Sie gab keine Antwort. In dieser

Nacht schlich sie nicht in die Werkstatt hinunter, auch nicht in der nächsten und übernächsten. Doch dann begann sie wieder, sich erneut Nacht für Nacht davonzustehlen, um ihren Körper zu liebkosen und dabei an Arnaus Hände zu denken. Er war alleine. Seine Augen hatten es ihr verraten. Sie musste ihn bekommen!

23

In Barcelona wurde immer noch gefeiert.

Es war ein bescheidenes Haus, wie die Häuser aller *Bastaixos*, obwohl dieses Bartolomé gehörte, einem der Zunftmeister. Wie die meisten *Bastaixos* wohnte auch er in einer der engen Gassen, die von Santa María, der Plaza del Born oder dem Pla d'en Llull zum Strand führten. Das Erdgeschoss, in dem sich der Herd befand, war aus Lehmziegeln gebaut, das nachträglich errichtete Obergeschoss aus Holz.

Arnau lief das Wasser im Munde zusammen angesichts des Essens, das Bartolomés Frau zubereitete: Weißbrot aus Weizenmehl, Kalbfleisch mit Gemüse, das zusammen mit Speck vor den Augen der Gäste in einer großen Pfanne auf dem Herd brutzelte, gewürzt mit Paprika, Zimt und Safran. Dazu gab es Honigwein, Käse und süße Kuchen.

»Was feiern wir?«, fragte Arnau. Ihm gegenüber am Tisch saß Joan, zu seiner Linken Bartolomé und zu seiner Rechten Pater Albert.

»Das wirst du noch erfahren«, antwortete der Pfarrer.

Arnau sah Joan an, doch dieser schwieg.

»Du wirst schon sehen«, bestätigte Bartolomé. »Jetzt iss.«

Arnau zuckte ratlos mit den Schultern, während Bartolomés älteste Tochter ihm einen Teller Fleisch und einen halben Laib Brot reichte.

»Meine Tochter Maria«, sagte Bartolomé.

Arnau nickte, doch seine Aufmerksamkeit galt dem Teller.

Als das Essen vor den vier Männern stand und der Pfarrer das Tischgebet gesprochen hatte, begannen sie schweigend zu essen. Bartolomés Frau, seine Tochter und vier weitere Kinder saßen mit ihren Tellern auf dem Fußboden, doch sie aßen lediglich den üblichen Eintopf.

Arnau kostete von dem Fleisch mit Gemüse. Welch unbekannte Genüsse! Paprika, Zimt und Safran – das aßen normalerweise nur die Adligen und reichen Händler. »Wenn wir diese Gewürze entladen«, hatte ihm einer der Hafenschiffer einmal am Strand erzählt, »dann schicken wir ein Stoßgebet zum Himmel. Wenn sie ins Wasser fallen oder verderben, hätten wir nicht genug Geld, um für den Schaden aufzukommen. Der Kerker wäre uns gewiss.« Er brach ein Stück Brot und führte es zum Mund. Dann ergriff er das Glas mit dem Honigwein. Aber warum sahen sie ihn so an? Die anderen beobachteten ihn, da war er sich sicher. Nur Joan blickte nicht vom Essen auf. Arnau widmete sich wieder dem Fleisch, doch er sah aus den Augenwinkeln, wie Joan und Pater Albert sich Zeichen gaben.

»Also, was ist hier los?« Arnau legte den Löffel hin.

Bartolomé sah ihn an.

»Dein Bruder hat beschlossen, den Habit zu nehmen und in den Franziskanerorden einzutreten«, erklärte Pater Albert.

»Das ist es also.« Arnau erhob sein Weinglas und prostete Joan lächelnd zu. »Herzlichen Glückwunsch! Das ist doch wunderbar!«

Doch Joan stieß nicht mit ihm an. Genauso wenig wie Bartolomé und der Priester. Arnau zögerte, sein Glas immer noch erhoben. Was war hier los? Abgesehen von den vier kleineren Kindern, die ungerührt weiteraßen, sahen ihn alle an.

Arnau stellte das Glas ab.

»Und?«, wandte er sich direkt an seinen Bruder.

»Ich kann nicht.« Arnau schaute überrascht drein. »Ich will dich nicht alleine zurücklassen. Ich werde nur in den Orden eintreten, wenn ich weiß, dass du ... dass du eine gute Frau an deiner Seite hast, die zukünftige Mutter deiner Kinder.«

Joan begleitete seine Worte mit einem Seitenblick auf Bartolomés Tochter, die ihr Gesicht verbarg.

Arnau seufzte.

»Du solltest heiraten und eine Familie gründen«, mischte sich Pater Albert ein.

»Du kannst nicht alleine bleiben«, erklärte Joan.

»Es wäre eine Ehre für mich, wenn du meine Tochter Maria zur Frau nähmest«, sagte Bartolomé mit einem Blick auf seine Tochter, die sich verlegen an ihre Mutter schmiegte. »Du bist ein gesunder, fleißiger Mann, anständig und gottesfürchtig. Ich biete dir eine gute Frau, der ich genügend Mitgift gäbe, damit ihr euch eine eigene Wohnung suchen könntet. Außerdem weißt du ja, dass die Zunft ihren verheirateten Mitgliedern mehr zahlt.«

Arnau traute sich nicht, Bartolomés Blick zu folgen.

»Wir haben lange gesucht und glauben, dass Maria die Richtige für dich ist«, setzte der Pfarrer hinzu.

Arnau sah den Priester an.

»Jeder gute Christ sollte heiraten und Kinder in die Welt setzen«, riet ihm Joan.

Arnau sah seinen Bruder an, doch dieser hatte noch nicht zu Ende gesprochen, als Bartolomé ihm ins Wort fiel: »Denk nicht länger nach, Junge!«

»Ich werde nicht in den Orden eintreten, wenn du nicht heiratest«, beteuerte Joan noch einmal.

»Du würdest uns mit einer Heirat alle sehr glücklich machen«, sagte der Pfarrer.

»Die Zunft sähe es nicht gerne, wenn du dich weigertest und dein Bruder deswegen nicht seiner kirchlichen Berufung folgte.«

Dann sagte keiner mehr etwas. Arnau presste die Lippen aufeinander. Die Zunft! Jetzt hatte er keine Ausrede mehr.

»Und, Bruder?«, fragte Joan.

Arnau sah Joan zum ersten Mal mit anderen Augen: Er war inzwischen ein erwachsener Mann geworden. Wie hatte er das nicht bemerken können? Für ihn war er immer noch der lächelnde kleine Junge, der ihm die Stadt gezeigt hatte und mit baumelnden Beinen auf einer Kiste saß, während seine Mutter ihm mit der Hand übers Haar strich. Wie wenig hatten sie in den vergangenen vier Jahren miteinander gesprochen! Er selbst hatte immer gearbeitet, hatte Schiffe entladen, und wenn er abends nach getaner Arbeit erschöpft nach Hause kam, hatte er keine Lust zum Reden gehabt. Doch dies hier war nicht mehr der kleine Joanet von damals.

»Du würdest wirklich meinetwegen auf die Gelübde verzichten?« Plötzlich kam es ihm vor, als wären sie beide alleine.

»Ja, das würde ich.«

Alleine, nur Joan und er.

»Wir haben lange dafür gearbeitet . . .«

»Ja, ich weiß.«

Arnau stützte das Kinn auf und dachte eine Weile nach. Die Zunft. Bartolomé war einer der Zunftmeister. Was würden die anderen *Bastaixos* sagen? Er konnte Joan keinen Strich durch die Rechnung machen, nicht nach all der Mühe, die sie auf sich genommen hatten. Und außerdem: Was würde aus ihm werden, wenn Joan wegging? Er blickte zu Maria hinüber.

Bartolomé gab ihr einen Wink, und das Mädchen trat schüchtern näher.

Arnau sah ein einfaches Mädchen mit lockigem Haar und sanftem Blick.

»Sie ist fünfzehn«, hörte er Bartolomé sagen, als Maria neben dem Tisch stand. Von den vier Männern beobachtet, verschränkte sie die Hände und sah zu Boden. »Maria!«, rief ihr Vater mahnend.

Das Mädchen blickte errötend zu Arnau, während es unsicher die Hände knetete.

Diesmal wich Arnau ihrem Blick aus. Bartolomé wurde unruhig, als er sein Zögern bemerkte. Das Mädchen seufzte. Weinte sie? Er hatte sie nicht beleidigen wollen.

»Einverstanden«, schlug er ein.

Joan erhob sein Glas, und Bartolomé und der Pfarrer taten es ihm rasch nach. Auch Arnau ergriff sein Glas.

»Du machst mich sehr glücklich«, sagte Joan.

»Auf die Brautleute!«, rief Bartolomé.

Hundertsechzig Tage! Nach den Vorschriften der Kirche gab es hundertsechzig Fastentage im Jahr, und an jedem dieser Tage ging Aledis wie alle Frauen in Barcelona zum Strand gleich bei der Kirche Santa María, um auf einem der beiden Fischmärkte der gräflichen Stadt Fisch zu kaufen.

Wenn sie ein Schiff sah, blickte Aledis zum Ufer hinunter, wo die Lastschiffer die Waren ein- oder ausluden. Ein paar Mal hatte sie ihn gesehen, die Muskeln unter der Haut zum Bersten angespannt. Dann durchlief Aledis ein Schauder, und sie begann die Stunden bis zum Abend zu zählen, wenn ihr Mann schlief und sie in der Werkstatt mit ihm und ihrer Erinnerung allein sein konnte. Dank der Fastentage lernte Aledis den Tagesablauf der *Bastaixos* kennen. Wenn kein Schiff zu entladen war, schleppten sie Steine nach Santa María. Nach der ersten Tour löste sich die Reihe der *Bastaixos* auf, und jeder machte den Rückweg für sich, ohne auf die anderen zu warten.

An diesem Morgen war Arnau unterwegs, um einen weiteren Stein zu holen. Alleine. Es war Sommer, und er hielt die *Capçana* in der Hand. Aledis sah ihn mit nacktem Oberkörper am Fischmarkt vorübergehen. Der Schweiß, der seinen Körper bedeckte, glänzte in der Sonne, und er lächelte jedem zu, der ihm begegnete. Aledis verließ die Schlange, in der sie anstand. Es lag ihr auf den Lippen, seinen Namen zu rufen. Doch es ging nicht. Die Frauen in der Schlange sahen sie an. Die Alte, die hinter ihr anstand, zeigte auf den freien Platz, und Aledis ließ sie vor. Wie sollte sie diese ganzen neugierigen Klatschweiber von sich ablenken? Sie täuschte eine Übelkeit vor, und jemand trat zu ihr, um ihr zu helfen. Doch Aledis lehnte ab. Die Frauen lächelten. Sie würgte erneut und lief dann davon, während einige Schwangere vielsagende Blicke tauschten.

Arnau ging am Strand entlang zum königlichen Steinbruch auf dem Montjuïc. Wie sollte sie ihn nur einholen? Aledis lief durch die Calle de la Mar zur Plaza del Blat und von dort nach links durch das alte Stadttor in der römischen Stadtmauer neben dem stadtrichterlichen Palast, dann immer geradeaus zur Calle de la Boquería und dem Stadttor gleichen Namens. Sie musste ihn einfach einholen. Die Leute sahen sie schon an. Das Mädchen lief durch das Stadttor der Boquería und flog den Weg zum Montjuïc hinauf. Er musste dort sein . . .

»Arnau!«

Arnau blieb mitten auf dem Anstieg zum Steinbruch stehen und wandte sich zu der Frau um, die hinter ihm herlief.

»Aledis? Was machst du denn hier?«

Aledis schnappte nach Luft. Was sollte sie jetzt nur sagen?

»Ist etwas, Aledis?«

Sie krümmte sich, presste die Hände auf den Bauch, und diesmal musste sie die Übelkeit nicht vortäuschen. Sie war zu schnell gerannt, ihr Herz jagte, und ihr Magen verkrampfte sich. Arnau trat zu ihr und fasste sie bei den Armen. Die Berührung ließ das Mädchen erschaudern.

»Was hast du denn?«

Aledis hob das Gesicht und sah sich Arnaus immer noch schweißnasser Brust gegenüber. Sie sog seinen Geruch ein.

»Was hast du?«, fragte Arnau noch einmal und versuchte sie aufzurichten. Aledis fiel ihm in die Arme.

»Mein Gott!«, flüsterte sie.

Sie schmiegte ihren Kopf an seinen Hals und begann ihn zu küssen.

»Was machst du da?«

Arnau versuchte sie wegzuschieben, doch das Mädchen klammerte sich an ihn.

Als Stimmen hinter einer Wegbiegung zu hören waren, erschrak Arnau. Die *Bastaixos*! Wie sollte er ihnen erklären . . .? Vielleicht war auch Bartolomé dabei. Wenn sie ihn so fanden, in inniger Umarmung mit Aledis, die ihn küsste . . . Sie würden ihn aus der Zunft ausschließen! Arnau fasste Aledis um die Taille, hob sie hoch und verließ den Weg, um sich hinter einem Gebüsch zu verstecken. Dort hielt er ihr den Mund zu.

Die Stimmen kamen näher und gingen vorbei, doch Arnau achtete nicht auf sie. Er setzte sich auf den Boden, Aledis auf seinem Schoß. Mit der einen Hand hielt er sie um die Taille gepackt, mit der anderen verschloss er ihr den Mund. Das Mädchen sah ihn an. Diese wunderschönen Augen! Plötzlich merkte Arnau, dass er sie umarmte. Seine Hand ruhte auf Aledis' Bauch, und ihre Brüste drängten sich verlangend gegen ihn. Das Mädchen atmete heftig. Wie viele Nächte hatte er davon geträumt, sie in seinen Armen zu halten? Wie viele Nächte hatte er sich in Gedanken ihren Körper ausgemalt? Aledis sah ihn nur an, blickte mit ihren großen, dunklen Augen bis tief in sein Innerstes.

Er nahm die Hand von ihrem Mund.

»Ich brauche dich«, hörte er sie flüstern.

Dann näherten sich ihre Lippen den seinen und küssten ihn, sanft, weich, voller Verlangen.

Arnau erschauderte.

Aledis zitterte.

Keiner der beiden sprach ein weiteres Wort.

24

Vor etwas über zwei Monaten hatten Maria und Arnau in der Kirche Santa María del Mar geheiratet. Pater Albert hatte sie getraut, und alle Mitglieder der Zunft waren dabei gewesen, außerdem Pere und Mariona sowie Joan, der bereits die Tonsur und die Kutte der Franziskaner trug. Mit der Aussicht auf höheren Lohn, wie er den verheirateten Zunftmitgliedern zustand, entschieden sie sich für ein Haus am Strand und richteten es mit Unterstützung von Marias Familie und der vielen anderen, die dem jungen Paar helfen wollten, ein. Das Haus, die Möbel, das Geschirr, die Wäsche, das Essen – Maria und ihre Mutter kümmerten sich um alles und bestanden darauf, dass Arnau sich ausruhe. In der ersten Nacht gab sich Maria ihrem Mann ohne große Leidenschaft, aber auch ohne Ziererei hin. Als Arnau am nächsten Morgen in aller Frühe aufwachte, war das Frühstück bereits fertig: Eier, Milch, Pökelfleisch und Brot. Nicht anders war es am Mittag und am Abend, auch am nächsten und am übernächsten Tag. Maria hatte stets das Essen für Arnau bereitstehen. Sie zog ihm die Schuhe aus, wusch ihn und versorgte vorsichtig seine Schwielen und Wunden. Tag für Tag fand Arnau alles vor, was sich ein Mann nur wünschen konnte: Essen, Sauberkeit, Zuwendung und den Körper einer jungen, hübschen Frau.

Es regnete in Strömen. Ein Unwetter verdunkelte den Himmel, und Blitze zuckten durch die schwarzen Wolken und leuchteten über dem Meer auf. Arnau und Bartolomé standen am Strand. Sie waren durchnässt. Sämtliche Schiffe hatten den gefährlichen Hafen von Barcelona verlassen, um Schutz in Salou zu suchen. Der königliche Steinbruch war geschlossen worden. An diesem Tag hatten die *Bastaixos* nichts zu tun.

»Wie geht es denn so, mein Junge?«, erkundigte sich Bartolomé bei seinem Schwiegersohn.

»Gut. Sehr gut. Aber ...«

»Gibt es ein Problem?«

»Es ist nur ... Ich bin es nicht gewöhnt, so gut behandelt zu werden wie von Maria.«

»So haben wir sie erzogen«, erklärte Bartolomé zufrieden.

»Sie ist so ...«

»Ich habe dir doch gesagt, dass du die Heirat mit ihr nicht bereuen wirst.« Bartolomé sah Arnau an. »Du wirst dich schon daran gewöhnen. Genieße einfach das Eheleben.«

Unterdessen hatten sie die Calle de las Dames erreicht, ein enges Gässchen, das direkt am Strand endete. Dort spazierten etwa zwei Dutzend Frauen im Regen auf und ab. Es waren Junge und Alte darunter, Hübsche und Hässliche, Gesunde und Kranke, doch alle waren sie arm.

»Siehst du die Frauen dort?«, bemerkte Bartolomé. »Weißt du, worauf sie warten?« Arnau schüttelte den Kopf. »An stürmischen Tagen wie heute, wenn die unverheirateten Kapitäne der Fischerboote ihr ganzes seemännisches Können ausgeschöpft und sich sämtlichen Heiligen und der Muttergottes anvertraut haben und dennoch dem Sturm nicht entkommen sind, bleibt ihnen nur noch ein Mittel. Wenn es so weit ist, schwört der Bootsführer vor Gott und seiner Mannschaft, die erste Frau zu heiraten, deren er ansichtig wird, wenn er an Land geht, sollte es ihm gelingen, sein Fischerboot und seine Männer heil in den Hafen zurückzubringen. Verstehst du, Arnau?« Arnau sah erneut zu den Frauen hinüber, die unruhig die Straße auf und ab gingen, während sie zum Horizont blickten.

»Es ist die Bestimmung der Frauen, zu heiraten und dem Mann zu dienen«, fuhr Bartolomé fort. »So haben wir Maria erzogen, und so haben wir sie dir zur Frau gegeben.«

Die Tage vergingen, und Maria tat weiterhin alles für Arnau, doch der dachte nur an Aledis.

»Diese Steine werden dir noch den Rücken ruinieren«, stellte Maria fest, während sie die wunde Stelle, die Arnau oben am Schulterblatt hatte, mit Salbe einrieb.

Arnau antwortete nicht.

»Heute Abend werde ich mir deine *Capçana* ansehen. Es kann nicht sein, dass die Steine dir so ins Fleisch schneiden.«

Arnau antwortete nicht. Er war erst in der Abenddämmerung nach Hause gekommen. Maria hatte ihm die Schuhe ausgezogen, ihm ein Glas Wein eingeschenkt und ihn aufgefordert, sich zu setzen, damit sie ihm den Rücken massieren konnte, wie sie es ihre ganze Kindheit hindurch bei ihrer Mutter und ihrem Vater gesehen hatte. Arnau hatte sie gewähren lassen, wie immer. Jetzt hörte er ihr schweigend zu. Diese Verletzung hatte weder mit den Steinen für die Jungfrau Maria zu tun noch mit der *Capçana*. Maria reinigte und versorgte eine Wunde der Schande, die Kratzspuren einer anderen Frau, der Arnau einfach nicht widerstehen konnte.

»Diese Steine werden euch allen den Rücken ruinieren«, sagte seine Frau noch einmal.

Arnau trank einen Schluck Wein, während er spürte, wie Marias Hände sanft über seinen Rücken strichen.

Seit ihr Mann sie in die Werkstatt gerufen hatte, um ihr die Striemen des Lehrlings zu zeigen, der es gewagt hatte, sie anzusehen, beschränkte sich Aledis darauf, den jungen Burschen aus der Werkstatt heimlich nachzuspionieren. Sie entdeckte, dass diese häufig nachts in den Garten schlichen, wo sie sich mit Frauen trafen, die für ein Schäferstündchen über die Gartenmauer kletterten. Die Jungen verfügten über das Material, das Werkzeug und die nötigen Kenntnisse, um eine Art Häubchen aus feinstem Leder herzustellen, die sie, ordentlich eingefettet, über ihr Glied zogen, bevor sie mit den Frauen schliefen. Es fiel Aledis nicht schwer, sich in die Schlafkammer der Lehrlinge zu schleichen und einige dieser Häubchen an sich zu nehmen. Dass sie ohne Risiko mit Arnau zusammen sein konnte, ließ ihrer Lust völlig freien Lauf.

Aledis behauptete, dank dieser Häubchen könnten sie keine Kinder bekommen. Arnau sah zu, wie sie es über seinen Penis stülpte. War es das Fett, das danach an seinem Glied haftete? War es eine Strafe, weil er sich den Bestimmungen der göttlichen Natur widersetzte? Jedenfalls wurde Maria einfach nicht schwanger. Sie war ein kräftiges, gesundes Mädchen. Woran, wenn nicht an Arnaus Sünde, konnte es liegen, dass sie nicht schwanger wurde? Welchen anderen Grund sollte der Herrgott haben, ihm den ersehnten Sprössling zu versagen? Bartolomé brauchte einen Enkel. Pater Albert und Joan wollten Arnau als

Vater sehen. Die ganze Zunft wartete gespannt darauf, dass die jungen Eheleute die freudige Nachricht verkündeten. Die Männer machten ihre Späße mit Arnau, und die Frauen der *Bastaixos* statteten Maria Besuche ab, um ihr Ratschläge zu geben und von den Freuden des Familienlebens zu erzählen.

Auch Arnau wollte ein Kind.

»Ich will nicht, dass du mir das überziehst«, widersetzte er sich eines Tages, als Aledis ihm wieder einmal auf dem Weg zum Steinbruch auflauerte.

Aledis ließ sich nicht beirren.

»Ich denke nicht daran, dich aufzugeben«, sagte sie. »Eher würde ich den Alten verlassen und dich für mich verlangen. Alle würden erfahren, was zwischen uns war, du würdest in Ungnade fallen. Man würde dich aus der Zunft und vielleicht auch aus der Stadt jagen, und dann hättest du nur noch mich. Nur ich wäre bereit, mit dir zu gehen. Ich kann mir ein Leben ohne dich nicht vorstellen, wenn ich schon dazu verurteilt bin, bei diesem aufdringlichen, tattrigen Schlappschwanz zu bleiben.«

»Du würdest mein Leben ruinieren? Warum würdest du mir das antun?«

»Weil ich weiß, dass du mich liebst«, erwiderte Aledis mit Bestimmtheit. »Im Grunde würde ich dir nur dabei helfen, einen Schritt zu tun, für den du nicht den Mut aufbringst.«

Im Gebüsch am Hang des Montjuïc versteckt, ließ Arnau sie gewähren. Stimmte das, was sie sagte? Stimmte es, dass er im Grunde seines Herzens mit Aledis leben wollte und seine Frau und alles, was er besaß, zurücklassen würde, um mit ihr durchzubrennen? Was hatte diese Frau nur, das ihn so völlig willenlos machte? Arnau war versucht, ihr die Geschichte von Joans Mutter zu erzählen, ihr zu sagen, dass der Alte sie womöglich lebenslang einsperrte, wenn sie ihr Verhältnis öffentlich machte ... Doch stattdessen gab er sich ihr ein weiteres Mal hin.

25

Auf seinem Thron sitzend, bat König Pedro mit einer Handbewegung um Ruhe. Flankiert von seinem Onkel und seinem Bruder – den Infanten Don Pedro und Don Jaime – zu seiner Rechten sowie dem Grafen von Terranova und Pater Ot de Montcada zu seiner Linken, wartete der König, dass die Mitglieder des Kronrats verstummten.

Sie befanden sich im Königspalast von Valencia, wo sie Pere Ramon de Codoler empfangen hatten, Majordomus und Botschafter König Jaimes von Mallorca. Codoler zufolge hatte der König von Mallorca, Graf von Roussillon und Sardinien und Herr von Montpellier, beschlossen, Frankreich wegen der ständigen Angriffe der Franzosen auf sein Herrschaftsgebiet den Krieg zu erklären. Als Vasall Pedros bat er diesen darum, sich am 21. April des folgenden Jahres 1341 mit den katalanischen Truppen in Perpignan einzufinden, um ihn im Krieg gegen Frankreich zu unterstützen.

Den ganzen Vormittag hindurch hatten König Pedro und seine Ratgeber über die Bitte seines Vasallen beraten. Wenn sie dem Herrscher von Mallorca nicht zu Hilfe kamen, würde dieser seine Gefolgschaft aufkündigen und wäre frei. Leisteten sie der Aufforderung indes Folge – darin waren sich alle einig –, so gingen sie in eine Falle: Sobald die katalanischen Truppen vor Perpignan erschienen, würde sich Jaime mit dem französischen König gegen sie verbünden.

Als Ruhe eingekehrt war, sprach der König: »Ihr alle habt die Umstände abgewogen und nach einer Möglichkeit gesonnen, wie man dem König von Mallorca die Bitte abschlagen könnte, die er an Uns herangetragen hat. Ich glaube, Wir haben sie gefunden: Wir ziehen nach Barcelona und berufen die Cortes ein. Ist dies geschehen, so bestellen Wir den König von Mallorca zum 25. März nach Barcelona ein, damit er an den Cortes teilnimmt, wie es seine Pflicht ist. Und was kann geschehen? Entweder er ist dort oder er ist nicht dort. Kommt er, hat er seiner Pflicht Genüge getan, und in diesem Fall werden auch Wir seiner Bitte entsprechen . . .« Einige Ratgeber traten nervös von einem Fuß auf den anderen. Wenn der König von Mallorca bei den Cortes erschien, müssten sie gegen Frankreich in den Krieg ziehen, während sie gleichzeitig schon mit Genua im Krieg lagen! Der eine oder andere wagte es sogar, laut zu widersprechen, doch Pedro brachte sie mit einer Handbewegung zum Schweigen und lächelte, bevor er die Stimme erhob und weitersprach. »Wir werden uns mit Unseren Vasallen beraten. Sie mögen entscheiden, was am besten zu tun sei.« Auch auf den Gesichtern einiger Ratgeber zeigte sich ein Lächeln, andere nickten beifällig. Die Cortes waren für die Politik Kataloniens zuständig und konnten entscheiden, ob man einen Krieg beginnen sollte oder nicht. Es wäre also nicht der König, der seinem Vasallen die Hilfe versagte, sondern die Cortes von Katalonien. »Und kommt er nicht«, fuhr Pedro fort, »ist das eine Aufkündigung der Gefolgschaft, und in diesem Falle sind Wir nicht verpflichtet, ihm beizustehen und Uns seinetwegen in einen Krieg gegen den König von Frankreich zu begeben.«

Barcelona, 1341

Adlige, Vertreter der Kirche und Abgesandte der freien Städte des Prinzipats, die drei Gewalten der Cortes, hatten sich in der gräflichen Stadt versammelt. In den Straßen herrschte ein einziges buntes Treiben. Man sah Seide aus Almería, der Berberei, Alexandria und Damaskus, Wolle aus England oder Brüssel, Flandern und Mecheln und prächtige Kleider aus schwarzem Bisso-Leinen, verziert mit herrlichen Gold- oder Silberstickereien.

Jaime von Mallorca indes war noch nicht in der Hauptstadt des Prinzipats eingetroffen. Nachdem der Stadtrichter sie über die Lage in Kenntnis gesetzt hatte, hatten sich Hafenschiffer, *Bastaixos* und alle anderen Hafenarbeiter seit Tagen auf den Fall vorbereitet, dass sich der König von Mallorca entschloss, zu den Cortes zu erscheinen. Der Hafen von Barcelona war nicht für die Ankunft hoher Persönlichkeiten ausgelegt. Diese konnten schließlich nicht mit einem Satz von den kleinen Lastkähnen an Land springen, wie es die Händler taten, damit ihre

Kleider nicht nass wurden. Wenn eine hohe Persönlichkeit in Barcelona eintraf, vertäuten die Hafenschiffer ihre Boote in einer Reihe aneinander, die vom Ufer bis ins Meer führte, und errichteten darauf eine schwimmende Brücke, damit Könige und Fürsten den Strand von Barcelona so würdevoll betreten konnten, wie es ihnen geziemte.

Die *Bastaixos*, unter ihnen auch Arnau, trugen die Bohlen ans Ufer, die zum Bau der Brücke benötigt wurden, und wie viele andere Bürger und auch Adlige aus den Cortes blickten sie zum Horizont, um nach den Galeeren des Herrn von Mallorca Ausschau zu halten. Alle Gespräche drehten sich um die Cortes, die in Barcelona stattfanden; das Ersuchen des Königs von Mallorca und die Strategie König Pedros hatten sich bereits in Barcelona herumgesprochen.

»Wenn die ganze Stadt darüber Bescheid weiß, was König Pedro vorhat«, bemerkte Arnau eines Tages zu Pater Albert, während er die Kerzen in der Sakramentskapelle putzte, »ist davon auszugehen, dass auch König Jaime davon weiß. Wozu also warten wir auf ihn?«

»Deshalb wird er auch nicht erscheinen«, antwortete der Priester, während er in seiner Beschäftigung fortfuhr.

»Und dann?«

Arnau sah den Geistlichen an, der nun innehielt und ein sorgenvolles Gesicht machte.

»Ich befürchte sehr, Katalonien wird Krieg mit Mallorca anfangen.«

»Noch ein Krieg?«

»Ja. Bekanntlich ist es König Pedros Bestreben, die alten katalanischen Reiche wieder zu vereinigen, die Jaime I., der Eroberer, einst unter seinen Erben aufteilte. Seither haben die Könige von Mallorca die Katalanen stets verraten. Vor fünfzig Jahren erst musste Pedro der Große die Franzosen und Mallorquiner in der Schlucht von Panissars schlagen. Danach eroberte er Mallorca, das Roussillon und Sardinien, doch auf Druck des Papstes musste er diese an Jaime II. zurückgeben.« Der Priester sah Arnau an. »Es wird Krieg geben, Arnau. Ich weiß nicht, wann und aus welchem Anlass, aber es wird Krieg geben.«

Jaime von Mallorca erschien nicht zu den Cortes. Der König setzte ihm eine weitere Frist von drei Tagen, doch auch diese Zeit verstrich, ohne dass seine Galeeren im Hafen von Barcelona auftauchten.

»Jetzt hast du den Anlass«, sagte Pater Albert zu Arnau. »Ich weiß immer noch nicht, wann, aber der Vorwand steht bereits fest.«

Nach dem Ende der Cortes befahl Pedro III., einen Prozess wegen Ungehorsams gegen seinen Vasallen anzustrengen. Des Weiteren beschuldigte er ihn, in den Grafschaften Roussillon und Sardinien katalanische Münzen zu prägen, obwohl lediglich Barcelona das königliche Münzprägerecht besaß.

Jaime von Mallorca rührte sich immer noch nicht, doch in dem Prozess, den der Stadtrichter von Barcelona, Arnau d'Erill, leitete, wurde der Herr von Mallorca in Abwesenheit nun auch noch des Aufruhrs beklagt. Dieser begann nervös zu werden, als seine Ratgeber ihm mitteilten, was die Folge davon sein konnte: der Verlust seiner Königreiche und Grafschaften. Daraufhin erbat Jaime die Hilfe des Königs von Frankreich, dem er Gefolgschaft schwor, und ersuchte den Papst, mit seinem Schwager König Pedro zu verhandeln.

Der Papst, der auf der Seite des Herrn von Mallorca stand, verlangte von Pedro freies Geleit für Jaime, damit dieser ohne Gefahr für sich und die Seinen nach Barcelona kommen könne, um sich zu entschuldigen und sich gegen die Vorwürfe zu verteidigen, die man ihm zur Last legte. Der König konnte sich den Wünschen des Papstes nicht widersetzen und gewährte dem Mallorquiner freies Geleit, nicht ohne zuvor aus Valencia vier Galeeren unter dem Befehl von Mateu Mercer anzufordern, damit dieser die Schiffe des Herrn von Mallorca überwache.

Ganz Barcelona strömte zum Hafen, als die Segel der Galeeren des Königs von Mallorca am Horizont auftauchten. Sie wurden von der Flotte Mateu Mercers erwartet, die ebenso bewaffnet war wie jene Jaimes III. Der Stadtrichter Arnau d'Erill wies die Hafenarbeiter an, mit der Errichtung der Brücke zu beginnen. Die Hafenschiffer kletterten auf ihre Boote, und die Männer begannen, die Holzbohlen darauf zu befestigen.

Nachdem die Galeeren des Königs von Mallorca Anker geworfen hatten, setzten die restlichen Schiffer zur königlichen Galeere über.

»Was ist da los?«, fragte einer der *Bastaixos*, als er sah, dass die königliche Standarte an Bord blieb und nur ein einziger Adliger das Boot bestieg.

Arnau war schweißgebadet, genau wie seine Zunftbrüder. Alle sahen den Stadtrichter an, der kein Auge von dem Boot wandte, das sich nun dem Ufer näherte.

Nur eine einzige Person verließ das Boot über die schwimmende Brücke: der Vicomte von Èvol, ein Adliger aus dem Roussillon, prächtig gekleidet und bewaffnet. Statt den Strand zu betreten, blieb er auf den Planken stehen.

Der Stadtrichter ging ihm entgegen. Am Ufer stehend, hörte er sich Èvols Erklärungen an, der immer wieder zum Kloster Framenors und dann zu den Galeeren des Königs von Mallorca deutete. Als das Gespräch beendet war, kehrte der Vicomte auf die königliche Galeere zurück.

Der Stadtrichter verschwand in Richtung Stadt und kehrte nach kurzer Zeit mit Anweisungen von König Pedros zurück.

»König Jaime von Mallorca«, rief er, damit ihn alle hören konnten, »und seine Gemahlin Constanza, Königin von Mallorca, die Schwester unseres geliebten Königs Pedro, werden im Kloster Framenors residieren. Es muss eine feste, hölzerne Brücke mit Seitenwänden und Überdachung von den Galeeren bis zur königlichen Unterkunft gebaut werden.«

Ein Murren erhob sich am Strand, doch der strenge Gesichtsausdruck des Stadtrichters brachte die Leute zum Schweigen. Dann machten sich die meisten Hafenarbeiter auf den Weg zum Kloster Framenors, dessen beeindruckende Silhouette sich über die Küstenlinie erhob.

»Das ist ein Irrsinn«, hörte Arnau einen der *Bastaixos* sagen.

»Wenn Sturm aufkommt, wird sie nicht standhalten«, prophezeite ein anderer.

»Mit Seitenwänden und Überdachung! Wozu braucht der König von Mallorca eine solche Brücke?«

Arnau sah zum Stadtrichter hinüber. Soeben traf Berenguer de Montagut am Strand ein. Arnau d'Erill sprach mit dem Baumeister, wobei er zum Kloster Framenors hinüberdeutete und dann mit der rechten Hand eine imaginäre Linie von dort aufs Meer hinaus beschrieb.

Arnau, *Bastaixos*, Hafenschiffer und Schiffszimmerleute, Kalfaterer, Schmiede und Seiler warteten schweigend ab, bis der Stadtrichter mit seinen Erklärungen fertig war und einen grübelnden Baumeister zurückließ.

Auf Befehl des Königs wurden die Bauarbeiten an der Kirche Santa María und an der Kathedrale unterbrochen und alle Arbeiter zur Errichtung der Brücke abgezogen. Unter der Aufsicht von Berenguer de Montagut wurde ein Teil der Gerüste an der Kirche abgeschlagen, und noch am selben Vormittag begannen die *Bastaixos* damit, das Material zum Kloster Framenors zu transportieren.

»Was für eine Verrücktheit«, sagte Arnau zu Ramon, während sie zu zweit einen schweren Balken trugen. »Da schleppen wir Steine nach Santa María, um die Kirche dann wieder abzubrechen, und das alles wegen der Laune eines ...«

»Sei still!«, bat ihn Ramon. »Es ist ein Auftrag des Königs. Er wird schon wissen, warum.«

Die Galeeren des Königs von Mallorca ruderten vor das Konvent Framenors, stets aus nächster Nähe bewacht von den valencianischen Schiffen, und gingen in beträchtlicher Entfernung vor dem Kloster vor Anker. Maurer und Zimmerleute begannen an der dem Meer zugewandten Seite des Gebäudes ein Gerüst zu errichten, eine beeindruckende Holzkonstruktion, die bis zum Ufer hinunterführte, während die *Bastaixos* und alle, die keinen bestimmten Auftrag hatten, Pfosten und Bretter von Santa María herbeischafften.

Bei Einbruch der Dunkelheit wurden die Arbeiten unterbrochen. Arnau kehrte schimpfend nach Hause zurück.

»Unser König hat noch nie einen solchen Unsinn verlangt. Er gibt sich mit der üblichen Brücke auf Booten zufrieden. Weshalb lässt man einem Verräter eine solche Laune durchgehen?«

Doch als Maria ihm die Schultern massierte, verstummte er und kam auf andere Gedanken.

»Die Verletzungen sind besser geworden«, stellte das Mädchen fest. »Manche schwören ja auf Storchschnabel mit Himbeerblättern, doch wir haben uns immer auf die Hauswurz verlassen. Schon meine Großmutter hat meinen Großvater damit behandelt und meine Mutter meinen Vater ...«

Arnau schloss die Augen. Er hatte Aledis seit Tagen nicht gesehen. Das war der einzige Grund für die Besserung.

»Weshalb verkrampfst du dich so?«, schalt ihn Maria und riss ihn aus seinen Gedanken. »Entspann dich. Du musst dich entspannen, damit ...«

Er hörte nicht länger zu. Wozu? Sich entspannen, damit sie die Wunden heilen konnte, die ihm eine andere Frau beigebracht hatte? Wenn sie wenigstens wütend würde ...

Doch statt ihn anzuschreien, gab sich ihm Maria in dieser Nacht hin. Sie schmiegte sich sanft an ihn und bot ihm zärtlich ihren Körper an. Aledis wusste nicht, was Zärtlichkeit war. Sie war wie eine Wildkatze. Arnau ging mit geschlossenen Augen auf Marias Annäherungen ein. Wie sollte er ihr in die Augen sehen? Das Mädchen streichelte seinen Körper ... und führte ihn zu einer Lust, die umso schmerzlicher war, je größer sie wurde.

Im Morgengrauen stand Arnau auf, um zum Kloster Framenors zu gehen. Maria stand schon unten am Herd und richtete das Essen für ihn.

Während der drei Tage, die der Bau der Brücke in Anspruch nahm, verließ kein Höfling des Königs von Mallorca die Galeeren. Auch die Valencianer ließen sich nicht an Land blicken. Als das hölzerne Bauwerk den Strand erreicht hatte, versammelten sich die Hafenschiffer mit ihren Booten, um das Baumaterial zu transportieren. Arnau arbeitete ohne Unterlass. Von den Booten aus schlugen die Arbeiter Pfähle in den Hafengrund, stets beaufsichtigt von Berenguer de Montagut, der, im Bug einer Barke stehend, hin- und herfuhr, um die Stabilität der Pfosten zu prüfen, bevor sie belastet wurden.

Am dritten Tag war dort, wo man sonst freie Sicht auf den Hafen hatte, eine Brücke, über fünfzig Meter lang und mit Holz gedeckt. Die königliche Galeere näherte sich, und nach einer Weile hörten Arnau und alle, die an ihrem Bau mitgewirkt hatten, die Schritte des Königs und seines Gefolges auf den Holzplanken. Viele reckten die Köpfe.

In Framenors angekommen, sandte Jaime einen Boten zu König Pedro, um diesem mitzuteilen, dass er und Königin Constanza aufgrund der stürmischen Überfahrt erkrankt seien und seine Schwester ihn bitte, zum Kloster zu kommen, um sie dort zu besuchen. Der König wollte eben aufbrechen, um Constanzas Bitte zu entsprechen, als Infant Don Pedro in Begleitung eines jungen Franziskanermönchs bei ihm vorstellig wurde.

»Sprich, Mönch«, befahl der Monarch, sichtlich verärgert, dass er den Besuch bei seiner Schwester aufschieben musste.

Joan zog den Kopf ein, damit nicht auffiel, dass er den König um Haupteslänge überragte. »Er ist von kleiner Statur«, hatte man Joan gesagt, »und zeigt sich seinen Höflingen nie stehend.« Doch diesmal stand er und sah Joan direkt in die Augen, als wollte er ihn mit Blicken durchbohren.

Joan stammelte.

»Sprich schon«, drängte ihn Infant Don Jaime, der ebenfalls anwesend war.

Joan brach der Schweiß aus. Er stellte fest, dass die grobe Kutte an seinem Körper klebte. Und wenn die Nachricht nicht der Wahrheit entsprach? Der Gedanke kam ihm zum ersten Mal. Er hatte seine Informationen von einem alten Mönch, der mit dem König von Mallorca von Bord gegangen war, und hatte keine Sekunde gezögert. Auf der Stelle war er zum Königspalast gerannt, hatte sich mit der Wache herumgestritten, weil er sich weigerte, mit einem anderen zu sprechen als dem König. Beim Erscheinen des Infanten Don Pedro hatte er dessen Drängen nachgegeben, doch nun ... Und wenn es nicht stimmte? Wenn es nur eine weitere List des Herrn von Mallorca war?

»Nun sprich schon, Herrgott!«, brüllte ihn der König an.

Fast ohne Luft zu holen brachte er seine Botschaft vor.

»Majestät, Ihr solltet Eure Schwester Königin Constanza nicht besuchen. Es ist eine List König Jaimes von Mallorca. Der Mann, der die Tür zu ihren Gemächern bewacht, hat Befehl, unter dem Vorwand, die Königin befinde sich krank und schwach, niemand anderen vorzulassen als Euch und die Infanten Don Pedro und Don Jaime. Niemand sonst wird Zutritt zu den Gemächern Eurer Schwester erhalten. Drinnen erwartet Euch ein Dutzend bewaffneter Männer, die Euch festsetzen und über die Brücke zu der Galeere schaffen sollen. Dann wird man Euch nach Mallorca bringen, auf die Burg Alaró, um euch dort gefangen zu halten, bis Ihr König Jaime von jeglicher Gefolgschaft freisprecht und ihm weitere Besitzungen in Katalonien überlasst.«

Es war heraus. Er hatte es geschafft.

Mit zusammengekniffenen Augen fragte der König: »Und woher weiß ein junger Mönch wie du das alles?«

»Bruder Berenguer hat es mir erzählt, ein Verwandter Eurer Majestät.«

»Bruder Berenguer?«

Der Infant, Don Pedro, nickte stumm, und plötzlich schien sich der König an seinen Verwandten zu erinnern.

»Bruder Berenguer«, fuhr Joan fort, »wurde von einem reuigen Verräter bei der Beichte gebeten, Euch diese Warnung zuzutragen. Doch da er bereits betagt ist und nicht mehr gut auf den Beinen, hat er mir diese Aufgabe anvertraut.«

»Deshalb also die geschlossene Brücke«, sagte Don Jaime. »Niemand hätte etwas von der Entführung bemerkt, wenn sie uns in Framenors festgesetzt hätten.«

»Es wäre ein Leichtes gewesen«, bestätigte Don Pedro nickend.

»Ich kann meiner kranken Schwester den Besuch nicht verweigern, wenn sie sich in meinem Königreich aufhält«, sagte der König, an die Infanten gerichtet. Joan hörte zu, wagte es jedoch nicht, jemanden anzusehen. Der König schwieg einen Augenblick. »Ich werde meinen Besuch am heutigen Abend verschieben, aber . . . Hörst du mir zu, Mönch?« Joan zuckte zusammen. »Dieser reuige Sünder muss uns erlauben, den Verrat öffentlich zu machen. Solange die Sache dem Beichtgeheimnis unterliegt, werde ich die Königin aufsuchen müssen. Jetzt geh«, befahl er ihm.

Joan lief nach Framenors zurück und trug Bruder Berenguer das königliche Ansinnen vor. Der König erschien nicht zu dem Treffen. Zu seiner Beruhigung – ein Umstand, den Pedro als Zeichen der göttlichen Vorsehung verstand – wurde eine Entzündung in seinem Gesicht entdeckt, gleich neben dem Auge, die aufgeschnitten werden musste und ihn zwang, mehrere Tage das Bett zu hüten, lange genug, damit Bruder Berenguer von seinem Beichtling die von König Pedro geforderte Erlaubnis erwirken konnte.

Diesmal zweifelte Joan nicht an der Richtigkeit der Botschaft.

»Bei Bruder Berenguers reuigem Sünder handelt es sich um Eure eigene Schwester«, teilte er dem König mit, als er zu ihm geführt wurde. »Königin Constanza bittet Euch, sie in Euren Palast bringen zu lassen, ob nun aus freien Stücken oder unter Zwang. Dort, fernab der Macht ihres Gemahls und unter Eurem Schutz, wird sie Euch den Verrat in allen Details schildern.«

Infant Don Jaime erschien mit einer Abteilung Soldaten in Framenors, um Constanzas Wünschen zu entsprechen. Die Mönche ließen ihn passieren, und Infant und Soldaten traten direkt vor den mallorquinischen König. Seine Beschwerden nutzten nichts: Constanza wurde zum königlichen Palast gebracht.

Auch sein folgender Besuch bei seinem Schwager nutzte dem König von Mallorca wenig.

»Wegen des Wortes, das ich dem Papst gegeben habe«, beschied ihm König Pedro, »werde ich Euer freies Geleit achten. Eure Gemahlin wird hier unter meinem Schutz bleiben. Und Ihr verlasst mein Reich.«

Nachdem Jaime von Mallorca mit seinen vier Galeeren in See gestochen war, trug der König dem Stadtrichter Arnau d'Erill auf, den Prozess gegen seinen Schwager zu beschleunigen. Wenig später sprach der Stadtrichter das Urteil, dem zufolge die Besitzungen des untreuen Vasallen an König Pedro fielen. Damit hatte dieser einen Vorwand, dem König von Mallorca den Krieg zu erklären.

Der König frohlockte angesichts der Möglichkeit, die Reiche wieder zu vereinen, die sein Ahnherr Jaime der Eroberer aufgeteilt hatte. Er ließ den jungen Mönch zu sich rufen, der die Verschwörung aufgedeckt hatte.

»Du hast Uns gute und treue Dienste geleistet«, beschied ihm der König, der diesmal auf seinem Thron saß. »Dafür hast du einen Wunsch frei.«

Joan wusste bereits von der Absicht des Königs, denn seine Boten hatten es ihm mitgeteilt. Er überlegte genau. Auf Anraten seiner Lehrer war er dem Franziskanerorden beigetreten, doch im Kloster Framenors eingetroffen, wurde der Junge bitter enttäuscht: Wo waren die Bücher? Wo das Wissen? Die Arbeit und das Studium? Als er sich schließlich an den Prior von Framenors wandte, erinnerte ihn dieser geduldig an die drei Grundregeln des Ordensgründers Franz von Assisi: »Einfachheit, Armut und Bescheidenheit. So sollen wir Franziskaner leben.«

Doch Joan wollte wissen, studieren, lesen, lernen. Hatten seine Lehrer ihm nicht versichert, auch dies sei ein Weg des Herrn? Joan betrachtete jeden Dominikanermönch, dem er begegnete, mit Neid. Der Dominikanerorden widmete sich hauptsächlich dem Studium der

Philosophie und Theologie und hatte vielerorts Universitäten gegründet. Joan wollte dem Dominikanerorden angehören und seine Studien an der renommierten Universität von Bologna fortsetzen.

»So soll es geschehen«, sprach der König, nachdem er Joan angehört hatte. Der junge Mönch bekam eine Gänsehaut. »Wir hoffen, dass du eines Tages in Unser Reich zurückkehrst, um die moralische Autorität, welche Kenntnis und Wissen verleihen, zum Wohle deines Königs und seines Volkes auszuüben.«

26

Mai 1343
Santa María del Mar
Barcelona

Fast zwei Jahre waren vergangen, seit der Stadtrichter von Barcelona das Urteil über Jaime III., König von Mallorca, gesprochen hatte. Die Glocken der ganzen Stadt läuteten ohne Unterlass. In der Kirche Santa María, deren Mauern noch offen waren, hörte Arnau ihr Läuten mit Beklemmung. Der König hatte zum Krieg gegen Mallorca aufgerufen, und die Stadt hatte sich mit Adligen und Soldaten gefüllt. Von seinem Platz vor der Sakramentskapelle sah Arnau sie in der Menschenmenge stehen, die sich in der Kirche und auf dem Vorplatz drängte. In sämtlichen Kirchen Barcelonas wurde die Messe für das katalanische Heer gelesen.

Arnau war müde. Der König hatte seine Flotte in Barcelona zusammengezogen, und die *Bastaixos* arbeiteten seit Tagen ohne Unterlass. Hundertsiebzehn Schiffe! Noch nie hatte man so viele Schiffe auf einmal gesehen: zweiundzwanzig große Kriegsgaleeren, sieben bauchige Koggen für den Transport der Pferde sowie acht große Segelschiffe mit zwei oder drei Decks für den Transport der Soldaten. Der Rest waren mittelgroße und kleine Schiffe. Das Meer war mit Masten übersät, und die Schiffe fuhren im Hafen ein und aus.

Bestimmt war es eine dieser nun bewaffneten Galeeren gewesen, auf der Joan vor mehr als einem Jahr im schwarzen Habit der Dominikaner nach Bologna aufgebrochen war. Arnau hatte ihn bis zum Ufer begleitet. Joan war in ein Boot gesprungen, hatte sich mit dem Rücken zum Meer auf die Ruderbank gesetzt und ihm zugelächelt. Arnau sah ihn an Bord der Galeere gehen, und als die Ruderer sich in die

Riemen legten, merkte er, wie ihm das Herz schwer wurde und Tränen über seine Wangen rollten. Er war allein.

Und daran hatte sich nichts geändert. Arnau blickte sich um. Noch immer läuteten sämtliche Kirchenglocken der Stadt. Adel, Klerus, Soldaten, Händler, Handwerker und das einfache Volk drängten sich in der Kirche Santa María. Seine Zunftbrüder standen fest an seiner Seite, und doch fühlte er sich alleine. Seine Träume, sein ganzes Leben waren vergangen wie die alte romanische Kirche, die dem neuen Gotteshaus Platz gemacht hatte. Sie war verschwunden. Nichts deutete mehr auf den kleinen Bau hin. Von dort, wo er stand, konnte er das gewaltige, breite Mittelschiff sehen, eingerahmt von den Oktogonalpfeilern, auf denen später die Gewölbe ruhen würden. Jenseits der Pfeiler wuchsen die Außenmauern der Kirche Stein für Stein geduldig in den Himmel.

Arnau blickte nach oben. Der Schlussstein des ersten Mittelschiffgewölbes war bereits an seinem Platz, nun wurde an den Gewölben der Seitenschiffe gearbeitet. Als Motiv für diesen zweiten Schlussstein hatte man die Geburt Christi gewählt. Der Chor war bereits vollständig eingewölbt. Das nächste Joch, das erste des riesigen, langgestreckten Mittelschiffs, das noch nicht geschlossen war, erinnerte an ein Spinnennetz: Die vier Gewölberippen zeichneten sich vor dem Himmel ab, und mittendrin saß der Schlussstein wie eine Spinne, die auf Beute zu lauern schien. Arnau betrachtete lange diese feinen Bögen. Er wusste, wie es sich anfühlte, in einem Spinnennetz zu zappeln! Aledis setzte ihm immer heftiger zu. »Ich werde es deinen Zunftmeistern erzählen«, drohte sie ihm, wenn Arnau zweifelte, und er sündigte immer und immer wieder. Arnau sah zu den übrigen *Bastaixos* hinüber. Wenn sie davon erfuhren . . . Da standen der Zunftmeister Bartolomé, sein Schwiegervater, und Ramon, sein Freund und Fürsprecher. Was würden sie sagen? Und er hatte nicht einmal Joan an seiner Seite.

Sogar Santa María schien sich von ihm abgewandt zu haben. Nun, da der Bau bereits teilweise eingewölbt war und die Strebepfeiler der Seitenschiffe des zweiten Jochs standen, hatten der Adel und die reichen Händler der Stadt in den Seitenkapellen damit begonnen, sich durch Wappen, Bilder, Sarkophage und in Stein gemeißelte Reliefs zu verewigen.

Wenn Arnau Zuflucht bei der Jungfrau suchte, lief immer irgendein reicher Händler oder Adliger zwischen den Bauarbeiten herum. Es war, als hätte man ihm seine Kirche geraubt. Sie waren plötzlich da gewesen und beanspruchten voller Stolz von den vierunddreißig im Chorumgang geplanten Kapellen die elf bereits fertiggestellten für sich. Da waren bereits die Wappenvögel der Busquets in der Sakramentskapelle, die Hand und der Löwe der Junquets in der Kapelle San Jaime, die drei Birnen des Boronat de Pera auf dem Schlussstein der spitzbogigen Pauluskapelle, das Hufeisen und die Bänder von Pau Ferran im Marmorboden derselben Kapelle, die Wappen der Duforts und der Dusays und der Brunnen der Fonts in der Kapelle Santa Margarita. Selbst in seiner Kapelle, der Kapelle der *Bastaixos*, wurde neben den Wappen der Ferrers der Sarkophag des Erzdiakons der Kirche, Bernat Llull, der den Bau veranlasst hatte, aufgestellt.

Arnau schlich mit gesenktem Kopf an Adligen und Händlern vorbei. Er kniete vor der Jungfrau nieder, um sie darum zu bitten, ihn von dieser Spinne zu befreien, die ihn verfolgte.

Als die Messfeierlichkeiten zu Ende waren, strömte ganz Barcelona zum Hafen. Dort wartete Pedro III., zum Kampf gerüstet und von seinen Baronen umgeben. Während Infant Don Jaime, Graf von Urgel, in Katalonien blieb, um die Provinzen Ampurdán, Besalú und Camprodón zu verteidigen, die an die Besitzungen des mallorquinischen Königs auf dem Festland grenzten, brachen die Übrigen mit dem König zur Eroberung der Insel auf. Der Infant Don Pedro, Seneschall von Katalonien, Pere de Montcada, Admiral der Flotte, Pedro de Eixèrica und Blasco de Alagó, Gonzalo Díez de Arenós und Felipe de Castre, Pater Joan de Arborea, Alfonso de Llòria, Galvany de Anglesola, Arcadic de Mur, Arnau d'Erill, Pater Gonzalvo García, Joan Ximénez de Urrea und viele andere Adlige und Ritter waren mit ihren Truppen und jeweiligen Vasallen erschienen, um in den Krieg zu ziehen.

Maria, die sich vor der Kirche mit Arnau getroffen hatte, deutete aufgeregt zu den Männern. Er sah in die Richtung, in die sie wies.

»Der König! Der König, Arnau! Sieh doch nur! Diese Haltung! Und sein Schwert! Ein herrliches Schwert ist das! Und dieser Adlige da. Wer ist das, Arnau? Kennst du ihn? Und die Schilde, die Rüstungen, die Banner . . .«

Maria zog Arnau den ganzen Strand entlang, bis sie vor dem Kloster Framenors standen. Abseits von den Adligen und Soldaten bestieg dort bereits eine vielköpfige Truppe schmutziger, abgerissener Männer die Boote, die sie zu den Schiffen bringen sollten. Sie besaßen weder Schilde noch Rüstungen, noch Schwerter, sondern trugen lediglich lange, zerschlissene Hemden, Gamaschen und Ledermützen.

Diese Männer waren nur mit Macheten und Lanzen bewaffnet!

»Ist das die Kompanie?«, fragte Maria ihren Mann.

»Ja. Die Almogavaren.«

Die beiden fielen in das respektvolle Schweigen ein, mit dem die Bürger Barcelonas die von König Pedro angeheuerten Söldner betrachteten. Die Eroberer von Byzanz! Selbst die Frauen und Kinder, die von den Schwertern und Rüstungen der Adligen ebenso beeindruckt waren wie Maria, warfen ihnen stolze Blicke zu. Diese Männer kämpften zu Fuß und mit entblößter Brust, einzig und allein auf ihr Geschick und ihr Können vertrauend. Wer wollte da über ihr Äußeres lachen, ihre Hemden oder ihre Waffen?

Die Sizilianer, so hatte ihr Arnau erzählt, hatten sich auf dem Schlachtfeld über sie lustig gemacht. Was sollten diese abgerissenen Gestalten gegen adlige Herren zu Pferde ausrichten? Doch die Almogavaren schlugen sie vernichtend und eroberten die Insel. Auch die Franzosen hatten über sie gespottet; die Geschichte wurde in ganz Katalonien erzählt, und jeder wollte sie hören. Auch Arnau hatte sie schon einige Male vernommen.

»Es heißt«, flüsterte er Maria zu, »einige französische Ritter hätten einen Almogavaren gefangen genommen und ihn vor den Fürsten Karl von Salerno geführt. Dieser beleidigte ihn, indem er ihn einen armen Lumpen und Wilden schmähte, und machte sich über die katalanischen Truppen lustig.« Weder Arnau noch Maria wandten einen Blick von den Söldnern, die dort in die Boote stiegen. »Daraufhin forderte der Almogavare in Gegenwart des Fürsten und seiner Ritter den Besten seiner Männer heraus. Er selbst würde zu Fuß kämpfen, nur mit seiner Lanze bewaffnet, der Franzose zu Pferde und mit seiner ganzen Rüstung.« Arnau schwieg einen Moment, doch Maria sah ihn an und drängte ihn fortzufahren. »Die Franzosen lachten über den Katalanen, gingen jedoch auf die Herausforderung ein. Man begab sich auf ein freies Feld in der Nähe des französischen Feldlagers, und dort besiegte der Almogavare seinen Widersacher, nachdem er das Pferd getötet hatte und sich die mangelnde Beweglichkeit des Ritters im Zweikampf zunutze machte. Als er sich anschickte, den Unterlegenen zu enthaupten, schenkte Karl von Salerno ihm die Freiheit.«

»Es stimmt«, sagte eine Stimme hinter ihnen. »Sie kämpfen wie leibhaftige Teufel.«

Arnau spürte, wie Maria sich an ihn schmiegte und seinen Arm umklammerte, ohne indes den Blick von den Söldnern zu wenden. Was suchst du, Maria? Schutz? Wenn du wüsstest! Ich bin nicht einmal in der Lage, mich meinen eigenen Schwächen zu stellen. Glaubst du, einer von ihnen könnte dir mehr Leid zufügen, als ich es tue? Sie kämpfen wie die Teufel. Arnau sah sie an: Männer, die frohen Mutes in den Krieg zogen und ihre Familien zurückließen. Warum ... Warum sollte er nicht dasselbe tun?

Die Einschiffung der Männer zog sich über Stunden hin. Maria ging nach Hause, und Arnau schlenderte durch die Menschenmenge am Strand. Hin und wieder traf er einige seiner Zunftbrüder.

»Warum so eilig?«, fragte er Ramon und deutete zu den Booten, die unablässig hin- und herfuhren, voll beladen mit Soldaten. »Das Wetter ist gut. Es sieht nicht nach Sturm aus.«

»Du wirst schon sehen«, entgegnete Ramon.

In diesem Augenblick war das erste Wiehern zu hören. Bald waren es Hunderte. Die Pferde hatten außerhalb der Stadtmauern gewartet, und nun waren sie an der Reihe, verschifft zu werden. Von den sieben Koggen, die zum Transport der Tiere vorgesehen waren, waren einige bereits mit Pferden beladen. Diese waren entweder mit den Adligen aus Valencia gekommen oder in den Häfen von Salou, Tarragona oder im Norden Barcelonas eingeschifft worden.

»Lass uns verschwinden«, drängte Ramon. »Das hier wird eine regelrechte Schlacht werden.«

Als sie eben den Strand verließen, erschienen die ersten Pferde am Zügel ihrer Stallburschen. Es waren riesige Streitrösser, die ausschlugen, unruhig tänzelten und die Zähne bleckten, während ihre Pfleger alle Mühe hatten, sie im Zaum zu halten.

»Sie wissen, dass es in den Krieg geht«, bemerkte Ramon, während sie zwischen den am Strand liegenden Booten Schutz suchten.

»Sie wissen es?«

»Natürlich. Immer wenn sie an Bord eines Schiffes gebracht werden, geht es in den Krieg. Sieh nur.« Arnau blickte zum Meer. Vier bauchige Koggen, die nur geringen Tiefgang hatten, kamen so nahe wie möglich ans Ufer und öffneten die Rampen am Achterdeck. Diese schlugen auf dem Wasser auf und gaben den Blick ins Innere der Schiffe frei. »Und die, die es nicht wissen«, fuhr Ramon fort, »lassen sich von den Übrigen anstecken.«

Bald war der Strand voller Pferde, Hunderte großer, stämmiger, für den Kampf ausgebildete Schlachtrösser. Die Stallburschen und Knappen rannten hin und her, während sie versuchten, den Tritten und Bissen der Tiere zu entgehen. Arnau sah mehr als einen durch die Luft fliegen, nachdem er getreten oder gebissen worden war. Es herrschte heilloses Durcheinander und ein ohrenbetäubender Lärm.

»Worauf warten sie?«, schrie Arnau.

Ramon wies erneut auf die Koggen. Mehrere Knappen wateten mit einigen Pferden durch das brusttiefe Wasser.

»Das sind die erfahrensten Tiere. Wenn sie erst einmal drin sind, laufen ihnen die anderen hinterher.«

Und so war es. Als die Pferde das Ende der Rampen erreichten, drehten die Knappen sie in Richtung Strand, und die Tiere begannen laut zu wiehern.

Das war das Signal.

Die Herde stürzte sich in die Fluten. Das Wasser schäumte, und für einen Moment war nichts mehr zu erkennen. Hinter und neben den Tieren liefen einige Pferdeknechte, um die Herde einzukesseln und unter Peitschenknallen zu den Koggen zu treiben. Die Burschen hatten die Zügel ihrer Pferde verloren und die meisten Tiere preschten zügellos durchs Wasser, während sie sich gegenseitig anstießen. Es herrschte ein völliges Chaos: Schreie und Peitschenknallen, wiehernde Pferde, die verzweifelt versuchten, die Koggen zu erklimmen, während die Leute sie vom Strand aus anfeuerten. Dann herrschte wieder Stille im Hafen. Als die Pferde auf den Koggen verladen waren, wurden die Rampen hochgezogen, und die bauchigen Schiffe waren seeklar.

Die Galeere von Admiral Pere de Montcada gab das Zeichen zum Aufbruch, und die hundertsiebzehn Schiffe setzten sich in Bewegung. Arnau und Ramon gingen wieder zum Wasser hinunter.

»Da fahren sie dahin«, bemerkte Ramon, »um Mallorca zu erobern.«

Arnau nickte wortlos. Ja, da fuhren sie dahin. Ließen ihre Sorgen und Nöte hinter sich. Als Helden verabschiedet, in Gedanken beim Kampf, nur beim Kampf. Was hätte er darum gegeben, an Bord einer dieser Galeeren zu sein!

Am 21. Juni desselben Jahres hörte Pedro III. die Messe in der Kathedrale von Mallorca *in sede majestatis*, ausgestattet mit den Gewändern, den Insignien und der Krone des Königs von Mallorca. Jaime III. war in seine Besitzungen im Roussillon geflohen.

Die Nachricht erreichte Barcelona und verbreitete sich von dort über die gesamte spanische Halbinsel. König Pedro hatte den ersten Schritt getan, um die nach dem Tode Jaimes I. geteilten Reiche wieder zu vereinen, wie er es versprochen hatte. Nun musste er nur noch die Grafschaft Sardinien und die katalanischen Gebiete jenseits der Pyrenäen erobern: das Roussillon.

Während des langen Monats, den der Feldzug nach Mallorca dauerte, konnte Arnau das Bild nicht vergessen, wie die königliche Flotte aus dem Hafen von Barcelona ausgelaufen war. Als die Schiffe sich entfernten, hatten sich die Leute zerstreut und waren nach Hause gegangen. Wozu sollte er nach Hause gehen? Um in den Genuss einer Liebe und Zärtlichkeit zu kommen, die er nicht verdiente? Er setzte sich in den Sand, und dort saß er immer noch, als das letzte Segel schon längst am Horizont verschwunden war. »Diese Glücklichen! Sie können ihre Probleme zurücklassen«, sagte er sich. Den ganzen Monat hindurch hörte Arnau immer wieder die Rufe und das Gelächter der Almogavaren und sah die Flotte davonsegeln, wenn Aledis ihn auf dem Weg zum Montjuïc abfing oder er danach Marias Fürsorge über sich ergehen lassen musste. Eines Tages würden sie ihn ertappen. Vor kurzem hatte jemand vom Weg aus gerufen, als Aledis über ihm stöhnte. Hatte man sie gehört? Die beiden hatten eine Weile mucksmäuschenstill verharrt. Dann hatte Aledis gelacht und sich wieder auf ihn gestürzt. Wenn man ihn erwischte ... Der Spott, der Ausschluss aus der Zunft. Was sollte er dann tun? Wovon sollte er leben?

Als am 29. Juni 1343 ganz Barcelona zusammenströmte, um die königliche Flotte zu empfangen, die sich an der Mündung des Flusses Llobregat gesammelt hatte, stand Arnaus Entschluss fest. Der König würde das Roussillon und Sardinien erobern, und er, Arnau Estanyol, würde ein Teil seines Heeres sein. Er musste vor Aledis fliehen! Vielleicht würde sie ihn auf diese Weise vergessen, und wenn er zurückkehrte ... *Wenn* er zurückkehrte ... Ein Schauder durchfuhr ihn. Das war der Krieg, da starben Männer. Aber falls er zurückkam, konnte er vielleicht ein neues Leben mit Maria anfangen, ohne von Aledis verfolgt zu werden.

Auf Anweisung Pedros III. liefen die Schiffe einzeln und in hierarchischer Reihenfolge in den Hafen von Barcelona ein: zuerst die königliche Galeere, gefolgt von jener des Infanten Don Pedro, dann diejenige von Pater Pere de Montacada, die des Herrn de Eixèrica und so weiter.

Während die Flotte draußen wartete, lief die königliche Galeere langsam in den Hafen ein, damit alle, die sich am Strand von Barcelona eingefunden hatten, sie bewundern und ihr zujubeln konnten.

Arnau hörte die begeisterten Rufe des Volkes, als das Schiff an ihnen vorüberkam. *Bastaixos* und Hafenschiffer standen am Ufer bereit, um die schwimmende Brücke zu errichten, über die der König von Bord gehen sollte. Neben ihnen standen, gleichfalls wartend, die Ratsherren Francesc Grony, Bernat Santcliment und Galcerà Carbó, flankiert von den Gildemeistern der Zünfte. Die Hafenschiffer begannen ihre Boote aufzustellen, doch die Ratsherren befahlen ihnen zu warten.

Was war los? Arnau sah die übrigen *Bastaixos* an. Wie sollte der König an Land gehen, wenn nicht über eine Brücke?

»Er darf nicht an Land gehen«, hörte er Francesc Grony zu Bernat Santcliment sagen. »Das Heer muss unverzüglich nach Roussillon aufbrechen, bevor König Jaime sein Heer neu formiert oder mit den Franzosen paktiert.«

Alle Anwesenden pflichteten ihm bei. Arnau blickte zu der königlichen Galeere hinüber, die ihren Triumphzug in den Gewässern der Stadt fortsetzte. Wenn der König nicht an Land ging und die Flotte nach Roussillon weiterfuhr, ohne in Barcelona zu bleiben ... Er hatte weiche Knie. Der König musste einfach an Land gehen!

Auch der Graf von Terranova, der Ratgeber des Königs, der zum

Schutz der Stadt in Barcelona geblieben war, unterstützte die Idee, auf der Stelle wieder auszulaufen. Arnau sah ihn wütend an.

Die drei Ratsherren, der Graf von Terranova und einige weitere einflussreiche Männer bestiegen ein Boot, das sie zur königlichen Galeere brachte. Arnau hörte, dass auch seine Zunftbrüder die Idee begrüßten: »Er darf nicht zulassen, dass sich der Mallorquiner wieder bewaffnet«, pflichteten sie bei.

Die Gespräche zogen sich über Stunden. Die Leute standen am Strand und harrten der Entscheidung des Königs.

Schließlich wurde die Brücke nicht errichtet, aber nicht, weil die Flotte zur Eroberung des Roussillons oder Sardiniens aufbrach. Der König entschied, dass er den Feldzug unter den gegebenen Umständen nicht fortsetzen konnte. Ihm fehlte das Geld, um den Krieg weiterzuführen, ein Großteil seiner Reiter hatte bei der Überfahrt die Pferde verloren und war von Bord gegangen, und schließlich musste er sich für die Eroberung dieser neuen Gebiete rüsten. Trotz der Bitten der Stadtväter, ihnen einige Tage Zeit zu geben, um die Feiern anlässlich der Eroberung Mallorcas vorzubereiten, weigerte sich der König und erklärte, dass es keine Feierlichkeit geben würde, bis seine Reiche wieder vollständig vereint seien. Deshalb ging König Pedro III. an jenem 29. Juni 1343 wie ein gewöhnlicher Matrose von Bord, indem er vom Boot ins Wasser sprang.

Aber wie sollte Arnau Maria beibringen, dass er daran dachte, sich dem Heer anzuschließen? Wegen Aledis machte er sich keine Sorgen. Was hatte sie davon, wenn sie ihren Ehebruch öffentlich machte? Warum sollte sie ihm und sich selbst schaden, wenn er in den Krieg zog? Arnau erinnerte sich an Joan und seine Mutter. Das war das Schicksal, das sie erwarten konnte, wenn der Ehebruch bekannt wurde, und Aledis wusste das. Aber Maria... Wie sollte er es Maria beibringen?

Arnau versuchte es. Er versuchte es, als sie ihm den Rücken massierte, doch er hatte Angst vor ihren Tränen. Er versuchte es, als sie ihm das Essen hinstellte, doch ihre sanften Augen hielten ihn davon ab. »Hast du etwas?«, fragte sie ihn. Er schüttelte den Kopf. Er versuchte es sogar, nachdem sie sich geliebt hatten, doch Maria streichelte ihn, und er brachte es nicht fertig.

Unterdessen herrschte in Barcelona helle Aufregung. Das Volk wollte, dass der König auszog, um Sardinien und das Roussillon zu erobern, doch der König brach nicht auf. Die Ritter forderten von ihm den Sold für ihre Soldaten und Entschädigungen für die erlittenen Verluste an Pferden und Rüstungen, doch die königlichen Schatullen waren leer, und der König musste viele seiner Ritter auf ihre Ländereien ziehen lassen.

Daraufhin berief der König das Bürgerheer von ganz Katalonien ein. Die Bürger sollten für ihn kämpfen. Überall im Prinzipat läuteten die Glocken, und auf Befehl des Königs wurden die freien Männer von den Kanzeln herab dazu aufgerufen, sich zu melden. Die Adligen ließen das katalanische Heer im Stich! Pater Albert ereiferte sich, er schrie beinahe und untermalte seine Worte unablässig mit Gesten. Wie sollte der König Katalonien so verteidigen? Und wenn nun der König von Mallorca erfuhr, dass die Adligen König Pedro im Stich ließen, sich mit den Franzosen verbündete und Katalonien angriff? Das war schon einmal passiert! Pater Alberts Stimme hallte durch die Kirche. Wer erinnerte sich nicht an den Feldzug der Franzosen gegen die Katalanen oder hatte davon gehört? Damals hatte man den Angreifer in die Flucht schlagen können. Doch würde es ihnen auch diesmal gelingen, wenn sie zuließen, dass Jaime sich erneut rüstete?

Arnau betrachtete das steinerne Marienbildnis mit dem Kind auf der Schulter. Wenn sie wenigstens ein Kind bekommen hätten. Mit einem Kind wäre das alles nicht passiert. So grausam wäre Aledis nicht gewesen. Wenn sie ein Kind bekommen hätten . . .

»Ich habe der Jungfrau gerade ein Versprechen gegeben«, flüsterte Arnau Maria plötzlich zu, während der Priester weiterhin vom Hauptaltar aus Soldaten anwarb. »Ich werde mich dem königlichen Heer anschließen, damit sie uns mit einem Kind segnet.«

Maria sah die Jungfrau an, dann ihn. Dann ergriff sie seine Hand und drückte sie ganz fest.

»Das kannst du nicht machen!«, schrie Aledis, als Arnau ihr seine Entscheidung mitteilte. Arnau machte eine beschwichtigende Handbewegung, damit sie leiser sprach, doch sie brüllte weiter. »Du kannst mich nicht verlassen! Ich werde es allen erzählen . . .«

»Was macht das schon, Aledis?«, fiel er ihr ins Wort. »Ich werde in der Armee sein. Du wirst nur dein Leben ruinieren.«

Im Gebüsch versteckt, sahen sich die beiden an. Aledis' Unterlippe begann zu zittern. Wie schön sie war! Arnau war versucht, die Wange der Frau zu streicheln, über die nun Tränen rannen, doch er beherrschte sich.

»Leb wohl, Aledis.«

»Du kannst mich nicht verlassen«, weinte sie.

Arnau drehte sich zu ihr um. Sie war auf die Knie gesunken und hatte das Gesicht in den Händen vergraben. Als er nichts sagte, blickte sie zu Arnau auf.

»Warum tust du mir das an?«, schluchzte sie.

Arnau sah die Tränen, die über Aledis' Gesicht strömten. Sie zitterte am ganzen Körper. Arnau biss sich auf die Unterlippe und blickte den Berg hinauf, wo er immer Steine holte. Warum ihr noch weiter wehtun? Er breitete hilflos die Arme aus.

»Ich muss es tun.«

Sie rutschte auf Knien zu ihm und wollte seine Beine umklammern.

»Ich muss es tun, Aledis!«, wiederholte Arnau, während er zurückwich.

Dann rannte er den Montjuïc hinab.

27

Sie waren Huren. Ihre grellbunten Kleider verrieten es. Aledis zögerte, zu ihnen zu gehen, doch der Duft des Gemüseeintopfs mit Fleisch zog sie magisch an. Sie hatte Hunger. Sie war abgemagert. Die Mädchen, die nicht älter als sie selbst waren, saßen fröhlich schwatzend am Feuer. Als sie Aledis einige Schritte neben den Zelten des Feldlagers stehen sahen, luden sie die Fremde ein, näher zu treten. Aledis sah an sich herunter: Sie war zerlumpt, stinkend, schmutzig. Die Huren forderten sie erneut auf, zu ihnen zu treten. Ihr Blick blieb an den Seidenkleidern hängen, die in der Sonne glänzten. Niemand sonst hatte ihr etwas zu essen angeboten. Sie hatte es bei allen Zelten, Unterständen und Lagerfeuern versucht, an denen sie entlanggekommen war, doch niemand hatte sich ihrer erbarmt. Man hatte sie wie eine gewöhnliche Bettlerin behandelt. Sie hatte um eine milde Gabe gebeten, ein Stück Brot, ein bisschen Fleisch, Gemüse. Sie hatten ihr in die ausgestreckte Hand gespuckt. Dann hatten sie gelacht. Diese Frauen mochten zwar Huren sein, aber sie hatten sie eingeladen, ihren Eintopf mit ihnen zu teilen.

Der König hatte befohlen, dass sich seine Streitmacht in der Stadt Figueras im Norden des Prinzipats sammeln sollte. Dorthin zogen sowohl die Adligen, die den Herrscher nicht im Stich gelassen hatten, als auch die Bürgerheere Kataloniens, darunter auch jenes aus Barcelona. Arnau Estanyol befand sich unter ihnen, befreit und voller Zuversicht, bewaffnet mit der Armbrust seines Vaters und einem einfachen Dolch.

Doch im Gefolge der tausendzweihundert Reiter und viertausend Fußsoldaten König Pedros fand sich noch ein weiteres Heer in Figueras ein: Angehörige von Soldaten – hauptsächlich der Almogavaren, die als Nomaden, die sie waren, Heim und Herd stets mit sich schleppten –, Händler aller Art, die darauf hofften, den Soldaten ihre

Beute abkaufen zu können, Sklavenhändler, Pfaffen, Falschspieler, Diebe, Huren, Bettler und allerlei Notleidende, die kein anderes Ziel im Leben hatten, als das Aas zu fleddern. Sie alle formierten eine beeindruckende Nachhut, die sich im Schlepptau des Heeres nach ihren eigenen Gesetzen vorwärtsbewegte. Gesetze, die oft sehr viel grausamer waren als die Gesetze des Krieges, von dem sie als Parasiten lebten.

Aledis war nur eine von vielen in dieser bunt zusammengewürfelten Truppe. Arnaus Abschied klang ihr immer noch in den Ohren. Sie dachte daran, wie die rauen, faltigen Hände ihres Mannes ihre intimsten Stellen betastet hatten, das Röcheln des alten Gerbers mischte sich in ihre Erinnerung. »Warum hast du mich verlassen, Arnau?«, hatte Aledis gedacht, als sie Pau auf sich spürte, der seine Hände zu Hilfe nahm, um in sie einzudringen. Sie hatte nachgegeben und ihn gewähren lassen, während ein bitterer Geschmack ihren Mund füllte. Der Alte war auf ihr hin und her gerutscht wie ein Reptil. Sie hatte sich seitlich des Bettes übergeben. Er hatte es nicht einmal bemerkt. Er war weiter mit schwachen Stößen in sie eingedrungen, wobei er seine Hände zu Hilfe nehmen musste. Als er fertig war, hatte er sich auf seine Seite des Bettes gerollt und war eingeschlafen. Am nächsten Morgen hatte Aledis ein kleines Bündel mit ihren wenigen Habseligkeiten geschnürt, etwas Geld aus der Börse ihres Mannes und ein bisschen Essen, und war dann wie jeden Morgen aus dem Haus gegangen.

Am Kloster Sant Pere de les Puelles hatte sie Barcelona über die alte Römerstraße verlassen, die sie nach Figueras bringen würde. Als sie das Stadttor durchquerte, hielt sie den Kopf gesenkt, während sie den Drang unterdrückte, einfach loszulaufen, und wich den Blicken der Soldaten aus. Doch dann sah sie in den strahlend blauen Himmel und ging ihrer neuen Zukunft entgegen. Sie schenkte den Reisenden ein Lächeln, die ihr auf dem Weg aus der großen Stadt begegneten. Auch Arnau hatte seine Frau verlassen. Sie hatte sich erkundigt. Bestimmt war er wegen Maria fortgegangen! Er konnte diese Frau nicht lieben. Wenn sie miteinander schliefen, merkte sie es, spürte sie es! Sie spürte es! Er konnte ihr nichts vormachen: Er liebte sie, Aledis. Sie würden fliehen! Ja, sie würden zusammen fliehen . . . Für immer.

Während der ersten Stunden unterwegs hatte sich Aledis einer

Gruppe von Bauern angeschlossen, die auf dem Heimweg waren, nachdem sie ihre Waren in der Stadt verkauft hatten. Sie erklärte ihnen, dass sie auf der Suche nach ihrem Mann sei, denn sie sei schwanger und habe sich gesagt, dass er davon wissen solle, bevor er in die Schlacht ziehe. Von ihnen erfuhr sie, dass Figueras fünf oder sechs ordentliche Tagereisen entfernt war, wenn man der Straße nach Gerona folgte. Doch sie hatte auch Gelegenheit, sich die Ratschläge zweier alter, zahnloser Frauen anzuhören, die unter der Last der leeren Körbe, die sie trugen, zusammenzubrechen schienen. Dennoch schritten sie unbeirrt vorwärts, barfuß, mit einer erstaunlichen Energie in ihren alten, dünnen Körpern.

»Es ist nicht gut, wenn eine Frau alleine auf diesen Straßen unterwegs ist«, sagte eine von ihnen kopfschüttelnd.

»Nein, das ist nicht gut«, pflichtete die andere bei.

Es vergingen einige Sekunden, lang genug, damit die beiden wieder zu Atem kamen.

»Erst recht nicht, wenn sie jung und hübsch ist«, setzte die Zweite hinzu.

»Wie wahr, wie wahr«, nickte die Erste.

»Was soll mir schon geschehen?«, fragte Aledis unbedarft. »Der Weg ist voller anständiger Leute wie euch.«

Sie musste wieder warten, während die beiden alten Frauen erneut schwiegen und ihre Schritte beschleunigten, damit der Abstand zu der Gruppe von Bauern nicht noch größer wurde.

»Hier begegnen dir noch Leute. Es gibt viele Dörfer rund um Barcelona, die, wie wir, von der Stadt leben. Doch ein Stück weiter«, setzte sie hinzu, ohne vom Boden aufzusehen, »wenn die Entfernungen zwischen den Dörfern immer größer werden und es keine Stadt gibt, in der man Zuflucht suchen kann, sind die Wege einsam und gefährlich.«

Diesmal hatte ihre Reisegefährtin nichts hinzuzufügen. Doch nach einer weiteren Pause wandte sie sich noch einmal an Aledis.

»Wenn du alleine bist, dann achte darauf, dich nicht blicken zu lassen. Versteck dich beim kleinsten Geräusch und vermeide jegliche Gesellschaft.«

»Auch wenn es Ritter sind?«, fragte Aledis.

»Dann ganz besonders«, entfuhr es der einen.

»Wenn du das Getrappel von Pferdehufen hörst, versteck dich und bete!«, rief die andere.

»Hör zu, Mädchen«, riet ihr die eine, und die andere nickte zustimmend, »ich an deiner Stelle würde in die Stadt zurückkehren und dort auf meinen Mann warten. Die Wege sind sehr gefährlich, besonders wenn die Soldaten und Ritter mit dem König auf Feldzug sind. Dann gibt es kein Gesetz, niemand sieht nach dem Rechten, und niemand fürchtet die Strafe eines Königs, der mit anderen Dingen beschäftigt ist.«

Aledis ging nachdenklich neben den beiden alten Frauen her. Sich vor den Rittern verstecken? Weshalb sollte sie das tun? Alle Edelleute, die in die Werkstatt ihres Mannes gekommen waren, hatten sich ihr gegenüber höflich und respektvoll verhalten. Noch nie hatte sie von den zahlreichen Händlern, die ihren Mann mit Material belieferten, von Überfällen und Gewalttaten auf den Straßen des Prinzipats gehört. Hingegen erinnerte sie sich an die Schauergeschichten von gefährlichen Seeüberfahrten, Reisen durchs Maurenland oder die entlegensten Gegenden des Sultans von Ägypten, die sie gerne zum Besten gaben. Ihr Mann hatte ihr erzählt, dass die Wege in Katalonien seit über zweihundert Jahren den Gesetzen und dem Schutz des Königs unterstanden und eine Person, die es wagte, ein Verbrechen auf einer Straße des Königs zu begehen, wesentlich härter bestraft werde, als hätte er dasselbe Verbrechen an einem anderen Ort begangen. »Für den Handel sind friedliche Straßen unverzichtbar!«, hatte er hinzugesetzt. »Wie sollten wir unsere Waren in ganz Katalonien verkaufen, wenn der König nicht für Ruhe sorgt?«

Aledis betrachtete die beiden alten Frauen, die schweigend weitergingen, mit ihren Körben beladen und die nackten Füße nachziehend. Wer sollte es wagen, ein Verbrechen gegen seine Majestät zu begehen? Welcher Christ würde es riskieren, exkommuniziert zu werden, weil er einen Überfall auf katalanischen Wegen verübte? Das waren ihre Gedanken, als die Bauern nach San Andrés abbogen.

»Leb wohl, Mädchen«, verabschiedeten sich die beiden Alten. »Und höre auf unsere Worte«, gab ihr eine von ihnen mit auf den Weg. »Wenn du dich entschließt weiterzugehen, dann sei vorsichtig. Halte dich von Dörfern und Städten fern. Man könnte dich sehen und dir folgen. Mache nur an Gehöften halt, und nur an solchen, wo du Frauen und Kinder siehst.«

Aledis blickte der Gruppe hinterher. Die beiden alten Frauen bemühten sich, den Anschluss an die übrigen Bauern nicht zu verlieren. Als sich die Stimmen ihrer Reisegefährten in der Ferne verloren, fühlte sich Aledis allein. Sie hatte noch einen weiten Weg vor sich. Sie blickte in die Ferne, eine Hand schützend vor die Sonne haltend, die bereits hoch am Himmel stand, einem azurblauen Himmel ohne eine einzige Wolke, der sich am Horizont mit der weiten, üppigen Landschaft Kataloniens vereinte.

Vielleicht waren es nicht nur das Gefühl von Einsamkeit, von dem das Mädchen ergriffen wurde, nachdem die Bauern verschwunden waren, und das Unbehagen, allein in einer unbekannten Gegend zu sein. Tatsächlich hatte Aledis noch nie den Himmel und die Erde gesehen, ohne dass sich dem Betrachter etwas in den Weg gestellt hatte. Sich um die eigene Achse drehen und stets bis zum Horizont blicken zu können! Aledis ließ den Blick schweifen, bis zu der Stelle, hinter der, wie man ihr gesagt hatte, Figueras lag. Sie spürte den Gerüchen der Stadt nach, dem Geruch nach Leder, dem Geschrei der Menschen, dem Lärmen einer lebendigen Stadt. Doch da war nichts. Sie war allein. Plötzlich fielen ihr die Worte der beiden alten Frauen wieder ein. Sie versuchte, Barcelona in der Ferne auszumachen. Fünf oder sechs Tagesreisen! Wo sollte sie nur schlafen? Was sollte sie essen? Sie wog prüfend ihr Bündel. Und wenn es stimmte, was die alten Frauen sagten? Was sollte sie tun? Was konnte sie gegen einen Ritter oder gegen einen Verbrecher ausrichten? Die Sonne stand hoch am Himmel. Aledis blickte wieder in die Richtung, wo sich Figueras befand ... und Arnau.

Sie war doppelt wachsam. Sie hielt Augen und Ohren offen, achtete auf jedes Geräusch, das in der Einsamkeit des Weges zu hören war. Gegen Mittag, in der Nähe von Montcada, dessen Burg, auf der gleichnamigen Anhöhe errichtet, über die Ebene von Barcelona wachte, füllte sich der Weg wieder mit Bauern und Händlern. Aledis schloss sich ihnen an, als gehörte sie zu einer der Gruppen, die in die Stadt strömten, doch als sie die Stadttore erreichte, erinnerte sie sich an die Ratschläge der alten Frauen und ging querfeldein um die Stadt herum, bis sie wieder auf den Weg traf.

Erleichtert stellte Aledis fest, dass sich mit jedem Schritt ihre Ängste zerstreuten, die sie gepackt hatten, nachdem sie alleine auf dem Weg zurückgeblieben war. Nördlich von Montcada traf sie erneut Bauern und Händler, die meisten zu Fuß, einige auf Karren, Maultieren oder Eseln. Alle grüßten sie freundlich, und Aledis begann diese offene Art des Umgangs zu genießen. Wie schon zuvor schloss sie sich einer Gruppe an, diesmal von Händlern, die auf dem Weg nach Ripollet waren. Sie halfen ihr, einen Seitenarm des Río Besós zu durchwaten, doch kaum auf der anderen Seite angekommen, bogen sie nach links ab, in Richtung Ripollet. Wieder alleine, traf Aledis nach kurzer Zeit auf den richtigen Río Besós. Zu dieser Jahreszeit führte er noch genug Wasser, um eine Durchquerung zu Fuß unmöglich zu machen.

Aledis betrachtete den Fluss und sah dann den Fährmann, der träge am Ufer auf Kundschaft wartete. Der Mann lächelte mit aufgesetzter Freundlichkeit und entblößte dabei seine schwarzen Zähne. Wenn Aledis ihre Reise fortsetzen wollte, blieb ihr nichts anderes übrig, als die Dienste dieses Fährmanns mit den schwarzen Zähnen in Anspruch zu nehmen. Sie versuchte, ihren Ausschnitt zu verdecken, indem sie an den über Kreuz geschnürten Bändern zog, was ihr jedoch nicht gelang, weil sie ihr Bündel festhalten musste. Sie ging langsamer. Man hatte ihr immer gesagt, wie anmutig sie sich bewegte, und sie hatte es immer genossen, angesehen zu werden. Doch die Blicke dieses vor Schmutz starrenden Fährmanns waren ihr unerträglich. »Gütiger Gott, was für ein furchtbarer Kerl!«, dachte Aledis.

»Ich möchte den Fluss überqueren«, sagte sie zu ihm.

Der Fährmann hob den Blick von ihren Brüsten und sah ihr in die großen, braunen Augen.

»So«, lautete seine knappe Antwort. Dann starrte er wieder unverhohlen auf ihre Brüste.

»Hast du gehört?«

»So«, wiederholte er, ohne auch nur aufzusehen.

Das Rauschen des Flusses lag über der stillen Landschaft. Aledis glaubte förmlich, die Blicke des Fährmanns auf ihren Brüsten zu spüren. Ihr Atem ging schneller, und ihre Brüste hoben und senkten sich noch mehr, während seine blutunterlaufenen Augen jeden Winkel ihres Körpers begafften.

Aledis war allein irgendwo im katalanischen Hinterland, am Ufer eines Flusses, von dem sie noch nie gehört hatte und den sie bereits mit den Händlern aus Ripollet überquert zu haben glaubte, und vor ihr stand ein abstoßender, kräftiger Mann, der sie lüstern ansah. Aledis blickte sich um. Es war keine Menschenseele zu sehen. Einige Meter zu ihrer Linken, ein wenig vom Ufer entfernt, stand eine aus groben Brettern zusammengezimmerte Hütte, die genauso heruntergekommen und schmutzig war wie ihr Besitzer. Vor der Hüttentür, zwischen Unrat und Abfällen, hing über einem Feuer ein Topf an einem eisernen Dreifuß. Aledis wollte sich nicht einmal vorstellen, was in diesem Topf schmurgelte.

»Ich muss das Heer des Königs einholen«, stotterte sie.

»So«, entgegnete der Fährmann erneut.

»Mein Mann ist Offizier des Königs«, log sie, während sie die Stimme erhob, »und ich muss ihm unbedingt mitteilen, dass ich schwanger bin, bevor er in die Schlacht zieht.«

»So«, antwortete er und entblößte erneut seine schwarzen Zähne.

Ein dünner Speichelfaden rann ihm aus dem Mundwinkel. Der Fährmann wischte ihn mit dem Hemdsärmel weg.

»Kannst du nicht mal etwas anderes sagen?«

»Doch«, erwiderte der Mann und kniff die Augen zusammen. »Die Offiziere des Königs sterben für gewöhnlich bald in der Schlacht.«

Aledis sah es nicht kommen. Der Fährmann griff nach dem Mädchen, und bei dem Versuch, sich zu befreien, strauchelte Aledis, bevor sie vor die schmutzigen Füße des Angreifers fiel.

Der Mann bückte sich, packte sie an den Haaren und begann sie zu der Hütte zu schleifen. Aledis grub ihre Fingernägel tief in die Hand des Mannes, doch der zerrte sie unbeirrt weiter. Sie versuchte, sich aufzurichten, stolperte ein paar Mal und fiel hin, rappelte sich aber wieder auf und umklammerte auf allen vieren die Beine ihres Peinigers, um ihn aufzuhalten. Der Fährmann riss sich los und trat ihr mit dem Fuß in den Magen.

Als sie in der Hütte wieder zu sich kam, spürte Aledis, wie unter den Stößen des Fährmanns Erde und Lehm ihren Körper aufscheuerten.

Solange König Pedro auf das Eintreffen der einzelnen Bürgerheere und Truppen des Prinzipats sowie die nötigen Lebensmittel wartete, richtete er sein Hauptquartier in einer Herberge in Figueras ein, einer

Stadt mit Sitz in den Cortes und unweit der Grenze zur Grafschaft Roussillon gelegen. Infant Don Pedro und seine Ritter schlugen ihr Lager in Perelada auf, und Infant Don Jaime sowie die übrigen Adligen verteilten sich mit ihren Truppen im Umland von Figueras.

Arnau Estanyol gehörte den königlichen Truppen an. Mit seinen zweiundzwanzig Jahren war das alles neu für ihn. Das königliche Feldlager, in dem mehr als zweitausend Männer zusammenlebten, befand sich noch im Freudentaumel wegen des Sieges auf Mallorca und war begierig auf Krieg, Kampf und Beute. Hier herrschte das genaue Gegenteil des geordneten Lebens, das er aus Barcelona kannte. Wenn die Truppe nicht exerzierte oder Waffenübungen machte, drehte sich das Lagerleben um Wetten, gesellige Runden, bei denen die stolzen Veteranen den Neulingen furchtbare Kriegsgeschichten erzählten, und natürlich um Diebstahl und Schlägereien.

Arnau streifte häufig mit drei jungen Burschen aus Barcelona durchs Lager, die ebenso unerfahren in der Kriegskunst waren wie er selbst. Sie bestaunten die Pferde und die Rüstungen, die vor den Zelten unaufhörlich von den Dienern poliert wurden. Es war eine Art Wettstreit, bei dem die Waffen und Ausrüstungen gewannen, die am meisten glänzten. Doch ebenso sehr, wie ihn die Pferde und Waffen zum Staunen brachten, litt er unter dem Schmutz, dem Gestank und den Myriaden von Insekten, die durch die Exkremente von Mensch und Tier angezogen wurden. Die königlichen Offiziere ließen Latrinen in Form von langen, tiefen Gräben anlegen, die möglichst weit vom Feldlager entfernt waren und ganz in der Nähe eines Bachlaufs lagen, in den sie die Ausscheidungen der Soldaten leiten wollten. Doch der Bach war nahezu ausgetrocknet, und die stinkende Brühe faulte und verströmte einen widerlichen, unerträglichen Gestank.

Eines Morgens, als Arnau und seine drei neuen Gefährten zwischen den Zelten umherliefen, sahen sie einen Reiter herannahen, der von seinen Waffenübungen zurückkam. Das Pferd, das in den Stall zurückwollte, um sein wohlverdientes Futter zu bekommen und die schwere Panzerung loszuwerden, die Brust und Flanken bedeckte, tänzelte unruhig mit den Hufen, während der Reiter versuchte, zu seinem Zelt zu gelangen, ohne Schaden anzurichten. In den engen Gassen zwischen den Zelten wich er den Soldaten aus und machte einen Bogen um die Dinge, die sich dort stapelten. Doch als das kräftige, lebhafte Tier nicht gegen die grausame Kandare in seinem Maul ankam, vollführte es in seinem Vorwärtsdrang einen spektakulären Tanz, während von seinen Flanken weißer Schaum auf die Vorbeigehenden stiebte.

Arnau und seine Begleiter versuchten dem Reiter so gut wie möglich auszuweichen, doch unglücklicherweise drehte sich das Tier genau in diesem Augenblick unvermutet auf der Kruppe herum und stieß Jaume, den Kleinsten der vier, zu Boden. Dem Jungen war nichts geschehen. Der Reiter blickte nicht einmal zurück und ritt weiter zu einem nahen Zelt. Doch der kleine Jaume war ausgerechnet dorthin gefallen, wo einige alte Haudegen ihren Sold beim Würfelspiel riskierten. Einer von ihnen hatte eben eine Summe verloren, die dem entsprach, was er vielleicht bei allen noch kommenden Feldzügen König Pedros verdienen konnte. Der Ärger ließ nicht lange auf sich warten. Der glücklose Spieler erhob sich zu voller Größe, um die Wut auf seine Mitspieler an Jaume auszulassen. Er war ein vierschrötiger Mann mit langem, schmutzigem Haar und Bart. Nachdem er stundenlang nur verloren hatte, hätte sein grimmiger Gesichtsausdruck selbst den mutigsten Feind eingeschüchtert.

Der Soldat packte den Zudringling und hob ihn hoch, sodass er ihm in die Augen sehen konnte. Jaume hatte nicht einmal Zeit zu begreifen, wie ihm geschah. Er befand sich in den Fängen eines Wüterichs, der ihn anbrüllte und schüttelte und ihm schließlich, ohne ihn loszulassen, einen solchen Schlag ins Gesicht verpasste, dass ihm ein dünner Blutfaden aus dem Mundwinkel rann.

Arnau sah, wie Jaume in der Luft strampelte.

»Lass ihn los, du Dreckskerl!« Er war selbst von seinen Worten überrascht.

Die Leute rings um Arnau und den Haudegen gingen auf Abstand. Jaume, der, gleichfalls überrascht, zu strampeln aufgehört hatte, fiel auf den Hosenboden, als der Mann ihn losließ, um sich demjenigen zuzuwenden, der es gewagt hatte, ihn zu beleidigen. Plötzlich war Arnau von zahlreichen Schaulustigen umringt, die herbeigeströmt kamen, um sich das Schauspiel anzusehen. Er und ein wutschnaubender Soldat. Wenn er ihn wenigstens nicht beleidigt hätte ... Weshalb nur hatte er ihn einen Dreckskerl genannt?

»Es war nicht seine Schuld...«, stammelte Arnau und wies auf Jaume, der immer noch nicht begriff, was geschehen war.

Ohne ein Wort ging der Soldat wie ein wilder Stier auf Arnau los. Er stieß ihm mit dem Kopf vor die Brust und schleuderte ihn mehrere Meter weit, so weit, dass die Gaffer zurückweichen mussten. Arnau durchfuhr ein Schmerz, als hätte man ihm den Brustkorb zerrissen. Der Gestank, an den einzuatmen er sich gewöhnt hatte, schien plötzlich verschwunden zu sein. Er schnappte nach Luft. Er versuchte sich aufzurappeln, doch ein Fußtritt ins Gesicht streckte ihn erneut zu Boden. Ein heftiger Schmerz wütete in seinem Kopf, während er versuchte, einen Atemzug zu machen. Die Prügel, die dann folgten, waren so furchtbar, dass Arnau die Augen schloss und sich auf der Erde zusammenkauerte.

Als der Soldat von ihm abließ, glaubte Arnau, der Wahnsinnige habe ihn totgeschlagen. Doch trotz der Schmerzen, die er empfand, drangen Laute an sein Ohr.

Immer noch auf dem Boden kauernd, lauschte er aufmerksam.

Da hörte er es.

Er hörte es einmal.

Und dann noch einmal, und noch einmal. Er öffnete die Augen und sah die Leute an, die grölend um ihn herumstanden und auf ihn zeigten. Die Worte seines Vaters hallten in seinem dröhnenden Kopf wider: »Ich habe alles zurückgelassen, was ich besaß, damit du frei sein kannst.« In seinem verwirrten Geist vermischten sich Bilder und Erinnerungen. Er sah seinen Vater an einem Strick auf der Plaza del Blat baumeln... Arnau stand auf. Blut rann ihm übers Gesicht. Er erinnerte sich an den ersten Stein, den er der Schutzpatronin des Meeres gebracht hatte... Der Soldat stand mit dem Rücken zu ihm. Die Anstrengung, die es ihn damals gekostet hatte, diesen Stein auf seinem Rücken zu schleppen... Der Schmerz, das Leiden, der Stolz, als er ihn abgeladen hatte...

»Du Schwein!«

Der Bärtige fuhr herum.

»Du dummer Bauerntölpel!«, brüllte er, bevor er sich erneut in voller Länge auf Arnau stürzte.

Arnau warf sich auf den Soldaten und klammerte sich an ihm fest, um ihn am Schlagen zu hindern. Die beiden rollten über den Boden.

Es gelang Arnau, schneller auf die Beine zu kommen als der Soldat. Statt ihm einen Schlag zu versetzen, packte er ihn beim Haar und an dem Lederwams, das er trug, hob ihn hoch wie eine Marionette und schleuderte ihn durch die Luft in den Kreis der Schaulustigen.

Der Bärtige krachte mit Getöse in die Zuschauermenge.

Doch kampferprobt, wie er war, ließ dieser sich nicht unterkriegen. Sekunden später stand er wieder vor Arnau, der unbeeindruckt auf ihn wartete. Diesmal stürzte sich der alte Haudegen nicht auf ihn, sondern versuchte ihm einen Fausthieb zu versetzen. Doch Arnau war erneut schneller. Er wehrte den Schlag ab, indem er den Mann am Arm packte. Dann drehte er sich um die eigene Achse und schleuderte ihn mehrere Meter weit durch die Luft. Arnaus Art der Verteidigung fügte dem Soldaten allerdings keinen größeren Schaden zu, und so folgte ein Angriff auf den nächsten.

Schließlich verpasste Arnau dem Mann einen Fausthieb mitten ins Gesicht, während dieser damit rechnete, dass sein Gegner ihn ein weiteres Mal durch die Luft wirbeln würde. Es war ein Schlag, in den der *Bastaix* seine ganze Wut legte.

Das Gejohle, das während des Kampfes geherrscht hatte, verstummte. Der Bärtige sank bewusstlos vor Arnau zusammen. Dieser hätte gerne seine Hand ausgeschüttelt, um den Schmerz in den Fingerknöcheln zu lindern, doch er hielt den Blicken mit geballter Faust stand, so als sei er jederzeit bereit, erneut zuzuschlagen. »Steh nicht auf«, dachte er mit Blick auf den Soldaten. »Bei Gott, steh nicht auf.«

Benommen versuchte der Soldat sich aufzurappeln. »Lass es!« Arnau stellte den rechten Fuß auf das Gesicht des Mannes und drückte ihn zu Boden. »Bleib liegen, du Mistkerl.« Der Soldat blieb liegen, und seine Kumpane kamen, um ihn wegzubringen.

»He, Junge!« Die Stimme klang herrisch. Arnau drehte sich um und stand vor dem Reiter, der den Streit ausgelöst hatte. Er trug noch seine Rüstung. »Komm mal her.«

Arnau gehorchte, während er unauffällig seine Hand rieb.

»Ich bin Eiximèn d'Esparça, Vasall Seiner Majestät König Pedros III., und ich will, dass du in meine Dienste trittst. Stell dich meinen Offizieren vor.«

28

ie drei Mädchen sahen sich schweigend an, als sich Aledis wie ein ausgehungertes Tier über den Eintopf hermachte. Atemlos und auf Knien griff sie mit den Händen in die Suppe, um das Fleisch und das Gemüse herauszufischen, ohne dabei die Mädchen aus den Augen zu lassen. Eine von ihnen, die Jüngste, deren üppige blonde Locken in Wellen über ihr himmelblaues Kleid flossen, verzog den Mund. Wer von ihnen hatte nicht schon dasselbe durchgemacht?, schien ihr Blick zu sagen. Ihre Gefährtinnen nickten, und die drei ließen Aledis allein.

Das Mädchen mit den blonden Locken betrat ein Zelt. Geschützt vor der Julisonne, die unbarmherzig auf das Feldlager niederbrannte, saßen dort außer der Patronin, die auf einem Hocker thronte, noch vier weitere Mädchen, die etwas älter waren als jene draußen, und ließen Aledis nicht aus den Augen. Die Patronin hatte genickt, als die Fremde aufgetaucht war, und eingewilligt, dass man ihr etwas zu essen anbot. Seither hatte sie das Mädchen nicht aus den Augen gelassen. Es war zerlumpt und schmutzig, aber schön ... und jung. Was wollte sie hier? Sie war keine Vagabundin, denn sie bettelte nicht. Eine Hure war sie auch nicht, denn sie war instinktiv zurückgeschreckt, als sie jenen begegnete, die es waren. Sie war schmutzig, ja. Sie trug ein fadenscheiniges Hemd, gewiss, und ihr Haar war ein Wust fettiger Strähnen. Ihre Zähne jedoch waren schneeweiß. Dieses Mädchen hatte weder Hunger noch Krankheiten kennengelernt, die die Zähne schwärzten. Was wollte sie hier? Sie musste auf der Flucht vor irgendetwas sein, doch wovor?

Die Patronin winkte eine der Frauen im Zelt zu sich.

»Ich will sie sauber und nett hergerichtet«, flüsterte sie ihr zu, als diese sich zu ihr beugte.

Die Frau sah Aledis an, dann lächelte sie und nickte.

Aledis konnte nicht widerstehen. »Du brauchst ein Bad«, sagte eine der Huren, die aus dem Zelt gekommen war, als sie sich satt gegessen hatte, zu ihr. Ein Bad! Seit wie vielen Tagen hatte sie sich nicht mehr gewaschen? Im Zelt wurde ein Zuber mit frischem Wasser für sie vorbereitet, und Aledis setzte sich mit angezogenen Beinen hinein. Die drei Mädchen, die ihr während des Essens Gesellschaft geleistet hatten, kümmerten sich um sie und wuschen sie. Weshalb sollte sie sich nicht verwöhnen lassen? In diesem Zustand konnte sie unmöglich vor Arnau treten. Das Heer lagerte ganz in der Nähe, und dort war Arnau. Sie hatte es geschafft! Weshalb sollte sie sich nicht waschen lassen? Sie ließ sich auch ankleiden. Die Mädchen suchten das unauffälligste Kleid für sie heraus, aber dennoch ... »Die öffentlichen Frauen sind verpflichtet, grellbunte Kleider zu tragen«, hatte ihre Mutter ihr als Kind erklärt, als sie eine Prostituierte für eine adlige Dame hielt und ihr den Vortritt lassen wollte. »Auf königlichen Befehl müssen sie sich so kleiden, dürfen jedoch selbst im Winter keinen Umhang tragen. Du kannst eine Hure daran erkennen, dass ihre Schultern stets unbedeckt sind.«

Aledis sah erneut an sich herunter. Frauen wie sie, die mit einem Handwerker verheiratet waren, durften keine bunten Kleider tragen. So befahl es der König. Und dabei waren diese Stoffe so hübsch! Aber wie sollte sie derart gekleidet vor Arnau treten? Die Soldaten würden sie für so eine halten ... Sie hob einen Arm, um sich von der Seite zu betrachten.

»Gefällt es dir?«

Aledis drehte sich um und sah die Patronin neben dem Zelteingang stehen. Antònia – so hieß das blondgelockte Mädchen, das ihr beim Anziehen geholfen hatte – verschwand auf einen Wink der Frau.

»Ja ... nein ...« Aledis betrachtete sich erneut. Das Kleid war lindgrün. Ob diese Frauen etwas hatten, das man sich um die Schultern legen konnte? Wenn sie sich bedeckte, würde niemand sie für eine Dirne halten.

Die Patronin musterte sie von oben bis unten. Sie hatte sich nicht getäuscht. Ein sinnlicher Körper, der jeden Offizier erfreuen würde. Und ihre Augen? Die beiden Frauen sahen sich an. Sie waren riesig. Braun. Doch sie blickten traurig.

»Was führt dich hierher, Mädchen?«

»Mein Mann. Er ist in der Armee und ist aufgebrochen, ohne zu wissen, dass er Vater wird. Ich wollte es ihm sagen, bevor er in die Schlacht zieht.«

Sie sagte das, ohne zu stocken, genau wie bei den Händlern, die sie aus dem Fluss gerettet hatten, nachdem der Fährmann versucht hatte, sich ihrer zu entledigen. Als die Händler aufgetaucht waren, hatte er die Flucht ergriffen. Sie zogen die ohnmächtige Aledis aus dem Wasser, und als sie sahen, dass sie vergewaltigt worden war, hatten sie Mitleid mit ihr.

»Man muss ihn beim Stadtrichter anzeigen«, sagten sie zu ihr.

Aber was sollte sie dem Stellvertreter des Königs sagen? Und wenn ihr Mann hinter ihr her war? Und wenn man sie entdeckte? Es würde zu einem Prozess kommen, und dann ...

»Nein. Ich muss das königliche Feldlager erreichen, bevor die Truppen nach Roussillon aufbrechen«, sagte sie, nachdem sie ihnen erklärt hatte, dass sie schwanger sei und ihr Mann nichts davon wisse. »Dort werde ich meinem Mann alles erzählen, und er wird entscheiden.«

Die Händler begleiteten sie bis nach Gerona. Bei der Kirche Sant Feliu vor den Toren der Stadt trennte sich Aledis von ihnen. Der Älteste schüttelte den Kopf, als er sie so alleine und zerlumpt vor der Kirche stehen sah. Aledis hatte sich jedoch an den Ratschlag der alten Frauen erinnert: Halte dich von den Dörfern und Städten fern, und das beherzigte sie nun. Gerona war eine Stadt mit sechstausend Einwohnern. Von dort, wo sie stand, konnte sie das Dach der Kirche Santa María sehen, die sich noch im Bau befand. Daneben den Bischofspalast und neben diesem die hohe, trutzige Torre Gironella, die stärkste Verteidigungsanlage der Stadt. Nachdem sie eine Weile die Ansicht genossen hatte, machte sie sich wieder auf den Weg nach Figueras.

Die Patronin beobachtete Aledis, während diese in Erinnerungen an ihre Reise versunken war. Sie bemerkte, dass das Mädchen zitterte.

Aledis spürte das eng anliegende Kleid auf ihrem flachen, festen Bauch. Sie trat nervös von einem Fuß auf den anderen und sah zu Boden. Was starrte diese Frau sie so an?

Über das Gesicht der Patronin huschte ein zufriedenes Lächeln, das Aledis nicht sehen konnte. Wie oft war sie Zeugin solcher stummen Geständnisse geworden? Mädchen, die sich Geschichten ausdachten, deren Lügen jedoch nicht einmal dem geringsten Druck standhielten. Dann wurden sie nervös und schlugen die Augen nieder wie dieses Mädchen. Wie viele Schwangerschaften hatte sie gesehen? Dutzende? Hunderte? Noch nie hatte ihr ein Mädchen mit einem so festen, flachen Bauch erzählt, es sei schwanger. Ein Irrtum? Womöglich, aber es war unvorstellbar, dass sie nur wegen eines Irrtums hinter ihrem Mann herlief, der auf dem Weg in den Krieg war, um ihm davon zu erzählen.

»In dieser Aufmachung kannst du nicht ins königliche Feldlager gehen.« Aledis blickte auf, als sie die Patronin hörte, und sah erneut an sich herunter. »Es ist uns untersagt, dort zu erscheinen. Wenn du willst, könnte ich deinen Mann ausfindig machen.«

»Ihr? Ihr würdet mir helfen? Weshalb solltet Ihr das tun?«

»Habe ich dir nicht schon geholfen? Ich habe dir zu essen gegeben, habe dich gewaschen und angekleidet. Niemand in diesem Lager von Verrückten hat das getan, oder?« Aledis nickte. Es lief ihr kalt den Rücken herunter, wenn sie daran dachte, wie man sie behandelt hatte. »Warum wundert dich das also?« Aledis zögerte. »Gewiss, wir sind öffentliche Frauen, doch das bedeutet nicht, dass wir kein Herz haben. Wenn mir vor Jahren jemand geholfen hätte ...« Die Patronin blickte ins Leere, ihre Worte hingen in der Luft. »Nun, egal. Wenn du willst, kann ich es tun. Ich kenne viele Leute im Feldlager. Es wäre nicht schwer für mich, deinen Mann herzuholen.«

Aledis wägte das Angebot ab. Warum eigentlich nicht?

Die Patronin hingegen dachte an ihre zukünftige Neuerwerbung. Es würde ein Leichtes sein, den Mann zu beseitigen. Ein Streit im Feldlager ... Die Soldaten schuldeten ihr zahlreiche Gefälligkeiten, und zu wem sollte das Mädchen dann gehen? Sie war alleine. Sie würde sich ihr anvertrauen. Die Schwangerschaft, so sie der Wahrheit entsprach, stellte kein Problem dar. Wie viele solcher Probleme hatte sie für ein paar Münzen gelöst?

»Ich danke Euch«, stimmte Aledis zu.

Jetzt gehörte sie ihr.

»Wie heißt dein Mann und woher kommt er?«

»Er gehört dem Bürgerheer von Barcelona an und er heißt Arnau, Arnau Estanyol.« Die Patronin fuhr zusammen. »Ist etwas?«, fragte Aledis.

Die Frau nahm einen Hocker und setzte sich. Sie atmete schwer.

»Nein«, antwortete sie. »Es muss diese verfluchte Hitze sein. Reich mir mal den Fächer dort.«

Es konnte nicht sein, sagte sie sich, während Aledis ihrer Bitte nachkam. Ihre Schläfen pochten. Arnau Estanyol! Es konnte nicht sein.

»Beschreibe mir deinen Mann«, sagte sie, während sie dasaß und sich Luft zufächelte.

»Oh, er muss ganz einfach zu finden sein. Er ist Lastenträger im Hafen. Er ist jung und stark, groß und schön, und er hat ein Muttermal neben dem rechten Auge.«

Die Patronin fächelte sich schweigend Luft zu. Ihr Blick ging durch Aledis hindurch, zu einem Dörfchen namens Navarcles, einer Hochzeitsfeier, einem Bett und einer Burg ... Zu Llorenç de Bellera, der Schande, dem Hunger, dem Schmerz ... Wie viele Jahre waren seither vergangen? Zwanzig? Ja, es mussten zwanzig sein, vielleicht mehr. Und nun ...

Aledis unterbrach ihr Schweigen:

»Kennt Ihr ihn?«

»Nein ... nein.«

Hatte sie ihn je gekannt? Eigentlich hatte sie kaum Erinnerungen an ihn. Sie war damals fast noch ein Kind gewesen!

»Werdet Ihr mir helfen, ihn zu finden?«, unterbrach Aledis erneut ihre Gedanken.

»Das werde ich«, beteuerte sie, während sie ihr den Ausgang des Zeltes wies.

Als Aledis gegangen war, schlug Francesca die Hände vors Gesicht. Arnau! Es war ihr gelungen, ihn zu vergessen. Sie hatte sich dazu gezwungen, hatte keine andere Wahl gehabt, und nun, zwanzig Jahre später ... Wenn das Mädchen die Wahrheit sagte, dann wäre dieses Kind, das sie in ihrem Leib trug ... ihr Enkel! Und sie hatte erwogen, es zu töten. Zwanzig Jahre! Wie er wohl war? Aledis hatte gesagt, er sei groß, stark und hübsch. Sie hatte keine Erinnerung an ihn, nicht einmal als Neugeborenen. Es war ihr gelungen, ihn in der warmen Schmiede unterzubringen, doch dann hatte sie ihren Jungen nicht mehr besuchen können. »Diese Schufte! Ich war fast noch ein Kind, und sie standen Schlange, um mich zu vergewaltigen!« Eine Träne rollte ihr über die Wange. Wie lange hatte sie nicht mehr geweint?

Selbst damals, vor zwanzig Jahren, hatte sie nicht geweint. »Der Kleine ist bei Bernat besser aufgehoben«, hatte sie gedacht. Als Doña Caterina von der ganzen Sache erfuhr, hatte sie sie mit einer Ohrfeige davongejagt, und Francesca war zunächst unter der Soldateska herumgereicht worden und hatte dann von den Abfällen an der Burgmauer gelebt. Niemand begehrte sie mehr, und wie zahlreiche andere Unglückliche trieb sie sich zwischen Exkrementen und Abfällen herum, um sich um schimmelige, von Maden zerfressene Brotkanten zu streiten. Dort begegnete sie einem Mädchen, das wie sie im Unrat stocherte. Es war dünn, aber hübsch. Niemand gab auf die Kleine acht. Vielleicht ... Sie bot ihr Essensreste an. Das Mädchen lächelte und seine Augen strahlten. Wahrscheinlich kannte es kein anderes Leben als dieses. In einem Bachlauf wusch sie die Kleine und schrubbte ihre Haut mit Sand ab, bis sie vor Schmerz und Kälte schrie. Dann musste sie sie nur noch zu einem der Bediensteten der Burg des Herrn von Bellera bringen. So hatte alles begonnen. »Ich bin hart geworden, mein Sohn, so hart, dass schließlich ein Panzer mein Herz umschloss. Was hat dir dein Vater über mich erzählt? Dass ich dich dem Tod überlassen habe?«

Als am Abend die königlichen Offiziere und jene Soldaten zum Zelt kamen, die Glück beim Würfeln oder Kartenspiel gehabt hatten, erkundigte sich Francesca nach Arnau.

»Der *Bastaix*, sagst du?«, antwortete einer von ihnen. »Natürlich kenne ich den. Jeder kennt ihn.« Francesca legte erwartungsvoll den Kopf zur Seite. »Wie man sich erzählt, hat er einen allseits gefürchteten Draufgänger besiegt«, erklärte er, »und Eiximèn d'Esparça, Gefolgsmann des Königs, hat ihn in seine Leibwache aufgenommen. Er hat ein Muttermal neben dem Auge. Man hat ihm beigebracht, mit dem Dolch umzugehen. Seither hat er noch einige Kämpfe bestritten und alle gewonnen. Es lohnt sich, auf ihn zu setzen.« Der Mann grinste. »Warum interessierst du dich für ihn?«, erkundigte er sich und grinste noch breiter.

Francesca überlegte. Es war schwierig, eine andere Erklärung zu finden. Sie zwinkerte dem Mann zu.

»Du bist zu alt für so einen Burschen«, lachte der Soldat.

Francesca ließ sich keine Regung anmerken.

»Bring ihn mir her, und du wirst es nicht bereuen.«

»Wohin? Hierhin?«

Und wenn Aledis log? Ihr erster Eindruck hatte sie noch nie getrogen.

»Nein. Nicht hierhin.«

Aledis entfernte sich einige Schritte von Francescas Zelt. Es war eine wunderbare Nacht, sternenklar und warm, mit einem Mond, der die Nacht in ein gelbes Licht tauchte. Das Mädchen betrachtete den Himmel und die Männer, die in das Zelt traten und in Begleitung eines der Mädchen wieder herauskamen. Dann gingen sie zu einigen kleinen Verschlägen, die sie nach einer Weile wieder verließen, manchmal lachend, manchmal schweigend. Es herrschte ein ständiges Kommen und Gehen. Anschließend gingen die Frauen jedes Mal zu dem Zuber, in dem Aledis gebadet hatte, und wuschen sich, wobei sie die Zuschauerin unverhohlen ansahen, so wie jene Frau, die vorbeizulassen ihre Mutter ihr damals verboten hatte.

»Weshalb werden sie nicht festgenommen?«, hatte Aledis damals ihre Mutter gefragt.

Eulàlia hatte ihre Tochter angesehen, während sie überlegte, ob Aledis alt genug war für eine Erklärung.

»Das geht nicht. König wie Kirche erlauben ihnen die Ausübung ihres Berufs.« Aledis hatte sie ungläubig angeblickt. »Ja doch, mein Kind. Die Kirche sagt, dass die öffentlichen Frauen nicht nach irdischem Recht verurteilt werden können. Gott wird über sie richten.« Wie sollte man einem Kind erklären, dass der wahre Grund für diese Sichtweise darin zu suchen war, dass die Kirche Ehebruch und widernatürliche Beziehungen verhindern wollte? Eulàlia hatte ihre Tochter erneut betrachtet. Nein, über die Existenz von widernatürlichen Beziehungen brauchte sie noch nichts zu wissen.

Antònia, das Mädchen mit den blonden Locken, stand neben dem Zuber und lächelte ihr zu. Aledis verzog den Mund zu einem angedeuteten Lächeln und ließ sie gewähren.

Was hatte ihre Mutter noch über diese Frauen erzählt?, überlegte sie, um sich abzulenken. Dass sie weder in der Stadt noch in den Dörfern mit ehrbaren Leuten zusammenleben durften, ohne Gefahr zu laufen, aus ihren eigenen Häusern vertrieben zu werden, wenn ihre Nachbarn es verlangten. Dass sie verpflichtet waren, religiöse Predigten zu hören, um sie zur Umkehr zu bewegen. Dass sie nur an Montagen und Freitagen die öffentlichen Bäder benutzen durften, an jenen Tagen, die den Juden und Sarazenen vorbehalten waren. Und dass sie mit ihrem Geld mildtätige Werke tun durften, niemals jedoch eine Opfergabe vor dem Altar.

Antònia stand in dem Zuber, den Rock mit der einen Hand hochgerafft, während sie sich mit der anderen wusch. Und sie lächelte ihr immer noch zu! Jedes Mal wenn sie sich aufrichtete, nachdem sie Wasser geschöpft hatte, um sich zwischen den Beinen zu waschen, sah sie Aledis an und lächelte. Und Aledis versuchte das Lächeln zu erwidern, während sie sich Mühe gab, nicht auf die Scham zu starren, die deutlich im Mondlicht zu erkennen war.

Warum lächelte sie ihr zu? Sie war fast noch ein Kind und schon zur Verderbnis verdammt. Vor einigen Jahren, kurz nachdem ihr Vater die Ehe mit Arnau untersagt hatte, war ihre Mutter mit ihr und Alesta zum Kloster San Pedro de Barcelona gegangen. »Sie sollen es sehen!«, befahl der Gerber seiner Frau. Überall im Klosterhof standen Türen, die aus den Angeln gehoben worden waren und nun an den Arkaden und Bögen lehnten. König Pedro hatte der Äbtissin von San Pedro das Privileg gewährt, kraft ihres Amtes die ehrlosen Frauen ihrer Pfarrei verweisen zu dürfen, die Türen ihrer Häuser aus den Angeln zu heben und diese in den Innenhof des Klosters zu bringen. Und die Äbtissin machte sich mit Feuereifer ans Werk.

»Sind sie alle ihre Pacht schuldig geblieben?«, fragte Aledis mit einer unbestimmten Handbewegung, während sie daran zurückdachte, wie man sie aus ihrem Haus geworfen hatte, bevor sie bei Pere und Mariona untergekommen waren. Weil sie ihren Pachtzins nicht bezahlt hatten, war die Tür entfernt worden.

»Nein, mein Kind«, antwortete ihre Mutter. »So ergeht es den Frauen, die nichts von Sittsamkeit halten.«

Aledis sah es wie heute vor sich, wie ihre Mutter sie bei diesen Worten mit schmalen Augen angesehen hatte.

Sie schüttelte den Kopf, um die böse Erinnerung zu verscheuchen, bis sie erneut Antònia und ihre Scham sah, die ebenso blond gelockt war wie ihr Haupthaar. Was würde die Äbtissin von San Pedro wohl mit Antònia machen?

Francesca trat aus dem Zelt, um nach dem Mädchen zu suchen.

»Antònia!«, brüllte sie. Aledis beobachtete, wie Antònia aus dem Zuber sprang, in die Schuhe schlüpfte und zum Zelt lief. Dann begegnete ihr Blick für einige Sekunden jenem Francescas, bevor sich die Patronin wieder ihren Pflichten zuwandte. Was verbarg sich hinter diesem Blick?

Eiximèn d'Esparça, Vasall seiner Majestät König Pedros III., war mächtig. Er war ein gewichtiger Mann, eher wegen seiner Position als wegen seines Äußeren, denn sobald er von seinem schweren Streitross stieg und die Rüstung ablegte, wirkte er klein und schmächtig. Ein Schwächling, urteilte Arnau, während er befürchtete, der Adlige könne seine Gedanken lesen.

Eiximèn d'Esparça befehligte eine Kompanie Almogavaren, die er aus seiner eigenen Schatulle bezahlte. Doch wenn er seine Männer so ansah, kamen ihm Zweifel. Wonach bemaß sich die Loyalität dieser Söldner? Einzig und allein nach ihrem Sold. Deshalb umgab er sich mit einer Leibwache, und Arnaus Kampf hatte ihn beeindruckt.

»Welche Waffe beherrschst du?«, wurde Arnau vom Offizier des königlichen Vasallen befragt. Der *Bastaix* wies die Armbrust seines Vaters vor. »Das dachte ich mir. Alle Katalanen wissen damit umzugehen, es ist ihre Pflicht. Noch eine?«

Arnau schüttelte den Kopf.

»Und dieser Dolch?« Der Offizier zeigte auf die Waffe, die Arnau am Gürtel trug. Als dieser ihm die abgestumpfte Spitze zeigte, warf er den Kopf in den Nacken und brach in schallendes Gelächter aus. »Damit bekommst du nicht einmal ein Jungfernhäutchen zerrissen«, sagte er immer noch lachend. »Du wirst dich im Umgang mit einem richtigen Dolch üben, Mann gegen Mann.«

Er kramte in einer Truhe und überreichte ihm eine Machete, die viel länger und schwerer war als sein Dolch. Arnau fuhr mit dem Finger über die Klinge. Von da an übte er jeden Tag zusammen mit Eiximèns Garde den Zweikampf mit seinem neuen Dolch. Er bekam auch eine bunte Uniform, die aus einem Panzerhemd, einem Helm – den er putzte, bis er glänzte – sowie robusten Lederschuhen bestand, die mittels geschnürter Bänder um die Waden befestigt wurden. Die harte Ausbildung wechselte sich mit echten Kämpfen ab, ohne Waffen, Mann gegen Mann, die von den Offizieren der Adligen im Lager abgehalten wurden. Arnau trat für die Truppen des königlichen Vasallen an, und es verging kein Tag, ohne dass er ein oder zwei Kämpfe vor Publikum bestritt, das sich johlend um die Kämpfenden drängte und Wetten abschloss.

Einige Kämpfe genügten, damit sich Arnau einen Ruf unter den Soldaten erwarb. Wenn er in der knapp bemessenen freien Zeit, die ihm blieb, durchs Lager ging, merkte er, wie sie ihn beobachteten und mit dem Finger auf ihn deuteten. Es war ein merkwürdiges Gefühl, wenn in seiner Gegenwart die Gespräche verstummten und alle Blicke auf ihm ruhten.

Der Offizier Eiximèn d'Esparças lächelte über die Frage seines Kameraden.

»Ob ich mich dafür wohl mit einem ihrer Mädchen vergnügen kann?«, wollte er wissen.

»Natürlich. Die Alte ist verrückt nach deinem Soldaten. Sie würde alles tun, um ihn zu sehen. Du kannst dir nicht vorstellen, wie ihre Augen glänzten.«

Die beiden lachten.

»Wohin soll ich ihn bringen?«

Francesca wählte für den Anlass ein kleines Gasthaus außerhalb von Figueras.

»Stell keine Fragen und tu, was man dir sagt«, wies der Offizier Arnau an. »Da ist jemand, der dich sehen möchte.«

Die beiden Offiziere begleiteten ihn bis zu dem Gasthaus und dort auf das elende Zimmerchen, in dem bereits Francesca wartete. Als Arnau eintrat, schlossen sie die Tür und verriegelten sie von außen. Arnau fuhr herum und versuchte sie zu öffnen. Dann hämmerte er gegen das Holz.

»Was ist los?«, brüllte er. »Was soll das?«

Die Antwort der Offiziere bestand in schallendem Gelächter.

Arnau hörte ein Weilchen zu. Was hatte das zu bedeuten? Plötzlich merkte er, dass er nicht alleine war, und drehte sich um. Hinter ihm stand Francesca am Fenster und beobachtete ihn, schwach beschienen von einer Kerze, die an einer der Wände hing. Trotz des schummrigen Lichts leuchtete ihr grünes Kleid. Eine Hure! Wie viele Weibergeschichten hatte er an den wärmenden Feuern im Feldlager gehört, wie viele Männer brüsteten sich damit, ihr Geld mit einem Mädchen verjubelt zu haben, das stets noch besser, noch schöner und noch williger gewesen war als das vorherige. Dann schwieg Arnau immer und blickte zu Boden. Er war hier, weil er vor zwei Frauen davongelaufen war! Vielleicht war dieser grobe Streich eine Folge seines Schweigens, seines offensichtlich mangelnden Interesses an Frauen ... Wie oft hatte man ihn wegen seiner wortkargen Art gestichelt!

»Was soll das alles?«, fragte er Francesca. »Was willst du von mir?«

Sie konnte ihn noch nicht erkennen. Die Kerze spendete nicht genügend Licht, aber seine Stimme ... Seine Stimme war die eines Mannes, und er war groß und kräftig, wie ihr das Mädchen erzählt hatte. Sie merkte, dass ihre Knie zitterten und ihre Beine nachgaben. Es war ihr Sohn!

Francesca musste sich räuspern, bevor sie sprach.

»Beruhige dich. Ich will nichts, was dich in deiner Ehre verletzen könnte. Außerdem«, setzte sie hinzu, »sind wir allein. Was könnte ich, eine schwache Frau, gegen einen jungen, kräftigen Mann wie dich ausrichten?«

»Warum lachen sie dann da draußen?«, fragte Arnau, der immer noch an der Tür stand.

»Lass sie lachen, wenn sie wollen. Der Verstand des Menschen geht krumme Wege, und im Allgemeinen geht er vom Schlimmsten aus. Wenn ich ihnen die Wahrheit gesagt und ihnen erzählt hätte, warum ich dich unbedingt sehen will, wären sie vielleicht nicht so hilfsbereit gewesen, wie sie es nun sind.«

»Was sollen sie schon von einer Hure und einem Mann denken, die in der Kammer eines Gasthauses eingeschlossen sind? Was kann man schon von einer Dirne erwarten?«

Sein Ton war hart, schneidend. Francesca fasste sich.

»Auch wir sind Menschen«, sagte sie und erhob die Stimme. »Der heilige Augustin schreibt, dass es Gott sein wird, der über die Dirnen richtet.«

»Du hast mich doch nicht hierherkommen lassen, um über Gott zu sprechen?«

»Nein.« Francesca ging auf ihn zu. Sie musste sein Gesicht sehen. »Ich habe dich kommen lassen, um mit dir über deine Frau zu sprechen.«

Arnau zögerte. Er war wirklich hübsch.

»Was? Wie ist es möglich . . .?«

»Sie ist schwanger.«

»Maria?«

»Aledis«, korrigierte Francesca unbedacht, aber . . . Hatte er Maria gesagt?

»Aledis?«

Francesca sah, dass der junge Mann zusammenfuhr. Was hatte das zu bedeuten?

»Was quatscht ihr so lange?«, wurde vor der Tür gegrölt. Jemand hämmerte an die Tür, Gelächter war zu hören. »Was ist los, Patronin? Bist du ihm nicht gewachsen?«

Arnau und Francesca sahen sich an. Sie gab ihm ein Zeichen, sich von der Tür zu entfernen, und er gehorchte. Die beiden senkten die Stimmen.

»Sagtest du Maria?«, fragte Francesca, als sie neben dem Fenster auf der anderen Seite des Raumes standen.

»Ja. Meine Frau heißt Maria.«

»Und wer ist dann Aledis? Sie hat mir gesagt . . .«

Arnau schüttelte den Kopf. War das Traurigkeit in seinen Augen?, fragte sich Francesca. Arnau hatte die Haltung verloren. Seine Arme hingen kraftlos herunter, und sein zuvor so stolz gereckter Hals schien unfähig, das Gewicht des Kopfes zu tragen. Aber er antwortete nicht. Francesca spürte einen Stich ganz tief in ihrem Herzen. Was hast du, mein Sohn?

»Wer ist Aledis?«, erkundigte sie sich.

Arnau schüttelte erneut den Kopf. Er hatte alles zurückgelassen, Maria, seine Arbeit, die Jungfrau . . . Und nun war sie hier! Schwanger!

Alle Welt würde es erfahren. Wie sollte er nach Barcelona zurückkehren, zu seiner Arbeit, in sein Haus?

Francesca blickte aus dem Fenster. Draußen war es dunkel. Was war das für ein Schmerz, der ihr zusetzte? Sie hatte Männer gesehen, die am Boden lagen, Frauen ohne Hoffnung, sie hatte Tod und Armut erlebt, Krankheit und Siechtum, doch noch nie hatte sie dergleichen empfunden.

»Ich glaube nicht, dass sie die Wahrheit sagt«, bemerkte sie mit zugeschnürter Kehle, während sie immer noch aus dem Fenster blickte. Sie sah, wie sich Arnau neben ihr straffte.

»Wie meinst du das?«

»Dass ich nicht glaube, dass sie schwanger ist. Ich glaube, dass sie lügt.«

»Was tut das noch zur Sache!«, hörte Arnau sich selbst sagen.

Sie war hier, das genügte. Sie verfolgte ihn, trieb ihn erneut in die Enge. Alles, was er getan hatte, war umsonst gewesen.

»Ich könnte dir helfen.«

»Weshalb solltest du das tun?«

Francesca wandte sich ihm zu. Sie berührten sich fast. Sie konnte ihn anfassen. Sie konnte ihn riechen. Weil du mein Sohn bist!, konnte sie sagen, es war der Moment dazu. Aber was mochte Bernat über sie erzählt haben? Was brachte es ein, wenn dieser Junge erfuhr, dass seine Mutter eine ehrlose Frau war? Francesca streckte zitternd ihre Hand aus. Arnau rührte sich nicht. Was brachte das ein? Sie hielt inne. Über zwanzig Jahre waren vergangen, und sie war nur eine Hure.

»Weil sie mich hintergangen hat«, antwortete sie. »Ich habe ihr zu essen gegeben, habe sie gekleidet und aufgenommen. Ich mag es nicht, wenn man mich hintergeht. Du scheinst ein anständiger Mensch zu sein, und ich glaube, dass sie versucht, auch dich zu betrügen.«

Arnau sah ihr in die Augen. Was hatte er noch zu verlieren? Von ihrem Mann befreit und weit weg von Barcelona, würde Aledis alles erzählen, und außerdem . . . Irgendetwas an dieser Frau wirkte beruhigend auf ihn.

Arnau senkte den Kopf und begann zu erzählen.

29

König Pedro III. befand sich seit sechs Tagen in Figueras, als er am 28. Juli 1343 Befehl gab, das Lager aufzuheben und nach Roussillon aufzubrechen.

»Du wirst dich noch gedulden müssen«, sagte Francesca zu Aledis, während die Mädchen das Zelt abschlugen, um dem Heer zu folgen. »Wenn der König den Befehl zum Aufbruch gibt, können die Soldaten ihre Truppe nicht verlassen. Vielleicht im nächsten Feldlager . . .«

Aledis sah sie fragend an.

»Ich habe ihm eine Botschaft geschickt«, erklärte Francesca beiläufig. »Kommst du mit uns?«

Aledis nickte.

»Dann pack mit an«, forderte Francesca sie auf.

Tausendzweihundert berittene Männer und über viertausend Fußsoldaten setzten sich nach La Junquera in Bewegung, das etwas mehr als eine halbe Tagesreise von Figueras entfernt war, zum Krieg gerüstet und mit Vorräten für acht Tage. Dem Heer folgte ein ganzer Tross von Karren, Maultieren und allerlei buntem Volk. In La Junquera ließ der König erneut das Lager aufschlagen. Ein weiteres Mal überbrachte ein päpstlicher Bote, diesmal ein Augustinermönch, einen Brief Jaimes III. Nach der Eroberung Mallorcas durch Pedro III. hatte sich König Jaime hilfesuchend an den Papst gewandt, doch die Vermittlungsversuche von Mönchen, Bischöfen und Kardinälen waren vergeblich gewesen.

Wie auch die Male zuvor schenkte der König dem päpstlichen Legaten kein Gehör. Das Heer verbrachte die Nacht in La Junquera. Francesca beobachtete, wie Aledis den übrigen Mädchen bei der Zubereitung des Essens half. War dies der richtige Zeitpunkt? Nein, entschied sie. Je weiter sie von Barcelona und Aledis' früherem Leben entfernt waren, desto mehr Möglichkeiten würde Francesca haben.

»Wir müssen abwarten«, antwortete sie dem Mädchen, als es wieder einmal nach Arnau fragte.

Am nächsten Morgen ließ der König das Feldlager wieder abbrechen.

»Nach Panissars! In Schlachtordnung! Aufgeteilt in vier kampfbereite Truppen.«

Der Befehl machte die Runde durch die Reihen und erreichte auch Arnau, der mit der persönlichen Leibwache Eiximèn d'Esparças zum Abmarsch bereitstand. Nach Panissars! Einige schrien den Befehl heraus, andere flüsterten beinahe, doch alle taten es mit Stolz und Respekt. Die Schlucht von Panissars! Der Pyrenäenpass von katalanischem Gebiet nach Roussillon. Nur eine halbe Meile von La Junquera entfernt, wurden an diesem Abend an allen Lagerfeuern die früheren Heldentaten von Panissars erzählt.

Hier hatten sie, die Katalanen, ihre Väter und Großväter, die Franzosen besiegt. Nur die Katalanen, ganz allein! Damals war König Pedro der Große vom Papst exkommuniziert worden, weil er ohne dessen Einwilligung Sizilien erobert hatte. Die Franzosen unter dem Befehl König Philipps des Kühnen erklärten dem Ketzer – im Namen der Christenheit – den Krieg und überquerten mit Hilfe einiger Verräter den Maçana-Pass über die Pyrenäen.

Pedro der Große musste ein Rückzugsgefecht führen. Die Adligen und Ritter Aragóns ließen den König im Stich und kehrten mit ihren Truppen zu ihren Besitzungen zurück.

»Nur wir blieben!«, sagte jemand in die Nacht hinein, und selbst das Prasseln des Feuers verstummte.

»Und Roger de Llúria!«, bemerkte ein anderer.

Angesichts seiner dezimierten Truppen musste der König die Franzosen in Katalonien einmarschieren lassen und abwarten, bis er Verstärkung aus Sizilien durch Admiral Roger de Llúria bekam. Pedro der Große befahl dem Vicomte Ramon Folch de Cardona, dem Verteidiger Geronas, der französischen Belagerung standzuhalten, bis Roger de Llúria in Katalonien eintreffe. Der Vicomte de Cardona tat wie geheißen und verteidigte ruhmreich die Stadt, bis der König ihm die Erlaubnis gab, sich den Belagerern zu ergeben.

Dann traf Roger de Llúria ein und vernichtete die französische

Flotte, während an Land das französische Heer von einer Seuche heimgesucht wurde.

»Bei der Einnahme Geronas wurde das Grab des heiligen Narcís geschändet«, bemerkte einer.

Den Erzählungen der Alten zufolge strömten Myriaden von Mücken aus dem Grab des Heiligen, als die Franzosen es schändeten. Und diese Insekten trugen die Seuche in die Reihen der Franzosen. Auf See geschlagen, an Land von Krankheit heimgesucht, erbat König Philipp der Kühne eine Waffenruhe, um sich zurückziehen zu können, ohne dass es zu einem Blutbad kam.

Pedro der Große ging darauf ein, allerdings, so warnte er, könne er nur für sich und seine Adligen und Ritter bürgen.

Arnau hörte die Rufe der Almogavaren, die den Panissars-Pass erklommen. Eine Hand schützend vor die Augen haltend, sah er hinauf zu den Bergen, die den Pass umgaben und von denen die Schreie der Söldner widerhallten. Dort hatten die Söldner gemeinsam mit Roger de Llúria die französische Armee zerrieben, nachdem sie Tausende von Männern getötet hatten. Pedro der Große und seine Adligen hatten die Schlacht vom Gipfel aus beobachtet. Am nächsten Tag war Philipp der Kühne in Perpignan gestorben, und der Feldzug gegen Katalonien war zu Ende gewesen.

Die Almogavaren brüllten auf dem gesamten Weg durch die Schlucht, einen Feind schmähend, der sich nicht blicken ließ. Diese zerlumpten Männer lebten, wie es ihnen gefiel. Wenn sie nicht als Söldner kämpften, hausten sie in den Wäldern und Bergen und plünderten und verwüsteten das Gebiet der Sarazenen, ohne sich um Verträge zu scheren, die christliche Könige mit den Maurenführern geschlossen haben mochten. Arnau hatte es auf dem Marsch von Figueras nach La Junquera bemerkt und nun wieder: Von den vier Gruppen, in die der König das Heer aufgeteilt hatte, marschierten drei in Reih und Glied hinter ihren Bannern her, die Almogavaren indes zogen in wildem Durcheinander voran, sie johlten, drohten, lachten und scherzten.

»Haben sie keine Anführer?«, fragte Arnau, als er sah, wie die Almogavaren ungeordnet und unbeeindruckt weiterzogen, als Eiximèn d'Esparça eine Rast befahl.

»Sieht nicht so aus, oder?«, antwortete ihm ein alter Soldat, der unerschütterlich an seiner Seite marschierte, wie alle aus der Leibgarde des königlichen Vasallen.

»Nein, sieht nicht so aus.«

»Aber sie haben Anführer und würden sich hüten, ihnen nicht zu gehorchen. Diese sind nämlich von anderem Schlag als die unseren.« Der alte Soldat deutete zu Eiximèn d'Esparça. Dann schüttelte er seinen Schild, als wollte er eine imaginäre Fliege vertreiben. Mehrere Soldaten stimmten in Arnaus Lachen ein. »Sie sind richtige Anführer«, fuhr der Veteran, plötzlich ernst werdend, fort. »Da nützt es nichts, Sohn von dem und dem zu sein, diesen oder jenen Namen zu tragen oder vom Grafen Soundso protegiert zu werden. An oberster Stelle stehen die *Adalil*.« Arnau betrachtete die Almogavaren, die an ihnen vorüberzogen. »Nein, gib dir keine Mühe«, sagte der alte Soldat. »Du wirst sie nicht erkennen. Sie unterscheiden sich nicht von den anderen, aber die Almogavaren kennen ihre Anführer genau. Um *Adalil* zu werden, muss man vier Tugenden auf sich vereinen: Klugheit im Umgang mit der Truppe, Tapferkeit, ein natürliches Talent zum Anführer und vor allem Loyalität.«

»Genau das sagt man auch von ihm«, fiel ihm Arnau ins Wort und wies zu Eiximèn d'Esparça.

»Ja, aber er musste sich nie behaupten. Um *Adalil* der Almogavaren zu werden, müssen zwölf andere *Adalile* bei ihrem Leben darauf schwören, dass der Anwärter diese Voraussetzungen erfüllt. Es gäbe keine Adligen mehr auf der Welt, wenn sie einen solchen Eid auf ihre Standesgenossen leisten müssten ... vor allem, was die Loyalität betrifft.«

Die Soldaten, die das Gespräch mitverfolgten, pflichteten grinsend bei. Arnau sah erneut zu den Almogavaren hinüber. Wie konnten sie nur ein voll gepanzertes Pferd mit einer einfachen Lanze töten?

»Unter den *Adalilen*«, erklärte der Soldat weiter, »stehen die *Almogaten*. Sie müssen kampferprobt sein, mutig, wendig und loyal. Das Wahlverfahren ist das gleiche: Zwölf *Almogaten* müssen schwören, dass der Kandidat diese Eigenschaften auf sich vereint.«

»Bei ihrem Leben?«, fragte Arnau.

»Bei ihrem Leben«, bestätigte der alte Soldat.

Arnau konnte sich nicht vorstellen, dass die Eigenwilligkeit dieser Haudegen so weit ging, dem König den Gehorsam zu verweigern. Doch als Pedro III. nach der Überwindung des Panissars-Passes Befehl gab, nach Perpignan, der Hauptstadt des Roussillon, zu ziehen, trennten sich die Almogavaren von der Truppe und zogen zur Burg Bellaguarda, die auf einer gleichnamigen Anhöhe über der Schlucht thronte.

Arnau und die Soldaten Eiximèn d'Esparças sahen sie davonstürmen und den Gipfel von Bellaguarda erklimmen. Sie schrien und johlten, wie sie es auf dem ganzen Weg getan hatten. Eiximèn d'Esparça blickte zum König hinüber, der den Almogavaren ebenfalls hinterhersah.

Doch Pedro III. unternahm nichts. Wie sollte man diese Söldner aufhalten? Er wendete sein Pferd und ritt weiter nach Perpignan. Das war das Signal für den königlichen Vasallen: Der König ließ den Überfall auf Bellaguarda zu, aber er, Eiximèn d'Esparça, war es, der die Almogavaren bezahlte. Falls sie Beute machten, wollte er dabei sein. Und so folgten Eiximèn d'Esparça und seine Männer den Almogavaren hinauf nach Bellaguarda, während der Großteil der Armee geordnet weiterzog.

Die Katalanen belagerten die Burg. Den Rest des Tages und die ganze Nacht hindurch wechselten sich die Söldner beim Baumfällen ab, um Belagerungsgerät zu bauen, Sturmleitern und einen großen Rammbock auf Rädern, der mit Seilen an einem weiteren Baumstamm befestigt war. Dieser war mit Leder umwickelt, um die Männer zu schützen, die ihn bedienen würden.

Arnau hielt Wache vor den Mauern von Bellaguarda. Wie stürmte man eine Burg? Sie mussten ohne Deckung bergan vorrücken, während die Verteidiger im Schutz der Zinnen nur darauf warten würden, sie zu beschießen. Dort oben waren sie. Er sah, wie sie hinunterblickten und sie beobachteten. Einmal hatte er das Gefühl, ins Visier genommen zu werden. Sie wirkten ruhig, während er zitterte, als er die wachsamen Blicke der Belagerten auf sich spürte.

»Sie scheinen sich sehr sicher zu fühlen«, bemerkte er zu einem Soldaten, der neben ihm stand.

»Täusche dich nicht«, antwortete dieser. »Denen da drin geht es schlechter als uns. Außerdem haben sie die Almogavaren entdeckt.«

Die Almogavaren. Wieder die Almogavaren. Arnau sah zu ihnen hinüber. Sie arbeiteten ohne Unterlass, und nun waren sie perfekt organisiert. Niemand lachte, niemand sprach. Sie arbeiteten stillschweigend.

»Wie kann man solche Angst vor ihnen haben, wenn man hinter solchen Mauern sitzt?«, fragte er.

Der Soldat lachte.

»Du hast sie noch nie kämpfen gesehen, stimmt's?« Arnau schüttelte den Kopf. »Warte ab, und du wirst es sehen.«

Und er wartete, auf dem Erdboden dösend, eine angespannte Nacht hindurch, in der die Söldner im Schein hin und her wandernder Fackeln unermüdlich mit dem Bau ihrer Maschinen beschäftigt waren.

Bei Tagesanbruch, als ein erster Widerschein am Horizont die Nacht erhellte, befahl Eiximèn d'Esparça seinen Truppen, Aufstellung zu nehmen. Arnau hielt Ausschau nach den Almogavaren. Gehorsam standen sie in Reih und Glied vor den Mauern von Bellaguarda. Dann sah er zur Burg hinauf. Sämtliche Fackeln waren verschwunden, aber die Verteidiger waren dort. Die ganze Nacht hindurch hatten sie sich auf den Angriff vorbereitet. Arnau fröstelte es. Was hatte er hier verloren? Der Morgen war frisch, aber seine Hände, mit denen er die Armbrust umklammerte, schwitzten unaufhörlich. Es herrschte völlige Stille. Er konnte sterben. Tagsüber hatten ihn die Verteidiger einige Male ins Visier genommen, ihn, einen einfachen *Bastaix*. Nun nahmen die Gesichter dieser Männer in der Ferne Gestalt an. Dort waren sie und warteten auf ihn! Er zitterte. Seine Beine zitterten, und er musste sich zusammenreißen, um nicht mit den Zähnen zu klappern. Er drückte die Armbrust gegen seine Brust, damit niemand merkte, wie sehr seine Hände zitterten. Der Offizier hatte ihm gesagt, dass er beim Angriff auf die Mauern zustürmen und sich hinter einigen Felsblöcken verschanzen sollte, um seine Armbrust auf die Verteidiger abzuschießen. Das Problem würde sein, bis zu den Felsen zu gelangen. Würde er es bis dorthin schaffen? Arnau sah unverwandt zu den Steinen herüber. Er musste bis dorthin kommen, in Deckung gehen, schießen, in Deckung gehen, erneut schießen...

Ein Ruf zerriss die Stille.

Der Befehl! Die Felsen! Arnau wollte losrennen, doch der Offizier packte ihn an der Schulter.

»Noch nicht«, sagte er.

»Aber...«

»Noch nicht«, wiederholte der Offizier. »Schau.«

Der Soldat deutete auf die Almogavaren.

Ein weiterer Ruf erschallte aus ihren Reihen: »Das Eisen erwache!«

Arnau sah wie gebannt zu den Söldnern. Bald brüllten alle wie aus einer Kehle: »Das Eisen erwache! Das Eisen erwache!«

Sie begannen ihre Lanzen und Messer gegeneinanderzuschlagen, bis das metallene Klirren ihre Stimmen übertönte.

»Das Eisen erwache!«

Und das Eisen erwachte. Es sprühte Funken, während die Waffen immer wieder gegeneinander oder gegen den Fels schlugen. Das Getöse ließ Arnau zusammenfahren. Allmählich erhellten Hunderte, Tausende von Funken die Dunkelheit und umgaben die Söldner mit einem Lichtschein.

Arnau war selbst überrascht, als er die Armbrust in die Luft reckte.

»Das Eisen erwache!«, brüllte er. Er schwitzte nicht mehr, er zitterte nicht mehr. »Das Eisen erwache!«

Er blickte zu den Mauern empor, die unter dem Gebrüll der Almogavaren zu wanken schienen. Der Boden bebte, und der Widerschein der Funken wurde immer heller. Plötzlich erscholl eine Trompete, und aus dem Geschrei wurde ein furchterregendes Geheul.

»Sant Jordi! Sant Jordi!«

»Jetzt!«, rief der Offizier und stieß ihn voran, hinter den zweihundert Männern her, die zum Angriff stürmten.

Arnau lief, bis er mit dem Offizier und einer Abteilung Armbrustschützen hinter den Felsen am Fuß der Mauer zu liegen kam. Er konzentrierte sich auf eine der Sturmleitern, die die Almogavaren an die Mauer gestellt hatten, und versuchte, auf die Gestalten zu zielen, die von den Zinnen herunter den Angriff der Söldner abzuwehren versuchten, die immer noch heulten wie besessen. Und er traf. Er traf zwei der Verteidiger an Stellen, die nicht vom Kettenhemd geschützt waren, und sah sie nach hinten sinken.

Einer Gruppe von Angreifern gelang es, die Mauern der Festung zu überwinden. Arnau merkte, wie ihm der Offizier auf die Schulter tippte, damit er zu schießen aufhörte. Der Einsatz des Rammbocks war nicht notwendig. Als die Almogavaren die Zinnen erklommen, öffnete sich das Burgtor, und mehrere Ritter stoben in wildem Galopp davon, um nicht als Geiseln genommen zu werden. Zwei von ihnen fielen unter dem Beschuss der katalanischen Armbrüste, den Übrigen gelang die Flucht. Mehrere Burgbewohner, ihrer Führer beraubt, ergaben sich. Eiximèn d'Esparça und seine Reiter preschten mit ihren Schlachtrössern in die Burg und töteten jeden, der noch Widerstand leistete. Dann kamen die gemeinen Soldaten hinterher.

Als Arnau die Burg betrat, die Armbrust über der Schulter, den Dolch in der Hand, erstarrte er. Er wurde nicht mehr gebraucht. Der Burghof lag voller Leichen, und jene, die nicht gefallen waren, knieten entwaffnet und um Gnade flehend vor den Reitern, die mit gezückten Langschwertern den Hof durchmaßen. Die Almogavaren machten sich ans Plündern. Einige verschwanden im Turm, andere durchsuchten die Leichen so habgierig, dass Arnau den Blick abwenden musste. Einer der Almogavaren trat zu ihm und hielt ihm eine Handvoll Pfeile hin. Einige hatten ihr Ziel verfehlt, viele waren blutbefleckt, an einigen hafteten sogar noch Fleischfetzen. Arnau zögerte. Der Almogavare, ein bereits älterer Mann, dünn wie die Pfeile, die er ihm hinhielt, war erstaunt. Dann verzog sich sein zahnloser Mund zu einem Grinsen, und er gab die Pfeile einem anderen Soldaten.

»Was ist los?«, fragte dieser Arnau. »Glaubst du etwa, dass Eiximèn dir deine Pfeile ersetzt? Mach sie sauber.« Damit warf er ihm die Pfeile vor die Füße.

In wenigen Stunden war alles vorbei. Die Überlebenden wurden zu Gruppen zusammengetrieben und an den Händen gefesselt. Noch an diesem Abend würden sie in dem Tross, der dem Heer folgte, als Sklaven verkauft werden. Die Truppen Eiximèn d'Esparças setzten sich wieder in Bewegung, um dem König zu folgen. Ihre Verwundeten nahmen sie mit. Zurück blieben siebzehn tote Katalanen und eine brennende Festung, die den Gefolgsleuten König Jaimes III. nicht mehr von Nutzen sein würde.

30

Eiximèn d'Esparça und seine Männer holten das königliche Heer in der Nähe der stolzen Stadt Elne ein, nur zwei Meilen von Perpignan entfernt. Der König hatte beschlossen, etwas außerhalb der Stadt das Nachtlager aufzuschlagen, wo er einen weiteren Bischof empfing, der erneut vergeblich versuchte, im Namen Jaimes von Mallorca zu verhandeln.

Auch wenn der König nichts gegen die Eroberung der Burg Bellaguarda durch Eiximèn d'Esparça und seine Almogavaren gehabt hatte, so versuchte er doch zu verhindern, dass eine weitere Gruppe von Rittern auf dem Weg nach Elne mit Waffengewalt den Turm von Nidoleres einnahm. Aber als der König dort eintraf, hatten die Ritter die Burg bereits überfallen, die Bewohner ermordet und die Festung gebrandschatzt.

Doch niemand wagte es, sich Elne zu nähern oder seine Bewohner zu behelligen. Das gesamte Heer versammelte sich um die Lagerfeuer und sah zu den Lichtern der Stadt hinüber. Elne hatte die Stadttore weit geöffnet.

»Warum ...«, begann Arnau, als sie am Feuer saßen.

»Warum man sie die Stolze nennt?«, unterbrach ihn einer der Älteren.

»Ja. Warum hat man solche Achtung vor ihr? Weshalb schließen sie nicht die Tore?«

Der alte Soldat sah zu der Stadt hinüber, bevor er antwortete.

»Die Stolze lastet auf unserem Gewissen ... dem Gewissen der Katalanen. Sie wissen, dass wir nicht angreifen werden.« Dann schwieg er. Arnau hatte gelernt, die Art der Soldaten zu respektieren. Er wusste, wenn er ihn bedrängte, würde der Mann ihn verächtlich ansehen und gar nichts mehr sagen. Allen Veteranen gefiel es, in Erinnerungen und Geschichten zu schwelgen, mochten sie nun wahr sein oder falsch, übertrieben oder nicht. Es machte ihnen Freude, die Spannung zu erhöhen. Schließlich erzählte der Soldat weiter: »Im Krieg gegen die Franzosen, als Elne noch uns gehörte, versprach Pedro der Große, die Stadt zu verteidigen, und schickte eine Abteilung katalanischer Ritter. Doch diese ließen die Stadt im Stich. Sie flohen bei Nacht und überließen Elne der Gnade des Feindes.« Der Veteran spuckte ins Feuer. »Die Franzosen entweihten die Kirchen, erschlugen die Kinder, vergewaltigten die Frauen und töteten alle Männer ... bis auf einen. Das Blutbad von Elne lastet auf unserem Gewissen. Kein Katalane würde es wagen, sich Elne zu nähern.«

Arnau sah erneut zu den offenen Toren der Stadt. Dann beobachtete er die einzelnen Gruppen im Feldlager. Immer wieder blickte jemand schweigend nach Elne hinüber.

»Wen verschonen sie?«, fragte er, seine Vorsätze brechend.

Der Veteran musterte ihn über das Lagerfeuer hinweg.

»Einen Mann namens Bastard von Roussillon.« Arnau wartete erneut, bis der Mann schließlich weitersprach. »Jahre später führte dieser Soldat die französischen Truppen über den Pass von Maçana nach Katalonien.«

Das Heer lagerte im Schatten der Stadt Elne. Ein Gleiches taten, in einiger Entfernung, die Hunderte von Menschen, die den Truppen folgten. Francesca beobachtete Aledis. War dies der geeignete Ort? Die Geschichte von Elne hatte die Runde durch Zelte und Hütten gemacht, und im Lager herrschte ungewöhnliche Ruhe. Auch sie sah immer wieder zu den geöffneten Toren der Stadt hinüber. Ja, sie befanden sich in Feindesland. Kein Katalane würde in Elne und Umgebung freundlich aufgenommen werden. Aledis war weit von zu Hause weg. Fehlte nur noch, dass sie alleine war.

»Dein Arnau ist tot«, sagte sie, nachdem sie Aledis zu sich gerufen hatte.

Das Mädchen brach zusammen. Francesca sah, wie sie in ihrem grünen Kleid in sich zusammensank. Aledis schlug die Hände vors Gesicht, und ihr Schluchzen hallte durch die ungewohnte Stille.

»Wie ... wie ist es passiert?«, fragte sie nach einer Weile.

»Du hast mich belogen«, lautete Francescas ungerührte Antwort.

Aledis sah sie an, die Augen voller Tränen, schluchzend und zitternd. Dann blickte sie zu Boden.

»Du hast mich belogen«, sagte Francesca noch einmal. Aledis antwortete nicht. »Du willst wissen, wie es passiert ist? Dein Mann hat ihn getötet. Dein richtiger Mann, der Gerbermeister.«

Pau? Unmöglich! Aledis sah auf. Dieser alte Greis konnte unmöglich . . .

»Er erschien im königlichen Feldlager und beschuldigte diesen Arnau, dich entführt zu haben«, sagte Francesca in die Überlegungen des Mädchens hinein. Sie wollte sehen, wie sie reagierte. Arnau hatte ihr erzählt, dass sie ihren Ehemann fürchtete. »Der Junge bestritt das, und dein Mann forderte ihn zum Kampf.«

Aledis wollte widersprechen. Wie konnte Pau jemanden zum Kampf herausfordern?

»Er bezahlte einen Soldaten, damit dieser für ihn kämpfe«, fuhr Francesca fort, nachdem sie ihr bedeutet hatte zu schweigen. »Wenn jemand zu alt ist, um zu kämpfen, kann er einen anderen dafür zahlen, dass dieser an seiner statt antritt. Wusstest du das nicht? Dein Arnau starb, um seine Ehre zu verteidigen.«

Aledis war verzweifelt. Francesca sah, wie sie zitterte. Ihre Beine gaben nach, und das Mädchen sank vor ihr auf die Knie, doch Francesca zeigte kein Mitleid.

»Soweit ich weiß, ist dein Mann immer noch auf der Suche nach dir.«

Aledis schlug erneut die Hände vors Gesicht.

»Du musst uns verlassen. Antònia wird dir deine alten Kleider wiedergeben.«

Das war der Blick, den sie sehen wollte. Angst! Panik!

Tausend Fragen schossen Aledis durch den Kopf. Was sollte sie tun? Wo sollte sie hin? Barcelona war am anderen Ende der Welt, und was war ihr dort geblieben? Arnau war tot! Die Reise von Barcelona nach Figueras fiel ihr wieder ein, und ihr ganzer Körper empfand erneut die Angst, die Demütigung, die Scham . . . den Schmerz. Und Pau suchte nach ihr!

»Nein«, setzte Aledis an. »Ich kann nicht!«

»Ich will keine Probleme bekommen«, antwortete Francesca ungerührt.

»Gewährt mir Obdach!«, flehte das Mädchen. »Ich weiß nicht, wohin. Ich habe niemanden, zu dem ich gehen könnte.«

Aledis kniete schluchzend vor Francesca und wagte es nicht, sie anzusehen.

»Das geht nicht. Du bist schwanger.«

»Aber das stimmt doch gar nicht!«, brach es aus dem Mädchen hervor.

Aledis umklammerte nun ihre Beine. Francesca rührte sich nicht.

»Was würdest du im Gegenzug dafür tun?«

»Alles, was Ihr wollt!«, rief Aledis. Francesca unterdrückte ein Lächeln. Das war das Versprechen, das sie hören wollte. Wie oft hatte sie es von Mädchen wie Aledis gehört. »Alles, was Ihr wollt«, sagte diese noch einmal. »Gewährt mir Obdach, versteckt mich vor meinem Mann, und ich werde tun, was Ihr verlangt.«

»Nun, du weißt ja, was wir tun«, erklärte die Patronin.

Was tat das noch zur Sache? Arnau war tot. Sie hatte nichts mehr. Ihr war nichts geblieben außer einem Ehemann, der sie steinigen würde, wenn er sie fand.

»Versteckt mich, ich flehe Euch an. Ich werde tun, was Ihr verlangt«, beteuerte Aledis noch einmal.

Francesca wollte nicht, dass sich Aledis unter die Soldaten mischte. Arnau war bekannt im Heer.

»Du wirst heimlich arbeiten«, sagte sie ihr am nächsten Tag, als sie sich zum Aufbruch bereit machten. »Ich möchte nicht, dass dein Mann . . .« Aledis nickte. »Du darfst dich nicht blicken lassen, bis der Krieg vorüber ist.« Aledis nickte erneut.

Noch in derselben Nacht schickte Francesca eine Nachricht an Arnau: »Alles geklärt. Sie wird dich nicht mehr behelligen.«

Am nächsten Tag beschloss Pedro III., weiter in Richtung Meer zu ziehen statt nach Perpignan, wo sich König Jaime von Mallorca aufhielt. Ziel war Canet, wo der Vicomte der Ortschaft ihm seine Burg zur Verfügung stellen sollte. Der Vicomte hatte dem katalanischen König nach der Eroberung Mallorcas und der Flucht König Jaimes Gefolgschaft geschworen, als dieser ihm nach der Aufgabe der Festung Bellver die Freiheit geschenkt hatte.

Und so geschah es. Der Vicomte von Canet überließ König Pedro die Burg, und das Heer konnte sich ausruhen. Es wurde von den Einwohnern, die darauf hofften, dass die Katalanen das Lager bald wieder abschlagen und nach Perpignan weiterziehen würden, großzügig mit Lebensmitteln versorgt. Gleichzeitig besaß der König nun einen Brückenkopf zu seiner Flotte, die er sogleich mit Proviant versorgte.

Nachdem er sich in Canet eingerichtet hatte, empfing Pedro III. einen weiteren Vermittler. Dieses Mal handelte es sich um einen leibhaftigen Kardinal, der zweite, der für Jaime von Mallorca eintrat. Doch auch ihn hörte Pedro nicht an, sondern schickte ihn weg und begann mit seinen Ratgebern zu überlegen, wie Perpignan am besten zu belagern sei. Während der König auf Nachschub von See wartete und diesen in der Burg von Canet lagerte, nutzte das katalanische Heer den sechstägigen Aufenthalt, um die Burgen und Festungen zwischen Canet und Perpignan zu erobern.

Das Bürgerheer von Manresa nahm im Namen König Pedros die Burg von Sainte Marie de la Mer ein, andere Kompanien stürmten die Burg Castellarnau Sobirà, und Eiximèn d'Esparça belagerte und eroberte mit seinen Almogavaren und weiteren Rittern Château-Roussillon.

Château-Roussillon war kein einfacher Grenzposten wie Bellaguarda, sondern ein vorgelagerter Verteidigungsposten der Hauptstadt der Grafschaft Roussillon. Wieder erklang das Kriegsgeschrei der Almogavaren, wieder klirrten ihre Lanzen gegeneinander, diesmal untermalt von dem Geheul mehrerer hundert Soldaten, die darauf brannten zu kämpfen. Die Festung fiel nicht so leicht wie Bellaguarda. Es kam zu einem erbitterten Kampf innerhalb der Mauern, und die Rammböcke mussten eingesetzt werden, um die Verteidigungsanlagen zu durchbrechen.

Die Armbrustschützen waren die Letzten, die in die nun offene Festung stürmten. Das hier hatte nichts mit dem Angriff auf Bellaguarda zu tun. Soldaten und Zivilisten, selbst Frauen und Kinder, verteidigten den Ort auf Leben und Tod. Im Inneren der Festung geriet Arnau in einen erbitterten Kampf Mann gegen Mann.

Um ihn herum kämpften Hunderte von Männern. Er ließ die Armbrust sinken und griff zum Messer. Als er das zischende Geräusch eines Schwertes hörte, hatte der Kampf auch für ihn begonnen. Instinktiv sprang er zur Seite, sodass ihn das Schwert verfehlte und nur seitlich streifte. Mit der freien Hand packte Arnau den Angreifer am Handgelenk und stieß mit dem Dolch zu. Er tat es mechanisch, wie es ihm der Offizier Eiximèn d'Esparças in endlosen Stunden beigebracht hatte. Man hatte ihm beigebracht zu kämpfen, man hatte ihm beigebracht, wie man tötete, doch niemand hatte ihm beigebracht, wie man einen Dolch in den Leib eines Mannes rammte. Das Kettenhemd hielt dem Stich stand, und obwohl er seinen Widersacher am Handgelenk festhielt, führte dieser einen wuchtigen Hieb mit dem Schwert und verwundete Arnau an der Schulter.

Es war eine Sache von Sekunden, doch lang genug, um zu erkennen, dass er töten musste.

Arnau umklammerte erbittert den Dolch. Die Klinge drang durch das Kettenhemd und bohrte sich in den Leib seines Gegners. Die Schwerthiebe verloren an Kraft, waren aber immer noch gefährlich. Arnau stieß den Dolch noch tiefer. Er spürte die Wärme der Eingeweide an seiner Hand. Der Körper seines Widersachers löste sich vom Boden, der Dolch schlitzte seinen Bauch auf, das Schwert fiel zu Boden, und plötzlich befand sich das Gesicht des Sterbenden genau vor dem seinen. Seine Lippen bewegten sich, ganz nah. Wollte er ihm etwas sagen? Trotz des Kampfgetümmels hörte Arnau sein Röcheln. Dachte er an etwas? Sah er den Tod vor sich? Seine weit aufgerissenen Augen schienen ihn warnen zu wollen, und Arnau drehte sich genau in dem Moment um, als sich ein anderer Verteidiger von Château-Roussillon auf ihn stürzte.

Arnau zögerte nicht. Sein Dolch fuhr durch die Luft und schlitzte die Kehle seines neuen Gegners auf. Er hörte auf zu denken. Er kämpfte und brüllte, schlug um sich und versenkte seinen Dolch im Fleisch der Gegner, immer und immer wieder, ohne auf ihre Gesichter und ihren Schmerz zu achten.

Er tötete.

Als alles vorüber war und die Verteidiger von Château-Roussillon sich ergaben, sah Arnau an sich herunter. Er war blutverschmiert und zitterte vor Anstrengung.

Er blickte um sich, und beim Anblick der Leichen fiel ihm der Kampf wieder ein. Er hatte keine Zeit gehabt, seine Feinde genauer zu betrachten, an ihr Leid zu denken oder Mitleid mit ihren Seelen zu empfinden. Doch von diesem Moment an begannen die blutüberströmten Gesichter, ihr Recht zu fordern: die Ehre der Besiegten. Arnau würde noch oft an die verschwommenen Gesichter jener zurückdenken, denen sein Dolch den Tod gebracht hatte.

Mitte August lagerte das Heer erneut zwischen der Burg von Canet und dem Meer. Am 4. August hatte Arnau an der Erstürmung von Château-Roussillon teilgenommen. Zwei Tage später setzte König Pedro III. seine Truppen in Bewegung, und da sich Perpignan weigerte, König Pedro als Herrn anzuerkennen, verwüsteten die Katalanen eine Woche lang das Umland der Hauptstadt des Roussillon, Basoles, Vernet, Solès, Saint Etienne ... Auf Befehl des Königs zogen die Truppen durch die Gegend und rodeten Weinberge, Olivenhaine und sämtliche Bäume, die sie fanden. Nur die Feigenbäume wurden verschont – eine Laune des Königs? Sie verbrannten Mühlen und Ernten, zerstörten Felder und Dörfer, doch Perpignan, die Hauptstadt und Zuflucht König Jaimes, belagerten sie nicht.

15. August 1343
Feierliche Heermesse

Das gesamte Heer befand sich am Strand, um die Schutzpatronin des Meeres zu preisen. Pedro III. hatte dem Druck des Heiligen Vaters nachgegeben und einen Waffenstillstand mit Jaime von Mallorca ausgehandelt. Die Nachricht machte im Heer die Runde. Arnau hörte nicht zu, was der Priester sagte. Nur wenige taten das, die meisten schauten betrübt drein. Die Jungfrau schenkte Arnau keinen Trost. Er hatte getötet. Er hatte Bäume gefällt. Er hatte vor den verängstigten Blicken der Bauern und ihrer Kinder Weinberge und Felder verwüstet. Er hatte ganze Dörfer zerstört und damit das Zuhause rechtschaffener Menschen. König Jaime hatte seinen Waffenstillstand durchgesetzt, und König Pedro hatte klein beigegeben. Arnau erinnerte sich an die Predigten in Santa María del Mar. »Katalonien braucht euch! König Pedro braucht euch! Auf in den Krieg!« Welchen Krieg? Es war ein einziges Gemetzel gewesen. Scharmützel, in denen niemand etwas verlor außer den einfachen Leuten, den treuen Soldaten ... und den Kindern, die im nächsten Winter hungern würden, weil es an Getreide fehlte. Was war das für ein Krieg? Ein Krieg, den Bischöfe und Kardinäle als Zuträger listenreicher Könige ausgelöst hatten? Der Priester predigte noch immer, doch Arnau achtete nicht auf seine Worte. Weshalb hatte er töten müssen? Wer hatte etwas von diesen Toten?

Die Messe war zu Ende. Die Soldaten zerstreuten sich und fanden sich in kleinen Grüppchen zusammen.

»Und die versprochene Beute?«

»Perpignan ist reich, sehr reich.«

»Wie will der König seine Soldaten bezahlen, wenn er schon vorher nicht dazu in der Lage war?«

Arnau ging ziellos zwischen den Gruppen von Soldaten hin und her. Was interessierte ihn die Beute? Die Blicke der Kinder waren es, die ihm nachgingen, der Blick jenes kleinen Jungen, der, die Hand seiner Schwester umklammernd, zugesehen hatte, wie Arnau und eine Truppe von Soldaten ihr Gemüsefeld verwüsteten und das Getreide zerstreuten, das sie über den Winter bringen sollte. Warum?, schienen seine unschuldigen Augen zu fragen. Was haben wir euch getan? Wahrscheinlich waren die Kinder für das Gemüsefeld zuständig, und dort blieben sie stehen, während ihnen die Tränen über die Wangen rollten, bis das ruhmreiche katalanische Heer damit fertig war, ihren armseligen Besitz zu zerstören. Als alles vorbei war, war Arnau unfähig, sie anzusehen.

Das Heer kehrte nach Hause zurück. Die Soldaten zerstreuten sich auf den Straßen Kataloniens, begleitet von Falschspielern, Huren und Händlern, enttäuscht über die Beute, die ihnen entgangen war.

Barcelona kam näher. Die einzelnen Bürgerheere des Prinzipats bogen in Richtung ihrer Heimatstädte ab, andere würden durch die gräfliche Stadt ziehen. Arnau bemerkte, dass seine Kampfgefährten ihre Schritte beschleunigten, genau wie er selbst es getan hatte. Auf so manchem Soldatengesicht erschien ein Lächeln. Es ging nach Hause. Marias Gesicht tauchte vor ihm auf. »Alles geklärt«, hatte man ihm gesagt. »Aledis wird dich nicht mehr behelligen.« Das war alles, was er wollte, der einzige Grund für seine Flucht.

Marias Gesicht lächelte ihm zu.

31

*Ende März 1348
Barcelona*

Im Morgengrauen warteten Arnau und die anderen *Bastaixos* am Strand darauf, eine mallorquinische Galeere zu entladen, die in der Nacht in den Hafen eingelaufen war. Die Zunftmeister teilten ihre Leute ein. Das Meer war ruhig, die Wellen rollten sanft ans Ufer und mahnten die Barcelonesen, ihren Tag zu beginnen. Die Sonnenstrahlen flimmerten auf dem gekräuselten Wasser, und während die *Bastaixos* darauf warteten, dass die Hafenschiffer die Waren an Land brachten, ließen sie sich vom Zauber des Augenblicks verführen, blickten versonnen zum Horizont und schaukelten sich in Gedanken in den Wellen.

»Merkwürdig«, sagte einer aus der Gruppe nach einer Weile. »Sie beginnen gar nicht mit dem Entladen.«

Alle blickten zu der Galeere. Die Hafenschiffer waren zu dem Schiff hinausgerudert. Nun kehrten einige von ihnen leer zum Strand zurück, andere riefen etwas zu den Matrosen an Deck hinüber, von denen einige ins Wasser sprangen und sich an die Boote klammerten. Doch niemand lud die Waren von der Galeere.

»Die Pest!« Die Rufe der ersten Hafenschiffer waren bereits am Strand zu hören, lange bevor die Boote anlegten. »Die Pest hat Mallorca erreicht!«

Arnau durchfuhr ein Schauder. War es möglich, dass dieses herrliche Meer ihnen eine solche Nachricht brachte? An einem grauen, stürmischen Tag vielleicht ... Doch dieser Morgen schien verzaubert zu sein. Seit Monaten war die Pest Gesprächsthema in Barcelona: Sie wütete im fernen Orient, hatte sich dann nach Westen ausgebreitet und entvölkerte ganze Landstriche.

»Vielleicht kommt sie nicht bis Barcelona«, sagten einige. »Sie muss das gesamte Mittelmeer überqueren.«

»Das Meer wird uns schützen«, pflichteten andere bei.

Monatelang wollte das Volk einfach glauben, dass die Pest nicht bis Barcelona kam.

Mallorca, dachte Arnau. Sie hatte Mallorca erreicht. Die Seuche hatte Tausende von Meilen über das Mittelmeer zurückgelegt.

»Die Pest!«, riefen die Hafenschiffer erneut, als sie am Ufer waren.

Die *Bastaixos* umringten sie, um zu hören, welche Nachrichten sie brachten. In einem der Boote saß der Kapitän der Galeere.

»Bringt mich zum Stadtrichter und den Ratsherren der Stadt«, befahl er, nachdem er an Land gesprungen war. »Rasch!«

Die Zunftmeister folgten seiner Aufforderung. Die übrigen belagerten die Bootsleute.

»Sie sterben zu Hunderten«, erzählten sie, »es ist furchtbar. Man kann nichts dagegen tun. Kinder, Frauen, Männer, Reiche und Arme, Adlige und einfache Leute ... Sogar die Tiere fallen der Plage zum Opfer. Die Leichen häufen sich in den Straßen und verwesen, und die Obrigkeit weiß nicht, was sie tun soll. Die Leute sterben binnen zwei Tagen unter entsetzlichen Schmerzensschreien.«

Einige *Bastaixos* liefen in Richtung Stadt, um aufgeregt die schlechten Neuigkeiten zu verkünden. Arnau hörte ängstlich zu. Es hieß, bei den Pestkranken bildeten sich große Eiterbeulen am Hals, in den Achselhöhlen und an den Leisten, die immer größer würden, bis sie schließlich aufbrachen.

Die Nachricht verbreitete sich in der Stadt, und viele gesellten sich zu der Gruppe am Strand, um eine Weile zuzuhören und dann wieder nach Hause zu laufen.

Ganz Barcelona war voller Gerüchte. »Wenn sich die Beulen öffnen, springen Dämonen heraus. Die Pestkranken werden verrückt und beißen die Leute. So überträgt sich die Krankheit weiter. Die Augen quellen hervor, und die Genitalien schwellen an. Wenn jemand die Beulen ansieht, steckt er sich an. Man muss sie verbrennen, bevor sie sterben, sonst überträgt sich die Krankheit weiter. Ich habe die Pest gesehen!« Jeder, der eine Unterhaltung mit diesen Worten begann, stand augenblicklich im Zentrum der Aufmerksamkeit und wurde von Leuten umringt, die seine Geschichte hören wollten. Die Angst und die Phantasie so mancher, die nicht wussten, was sie erwartete, machten alles noch schlimmer. Die einzige Vorsichtsmaßnahme der Stadt bestand darin, äußerste Hygiene anzuordnen, und die Menschen strömten in Scharen in die öffentlichen Bäder ... und in die Kirchen. Messen, Bittgebete, Prozessionen – das alles genügte nicht, um die Gefahr zu bannen, die über der gräflichen Stadt schwebte. Nach einem Monat voller Angst hatte die Pest Barcelona erreicht.

Das erste Opfer war ein Kalfaterer, der in der Werft arbeitete. Die Ärzte kamen, konnten jedoch nichts weiter tun, als bestätigt zu sehen, was sie in Büchern und Traktaten gelesen hatten.

»Sie sind von der Größe kleiner Mandarinen«, sagte einer und deutete auf die großen Beulen am Hals des Mannes.

»Schwarz, hart und heiß«, ergänzte ein anderer, nachdem er sie betastet hatte.

»Kalte Umschläge gegen das Fieber.«

»Man muss ihn zur Ader lassen. Durch einen Aderlass werden die blutunterlaufenen Stellen rund um die Beulen verschwinden.«

»Man muss die Beulen aufschneiden«, riet ein Dritter.

Die übrigen Ärzte ließen von dem Kranken ab und sahen den Sprecher an.

»Die Bücher sagen, man dürfe sie nicht aufschneiden«, widersprach einer.

»Wenigstens ist es nur ein Kalfaterer«, sagte ein anderer. »Untersuchen wir die Achselhöhlen und die Leisten.«

Auch dort befanden sich große, schwarze, heiße Beulen. Unter Schmerzensschreien wurde der Kranke zur Ader gelassen, und das wenige Leben, das noch in ihm war, entwich durch die Schnitte, die die Ärzte an seinem Körper anbrachten.

Noch am selben Tag tauchten weitere Fälle auf. Am nächsten Tag waren es mehr, und am übernächsten noch mehr. Die Barcelonesen schlossen sich in ihren Häusern ein, wo so mancher unter entsetzlichen Qualen starb. Andere brachte man aus Angst vor Ansteckung auf die Straße, wo sie im Todeskampf lagen, bis sie schließlich starben. Die Behörden ordneten an, die Türen der Häuser, in denen ein Pestfall aufgetreten war, mit einem Kreidekreuz zu kennzeichnen. Sie riefen zur Körperpflege auf, warnten vor Kontakt mit den Pestkranken und befahlen, die Toten auf großen Scheiterhaufen zu verbrennen.

Die Menschen schrubbten sich schier die Haut vom Leibe, und wer konnte, hielt sich von den Kranken fern. Doch niemand machte dasselbe mit den Flöhen, und zur Bestürzung der Ärzte und Behörden breitete sich die Krankheit immer weiter aus, ohne dass man sagen konnte, wie sie das schaffte.

Die Wochen vergingen, und wie so viele gingen Arnau und Maria täglich nach Santa María, um inständige Gebete gen Himmel zu schicken, die dieser nicht erhörte. Um sie herum raffte die Epidemie liebe Freunde dahin, so etwa den guten Pater Albert. Die Pest machte auch vor dem alten Pere und seiner Frau Mariona nicht halt, die schon bald an der tödlichen Seuche starben. Der Bischof organisierte eine Bittprozession, die einmal um die gesamte Stadt ziehen sollte. Von der Kathedrale würde man zunächst durch die Calle de la Mar bis nach Santa María ziehen, wo sich der Baldachin mit der Schutzpatronin des Meeres der Prozession anschließen sollte, bevor diese ihren vorgesehenen Weg fortsetzte.

Das Gnadenbild der Jungfrau wartete auf dem Platz vor der Kirche Santa María. Daneben standen die *Bastaixos*, die sie tragen würden. Die Männer sahen einander an, während sie sich fragten, wo die fehlenden *Bastaixos* sein mochten. Keiner sprach ein Wort. Stumm pressten sie die Lippen aufeinander und sahen zu Boden. Arnau erinnerte sich, wie sie bei großen Prozessionen darum gestritten hatten, ihre Schutzpatronin zu tragen. Die Zunftmeister mussten Ordnung schaffen und dafür sorgen, dass alle einmal an die Reihe kamen, und nun ... Nun waren sie nicht einmal genug, um sich abzuwechseln. Wie viele mochten gestorben sein? Wie lange sollte das noch weitergehen, Heilige Jungfrau Maria? Die gemurmelten Gebete des Volkes näherten sich durch die Calle de la Mar. Arnau betrachtete die Spitze der Prozession. Die Menschen hatten die Köpfe gesenkt und gingen schleppend. Wo waren die Adligen, die sonst immer mit Pomp und Prunk neben dem Bischof zogen? Vier der fünf Ratsherren der Stadt waren gestorben, und drei Viertel der Mitglieder des Rats der Hundert hatte dasselbe Schicksal ereilt. Die Übrigen hatten die Stadt verlassen. Die *Bastaixos* hoben schweigend ihre Schutzpatronin auf ihre Schultern, ließen den Bischof vorüberziehen und schlossen sich dann der Prozession und den Bittgebeten an. Von Santa María zogen sie über die Plaza del Born zum Kloster Santa Clara. Dort schlug ihnen trotz des Weihrauchs der Priester der Gestank von verbranntem Fleisch entgegen. Bei vielen gingen die Gebete in Schluchzen über. Auf Höhe des Danielstors wandten sie sich nach links zum Portal Nou und dem Kloster Sant Pere de les Puelles. Sie wichen dem einen oder anderen Leichnam aus und vermieden es, die Pestkranken anzusehen, die an den Straßenecken oder vor den mit einem weißen Kreuz gekennzeichneten Türen, die sich nie mehr für sie öffnen würden, auf den Tod warteten. »Heilige Jungfrau«, dachte Arnau, das Tragegestell auf den Schultern, »weshalb so viel Leid?« Von Sant Pere gingen sie betend bis zum Stadttor Santa Anna, von dort nach links in Richtung Meer bis zum Viertel Forn dels Arcs, um schließlich zur Kathedrale zurückzukehren.

Aber das Volk begann, an der Wirksamkeit der Kirche und ihrer Vertreter zu zweifeln. Da beteten sie bis zur Erschöpfung, und die Pest wütete noch immer.

»Sie sagen, dies sei das Ende der Welt«, erzählte Arnau eines Tages, als er nach Hause kam. »Ganz Barcelona ist verrückt geworden. Flagellanten nennen sie sich.«

Maria stand mit dem Rücken zu ihm. Arnau setzte sich und wartete, dass seine Frau ihm die Schuhe auszog. Unterdessen erzählte er weiter.

»Sie ziehen zu Hunderten mit nacktem Oberkörper durch die Straßen, verkünden, der Tag des Jüngsten Gerichts sei nahe, schreien ihre Sünden in die Welt hinaus und geißeln sich mit Peitschen. Einige haben nur noch rohes Fleisch am Rücken und machen trotzdem weiter . . .«

Arnau streichelte Maria, die nun vor ihm kniete, über den Kopf. Was war das? Er hob ihr Kinn an. Es konnte nicht sein. Nicht sie. Maria sah mit glasigen Augen zu ihm auf. Sie schwitzte, ihr Gesicht war schmerzverzerrt. Arnau versuchte, ihren Kopf noch weiter anzuheben, um den Hals zu sehen, doch sie zuckte vor Schmerz zusammen.

»Nicht du!«, schrie Arnau.

Maria kniete vor ihm, die Hände auf den Strohsandalen ihres Mannes, und sah Arnau an, während die Tränen über ihre Wangen zu rollen begannen.

»Mein Gott, nicht du. Mein Gott!« Arnau kniete sich neben sie.

»Geh, Arnau«, stammelte Maria. »Bleib nicht bei mir.«

Arnau wollte sie umarmen, doch als er sie an den Schultern fasste, verzog sie erneut das Gesicht vor Schmerzen.

»Komm«, sagte er, während er sie so sanft wie möglich hochzog. Erneut bat ihn Maria schluchzend zu gehen. »Wie könnte ich dich alleine lassen? Du bist alles, was ich habe ... alles! Was soll ich ohne dich machen? Einige werden gesund, Maria. Du wirst wieder gesund! Du wirst wieder gesund!«

Während er versuchte, ihr Trost zuzusprechen, brachte er sie zur Schlafkammer und legte sie aufs Bett. Jetzt konnte er ihren Hals sehen, der immer so schön gewesen war und sich nun schwarz zu verfärben begann.

»Einen Arzt!«, schrie er aus dem Fenster.

Niemand schien ihn zu hören. Doch noch in derselben Nacht, als sich die Beulen an Marias Hals zu bilden begannen, malte jemand ein Kreidekreuz an ihre Tür.

Arnau konnte nichts weiter tun, als Marias Stirn mit feuchten Tüchern zu kühlen. Die Frau lag auf dem Bett und zitterte. Jede Bewegung verursachte ihr furchtbare Schmerzen, und ihr leises Stöhnen richtete Arnaus Nackenhaare auf. Maria starrte mit leerem Blick an die Decke. Arnau sah, wie die Beulen am Hals wuchsen und ihre Haut sich schwarz färbte. »Ich liebe dich, Maria. So oft schon hätte ich dir das gerne gesagt.« Er nahm ihre Hand und kniete neben dem Bett nieder. So verbrachte er die Nacht, die Hand seiner Frau umklammernd, während er mit ihr zitterte und schwitzte und bei jedem Krampf, der Maria schüttelte, zum Himmel flehte.

Er hüllte sie in das beste Leintuch, das sie besaßen, und wartete, dass der Leichenkarren vorbeikam. Er wollte sie nicht auf der Straße ablegen, sondern sie den Totengräbern selbst übergeben. Als er das müde Trappeln der Pferdehufe hörte, nahm er Marias Leichnam und trug ihn nach unten auf die Straße.

»Leb wohl«, sagte er und küsste sie auf die Stirn.

Die beiden Totengräber, die Handschuhe trugen und ihre Gesichter mit dicken Tüchern verhüllt hatten, sahen überrascht zu, wie Arnau das Leintuch von Marias Gesicht zurückschlug und sie küsste. Niemand wollte den Pesttoten nahekommen, nicht einmal ihre liebsten Angehörigen. Sie ließen sie einfach auf der Straße liegen oder riefen bestenfalls die Totengräber, damit diese sie abholten. Arnau übergab seine Frau den Männern, die beeindruckt versuchten, sie vorsichtig zu den Dutzenden von Leichen zu legen, die sie transportierten.

Mit Tränen in den Augen sah Arnau dem Karren hinterher, bis er in den Straßen Barcelonas verschwand. Er würde der Nächste sein. Er ging ins Haus und setzte sich hin, um auf den Tod zu warten, voller Sehnsucht, wieder mit Maria vereint zu sein. Drei ganze Tage wartete Arnau darauf, dass die Pest bei ihm ausbrach, während er ständig seinen Hals betastete, um nach einer Schwellung zu suchen. Die Beulen kamen nicht, und Arnau begann zu begreifen, dass der Herr ihn fürs Erste verschont hatte.

Arnau ging am Strand entlang und watete durch die Wellen, die sich am Ufer der verfluchten Stadt brachen. Er streifte durch Barcelona, ohne Augen für das Elend und die Kranken zu haben oder das Stöhnen wahrzunehmen, das aus den Fenstern der Häuser drang. Etwas trieb ihn nach Santa María. Die Bauarbeiten waren eingestellt worden, die Gerüste waren verwaist, Steine lagen herum und warteten darauf, dass sie jemand bearbeitete. Doch die Menschen strömten nach wie vor in die Kirche. Er ging hinein. Die Gläubigen standen oder knieten rund um den unvollendeten Hauptaltar und beteten. Obwohl der Bau durch die noch nicht fertiggestellten Apsiden nach wie vor nach oben offen war, war die Luft geschwängert von Weihrauch, der verbrannt wurde, um den Geruch des Todes zu überdecken, der die Menschen begleitete. Als er gerade zu seiner Jungfrau gehen wollte, richtete ein Priester vom Hauptaltar aus das Wort an die Gläubigen.

»Unser Papst Clemens VI. hat eine Bulle erlassen, welche die Juden davon freispricht, die Pest verursacht zu haben. Die Krankheit ist lediglich eine Pestilenz, mit der Gott das christliche Volk prüft.« Ein missbilligendes Murren ging durch die Versammelten. »Betet«, fuhr der Priester fort, »und empfehlt eure Seelen dem Herrn.«

Viele verließen lautstark diskutierend die Kirche.

Arnau achtete nicht länger auf die Predigt und ging zur Sakramentskapelle. Die Juden? Was hatten die Juden mit der Pest zu tun? Die kleine Marienstatue erwartete ihn am selben Platz wie immer. Die Kerzen der *Bastaixos* spendeten ihr Licht. Wer mochte sie entzündet haben? Trotzdem konnte Arnau seine Mutter kaum erkennen. Sie war von einer dichten Weihrauchwolke eingehüllt. Er sah ihr Lächeln nicht. Arnau wollte beten, aber es gelang ihm nicht. »Weshalb hast du das zugelassen, Mutter?« Bei dem Gedanken an Maria, ihr Leiden, ihren dem Schmerz ausgelieferten Körper, die Beulen, von denen sie gequält wurde, rollten ihm erneut die Tränen über die Wangen. Es war eine Strafe, doch eigentlich war er es, der diese Strafe verdient hatte. Er hatte gesündigt, indem er mit Aledis untreu gewesen war.

»Fehlt dir etwas, mein Sohn?«, hörte er jemanden hinter sich fragen. Arnau drehte sich um und stand vor dem Priester, der gerade eben noch zu den Gläubigen gesprochen hatte.

»Ach, Arnau«, sagte dieser, nachdem er in ihm einen der *Bastaixos* erkannt hatte, die so eifrig am Bau von Santa María mitwirkten. »Fehlt dir etwas?«, erkundigte er sich noch einmal.

»Maria.«

Der Priester nickte.

»Wir wollen für sie beten«, forderte er ihn auf.

»Nein, Pater«, widersetzte sich Arnau. »Noch nicht.«

»Nur in Gott wirst du Trost finden, Arnau.«

Trost? Wie sollte er irgendwo Trost finden? Arnau versuchte, seine Jungfrau zu erkennen, doch der Weihrauch hinderte ihn auch diesmal daran.

»Wir wollen beten . . .«, beharrte der Pfarrer.

»Was hat das mit den Juden zu bedeuten?«, unterbrach ihn Arnau auf der Suche nach einer Ausflucht.

»Ganz Europa glaubt, die Juden seien schuld an der Pest.« Arnau sah den Priester fragend an. »Angeblich haben im Schloss Chillon bei Genf einige Juden gestanden. Die Seuche sei von einem Juden aus Savoyen verbreitet worden, der mit einer von den Rabbinern zubereiteten Substanz die Brunnen vergiftete.«

»Und stimmt das?«, fragte Arnau.

»Nein. Der Papst hat sie von jeder Schuld freigesprochen, doch die Leute suchen nach Sündenböcken. Wollen wir nun beten?«

»Betet Ihr für mich, Pater.«

Arnau verließ Santa María. Auf dem Vorplatz war er plötzlich von einer Gruppe von etwa zwanzig Flagellanten umringt. »Übe Reue!«, riefen sie, während sie unablässig ihre Rücken geißelten. »Das Ende der Welt ist gekommen!«, schrien andere, ihm die Worte ins Gesicht speiend. Arnau sah, wie ihnen das Blut über die wunden Rücken rann und an ihren nackten Beinen herabsickerte. Um die Hüften trugen sie Bußgürtel. Er betrachtete ihre Gesichter und die weit aufgerissenen Augen, die ihn anstarrten. Er lief in Richtung Calle de Montcada davon, bis die Schreie verhallten. Hier war es still, aber ... die Türen! Nur an wenigen der großen Portale zu den Stadtpalästen in der Calle Montcada war das weiße Kreuz zu sehen, das wie ein Kainsmal die meisten Türen der Stadt zeichnete. Arnau stand vor dem Palast der Puigs. Auch dort befand sich kein weißes Kreuz. Die Fenster waren verschlossen, und in dem Gebäude regte sich nichts. Er wünschte, die Pest möge sie dort einholen, wohin sie sich geflüchtet hatten, damit sie genauso litten, wie Maria gelitten hatte. Arnau suchte noch schneller das Weite als vor den Flagellanten.

Als er die Stelle erreichte, wo die Calle Montcada auf die Calle Carders stieß, begegnete Arnau erneut einer aufgeregten Menschenmenge, doch diese war mit Stöcken, Schwertern und Armbrüsten bewaffnet. »Die Leute sind alle verrückt geworden«, dachte Arnau, während er sich von der Menge entfernte. Die Predigten in allen Kirchen der Stadt hatten wenig genützt. Die Bulle Clemens' VI. hatte die Gemüter im Volk nicht besänftigt, das seinen Zorn an jemandem auslassen wollte. »Zum Judenviertel!«, hörte er sie brüllen. »Ketzer! Mörder! Büßen sollt ihr!« Auch die Flagellanten waren dort und wiegelten die Umstehenden auf, während sie sich geißelten, bis das Blut spritzte.

Arnau folgte der Horde gemeinsam mit einer schweigenden Menge, in der er den einen oder anderen Pestkranken sah. Ganz Barcelona strömte zum Judenviertel und umstellte das von Mauern umgebene Barrio. Einige rotteten sich neben dem Bischofspalast zusammen, andere im Westen neben der alten römischen Stadtmauer. Wieder andere versammelten sich in der Calle del Bisbe, die im Osten an das Judenviertel grenzte, die restlichen, darunter auch die Gruppe, der Arnau folgte, trafen sich im Süden in der Calle de la Boquería und vor dem Castell Nou, wo sich der Eingang zum Judenviertel befand. Es herrschte ein ohrenbetäubender Lärm. Das Volk schrie nach Rache, doch für den Augenblick beschränkte es sich darauf, vor den Toren zu brüllen und mit seinen Stöcken und Armbrüsten zu fuchteln.

Arnau gelang es, einen Platz auf der überfüllten Kirchentreppe von

Sant Jaume zu ergattern, aus der man ihn und Joanet eines lange zurückliegenden Tages hinausgeworfen hatte, als er auf der Suche nach dieser Jungfrau gewesen war, die er Mutter nennen konnte. Die Kirche Sant Jaume lag genau gegenüber der südlichen Mauer des Judenviertels, und von dort konnte Arnau über die Köpfe der Leute hinweg sehen, was geschah. Ein Kommando königlicher Soldaten unter dem Befehl des Stadtrichters stand bereit, um das Judenviertel zu schützen. Bevor die Menge angriff, näherte sich eine Abordnung von Bürgern der Mauer, um vor dem halb geöffneten Tor des Judenviertels mit dem Stadtrichter darüber zu verhandeln, dass er die Truppen abziehen solle. Die Flagellanten schrien und sprangen um die Gruppe herum, und der Mob stieß weiterhin Drohungen gegen die Juden aus, von denen nichts zu sehen war.

»Sie werden nicht abziehen«, hörte Arnau eine Frau sagen.

»Die Juden sind Eigentum des Königs, sie hängen einzig und allein vom König ab«, pflichtete ein anderer bei. »Wenn die Juden sterben, verliert der König alle Steuern, die er von ihnen einholt . . .«

»Und alle Darlehen, die er bei diesen Wucherern aufnimmt.«

»Und nicht nur das«, mischte sich ein Dritter ein. »Wenn das Judenviertel geschleift wird, verliert der König auch die Möbel, die die Juden ihm und seinem Hofstaat überlassen, wenn er nach Barcelona kommt.«

»Da werden die Adligen halt auf dem Boden schlafen müssen«, war irgendwo unter lautem Gelächter zu vernehmen.

Arnau konnte sich ein Lächeln nicht verkneifen.

»Der Stadtrichter wird die Interessen des Königs verteidigen«, sagte die Frau.

Und so war es. Der Stadtrichter gab nicht nach. Als die Unterredung beendet war, zog er sich rasch ins Judenviertel zurück. Das war das Zeichen, auf das die Leute gewartet hatten. Noch bevor das Tor verschlossen war, stürzten die ersten zur Mauer, während sich ein Hagel aus Stöcken, Pfeilen und Steinen über die Mauern des Judenviertels ergoss. Der Überfall hatte begonnen.

Arnau sah, wie eine Meute blindwütiger Bürger in wilder Unordnung gegen die Tore und Mauern des Judenviertels anrannte. Was einem Befehl am nächsten kam, waren die Schreie der Flagellanten, die sich vor den Mauern geißelten und die Menschen anstachelten, diese zu stürmen und die Ketzer zu töten. Viele fielen unter den Schwerthieben der königlichen Soldaten, als sie die Mauern erklommen hatten, doch das Judenviertel wurde von allen vier Seiten heftig bestürmt, und anderen gelang es, die Soldaten zu überrennen und den Juden gegenüberzutreten.

Arnau blieb zwei Stunden auf der Kirchentreppe von Sant Jaume stehen. Die Schlachtrufe der Kämpfenden erinnerten ihn an seine Zeit als Soldat, an Bellaguarda und Chateau-Roussillon. Die Gesichter der Gefallenen verschwammen mit den Gesichtszügen der Männer, denen er damals den Tod gebracht hatte. Der Geruch des Blutes versetzte ihn zurück nach Roussillon, erinnerte ihn an die Lüge, die ihn in diesen absurden Krieg geführt hatte, an Aledis und Maria ... Er verließ den Aussichtsposten, von dem aus er das Gemetzel verfolgt hatte.

Er ging in Richtung Meer, während er an Maria dachte und an die Umstände, die ihn dazu gebracht hatten, sein Heil im Krieg zu suchen. Doch auf der Höhe des Castell de Regomir, der Bastion in der alten römischen Stadtmauer, wurde er jäh aus seinen Gedanken gerissen, als er ganz in der Nähe Schreie hörte.

»Ketzer!«

»Mörder!«

Arnau sah etwa zwanzig mit Stöcken und Messern bewaffnete Männer, die auf der Straße standen und einige Personen beschimpften, die, in die Enge getrieben, an einer der Hauswände standen. Weshalb gaben sie sich nicht damit zufrieden, ihre Toten zu beweinen? Er blieb nicht stehen und zwängte sich durch die aufgebrachte Menge, um seinen Weg fortzusetzen. Während er sich mit den Ellbogen einen Weg bahnte, sah er kurz zu der Stelle, um die sich die Leute drängten. Vor einem der Hauseingänge versuchte ein blutender Maurensklave, mit seinem Körper drei schwarz gekleidete Kinder mit dem gelben Zeichen auf der Brust zu schützen. Plötzlich stand Arnau zwischen dem Mauren und den Angreifern. Das Geschrei verstummte, und die Kinder lugten mit angsterfüllten Gesichtern hinter dem Sklaven hervor. Arnau betrachtete sie. Er bedauerte es, Maria keine Kinder geschenkt zu haben. Ein Stein streifte Arnau und flog auf eines der Köpfchen zu. Der Maure warf sich dazwischen. Als der Stein ihn in den Magen traf, krümmte er sich vor Schmerz. Das ängstliche Kindergesicht sah Arnau direkt an. Seine Frau hatte Kinder geliebt. Ihr war es gleichgültig gewesen, ob sie Christen, Mauren oder Juden waren. Sie hatte ihnen sehnsüchtig nachgeblickt, am Strand, in den Straßen ... Und dann hatte sie ihn angesehen.

»Weg da! Verschwinde«, hörte Arnau eine Stimme hinter sich sagen.

Arnau blickte in die schreckensweiten Kinderaugen.

»Was habt ihr mit den Kindern vor?«, fragte er.

Mehrere mit Messern bewaffnete Männer bauten sich vor ihm auf.

»Sie sind Juden«, antworteten sie kurz angebunden.

»Und nur deshalb wollt ihr sie umbringen? Habt ihr nicht schon genug mit ihren Eltern?«

»Sie haben die Brunnen vergiftet«, entgegnete einer. »Sie haben Jesus umgebracht. Sie töten christliche Kinder für ihre heidnischen Riten. Ja, wirklich, sie reißen ihnen das Herz heraus ... Sie stehlen geweihte Hostien.« Arnau hörte nicht hin. Der Blutgeruch aus dem Judenviertel hing ihm immer noch in der Nase. Es war der Blutgeruch aus Chateau-Roussillon. Er packte den Nächstbesten am Arm und schlug ihm ins Gesicht. Dann zog er sein Messer und drohte den Übrigen damit.

»Niemand wird einem Kind etwas zuleide tun!«

Die Angreifer sahen, mit welcher Entschlossenheit Arnau das Messer umklammerte, wie er es vor ihnen kreisen ließ, wie er sie ansah.

»Niemand wird einem Kind etwas zuleide tun«, wiederholte er. »Geht zum Judenviertel und kämpft gegen die Soldaten, gegen erwachsene Männer.«

»Sie werden Euch umbringen«, hörte er den Mauren, der nun hinter ihm stand, sagen.

»Ketzer!«, schrien sie ihm aus der Menge entgegen.

»Jude!«

Man hatte ihm beigebracht, zuerst anzugreifen, den Feind zu überrumpeln, den Gegner nicht aufkommen zu lassen, ihm Angst einzujagen. Mit dem Ruf »Sant Jordi!« ging Arnau mit dem Messer auf die Umstehenden los. Er stieß dem Ersten die Klinge in den Leib, dann fuhr er herum, sodass diejenigen, die sich auf ihn stürzen wollten, zurückwichen. Der Dolch zerschlitzte mehr als einem die Brust. Am Boden liegend, stieß ihm einer der Angreifer ein Messer in die Wade. Arnau sah ihn an, packte ihn am Schopf, zog seinen Kopf nach hinten und schnitt ihm die Kehle durch. Blut sprudelte aus der Wunde. Drei Männer lagen am Boden, die Übrigen begannen zurückzuweichen. »Flieh, wenn die Lage schlecht für dich steht«, hatte man ihm geraten. Arnau tat so, als wollte er sich erneut auf seine Widersacher stürzen. Die Leute liefen durcheinander, während sie versuchten, sich von ihm zu entfernen. Ohne sich umzudrehen, winkte er den Mauren zu sich heran. Als er die schlotternden Kinder an seinen Beinen spürte, begann er rückwärts in Richtung Meer zu gehen, ohne die Angreifer aus den Augen zu lassen.

»Im Judenviertel wartet man auf euch«, rief er der Menge zu, während er die Kinder vor sich herschob.

Als sie das alte Stadttor am Castell de Regomir erreichten, begannen sie zu laufen. Ohne nähere Erklärungen hinderte Arnau die Kinder daran, zum Judenviertel zurückzukehren.

Wo konnte er die Kinder verstecken? Arnau führte sie zur Kirche Santa María. Vor dem Hauptportal blieb er unvermittelt stehen. Von dort, wo sie standen, konnte man durch die noch nicht fertiggestellten Mauern ins Innere des Baus sehen.

»Ihr . . . Ihr wollt die Kinder doch nicht etwa in einer christlichen Kirche verstecken?«, fragte ihn der Sklave keuchend.

»Nein«, antwortete Arnau. »Aber ganz in der Nähe.«

»Weshalb habt Ihr uns nicht in unsere Häuser zurückkehren lassen?«, fragte nun das Mädchen, offensichtlich die Älteste der drei, der das Laufen nicht so zugesetzt hatte wie den Übrigen.

Arnau betastete sein Wade. Die Wunde blutete stark.

»Weil eure Häuser von diesen Leuten überfallen werden«, antwortete er. »Sie geben euch die Schuld an der Pest. Sie behaupten, ihr hättet die Brunnen vergiftet.«

Niemand sagte ein Wort.

»Es tut mir leid«, erklärte Arnau.

Der muslimische Sklave fasste sich als Erster.

»Hier können wir nicht bleiben«, sagte er, während er darauf bestand, Arnaus Bein zu untersuchen. »Tut, was Ihr für richtig haltet, aber versteckt die Kinder.«

»Und du?«, wollte Arnau wissen.

»Ich muss herausfinden, was mit ihren Familien passiert ist. Wie kann ich die Kinder wiederfinden?«

»Das kannst du nicht«, entgegnete Arnau, während er dachte, dass er ihm im Augenblick nicht den Zugang zu dem römischen Friedhof zeigen konnte. »Ich werde dich finden. Komm um Mitternacht an den Strand beim neuen Fischmarkt.«

Der Sklave nickte. Als sie bereits auseinandergehen wollten, fügte Arnau hinzu: »Wenn du drei Nächte hintereinander nicht erscheinst, gehe ich davon aus, dass du tot bist.«

Der Maure nickte erneut und sah Arnau aus seinen großen, schwarzen Augen an.

»Danke«, sagte er, bevor er in Richtung Judenviertel davonrannte.

Das kleinste Kind versuchte, dem Mauren hinterherzulaufen, doch Arnau hielt es an den Schultern fest.

In dieser ersten Nacht kam der Maure nicht zum verabredeten Ort. Arnau wartete über eine Stunde auf ihn. Er hörte den fernen Lärm der Unruhen im Judenviertel und sah in den von Bränden rot erleuchteten Nachthimmel. Während er wartete, hatte er Zeit, über die Ereignisse dieses verrückten Tages nachzudenken. Er hatte drei jüdische Kinder in der römischen Begräbnisstätte unter dem Hauptaltar von Santa María, der Kirche seiner Schutzpatronin, versteckt. Der Eingang zu dem Friedhof, den er und Joanet damals entdeckt hatten, war noch genauso wie beim letzten Mal, als sie dort gewesen waren. Die Eingangstreppe in der Calle del Born war immer noch nicht fertiggestellt, und das Holzgerüst erleichterte ihnen den Zugang. Doch wegen der Wächter, die fast eine Stunde lang auf der Straße ihre Runde machten, hatten sie still zusammengekauert auf eine Gelegenheit warten müssen, bis sie unter das Gerüst kriechen konnten.

Die Kinder folgten ihm widerspruchslos durch den dunklen Tunnel, bis Arnau ihnen sagte, wo sie sich befanden, und ihnen riet, nichts anzufassen, wenn sie keine unangenehme Überraschung erleben wollten. Daraufhin brachen die drei in bittere Tränen aus. Arnau wusste nicht, wie er auf ihr Schluchzen reagieren sollte. Maria hätte bestimmt gewusst, wie man sie beruhigte.

»Es sind nur Tote«, herrschte er sie an, »und nicht einmal Pesttote. Was ist euch lieber: Hier unten bei den Toten zu sein und zu leben, oder dort draußen, wo man euch umbringt?« Das Weinen verstummte.

»Ich werde jetzt gehen, um eine Kerze, Wasser und etwas zu essen zu besorgen. Einverstanden? *Einverstanden?*«, wiederholte er noch einmal, als sie schwiegen.

»Einverstanden«, hörte er das Mädchen antworten.

»Damit eines klar ist: Ich habe mein Leben für euch aufs Spiel gesetzt und setze es auch jetzt aufs Spiel, falls jemand entdeckt, dass ich drei jüdische Kinder unter der Kirche Santa María versteckt habe. Ich bin nicht bereit, weiterhin mein Leben zu riskieren, wenn ihr bei meiner Rückkehr verschwunden seid. Also, was sagt ihr? Wartet ihr hier auf mich, oder wollt ihr wieder hinaus auf die Straße?«

»Wir werden warten«, antwortete das Mädchen entschlossen.

Auf Arnau wartete ein leeres Haus. Er wusch sich und versuchte, sein Bein zu versorgen. Nachdem er die Wunde verbunden hatte, füllte er seinen alten Wasserschlauch, nahm eine Lampe und Öl, um sie zu füllen, einen Laib hartes Brot sowie Dörrfleisch und humpelte nach Santa María zurück.

Die Kinder hatten sich nicht vom Ende des Tunnels wegbewegt, wo er sie zurückgelassen hatte. Arnau entzündete die Lampe und sah drei verschreckte Rehlein, die sein Lächeln nicht erwiderten, mit dem er sie zu beruhigen versuchte. Das Mädchen umarmte die beiden anderen. Die drei hatten dunkle Haut und langes, gepflegtes Haar. Sie sahen gesund aus, mit schneeweißen Zähnen, und sie waren hübsch, insbesondere das Mädchen.

»Seid ihr Geschwister?«, wollte Arnau wissen.

»Wir beide sind Geschwister«, antwortete erneut das Mädchen und deutete auf den Kleinsten. »Er ist ein Nachbarsjunge.«

»Nun, ich finde, nach allem, was geschehen ist und was noch vor uns liegt, sollten wir uns vorstellen. Mein Name ist Arnau.«

Das Mädchen übernahm das Reden: Sie heiße Raquel, ihr Bruder Jucef und ihr Nachbar Saúl. Im Schein der Lampe stellte Arnau ihnen weitere Fragen, während die Kinder sich scheu in der Begräbnisstätte umblickten. Sie waren dreizehn, elf und sechs Jahre alt. Sie waren in Barcelona geboren und lebten mit ihren Eltern im Judenviertel, wohin sie eben zurückgehen wollten, als sie von der aufgebrachten Menge angegriffen wurden, vor der Arnau sie gerettet hatte. Der Sklave, den sie immer Sahat gerufen hatten, gehörte den Eltern von Raquel und Jucef, und wenn er gesagt hatte, dass er zum Strand kam, würde er das auch ganz gewiss tun. Er hatte sie noch nie belogen.

»Also gut«, sagte Arnau nach diesen Erklärungen, »ich denke, es lohnt sich, uns diesen Ort genauer anzusehen. Es ist lange her, seit ich das letzte Mal hier war – ich muss ungefähr in eurem Alter gewesen sein. Obwohl ich nicht glaube, dass sich hier seither jemand von der Stelle gerührt hat.«

Nur er selbst lachte. Auf Knien rutschte er bis zur Mitte der Höhle und hielt die Lampe hoch. Die Kinder blieben, wo sie waren, und betrachteten verängstigt die offenen Gräber und die Skelette. »Ein besseres Versteck ist mir nicht eingefallen«, entschuldigte er sich, als er ihre entsetzten Gesichter sah. »Hier wird euch bestimmt niemand finden, bis sich die Lage wieder beruhigt hat . . .«

»Und was, wenn sie unsere Eltern umbringen?«, unterbrach ihn Raquel.

»Denk nicht einmal daran. Bestimmt geschieht ihnen nichts. Seht mal hier. Hier ist eine Stelle ohne Gräber, groß genug für uns alle. Los, kommt schon!«

Er musste sie noch mehrmals ermuntern, bis sie schließlich zu ihm kamen und sie sich zu viert in eine kleine Nische zwängten, wo sie auf dem Boden sitzen konnten, ohne ein Grab zu berühren. Die alte römische Begräbnisstätte war noch im selben Zustand wie beim letzten Mal, als Arnau sie gesehen hatte, mit ihren merkwürdigen Ziegelgräbern in Form länglicher Pyramiden und den großen Amphoren mit den Toten darin. Arnau stellte die Lampe auf einer von ihnen ab und bot den Kindern Wasser, Brot und Dörrfleisch an. Die drei tranken gierig, doch vom Essen nahmen sie nur das Brot.

»Es ist nicht koscher«, entschuldigte sich Raquel mit Blick auf das Dörrfleisch.

»Koscher?«

Raquel erklärte ihm, was koscher bedeutete und welche Regeln die Mitglieder der jüdischen Gemeinde befolgen mussten, wenn sie Fleisch essen wollten. So plauderten sie, bis die beiden Jungen erschöpft ihre Köpfe in den Schoß des Mädchens legten. Flüsternd, um sie nicht zu wecken, fragte das Mädchen: »Und du glaubst nicht, was man sagt?«

»Was?«

»Dass wir die Brunnen vergiftet haben.«

Arnau zögerte kurz, bevor er antwortete.

»Sind Juden an der Pest gestorben?«, fragte er.

»Viele.«

»Nein, dann glaube ich es nicht«, erklärte er.

Als Raquel eingeschlafen war, kroch Arnau durch den Tunnel und ging zum Strand.

Die Übergriffe auf das Judenviertel dauerten zwei Tage, in denen die wenigen königlichen Soldaten gemeinsam mit den Mitgliedern der jüdischen Gemeinde versuchten, das Viertel gegen die ständigen Angriffe des blindwütig tobenden Pöbels zu verteidigen, der im Namen der Christenheit die Fahne der Plünderung und der Selbstjustiz hisste. Schließlich entsandte der König ausreichend Truppen, und die Situation begann sich zu entspannen.

In der dritten Nacht konnte sich Sahat, der aufseiten seiner Besitzer gekämpft hatte, davonstehlen, um Arnau wie verabredet am Strand beim Fischmarkt zu treffen.

»Sahat!«, hörte er ein Wispern in der Dunkelheit.

»Was machst du denn hier?«, fragte der Sklave Raquel, die ihm entgegenstürzte.

»Der Christ ist sehr krank.«

»Ist es . . .«

»Nein«, kam ihm das Mädchen zuvor, »es ist nicht die Pest. Er hat keine Beulen. Es ist sein Bein. Die Wunde hat sich entzündet, und er hat hohes Fieber. Er kann nicht gehen.«

»Und die anderen beiden?«, fragte der Sklave.

»Denen geht es gut. Und zu Hause . . .?«

»Sie warten auf euch.«

Raquel führte den Mauren zu dem Holzgerüst vor dem Kirchenportal von Santa María in der Calle del Born.

»Hier ist es?«, fragte der Sklave, als das Mädchen unter das Gerüst kroch.

»Sei still«, antwortete sie. »Folge mir einfach!«

Die beiden krochen durch den Tunnel bis zu der römischen Begräbnisstätte. Alle mussten mithelfen, um Arnau nach draußen zu schaffen. Sahat kroch rückwärts und zog ihn an den Armen, die Kinder schoben an den Füßen. Arnau hatte das Bewusstsein verloren. Zu fünft – Arnau auf den Schultern des Sklaven – machten sie sich auf den Weg zum Judenviertel. Die Kinder hatten sich mit Hilfe von Sahat, der ihnen

Kleider besorgt hatte, als Christen verkleidet. Dennoch versuchten sie, sich im Schatten zu halten. Als sie das Tor zum Judenviertel erreichten, das von einem starken Kontingent königlicher Soldaten bewacht wurde, klärte Sahat den wachhabenden Hauptmann über die wahre Identität der Kinder auf und warum sie nicht das gelbe Zeichen trugen. Was Arnau angehe, so sei er ein Christ, der an starkem Fieber leide und die Hilfe eines Arztes benötige, wie der Hauptmann sich vergewissern könne. Was dieser auch tat, doch nahm er rasch wieder Abstand, aus Furcht, es könne sich um einen Pestkranken handeln. In Wirklichkeit war es die prallgefüllte Börse, die der Sklave in die Hand des Hauptmanns gleiten ließ, während er mit ihm sprach, die ihnen die Tore des Judenviertels öffnete.

32

»Niemand wird diesen Kindern etwas zuleide tun. Vater, wo bist du? Warum, Vater? Im Palast ist Getreide. Ich liebe dich, Maria . . .«

Wenn Arnau delirierte, schickte Sahat die Kinder aus dem Zimmer und ließ Hasdai rufen, Raquels und Jucefs Vater, damit dieser ihm half, den Kranken zu bändigen, falls Arnau wieder einmal gegen die Soldaten aus dem Roussillon kämpfte und die Wunde am Bein erneut aufbrach. Herr und Sklave wachten am Fußende des Bettes, während eine weitere Sklavin ihm kalte Umschläge auf die Stirn legte. So ging das bereits seit einer Woche, in der Arnau die beste Behandlung der jüdischen Ärzte erhielt und ständig von der Familie Crescas und ihren Sklaven umsorgt wurde, insbesondere von Sahat, der Tag und Nacht bei dem Kranken wachte.

»Die Wunde ist nicht besonders schlimm«, lautete die Diagnose der Ärzte, »aber die Infektion schwächt den ganzen Körper.«

»Wird er überleben?«, erkundigte sich Hasdai.

»Er ist ein kräftiger Mann«, antworteten die Ärzte, bevor sie das Haus verließen.

»Es gibt Getreide im Palast!«, schrie Arnau nach einigen Minuten erneut. Er war schweißnass vor Fieber.

»Wenn er nicht wäre«, sagte Sahat, »wären wir alle tot.«

»Ich weiß«, erwiderte Hasdai, der neben ihm stand.

»Warum hat er das getan? Er ist ein Christ.«

»Er ist ein guter Mensch.«

Nachts, wenn Arnau schlief und es still im Haus war, verbeugte sich Sahat in Richtung Mekka, um für den Christen zu beten. Tagsüber flößte er ihm geduldig Wasser und die Medizin der Ärzte ein. Raquel und Jucef schauten häufig vorbei, und wenn Arnau nicht delirierte, ließ Sahat sie herein.

»Er ist ein Soldat«, stellte Jucef einmal mit großen Augen fest.

»Zumindest war er einer«, antwortete Sahat.

»Er hat gesagt, er sei ein *Bastaix*«, korrigierte Raquel.

»In dem Versteck erzählte er uns, er sei Soldat. Vielleicht ist er *Bastaix* und Soldat.«

»Das hat er nur gesagt, damit du Ruhe gibst.«

»Ich würde wetten, dass er ein *Bastaix* ist«, sagte Hasdai. »Nach dem, was er so erzählt.«

»Er ist ein Soldat«, beharrte der Jüngste.

»Ich weiß es nicht, Jucef.« Der Sklave fuhr ihm über das schwarze Haar. »Warum warten wir nicht, bis er gesund ist und es uns selbst erzählt?«

»Wird er wieder gesund?«

»Ganz bestimmt. Hast du schon einmal einen Soldaten wegen einer Wunde am Bein sterben gesehen?«

Als die Kinder gegangen waren, trat Sahat zu Arnau und legte die Hand auf seine Stirn, die nach wie vor glühte. »Nicht nur die Kinder verdanken dir ihr Leben, Christ. Warum hast du das getan? Was hat dich dazu bewegt, dein Leben für einen Sklaven und drei jüdische Kinder aufs Spiel zu setzen? Streng dich an! Du musst leben. Ich möchte mit dir sprechen, dir danken. Außerdem ist Hasdai sehr reich und wird dich gewiss belohnen.«

Einige Tage später begann sich Arnaus Zustand zu bessern. Eines Morgens stellte Sahat fest, dass er sich weniger heiß anfühlte.

»Allah hat mich erhört, sein Name sei gepriesen.«

Hasdai lächelte, nachdem er sich selbst vergewissert hatte.

»Er wird durchkommen«, versicherte er seinen Kindern.

»Und mir von seinen Schlachten erzählen?«

»Junge, ich glaube nicht . . .«

Aber Jucef machte vor, wie Arnau seinen Dolch vor den Angreifern geschwungen hatte. Als er gerade so tat, als wollte er dem am Boden Liegenden die Kehle durchschneiden, packte ihn seine Schwester beim Arm.

»Jucef!«, rief sie.

Als sie sich zu dem Kranken umdrehten, sahen sie, dass er die Augen geöffnet hatte. Jucef errötete.

»Wie geht es dir?«, fragte Hasdai.

Arnau versuchte zu antworten, doch sein Mund war trocken. Sahat reichte ihm ein Glas Wasser.

»Gut«, gelang es ihm zu sagen, nachdem er getrunken hatte. »Und die Kinder?«

Ihr Vater schob Jucef und Raquel ans Kopfende des Bettes. Arnau lächelte schwach.

»Hallo«, sagte er.

»Hallo«, antworteten sie ihm.

»Und Saúl?«

»Es geht ihm auch gut«, antwortete Hasdai. »Aber jetzt musst du ausruhen. Kommt, Kinder.«

»Wenn du wieder gesund bist, erzählst du mir dann von deinen Schlachten?«, fragte Jucef noch, bevor sein Vater und seine Schwester ihn aus dem Zimmer zogen.

Arnau nickte und versuchte zu lächeln.

Im Laufe der darauffolgenden Woche verschwand das Fieber ganz, und die Wunde begann zu heilen. Arnau und Sahat unterhielten sich, sooft der *Bastaix* die Kraft dazu hatte.

»Danke«, war das Erste, was der Sklave sagte.

»Du hast dich schon bedankt, erinnerst du dich?«

»Warum hast du das getan?«

»Die Augen der Kinder ... Meine Frau hätte nicht zugelassen, dass ...«

»Maria?«, fragte Sahat, sich an Arnaus Fieberdelirien erinnernd.

»Ja«, antwortete Arnau.

»Sollen wir ihr Bescheid geben, dass du hier bist?« Arnau presste die Lippen zusammen und schüttelte den Kopf. »Gibt es jemanden, den wir benachrichtigen sollen?« Der Sklave fragte nicht weiter, als er sah, wie sich Arnaus Gesicht verdüsterte.

»Wie ist die Belagerung ausgegangen?«, fragte Arnau Sahat ein andermal.

»Zweihundert Männer und Frauen wurden ermordet, und viele Häuser wurden geplündert oder in Brand gesetzt.«

»Was für ein Unglück!«

»Kein sehr großes«, wandte Sahat ein. Arnau sah ihn überrascht an. »Die jüdische Gemeinde von Barcelona hat noch Glück gehabt. Vom Orient bis nach Kastilien hat man die Juden gnadenlos ermordet. Mehr als dreihundert Gemeinden wurden völlig vernichtet. In Deutschland hat Kaiser Karl IV. jedem Straffreiheit zugesichert, der einen Juden tötet oder ein Judenviertel zerstört. Kannst du dir vorstellen, was in Barcelona geschehen wäre, wenn unser König allen, die einen Juden umbringen, Straffreiheit zugesichert hätte, statt die Juden zu schützen?« Arnau schloss die Augen und schüttelte den Kopf. »In Mainz wurden sechstausend Juden verbrannt, und in Straßburg führte man gleich zweitausend auf einmal auf einen riesigen Scheiterhaufen auf dem jüdischen Friedhof, auch Frauen und Kinder. Zweitausend auf einmal . . .«

Die Kinder durften nur in Arnaus Zimmer, wenn Hasdai den Kranken besuchte und dafür sorgen konnte, dass sie ihn nicht störten. Eines Tages, als Arnau bereits das Bett verließ und erste Schritte zu machen begann, kam Hasdai alleine. Der große, schlanke Jude mit dem langen, schwarzen, glatten Haar setzte sich ihm gegenüber.

»Du wirst wissen«, sagte er mit ernster Stimme, »dass deine Priester das Zusammenleben von Christen und Juden verboten haben. Ich nehme jedenfalls an, dass du davon weißt«, korrigierte er sich.

»Sei unbesorgt, Hasdai. Sobald ich wieder gehen kann . . .«

»Nein«, unterbrach ihn der Jude. »Damit wollte ich nicht sagen, dass du mein Haus verlassen sollst. Du hast meine Kinder vor dem sicheren Tod gerettet und dein Leben dabei riskiert. Alles, was ich besitze, gehört dir, und ich werde dir ewig dankbar sein. Du kannst so lange in diesem Haus bleiben, wie du willst. Meine Familie und ich würden uns sehr geehrt fühlen. Ich wollte lediglich raten, größtmögliche Diskretion zu wahren, vor allem, falls du dich entschließen solltest, zu bleiben. Von meinen Leuten – und damit meine ich die ganze jüdische Gemeinde – wird niemand erfahren, dass du in meinem Haus lebst. Was das angeht, kannst du ganz beruhigt sein. Es ist deine Entscheidung, und ich betone noch einmal, dass wir uns sehr geehrt und glücklich schätzen würden, wenn du dich zum Bleiben entschließt. Wie lautet also deine Antwort?«

»Wer sollte deinem Sohn sonst von meinen Schlachten erzählen?«

Hasdai lächelte und reichte Arnau die Hand, die dieser ergriff.

»Chateau-Roussillon war eine beeindruckende Festung . . .« Jucef saß vor Arnau im Garten der Crescas auf dem Boden, die Beine untergeschlagen, und lauschte mit weit aufgerissenen Augen immer wieder den Kriegsgeschichten des *Bastaix*, gespannt, wenn dieser von der Belagerung erzählte, unruhig während der Schilderung des Kampfes, lächelnd beim Sieg.

»Die Verteidiger schlugen sich tapfer«, erzählte Arnau, »doch König Pedros Soldaten waren ihnen überlegen . . .«

Als er geendet hatte, drängte ihn Jucef, noch eine andere seiner Geschichten zu erzählen. Arnau erzählte ihm genauso viele wahre Geschichten wie erfundene. »Ich war nur zweimal beim Angriff auf eine Burg dabei«, hätte er ihm beinahe gestanden. »An den übrigen Tagen haben wir geplündert und Scheunen und Ernten vernichtet . . . Nur die Feigenbäume ließen wir stehen.«

»Magst du Feigen, Jucef?«, fragte er den Jungen einmal bei der Erinnerung an die knorrigen Stämme inmitten der allgemeinen Verwüstung.

»Es reicht, Jucef«, sagte sein Vater, der soeben in den Garten gekommen war, als er sah, wie der Kleine Arnau bekniete, ihm von einer weiteren Schlacht zu erzählen. »Geh jetzt schlafen.«

Jucef gehorchte und verabschiedete sich von seinem Vater und Arnau.

»Warum hast du den Jungen gefragt, ob er Feigen mag?«

»Das ist eine lange Geschichte.«

Wortlos nahm Hasdai ihm gegenüber auf einem Stuhl Platz. Erzähl sie mir, sagte sein Blick.

»Wir haben alles dem Erdboden gleichgemacht«, schloss Arnau, nachdem er ihm die Ereignisse in Kürze erzählt hatte, »alles außer den Feigenbäumen. Seltsam, nicht wahr? Wir verwüsteten die Felder, und inmitten dieser ganzen Zerstörung stand ein einsamer Feigenbaum und schien uns zu fragen, was wir da tun.«

Arnau verlor sich in seinen Erinnerungen, und Hasdai wagte es nicht, ihn zu stören.

»Es war ein sinnloser Krieg«, erklärte der *Bastaix* schließlich.

»Im darauffolgenden Jahr«, sagte Hasdai, »gewann der König das Roussillon zurück. Jaime von Mallorca beugte vor ihm das Knie und übergab ihm seine Truppen. Vielleicht hat dieser erste Feldzug, an dem du teilgenommen hast, dabei geholfen . . .«

». . . die Bauern, die Kinder und die einfachen Leute dem Hungertod auszuliefern«, unterbrach ihn Arnau. »Vielleicht diente er dazu, Jaimes Heer die Vorräte zu nehmen, aber dafür mussten viele einfache Leute sterben. Wir sind nur ein Spielball in den Händen der Adligen. Sie entscheiden, ohne sich darum zu scheren, wie viel Tod und Elend sie den anderen bringen.«

Hasdai seufzte.

»Was soll ich sagen, Arnau. Wir sind Eigentum des Königs, wir gehören ihm . . .«

»Ich bin in den Krieg gezogen, um zu kämpfen, und am Ende habe ich die Ernte der einfachen Leute verbrannt.«

Die beiden Männer schwiegen.

»Nun!«, rief Arnau schließlich in die Stille hinein. »Jetzt kennst du die Geschichte von den Feigenbäumen.«

Hasdai stand auf und klopfte Arnau auf die Schulter. Dann forderte er ihn auf, ins Haus zu gehen.

»Es ist kühl geworden«, sagte er mit einem Blick zum Himmel.

Wenn Jucef sie alleine ließ, saßen Arnau und Raquel oft in dem kleinen Garten der Crescas und unterhielten sich. Sie sprachen nicht über den Krieg. Arnau erzählte ihr von seinem Leben als *Bastaix* und von Santa María.

»Wir glauben nicht an Jesus Christus als Messias. Der Messias ist noch nicht gekommen, und das jüdische Volk wartet auf seine Ankunft«, erklärte ihm Raquel einmal.

»Es heißt, ihr hättet ihn getötet.«

»Das ist nicht wahr!«, entgegnete sie empört. »Wir sind es, die immer wieder getötet und vertrieben wurden!«

»Angeblich«, fuhr Arnau fort, »opfert ihr an Ostern ein christliches Kind und verzehrt sein Herz und seine Gliedmaßen, wie es eure Riten vorschreiben.«

Raquel schüttelte den Kopf.

»Das ist Unsinn! Du hast gesehen, dass wir kein Fleisch essen dürfen, das nicht koscher ist, und dass uns unsere Religion den Verzehr von Blut verbietet. Was sollen wir mit dem Herz eines Kindes, mit seinen Armen oder Beinen? Du kennst meinen Vater und den Vater von Saúl. Hältst du sie für fähig, ein Kind zu essen?«

Arnau sah Hasdais Gesicht vor sich und hörte seine weisen Worte. Er dachte an seine umsichtige Art und an die Zärtlichkeit, die aus seinem Gesicht strahlte, wenn er seine Kinder betrachtete. Wie sollte dieser Mann das Herz eines Kindes verzehren?

»Und die Sache mit der Hostie?«, fragte er. »Es heißt auch, dass ihr Hostien stehlt, um sie zu schänden und so Jesu Leiden zu erneuern.«

Raquel wehrte mit den Händen ab.

»Wir Juden glauben nicht an die Trans. . .« Sie machte ein ärgerliches Gesicht. Immer verhaspelte sie sich bei diesem Wort, wenn sie mit ihrem Vater sprach! »An die Transsubstantiation.« Nun ging ihr das Wort flüssig über die Lippen.

»An die was?«

»An die Transsubstantiation. Für euch befindet sich euer Jesus in der Hostie, die somit tatsächlich der Leib Christi ist. Wir glauben das nicht. Für uns Juden ist eure Hostie nur ein Stück Brot. Es wäre ziemlich absurd, wenn wir ein Stückchen Brot schändeten.«

»Also stimmt nichts von dem, was man euch vorwirft?«

»Nichts.«

Arnau wollte Raquel glauben. Das Mädchen sah ihn aus großen Augen an, als wollte es ihn bitten, sich von den Vorurteilen freizumachen, mit denen die Christen ihre Gemeinschaft und ihren Glauben diffamierten.

»Aber ihr seid Wucherer. Das könnt ihr nicht leugnen.«

Raquel wollte gerade antworten, als die Stimme ihres Vaters zu vernehmen war.

»Nein. Wir sind keine Wucherer.« Hasdai Crescas kam zu ihnen und setzte sich neben seine Tochter. »Zumindest nicht so, wie man gemeinhin behauptet.« Arnau schwieg und wartete auf eine Erklärung. »Bis vor etwa hundert Jahren, man schrieb das Jahr 1230, verliehen auch die Christen Geld gegen Zinsen. Juden wie Christen taten das, bis ein Erlass eures Papstes Gregor IX. den Christen den Geldhandel verbot. Seither widmen sich nur noch die Juden und einige andere, wie etwa die Lombarden, diesem Geschäft. Zwölfhundert Jahre lang habt ihr Christen Zinsen verlangt. Erst seit hundert Jahren tut ihr es nicht mehr – offiziell.« Hasdai betonte das letzte Wort. »Und nun sollen wir Wucherer sein.«

»Offiziell?«

»Ja, offiziell. Es gibt viele Christen, die sich unserer bedienen, um auch weiterhin Zinsgeschäfte zu machen. Ich will dir auch erklären, warum wir das tun. Zu allen Zeiten und an allen Orten sind wir Juden stets unmittelbar vom König abhängig gewesen. Im Laufe der Zeit wurde unsere Gemeinschaft aus vielen Ländern vertrieben: zunächst aus unserem eigenen Land, dann aus Ägypten, später, 1183, aus Frankreich, und einige Jahre darauf, 1290, aus England. Die jüdischen Gemeinden mussten von einem Land ins andere fliehen, all ihren Besitz zurücklassen und den König des Landes, in das sie zogen, um die Erlaubnis bitten, sich niederlassen zu dürfen. Im Gegenzug bereichern sich die Könige – auch der eure – an der jüdischen Gemeinde und verlangen von uns hohe Zuwendungen für ihre Kriege und ihre Schatullen. Wenn wir keinen Zins auf unser Geld nähmen, könnten wir die unmäßigen Forderungen eurer Könige nicht erfüllen, und man würde uns erneut vertreiben.«

»Aber ihr verleiht nicht nur Geld an die Könige«, warf Arnau ein.

»Nein, natürlich nicht. Und weißt du, warum?« Arnau schüttelte den Kopf. »Weil die Könige ihre Darlehen nicht zurückzahlen. Ganz im Gegenteil, sie fordern immer weitere Kredite für ihre Kriege und ihre persönlichen Ausgaben. Irgendwoher muss das Geld kommen, das wir ihnen leihen – oder vielmehr unentgeltlich zur Verfügung stellen.«

»Könnt ihr euch nicht weigern?«

»Sie würden uns vertreiben ... Oder, was noch schlimmer wäre, uns nicht mehr gegen die Christen verteidigen wie vor einigen Tagen. Wir würden alle sterben.« Diesmal nickte Arnau schweigend, während Raquel mit zufriedenen Blicken verfolgte, wie es ihrem Vater gelang, den *Bastaix* zu überzeugen. Arnau hatte selbst gesehen, wie die aufgebrachten Bürger Barcelonas nach dem Blut der Juden geschrien hatten. »Wir verleihen außerdem nur Geld an Christen, die Händler sind oder mit dem An- und Verkauf von Waren zu tun haben. Vor beinahe hundert Jahren hat König Jaime I. der Eroberer ein Gesetz erlassen, das jedes zwischen einem jüdischen Geldwechsler und einem Nichthändler getätigte Warengeschäft als nichtig und von den Juden gefälscht betrachtet, sodass man niemanden belangen kann, der kein Händler ist. Wir können mit jemandem, der nicht im Handel tätig ist, keine Warengeschäfte machen, da wir nie unser Geld zurückbekämen.«

»Und wo ist der Unterschied?«

»Da ist ein großer Unterschied, Arnau. Ihr Christen seid stolz darauf, die Vorschriften eurer Kirche zu erfüllen und keine Zinsen zu nehmen, und tatsächlich haltet ihr euch daran, zumindest auf den ersten Blick. Aber im Grunde tut ihr das Gleiche, nur nennt ihr es anders. Bis die Kirche die Zinsnahme unter Christen verbot, funktionierten die Geschäfte so wie heute zwischen Juden und Händlern: Es gab Christen mit viel Geld, die anderen Christen, Händlern, Geld liehen, und diese zahlten ihnen das Kapital mit Zinsen zurück.«

»Und was geschah, als man die Zinsnahme verbot?«

»Nun, ganz einfach. Wie immer habt ihr Christen die Vorgaben der Kirche umgangen. Es war einleuchtend, dass kein Christ einem anderen sein Geld leihen würde, ohne einen Nutzen davon zu haben. Da behielt er es lieber für sich und ging kein Risiko ein. Also habt ihr Christen ein Geschäft erfunden, das sich Warengeschäft nennt. Hast du schon einmal davon gehört?«

»Ja«, bestätigte Arnau. »Im Hafen ist viel von Warengeschäften die Rede, wenn ein Handelsschiff einläuft, aber ehrlich gesagt habe ich es nie verstanden.«

»Nun, es ist ganz einfach. Ein Warengeschäft ist nichts anderes als ein verstecktes Darlehen gegen Zinsen. Ein Geschäftsmann, ein Geldwechsler in der Regel, gibt einem Händler Geld, damit dieser Waren kauft oder verkauft. Wenn der Händler das Geschäft abgeschlossen hat, muss er dem Geldwechsler die gleiche Summe zurückgeben, die er erhalten hat, sowie einen Teil des erzielten Gewinns. Es ist nichts anderes als ein verzinster Kredit, nur unter anderem Namen. Der Christ, der das Geld zur Verfügung stellt, vermehrt sein Geld, und das ist es, was die Kirche verbietet: die Vermehrung von Geld, ohne dafür zu arbeiten. Die Christen machen nichts anderes als vor hundert Jahren, bevor die Zinsen verboten wurden, nur nennen sie es heute anders. Wenn wir Geld für ein Geschäft geben, sind wir Wucherer. Nicht so jedoch der Christ, der das Gleiche mittels eines Warengeschäfts tut.«

»Gibt es keinen Unterschied?«

»Nur einen: Bei einem Warengeschäft trägt der Geldgeber das Risiko des Geschäfts mit. Wenn also der Händler nicht zurückkommt oder die Ware verliert, etwa weil er auf der Überfahrt von Piraten überfallen wird, ist das Geld verloren. Bei einem Darlehen würde das nicht passieren, denn bei diesem wäre der Händler weiterhin verpflichtet, das Geld samt Zinsen zurückzuzahlen. In der Praxis allerdings ist es dasselbe, denn ein Händler, der seine Ware verloren hat, zahlt seine Schulden nicht. Letztendlich müssen wir Juden uns an die gängigen Handelspraktiken anpassen: Die Händler wollen Warengeschäfte, bei denen sie nicht das Risiko tragen, und wir müssen darauf eingehen, denn andernfalls hätten wir keine Einkünfte, um die Forderungen eurer Könige zu erfüllen. Hast du es nun verstanden?«

»Wir Christen dürfen keine Zinsen nehmen, aber durch die Warengeschäfte ist das Ergebnis dasselbe«, sagte Arnau.

»Genau. Was eure Kirche verbieten will, sind nicht die Zinsen an sich, sondern das Erzielen von Gewinn durch Geldbesitz statt durch Arbeit. Das gilt nicht für Darlehen an Könige, Adlige oder Ritter, denn diesen darf ein Christ sehr wohl Geld gegen Zinsen leihen. Die Kirche geht davon aus, dass solche Darlehen der Kriegführung dienen, und hält folglich einen Zins für angemessen.«

»Aber das betrifft nur die christlichen Geldwechsler«, wandte Arnau ein. »Man kann nicht alle Christen für ihr Tun verurteilen ...«

»Täusche dich nicht, Arnau«, sagte Hasdai mit einem Lächeln. Seine Hände waren in Bewegung. »Die Wechsler verwahren das Geld von Christen, und mit diesem Geld tätigen sie Warengeschäfte, deren Gewinne sie danach jenen Christen ausbezahlen müssen, die ihnen ihr Geld anvertraut haben. Die Wechsler halten ihr Gesicht hin, aber das Geld gehört allen Christen, die ihr Vermögen zu ihren Wechseltischen bringen. Etwas wird sich nie ändern, Arnau: Wer Geld hat, will mehr Geld. Er hat kein Geld zu verschenken und wird nie Geld zu verschenken haben. Wenn es eure Bischöfe nicht tun, weshalb dann die Gläubigen? Ob Darlehen oder Warengeschäft oder wie auch immer man das Ganze nennen mag – die Leute haben nichts zu verschenken, und doch sind wir die einzigen Wucherer.«

Während sie so sprachen, wurde es Nacht, eine sternenklare, laue Mittelmeernacht. Eine Weile saßen die drei still da und genossen die Ruhe und den Frieden in dem kleinen Gärtchen hinter Hasdai Crescas Haus. Schließlich wurden sie zum Essen gerufen, und zum ersten Mal, seit er bei diesen Juden lebte, sah Arnau in ihnen Menschen wie seinesgleichen, mit einem anderen Glauben, aber so gut und so mildtätig, wie es die frömmsten Christen nur sein konnten. An diesem Abend aß er gemeinsam mit Hasdai und sprach, bedient von den Frauen des Hauses, ohne Bedenken den Genüssen der jüdischen Küche zu.

33

ie Zeit verstrich, und die Lage begann für alle unbehaglich zu werden. Die Nachrichten über die Pest, die das Judenviertel erreichten, waren beruhigend. Es traten immer weniger Fälle auf. Arnau musste nach Haus zurückkehren. Am Abend zuvor hatten sich Arnau und Hasdai im Garten getroffen. Sie versuchten sich über nichtige Dinge zu unterhalten, doch die Nacht roch nach Abschied, und während sie so sprachen, vermieden sie es, sich anzusehen.

»Sahat gehört dir«, sagte Hasdai plötzlich und reichte ihm ein Schriftstück, das dies bestätigte.

»Was soll ich mit einem Sklaven? Ich kann nicht einmal mich selbst ernähren, bis der Seehandel wiederaufgenommen wird. Wie soll ich da einen Sklaven unterhalten? Die Zunft lässt nicht zu, dass Sklaven mitarbeiten. Ich brauche Sahat nicht.«

»Doch, du wirst ihn brauchen können«, entgegnete Hasdai lächelnd. »Er steht in deiner Schuld. Seit Raquel und Jucef auf der Welt sind, kümmert er sich um sie, als wären sie seine eigenen Kinder, und ich versichere dir, dass er sie ebenso sehr liebt. Weder Sahat noch ich können dir jemals vergelten, was du für sie getan hast. Wir dachten, der beste Weg, diese Schuld abzutragen, sei es, dir das Leben zu erleichtern. Dazu wirst du Sahat brauchen, und er steht bereit.«

»Mir das Leben erleichtern?«

»Wir beide werden dir dabei helfen, reich zu werden.«

Arnau erwiderte das Lächeln des Mannes, der noch sein Gastgeber war.

»Ich bin ein einfacher *Bastaix*. Reichtum ist nur etwas für Adlige und Händler.«

»Und auch für dich, dafür werde ich schon sorgen. Wenn du klug vorgehst und dich an Sahats Anweisungen hältst, habe ich keinen

Zweifel, dass es dir gelingen wird.« Arnau sah ihn an, während er auf weitere Erklärungen wartete. »Wie du weißt«, fuhr Hasdai fort, »ist die Pest auf dem Rückzug. Es treten nur noch vereinzelte Fälle auf, doch die Auswirkungen der Seuche sind erschreckend. Niemand weiß genau, wie viele Menschenleben sie in Barcelona gefordert hat, aber bekannt ist, dass vier von fünf Ratsherren gestorben sind. Und das kann schlimme Folgen haben. Nun, die Sache ist folgende: Unter den Toten sind viele Geldwechsler, die ihr Geschäft in Barcelona hatten. Ich weiß es, weil ich mit ihnen zusammengearbeitet habe und sie nun nicht mehr da sind. Ich glaube, wenn du Interesse daran hast, könntest du in den Geldwechsel einsteigen...«

»Ich habe keine Ahnung von Geldgeschäften«, unterbrach ihn Arnau. »Außerdem muss man eine Prüfung ablegen, und ich habe keine Ahnung von diesen Dingen.«

»Die Geldwechsler müssen das noch nicht«, antwortete Hasdai. »Ich weiß, dass man den König aufgefordert hat, Bedingungen zu erlassen, aber noch hat er es nicht getan. Der Geldwechsel ist ein freier Beruf, solange du dein Geschäft versicherst. Was die Kenntnisse betrifft, so hat Sahat mehr als genug davon. Er weiß wirklich alles über den Geldwechsel. Er arbeitet seit vielen Jahren für mich. Ich habe ihn gekauft, weil er ein Experte in diesen Transaktionen war. Wenn du ihn gewähren lässt, wirst du rasch dazulernen und Erfolg haben. Obwohl er ein Sklave ist, ist er ein absolut vertrauenswürdiger Mann, der dir sehr verbunden ist für das, was du für meine Kinder getan hast – die einzigen Menschen, die er je geliebt hat. Sie sind seine Familie.« Hasdai sah Arnau fragend an. »Und?«

»Ich weiß nicht...«, zögerte Arnau.

»Du kannst auf meine Hilfe zählen und die aller Juden, die von deiner mutigen Tat wissen. Wir sind ein dankbares Volk, Arnau. Sahat kennt alle meine Handelspartner rund ums Mittelmeer, in Europa und sogar im fernen Orient, in den entlegenen Gegenden des Sultans von Ägypten. Du wirst eine gute Grundlage für deine Geschäfte haben, und wir werden dir am Anfang helfen. Es ist ein guter Vorschlag, Arnau. Du wirst keinerlei Probleme haben.«

Arnaus skeptische Zustimmung setzte die ganze Maschinerie in Gang, die Hasdai bereits vorbereitet hatte. Erste Regel: Niemand, wirklich niemand durfte wissen, dass Arnau von den Juden unterstützt wurde. Das würde ihm schaden. Hasdai überreichte ihm einen Beleg, dem zufolge alles Geld, über das er verfügte, von einer alten Christin aus Perpignan stammte, und formal war es auch so.

»Wenn dich jemand danach fragt«, riet ihm Hasdai, »dann antworte nicht. Wenn dir nichts anderes übrig bleibt, dann hast du geerbt. Du wirst ziemlich viel Geld brauchen«, fuhr er fort. »Zunächst einmal musst du deine Wechselstube beim Magistrat von Barcelona versichern und eine Sicherheit von tausend Silbermark hinterlegen. Dann musst du ein Haus im Viertel der Geldwechsler kaufen oder anmieten, in der Canvis Vells oder der Canvis Nous, und es für deine Zwecke herrichten. Schließlich brauchst du weiteres Geld, um mit der Arbeit zu beginnen.«

Geldwechsler! Warum eigentlich nicht? Was war ihm von seinem alten Leben geblieben? Alle seine Lieben waren an der Pest gestorben. Hasdai schien überzeugt zu sein, dass die Wechselstube mit Sahats Hilfe funktionieren würde. Er konnte sich nicht einmal vorstellen, wie das Leben eines Geldwechslers aussah. Er würde reich werden, hatte ihm Hasdai versichert. Was machte man als reicher Mann? Plötzlich musste er an Grau denken, den einzigen Reichen, den er kannte, und er hatte ein flaues Gefühl im Magen. Nein, er würde niemals so werden wie Grau.

Er versicherte seine Wechselstube mit den tausend Silbermark, die Hasdai ihm gab, und schwor vor dem Magistrat, Falschgeld zu melden – er fragte sich, wie er die Münzen erkennen sollte, wenn Sahat einmal nicht da war – und es mit einer speziellen Zange, die jeder Geldwechsler haben musste, entzweizubrechen. Der Magistrat legalisierte mit seiner Unterschrift die riesigen Rechnungsbücher, in denen Arnaus Geschäftsaktionen festgehalten werden sollten, und während in Barcelona nach der Beulenpest das Chaos herrschte, erhielt er die Genehmigung, eine Wechselstube zu eröffnen. Es wurde festgesetzt, an welchen Tagen und zu welchen Uhrzeiten er sich vor seinem Laden befinden musste.

Der zweite Ratschlag, den Hasdai ihm mitgab, betraf Sahat.

»Niemand darf wissen, dass er ein Geschenk von mir ist. Sahat ist bestens bekannt unter den Geldwechslern, und wenn jemand davon erfährt, bekommst du Schwierigkeiten. Als Christ kannst du Geschäfte mit Juden machen, aber sieh dich vor, dass man dich nicht einen Judenfreund nennt. Da ist noch ein weiteres Problem mit Sahat, von dem du wissen solltest: Nur wenige Geldwechsler würden seinen Verkauf verstehen. Ich hatte Hunderte von Angeboten für ihn, darunter sehr großzügige, doch ich habe mich stets geweigert, sowohl wegen seines Sachverstands als auch wegen seiner Liebe zu meinen Kindern. Sie würden es nicht verstehen. Deshalb haben wir uns überlegt, dass Sahat zum Christentum konvertiert ...«

»Er konvertiert?«, unterbrach ihn Arnau.

»Ja. Es ist uns Juden verboten, christliche Sklaven zu besitzen. Wenn einer unserer Sklaven konvertiert, müssen wir ihn freilassen oder an einen anderen Christen verkaufen.«

»Und werden ihm die anderen Geldwechsler diese Bekehrung abnehmen?«

»Eine Pestepidemie kann jeden Glauben erschüttern.«

»Ist Sahat zu diesem Opfer bereit?«

»Das ist er.«

Sie hatten darüber gesprochen, nicht wie Herr und Sklave, sondern wie zwei Freunde, die sie im Laufe der Jahre geworden waren.

»Wärst du dazu bereit?«, hatte Hasdai gefragt.

»Ja«, antwortete Sahat. »Allah – gelobt und gepriesen sei er! – wird es verstehen. Du weißt ja, dass die Ausübung unseres Glaubens in christlichen Ländern verboten ist. Wir kommen unseren Verpflichtungen heimlich nach, in der Verschwiegenheit unserer Herzen. Und so wird es bleiben, ganz gleich, wie viel Weihwasser man mir über den Kopf schüttet.«

»Arnau ist ein gläubiger Christ«, stellte Hasdai klar. »Wenn er davon erfährt ...«

»Er wird es nie erfahren. Wir Sklaven kennen uns bestens in der Kunst der Verstellung aus. Nein, das gilt nicht für dich, aber ich bin überall Sklave, wo ich hingehe. Oft hängt unser Leben davon ab.«

Die dritte Regel blieb ein Geheimnis zwischen Hasdai und Sahat.

»Ich muss dir nicht sagen, Sahat«, erklärte sein früherer Herr mit bewegter Stimme, »wie dankbar ich dir für deine Entscheidung bin. Meine Kinder und ich werden dir ewig dankbar sein.«

»Ich bin es, der euch zu danken hat.«

»Ich nehme an, du weißt, worauf du dich im Moment konzentrieren solltest ...«

»Ich denke schon.«

»Keine Gewürze. Keine Stoffe, kein Öl, kein Wachs«, riet ihm Hasdai, während Sahat mit dem Kopf nickte. Er ahnte schon, was nun kam. »Bis sich die Lage wieder stabilisiert hat, ist Katalonien noch nicht für solche Importe bereit. Sklaven, Sahat, Sklaven. Nach der Pest braucht Katalonien Arbeitskräfte. Bislang hatten wir nicht viel mit dem Sklavenhandel zu tun. Du findest Sklavenmärkte in Byzanz, Palästina, Rhodos und Zypern. Natürlich auch in Sizilien. Soweit ich weiß, werden in Sizilien viele Türken und Tataren verkauft. Ich würde allerdings dazu raten, dich an ihren Herkunftsorten umzusehen; wir haben dort überall Handelspartner, an die du dich wenden kannst. In kürzester Zeit wird dein neuer Herr ein beträchtliches Vermögen anhäufen.«

»Und wenn Arnau den Sklavenhandel ablehnt? Er wirkt nicht wie einer, der . . .«

»Er ist ein guter Mensch«, unterbrach ihn Hasdai, um seine Vermutungen zu bestätigen, »gewissenhaft, aus einfachen Verhältnissen stammend und sehr großzügig. Es kann sein, dass er sich weigert, in den Sklavenhandel einzusteigen. Bring sie nicht nach Barcelona. Arnau darf sie nicht sehen. Bring sie direkt nach Perpignan, Tarragona oder Salou oder verkaufe sie gleich auf Mallorca. Mallorca hat einen der wichtigsten Sklavenmärkte des Mittelmeers. Beauftrage andere damit, sie nach Barcelona zu bringen oder anderswo mit ihnen zu handeln. Auch Kastilien braucht dringend Sklaven. Bis Arnau begreift, worum es geht, wird genügend Zeit vergehen, um ausreichend Geld zu verdienen. Ich würde ihm vorschlagen – und das werde ich ihm auch persönlich empfehlen –, sich zunächst mit den Münzen, dem Geldwechsel, den Märkten, den Handelsrouten und den wichtigsten Einfuhr- und Ausfuhrgütern vertraut zu machen. In der Zwischenzeit kannst du dich deinen Dingen widmen, Sahat. Denk daran, dass wir auch nicht schlauer sind als die anderen und jeder, der ein wenig Geld hat, Sklaven einkaufen wird. Es wird eine sehr lukrative, aber kurze Zeit sein. Nutze die Zeit, bis der Markt gesättigt ist.«

»Kann ich auf deine Hilfe zählen?«

»In jeder Hinsicht. Ich werde dir Schreiben an all meine Handelspartner mitgeben, die du bereits kennst. Sie werden dir das Geld vorstrecken, das du benötigst.«

»Und die Bücher? Die Sklaven müssen dort vermerkt werden, und Arnau könnte sie überprüfen.«

Hasdai lächelte verschwörerisch.

»Ich bin sicher, dass du eine Lösung für dieses kleine Detail finden wirst.«

34

as da!« Arnau wies auf ein kleines, zweistöckiges Haus. An der verschlossenen Tür prangte ein weißes Kreuz. Sahat, der nun auf den Namen Guillem getauft war, nickte. »Ja?«, fragte Arnau.

Guillem nickte erneut, diesmal mit einem Lächeln auf den Lippen.

Arnau betrachtete das Häuschen und schüttelte ungläubig den Kopf. Er hatte nur darauf gezeigt, und Guillem hatte zugestimmt. Es war das erste Mal in seinem Leben, dass seine Wünsche so einfach in Erfüllung gingen. Würde es von nun an immer so sein? Er schüttelte erneut den Kopf.

»Ist etwas, Herr?« Arnau sah ihn streng an. Wie oft hatte er ihm gesagt, dass er nicht Herr genannt werden wollte? Aber der Maure hatte widersprochen und ihm entgegnet, dass sie den Schein wahren mussten. Guillem hielt dem Blick stand. »Gefällt es dir nicht, Herr?«

»Doch . . . Natürlich gefällt es mir. Ist es gut?«

»Natürlich. Es könnte nicht besser sein. Sieh, es liegt genau an der Ecke der beiden Geldwechslerstraßen, der Canvis Nous und der Canvis Vells. Könnte es eine bessere Lage geben?«

Arnau sah in die Richtung, in die Guillem zeigte. Die Canvis Vells verlief linker Hand in Richtung Meer, die Canvis Nous lag vor ihnen. Aber Arnau hatte das Haus nicht deswegen ausgewählt. Ihm war nicht einmal bewusst gewesen, dass dies die Straßen der Geldwechsler waren, obwohl er Hunderte Male dort entlanggegangen war. Das Häuschen stand am Vorplatz von Santa María, gegenüber dem zukünftigen Hauptportal.

»Ein gutes Omen«, murmelte er vor sich hin.

»Was sagst du, Herr?«

Arnau fuhr zu Guillem herum. Er ertrug es nicht, wenn er ihn mit diesem Wort ansprach.

»Welchen Schein müssen wir jetzt wahren?«, fuhr er ihn an. »Niemand hört uns. Niemand achtet auf uns.«

»Du magst es glauben oder nicht, aber seit du Geldwechsler bist, interessieren sich viele Augen und Ohren für dich. Daran musst du dich gewöhnen.«

Noch am selben Morgen brachte Guillem in Erfahrung, wem das Häuschen gehörte, während Arnau am Strand zwischen den Booten umherschlenderte und aufs Meer hinaussah. Wie zu erwarten, gehörte das Haus der Kirche. Seine Pächter waren gestorben, und wer wäre besser geeignet gewesen als ein Geldwechsler, um es zu beziehen?

Am Nachmittag zogen sie ein. Im Obergeschoss befanden sich drei Zimmer, von denen sie zwei einrichteten, eines für jeden von ihnen. Das Erdgeschoss bestand aus der Küche, die auf einen kleinen Garten hinausging, und, durch eine Zwischenwand getrennt, einem hellen Raum zur Straße hin. Diesen stattete Guillem mit einem Schrank, mehreren Öllampen und einem langen, edlen Tisch aus, hinter dem er zwei Stühle aufstellte und vier davor.

»Etwas fehlt noch«, sagte Guillem irgendwann. Dann verließ er das Haus.

Arnau blieb alleine in dem Raum zurück, der seine Wechselstube werden sollte. Der lange Holztisch glänzte. Arnau hatte ihn immer wieder poliert. Er fuhr mit den Fingern über die Rückenlehnen der beiden Stühle.

»Such dir deinen Platz aus«, hatte Guillem ihn aufgefordert.

Arnau hatte sich für den rechten entschieden, der von den zukünftigen Kunden aus gesehen links lag. Daraufhin hatte Guillem die Stühle getauscht: Auf die rechte Seite hatte er einen mit roter Seide gepolsterten Lehnstuhl gestellt. Der Stuhl des Mauren war ganz schlicht.

Arnau nahm auf seinem Stuhl Platz und betrachtete den leeren Raum. Wie sonderbar! Bis vor wenigen Monaten hatte er noch Schiffe entladen, und nun ... Er hatte noch nie auf einem solchen Stuhl gesessen! Am Kopfende des Tisches stapelten sich die Bücher; sie waren aus makellosem Pergament, hatte Guillem beim Kauf erklärt. Sie hatten auch Federn, Tintenfässer, eine Waage, mehrere Schatullen für das Geld und eine große Zange, um das Falschgeld zu vernichten, besorgt.

»Wer bezahlt das alles?«, hatte er irgendwann gefragt.

»Du«, hatte Guillem geantwortet.

Arnau hatte überrascht die Augenbrauen gehoben und die Börse betrachtet, die an Guillems Gürtel hing.

»Möchtest du sie haben?«, hatte dieser ihm angeboten.

»Nein«, hatte er geantwortet.

Neben all diesen Dingen hatte Guillem etwas mitgebracht, das ihm gehörte: einen kostbaren Abakus mit hölzernem Rahmen und Marmorkugeln, ein Geschenk von Hasdai. Arnau ergriff ihn und schob die Kugeln hin und her. Was hatte Guillem noch einmal gesagt? Zuerst hatte dieser die Kugeln beim Rechnen rasch hin und her geschoben. Arnau hatte ihn gebeten, langsamer zu machen, und der Maure hatte ihm zu erklären versucht, wie er funktionierte, aber es war ihm immer noch zu schnell gegangen.

Arnau stellte den Abakus beiseite und begann den Tisch aufzuräumen. Die Bücher vor seinen Platz . . . nein, vor Guillems Platz. Besser, er machte die Einträge. Die Schatullen konnte er auf seine Seite stellen. Die Zange etwas abseits und die Federn und Tintenfässer neben die Bücher, zu dem Abakus. Wer sollte ihn sonst benutzen?

Damit war er beschäftigt, als Guillem zurückkam.

»Wie findest du es?«, fragte Arnau lächelnd und fuhr mit der Hand über den Tisch.

»Sehr gut«, antwortete Guillem und lächelte ebenfalls, »aber so werden wir keinen Kunden bekommen, und schon gar keinen, der uns sein Geld anvertraut.« Arnaus Lächeln verschwand augenblicklich. »Keine Sorge, nur das hier fehlt noch. Das war ich eben besorgen.«

Guillem reichte Arnau ein Tuch, das Arnau vorsichtig aufrollte. Es handelte sich um eine Tischdecke aus sündhaft teurer roter Seide, mit goldenen Troddeln an den Seiten.

»Das hat noch auf dem Tisch gefehlt. Es ist das Zeichen, dass du alle Anforderungen der Behörden erfüllt und deine Wechselstube ordnungsgemäß beim städtischen Magistrat mit tausend Silbermark versichert hast. Bei Androhung harter Strafen darf niemand eine solche Decke auf einen Wechseltisch legen, wenn er nicht im Besitz dieser städtischen Erlaubnis ist. Wenn du sie nicht auflegst, wird niemand deine Wechselstube betreten oder sein Geld hier anlegen.«

Von diesem Tag an widmeten sich Arnau und Guillem ganz und gar ihrem neuen Geschäft, und wie ihm Hasdai Crescas geraten hatte, machte sich der frühere *Bastaix* eifrig mit den Grundlagen seines Metiers vertraut.

»Das Hauptgeschäft eines Geldwechslers ist das Eintauschen von Münzen«, erklärte ihm Guillem. Die beiden saßen am Tisch und behielten die Tür im Auge, um zu sehen, ob jemand hineinkommen wollte.

Guillem stand auf und ging um den Tisch herum, dann blieb er vor Arnau stehen und legte einen Beutel mit Geld vor ihn hin.

»Jetzt sieh genau hin«, sagte er, nahm eine Münze aus dem Beutel und legte sie vor ihn auf den Tisch. »Kennst du die?« Arnau nickte. »Das ist ein katalanischer Silbercroat. Sie werden in Barcelona geprägt, nur ein paar Schritte von hier entfernt ...«

»Ich hatte noch nicht viele davon in meinem Beutel«, unterbrach ihn Arnau, »aber ich habe viele davon auf meinem Rücken geschleppt. Offenbar vertraut der König bei ihrem Transport nur den *Bastaixos*.«

Guillem nickte lächelnd und griff erneut in den Beutel.

»Das hier«, fuhr er fort, während er eine weitere Münze herausnahm und sie neben den Croat legte, »ist ein aragonesischer Goldflorin.«

»So einen hatte ich noch nie«, sagte Arnau und nahm den Florin in die Hand.

»Keine Sorge, du wirst viele davon bekommen.« Arnau sah Guillem an, und der Maure nickte mit Nachdruck. »Dies ist eine alte barcelonesische Münze.« Guillem legte eine weitere Münze auf den Tisch, und bevor Arnau ihn erneut unterbrechen konnte, zog er weitere Münzen hervor. »Aber es sind noch viele andere Münzen im Umlauf«, sagte er, »und die musst du alle kennen. Da sind die maurischen: Byzantiner, Mazmudinas, Goldbyzantiner.« Guillem reihte alle Münzen vor Arnau auf. »Französische Tournoise, kastilische Golddoblas, Goldflorine aus Florenz, Genueser, venezianische Dukaten, solche mit dem Münzzeichen aus Marseille und die übrigen katalanischen Münzen, der valencianische oder mallorquinische Real, der Gros aus Montpellier, die Melgurienses aus den westlichen Pyrenäen und der in Jaca geprägte Jaquesa, der vor allem in Lérida benutzt wird.«

»Heilige Jungfrau!«, entfuhr es Arnau, als der Maure mit seinen Ausführungen endete.

»Du musst sie alle kennen«, beteuerte Guillem.

Arnau ließ seinen Blick immer wieder über die Münzen wandern. Dann seufzte er.

»Gibt es noch mehr?«, fragte er und sah zu Guillem auf.

»Ja. Noch viel mehr. Aber das hier sind die gängigsten.«

»Und wie wechselt man sie?«

Diesmal seufzte der Maure.

»Das ist komplizierter.« Arnau ermunterte ihn fortzufahren. »Nun, beim Wechsel werden die gängigen Einheiten verwendet, Pfund und Mark für große Transaktionen, Dineros und Sueldos für den normalen Gebrauch.« Arnau nickte. Er hatte immer von Dineros und Sueldos gesprochen, unabhängig von der Münze, um die es ging, auch wenn es sich in der Regel immer um die gleichen handelte. »Wenn du eine Münze hast, musst du ihren Wert gemäß der entsprechenden Einheit berechnen. Dann musst du das Gleiche mit der Münze machen, in die du umtauschen willst.«

Arnau versuchte, den Ausführungen des Mauren zu folgen.

»Und dieser Wert?«

»Wird regelmäßig an der Börse von Barcelona festgesetzt, beim Seekonsulat. Dort muss man sich erkundigen, wie der offizielle Wechselkurs ist.«

»Er variiert?« Arnau schüttelte den Kopf. Er kannte nicht einmal alle Münzen, hatte keine Ahnung, wie ein Wechsel vonstattenging, und dann variierte auch noch der Wechselkurs!

»Ständig«, antwortete Guillem. »Und man muss das Wechselgeschäft beherrschen, es ist die größte Einnahmequelle eines Geldwechslers. Du wirst schon sehen. Eines der größten Geschäfte ist der An- und Verkauf von Geld.«

»Man kann Geld kaufen?«

»Ja. Kaufen und verkaufen. Gold gegen Silber oder Silber gegen Gold, je nach Kurs der vielen Münzen, die es gibt. Hier in Barcelona, wenn der Kurs gut steht, oder im Ausland, wenn der Kurs dort besser ist.«

Arnau hob hilflos beide Hände.

»Im Grunde ist es ganz einfach«, beteuerte Guillem. »In Katalonien setzt der König das Verhältnis von Goldflorin und Silbercroat fest. Im Moment liegt es bei dreizehn zu eins, das heißt, ein Goldflorin ist dreizehn Silbercroat wert. In Florenz, Venedig oder Alexandria hingegen hat der König nichts zu sagen, und der Goldwert eines Florin ist nicht dreizehnmal so hoch wie der Silberwert eines Croat. Hierzulande legt aus politischen Gründen der König den Kurs fest; dort wird der Gold- oder Silbergehalt einer Münze gewogen und ihr Wert daran bemessen. Wenn nun also einer Silbercroats im Ausland verkauft, wird er dort mehr Gold für seine Croats bekommen als in Katalonien. Und wenn er dann mit diesem Gold hierhin zurückkommt, gibt man ihm wieder dreizehn Croats für jeden Goldflorin.«

»Aber das könnte doch jeder machen«, wandte Arnau ein.

»Und es macht jeder ... der kann. Wenn man zehn oder hundert Croats besitzt, lohnt es nicht. Es lohnt sich nur für die, denen man diese zehn oder hundert Croats anvertraut.« Die beiden sahen sich an. »Und das sind wir«, schloss der Maure und hob die Hände.

Einige Zeit später, als Arnau den Umgang mit den Münzen und ihren Wechsel beherrschte, begann Guillem ihm von den Handelswegen und dem Warenhandel zu erzählen.

»Zur Zeit verläuft die wichtigste Handelsroute über Candia nach Zypern und von dort weiter nach Beirut und Damaskus oder Alexandria ... Auch wenn der Papst den Handel mit Alexandria verboten hat.«

»Und wie funktioniert das dann?«, fragte Arnau, der mit dem Abakus spielte.

»Mit Geld natürlich. Man erkauft sich den Ablass.«

Arnau erinnerte sich an die Erklärungen, die man ihm damals im königlichen Steinbruch über die Herkunft des Geldes gegeben hatte, mit dem der Bau der königlichen Werft bezahlt wurde.

»Und handeln wir nur auf dem Mittelmeer?«

»Nein. Wir handeln mit der ganzen Welt. Mit Kastilien, Frankreich und Flandern, aber vor allem auf dem Mittelmeer. Die Ziele richten sich nach der jeweiligen Ware. In Frankreich, England und Flandern kaufen wir Stoffe, vor allem kostbare Tuche aus Toulouse, Brügge, Mechelen, Dieste oder Vilages. Umgekehrt verkaufen wir ihnen katalanisches Leinen. Außerdem kaufen wir Kupfer- und Messingwaren. Im Orient, in Syrien und Ägypten kaufen wir Gewürze ...«

»Pfeffer«, warf Arnau ein.

»Ja, auch Pfeffer. Aber Vorsicht, wenn dir jemand vom Gewürzhandel erzählt, beinhaltet das auch Wachs, Zucker und sogar Elfenbein. Spricht er von Spezereien, so meint er damit tatsächlich das, was man gemeinhin unter Gewürzen versteht: Zimt, Nelken, Pfeffer, Muskatnuss ...

»Wachs, sagtest du? Wir importieren Wachs? Wie kann es sein, dass wir Wachs importieren, wenn du mir neulich erzählt hast, dass wir Honig ausführen?«

»Tatsächlich exportieren wir Honig und importieren Wachs. Honig haben wir mehr als genug, aber in den Kirchen wird viel Wachs gebraucht.« Arnau erinnerte sich an die erste Pflicht der *Bastaixos*: stets dafür zu sorgen, dass Kerzen vor der Schutzpatronin des Meeres brannten. »Das Wachs kommt über Byzanz aus Dakien. Ein weiteres wichtiges Handelsgut sind Lebensmittel«, fuhr Guillem fort. »Vor Jahren haben wir noch Getreide ausgeführt, doch heute müssen wir alle Arten von Getreide einführen: Weizen, Reis, Hirse und Gerste. Dafür exportieren wir Öl, Wein, Trockenfrüchte, Safran, Speck und Honig. Auch mit Pökelfleisch wird gehandelt ...«

In diesem Augenblick kam ein Kunde herein, und Arnau und Guillem unterbrachen ihr Gespräch. Der Mann nahm gegenüber den Geldwechslern Platz, und nachdem sie Grüße ausgetauscht hatten, hinterlegte er eine beträchtliche Summe Geldes. Guillem freute sich. Er kannte den Kunden nicht, und das war ein gutes Zeichen. Sie waren nicht länger auf Hasdais frühere Kunden angewiesen. Arnau nahm seine Aufgabe ernst. Er zählte die Münzen und prüfte ihre Echtheit, auch wenn er sie zur Sicherheit eine nach der anderen an Guillem weiterreichte. Dann trug er die Summe in die Bücher ein. Guillem beobachtete ihn, während er schrieb. Was das Schreiben anging, hatte Arnau sich verbessert. Es hatte ihn jedoch beträchtliche Mühe gekostet. Er hatte bei dem Privatlehrer der Puigs Schreiben gelernt, war aber seit Jahren aus der Übung.

Während sie darauf warteten, dass die Seefahrtsaison begann, bereiteten Arnau und Guillem die Warengeschäfte vor. Sie kauften Produkte für den Export an, konkurrierten mit anderen Händlern um das Laderecht für die Schiffe oder nahmen gleich die Händler unter Vertrag und besprachen, welche Waren die Schiffe bei der Rückfahrt laden sollten.

»Was verdienen die Händler, mit denen wir zusammenarbeiten?«, fragte Arnau eines Tages.

»Das hängt vom Warengeschäft ab. Bei normalen Warengeschäften üblicherweise ein Viertel des Gewinns. Bei Geld-, Gold- oder Silbergeschäften funktioniert das nicht. Wir legen den Kurs fest, den wir haben wollen, und der Händler erhält das, was er über diesen Kurs hinaus aushandeln kann.«

»Wie kommen diese Männer in der Fremde zurecht?«, fragte Arnau weiter, während er sich vorzustellen versuchte, wie es dort aussehen mochte. »Es sind unbekannte Länder, man spricht andere Sprachen . . . Alles muss anders sein.«

»Ja, aber du musst bedenken, dass es in all diesen Städten katalanische Konsulate gibt«, antwortete Guillem. »Wie das Seekonsulat in Barcelona«, erklärte er. »In jedem dieser Häfen gibt es einen von der Stadt Barcelona ernannten Konsul, der für Recht und Ordnung beim Handel sorgt und der bei möglichen Konflikten zwischen den katalanischen Händlern und den Einheimischen oder den örtlichen Behörden vermittelt. Alle Konsulate haben einen Handelshof. Das sind ummauerte Gevierte, in denen die katalanischen Händler wohnen. Dort gibt es Lagerhäuser, um die Waren aufzubewahren, bis sie verkauft oder erneut verschifft werden. Jeder dieser Handelshöfe ist wie ein Stückchen Katalonien in der Ferne. Sie sind extraterritorial und unterstehen dem Konsul, nicht den Behörden des Landes, in dem sie sich befinden.«

»Und was sagen diese Länder dazu?«

»Alle Regierungen sind am Handel interessiert. Sie erheben Steuern und füllen ihre Kassen. Der Handel ist eine Welt für sich, Arnau. Wir mögen uns im Krieg mit den Sarazenen befinden, aber dennoch besitzen wir bereits seit dem vergangenen Jahrhundert Konsulate etwa in Tunis oder Bejaia. Keine Sorge: Kein Maurenführer wird die katalanischen Handelshöfe angreifen.«

Arnaus Wechselstube florierte. Die Pest hatte die katalanischen Geldwechsel dezimiert, und Guillem war eine Garantie für die Anleger. Als die Epidemie abebbte, holten die Leute das Geld hervor, das sie in ihren Häusern aufbewahrt hatten. Doch Guillem konnte nicht schlafen. »Verkauf sie auf Mallorca«, hatte ihm Hasdai bezüglich der Sklaven geraten, damit Arnau nichts davon erfuhr. Und so gab Guillem die entsprechenden Anweisungen. Leider!, fluchte er, wenn er sich zum ungezählten Male im Bett umdrehte. Er hatte sich an eines der letzten Schiffe gewandt, die Barcelona in der Seefahrtsaison verließen. Es ging schon auf Oktober zu. Byzanz, Palästina, Rhodos und Zypern – das waren die Ziele der vier Händler, die im Auftrag des Barceloneser Geldwechslers Arnau Estanyol an Bord waren. Sie hatten Wechselbriefe dabei, die Guillem Arnau zur Unterschrift vorgelegt hatte. Dieser hatte nicht einmal einen Blick darauf geworfen. Die Händler sollten Sklaven kaufen und nach Mallorca bringen. Guillem wälzte sich erneut herum. Sein ungutes Gefühl ließ ihm keine Ruhe.

Als ein Jahr nach seinem ersten Versuch der Aufschub endete, den er Jaime von Mallorca gewährt hatte, eroberte König Pedro trotz der Vermittlung des Papstes endgültig Sardinien und das Roussillon. Nachdem sich die meisten seiner Städte ergeben hatten, kniete Jaime am 15. Juli 1344 mit entblößtem Haupt vor seinem Schwager nieder, um seine Gnade zu erbitten und dem Grafen von Barcelona seine Ländereien zu übergeben. König Pedro überließ ihm die Herrschaft Montpellier und die Vizegrafschaften Omelades und Carladés, behielt jedoch die katalanischen Ländereien seiner Vorfahren: Mallorca, das Roussillon und Sardinien.

Doch nachdem Jaime sich zunächst ergeben hatte, scharte er ein kleines Heer aus sechzig Reitern und dreihundert Fußsoldaten um sich und fiel erneut in Sardinien ein, um gegen seinen Schwager zu kämpfen. König Pedro zog diesmal nicht einmal selbst in den Kampf, sondern schickte lediglich seine Statthalter. Müde, kampfverdrossen und geschlagen, suchte König Jaime Zuflucht bei Papst Clemens VI., der nach wie vor auf seiner Seite stand. Hier, unter Mitwirkung der Kirche, wurde die letzte Strategie ausgeklügelt: Jaime III. verkaufte die Herrschaft Montpellier für zwölftausend Goldescudos an König Philipp VI. von Frankreich. Mit dieser Summe und den Krediten der

Kirche stattete er eine Flotte aus, die ihm Königin Johanna von Neapel zur Verfügung stellte, und landete 1349 erneut auf Mallorca.

Es war vorgesehen, dass die Sklaven mit den ersten Lieferungen des Jahres 1349 eintreffen sollten. Es stand eine Menge Geld auf dem Spiel, und falls etwas schiefging, war Arnaus Name bei den Handelspartnern, mit denen er in Zukunft zusammenarbeiten musste, mit einem Makel behaftet – da mochte Hasdai noch so sehr für ihn bürgen. Er hatte die Wechselbriefe unterzeichnet, und selbst wenn Hasdai als Bürge eintrat, kannte der Handel keinen Pardon, wenn ein Wechsel nicht bezahlt wurde. Die Beziehungen mit den Handelspartnern in fernen Ländern beruhten auf Vertrauen, blindem Vertrauen. Wie sollte sich ein Geldwechsler behaupten, der sein erstes Geschäft in den Sand setzte?

»Er hat mir gesagt, wir sollen alle Routen über Mallorca meiden«, gestand er eines Tages Hasdai, dem Einzigen, mit dem er offen reden konnte.

Die beiden saßen im Garten des Juden. Sie vermieden es, sich anzusehen, doch sie wussten, dass sie in diesem Augenblick dasselbe dachten. Vier Sklavenschiffe! Dieses Unternehmen konnte sogar Hasdai ruinieren.

»Was soll aus dem Handel und dem Wohlstand der Katalanen werden, wenn König Jaime nicht einmal in der Lage ist, sein Wort zu halten, das er am Tag seiner Kapitulation gegeben hat?«, fragte Guillem und sah Hasdai an.

Hasdai antwortete nicht. Was sollte er sagen?

»Vielleicht wählen deine Händler einen anderen Hafen«, sagte er schließlich.

»Barcelona?«, fragte Guillem und wiegte zweifelnd den Kopf.

»Niemand konnte so etwas vorhersehen«, versuchte ihn der Jude zu beruhigen.

Arnau hatte seine Kinder vor dem sicheren Tod gerettet, das tröstete ihn über alles andere hinweg.

Im Mai 1349 entsandte König Pedro die katalanische Flotte nach Mallorca, mitten in der Seefahrts- und Handelssaison.

»Zum Glück haben wir kein Schiff nach Mallorca geschickt«, bemerkte Arnau eines Tages.

Guillem blieb nichts anderes übrig, als zu nicken.

»Was würde geschehen, wenn wir es getan hätten?«, wollte Arnau wissen.

»Wie meinst du das?«

»Wir haben Geld von den Leuten erhalten und es in Warengeschäfte investiert. Wenn wir ein Schiff nach Mallorca geschickt hätten und es dort von König Jaime aufgebracht worden wäre, hätten wir weder das Geld noch die Waren und könnten die Einlagen nicht zurückzahlen. Wir tragen das Risiko für die Warengeschäfte. Was würde dann geschehen?«

»*Bankrott*«, antwortete Guillem düster.

»*Bankrott?*«

»Wenn ein Geldwechsler die Einlagen nicht zurückzahlen kann, gewährt ihm der Magistrat eine Frist von sechs Monaten, um seine Schulden zu begleichen. Hat er die Ausstände nach dieser Frist nicht beglichen, wird er bankrott erklärt und bei Wasser und Brot eingekerkert. Sein Besitz wird verkauft, um seine Gläubiger auszuzahlen . . .«

»Ich habe keinen Besitz.«

»Wenn der Besitz nicht ausreicht, um die Schulden zu begleichen«, erklärte Guillem weiter, »wird ihm vor seiner Wechselstube der Kopf abgeschlagen, als abschreckendes Beispiel für die übrigen Geldwechsler.«

Arnau schwieg.

Guillem wagte es nicht, ihn anzusehen. Was konnte Arnau zu all dem?

»Keine Sorge«, versuchte er ihn zu beruhigen. »Das wird nicht geschehen.«

35

Der Krieg auf Mallorca ging weiter, doch Arnau war glücklich. Wenn in der Wechselstube nichts zu tun war, ging er zum Eingang und lehnte sich in den Türrahmen. Nach der Pest erwachte Santa María zu neuem Leben. Die kleine romanische Kirche, die er und Joanet kennengelernt hatten, existierte nicht mehr, und die Bauarbeiten schritten in Richtung Hauptportal voran. Er konnte stundenlang zusehen, wie die Maurer Stein auf Stein setzten, während er an die vielen Steine dachte, die er herangeschleppt hatte. Santa María bedeutete alles für Arnau: seine Mutter, sein Eintritt in die Zunft ... Sie hatte sogar als Zuflucht für die jüdischen Kinder gedient. Gelegentlich erhielt er zu seiner großen Freude einen Brief von seinem Bruder. Joans Nachrichten waren jedoch kurz. In ihnen teilte er Arnau lediglich mit, dass er sich bei guter Gesundheit befinde und voll und ganz mit seinem Studium beschäftigt sei.

Ein *Bastaix* erschien, einen Stein auf dem Rücken. Nur wenige hatten die Seuche überlebt. Sein eigener Schwiegervater, Ramon und viele andere waren gestorben. Arnau hatte am Strand mit seinen ehemaligen Zunftbrüdern geweint.

»Sebastià«, murmelte er, als er den *Bastaix* erkannte.

»Was sagst du?«, hörte er Guillem hinter sich fragen. Arnau antwortete, ohne sich umzudrehen.

»Sebastià«, wiederholte er. »Dieser Mann dort, der den Stein schleppt, heißt Sebastià.«

Sebastià grüßte, als er an ihm vorbeiging, ohne den Kopf zu drehen, den Blick unter dem Gewicht des Steins starr geradeaus gerichtet, die Lippen fest aufeinandergepresst.

»Viele Jahre lang habe ich das Gleiche gemacht«, fuhr Arnau mit leiser Stimme fort. Guillem sagte nichts. »Ich war erst vierzehn Jahre alt, als ich meinen ersten Stein zu der Jungfrau brachte.« In diesem

Augenblick kam ein weiterer *Bastaix* vorbei. Arnau grüßte ihn. »Ich dachte, mein Rückgrat würde entzweibrechen, aber das Glück, das ich empfand, als ich ankam . . . Mein Gott!«

»Eure Jungfrau muss etwas Besonderes sein, wenn die Leute sich so für sie aufopfern«, hörte er den Mauren sagen.

Dann schwiegen die beiden, während die Prozession der *Bastaixos* an ihnen vorüberzog.

Die *Bastaixos* waren die Ersten, die zu Arnau kamen.

»Wir brauchen Geld«, sagte Sebastià, der nun Zunftmeister war, ohne Umschweife. »Die Kasse ist leer, die Not ist groß und die Arbeit im Moment wenig und schlecht bezahlt. Die Zunftmitglieder wissen nach der Pest nicht, wovon sie leben sollen, und bis sie sich von dem Unglück erholt haben, kann ich sie nicht zwingen, in die Kasse einzubezahlen.«

Arnau sah Guillem an, der unbewegt neben ihm hinter dem Tisch saß, auf dem das rot schimmernde Seidentuch lag.

»So schlimm ist die Lage?«, fragte Arnau.

»Du kannst es dir nicht vorstellen. Bei den gestiegenen Lebensmittelpreisen reicht unser Verdienst nicht aus, um unsere Familien zu ernähren. Und dann sind da die Witwen und Waisen derjenigen, die gestorben sind. Man muss ihnen helfen. Wir brauchen Geld, Arnau. Wir werden es dir bis auf die letzte Münze zurückzahlen.«

»Ich weiß.«

Arnau sah erneut hinüber zu Guillem, um seine Zustimmung einzuholen. Was wusste er selbst schon von Darlehen? Bislang hatte er nur Geld angenommen. Noch nie hatte er welches verliehen.

Guillem stützte den Kopf in die Hände und seufzte.

»Wenn es nicht möglich ist . . .«, begann Sebastià.

»Doch«, unterbrach ihn Guillem. Sie befanden sich seit zwei Monaten im Krieg, und er hatte noch keine Nachrichten von seinen Sklaven. Was kam es da auf ein paar Münzen mehr oder weniger an? Es war Hasdai, der sich in den Ruin stürzte. Arnau konnte sich dieses Darlehen leisten. »Wenn meinem Herrn euer Wort genügt . . .«

»Es genügt mir«, sagte Arnau sofort.

Arnau zählte das Geld ab, um das ihn die Zunft der *Bastaixos* gebeten hatte, und überreichte es feierlich an Sebastià. Guillem sah, wie sie aufstanden und sich über den Tisch hinweg schweigend die Hand reichten, während sie ungeschickt versuchten, bei einem Händedruck, der ewig dauerte, ihre Gefühle zu verbergen.

Im dritten Kriegsmonat – Guillem hatte bereits begonnen, die Hoffnung zu verlieren – trafen die vier Händler alle gleichzeitig ein. Als der Erste von ihnen in Sizilien gelandet war und von dem Krieg mit Mallorca erfuhr, hatte er auf die Ankunft der übrigen katalanischen Schiffe gewartet, unter denen sich auch die anderen drei Galeeren befanden. Alle Kapitäne und Händler beschlossen, den Seeweg über Mallorca zu meiden, und die vier verkauften ihre Ware in Perpignan, der zweitwichtigsten Stadt des Prinzipats. Wie der Maure ihnen aufgetragen hatte, trafen sie Guillem nicht in Arnaus Wechselstube, sondern im Handelshof in der Calle Carders. Dort überreichten sie ihm nach Abzug ihres Viertelanteils am Gewinn die jeweiligen Wechselbriefe über die Einlagesumme sowie die drei Viertel, die Arnau zustanden. Es war ein Vermögen! Katalonien brauchte Arbeitskräfte, und die Sklaven waren zu einem exorbitanten Preis verkauft worden.

Als die vier Händler gegangen waren und niemand im Handelshof auf ihn achtete, küsste Guillem die Wechsel, einmal, zweimal, tausendmal.

Dann machte er sich auf den Rückweg zur Wechselstube, doch auf Höhe der Plaza del Blat überlegte er es sich anders und ging zum Judenviertel. Nachdem er Hasdai Bescheid gegeben hatte, kehrte er übers ganze Gesicht strahlend nach Santa María zurück.

Als er die Wechselstube betrat, traf er Arnau mit Sebastià sowie einem Priester an.

»Guillem«, begrüßte ihn Arnau, »ich möchte dir Pater Juli Andreu vorstellen. Er ist der Nachfolger von Pater Albert.«

Guillem machte eine ungeschickte Verbeugung vor dem Priester. Noch mehr Darlehen, dachte er.

»Es ist nicht, was du denkst«, sagte Arnau.

Guillem betastete die Wechsel, die er dabeihatte, und lächelte. Was tat es zur Sache? Arnau war reich. Er lächelte erneut, und Arnau verstand sein Lächeln falsch.

»Es ist schlimmer, als du denkst«, erklärte er ernst. Was konnte schlimmer sein als ein Darlehen an die Kirche?, war der Maure zu fragen versucht. Dann begrüßte er den Zunftmeister der *Bastaixos*.

»Wir haben ein Problem«, erklärte Arnau.

Die drei Männer sahen den Mauren an. »Nur wenn Guillem einverstanden ist«, hatte Arnau gesagt. Die Einwände des Priesters, dass es sich nur um einen Sklaven handele, hatte er überhört.

»Habe ich dir schon einmal von Ramon erzählt?« Guillem verneinte. »Ramon war ein wichtiger Mensch in meinem Leben. Er hat mir geholfen ... sehr geholfen.« Guillem stand immer noch, wie es sich für einen Sklaven geziemte. »Er und seine Frau sind an der Pest gestorben, und die Zunft kann sich nicht länger um seine Tochter kümmern. Wir haben gerade darüber gesprochen, und ich wurde gebeten ...«

»Weshalb fragst du mich, Herr?«

Pater Juli Andreu wandte sich erwartungsvoll zu Arnau um.

»Das Almosenhaus und die Armenküche kommen mit der Arbeit nicht mehr nach«, fuhr Arnau fort. »Sie können nicht einmal mehr täglich Brot, Wein und Suppe an die Bedürftigen ausgeben wie früher. Die Pest hat schlimme Spuren hinterlassen.«

»Was willst du tun, Herr?«

»Man hat mir angetragen, das Mädchen an Kindes statt anzunehmen.«

Guillem betastete erneut die Wechsel. »Du könntest zwanzig Waisen aufnehmen«, dachte er.

»Wenn es dein Wunsch ist«, antwortete er lediglich.

»Ich habe keine Ahnung von Kindern«, gestand Arnau.

»Sie brauchen nichts weiter als ein wenig Zuwendung und ein Zuhause«, wandte Sebastià ein. »Ein Zuhause hast du ... und wie mir scheint auch genug Liebe.«

»Wirst du mir helfen?«, fragte Arnau Guillem, ohne Sebastià zuzuhören.

»Ich werde dir in allem gehorchen, was du wünschst.«

»Ich will keinen Gehorsam. Ich will ... Ich bitte dich um Hilfe.«

»Deine Worte ehren mich. Du wirst sie bekommen, von Herzen«, versprach Guillem. »Alle Hilfe, die du brauchst.«

Das Mädchen war sechs Jahre alt. Es hieß Mar, nach der Schutzpatronin des Meeres. Nachdem drei Monate vergangen waren, begann sie allmählich den Schicksalsschlag zu überwinden, den die Pest und der Tod der Eltern ihr zugefügt hatten. Von nun an erfüllten ihr Lachen und ihre Schritte das Haus und übertönten das Klingen der Münzen auf dem Wechseltisch und das Kratzen der Feder in den Büchern. Hinter dem Tisch sitzend, schimpften Arnau und Guillem mit ihr, wenn es ihr gelang, der Sklavin zu entwischen, die Guillem gekauft hatte, damit sie sich um das Mädchen kümmerte. Doch wenn die Kleine dann in die Wechselstube lugte, konnten die beiden Männer nicht anders, als sich lächelnd anzusehen.

Arnau war nicht begeistert gewesen, als Guillem Donaha ins Haus brachte.

»Ich will keine weiteren Sklaven!«, wischte er aufgebracht Guillems Argumente beiseite.

Doch da brach das dünne, schmutzige Mädchen in den zerrissenen Kleidern in Tränen aus.

»Wo könnte es ihr besser gehen als hier?«, wollte Guillem daraufhin von Arnau wissen. »Wenn es dir so missfällt, dann versprich ihr die Freiheit, aber dann wird sie sich an einen anderen verkaufen. Sie muss essen . . . Und wir brauchen eine Frau, die sich um das Kind kümmert.« Das Mädchen fiel vor Arnau auf die Knie. Der versuchte sie abzuschütteln. »Weißt du, was sie durchgemacht haben muss?« Guillems Augen wurden zu schmalen Schlitzen. »Wenn ich sie zurückbringe . . .«

Widerwillig gab Arnau nach.

Auch für das Geld aus dem Verkauf der Sklaven fand Guillem eine Lösung. Nachdem er Hasdai als Handelspartner der Verkäufer in Barcelona ausbezahlt hatte, übergab er den beträchtlichen Gewinn einem Juden von Hasdais Vertrauen, der auf der Durchreise in Barcelona weilte.

Abraham Levi erschien eines Morgens in der Wechselstube. Er war ein großer, schlanker Mann mit lichtem weißen Bart. An seinem schwarzen Rock prangte das gelbe Zeichen. Abraham Levi begrüßte Guillem, und dieser stellte ihn Arnau vor. Nachdem der Jude ihnen gegenüber Platz genommen hatte, übergab er Arnau einen Wechsel über den gemachten Gewinn.

»Ich möchte dieses Geld bei Euch hinterlegen, Meister Arnau«, sagte er.

Arnau riss erstaunt die Augen auf, als er die Summe sah. Dann reichte er Guillem das Dokument und bat ihn nervös, es zu lesen.

»Aber ... das ist viel Geld«, sagte er, während Guillem versuchte, überrascht zu wirken. »Weshalb wollt Ihr es bei mir anlegen und nicht bei einem von Euren ...?«

». . . Glaubensbrüdern?«, half ihm der Jude. »Ich habe stets Vertrauen in Sahat gehabt«, sagte er mit einem Blick auf den Mauren. »Ich glaube nicht, dass sein Namenswechsel etwas an seinen Fähigkeiten geändert hat. Ich gehe auf eine Reise, eine sehr lange Reise, und ich möchte, dass Ihr und Sahat mit meinem Geld arbeitet.«

»Solche Summen wachsen bereits um ein Viertel, wenn sie einfach nur auf der Bank liegen, nicht wahr, Guillem?« Der Maure nickte. »Wie sollen wir Euch Eure Erträge auszahlen, wenn Ihr zu dieser langen Reise aufbrecht? Wie können wir uns mit Euch in Kontakt setzen?«

Was sollten diese ganzen Fragen?, dachte Guillem. Er hatte Abraham keine ausführlichen Anweisungen gegeben, doch der Jude ließ sich nicht aus der Ruhe bringen.

»Investiert sie«, antwortete er, »und sorgt Euch nicht um mich. Ich habe weder Kinder noch Familie, und dort, wo ich hingehe, brauche ich kein Geld. Eines fernen Tages werde ich es vielleicht abholen oder jemanden schicken, der es abholt. Bis dahin braucht Ihr Euch keine Gedanken zu machen. Ich werde mich mit Euch in Kontakt setzen. Oder ist Euch das unangenehm?«

»Warum sollte es?«, sagte Arnau. Guillem atmete auf. »Wenn Ihr es so wünscht, soll es so sein.«

Sie besiegelten das Geschäft, und Abraham Levi erhob sich.

»Ich muss mich noch von einigen Freunden im Judenviertel verabschieden«, sagte er, nachdem er ihnen Lebewohl gesagt hatte.

»Ich werde Euch begleiten«, sagte Guillem mit einem fragenden Blick zu Arnau. Der nickte zustimmend.

Von dort gingen die beiden zu einem Schreiber, der ein Dokument aufsetzte, das die Einzahlung bestätigte, die Abraham Levi soeben in Arnau Estanyols Wechselstube getätigt hatte. Zugleich verzichtete dieser auf jedweden Gewinn, der aus dieser Anlage erwachsen mochte. Das Dokument unter seinen Kleidern versteckt, kehrte Guillem zur Wechselstube zurück. Es war nur eine Frage der Zeit, dachte er, während er durch Barcelona ging. Formal gehörte das Geld dem Juden – so stand es in Arnaus Büchern –, doch niemand würde Anspruch darauf erheben können, denn der Jude hatte Arnau als Begünstigten eingesetzt. Unterdessen würden die Arnau zustehenden drei Viertel des Gewinns, den dieses Kapital einbrachte, mehr als ausreichen, um sein Vermögen zu vermehren.

Am Abend, als Arnau schlief, ging Guillem in die Wechselstube hinunter. Er hatte einen losen Stein in der Wand entdeckt. Er wickelte das Dokument zum Schutz in ein festes Tuch und versteckte es hinter dem Stein, den er dann so sorgfältig wie möglich befestigte. Irgendwann würde er einen der Maurer von Santa María bitten, ihn richtig einzumauern. Dort würde Arnaus Vermögen ruhen, bis er ihm eines Tages beichten konnte, woher das Geld wirklich stammte. Es war nur eine Frage der Zeit.

Einer langen Zeit, musste sich Guillem irgendwann eingestehen, als sie am Strand entlanggingen, nachdem sie auf dem Seekonsulat gewesen waren, um einige Angelegenheiten zu klären. Immer noch kamen Sklaven in Barcelona an, menschliche Ware, die von den Hafenschiffern in ihren überfüllten Booten ans Ufer gerudert wurde. Kräftige Männer und Burschen, aber auch Frauen und Kinder, deren Weinen die beiden Männer zwang, den Blick abzuwenden.

»Hör mir genau zu, Guillem«, erklärte Arnau. »So schlecht es uns auch gehen mag und so nötig wir es haben sollten, niemals werden wir eine Sklavenlieferung finanzieren. Lieber werde ich durch die Hand des städtischen Magistrats meinen Kopf verlieren.«

Dann sahen sie zu, wie die Galeere den Hafen von Barcelona verließ.

»Warum legt sie ab?«, fragte Arnau, ohne nachzudenken. »Nutzt sie die Rückfahrt nicht, um Waren zu laden?«

Guillem sah ihn an und schüttelte fast unmerklich den Kopf.

»Sie wird zurückkehren«, versicherte er. »Sie fährt nur aufs offene Meer hinaus . . . um den Rest der Ladung loszuwerden«, setzte er stockend hinzu.

Arnau schwieg, während er zusah, wie sich die Galeere entfernte.

»Wie viele sind es, die sterben?«, fragte er schließlich.

»Zu viele«, antwortete der Maure, während seine Erinnerung zu einem ähnlichen Schiff zurückwanderte.

»So etwas tun wir niemals, Guillem! Denk daran, niemals.«

36

1. Januar 1354
Plaza de Santa María del Mar
Barcelona

Wo anders sollte ein solches Ereignis stattfinden als vor der Kirche Santa María, dachte Arnau, während er von einem Fenster seines Hauses aus beobachtete, wie sich ganz Barcelona auf dem Platz und in den angrenzenden Straßen drängte, auf den Gerüsten und auch in der Kirche selbst. Aller Augen waren auf ein Podest gerichtet, das der König dort hatte errichten lassen. Pedro III. hatte nicht die Plaza del Blat gewählt, nicht die Kathedrale, nicht die Börse und auch nicht die prächtige Werft, die er selbst errichten ließ. Nein, er hatte die Kirche Santa María gewählt, die Kirche des Volkes, die durch die vereinten Kräfte und das Opfer seiner Untertanen erbaut wurde.

»Es gibt keinen Ort in ganz Katalonien, der den Geist der Bewohner Barcelonas besser widerspiegelt«, sagte Arnau an diesem Morgen zu Guillem, während sie beobachteten, wie die Handwerker das Podest errichteten. »Und der König weiß das. Deshalb hat er sie gewählt.«

Arnau durchlief ein Schauder. Sein ganzes Leben hatte sich um diese Kirche gedreht!

»Es wird uns Geld kosten«, entgegnete der Maure knapp.

Arnau drehte sich zu ihm um und wollte widersprechen, doch Guillem sah unverwandt zu dem Podest hinüber, und Arnau entschied sich, es dabei zu belassen.

Fünf Jahre waren vergangen, seit sie die Wechselstube eröffnet hatten. Arnau war nun dreiunddreißig Jahre alt, und er war glücklich ... und reich, sehr reich. Er führte ein einfaches Leben, doch seine Bücher verzeichneten ein ansehnliches Vermögen.

»Lass uns frühstücken«, sagte er und legte Guillem eine Hand auf die Schulter.

Unten in der Küche wurden sie von Donaha und dem Mädchen erwartet, das ihr half, den Tisch zu decken.

Die Sklavin blickte nicht auf, sondern bereitete weiter das Frühstück zu, doch als Mar die beiden hereinkommen sah, kam sie zu ihnen gerannt.

»Alle sprechen vom Besuch des Königs!«, rief sie. »Können wir ihn von ganz nahe sehen? Hat er seine Ritter dabei?«

Guillem setzte sich seufzend an den Tisch.

»Er kommt, um mehr Geld von uns zu fordern«, erklärte er dem Mädchen.

»Guillem!«, rief Arnau angesichts von Mars ungläubigem Gesichtsausdruck.

»Aber es stimmt«, verteidigte sich der Maure.

»Nein. Das ist nicht wahr«, sagte Arnau und wurde mit einem Lächeln belohnt. »Der König kommt, um unsere Unterstützung bei der Eroberung Sardiniens zu erbitten.«

»Und Geld? Will er auch Geld?«, fragte das Mädchen, nachdem es Guillem zugezwinkert hatte.

Arnau betrachtete zuerst das Mädchen und dann Guillem. Die beiden lächelten ihn verschmitzt an. Wie groß Mar geworden war! Sie war schon fast ein junges Mädchen, hübsch, klug, von einem Liebreiz, der jeden entzückte.

»Und Geld? Will er auch Geld?«, fragte das Mädchen erneut und riss ihn aus seinen Gedanken.

»Jeder Krieg kostet Geld!«, musste Arnau zugeben.

»Aha!«, sagte Guillem und breitete die Arme aus.

Donaha begann ihre Teller zu füllen.

»Warum erzählst du ihr nicht, dass uns der Krieg im Grunde kein Geld kostet, sondern dass wir in Wirklichkeit an ihm verdienen?«, fuhr Arnau fort, als Donaha sie bedient hatte.

Mar sah Guillem mit großen Augen an.

Guillem zögerte.

»Seit drei Jahren zahlen wir Sonderabgaben«, erklärte er, nicht gewillt, Arnau recht zu geben. »Drei Jahre Krieg, die uns Barcelonesen Geld kosten.«

Mar verzog den Mund zu einem Lächeln und sah Arnau an.

»Das stimmt«, gab Arnau zu. »Vor genau drei Jahren haben die Katalanen ein Bündnis mit Venedig und Byzanz geschlossen, um Krieg gegen Genua zu führen. Unser Ziel war es, Korsika und Sardinien zu erobern, die laut dem Vertrag von Agnani den Katalanen zustehen und sich doch in der Hand der Genuesen befinden. Achtundsechzig bewaffnete Galeeren!« Arnau erhob die Stimme. »Achtundsechzig bewaffnete Galeeren, dreiundzwanzig katalanische, der Rest venezianische und griechische, trafen im Bosporus auf fünfundsechzig genuesische Galeeren.«

»Und was geschah dann?«, fragte Mar, als Arnau plötzlich verstummte.

»Es gab keinen Sieger. Unser Admiral, Ponç de Santa Pau, starb in der Schlacht, und nur zehn der dreiundzwanzig katalanischen Galeeren kehrten zurück. Was geschah dann, Guillem?« Der Sklave schüttelte abwehrend den Kopf. »Erzähl es ihr, Guillem«, drängte Arnau.

Guillem seufzte.

»Die Byzantiner verrieten uns«, begann er. »Sie paktierten mit den Genuesen und gestanden ihnen das Handelsmonopol zu.«

»Und dann?«, setzte Arnau nach.

»Wir verloren eine der wichtigsten Handelsrouten auf dem Mittelmeer.«

»Und haben wir auch Geld verloren?«

»Ja.«

Mar sah vom einen zum anderen, während sie das Gespräch verfolgte. Sogar Donaha, die am Herd stand, sah zu ihnen hinüber.

»Viel Geld?«

»Ja.«

»Mehr als wir später dem König gaben?«

»Ja.«

»Nur wenn uns das Mittelmeer gehört, können wir in Frieden Handel treiben«, schloss Arnau.

»Und die Byzantiner?«, fragte Mar.

»Im darauffolgenden Jahr stattete der König eine Flotte von fünfzig Galeeren unter dem Kommando von Bernat de Cabrera aus und besiegte die Genuesen in Sardinien. Unser Admiral eroberte dreiunddreißig Galeeren und versenkte weitere fünf. Achttausend Genuesen starben, weitere dreitausendzweihundert wurden gefangen genommen, doch nur vierzig Katalanen kamen ums Leben! Die Byzantiner«, fuhr er fort und sah Mar an, deren Augen vor Neugier funkelten, »lenkten ein und öffneten ihre Häfen wieder für unseren Handel.«

»Drei Jahre Sonderabgaben, und wir zahlen immer noch«, bemerkte Guillem.

»Aber wenn der König Sardinien hat und wir den Handel mit Byzanz, was will er dann noch?«, fragte Mar.

»Die Adligen der Insel, angeführt von einem gewissen Richter von Arborea, haben sich gegen König Pedro erhoben, und nun muss er dorthin, um den Aufstand niederzuschlagen.«

»Der König sollte sich damit zufriedengeben, dass die Handelswege frei sind und er seine Steuern bekommt«, wandte Guillem ein. »Sardinien ist ein raues, hartes Land. Wir werden es nie beherrschen können.«

Der König scheute keinen Prunk, um sich seinem Volk zu präsentieren. Da er auf dem Podest stand, fiel der Menge nicht auf, wie klein er war. Er trug seine prächtigsten Gewänder in einem leuchtenden Karminrot, das in der Wintersonne mit den Edelsteinen, die es zierten, um die Wette leuchtete. Er hatte nicht vergessen, zu diesem Anlass die goldene Krone zu tragen sowie natürlich den kleinen Dolch, den er stets am Gürtel hatte. Sein Gefolge von Adligen und Hofbeamten stand ihm in nichts nach und war ebenso kostbar gekleidet wie sein Herr.

Der König sprach zum Volk. Er schaffte es, die Menge mitzureißen. Wann hatte sich schon einmal ein König an die einfachen Bürger gewandt, um ihnen zu erklären, was er zu tun gedachte? Er sprach von Katalonien, von den katalanischen Besitzungen und Interessen. Er sprach von dem Verrat von Arborea auf Sardinien, und die Leute reckten die Fäuste in die Höhe und verlangten nach Rache. Vor dem Hintergrund der Kirche Santa María begeisterte der König das Volk. Als er schließlich um die Hilfe bat, die er benötigte, hätten sie ihm ihre Kinder gegeben, wenn er sie darum gebeten hätte.

Alle Barcelonesen leisteten ihren Beitrag. Arnau bezahlte die Summe, die er als städtscher Geldwechsler zu erbringen hatte, und der König brach mit einer Flotte von hundert Schiffen nach Sardinien auf.

Als das Heer Barcelona verließ, kehrte erneut Normalität in die Stadt ein. Arnau widmete sich wieder seiner Wechselstube, Mar und Santa María und half jenen, die zu ihm kamen, um ihn um ein Darlehen zu bitten.

Guillem musste sich daran gewöhnen, dass Arnau ganz anders war als die Geldwechsler und Händler, die er bisher gekannt hatte. Am Anfang widersetzte er sich häufig und tat Arnau seine Meinung kund, wenn dieser wieder einmal die Börse öffnete, um einem der vielen Arbeiter, die Geld brauchten, ein Darlehen zu geben.

»Zahlen sie etwa nicht? Begleichen sie nicht ihre Schulden?«, fragte Arnau.

»Es sind zinslose Darlehen«, gab Guillem zu bedenken. »Dieses Geld sollte eigentlich Gewinn abwerfen.«

»Wie oft hast du mir gesagt, wir sollten einen Stadtpalast kaufen und besser leben? Wie viel würde das alles kosten, Guillem? Unendlich viel mehr als alle Darlehen, die wir diesen Menschen geben, das weißt du genau.«

Guillem blieb nichts anderes übrig, als zu schweigen. Denn es stimmte. Arnau lebte bescheiden in seinem Haus an der Ecke der Canvis Nous und der Canvis Vells. Das Einzige, woran er nicht sparte, war Mars Erziehung. Das Mädchen wurde im Haus eines befreundeten Händlers von Hauslehrern unterrichtet und natürlich in Santa María. Es dauerte nicht lange, und der Baurat der Pfarrei wurde bei Arnau vorstellig, um finanzielle Hilfe zu erbitten.

»Ich habe bereits eine Kapelle«, antwortete Arnau, als ihm der Rat anbot, als Stifter für eine der Seitenkapellen von Santa María aufzutreten. »Ja doch«, setzte er zur Überraschung der Abordnung hinzu, »meine Kapelle ist die Sakramentskapelle, die Kapelle der *Bastaixos*, und so wird es immer sein. Ungeachtet dessen«, sagte er und öffnete die Truhe, »was braucht ihr?«

Was braucht ihr? Wie viel willst du? Mit wie viel kommst du zurecht? Genügt das? Guillem musste sich an diese Fragen gewöhnen, bis er es schließlich auch genoss, wenn ihn die Leute grüßten, ihm zulächelten und ihm dankten, während er am Strand entlangging oder durch das Ribera-Viertel schlenderte. Vielleicht hatte Arnau recht, überlegte er. Er war für die Leute da, aber war er nicht auch für ihn und die drei jüdischen Kinder da gewesen, als sie mit Steinen beworfen wurden, obwohl Arnau sie gar nicht kannte? Wäre nicht sein freundlicher Charakter gewesen, er, Raquel und Jucef wären wahrscheinlich tot. Weshalb sollte er sich verändern, nur weil er nun reich war? Und genau wie Arnau begann Guillem den Leuten zuzulächeln, denen er begegnete, und Unbekannte zu grüßen, die seinen Weg kreuzten.

Doch für einige Entscheidungen, die Arnau im Laufe der Jahre getroffen hatte, gab es andere Gründe. Dass er sich nicht an Warengeschäften oder Kauffahrern beteiligen wollte, die mit dem Sklavenhandel zusammenhingen, erschien ihm logisch, doch weshalb, so fragte sich Guillem, schlug er manchmal die Beteiligung an Geschäften aus, die nichts mit Sklaverei zu tun hatten?

Die ersten Male ließ sich Arnau auf keine Diskussion ein.

»Ich halte es nicht für ratsam.«

»Es gefällt mir nicht.«

»Ich bin mir nicht im Klaren.«

Schließlich wurde der Maure ungeduldig.

»Es ist ein gutes Geschäft, Arnau«, sagte er, nachdem die Händler die Wechselstube verlassen hatten. »Was ist los? Manchmal schlägst du Geschäfte aus, die uns guten Gewinn bringen könnten. Ich begreife es nicht. Es steht mir nicht zu, dich...«

»Doch, es steht dir zu«, unterbrach er ihn, ohne ihn anzusehen, während sie nebeneinander hinter dem Tisch saßen. »Es tut mir leid. Es ist...« Guillem wartete ab. »Weißt du, ich werde mich nie an einem Geschäft beteiligen, bei dem Grau Puig seine Finger im Spiel hat. Mein Name soll nie mit seinem in Verbindung gebracht werden.«

Arnau sah starr geradeaus, durch die Hauswand hindurch.

»Erklärst du mir das?«

»Warum nicht?«, murmelte Arnau und sah den Mauren an. Und dann begann er zu erzählen.

Guillem kannte Grau Puig, denn dieser hatte geschäftlich mit Hasdai Crescas zu tun gehabt. Der Maure fragte sich, warum der Baron unbedingt mit Arnau zusammenarbeiten wollte, wenn Arnau gar kein Interesse daran hatte. Musste ihre Abneigung nicht gegenseitig sein, nach dem, was ihm Arnau erzählt hatte?

»Kannst du dir das erklären?«, fragte er eines Tages Hasdai Crescas, nachdem er ihm im Vertrauen Arnaus Geschichte erzählt hatte.

»Es gibt viele Leute, die nicht mit Grau Puig zusammenarbeiten wollen. Auch ich gehöre seit längerer Zeit dazu, und es gibt viele andere, denen es genauso geht wie mir. Er ist davon besessen, etwas Besseres zu sein, als ihm von Geburt aus zusteht. Solange er ein einfacher Handwerker war, war er vertrauenswürdig. Heute sind seine Ziele andere ... Er wusste nicht, worauf er sich eingelassen hat, als er in den Adel einheiratete.« Hasdai schüttelte den Kopf. »Um adlig zu sein, muss man als Adliger geboren werden. Man muss den Adel mit der Muttermilch aufgesogen haben. Nicht, dass ich das guthieße oder verteidigte, aber nur ein Adliger, dem der Adel in die Wiege gelegt wurde, kann sich dort halten und auch die Gefahren abschätzen. Wer würde es wagen, sich mit einem katalanischen Baron anzulegen, wenn dieser ruiniert ist? Sie sind stolz, überheblich, dazu geboren, zu befehlen und über den anderen zu stehen, auch im Ruin. Grau Puig konnte nur durch Geld seinen Adelstitel wahren. Er hat ein Vermögen für die Mitgift seiner Tochter ausgegeben. Das hat ihn beinahe in den Ruin getrieben. Ganz Barcelona weiß das! Hinter seinem Rücken lacht man über ihn, selbst seine Frau bekommt das mit. Was hat ein einfacher Handwerker in einem Palast in der Calle Montcada zu suchen? Und je mehr sich die anderen lustig machen, umso mehr muss er seinen Einfluss unter Beweis stellen, indem er mit Geld um sich wirft. Was wäre Grau Puig ohne Geld?«

»Willst du damit sagen ...?«

»Ich will gar nichts sagen, aber ich würde keine Geschäfte mit ihm machen. Arnau handelt völlig richtig, auch wenn seine Gründe andere sein mögen.«

Von diesem Tag an spitzte Guillem die Ohren, wenn in einer Unterhaltung der Name Grau Puig erwähnt wurde. Und an der Börse, im Seekonsulat, bei Verhandlungen, Warenkäufen und Gesprächen über die Lage des Handels wurde viel über den Baron gesprochen – zu viel.

»Der Sohn, Genís Puig«, sagte der Maure eines Tages zu Arnau, als sie von der Börse kamen und aufs Meer hinausblickten – ein ruhiges, stilles, ungewöhnlich friedliches Meer. Arnau wandte sich zu ihm um, als er diesen Namen hörte. »Genís Puig musste einen Kredit aufnehmen, um dem König nach Mallorca zu folgen.«

Hatten seine Augen gefunkelt? Guillem forschte in Arnaus Blick. Er hatte nicht geantwortet, aber hatten seine Augen gefunkelt?

»Möchtest du darüber hören?«

Arnau sagte noch immer nichts, doch schließlich nickte er. Er hatte die Augen zusammengekniffen, seine Lippen waren aufeinandergepresst. Er nickte immer weiter.

»Erlaubst du mir, die Entscheidungen zu treffen, die ich für richtig halte?«, fragte Guillem, nachdem er geendet hatte.

»Ich erlaube es dir nicht. Ich bitte dich darum, Guillem. Ich bitte dich darum.«

Diskret begann Guillem, sein Wissen und die vielen Kontakte zu nutzen, die er sich im Laufe der Jahre erworben hatte. Dass der Sohn, Don Genís, eines der Sonderdarlehen für Adlige in Anspruch nehmen musste, bedeutete, dass der Vater die Kosten für den Krieg nicht mehr tragen konnte. Für diese Darlehen, dachte Guillem, wurden beträchtliche Zinsen verlangt. Sie waren die einzigen Darlehen, bei denen Christen Zinsen nehmen durften. Weshalb sollte ein Vater zulassen, dass sein Sohn Zinsen bezahlte, es sei denn, dass er selbst nicht über dieses Kapital verfügte? Und Isabel? Diese Harpyie, die Arnau und seinen Vater vernichtet hatte, die Arnau gezwungen hatte, auf Knien vor ihr zu rutschen? Wie konnte sie das zulassen?

Guillem warf über mehrere Monate seine Netze aus. Er sprach mit seinen Freunden, mit Menschen, die ihm einen Gefallen schuldeten, und sandte Botschaften an all ihre Handelspartner, in denen er sich nach der Situation von Grau Puig, dem katalanischen Baron und Händler, erkundigte. Was wussten sie über ihn, seine Geschäfte, seine Finanzen ... und seine Solvenz?

Als sich die Seefahrtsaison dem Ende zuneigte und die Schiffe in den Hafen von Barcelona zurückkehrten, trafen die ersten Antworten auf Guillems Briefe ein. Es waren wertvolle Informationen. Als sie eines Abends das Geschäft schlossen, blieb Guillem am Tisch sitzen.

»Ich habe noch etwas zu erledigen«, sagte er zu Arnau.

»Was denn?«

»Das erzähle ich dir morgen.«

Am nächsten Tag setzten sich die beiden noch vor dem Frühstück an den Wechseltisch, und Guillem berichtete: »Grau Puig befindet sich in einer kritischen Lage.« War da wieder dieses Funkeln in Arnaus Augen? »Alle Geldwechsler und Händler, mit denen ich gesprochen habe, sind sich einig, dass sein Vermögen zerronnen ist . . .«

»Vielleicht sind es nur böse Gerüchte«, wandte Arnau ein.

»Warte. Hier, nimm.« Guillem überreichte ihm die Antwortschreiben der Handelspartner. »Hier ist der Beweis. Grau Puig ist in der Hand der Lombarden.«

Arnau dachte an die Lombarden: Es waren Bankiers und Händler, Vertreter der großen Handelshäuser in Florenz und Pisa, eine geschlossene Gruppe, die ihre eigenen Interessen verfolgte und deren Mitglieder untereinander oder mit ihren Mutterhäusern Handel trieben. Sie besaßen das Monopol auf den Handel mit kostbaren Tuchen: Schurwolle, Seide und Brokat, Taft aus Florenz, feine Wolle aus Pisa und vieles mehr. Die Lombarden halfen niemandem. Wenn sie einen Teil ihres Marktes oder ihrer Geschäfte abtraten, dann einzig und allein, um nicht aus Katalonien vertrieben zu werden. Es war nicht gut, von ihnen abhängig zu sein. Er blätterte in den Papieren und legte sie dann auf den Tisch.

»Was schlägst du vor?«

»Was möchtest du?«

»Das weißt du: seinen Ruin!«

»Wie man hört, ist Grau mittlerweile ein alter Mann und seine Geschäfte werden von seinen Söhnen und seiner Frau geführt. Ihre finanzielle Lage ist prekär. Wenn auch nur ein Geschäft schiefgeht, bricht alles zusammen, und sie können ihren Verpflichtungen nicht mehr nachkommen. Sie würden alles verlieren.«

»Kauf ihre Schulden.« Arnau sagte das ganz kühl, ohne auch nur mit der Wimper zu zucken. »Geh diskret vor. Sie sollen nicht wissen, dass ich ihr Gläubiger bin. Sorge dafür, dass eines ihrer Geschäfte scheitert. Nein, nicht eines«, korrigierte er sich. »Alle!« Er schlug so heftig auf den Tisch, dass die Bücher hochhüpften. »So viele wie nur möglich«, setzte er leise hinzu. »Ich will nicht, dass sie mir entkommen.«

20. September 1355
Hafen von Barcelona

Nach der Eroberung Sardiniens traf der siegreiche König Pedro III. mit seiner Flotte in Barcelona ein. Ganz Barcelona strömte zusammen, um ihn zu empfangen. Unter dem begeisterten Jubel des Volkes ging er über die hölzerne Brücke von Bord, die vor dem Kloster Framenors aufs Wasser hinausführte. Ihm folgten Adlige und Soldaten, um im festlich herausgeputzten Barcelona den Sieg über die Sarden zu feiern.

Arnau und Guillem schlossen die Wechselstube und machten sich auf den Weg, um die Flotte zu empfangen. Dann nahmen sie gemeinsam mit Mar an den Festlichkeiten teil, die die Stadt zu Ehren des Königs vorbereitet hatte. Sie lachten, sangen und tanzten, hörten Geschichten und aßen Süßes. Als die Sonne unterging und ein kühler Septemberabend anbrach, gingen sie nach Hause.

»Donaha!«, rief Mar, als Arnau die Tür öffnete.

Das Mädchen stürmte ins Haus, glückstrahlend wegen des Fests, und rief erneut nach Donaha, doch in der Küchentür blieb sie wie angewurzelt stehen. Arnau und Guillem sahen sich an. Was war los? War der Sklavin etwas passiert?

Sie rannten ebenfalls los.

»Was ist los?«, fragte Arnau über Mars Schulter hinweg.

»Ich glaube nicht, dass dieses Geschrei die angemessene Art ist, einen Verwandten zu begrüßen, den du lange nicht gesehen hast, Arnau«, sagte eine Männerstimme, die ihm nicht ganz unbekannt war.

Arnau hatte Mar beiseitegeschoben, doch noch immer lag seine Hand auf ihrer Schulter.

»Joan!«, brachte er nach einigen Sekunden heraus.

Mar sah, wie Arnau stotternd und mit ausgebreiteten Armen auf die schwarze Gestalt zuging, die sie erschreckt hatte. Guillem legte den Arm um das Mädchen, das immer noch auf der Türschwelle stand.

»Das ist sein Bruder«, flüsterte er ihr zu.

Donaha hatte sich in einer Ecke der Küche versteckt.

»Mein Gott!«, rief Arnau und schloss Joan in die Arme. »Mein Gott! Mein Gott!«, wiederholte er immer wieder, während er Joan in die Luft hob.

Lächelnd gelang es Joan, sich von Arnau loszumachen.

»Du wirst mich in Stücke reißen ...«

Aber Arnau hörte nicht hin.

»Warum hast du mir nicht Bescheid gegeben?«, fragte er. Dann fasste er ihn an den Schultern. »Lass dich ansehen. Du hast dich verändert!« Dreizehn Jahre ist es her, wollte Joan sagen, doch Arnau ließ ihn nicht zu Wort kommen. »Seit wann bist du in Barcelona?«

»Ich ...«

»Warum hast du mir nicht Bescheid gegeben?«

Arnau schüttelte seinen Bruder bei jeder Frage.

»Wirst du hierbleiben? Sag ja. Bitte!«

Guillem und Mar mussten grinsen. Der Mönch sah ihre belustigten Gesichter.

»Arnau!«, rief er und trat einen Schritt zurück. »Genug, Arnau! Du bringst mich ja um.«

Arnau nutzte den Abstand, um ihn zu betrachten. Nur die Augen waren noch genauso lebhaft und strahlend wie bei jenem Joan, der damals aus Barcelona weggegangen war. Davon abgesehen war er fast kahl, hager und ausgezehrt ... Der schwarze Habit, der schlaff von seinen Schultern herabhing, ließ ihn noch unheimlicher aussehen. Er war drei Jahre jünger als Arnau, doch er wirkte wesentlich älter.

»Isst du denn nichts? Wenn das Geld nicht ausgereicht hat, das ich dir geschickt habe ...«

»Doch«, unterbrach ihn Joan, »es war mehr als genug. Von deinem Geld habe ich meinen Geist genährt. Bücher sind sehr teuer, Arnau.«

»Du hättest mehr verlangen sollen.«

Joan winkte ab und setzte sich an den Tisch, gegenüber von Guillem und Mar.

»Also, stell mir dein Mündel vor. Wie ich feststelle, ist sie seit deinem letzten Brief gewachsen.«

Arnau gab Mar ein Zeichen, und diese trat vor Joan. Das Mädchen senkte den Blick, verstört von der Strenge, die in seinen Priesteraugen zu erkennen war. Als der Mönch sie lange genug betrachtet hatte, stellte Arnau ihm Guillem vor.

»Das ist Guillem«, sagte Arnau. »Ich habe dir in meinen Briefen schon viel von ihm erzählt.«

»Ja.« Joan machte keine Anstalten, ihm die Hand zu reichen, und

Guillem zog seine Hand wieder zurück, die er Joan angeboten hatte. »Erfüllst du deine christlichen Pflichten?«, wollte er von ihm wissen.

»Ja ...«

»Bruder Joan«, setzte Joan hinzu.

»Ja, Bruder Joan«, wiederholte Guillem.

»Das ist Donaha«, warf Arnau rasch ein.

Joan nickte, ohne sie auch nur anzusehen.

»Und du bist Ramons Tochter, nicht wahr?«, sagte er, an Mar gewandt, und bedeutete ihr, sich zu setzen. »Dein Vater war ein wunderbarer Mann, fleißig und gottesfürchtig wie alle *Bastaixos*.« Joan sah Arnau an. »Ich habe oft für ihn gebetet, seit Arnau mir mitteilte, dass er gestorben ist. Wie alt bist du, Mädchen?«

Arnau trug Donaha auf, das Essen zu servieren, und setzte sich zu Tisch. Erst jetzt bemerkte er, dass Guillem abseits des Tisches stehen geblieben war, als wagte er es angesichts des neuen Gastes nicht, sich zu setzen.

»Setz dich, Guillem«, bat er ihn. »Mein Tisch gehört dir.«

Joan ließ sich nichts anmerken.

Das Essen verlief schweigsam. Mar war ungewöhnlich still, als hätte der Neuankömmling ihr die Natürlichkeit genommen. Joan seinerseits aß nur wenig.

»Erzähl mir, Joan«, sagte Arnau, als sie fertig gegessen hatten. »Wie ist es dir ergangen? Wann bist du angekommen?«

»Ich habe die Rückreise des Königs genutzt und ein Schiff nach Sardinien genommen, als ich von seinem Sieg erfuhr. Von dort ging es dann weiter nach Barcelona.«

»Hast du den König gesehen?«

»Er hat mich nicht empfangen.«

Mar bat um Erlaubnis, sich zurückziehen zu dürfen. Guillem tat es ihr nach. Die beiden verabschiedeten sich von Bruder Joan. Die Unterhaltung zog sich bis in die späte Nacht hin. Bei einer Flasche Dessertwein holten die beiden Brüder die dreizehn Jahre nach, die sie getrennt gewesen waren.

37

Zur Beruhigung von Arnaus Familie beschloss Joan, im Kloster Santa Caterina zu wohnen.

»Dort ist mein Platz«, sagte er zu seinem Bruder, »aber ich werde euch jeden Tag besuchen kommen.«

Arnau, dem nicht entgangen war, dass sich sowohl sein Mündel als auch Guillem während des Essens am Vorabend unwohl gefühlt hatten, insistierte nicht länger als unbedingt notwendig.

»Weißt du, was er mich gefragt hat?«, flüsterte er Guillem nach dem Mittagessen zu, als alle vom Tisch aufstanden. Guillem beugte sich näher zu ihm. »Was wir unternommen hätten, um Mar zu verheiraten.«

Guillem erstarrte und sah zu dem Mädchen hinüber, das Donaha half, den Tisch abzuräumen. Sie verheiraten? Aber sie war doch noch ...! Guillem sah Arnau an. Keiner der beiden hatte sie jemals so betrachtet, wie sie es nun taten. Tatsächlich: Sie war eine Frau geworden!

»Wo ist unser kleines Mädchen geblieben?«, flüsterte Arnau seinem Freund zu.

Die beiden betrachteten Mar. Sie war flink, schön, heiter und selbstsicher. Während sie die Teller abtrug, blickte Mar immer wieder zu ihnen herüber.

Ihr Körper zeigte bereits die Sinnlichkeit einer Frau. Ihre Kurven waren nicht zu übersehen, und ihre Brüste zeichneten sich unter dem Hemd ab. Sie war vierzehn Jahre alt.

Mar blickte erneut zu ihnen und bemerkte ihre Verwirrung. Diesmal lächelte sie nicht. Für einen kurzen Moment schien es, als errötete sie.

»Was schaut ihr so?«, warf sie ihnen dann vor. »Habt ihr nichts zu tun?«, setzte sie hinzu, während sie sich ernst vor den beiden aufbaute.

Die beiden nickten gleichzeitig. Kein Zweifel: Sie war eine Frau geworden.

»Sie wird eine Mitgift bekommen wie eine Prinzessin«, sagte Arnau zu Guillem, als sie wieder am Wechseltisch saßen. »Geld, Kleider, ein Haus . . . nein, einen Palast!« Er wandte sich brüsk zu seinem Freund um. »Was ist mit den Puigs?«

»Sie wird uns verlassen . . .«, murmelte Guillem, ohne auf Arnaus Frage zu achten.

Die beiden schwiegen.

»Sie wird uns Enkel schenken«, sagte Arnau schließlich.

»Mach dir nichts vor. Sie wird ihrem Mann Kinder schenken. Außerdem haben Sklaven keine Kinder und folglich auch keine Enkel.«

»Wie oft habe ich dir die Freiheit angeboten?«

»Was sollte ich als freier Mann tun? Es geht mir gut so, wie es ist. Aber Mar und heiraten! Ich weiß nicht, warum, aber ich versichere dir, dass ich ihn jetzt schon hasse, wer auch immer es sein mag.«

»Ich auch«, murmelte Arnau.

Sie sahen sich erneut an, grinsten und brachen in Lachen aus.

»Du hast mir nicht geantwortet«, sagte Arnau, als sie sich wieder beruhigt hatten. »Was ist mit den Puigs? Ich will diesen Palast für Mar.«

»Ich habe Anweisungen nach Pisa geschickt, zu Filippo Tescio. Wenn es jemanden gibt, der unsere Pläne ausführen kann, dann ist das Filippo.«

»Was hast du ihm gesagt?«

»Dass er Piraten anheuern soll, wenn es nötig ist, aber die Warenlieferungen der Puigs unter keinen Umständen in Barcelona ankommen dürfen. Genauso wenig wie jene, die Barcelona mit entgegengesetztem Ziel verlassen haben. Er soll die Waren stehlen oder anzünden, ganz wie er will, nur ihr Ziel dürfen sie nicht erreichen.«

»Hat er dir geantwortet?«

»Filippo? Das würde er nie tun. Weder schriftlich, noch würde er die Nachricht jemandem anvertrauen. Wenn einer davon erführe . . . Wir müssen das Ende der Seefahrtsaison abwarten. Es ist nur noch ein knapper Monat. Wenn die Lieferungen der Puigs bis dann nicht eingetroffen sind, können sie ihren Verpflichtungen nicht mehr nachkommen und sind ruiniert.«

»Haben wir ihre Kredite gekauft?

»Du bist Grau Puigs größter Gläubiger.«

»Sie sollen Qualen ausstehen«, murmelte Arnau vor sich hin.

»Hast du sie nicht gesehen?« Arnau fuhr zu Guillem herum. »Sie sind schon eine ganze Weile am Strand. Zuerst nur die Baronin und eines ihrer Kinder; nun ist auch noch Genís hinzugekommen, der soeben aus Sardinien zurückgekehrt ist. Sie blicken stundenlang zum Horizont, um nach einem Mast Ausschau zu halten . . . Und wenn ein Schiff in den Hafen einläuft, das sie nicht erwartet haben, verflucht die Baronin die Wellen. Ich dachte, du wüsstest das . . .«

»Nein, das wusste ich nicht.« Arnau ließ einen Augenblick verstreichen. »Gib mir Bescheid, wenn eines unserer Schiffe in den Hafen einläuft.«

»Es kommen mehrere Schiffe auf einmal«, sagte Guillem eines Morgens, als er vom Konsulat zurückkam.

»Sind sie da?«

»Natürlich. Die Baronin steht so nahe am Wasser, dass die Wellen ihre Schuhe berühren . . .« Guillem verstummte plötzlich. »Es tut mir leid . . . Ich wollte nicht . . .«

Arnau lächelte.

»Macht nichts«, beruhigte er ihn.

Arnau ging nach oben in sein Zimmer und zog langsam seine besten Kleider an. Guillem hatte ihn davon überzeugen können, sie zu kaufen.

»Ein angesehener Mann wie du kann nicht schlecht gekleidet in der Börse oder auf dem Konsulat erscheinen. Der König gebietet es, und sogar eure Heiligen. Der heilige Vinzenz zum Beispiel . . .« Arnau hatte ihn schweigen geheißen, hatte aber nachgegeben.

Jetzt zog er einen ärmellosen, pelzgefütterten Übermantel mit weißer Mechelner Spitze an, einen knielangen Rock aus roter Damaszener Seide, schwarze Strümpfe sowie Seidenschuhe. Dann legte er einen breiten, mit Gold, Silber und Perlen bestickten Gürtel um. Arnau komplettierte seine Erscheinung mit einem eindrucksvollen schwarzen Umhang, den Guillem bei einer Lieferung aus dem fernen Dakien für ihn erstanden hatte. Er war mit Hermelin gefüttert und mit Gold und Edelsteinen bestickt.

Guillem nickte beifällig, als Arnau in die Wechselstube kam. Mar wollte etwas sagen, schwieg dann aber doch. Als sie sah, wie Arnau das Haus verließ, lief sie auf die Straße und sah ihm hinterher, wie er in Richtung Strand ging. Sein Umhang wehte in der Meeresbrise, die nach Santa María hinaufkam, und die Edelsteine funkelten.

»Wohin geht Arnau?«, fragte sie Guillem, als sie in die Wechselstube zurückkehrte und sich ihm gegenüber auf einen der Stühle setzte.

»Eine Schuld begleichen.«

»Es muss sehr wichtig sein.«

»Sehr, Mar.« Guillem verzog den Mund. »Aber das wird nur die erste Rate sein.«

Mar begann, mit dem marmornen Abakus zu spielen. Wie oft hatte sie aus ihrem Versteck in der Küche heimlich zugesehen, wie Arnau mit ihm arbeitete! Ernst und konzentriert war er, während seine Finger über die Kugeln glitten und dann das Ergebnis in die Bücher eintrugen. Mar lief es heiß und kalt den Rücken hinunter.

»Hast du etwas?«, fragte Guillem.

»Nein, nein.«

Weshalb erzählte sie es ihm nicht? Guillem würde sie verstehen, sagte sich das Mädchen. Mit Ausnahme von Donaha, die sich immer ein Lächeln verkniff, wenn Mar in die Küche kam, um Arnau heimlich zu beobachten, wusste niemand davon. Alle Mädchen, die sich im Haus des Händlers Escales trafen, sprachen nur über das eine. Einige waren sogar bereits versprochen und priesen unaufhörlich die Tugenden ihrer zukünftigen Ehegatten. Mar hörte ihnen zu und wich den Fragen aus, die sie ihr stellten. Wie sollte sie über Arnau sprechen? Und wenn er davon erfuhr? Arnau war dreiunddreißig Jahre alt und sie erst vierzehn. Eines der Mädchen war mit einem Mann verlobt worden, der noch älter war als Arnau! Sie hätte sich gerne jemandem anvertraut. Ihre Freundinnen mochten von Geld schwärmen, von Auftreten, Aussehen, Männlichkeit oder Großzügigkeit, doch Arnau übertraf alle anderen! Hatten die *Bastaixos*, die Mar gelegentlich am Strand traf, nicht erzählt, dass Arnau einer der furchtlosesten Soldaten im Heer König Pedros gewesen sei? Ganz unten in einer Truhe hatte Mar Arnaus alte Waffen gefunden, seine Armbrust und seinen Dolch. Wenn sie alleine war, nahm sie sie hervor und strich darüber, während sie sich vorstellte, wie Arnau, von Feinden umzingelt, tapfer damit kämpfte.

Guillem betrachtete das Mädchen. Mar hatte den Finger auf eine der Marmorkugeln des Abakus gelegt. Ganz still stand sie da, während ihr Blick sich in der Ferne verlor.

»Hast du bestimmt nichts?«, fragte er noch einmal.

Mar zuckte zusammen und errötete. Donaha behauptete immer, dass jeder ihre Gedanken lesen könne. Sie trage Arnaus Namen auf den Lippen, in den Augen, auf ihrem ganzen Gesicht. Und wenn Guillem ihre Gedanken erraten hatte?

»Nein«, beteuerte sie, »ganz bestimmt nicht.«

Guillem schob die Kugeln des Abakus hin und her. Mar lächelte ihn an . . . War es ein trauriges Lächeln? Was ging dem Mädchen durch den Kopf? Vielleicht hatte Bruder Joan recht. Sie war im heiratsfähigen Alter, eine junge Frau, die mit zwei Männern unter einem Dach lebte . . .

Mar nahm den Finger vom Abakus.

»Guillem?«

»Ja?«

»Ach, nichts«, sagte sie schließlich und stand auf.

Guillem sah ihr nach, als sie die Wechselstube verließ. Es gefiel ihm nicht, aber vielleicht hatte der Mönch recht.

Er trat zu ihnen. Er war zum Ufer gegangen, während die Schiffe, drei Galeeren und ein Walfänger, in den Hafen einliefen. Der Walfänger gehörte ihm. Isabel, schwarz gekleidet und mit einer Hand ihren Hut festhaltend, stand mit dem Rücken zu ihm neben ihren Stiefsöhnen Josep und Genís und beobachtete die Ankunft der Schiffe. »Sie bringen euch keinen Trost«, dachte Arnau.

Bastaixos, Hafenschiffer und Händler verstummten, als sie Arnau in seiner Prunkkleidung vorbeigehen sahen.

Sieh mich an, du Hexe! Arnau blieb einige Schritte vom Ufer entfernt stehen. Sieh mich an! Das letzte Mal . . . Die Baronin drehte sich langsam zu ihm um, dann auch ihre Söhne. Arnau atmete tief durch. Das letzte Mal, als du mich gesehen hast, baumelte mein Vater über meinem Kopf.

Bastaixos und Hafenschiffer tuschelten miteinander.

»Brauchst du etwas, Arnau?«, fragte ihn einer der Zunftmeister. Arnau schüttelte den Kopf, den Blick starr auf die Augen der Frau gerichtet. Die Leute zerstreuten sich, während er vor der Baronin und seinen Cousins stehen blieb.

Er atmete noch einmal tief durch. Seine Augen fixierten Isabel, nur für wenige Sekunden. Dann glitt sein Blick über seine Cousins hinweg zu den Schiffen, und er lächelte.

Die Frau presste die Lippen aufeinander, bevor sie sich, Arnaus Beispiel folgend, dem Meer zuwandte. Als sie erneut zu ihm hinschaute, sah sie ihn davongehen. Die Edelsteine auf seinem Umhang funkelten.

Joan bemühte sich weiterhin, Mar zu verheiraten, und schlug mehrere Kandidaten vor. Sie zu finden, fiel ihm nicht schwer. Bei der bloßen Erwähnung von Mars Mitgift kamen Adlige und Händler herbeigerannt, nur . . . Wie sollte man es dem Mädchen beibringen? Joan erbot sich, diese Aufgabe zu übernehmen, doch als Arnau Guillem davon erzählte, war der Maure strikt dagegen.

»Das musst du tun«, sagte er, »nicht ein Mönch, den sie kaum kennt.«

Seit Guillem das gesagt hatte, verfolgte Arnau Mar auf Schritt und Tritt mit Blicken. Kannte er sie wirklich? Sie lebten seit Jahren unter einem Dach, aber eigentlich hatte sich Guillem um sie gekümmert. Er hatte einfach nur ihre Gesellschaft genossen, ihr Lachen und ihre Scherze. Nie hatte er mit ihr über eine ernste Angelegenheit gesprochen. Und nun stand er jedes Mal, wenn er zu dem Mädchen gehen und sie bitten wollte, mit ihm einen Spaziergang am Strand oder nach Santa María zu machen, jedes Mal, wenn er ihr sagen wollte, dass sie etwas Ernstes zu besprechen hätten, vor einer unbekannten Frau. Dann zögerte er so lange, bis sie ihn ertappte und ihn anlächelte. Wo war das kleine Mädchen geblieben, das auf seinen Schultern geritten war?

»Ich will keinen von ihnen heiraten«, gab sie ihnen zur Antwort.

Arnau und Guillem sahen sich an. Arnau hatte sich schließlich an den Sklaven gewandt.

»Du musst mir helfen«, bat er ihn.

Mars Augen begannen zu strahlen, als die beiden ihr von Ehe erzählten. Sie saß ihnen gegenüber am Wechseltisch, als ginge es um ein

Geschäft. Doch dann schüttelte sie bei jedem der fünf Kandidaten, die ihnen Bruder Joan vorgeschlagen hatte, den Kopf.

»Aber Mädchen«, wandte Guillem ein, »du musst dich für einen entscheiden. Jedes Mädchen wäre stolz bei den Namen, die wir dir genannt haben.«

Mar schüttelte erneut den Kopf.

»Sie gefallen mir nicht.«

»Nun, etwas muss geschehen«, sagte Guillem, an Arnau gewandt.

Arnau betrachtete das Mädchen. Es war kurz davor, zu weinen. Mar verbarg ihr Gesicht, aber das Zittern ihrer Unterlippe und der hastige Atem verrieten sie. Weshalb reagierte ein Mädchen so, dem man soeben solche Heiratskandidaten vorgeschlagen hatte? Immer noch herrschte Schweigen. Schließlich sah Mar Arnau an. Es war ein kaum merklicher Augenaufschlag. Warum sie leiden lassen?

»Wir werden weitersuchen, bis wir einen finden, der ihr gefällt«, sagte er zu Guillem. »Bist du damit einverstanden, Mar?«

Das Mädchen nickte, stand auf und ging. Die beiden Männer blieben allein zurück.

Arnau seufzte.

»Und ich dachte, die Schwierigkeit bestünde darin, es ihr zu sagen!«

Guillem antwortete nicht. Er sah immer noch zu der Küchentür hinüber, durch die Mar verschwunden war. Was war hier los? Was verbarg das Mädchen? Als es das Wort Heirat hörte, hatte es gelächelt, ihn mit funkelnden Augen angesehen, und dann ...

»Mal sehen, was Joan sagt, wenn er davon erfährt«, sagte Arnau.

Guillem sah Arnau an, aber er beherrschte sich rechtzeitig. Was tat es zur Sache, was der Mönch dachte?

»Du hast recht. Am besten, wir sehen uns weiter um.«

Arnau wandte sich zu Joan um.

»Bitte«, sagte er. »Das ist nicht der richtige Moment.«

Er war in die Kirche Santa María gegangen, um zur Ruhe zu kommen. Es gab schlechte Nachrichten, und hier bei seiner Jungfrau, wo stets das Hämmern der Handwerker zu hören war und alle, die an dem Bau mitwirkten, ein Lächeln für ihn hatten, fühlte er sich wohl. Doch Joan hatte ihn aufgespürt und sich an seine Fersen geheftet. Mar hier,

Mar dort, Mar und noch einmal Mar. Außerdem ging es ihn gar nichts an!

»Welche Gründe kann sie haben, sich einer Heirat zu widersetzen?« Joan ließ nicht locker.

»Das ist nicht der richtige Moment«, sagte Arnau noch einmal.

»Warum?«

»Weil man uns erneut den Krieg erklärt hat.« Der Mönch erschrak. »Wusstest du das nicht? König Pedro der Grausame von Kastilien hat uns den Krieg erklärt.«

»Weshalb?«

Arnau schüttelte den Kopf. »Weil ihm schon seit geraumer Zeit danach war«, schimpfte er, während er die Arme hob. »Als Vorwand diente ihm die Tatsache, dass unser Admiral Francesc de Perellós vor der Küste von Sanlúcar zwei genuesische Schiffe aufgebracht hat, die Öl geladen hatten. Der Kastilier forderte ihre Freilassung, und als der Admiral nicht darauf einging, hat er uns den Krieg erklärt. Dieser Mann ist gefährlich«, murmelte Arnau. »Soweit ich weiß, hat er sich seinen Beinamen redlich verdient; er ist nachtragend und rachsüchtig. Ist dir bewusst, Joan, dass wir uns zur Zeit mit Genua und Kastilien gleichzeitig im Krieg befinden? Findest du, dass dies der geeignete Moment ist, sich Gedanken um das Mädchen zu machen?«

Joan zögerte. Sie standen unter dem Schlussstein des zweiten Mittelschiffjochs, inmitten der Gerüste, von denen aus das Rippenwerk emporwuchs.

»Erinnerst du dich?«, fragte Arnau, während er zu dem Schlussstein hinaufdeutete. Joan blickte nach oben und nickte. Sie waren noch Kinder gewesen, als sie zugesehen hatten, wie der allererste Schlussstein – der des Chores – nach oben gezogen wurde! Arnau wartete einen Augenblick, dann sprach er weiter. »Katalonien wird das nicht tragen können. Wir zahlen immer noch für den Feldzug gegen Sardinien, und schon eröffnet sich eine neue Front.«

»Ich dachte, ihr Händler würdet die Eroberungen befürworten?«

»Kastilien bietet uns keine neuen Handelswege. Es sieht schlecht aus, Joan. Guillem hatte recht.« Der Mönch verzog das Gesicht, als er den Namen des Mauren hörte. »Wir haben Sardinien noch nicht erobert, und die Korsen haben sich bereits erhoben, kaum dass der König die Insel verlassen hat. Wir befinden uns im Krieg gegen zwei Mächte, und die Mittel des Königs sind erschöpft. Sogar die Ratsherren der Stadt scheinen verrückt geworden zu sein!«

Sie gingen zum Hauptaltar.

»Was willst du damit sagen?«

»Dass die Kassen nichts mehr hergeben. Der König hält weiter an seinen großen Bauprojekten fest: der königlichen Werft und der neuen Stadtmauer...«

»Aber sie sind notwendig«, unterbrach Joan seinen Bruder.

»Die Werft vielleicht, aber die neue Stadtmauer ist nach der Pest sinnlos geworden. Barcelona braucht keine Erweiterung der Mauer.«

»Und?«

»Der König hört nicht auf, seine Mittel auszuschöpfen. Er hat alle Dörfer in der Umgebung dazu verpflichtet, ihren Beitrag zum Bau der Mauer zu leisten, für den Fall, dass sie eines Tages dort Schutz suchen müssen. Außerdem hat er eine neue Abgabe eingeführt: Der vierzigste Teil jeder Erbschaft muss für die Erweiterung der Stadtmauer aufgebracht werden. Was die Werft angeht, so werden alle Strafen der Konsulate für ihren Bau verwendet. Und nun noch ein weiterer Krieg.«

»Barcelona ist reich.«

»Nicht mehr, Joan, das ist das Problem. Der König hat der Stadt für die Mittel, die sie ihm zur Verfügung stellte, Privilegien gewährt, und die Ratsherren haben sich derart in Unkosten gestürzt, dass sie die Ausgaben nicht mehr bezahlen können. Nun haben sie die Steuern auf Fleisch und Wein erhöht. Weißt du, welchen Anteil diese Steuern am städtischen Haushalt haben?« Joan verneinte. »Fünfundfünfzig Prozent, und jetzt werden sie weiter erhöht. Die Schulden der Stadt treiben uns in den Ruin, Joan. Uns alle.«

Die beiden blieben nachdenklich vor dem Hauptaltar stehen.

»Und was ist mit Mar?«, fragte Joan erneut, als sie schließlich Santa María verließen.

»Sie kann machen, was sie will, Joan.«

»Aber...«

»Kein Aber. Das ist meine Entscheidung.«

»Klopf an!«, sagte Arnau.

Guillem ließ den Türklopfer auf das Holz des Portals fallen. Der Schlag hallte durch die menschenleere Straße. Niemand öffnete.

»Klopf noch einmal!«

Guillem begann, gegen die Tür zu hämmern, einmal, zweimal ... Beim neunten Mal wurde das Guckfenster geöffnet.

Was soll das?, schienen die Augen zu fragen, die dahinter auftauchten. Wozu dieser Lärm? Wer seid ihr?

Mar, die Arnaus Arm umklammerte, merkte, wie dieser sich anspannte.

»Aufmachen!«, befahl Arnau.

»Wer sagt das?«

»Arnau Estanyol«, antwortete Guillem mit Nachdruck, »Besitzer dieses Gebäudes und aller Dinge, die sich darin befinden. Auch deiner Person, falls du ein Sklave bist.«

Arnau Estanyol, Besitzer dieses Gebäudes ... Guillems Worte hallten in Arnaus Ohren wider. Wie viel Zeit war vergangen? Zwanzig Jahre? Zweiundzwanzig? Die Augen hinter dem Guckloch blickten verunsichert.

»Aufmachen!«, verlangte Guillem noch einmal.

Arnau sah zum Himmel, in Gedanken bei seinem Vater.

»Was ist?«, fragte das Mädchen.

»Nichts, nichts«, antwortete Arnau lächelnd, als sich die kleine Tür öffnete, die in die großen Flügel des Portals eingelassen war.

Guillem bedeutete ihm einzutreten.

»Die Türflügel, Guillem. Sie sollen beide Türflügel öffnen.«

Guillem ging hinein, und Arnau und Mar hörten ihn drinnen Befehle erteilen.

»Kannst du mich sehen, Vater? Erinnerst du dich? Hier hat man dir die Geldbörse überreicht, die dich ins Verderben gestürzt hat. Was konntest du damals schon tun?« Der Aufstand auf der Plaza del Blat kam ihm ins Gedächtnis, die Schreie der Leute, die Schreie seines Vaters ... Sie alle hatten nach Getreide verlangt! Arnau hatte einen Kloß im Hals. Die Türflügel wurden geöffnet, und Arnau trat ein.

Im Eingangshof standen mehrere Sklaven. Rechts führte die Treppe zu den herrschaftlichen Räumen hinauf. Arnau blickte nicht nach oben, aber Mar konnte sehen, wie sich mehrere Schatten hinter den großen Fenstern bewegten. Ihnen gegenüber befanden sich die Stallungen, die Pferdeknechte standen vor dem Eingang. Mein Gott! Ein Zittern durchlief Arnaus Körper, und er stützte sich auf Mar. Das Mädchen wandte den Blick von den Fenstern.

»Nimm!«, forderte Guillem Arnau auf und hielt ihm eine Pergamentrolle hin.

Arnau nahm sie nicht. Er wusste, was es war. Er hatte den Inhalt auswendig gelernt, seit Guillem sie ihm am Vortag ausgehändigt hatte. Es war die Inventarliste von Grau Puigs Besitz, den der Stadtrichter ihm zur Begleichung seiner Schulden zusprach: der Palast, die Sklaven – Arnau suchte vergeblich nach Estranyas Namen –, mehrere Besitzungen außerhalb Barcelonas, darunter ein bescheidenes Haus in Navarcles, das er den Puigs als Wohnsitz überlassen wollte. Einige Schmuckstücke, zwei Pferdegespanne samt Geschirren, eine Kutsche, Kleider und Gewänder, Pfannen und Teller, Teppiche und Möbel – alles, was sich in dem Palast befand, war in dieser Pergamentrolle aufgeführt, die Arnau in der vergangenen Nacht immer wieder durchgelesen hatte.

Er betrachtete noch einmal die Pferdeställe, dann wanderte sein Blick über den gepflasterten Hof bis zum Fuß der Treppe.

»Gehen wir hinauf?«, fragte Guillem.

»Gehen wir. Bring mich zu deinem Herrn ... nein, zu Grau Puig«, korrigierte er sich, an den Sklaven gewandt.

Sie gingen durch den Palast. Mar und Guillem sahen sich alles genau an. Arnau blickte starr geradeaus. Der Sklave führte sie zum Salon.

»Kündige mich an!«, sagte Arnau zu Guillem, bevor dieser die Tür öffnete.

»Arnau Estanyol!«, rief sein Freund, nachdem er die Tür geöffnet hatte.

Arnau erinnerte sich nicht mehr, wie der große Salon des Palastes ausgesehen hatte. Er hatte nicht darauf geachtet, als er damals dort gewesen war ... auf Knien. Auch jetzt hatte er keinen Blick für seine Umgebung. Isabel saß in einem Sessel vor einem der Fenster. Neben ihr standen Josep und Genís. Der Erste hatte, wie auch seine Schwester Margarida, geheiratet. Genís war noch ledig. Arnau sah sich nach Joseps Familie um. Sie war nicht da. In einem weiteren Sessel saß Grau Puig, alt und hinfällig.

Isabels Augen blitzten vor Wut.

Arnau blieb mitten im Salon stehen, neben einem Esstisch aus edlem Holz, der doppelt so lang war wie der Tisch in seiner Wechselstube. Mar stand hinter ihm, neben Guillem. An der Tür des Salons drängten sich die Sklaven.

Arnau sprach laut genug, damit seine Stimme im ganzen Raum gehört wurde.

»Guillem, diese Schuhe gehören mir«, sagte er und deutete auf Isabels Füße. »Sie sollen sie ihr ausziehen.«

»Ja, Herr.«

Mar sah den Mauren erstaunt an. Herr? Sie kannte Guillems Status, doch noch nie zuvor hatte sie gehört, dass er Arnau mit diesen Worten ansprach.

Guillem winkte zwei der Sklaven heran, die an der Tür standen, und zu dritt traten sie zu Isabel. Die Baronin erwiderte immer noch hochmütig Arnaus Blick.

Einer der Sklaven kniete nieder, doch bevor er sie berühren konnte, streifte Isabel die Schuhe ab und ließ sie zu Boden fallen, ohne den Blick von Arnau abzuwenden.

»Ich will, dass du sämtliche Schuhe in diesem Haus einsammelst und sie im Hof verbrennst«, sagte Arnau.

»Ja, Herr«, antwortete Guillem.

Die Baronin sah ihn immer noch hochmütig an.

»Die Sessel.« Arnau deutete auf die Sitzgelegenheiten der Puigs. »Bring sie weg.«

»Ja, Herr.«

Grau wurde von seinen Söhnen hochgehoben. Die Baronin stand auf, bevor die Sklaven ihren Sessel nahmen und ihn zusammen mit den anderen in eine Ecke trugen.

Aber sie sah ihn immer noch an.

»Dieses Kleid gehört auch mir.«

Hatte sie gezittert?

»Du willst doch nicht ...?«, begann Genís Puig und richtete sich auf, seinen Vater immer noch auf den Armen.

»Dieses Kleid gehört mir«, fiel ihm Arnau ins Wort, ohne Isabel aus den Augen zu lassen.

Zitterte sie?

»Mutter«, schaltete sich Josep ein, »geh dich umziehen.«
Sie zitterte.
»Guillem!«, rief Arnau.
»Mutter, bitte.«
Guillem trat zu der Baronin.
Sie zittert.
»Mutter!«
»Und was soll ich anziehen?«, schrie Isabel ihren Stiefsohn an.
Isabel sah erneut zu Arnau. Auch Guillem sah ihn an. Willst du wirklich, dass ich ihr das Kleid ausziehe?, schien sein Blick zu sagen.
Arnau runzelte die Stirn, und langsam, ganz langsam, blickte Isabel zu Boden. Sie weinte vor Wut.
Arnau gab Guillem ein Zeichen und ließ einige Sekunden verstreichen, während Isabels Schluchzen den Salon des Palasts erfüllte.
»Noch heute Abend«, sagte er zu Guillem, »hat dieses Gebäude leer zu sein. Sag ihnen, sie können nach Navarcles gehen, das sie nie hätten verlassen sollen.« Josep und Genís sahen ihn an, Isabel schluchzte immer noch. »Ich habe kein Interesse an diesem Land. Gib ihnen Sklavenkleider, aber keine Schuhe. Die verbrennst du. Verkaufe alles und verriegle dieses Haus.«
Arnau drehte sich um und begegnete Mars Blick. Er hatte sie ganz vergessen. Dem Mädchen war das Blut ins Gesicht gestiegen. Er nahm sie beim Arm und ging mit ihr hinaus.
»Du kannst das Tor jetzt schließen«, sagte er zu dem Alten, der ihnen geöffnet hatte.
Sie gingen schweigend zur Wechselstube, doch bevor sie eintraten, blieb Arnau stehen.
»Ein Spaziergang am Strand?«
Mar nickte.
»Sind deine Schulden jetzt beglichen?«, fragte sie, als sie das Meer sahen.
Sie gingen weiter.
»Die werden niemals beglichen sein, Mar«, hörte ihn das Mädchen nach einer Weile murmeln. »Niemals.«

38

9. Juni 1359
Barcelona

Arnau hatte in der Wechselstube zu tun. Es war mitten in der Schifffahrtssaison, und die Geschäfte liefen gut. Arnau war mittlerweile einer der reichsten Männer der Stadt, doch er bewohnte nach wie vor gemeinsam mit Mar und Donaha das kleine Häuschen an der Ecke Canvis Vells und Canvis Nous. Arnau wollte nichts von Guillems Vorschlag wissen, in den Stadtpalast der Puigs umzuziehen, der seit vier Jahren leer stand. Mar wiederum war nicht weniger halsstarrig als Arnau und hatte sich in all der Zeit einer Eheschließung strikt verweigert.

»Weshalb willst du mich loswerden?«, fragte sie ihn eines Tages, in ihren Augen standen Tränen.

»Ich will dich doch nicht loswerden!«, stammelte Arnau.

Mar weinte immer noch und lehnte sich an seine Schulter.

»Sei ganz ruhig«, sagte Arnau und strich ihr über den Kopf. »Ich werde dich nie zu etwas zwingen, was du nicht willst.«

Und so blieb Mar bei ihnen.

Als an diesem 9. Juni auf einmal eine Glocke zu läuten begann, hielt Arnau in der Arbeit inne. Eine weitere Glocke fiel ein, und dann noch viele andere.

»Via fora«, bemerkte Arnau.

Er trat auf die Straße. Die Handwerker an der Kirche Santa María kletterten blitzschnell von den Gerüsten, Maurer und Steinmetzen kamen durch das Hauptportal nach draußen, und die Menschen liefen durch die Straßen, das *»Via fora!«* auf den Lippen.

In diesem Moment sah er Guillem aufgeregt herbeieilen.

»Es ist Krieg!«, rief er.

»Das Bürgerheer wird einberufen«, sagte Arnau.

»Nein, nein.« Guillem machte eine Pause, um Luft zu schöpfen. »Nicht nur das von Barcelona, sondern die Truppen sämtlicher Städte und Dörfer im Umkreis von zwei Meilen. Es betrifft nicht nur Barcelona.«

Es betraf auch Sant Boi und Badalona, Sant Andreu und Sarrià, Provençana, Sant Feliu, Sant Genís, Cornellà, Sant Just Desvern, Sant Joan Despí, Sants, Santa Coloma, Esplugues, Vallvidrera, Sant Martí, Sant Adrià, Sant Gervasi, Sant Joan d'Horta ... Die Glocken waren bis in zwei Meilen Entfernung zu hören.

»Der König macht Gebrauch vom *Usatge princeps namque*«, erzählte Guillem weiter. »Es ist nicht die Stadt. Es ist der König! Wir befinden uns im Krieg! Wir werden angegriffen. König Pedro von Kastilien greift uns an ....«

»Er greift Barcelona an?«, unterbrach ihn Arnau.

»Ja. Barcelona.«

Die beiden eilten ins Haus.

Als sie wieder herauskamen, war Arnau bewaffnet wie damals als Soldat unter Eiximèn d'Esparça. Sie wollten durch die Calle de la Mar zur Plaza del Blat, doch die Leute rannten in die entgegengesetzte Richtung.

»Was ist los?« Arnau versuchte einen der bewaffneten Männer aufzuhalten, die die Straße hinunterliefen.

»Zum Strand!«, rief ihm der Mann zu, während er sich losriss. »Zum Strand!«

»Ein Angriff von See?« Arnau und Guillem sahen sich fragend an, dann schlossen sich die beiden der Menge an, die zum Strand hinunterlief.

Als sie zum Ufer kamen, drängten sich dort bereits zahlreiche mit Armbrüsten bewaffnete Barcelonesen, den Blick zum Horizont gerichtet, während immer noch die Glocken läuteten. Das *»Via fora!«* verlor an Kraft, und schließlich verstummten die Menschen.

Guillem hielt die Hand vor die Augen, um sich vor der kräftigen Junisonne zu schützen, und begann die Schiffe zu zählen: eins, zwei, drei, vier ...

Das Meer war ruhig.

»Sie werden uns vernichten«, hörte Arnau hinter sich.

»Sie werden die Stadt überrennen.«

»Was können wir schon gegen eine ganze Armee ausrichten?«

Siebenundzwanzig, achtundzwanzig ... Guillem zählte immer noch.

»Sie werden uns überrennen«, dachte Arnau bei sich. Wie oft hatte er schon mit anderen Händlern und Geschäftsleuten darüber gesprochen? Barcelona lag zum Meer hin schutzlos da. Von Santa Clara bis zum Kloster Framenors gab es keine einzige Verteidigungsanlage! Wenn es eine Flotte bis in den Hafen schaffte ...

»Neununddreißig, vierzig. Vierzig Schiffe!«, rief Guillem.

Es waren bewaffnete Galeeren und Segelschiffe, die Kriegsflotte Pedros des Grausamen. Vierzig Schiffe voller alter Haudegen und erfahrener Kämpfer gegen ein paar eilig in Soldaten verwandelte Städter. Wenn es ihnen gelang, von Bord zu gehen, würde es zu Kämpfen am Strand und in den Straßen der Stadt kommen. Arnau wurde ganz anders zumute, wenn er an die Frauen und Kinder dachte ... und an Mar. Sie würden sie vernichten! Sie würden plündern. Die Frauen vergewaltigen. Mar! Bei dem erneuten Gedanken an sie stützte er sich auf Guillem. Sie war jung und schön. Die Vorstellung, sie in der Gewalt der Kastilier zu wissen, während sie verzweifelt um Hilfe schrie ... Wo würde er dann sein?

Immer mehr Menschen liefen am Ufer zusammen. Auch der König erschien und begann seinen Soldaten Befehle zu erteilen.

»Der König!«, rief jemand.

Was konnte der König schon tun?, hätte Arnau beinahe erwidert.

Seit drei Monaten befand sich der König in der Stadt, um eine Flotte zur Verteidigung Mallorcas auszurüsten, nachdem Pedro der Grausame gedroht hatte, die Insel anzugreifen. Doch lediglich zehn Galeeren ankerten im Hafen von Barcelona – der Rest der Flotte war noch nicht eingetroffen –, und der Kampf würde im Hafen stattfinden!

Arnau schüttelte den Kopf, ohne den Blick von den Segeln zu wenden, die sich der Küste näherten. Es war dem Kastilier gelungen, sie zu narren. In den nunmehr drei Jahren, die der Krieg bereits dauerte, hatten sich Kämpfe und Waffenruhen abgewechselt. Pedro der Grausame hatte zunächst das Königreich Valencia angegriffen und dann Aragón. Dort hatte er Tarazona eingenommen, was eine unmittelbare Bedrohung für Zaragoza darstellte. Die Kirche hatte vermittelt, und

Tarazona war an Kardinal Pedro de la Jugie übergeben worden, der darüber entscheiden sollte, welchem der beiden Herrscher die Stadt zustand. Des Weiteren war ein einjähriger Waffenstillstand ausgehandelt worden, der indes keine Gültigkeit für die Grenze zu Murcia und Valencia besaß.

Während des Waffenstillstands hatte Pedro III. seinen Stiefbruder Ferrán, einen Verbündeten Kastiliens, davon überzeugen können, Pedro dem Grausamen die Gefolgschaft aufzukündigen. Daraufhin war der Infant plündernd in Murcia eingefallen und bis Cartagena gelangt.

Am Strand gab König Pedro nun Anweisung, die zehn Galeeren zu bemannen. Dieser Befehl galt nicht nur für die wenigen Soldaten, die er bei sich hatte, sondern ebenso für die Bürger Barcelonas und der umliegenden Ortschaften, die mittlerweile einzutreffen begannen. Sämtliche Schiffe, ob groß oder klein, Handelsschiffe wie Fischerboote, sollten sich der kastilischen Armada entgegenstellen.

»Das ist Wahnsinn«, urteilte Guillem, während er beobachtete, wie die Leute zu den Booten stürzten. »Diese Galeeren werden unsere Schiffe rammen und in Stücke reißen. Viele werden sterben.«

Die kastilische Flotte war noch ein gutes Stück vom Hafen entfernt.

»Er wird uns erbarmungslos vernichten«, hörte Arnau jemanden hinter sich.

Nein, Pedro der Grausame würde kein Erbarmen haben. Sein Ruf eilte ihm voraus. Er hatte seine beiden Halbbrüder ermorden lassen, Federico in Sevilla und Juan in Bilbao, und ein Jahr darauf seine Tante Leonor, die in dieser Zeit seine Gefangene gewesen war. Welches Erbarmen war von einem König zu erwarten, der seine eigenen Verwandten ermordete? König Pedro III. hatte Jaime von Mallorca nicht getötet, trotz seines häufigen Verrats und der Kriege, die sie gegeneinander geführt hatten.

»Es wäre besser, die Verteidigung an Land zu organisieren«, brüllte ihm Guillem ins Ohr. »Auf See ist das unmöglich. Sobald die Kastilier die Sandbänke passiert haben, werden sie uns überrennen.«

Arnau nickte zustimmend. Warum wollte der König die Stadt unbedingt von See verteidigen? Guillem hatte recht – wenn sie die Sandbänke passierten ...

»Die Sandbänke!«, entfuhr es Arnau. »Liegt eines unserer Schiffe im Hafen?«

»Was hast du vor?«

»Die Sandbänke, Guillem! Begreifst du nicht? Liegt eines unserer Schiffe vor Anker?«

»Der Walfänger dort drüben«, antwortete Guillem und deutete auf ein großes, schweres, dickbauchiges Schiff.

»Los. Wir haben keine Zeit zu verlieren.«

Arnau rannte inmitten einer riesigen Menschenmenge, die das Gleiche tat, zum Wasser hinunter. Im Laufen blickte er zurück, um Guillem zur Eile anzuhalten.

Am Ufer wimmelte es von Soldaten und Barcelonesen, die bis zu den Hüften im Wasser standen. Manche versuchten in die kleinen Fischerboote zu klettern, die bereits am Auslaufen waren, andere warteten, bis ein Hafenschiffer sie zu einem der großen Kriegs- oder Handelsschiffe brachte, die im Hafen ankerten.

Arnau sah einen der Hafenschiffer näher kommen.

»Los, mach schon!«, rief er Guillem zu, während er sich ins Wasser stürzte, um den anderen zuvorzukommen, die zu dem Boot wateten.

Als sie das Boot erreichten, war es bereits überfüllt, doch der Hafenschiffer erkannte Arnau und verschaffte ihnen einen Platz.

»Bring mich zu dem Walfänger«, sagte er, als der Schiffer den Befehl zum Losrudern geben wollte.

»Zuerst zu den Galeeren. Befehl des Königs.«

»Bring mich zu dem Walfänger!«, beharrte Arnau. Der Hafenschiffer wiegte unschlüssig den Kopf. Die Männer im Boot begannen zu murren. »Ruhe!«, brüllte Arnau. »Du kennst mich. Ich muss unbedingt zu diesem Walfänger. Es geht um Barcelona ... Um deine Familie. Um euer aller Familien!«

Der Hafenschiffer sah zu dem großen, bauchigen Schiff hinüber. Er brauchte nur ein klein wenig vom Kurs abzuweichen. Warum nicht? Weshalb sollte er Arnau Estanyol enttäuschen?

»Zum Walfänger!«, befahl er den beiden Ruderern.

Als Arnau und Guillem die Strickleiter erklommen, die ihnen der Kapitän des Walfängers zuwarf, nahm der Hafenschiffer Kurs auf die nächste Galeere.

»Alle Mann an die Riemen«, befahl Arnau dem Kapitän, kaum dass er an Deck stand.

Der Mann gab den Ruderern ein Zeichen, die sich sofort auf ihre Plätze begaben.

»Wo geht es hin?«, fragte er.

»Zu den Sandbänken«, antwortete Arnau.

Guillem nickte.

»Möge Allah – sein Name sei gelobt und gepriesen – wollen, dass es dir gelingt.«

Guillem hatte verstanden, was Arnau vorhatte. Nicht so jedoch das Heer und die Bürger Barcelonas. Als sie sahen, wie sich der Walfänger ohne Soldaten und ohne bewaffnete Männer an Bord in Bewegung setzte, dem offenen Meer zu, sagte einer: »Er will sein Schiff retten.«

»Jude!«, schrie ein anderer.

»Verräter!«

Viele andere fielen in die Verwünschungen mit ein, und nach kurzer Zeit brüllte der ganze Strand gegen Arnau an. Was hatte Arnau Estanyol vor?, fragten sich *Bastaixos* und Hafenschiffer, während sie zu dem bauchigen Schiff hinübersahen, das unter den Schlägen von über hundert Rudern, die immer wieder ins Wasser tauchten, langsam vorwärtsglitt.

Arnau und Guillem standen im Bug und beobachteten die kastilische Flotte, die mittlerweile gefährlich nahe war, doch als sie an den katalanischen Galeeren vorbeikamen, ging ein Pfeilhagel auf sie nieder, und sie mussten in Deckung gehen. Als sie außer Reichweite waren, nahmen sie wieder ihren Posten ein.

»Es wird gutgehen«, sagte Arnau zu Guillem. »Barcelona darf nicht in die Hände dieses Schuftes fallen.«

Die *Tasques*, eine Reihe von Sandbänken, die der Küste vorgelagert waren und die Meeresströmungen fernhielten, waren die einzige natürliche Verteidigungsanlage des Hafens von Barcelona. Gleichzeitig jedoch stellten sie eine Gefahr für ankommende Schiffe dar. Diese konnten das Hindernis nur an einer einzigen Stelle passieren, die tief genug war, andernfalls liefen sie auf.

Arnau und Guillem näherten sich den Sandbänken, während ihnen aus Tausenden von Kehlen die übelsten Beschimpfungen hinterhergeschickt wurden. Das Gebrüll der Katalanen übertönte sogar das Läuten der Glocken.

»Es wird gutgehen«, sagte Arnau bei sich. Dann befahl er dem Kapitän, das Rudern einzustellen. Als die Ruder aus dem Wasser tauchten und der Walfänger auf die Sandbänke zuglitt, begannen die Schreie und Beschimpfungen zu verstummen, bis schließlich völlige Stille am Strand herrschte. Die kastilische Flotte kam immer näher. Durch das Glockengeläut hindurch hörte Arnau den Kiel des Schiffes durchs Wasser gleiten, auf die Untiefen zu.

»Es muss gutgehen!«, murmelte er.

Guillem packte ihn am Arm. Es war das erste Mal, dass er ihn anfasste.

Der Walfänger glitt langsam, ganz langsam vorwärts. Arnau blickte den Kapitän an und hob fragend die Augenbrauen. Waren sie in der Durchfahrt? Der Kapitän nickte. Seit Arnau ihm befohlen hatte, das Rudern einzustellen, wusste er, was dieser vorhatte.

Ganz Barcelona wusste es nun.

»Jetzt!«, brüllte Arnau. »Beidrehen!«

Der Kapitän gab den Befehl weiter. Die Backbordruder klatschten ins Wasser, und der Walfänger begann sich zu drehen, bis das Schiff quer in der Durchfahrt lag und sich zur Seite neigte.

Guillem drückte Arnau fest am Arm. Die beiden sahen sich an, und Arnau zog ihn an sich, um ihn zu umarmen, während am Strand und auf den Galeeren Jubel ausbrach.

Die Hafeneinfahrt von Barcelona war unpassierbar.

Vom Ufer aus sah der König, zum Kampf gerüstet, zu dem Walfänger hinaus, der auf den Sandbänken festsaß. Um ihn herum standen schweigend Adlige und Ritter, während der König die Szene betrachtete.

»Auf die Galeeren!«, befahl er schließlich.

Während Arnaus Walfänger auf den Sandbänken festsaß, formierte Pedro der Grausame seine Flotte auf offenem Meer. Pedro III. tat das Gleiche auf der Hafenseite, und bevor es Nacht wurde, lagen sich die beiden Flotten – auf der einen Seite eine waffenstarrende Armada von vierzig Kriegsschiffen, auf der anderen Seite zehn Galeeren und ein buntes Durcheinander Dutzender kleiner Kauffahrer und Fischerboote – über die gesamte Breite des Hafens gegenüber, von Santa Clara bis zum Kloster Framenors. Niemand konnte in den Hafen von Barcelona hinein oder aus diesem heraus.

An diesem Tag kam es nicht zum Kampf. Fünf Galeeren Pedros III. bezogen in der Nähe von Arnaus Walfänger Stellung. In der Nacht, als der Mond hell am Himmel stand, kamen die königlichen Soldaten an Bord.

»Sieht ganz so aus, als fände die Schlacht rund um unser Schiff statt«, sagte Guillem zu Arnau. Die beiden saßen an Deck, die Rücken gegen die Bordwand gelehnt, wo ihnen keine Gefahr von den kastilischen Armbrustschützen drohte.

»Wir sind nun die Verteidigungsmauer der Stadt, und alle Schlachten beginnen an der Mauer.«

In diesem Augenblick trat ein königlicher Offizier zu ihnen.

»Arnau Estanyol?«, fragte er. Arnau hob die Hand. »Der König gestattet Euch, das Schiff zu verlassen.«

»Und meine Männer?«

»Die Rudersklaven?« Im Halbdunkel konnten Arnau und Guillem den erstaunten Gesichtsausdruck des Offiziers erkennen. Was interessierten den König hundert Sträflinge? »Sie könnten hier gebraucht werden«, sagte er schließlich.

»In diesem Fall bleibe ich hier«, erklärte Arnau. »Es ist mein Schiff, und es sind meine Männer.«

Der Offizier zuckte mit den Schultern und teilte weiter seine Truppen ein.

»Möchtest du von Bord gehen?«, fragte Arnau Guillem.

»Gehöre ich denn nicht zu deinen Männern?«

»Nein, und das weißt du.«

Die beiden schwiegen. Ringsum huschten Schatten vorbei, man hörte die Schritte der Soldaten, die ihre Positionen einnahmen, und die leisen, beinahe geflüsterten Befehle der Offiziere.

»Du weißt, dass du schon längst kein Sklave mehr bist«, fuhr Arnau schließlich fort. »Du musst nur deinen Freilassungsbrief verlangen, und du wirst ihn bekommen.«

Mehrere Soldaten bezogen neben ihnen Stellung.

»Geht unter Deck zu den anderen«, zischte ihnen einer der Soldaten zu, während er versuchte, seinen Platz einzunehmen.

»Auf diesem Schiff gehen wir dahin, wo wir wollen«, entgegnete Arnau.

Der Soldat beugte sich über sie.

»Oh, Verzeihung«, entschuldigte er sich dann. »Wir alle sind Euch dankbar für das, was Ihr getan habt.«

Damit suchte er sich ein anderes Plätzchen an der Reling.

»Wann wirst du endlich deine Freiheit wollen?«, fragte Arnau weiter.

»Ich glaube, ich wüsste nicht, wie das geht – frei sein.«

Die beiden schwiegen. Als sich alle Soldaten an Bord des Walfängers befanden und ihre Posten eingenommen hatten, stand ihnen eine lange Nacht bevor. Während ringsum gehustet und geflüstert wurde, dösten Arnau und Guillem vor sich hin.

Im Morgengrauen befahl Pedro der Grausame den Angriff. Die kastilische Armada näherte sich den Sandbänken, und die Soldaten des Königs begannen ihre Armbrüste sowie Steine von kleinen Katapulten abzufeuern, die an der Reling angebracht waren. Die katalanische Flotte auf der anderen Seite der Barriere tat das Gleiche. Entlang der ganzen Küstenlinie wurde gekämpft, vor allem aber rings um Arnaus Walfänger. Pedro III. durfte nicht zulassen, dass die Kastilier das Schiff enterten, und so bezogen mehrere Galeeren, darunter auch die des Königs, neben ihm Stellung.

Viele Männer starben im Pfeilhagel von beiden Seiten. Arnau erinnerte sich an das Zischen der Pfeile aus seiner Armbrust, als er damals hinter einem Felsen vor der Burg Bellaguarda lag.

Schallendes Gelächter riss ihn aus seinen Gedanken. Wer lachte da mitten in der Schlacht? Barcelona war in Gefahr, Männer starben. Wie konnte man da lachen? Arnau und Guillem sahen sich an. Ja, da lachte jemand, und das Lachen wurde immer lauter. Die beiden suchten sich einen sicheren Platz, um die Schlacht beobachten zu können. Die Besatzungen vieler katalanischer Schiffe, die, geschützt vor den Pfeilen, in zweiter oder dritter Reihe lagen, machten sich über die Kastilier lustig, sie riefen ihnen unflätige Dinge zu und lachten über sie.

Von ihren Schiffen aus versuchten die Kastilier, mit den Katapulten zu treffen, doch sie zielten so ungenau, dass die Steine einer nach dem anderen ins Wasser fielen. Einige verursachten eine Wasserfontäne, bevor sie im Meer versanken. Arnau und Guillem sahen sich grinsend an. Die Männer auf den Schiffen spotteten erneut über die Kastilier, und der ganze Strand von Barcelona, an dem sich die kampfbereiten Bürger versammelt hatten, brach in Gelächter aus.

Den ganzen Tag verhöhnten die Katalanen die kastilischen Schützen, die immer wieder ihre Ziele verfehlten.

»Ich wäre jetzt nicht gerne auf der Galeere Pedros des Grausamen«, sagte Guillem zu Arnau.

»Nein«, antwortete dieser lachend. »Ich mag mir gar nicht vorstellen, was er mit diesen Anfängern machen wird.«

Diese Nacht verlief ganz anders als jene davor. Arnau und Guillem halfen, die zahlreichen Verwundeten auf dem Walfänger zu versorgen, ihre Wunden zu verbinden und ihnen in die Boote zu helfen, die sie an Land bringen sollten. Eine frische Abteilung Soldaten kam an Bord, und als die Nacht schon fast vorüber war, versuchten sie, ein wenig für den nächsten Tag auszuruhen.

Mit dem ersten Tageslicht erwachten auch die Kehlen der Katalanen, und erneut hallten Schmährufe und Hohngelächter durch den Hafen von Barcelona.

Arnau hatte alle seine Pfeile verschossen und ging in Deckung, um mit Guillem die Schlacht zu beobachten.

»Sieh nur, sie kommen viel näher heran als gestern«, sagte sein Freund und deutete zu den kastilischen Galeeren.

Tatsächlich. Der König von Kastilien hatte beschlossen, dem Spott der Katalanen ein Ende zu bereiten, und hielt direkt auf den Walfänger zu.

»Sag ihnen, sie sollen aufhören zu lachen«, sagte Guillem, den Blick auf die herannahenden kastilischen Galeeren gerichtet.

Das Schiff Pedros III. kam so nahe heran, wie es die Sandbänke zuließen, um den Walfänger zu verteidigen. Nun entbrannte die Schlacht rings um Guillem und Arnau. Die königliche Galeere war zum Greifen nahe. Sie konnten ganz deutlich den König und seine Ritter erkennen.

Die beiden gegnerischen Galeeren auf beiden Seiten der Sandbänke drehten bei. Die Kastilier feuerten mehrere Katapulte ab, die am Bug befestigt waren. Arnau und Guillem sahen zu der königlichen Galeere. Es hatte keine Schäden gegeben. Der König und seine Männer standen an Deck, und das Schiff schien nicht von den Schüssen getroffen worden zu sein.

»Ist das eine Bombarde?«, fragte Arnau mit Blick auf die Kanone, zu der Pedro III. nun ging.

»Ja«, bestätigte Guillem.

Er hatte gesehen, wie man sie auf die Galeere gebracht hatte, als der König seine Flotte ausrüstete, weil er dachte, die Kastilier wollten Mallorca angreifen.

»Eine Bombarde auf einem Schiff?«

»Ja«, bestätigte Guillem noch einmal.

»Es muss das erste Mal sein, dass eine Galeere mit einer Bombarde bewaffnet ist«, bemerkte Arnau, während er aufmerksam beobachtete, wie der König den Männern an dem Geschütz Befehle gab. »Ich habe noch nie gesehen, dass . . .«

»Ich auch nicht . . .«

Ihre Unterhaltung wurde von einem ohrenbetäubenden Knall unterbrochen, mit dem die Bombarde einen großen Stein abfeuerte. Die beiden sahen zu der kastilischen Galeere herüber.

»Bravo!«, riefen sie wie aus einem Munde, als das Geschoss die Masten des Schiffes kappte.

Auf sämtlichen katalanischen Schiffen brach Jubel aus.

Der König gab Befehl, die Bombarde erneut zu laden. Durch die Überraschung und die herabstürzenden Masten war es den Kastiliern unmöglich, das Feuer mit ihren Katapulten zu erwidern. Der nächste Schuss schlug ins Achterdeck ein und zerstörte es vollständig.

Die Kastilier begannen, sich von den Sandbänken zurückzuziehen.

Der ständige Spott und die Bombarde auf der königlichen Galeere brachten den Kastilier zum Nachdenken, und nach einigen Stunden befahl er seiner Flotte, die Belagerung aufzuheben und Segel nach Ibiza zu setzen.

Vom Deck des Walfängers aus beobachteten Arnau und Guillem gemeinsam mit mehreren königlichen Offizieren den Abzug der kastilischen Armada. Die Glocken der Stadt begannen zu läuten.

»Jetzt müssen wir das Schiff wieder freibekommen«, sagte Arnau.

»Das übernehmen wir«, hörte er eine Stimme hinter sich sagen. Arnau drehte sich um und stand vor einem Hofbeamten, der soeben an Bord gekommen war. »Seine Majestät erwartet Euch auf der königlichen Galeere.«

Der König hatte zwei ganze Tage Zeit gehabt herauszufinden, wer dieser Arnau Estanyol war.

»Er ist reich, Majestät«, berichteten ihm die Ratsherren von Barcelona, »unermesslich reich.« Der König nickte gleichgültig, während ihm die Ratsherren von Arnau erzählten, von seiner Zeit als *Bastaix*, seinem Kampf unter dem Befehl Eiximèn d'Esparças, seiner Verehrung für die Jungfrau Maria. Doch als er hörte, dass er verwitwet war, leuchteten seine Augen auf. »Ein reicher Witwer«, dachte der Monarch. »So könnten wir sie loswerden . . .«

»Arnau Estanyol, Bürger der Stadt Barcelona«, kündigte ihn ein Kämmerer des Königs an.

Der König saß in einem Lehnstuhl an Deck, flankiert von zahlreichen Adligen, Ratgebern und Ratsherren der Stadt, die nach dem Abzug der Kastilier an Bord der königlichen Galeere gekommen waren. Guillem blieb an der Reling stehen, hinter all den Menschen, die Arnau und den König umringten.

»Wir sind sehr zufrieden mit Eurem Handeln«, sagte der König. »Euer Wagemut und Eure Klugheit hatten entscheidenden Anteil am Gewinn dieser Schlacht.«

Der König verstummte. Arnau war verunsichert. Sollte er etwas sagen oder abwarten? Aller Blicke waren auf ihn gerichtet.

»Als Dank für Euren Einsatz wollen Wir Uns erkenntlich zeigen.«

Und nun? Sollte er jetzt sprechen? Wie wollte der König sich erkenntlich zeigen? Er hatte alles, was er sich nur wünschen konnte . . .

»Wir geben Euch Unser Mündel Elionor zur Frau und statten sie anlässlich der Hochzeit mit den Baronien Granollers, Sant Vicenç dels Horts und Caldes de Montbui aus.«

Die Umstehenden begannen zu murmeln, einige klatschten Beifall. Hochzeit? Hatte er Hochzeit gesagt? Arnau sah sich nach Guillem um, konnte ihn jedoch nicht entdecken. Die Adligen und Ritter lächelten ihm wohlwollend zu. Hatte er Hochzeit gesagt?

»Seid Ihr nicht zufrieden, Herr Baron?«, fragte der König, als er Arnaus suchenden Blick bemerkte.

Arnau wandte sich dem König zu. Herr Baron? Hochzeit? Was sollte er damit? Angesichts von Arnaus Schweigen verstummten auch die Adligen und Ritter. Der König warf ihm einen ungnädigen Blick zu. Elionor, hatte er gesagt? Sein Mündel? Er konnte ... Er durfte den König nicht kränken!

»Nein ... Ich meine, doch, Euer Majestät«, stotterte er. »Ich danke Euch für Eure Güte.«

»So soll es also geschehen.«

Pedro III. erhob sich und wurde sogleich von seinem Hofstaat umringt. Einige klopften Arnau auf die Schulter, als sie an ihm vorbeigingen, und gratulierten ihm mit Worten, deren Sinn ihm verborgen blieb. Schließlich blieb Arnau alleine zurück. Er drehte sich zu Guillem um, der immer noch an der Bordwand lehnte.

Arnau breitete ratlos die Arme aus, doch als der Maure zu dem König und seinem Hofstaat hinüberdeutete, ließ er sie rasch wieder sinken.

Arnaus Ankunft am Strand wurde genauso gefeiert wie die des Königs. Die ganze Stadt strömte zusammen, und er wurde von einem zum anderen weitergereicht, während ihn die Leute beglückwünschten, ihm auf die Schulter klopften oder seine Hand schüttelten. Alle wollten dem Retter der Stadt nahe sein, doch Arnau sah und hörte nichts. Nun, da sein Leben in guten Bahnen verlief und er glücklich war, hatte der König beschlossen, ihn zu verheiraten. Die Barcelonesen nahmen ihn in ihre Mitte und begleiteten ihn vom Strand zu seiner Wechselstube. Nachdem er eingetreten war, blieben sie vor der Tür stehen und riefen immer wieder im Chor seinen Namen.

Als er das Haus betrat, warf sich Mar in seine Arme. Guillem war bereits zurück und saß auf einem Stuhl. Er hatte nichts erzählt. Joan, der ebenfalls vorbeigekommen war, betrachtete ihn so schweigsam wie immer.

Mar war überrascht, als sich Arnau heftiger als gewollt aus ihrer Umarmung befreite. Joan wollte ihn beglückwünschen, doch Arnau achtete nicht auf ihn. Schließlich ließ er sich neben Guillem auf einen Stuhl fallen. Die Übrigen sahen ihn an, trauten sich aber nicht, etwas zu sagen.

»Was ist denn mit dir los?«, fragte Joan schließlich.

»Ich soll heiraten!«, entfuhr es Arnau. »Der König hat beschlossen, mich zum Baron zu machen und mir sein Mündel zur Frau zu geben.

Das ist sein Dank dafür, dass ich ihm geholfen habe, seine wichtigste Stadt zu retten. Eine Heirat!«

Joan dachte kurz nach, dann wiegte er den Kopf und lächelte.

»Worüber beklagst du dich?«, fragte er.

Arnau warf ihm einen ungnädigen Blick zu. Mar, die neben ihm stand, hatte zu zittern begonnen. Lediglich Donaha, die in der Küchentür stand, bemerkte ihre Verfassung und eilte zu ihr, um sie zu stützen.

»Was missfällt dir daran?« Joan ließ nicht locker. Arnau sah ihn nur an. Als Mar die Worte des Mönchs hörte, wurde ihr übel. »Was ist schlecht daran zu heiraten? Und dann die Ziehtochter des Königs. Du wirst Baron von Katalonien werden.«

Aus Angst, sich übergeben zu müssen, verschwand Mar mit Donaha in der Küche.

»Was ist mit Mar los?«, fragte Arnau.

Der Mönch antwortete nicht gleich.

»Ich werde dir sagen, was mit ihr los ist«, sagte er schließlich. »Sie sollte ebenfalls heiraten! Ihr solltet beide heiraten. Zum Glück hat der König mehr Verstand als du.«

»Bitte lass mich jetzt in Ruhe, Joan«, sagte Arnau müde.

Der Mönch zuckte mit den Schultern und verließ die Wechselstube.

»Sieh mal nach, was mit Mar los ist«, bat Arnau Guillem.

»Ich weiß nicht, was sie hat«, sagte dieser einige Minuten später zu seinem Herrn, »aber Donaha sagt, ich solle mir keine Sorgen machen. Frauengeschichten«, setzte er hinzu.

Arnau sah ihn an.

»Erzähl mir nichts von Frauen.«

»Gegen den Willen des Königs können wir nicht viel ausrichten, Arnau. Vielleicht finden wir mit etwas Zeit eine Lösung.«

Aber ihnen blieb keine Zeit. Pedro III. wollte am 23. Juni in See stechen, um den König von Kastilien nach Mallorca zu verfolgen, und ordnete an, dass sich seine Flotte an diesem Tag im Hafen von Barcelona einfinden sollte. Vorher aber wollte er die Angelegenheit bezüglich der Hochzeit seines Mündels Elionor mit dem wohlhabenden Arnau geklärt haben. So teilte es ein Beamter des Königs dem ehemaligen *Bastaix* in seiner Wechselstube mit.

»Mir bleiben nur noch neun Tage«, klagte Arnau bei Guillem, als der Beamte gegangen war, »vielleicht weniger!«

Wie mochte diese Elionor wohl sein? Arnau konnte nicht schlafen, wenn er bloß daran dachte. War sie alt? Jung? Schön? Hässlich? Freundlich und umgänglich oder hochmütig und zynisch wie alle Adligen, die er bislang kennengelernt hatte? Wie sollte er eine Frau heiraten, die er nicht einmal kannte?

»Finde heraus, wie diese Frau ist«, bat er Joan. »Du wirst das hinbekommen. Ich muss ständig daran denken, was mich erwartet.«

Noch am selben Tag, nachdem der königliche Beamte in der Wechselstube vorstellig geworden war, erstattete Joan Bericht: »Angeblich ist sie die uneheliche Tochter eines Onkels des Königs, auch wenn sich niemand zu sagen getraut, welcher von ihnen. Ihre Mutter starb bei der Geburt, deshalb wurde sie bei Hof aufgenommen...«

»Aber wie ist sie, Joan?«, unterbrach ihn Arnau.

»Sie ist dreiundzwanzig Jahre alt und bildschön.«

»Und ihr Charakter?«

»Sie ist eine Adlige«, sagte Joan nur.

Warum sollte er Arnau erzählen, was er über Elionor gehört hatte? Gewiss, sie ist schön, hatte man ihm gesagt, doch aus ihrem Gesicht spricht ständiger Verdruss auf die ganze Welt. Sie ist launisch und verwöhnt, hochmütig und ehrgeizig. Der König hatte sie mit einem Adligen vermählt, der kurz darauf starb, und da sie keine Kinder hatte, war sie an den Hof zurückgekehrt. War dies wirklich eine Ehrerweisung für Arnau? Königlicher Großmut? Joans Vertraute lachten. Der König konnte Elionor nicht länger ertragen. Gab es denn eine bessere Partie für sie als einen der reichsten Männer Barcelonas, einen Geldwechsler, an den der König sich wenden konnte, wenn er Geld brauchte? König Pedro gewann in jeder Hinsicht: Er schaffte sich Elionor vom Hals und versicherte sich Arnaus Unterstützung. Doch warum sollte Joan Arnau das alles erzählen?

»Was willst du damit sagen – sie ist eine Adlige?«

»Na, genau das«, antwortete Joan, während er Arnaus Blick auswich. »Dass sie eine vornehme Dame ist, auch von noblem Charakter.«

Auch Elionor hatte ihre Erkundigungen angestellt, und mit jeder weiteren Nachricht wuchs ihr Zorn. Ein ehemaliger *Bastaix*, ein Angehöriger jener Zunft, die aus den Hafensklaven entstanden war. Wie konnte der König sie mit einem *Bastaix* verheiraten? Ja, er war reich, sehr reich, wie ihr alle bestätigt hatten, aber was interessierte sie sein Geld? Sie lebte bei Hofe, und es fehlte ihr an nichts. Als sie erfuhr, dass Arnau der Sohn eines geflohenen Leibeigenen und von Geburt gleichfalls ein Unfreier gewesen war, beschloss sie, zum König zu gehen. Wie konnte der König verlangen, dass sie, die Tochter eines Infanten, eine solche Person ehelichte?

Doch Pedro III. empfing sie nicht. Die Hochzeit wurde auf den 21. Juni festgesetzt, zwei Tage vor seiner Abreise nach Mallorca.

Am nächsten Tag sollte er heiraten, in der Palastkapelle Santa Àgata.

»Es ist eine kleine Kapelle«, erklärte ihm Joan. »Jaime II. ließ sie Anfang des Jahrhunderts nach den Anweisungen seiner Gemahlin Blanca von Anjou erbauen, um dort die Passionsreliquien aufzubewahren, genau wie in der Sainte-Chapelle in Paris, woher die Königin stammte.«

Es sollte eine Hochzeit im kleinen Rahmen werden. Arnau würde nur Joan dabeihaben. Mar weigerte sich mitzukommen. Seit er verkündet hatte, dass er heiraten würde, ging ihm das Mädchen aus dem Weg und schwieg in seiner Gegenwart. Hin und wieder sah sie ihn an, doch ihr Lächeln war verschwunden.

Aus diesem Grund sprach Arnau Mar an diesem Abend an und bat sie, ihn zu begleiten.

»Wohin?«, fragte das Mädchen.

Ja, wohin?

»Ich weiß nicht ... Vielleicht nach Santa María? Dein Vater hat diese Kirche bewundert. Weißt du, dass ich ihn dort kennengelernt habe?«

Mar war einverstanden. Die beiden verließen die Wechselstube und spazierten zu der noch unvollendeten Fassade von Santa María. Die Maurer begannen gerade mit dem Bau der beiden flankierenden achteckigen Türme, und die Steinmetzen meißelten eifrig am Tympanon, den Türstürzen, dem Mittelpfosten und den Archivolten. Arnau und Mar traten in die Kirche. Die Rippen des zweiten Mittelschiffjochs reckten sich bereits in den Himmel, dem Schlussstein entgegen. Sie wirkten wie ein Spinnennetz, gestützt von den hölzernen Gerüsten, auf denen sie auflagen.

Arnau konnte die Nähe des Mädchens spüren. Sie war ebenso groß wie er, das Haar fiel ihr anmutig über die Schultern. Sie roch gut, frisch, nach Kräutern. Die meisten Handwerker bewunderten sie. Er sah es an ihren Augen, selbst wenn sie sich abwandten, nachdem sie Arnaus Blick bemerkten. Ihr Duft drang mit jeder ihrer Bewegungen zu ihm herüber.

»Weshalb willst du nicht zu meiner Hochzeit kommen?«, fragte er unvermittelt.

Mar gab keine Antwort. Sie ließ ihren Blick durch den Kirchenraum wandern.

»Man gestattet mir nicht einmal, in dieser Kirche zu heiraten«, murmelte Arnau.

Das Mädchen sagte noch immer nichts.

»Mar...« Arnau wartete, bis sie ihn ansah. »Ich hätte dich gerne am Tag meiner Hochzeit bei mir gehabt. Du weißt, dass es mir nicht gefällt und ich es gegen meinen Willen tue, aber der König... Ich werde dich nicht weiter drängen, einverstanden?« Mar nickte. »Kann dann alles zwischen uns sein wie immer?«

Mar blickte zu Boden. Es gab so vieles, was sie ihm gerne gesagt hätte. Aber sie konnte ihm seine Bitte nicht abschlagen. Sie hätte ihm nichts abschlagen können.

»Danke«, sagte Arnau. »Wenn du mich im Stich lassen würdest... Ich weiß nicht, was aus mir würde, wenn die Menschen, die ich liebe, mich im Stich lassen!«

Mar spürte, wie sich ihr Herz verkrampfte. Es war nicht diese Art von Zuneigung, nach der sie verlangte. Sie wollte Liebe. Weshalb nur war sie darauf eingegangen, ihn zu begleiten? Sie blickte zum Gewölbe der Apsis von Santa María hinauf.

»Joan und ich haben gesehen, wie dieser Schlussstein gesetzt wurde«, sagte Arnau, ihrem Blick folgend. »Wir waren damals noch Kinder.«

Zur Zeit arbeiteten die Glaser in halsbrecherischer Höhe an den Fenstern des Obergadens. Die oberen Fenster der Apsis, die eine kleine Rosette zu bilden schienen, waren bereits fertiggestellt. Danach waren die darunterliegenden großen Spitzbogenfenster an der Reihe. Aus farbigem Glas, das mit dünnen Bleifassungen zusammengefügt wurde, gestalteten sie Figuren und Dekors, durch die wie durch einen Filter das Licht von außen in die Kirche fiel.

»Als Junge«, fuhr Arnau fort, »hatte ich das Glück, mit dem großen Berenguer de Montagut zu sprechen. Ich weiß noch, dass er sagte, wir Katalanen bräuchten keinen anderen Schmuck als den Raum und das Licht. Der Baumeister hat zur Apsis hinaufgewiesen – genau dorthin, wo du jetzt hinschaust – und mit einer Handbewegung beschrieben, wie das Licht von dort zum Hauptaltar einfallen sollte. Ich tat so, als hätte ich verstanden, doch in Wirklichkeit war ich nicht in der Lage, mir vorzustellen, wovon er sprach.« Mar sah ihn an. »Ich war noch jung«, entschuldigte er sich, »und er war der Baumeister, der große Berenguer de Montagut. Heute jedoch verstehe ich, was er meinte.«

Arnau trat ganz nahe an Mar heran und deutete auf die Fensterrosette hoch oben. Mar versuchte zu verbergen, dass sie ein Schauder durchfuhr, als Arnau sie berührte.

»Siehst du, wie das Licht einfällt?« Er beschrieb eine Handbewegung bis zum Hauptaltar, so wie es Berenguer damals gemacht hatte, doch diesmal waren tatsächlich bunte Lichtstrahlen zu sehen, die von oben durch die Fenster fielen. Mar folgte Arnaus Handbewegung. »Schau nur. Die der Sonne zugewandten Fenster sind in leuchtenden Farben gehalten, Rot, Gelb und Grün, um die Kraft des Mittelmeerlichts zu nutzen. Die Fenster auf der Schattenseite sind weiß oder blau. Und während die Sonne am Himmel entlangwandert, ändert sich das Licht in der Kirche und wird von den Steinen reflektiert. Der Baumeister hatte ja so recht! Es ist, als stünde man jeden Tag, jede Stunde in einer neuen Kirche, ganz so, als erwachte sie zu immer neuem Leben. Denn auch wenn der Stein tot ist, so ist die Sonne lebendig und jeden Tag anders. Die Lichtreflexe sind nie gleich.«

Die beiden betrachteten gebannt das Licht.

Schließlich fasste Arnau Mar bei den Schultern und drehte sie zu sich um.

»Bitte, Mar, lass mich nicht im Stich.«

Am nächsten Morgen bei der Trauung in der dunklen, überladenen Kapelle Santa Àgata versuchte Mar, ihre Tränen zu verbergen.

Arnau und Elionor standen stocksteif vor dem Bischof. Elionor regte sich nicht und blickte erhobenen Hauptes geradeaus. Arnau sah zu Beginn der Zeremonie ein paar Mal zu ihr hinüber, doch Elionor blickte weiter starr nach vorne. Daraufhin betrachtete er sie nur noch verstohlen aus dem Augenwinkel.

39

Gleich nach der Trauung brachen die neuen Barone von Granollers, Sant Vicenç und Caldes de Montbui zur Burg Montbui auf. Joan hatte Arnau die Anfragen des Majordomus der Baronin übermittelt. Wo Doña Elionor Arnaus Meinung nach schlafen solle? In einer Kammer über einer gewöhnlichen Geldwechselstube? Und ihre Bediensteten? Ihre Sklaven? Arnau winkte ab und stimmte zu, noch am gleichen Tag aufzubrechen, unter der Bedingung, dass Joan mitkam.

»Warum?«, fragte dieser.

»Weil ich das Gefühl habe, dass ich dich brauchen werde.«

Elionor und ihr Majordomus ritten auf Pferden, sie im Damensitz, während ein Stallknecht das Pferd seiner Herrin am Zügel führte. Der Schreiber und zwei Mägde saßen auf Maultieren, und etwa ein Dutzend Sklaven führte ebenso viele Lasttiere mit dem Gepäck der Baronin am Zügel.

Arnau mietete einen Wagen.

Als die Baronin ihn mit diesem wackligen, von zwei Maultieren gezogenen Gefährt kommen sah, das mit den wenigen Habseligkeiten von Arnau, Joan und Mar beladen war – Guillem und Donaha blieben in Barcelona zurück –, sprühten ihre Augen derart vor Zorn, dass man eine Fackel daran hätte entzünden können. Es war das erste Mal, dass sie Arnau und ihre neue Familie ansah. Sie waren verheiratet, hatten gemeinsam in Gegenwart des Königs und seiner Gemahlin vor dem Bischof gestanden, doch bislang hatte sie weder ihn noch seine Angehörigen eines Blickes gewürdigt.

Eskortiert von der Wache, die der König ihnen zur Verfügung gestellt hatte, verließen sie Barcelona. Arnau und Mar saßen auf dem Wagen, Joan ging nebenher. Die Baronin hatte es eilig, zur Burg zu kommen. Vor Sonnenuntergang waren sie dort.

Die Burg, eine kleine Festung, thronte oben auf einem Hügel und war bislang von einem Vogt bewohnt gewesen. Unterwegs hatten sich Bauern und Leibeigene ihren neuen Herrschaften angeschlossen. Kurz bevor sie die Burg erreichten, wurden sie von über hundert Menschen begleitet, die sich fragten, wer der prächtig gekleidete Herr sein mochte, der auf diesem wackligen Karren saß.

»Warum bleiben wir stehen?«, fragte Mar, als die Baronin den Befehl zum Anhalten gab.

Arnau zuckte ratlos mit den Schultern.

»Weil uns zunächst die Burg übergeben werden muss«, erklärte Joan.

»Müssten wir dazu nicht erst einmal hineingehen?«, fragte Arnau.

»Nein. Das katalanische Recht sieht eine andere Vorgehensweise vor: Der Vogt muss die Burg samt seiner Familie und seinen Bediensteten verlassen, bevor er sie uns übergibt.«

Die schweren Tore der Festung öffneten sich, und der Vogt erschien, gefolgt von seiner Familie und seinen Bediensteten. Als er vor der Baronin stand, überreichte er ihr etwas.

»Eigentlich müsstest du die Schlüssel entgegennehmen«, sagte Joan zu Arnau.

»Was soll ich mit einer Burg?«

Als der scheidende Vogt an dem Wagen vorbeikam, warf er Arnau und seinen Begleitern ein spöttisches Lächeln zu. Mar errötete. Selbst die Diener sahen ihnen frech in die Augen.

»Du solltest das nicht durchgehen lassen«, mahnte ihn Joan. »Du bist jetzt ihr Herr. Sie schulden dir Respekt, Treue . . .«

»Hör zu, Joan«, unterbrach ihn Arnau, »damit eines klar ist: Ich will keine Burg, noch bin ich jemandes Herr, und das habe ich auch in Zukunft nicht vor. Ich werde nur so lange hierbleiben, wie es unbedingt nötig ist, um alles Notwendige zu regeln. Wenn alles geklärt ist, kehre ich nach Barcelona zurück, und wenn die Frau Baronin auf ihrer Burg leben möchte, so hat sie alles für sich allein.«

Zum ersten Mal an diesem Tag huschte ein Lächeln über Mars Gesicht.

»Du kannst nicht weg«, erklärte Joan.

Mars Lächeln erstarb. Arnau sah den Mönch an.

»Ich kann nicht? Ich kann tun und lassen, was ich will. Schließlich bin ich Baron. Sind Barone nicht monatelang mit dem König unterwegs?«

»Aber sie ziehen in den Krieg.«

»Mit meinem Geld, Joan, mit meinem Geld. Ich finde, ich habe mehr Grund zu gehen als all diese Barone, die nichts anderes tun, als sich Geld zusammenzuleihen.« Er sah zur Burg hinauf. »Und worauf warten wir jetzt noch? Die Burg ist geräumt, und ich bin müde.«

»Es muss noch . . .«, begann Joan.

»Ach, du und deine Gesetze«, unterbrach ihn Arnau. »Weshalb müsst ihr Dominikaner euch mit Gesetzen befassen? Also was ist jetzt?«

»Arnau und Elionor, Baron und Baronin von Granollers, Sant Vicenç und Caldes de Montbui!« Der Ruf erschallte durch das ganze Tal, das sich zu Füßen des Hügels erstreckte. Alle Anwesenden blickten zum höchsten Turm der Festung hinauf. Dort stand Elionors Majordomus und verkündete, die Hände zu einem Trichter geformt: »Arnau und Elionor, Baron und Baronin von Granollers, Sant Vicenç und Caldes de Montbui! Arnau und Elionor . . .«

»Es musste noch verkündet werden, dass ihr die Burg in Besitz genommen habt«, führte Joan zu Ende.

Der Zug setzte sich wieder in Bewegung.

»Zumindest wird mein Name genannt.«

Der Majordomus hatte immer noch nicht geendet.

»Andernfalls wäre die Übergabe nicht rechtskräftig«, erklärte der Mönch.

Arnau wollte etwas sagen, doch dann schüttelte er nur den Kopf.

Wie die meisten Festungen, so war auch diese im Inneren der Mauern rund um den Burgfried ungeordnet gewachsen. An diesen hatte man ein weiteres Gebäude mit einem großen Saal, Küche und Vorratskammer sowie Schlafkammern im Obergeschoss angebaut. Etwas entfernt befanden sich mehrere Gebäude für das Gesinde und die wenigen Soldaten, aus denen die Besatzung der Burg bestand.

Der Hauptmann der Wache, ein zerlumpter, schmutziger Mann von untersetzter Statur, hieß Elionor und ihr Gefolge willkommen. Gemeinsam betraten sie den großen Saal.

»Zeig mir die Gemächer des Vogtes«, herrschte Elionor ihn an.

Der Hauptmann wies auf eine steinerne Treppe mit einer schlichten, gleichfalls steinernen Balustrade. Die Baronin ging nach oben, gefolgt von dem Soldaten, dem Majordomus, dem Schreiber und den Mägden. Arnau würdigte sie keines Blickes.

Die drei Estanyols blieben im Saal zurück, während die Sklaven Elionors Gepäck hereinbrachten.

»Vielleicht solltest du . . .«, begann Joan.

»Misch dich nicht ein, Joan«, fuhr Arnau ihm über den Mund.

Sie verbrachten eine ganze Weile damit, den Saal zu inspizieren: die hohen Decken, den gewaltigen Kamin, die Sessel, die Kandelaber und den Tisch für ein Dutzend Personen. Kurz darauf erschien Elionors Mayordomus auf der Treppe. Er kam jedoch nicht ganz nach unten, sondern blieb drei Stufen über ihnen stehen.

»Die Frau Baronin«, verkündete er, ohne sich an jemand Bestimmtes zu wenden, »lässt ausrichten, dass sie heute Abend sehr erschöpft ist und nicht gestört werden möchte.«

Der Majordomus wollte sich eben umdrehen, als Arnau ihm Einhalt gebot.

»He!«, rief er. Der Majordomus fuhr herum. »Richte deiner Herrin aus, dass sie unbesorgt sein kann. Niemand wird sie stören. Niemals . . .«, setzte er leise hinzu.

Mar riss überrascht die Augen auf und schlug die Hände vor den Mund. Der Majordomus wollte sich erneut umdrehen, doch Arnau hielt ihn ein weiteres Mal zurück.

»He!«, rief er. »Wo befinden sich unsere Gemächer?« Der Mann zuckte mit den Schultern. »Wo ist der Hauptmann?«

»Er kümmert sich um die Herrin.«

»Dann geh hinauf zu ihr und schick den Hauptmann nach unten. Und beeil dich, sonst schneide ich dir die Eier ab, und dann zwitscherst du bei der nächsten Burgübergabe wie ein Vögelchen.«

Der Majordomus zögerte, während er die Balustrade umklammerte. War das derselbe Arnau, der den ganzen Tag geduldig auf einem Karren gesessen hatte? Arnau kniff die Augen zusammen. Dann ging er zur Treppe und zog seinen Dolch aus *Bastaix*-Zeiten, den er bei der Hochzeit unbedingt tragen wollte. Der Majordomus sah die stumpfe Spitze nicht mehr; beim dritten Schritt von Arnau stürzte er die Treppe hinauf.

Als Arnau sich umdrehte, sah er Mar lachen. Bruder Joan hingegen blickte missmutig drein. Doch auch einige von Elionors Sklaven waren Zeugen der Szene geworden und tauschten belustigte Blicke aus.

»Und ihr ladet den Wagen ab und bringt die Sachen auf unsere Zimmer«, befahl er ihnen.

Sie lebten nun bereits seit über einem Monat auf der Burg. Arnau hatte versucht, Ordnung in seine neuen Besitzungen zu bringen, doch jedes Mal, wenn er sich in die Bücher der Baronie vertiefte, klappte er sie schließlich mit einem Seufzer zu. Zerrissene Seiten, ausradierte und überschriebene Zahlen, widersprüchliche, wenn nicht gar falsche Daten. Sie waren nicht zu durchschauen, außerdem völlig unlesbar.

Nach einer Woche Aufenthalt in Montbui begann Arnau mit dem Gedanken zu spielen, nach Barcelona zurückzukehren und die Liegenschaften einem Verwalter zu überlassen, doch dann entschied er sich, sie ein wenig besser kennenzulernen. Doch dazu suchte er nicht etwa die Adligen auf, die ihm Gefolgschaft schuldeten, ihn bei ihren Besuchen auf der Burg jedoch völlig ignorierten und stattdessen ihr Knie vor Elionor beugten. Sein Augenmerk galt dem gemeinen Volk, den Bauern, den Untergebenen seiner Untergebenen.

Begleitet von Mar, streifte er neugierig durch die Felder. Was wohl von dem stimmen mochte, was man in Barcelona so hörte? Die Entscheidungen der Händler in der großen Stadt, zu denen auch er gehörte, beruhten oft auf Nachrichten vom Hörensagen. Arnau wusste, dass die Pestepidemie von 1348 das Land entvölkert hatte und dass erst im vergangenen Jahr, 1358, eine Heuschreckenplage die Ernten vernichtet und damit die Lage noch verschlimmert hatte. Dies begann sich allmählich im Handel bemerkbar zu machen, und die Kaufleute veränderten ihre Strategien.

»Mein Gott!«, murmelte er hinter dem ersten Bauern her, als dieser ins Haus lief, um dem neuen Baron seine Familie vorzustellen.

Genau wie Arnau konnte Mar nicht den Blick von der heruntergekommenen Hütte wenden, die genauso schäbig und schmutzig war wie der Mann, der sie begrüßt hatte und der nun in Begleitung einer Frau und zweier kleiner Kinder wieder aus dem Haus kam.

Die vier stellten sich in einer Reihe vor ihnen auf und versuchten eine ungeschickte Verbeugung. Angst stand in ihren Augen. Ihre Kleidung war zerschlissen, und die Kinder konnten sich kaum auf den Beinen halten. Ihre Beine waren spindeldürr.

»Das ist deine ganze Familie?«, fragte Arnau.

Der Bauer wollte eben nicken, als aus dem Haus ein schwaches Wimmern zu vernehmen war. Arnau runzelte die Stirn, und der Mann schüttelte langsam den Kopf. Die Angst in seinen Augen wurde zu Traurigkeit.

»Meine Frau hat keine Milch, Herr.«

Arnau betrachtete die Frau. Wie sollte dieser Körper Milch haben? Sie war bis auf die Knochen abgemagert!

»Und es gibt niemanden hier, der . . .?«

Der Bauer kam seiner Frage zuvor.

»Es geht allen gleich, Herr. Die Kinder sterben.«

Arnau sah, wie Mar die Hand vor den Mund schlug.

»Zeig mir deinen Hof. Den Kornspeicher, die Ställe, dein Haus, die Felder.«

»Wir können nicht noch mehr zahlen, Herr!« Die Frau war auf die Knie gefallen und kroch auf Mar und Arnau zu. Arnau packte sie an den Armen. Bei der Berührung zuckte die Frau zusammen. Die Kinder begannen zu weinen.

»Schlagt sie nicht, Herr, ich flehe Euch an«, warf ihr Mann ein und trat näher. »Es ist wahr, wir können nicht mehr zahlen. Schlagt mich stattdessen.«

Arnau ließ die Frau los und trat einige Schritte zurück, bis er neben Mar stand, die das Geschehen mit weit aufgerissenen Augen verfolgte.

»Ich werde sie nicht schlagen«, sagte er dann, an den Bauern gewandt. »Und auch dich nicht. Niemanden aus deiner Familie. Ich werde nicht mehr Geld verlangen. Ich will nur deinen Hof sehen. Sag deiner Frau, sie soll aufstehen.«

Zuerst war es Angst gewesen, dann Traurigkeit, nun war es Verwunderung. Überrascht starrten sie Arnau aus ihren eingefallenen Augen an. Spielen wir hier Gott?, dachte Arnau. Was hatte man dieser Familie angetan, dass sie so reagierte? Sie ließen eines ihrer Kinder sterben und dachten immer noch, jemand könne kommen, um mehr Geld von ihnen zu verlangen.

Der Kornspeicher war leer, der Stall auch. Die Felder lagen brach, die Arbeitsgeräte waren abgenutzt, und das Haus ... Wenn das Kind nicht Hungers starb, dann an irgendeiner Krankheit. Arnau wagte es nicht, es anzufassen. Es sah aus, als würde es bei der kleinsten Berührung zerbrechen.

Arnau löste die Börse vom Gürtel und nahm ein paar Münzen heraus. Er wollte sie dem Mann geben, doch dann besann er sich und nahm noch mehr Münzen heraus.

»Ich will, dass dieses Kind lebt«, sagte er, während er das Geld auf ein Möbelstück legte, das irgendwann einmal ein Tisch gewesen sein musste. »Ich will, dass du, deine Frau und deine beiden anderen Kinder zu essen habt. Dieses Geld ist für euch, verstanden? Niemand hat ein Recht darauf. Sollte es Probleme geben, dann kommt zu mir auf die Burg.«

Niemand rührte sich. Die Bauersfamilie starrte die Münzen an. Sie konnten sich nicht einmal von dem Anblick losreißen, um sich von Arnau zu verabschieden, als dieser das Haus verließ.

Bedrückt und schweigend kehrte Arnau auf die Burg zurück. Auch Mar sagte nichts.

»Es geht allen gleich, Joan«, sagte Arnau irgendwann, als die beiden unweit der Burg durch die kühle Abendluft spazierten. »Einige hatten Glück und konnten in verlassenen Höfen unterkommen, deren Bewohner gestorben oder auch nur geflüchtet sind – was bleibt ihnen anderes übrig? Dieses Land nutzen sie nun als Forst- und Weideland und sichern so ihr Überleben, falls die Felder keinen Ertrag abwerfen. Aber die anderen ... die anderen befinden sich in einer verzweifelten Lage. Die Felder bringen keinen Ertrag, und sie verhungern.«

»Das ist noch nicht alles«, setzte Joan hinzu. »Ich habe gehört, dass die Adligen, deine Lehnsmänner, die übrig gebliebenen Bauern dazu verpflichten, sämtliche Feudalansprüche zu erfüllen, die in guten Zeiten nicht in Kraft waren. Die wenigen, die geblieben sind, werden ausgeblutet, um keine Einbußen zu haben gegenüber früher, als es noch viele waren und die Dinge gut liefen.«

Arnau schlief seit Tagen schlecht und schreckte immer wieder hoch, weil er im Traum ausgezehrte Gesichter vor sich sah. Doch in dieser

Nacht fand er erst gar keinen Schlaf. Er hatte seine Besitzungen besucht und war großzügig gewesen. Wie konnte er so etwas zulassen? All diese Familien waren von ihm abhängig – zuallererst von ihren Herrschaften, doch diese waren ihrerseits Arnaus Lehnsmänner. Wenn er als ihr Herr die Zahlung ihrer Pachtzinsen und Abgaben von ihnen verlangte, würden die Adligen die neuen Belastungen, die der Vogt nur äußerst nachlässig eingetrieben hatte, an diese unglücklichen Menschen weitergeben.

Sie waren Sklaven. Sklaven des Landes. Sklaven seines Landes. Arnau wälzte sich im Bett herum. Seine Sklaven! Ein Heer hungernder Männer, Frauen und Kinder, auf die niemand etwas gab, außer um sie bis auf den Tod auszupressen. Arnau dachte an die Adligen, die Elionor ihre Aufwartung gemacht hatten, gesund, kräftig, vornehm gekleidet ... Wie konnten sie leben, ohne zu bemerken, wie ihre Untertanen litten? Was konnte er tun?

Während Arnau jeden Tag niedergeschlagener war, sah Elionors Befinden ganz anders aus.

»Sie hat zu Mariä Himmelfahrt Adlige, Bauern und Dörfler herbestellt«, erklärte Joan seinem Bruder. Der Dominikanermönch war der Einzige, der in irgendeiner Weise Kontakt zur Baronin hatte.

»Warum das?«

»Damit sie euch ihre Aufwartung machen«, erläuterte er. Arnau bat ihn fortzufahren. »Nach dem Gesetz ...« Joan hob entschuldigend die Arme. Du hast mich darum gebeten, schien er sagen zu wollen. »Nach dem Gesetz kann ein Adliger jederzeit von seinen Untertanen eine Erneuerung ihres Treueschwurs verlangen. Da Elionor diesen noch nicht entgegengenommen hat, ist es nur verständlich, dass sie dies nun ändern will.«

»Soll das heißen, dass sie kommen werden?«

»Adlige und Ritter sind nicht verpflichtet, einem öffentlichen Aufruf Folge zu leisten, solange sie ihrem Herrn im Verlaufe eines Jahres, eines Monats und eines Tages ihre Aufwartung machen. Aber Elionor hat mit ihnen gesprochen, und so wie es aussieht, werden sie kommen. Immerhin ist sie ein Mündel des Königs. Niemand will es sich mit der Ziehtochter des Königs verscherzen.«

»Und mit dem Ehemann der Ziehtochter des Königs?«

Joan antwortete nicht. Doch da war etwas in seinen Augen ... Er kannte diesen Blick.

»Hast du mir etwas zu sagen, Joan?«

Der Mönch schüttelte den Kopf.

Elionor ließ auf einer Wiese zu Füßen der Burg ein Podest errichten. Sie träumte von Mariä Himmelfahrt. Wie oft hatte sie gesehen, wie Adlige und ganze Dörfer ihrem Vormund, dem König, den Treueid geleistet hatten. Nun würde man ihr den Treueid schwören, wie einer Königin, die über ihr Land herrschte. Was tat es da zur Sache, dass Arnau an ihrer Seite war? Alle wussten, dass der Treueid ihr galt, der Ziehtochter des Königs.

So groß war ihre Vorfreude, dass sie sich kurz vor dem großen Tag sogar dazu herabließ, Arnau zuzulächeln, zwar nur von fern und sehr flüchtig, aber sie lächelte.

Arnau zögerte, und seine Lippen verzogen sich zu einer schiefen Grimasse.

»Warum nur habe ich ihm zugelächelt?«, dachte Elionor. Sie ballte die Fäuste. »Wie dumm von mir, mich vor einem gewöhnlichen Geldwechsler, einem entlaufenen Bauern zu demütigen!« Sie lebten nun seit anderthalb Monaten in Montbui, und Arnau hatte sich ihr nicht genähert. War er denn kein Mann? Wenn niemand hinschaute, betrachtete sie Arnaus starken, kräftigen Körper, und wenn sie nachts alleine in ihrem Bett lag, träumte sie davon, dass dieser Mann sie leidenschaftlich nahm. Wie lange hatte sie keine Leidenschaft mehr empfunden? Und er demütigte sie mit seiner Gleichgültigkeit. Wie konnte er es wagen? Elionor biss sich heftig auf die Unterlippe. Er wird schon noch kommen, sagte sie sich.

An Mariä Himmelfahrt stand Elionor frühmorgens auf. Vom Fenster ihres einsamen Schlafgemachs aus sah sie auf die Wiese mit dem Podest hinunter, das sie hatte errichten lassen. Die Bauern begannen sich in der Ebene einzufinden. Viele hatten überhaupt nicht geschlafen, um dem Aufruf ihrer Herrschaften rechtzeitig zu folgen. Ein Adliger war noch nicht gekommen.

40

ie Sonne verhieß einen herrlichen, heißen Tag. Der Himmel war klar und wolkenlos wie vor beinahe vierzig Jahren bei der Hochzeit eines Leibeigenen namens Bernat Estanyol. Wie eine leuchtend blaue Kuppe wölbte er sich über den Tausenden von Untertanen, die sich in der Ebene versammelt hatten. Bald war es so weit. Elionor, die ihre prächtigsten Kleider trug, ging nervös in dem großen Saal der Burg Montbui auf und ab. Es fehlten nur noch die Adligen und Ritter! Joan saß in seinem schwarzen Habit auf einem Stuhl, und Arnau und Mar warfen sich bei jedem verzweifelten Seufzer von Elionor belustigte Blicke zu, so als hätten sie mit der ganzen Sache nichts zu tun.

Schließlich trafen die Adligen ein. Einer von Elionors Dienern, der genauso ungeduldig war wie seine Herrin, stürzte formlos in den Saal, um ihre Ankunft zu melden. Die Baronin trat ans Fenster, und als sie sich wieder zu den Anwesenden umdrehte, strahlte ihr Gesicht vor Glück. Die Adligen ihrer Baronie zogen mit allem Pomp, den sie aufzubieten hatten, in die Ebene ein. Mit ihren kostbaren Kleidern, ihren Schwertern und Juwelen mischten sie sich unters Volk und brachten Farbe in das triste Grau der Bauernkleidung. Die Pferde wurden von Stallburschen hinter dem Podest aufgestellt. Ihr Wiehern übertönte das Schweigen, mit dem die einfachen Leute ihre Herrschaften empfingen. Die Diener der Adligen stellten kostbare, mit bunter Seide bezogene Sessel vor dem Podest auf, wo die Adligen ihren neuen Baronen den Treueid leisten sollten. Instinktiv rückten die Menschen von der hintersten Stuhlreihe ab, um einen sichtbaren Abstand zwischen sich und den Privilegierten zu schaffen.

Elionor sah erneut aus dem Fenster und lächelte, als sie feststellte, mit wie viel Prunk und Vornehmheit ihre Vasallen sie willkommen zu heißen gedachten. Als sie schließlich vor ihnen auf dem Podest saß und sie von oben herab betrachtete, fühlte sie sich wie eine echte Königin.

Elionors Schreiber, der als Zeremonienmeister fungierte, eröffnete den Festakt, indem er den Erlass Pedros III. verlas, durch den dieser seinem Mündel Elionor die königliche Baronie Granollers, Sant Vicenç und Caldes de Montbui mitsamt aller Untertanen, Ländereien und Zehnten zur Mitgift gab. Elionor waren seine Worte eine Genugtuung. Sie spürte die Blicke, den Neid und – so schien es ihr – den Hass ihrer Gefolgsleute, die bislang allein dem König untertan gewesen waren. Auch zukünftig würden sie dem Herrscher zur Treue verpflichtet sein, doch von nun an würde eine weitere Autorität zwischen ihnen stehen: sie, Elionor. Arnau hingegen achtete gar nicht auf die Worte des Schreibers, sondern erwiderte das Lächeln der Bauern, die er besucht und denen er geholfen hatte.

Unter dem einfachen Volk standen unbeteiligt zwei auffällig gekleidete Frauen, wie es ihnen ihr Stand als Dirnen vorschrieb. Die eine war bereits betagt, die andere eine reife Schönheit, die stolz ihre Reize zur Schau stellte.

»Ihr Adligen und Ritter!«, rief der Schreiber, und diesmal hörte auch Arnau hin. »Schwört ihr Arnau und Elionor, Baron und Baronin von Granollers, Sant Vicenç und Caldes de Montbui, die Treue?«

»Nein!«

Das Nein schien den Himmel zu zerreißen. Der abgesetzte Vogt der Burg Montbui war aufgestanden und hatte mit donnernder Stimme auf die Frage des Schreibers geantwortet. Ein leises Murmeln erhob sich aus der Menge, die sich hinter den Adligen drängte. Joan schüttelte den Kopf, als hätte er es bereits geahnt. Mar sah unsicher aus zwischen all diesen Leuten, Arnau wusste nicht, was er machen sollte, und Elionor wurde wachsbleich.

Der Schreiber sah zu dem Podest, um die Anweisungen seiner Herrin entgegenzunehmen, doch als diese ausblieben, ergriff er die Initiative: »Ihr weigert euch?«

»Wir weigern uns«, polterte der Vogt selbstsicher. »Nicht einmal der König kann uns zwingen, einer Person den Treueid zu leisten, die von geringerem Stand ist als wir. So ist das Gesetz!« Joan nickte traurig. Er hatte es Arnau nicht sagen wollen. Die Adligen hatten Elionor getäuscht. »Arnau Estanyol«, fuhr der Vogt, an den Schreiber gewandt, fort, »ist Bürger von Barcelona, der Sohn eines landflüchtigen Bauern. Wir werden uns nicht vor dem Sohn eines Unfreien beugen, auch wenn ihm der König jene Titel verliehen hat, die du genannt hast!«

Die Jüngere der beiden auffällig gekleideten Frauen stellte sich auf die Zehenspitzen, um das Podest sehen zu können. Der Anblick der Adligen, die dort versammelt saßen, hatte ihre Neugier geweckt, doch als sie aus dem Mund des Vogts den Namen Arnau hörte, Bürger von Barcelona und Sohn eines Unfreien, begannen ihre Knie zu zittern.

Während im Hintergrund das Gemurmel der Menge zu hören war, sah der Schreiber erneut zu Elionor hinüber. Auch Arnau sah sie an, doch die Ziehtochter des Königs rührte sich nicht. Sie war wie versteinert. Nach dem ersten Schock hatte sich ihre Überraschung in Zorn gewandelt. Ihr bleiches Gesicht hatte sich gerötet, sie zitterte vor Wut und umklammerte die Lehnen ihres Sessels so fest, als wollte sie ihre Finger in das Holz bohren.

»Weshalb hast du mir erzählt, er sei tot?«, fragte Aledis, die Jüngere der beiden Dirnen.

»Er ist mein Sohn, Aledis.«

»Arnau ist dein Sohn?«

Francesca nickte, gab Aledis aber gleichzeitig ein Zeichen, leiser zu sprechen. Um nichts in der Welt wollte sie, dass jemand erfuhr, dass Arnau der Sohn einer öffentlichen Frau war. Glücklicherweise achteten die Menschen um sie herum nur auf die Auseinandersetzung zwischen den Adligen.

Für einen Moment schien sich der Konflikt zu verschärfen. Angesichts der Untätigkeit der anderen beschloss Joan einzugreifen.

»Ihr mögt recht haben mit dem, was Ihr sagt«, erklärte er, hinter der gedemütigten Baronin stehend. »Ihr könnt den Treueid verweigern, doch das entbindet Euch nicht davon, Euren Lehnsherren zu Diensten zu stehen und ihre Rechte anzuerkennen. So ist das Gesetz! Seid Ihr dazu bereit?«

Während der Vogt, wohl wissend, dass der Dominikaner recht hatte, seine Mitstreiter ansah, winkte Arnau Joan zu sich heran.

»Was bedeutet das?«, fragte er ihn leise.

»Es bedeutet, dass sie ihren Stolz wahren können. Sie brauchen nicht . . .«

». . . einem unter ihnen Stehenden die Ehre zu erweisen«, half ihm Arnau. »Du weißt doch, dass mir das nie etwas ausgemacht hat.«

»Sie erweisen dir nicht ihre Hochachtung und unterwerfen sich dir nicht als Vasallen, doch das Gesetz verpflichtet sie, dir ihre Dienste zur Verfügung zu stellen und anzuerkennen, dass sie ihren Grundbesitz und ihre Titel aus deiner Hand empfangen.«

»Wir erkennen sie an«, erklärte der Vogt.

Arnau achtete nicht auf den Adligen. Er sah ihn nicht einmal an. Er dachte nach. Das war die Lösung für das Elend der Bauern. Joan beugte sich immer noch zu ihm herüber. Elionor zählte nicht mehr. Ihr Blick war weit weg, bei ihren verlorenen Träumen.

»Das heißt also«, fragte Arnau Joan, »dass ich das Sagen habe und sie mir gehorchen müssen, auch wenn sie mich nicht als ihren Baron anerkennen?«

»Ja. Sie wahren nur ihr Gesicht.«

»Gut«, sagte Arnau. Dann erhob er sich feierlich und winkte den Schreiber heran. »Siehst du die Lücke zwischen den Adligen und dem Volk?«, fragte er ihn, als dieser neben ihm stand. »Ich will, dass du dich dort hinstellst und das, was ich sage, so laut wiederholst, wie du kannst, Wort für Wort. Ich will, dass alle erfahren, was ich zu sagen habe!«

Während der Schreiber zu der Lücke hinter den Adligen ging, warf Arnau dem Vogt, der eine Antwort auf seine Einwilligung zur Anerkennung der Rechte erwartete, ein spöttisches Lächeln zu.

»Ich, Arnau, Baron von Granollers, Sant Vicenç und Caldes de Montbui . . .«

Arnau wartete, dass der Schreiber seine Worte wiederholte: »Ich, Arnau, Baron von Granollers, Sant Vicenç und Caldes de Montbui . . .«

». . . erkläre hiermit alle Gewohnheitsrechte gegenüber unfreien Bauern für aufgehoben . . .«

». . . erkläre hiermit alle . . .«

»Das kannst du nicht machen!«, schrie einer der Adligen dazwischen.

Angesichts der Empörung der Adligen sah Arnau, Bestätigung suchend, zu Joan.

»Doch, das kann ich«, antwortete er knapp, als Joan nickte.

»Wir werden uns an den König wenden!«, schrie ein anderer.

Arnau zuckte mit den Schultern. Joan trat zu ihm.

»Hast du bedacht, was mit diesen armen Leuten geschieht, wenn du ihnen Hoffnung machst und dich der König dann in die Schranken weist?«

»Joan«, entgegnete Arnau mit einer Selbstsicherheit, die ihm bislang gefehlt hatte, »mag sein, dass ich nichts von Ehre, Adel und Rittertum verstehe, aber ich weiß, wie viele Darlehen an den König in meinen Büchern vermerkt sind. Und nach meiner Heirat mit seinem Mündel sind sie in Anbetracht des Feldzugs nach Mallorca noch beträchtlich gestiegen«, setzte er lächelnd hinzu. »Davon verstehe ich sehr wohl etwas. Ich versichere dir, dass der König mein Wort nicht in Frage stellen wird.«

Arnau sah den Schreiber an, damit dieser fortfahre: ». . . erkläre hiermit alle Gewohnheitsrechte gegenüber den unfreien Bauern für aufgehoben . . .«, rief der Schreiber.

»Ich erkläre das Recht des Herrn für abgeschafft, Anspruch auf einen Teil des Erbes seiner Untertanen zu erheben.« Arnau sprach klar und deutlich, damit der Schreiber seine Worte wiederholen konnte. Das Volk hörte schweigend zu, ungläubig und hoffnungsvoll zugleich. »Des Weiteren erkläre ich für abgeschafft das Recht, einen Teil oder den gesamten Besitz eines Ehebrechers für sich zu beanspruchen. Das Recht, das dem Herrn einen Teil des Besitzes jener Bauern zuspricht, die kinderlos sterben. Das Recht, die Bauern nach Gutdünken körperlich zu züchtigen und sich in ihre Angelegenheiten einzumischen.« Es war so still, dass sogar der Schreiber verstummte, als er merkte, dass die versammelte Menge ohne Probleme verstehen konnte, was ihr Herr zu sagen hatte. Francesca hielt sich an Aledis' Arm fest. »Abgeschafft wird die Verpflichtung des Bauern, seinen Herrn für einen Brand auf seinem Land zu entschädigen. Abgeschafft wird das Recht des Herrn, die erste Nacht mit der Braut zu verbringen.«

Arnau konnte es nicht sehen, doch inmitten der Menge, die freudig zu murmeln begann, als klar wurde, dass er seine Worte ernst meinte, ließ eine alte Frau – seine Mutter – Aledis' Arm los und schlug die Hände vors Gesicht. Aledis begriff sofort. Tränen traten ihr in die Augen, und sie umarmte ihre Herrin. Unterdessen waren die Adligen und Ritter vor dem Podest, von dem herunter Arnau ihre Untertanen freisprach, aufgesprungen und beratschlagten, wie das Problem dem König am besten zu unterbreiten sei.

»Ich erkläre alle Rechte für abgeschafft, nach denen die Bauern bislang zu Diensten verpflichtet wurden, die über die rechtmäßige Zahlung des Pachtzinses für ihr Land hinausgehen. Ich erkläre euch für frei, euer eigenes Brot zu backen, eure eigenen Tiere zu beschlagen und eure Werkzeuge in euren eigenen Schmieden instand zu setzen. Den Frauen und Müttern steht es frei, sich zu weigern, den Kindern der Herrschaften kostenlos als Amme zu dienen.« Die Alte, in ihre Erinnerungen versunken, konnte gar nicht mehr aufhören zu weinen. »So wie es euch freisteht, nicht länger kostenlos in den Häusern eurer Herrschaften zu dienen. Ich befreie euch von der Verpflichtung, eure Herrschaften zu Weihnachten zu beschenken und unentgeltlich Frondienste zu leisten.«

Arnau schwieg einen Moment und betrachtete die Menge hinter den besorgten Adligen, die auf einen ganz bestimmten Satz wartete. Etwas fehlte noch. Die Leute wussten das und warteten ungeduldig, als Arnau plötzlich verstummte. Etwas fehlte noch.

»Ich erkläre euch für frei!«, rief er schließlich.

Der Vogt schrie auf und ballte die Faust in Arnaus Richtung. Auch die Adligen um ihn herum gestikulierten und schrien.

»Wir sind frei!«, schluchzte die Alte im Jubel der Menge.

»Mit dem heutigen Tag, an dem sich einige Adlige geweigert haben, der Ziehtochter des Königs ihre Hochachtung zu erweisen, sind die Bauern, die das Land der Barone von Granollers, Sant Vicenç und Caldes de Montbui bestellen, jenen im neuen Katalonien gleichgestellt, in den Baronien Entença, Conca del Barberà, in Tarragona, in der Grafschaft Prades, Segarra oder Garriga, in der Markgrafschaft Aytona, in Tortosa oder Urgell ... den Bauern in allen neunzehn Marken dieses Katalonien, das mit dem Einsatz und dem Blut eurer Väter erobert wurde. Ihr seid frei! Ihr seid Bauern, doch niemals wieder werdet ihr auf diesem Land Leibeigene sein, genauso wenig wie eure Kinder und Kindeskinder!«

»Und eure Mütter«, flüsterte Francesca leise, bevor sie erneut in Tränen ausbrach und sich an Aledis klammerte, die eine Gänsehaut hatte.

Arnau musste das Podest verlassen, um zu verhindern, dass sich das jubelnde Volk auf ihn stürzte. Joan stützte Elionor, die sich nicht alleine auf den Beinen halten konnte. Hinter ihnen versuchte Mar, ihre aufgewühlten Gefühle in den Griff zu bekommen.

Als sich Arnau und seine Begleiter in die Burg zurückzogen, begann sich die Ebene zu leeren. Nachdem die Adligen übereingekommen waren, wie sie die Angelegenheit dem König unterbreiten sollten, preschten auch sie im gestreckten Galopp davon, ohne Rücksicht auf die Menschen zu nehmen, die sich auf den Straßen drängten und die in den Graben springen mussten, um nicht von einem wutentbrannten Reiter über den Haufen geritten zu werden. Die Bauern kehrten langsam zu ihren Höfen zurück, mit einem Lächeln auf ihren Gesichtern.

Nur zwei Frauen blieben auf dem Platz zurück.

»Weshalb hast du mich belogen?«, fragte Aledis.

Die alte Frau sah sie an.

»Weil du ihn nicht verdient hattest ... und weil er nicht mit dir leben sollte. Du warst nicht dazu bestimmt, seine Frau zu sein.« Francesca zögerte nicht. Sie sagte es kalt, so kalt, wie es ihre raue Stimme zuließ.

»Findest du wirklich, dass ich ihn nicht verdient habe?«, fragte Aledis.

Francesca wischte sich die Tränen ab und wurde wieder zu der Frau, die seit Jahren energisch und unerschütterlich ihr Geschäft betrieb.

»Hast du nicht gesehen, was aus ihm geworden ist? Hast du nicht gehört, was er gerade gesagt hat? Glaubst du, sein Leben wäre mit dir genauso verlaufen?«

»Die Sache mit meinem Mann und dem Duell ...«

»... war eine Lüge.«

»Dass ich gesucht wurde ...«

»Auch.« Aledis runzelte die Stirn und sah Francesca an. »Du hast mich ebenfalls belogen, erinnerst du dich?«, warf ihr die Alte vor.

»Ich hatte meine Gründe.«

»Und ich die meinen.«

»Du wolltest mich für dein Geschäft ködern ... Jetzt verstehe ich.«

»Das war nicht der einzige Grund, aber ich gebe es zu, ja. Hast du einen Grund zur Klage? Wie viele unbedarfte Mädchen hast du seither belogen?«

»Das wäre nicht nötig gewesen, wenn du nicht ...«

»Ich erinnere dich daran, dass es deine freie Entscheidung war. Andere unter uns hatten keine Wahl.«

Aledis zögerte. »Es war sehr hart, Francesca. Mich nach Figueras durchzuschlagen, mich zu erniedrigen, zu unterwerfen . . . Und wozu das alles?«

»Du lebst gut, besser als viele der Adligen, die heute hier waren. Es fehlt dir an nichts.«

»Doch. Meine Ehre.«

Francesca richtete sich so weit auf, wie es ihr gebeugter Körper erlaubte.

»Weißt du, Aledis, ich verstehe nichts von Ehrbarkeit und Ehre. Du hast mir deine verkauft. Mir wurde meine geraubt, als ich ein Mädchen war. Niemand hat mir die Wahl gelassen. Heute habe ich die Tränen geweint, die ich mir mein Leben lang versagt habe, und damit ist es genug. Wir sind, was wir sind, und weder dir noch mir nützt es, daran zu denken, wie wir dazu wurden. Überlass es den anderen, sich um der Ehre willen zu schlagen. Du hast sie heute gesehen. Wer von denen, die mit uns hier standen, ist in der Lage, von Ehre zu sprechen?«

»Vielleicht jetzt, da sie nicht länger unfrei sind . . .«

»Mach dir nichts vor. Sie werden auch weiterhin arme Schlucker bleiben, für die es nicht zum Leben und nicht zum Sterben reicht. Wir haben hart gekämpft, um das zu erreichen, was wir haben. Denk nicht an die Ehre. Sie ist nicht fürs Volk gemacht.«

Aledis sah sich um und betrachtete die Leute. Man hatte sie aus der Leibeigenschaft befreit, ja, aber es waren immer noch dieselben Männer und Frauen ohne Hoffnung, dieselben hungernden Kinder, barfüßig und halbnackt. Sie nickte und umarmte Francesca.

41

»Du willst mich doch nicht hier zurücklassen!«

Elionor stürzte wie eine Furie die Treppe hinunter. Arnau saß in dem großen Saal am Tisch und unterzeichnete die Dokumente, mit denen er die Leibeigenschaft auf seinem Land abschaffte. »Sobald sie unterschreibt, reise ich ab«, hatte er zu Joan gesagt. Der Mönch und Mar standen hinter Arnau und beobachteten die Szene.

Arnau hörte auf zu schreiben und sah Elionor an. Es war wohl das erste Mal seit ihrer Hochzeit, dass sie miteinander sprachen. Arnau stand nicht auf.

»Was liegt dir daran, ob ich bleibe?«

»Wie kannst du wollen, dass ich an einem Ort bleibe, wo man mich derart gedemütigt hat?«

»Dann lass es mich anders ausdrücken: Was könnte dir daran liegen, mit mir zu kommen?«

»Du bist mein Mann!« Ihre Stimme überschlug sich. Sie hatte alle Möglichkeiten tausendmal erwogen. Sie konnte nicht hierbleiben, aber sie konnte auch nicht an den königlichen Hof zurück. Arnau machte ein ungehaltenes Gesicht. »Wenn du fortgehst und mich zurücklässt, werde ich mich an den König wenden«, setzte Elionor hinzu.

Ihre Worte klangen Arnau drohend in den Ohren. »Wir werden uns an den König wenden!«, hatten ihm die Adligen gedroht. Den Angriff der Adligen glaubte er abwehren zu können, doch ... Er betrachtete die Dokumente, die er soeben unterzeichnet hatte. Wenn sich seine eigene Frau, die Ziehtochter des Königs, den Klagen der Adligen anschloss ...

»Unterschreib«, bat er sie und schob ihr die Dokumente hin.

»Weshalb sollte ich das tun? Wenn du die Leibeigenschaft aufhebst, haben wir keine Einnahmen mehr.«

»Unterschreib, und du wirst in einem Palast in der Calle de Montcada in Barcelona leben. Du wirst nicht auf diese Pachtzinsen angewiesen sein. Du wirst so viel Geld haben, wie du willst.«

Elionor trat an den Tisch, nahm die Feder und beugte sich über die Dokumente.

»Was garantiert mir, dass du Wort hältst?«, fragte sie plötzlich und sah Arnau an.

»Die Tatsache, dass ich dich umso seltener sehe, je größer das Haus ist. Das ist die Garantie. Je besser du lebst, umso weniger wirst du mich belästigen. Reichen dir diese Garantien? Ich habe nicht vor, dir eine andere zu geben.«

Elionor sah Mar und Joan an, die hinter Arnau standen. War das ein Lächeln auf dem Gesicht des Mädchens?

»Werden sie bei uns leben?«, fragte sie und deutete mit der Feder auf die beiden.

»Ja.«

»Auch das Mädchen?«

Mar und Elionor tauschten einen eisigen Blick.

»Habe ich mich nicht deutlich genug ausgedrückt, Elionor? Unterschreibst du jetzt oder nicht?«

Sie unterschrieb.

Arnau wartete nicht, bis Elionor ihre Vorbereitungen getroffen hatte. Er reiste noch am selben Tag nach Barcelona ab, in den Abendstunden, um der Augusthitze zu entkommen, und zwar genauso, wie er gekommen war: auf einem gemieteten Wagen.

Keiner von ihnen blickte zurück, als der Wagen durch das Burgtor rumpelte.

»Weshalb müssen wir mit ihr zusammenleben?«, fragte Mar Arnau auf der Rückfahrt.

»Ich darf den König nicht vor den Kopf stoßen, Mar. Man weiß nie, wie die Antwort eines Königs aussieht.«

Mar schwieg nachdenklich.

»Hast du ihr deshalb diese ganzen Angebote gemacht?«

»Nein . . . Nun ja, auch, aber vor allem wegen der Bauern. Ich will nicht, dass sie sich beschwert. Der König hat uns vermeintliche Pachteinkünfte zugestanden, obwohl diese in Wirklichkeit nicht existieren oder verschwindend gering sind. Wenn sie nun zum König geht und sich beklagt, dass ich durch mein Vorgehen diese Einkünfte verschleudert hätte, könnte er womöglich meine Anordnungen rückgängig machen.«

»Der König? Warum sollte der König das tun?«

»Du musst wissen, dass der König vor einigen Jahren eine Verfügung gegen die unfreien Bauern erlassen hat und die Privilegien einschränkte, die er und seine Vorgänger den Städten gewährt hatten. Die Kirche und der Adel haben ihn gedrängt, etwas dagegen zu unternehmen, dass die Bauern fliehen und das Land unbestellt zurücklassen . . . Und das hat er getan.«

»Ich hätte nicht gedacht, dass er so etwas tun könnte.«

»Er ist auch ein Adliger, Mar. Der Erste unter ihnen.«

Sie übernachteten in einem Gehöft außerhalb von Montcada. Arnau entlohnte die Bauern großzügig. Im Morgengrauen brachen sie auf und erreichten Barcelona, bevor es heiß wurde.

»Die Lage ist dramatisch, Guillem«, erklärte Arnau, als sie nach der ersten Begrüßung alleine zurückblieben. »Um das Prinzipat ist es noch wesentlich schlechter bestellt, als wir dachten. Hier erreichen uns nur vage Nachrichten, doch man muss mit eigenen Augen sehen, in welchem Zustand sich die Felder und das Land befinden. Es sieht nicht gut für uns aus.«

»Ich habe schon längst Maßnahmen ergriffen«, überraschte ihn Guillem. Arnau bat ihn fortzufahren. »Die Krise hat sich schon lange angekündigt. Wir haben bereits einmal darüber gesprochen. Unsere Währung verliert im Ausland immer mehr an Wert, doch der König hier in Katalonien unternimmt nichts dagegen. Die Wechselkurse sind unhaltbar. Die Stadt verschuldet sich immer tiefer, um zu erhalten, was sich Barcelona geschaffen hat. Der Handel wirft keine Gewinne mehr ab, und die Leute sehen sich nach sichereren Orten für ihr Geld um.«

»Und unser Geld?«

»Ist im Ausland. In Pisa, in Florenz, sogar in Genua. Dort kann man noch zu vernünftigen Kursen handeln.« Die beiden schweigen. »Castelló wurde für bankrott erklärt«, erklärte Guillem dann. »Das Unheil nimmt seinen Lauf.«

Arnau erinnerte sich an den freundlichen, dicken, stets schwitzenden Geldwechsler.

»Was ist geschehen?«

»Er war unvorsichtig. Die Leute haben begonnen, ihre Einlagen zurückzuverlangen, und er konnte sie nicht auszahlen.«

»Wird er zahlen können?«

»Ich glaube nicht.«

Am 29. August kehrte der König siegreich von seinem Mallorca-Feldzug gegen Pedro den Grausamen zurück. Als die katalanische Flotte vor den Balearen auftauchte, war der Kastilier von Ibiza geflohen, nachdem er die Insel zuvor erobert und geplündert hatte.

Als einen Monat später Elionor eintraf, bezogen die Estanyols den Palast in der Calle de Montcada. Auch Guillem zog mit ein, obwohl er sich anfänglich geweigert hatte.

Nach zwei Monaten gewährte der König dem Vogt von Montbui eine Audienz. Tags zuvor hatten Gesandte des Königs um ein weiteres Darlehen in Arnaus Wechselstube ersucht. Als man es ihnen gewährte, schickte der König den Vogt weg und ließ Arnaus Anordnungen bestehen.

Nach weiteren zwei Monaten war die Frist von sechs Monaten abgelaufen, die das Gesetz einem Bankrotteur zugestand, um seine Schulden zu begleichen, und der Geldwechsler Castelló wurde vor seiner Wechselstube an der Plaza dels Canvis enthauptet. Sämtliche Geldwechsler der Stadt mussten der Hinrichtung in der ersten Reihe beiwohnen. Arnau sah, wie sich nach einem sicheren Hieb des Henkers Castellós Haupt vom Rumpf trennte. Gerne hätte er wie so viele andere die Augen geschlossen, doch er konnte nicht. Er musste hinsehen. Es war eine Mahnung zur Vorsicht, die er niemals vergessen durfte, sagte er sich, während sich das Blut auf das Schafott ergoss.

42

Er sah sie lächeln. Arnau sah seine Schutzpatronin weiterhin lächeln, und auch das Leben zeigte ihm sein freundliches Gesicht. Er war nun vierzig Jahre alt, und trotz der Krise liefen seine Geschäfte gut und warfen große Gewinne ab, von denen er einen Teil an die Bedürftigen gab oder an die Kirche Santa María stiftete. Mit der Zeit gab Guillem ihm recht: Die einfachen Leute aus dem Volk zahlten ihre Darlehen Münze für Münze zurück. Arnaus Kirche wuchs weiter in die Höhe. Das dritte Mittelschiffjoch und die beiden Achtecktürme an der Hauptfassade waren im Entstehen begriffen. In Santa María wimmelte es vor Handwerkern: Steinmetze und Bildhauer, Maler, Glaser, Zimmerleute und Schmiede. Es gab sogar einen Orgelbauer, dessen Arbeit Arnau aufmerksam verfolgte. Wie würde die Musik in dieser gewaltigen Kirche klingen?, fragte er sich oft. Nach dem Tod des Erzdiakons Bernat Llull und dem vorübergehenden Wirken zweier anderer Kanoniker hatte nun Pere Salvete de Montirac, mit dem Arnau regelmäßig zu tun hatte, dieses Amt inne. Auch der große Baumeister Berenguer de Montagut und sein Nachfolger Ramon Despuig waren gestorben. Nun war Guillem Metge mit der Leitung der Bauarbeiten befasst.

Aber Arnau war nicht nur mit den Pröpsten von Santa María gut bekannt. Durch seine finanzielle Situation und seine neue Aufgabe pflegte er auch einen vertrauten Umgang mit den Ratsherren und Zunftmeistern der Stadt sowie den Mitgliedern des Rats der Hundert. Seine Meinung wurde an der Börse gehört, und Händler und Geschäftsleute folgten seinen Ratschlägen.

»Du musst das Amt annehmen«, hatte ihm Guillem geraten.

Arnau bedachte sich kurz. Man hatte ihm einen der beiden Posten als Seekonsul von Barcelona angeboten. Der Seekonsul war der oberste

Vertreter des Handels in der Stadt, mit eigener Rechtsbefugnis bei geschäftlichen Auseinandersetzungen, unabhängig von allen anderen Institutionen in Barcelona, dafür zuständig, Probleme im Hafen und unter den Arbeitern zu lösen und darauf zu achten, dass die Vorschriften und Satzungen des Handels eingehalten wurden.

»Ich weiß nicht, ob ich das kann . . .«

»Niemand ist besser dafür geeignet als du, Arnau, glaub mir«, unterbrach ihn Guillem. »Du kannst das. Ganz sicher kannst du das.«

Und so willigte Arnau ein, einer der beiden neuen Konsuln zu werden, wenn die Amtszeit der Vorgänger endete.

Santa María, seine Geschäfte, seine künftigen Pflichten als Seekonsul – das alles schuf eine Mauer rund um Arnau, hinter der sich der ehemalige *Bastaix* wohlfühlte. Wenn er nach Hause in den Palast in der Calle Montcada kam, merkte er nicht, was hinter dem großen Portal vor sich ging.

Arnau hatte sein Versprechen gegenüber Elionor gehalten, doch sein Verhalten bestätigte auch die Gründe, deretwegen er ihr dieses Angebot unterbreitet hatte. Ihr Verhältnis war kühl und distanziert und beschränkte sich auf das Allernötigste. Unterdessen war Mar zwanzig Jahre alt und weigerte sich nach wie vor zu heiraten. Weshalb sollte sie, wo sie doch Arnau hatte? Was würde er ohne sie tun? Wer sollte ihm die Schuhe ausziehen und ihn umsorgen, wenn er von der Arbeit nach Hause kam? Wer sollte mit ihm reden und sich seine Probleme anhören? Elionor vielleicht? Joan, der sich mehr und mehr in seine Studien vertiefte? Die Sklaven? Oder Guillem, mit dem er bereits den Großteil des Tages verbrachte?

Jeden Tag wartete Mar ungeduldig auf Arnaus Heimkehr. Wenn sie ihn an das große Portal klopfen hörte, schlug ihr Herz schneller, und mit einem Lächeln auf den Lippen stürmte sie los, um ihn oben an der Treppe zur Adelsetage zu erwarten. Während des Tages, wenn Arnau nicht da war, war ihr Leben eintönig und eine ständige Qual.

»Kein Rebhuhn!«, tönte es da durch die Küche. »Heute gibt es Kalbfleisch.«

Mar wandte sich zu der Baronin um, die in der Küchentür stand. Arnau mochte Rebhuhn, also war sie mit Donaha welches kaufen gegangen. Sie hatte das Geflügel selbst ausgewählt, es an einem Balken in der Küche aufgehängt und täglich seinen Zustand geprüft. Schließlich befand sie, dass es abgehangen genug war, und ging frühmorgens nach unten in die Küche, um es zuzubereiten.

»Aber . . .«, wollte Mar widersprechen.

»Kalbfleisch«, bestimmte Elionor und warf Mar einen vernichtenden Blick zu.

Mar sah Donaha an, doch die Sklavin zuckte beinahe unmerklich mit den Schultern.

»Was in diesem Haus gegessen wird, bestimme ich«, setzte die Baronin hinzu, diesmal an die gesamte Dienerschaft in der Küche gewandt. »In diesem Haus habe ich das Sagen!«

Damit drehte sie sich um und ging.

An diesem Tag wartete Elionor ab, welche Folgen ihr Affront hatte. Würde sich das Mädchen an Arnau wenden oder würde es die Auseinandersetzung für sich behalten? Auch Mar dachte darüber nach, ob sie Arnau davon erzählen sollte. Was gewann sie damit? Wenn Arnau für sie Partei ergriff, würde er Streit mit Elionor bekommen, und sie war ja tatsächlich die Hausherrin. Und wenn er nicht für sie Partei ergriff? Die Vorstellung versetzte ihr einen Stich. Arnau hatte einmal gesagt, dass er den König nicht vor den Kopf stoßen dürfe. Und wenn Elionor sich ihretwegen beim König beschwerte? Was würde Arnau dann sagen?

Am Abend warf Elionor dem Mädchen ein abschätziges Lächeln zu, als sie feststellte, dass Arnau sich ihr gegenüber genauso verhielt wie immer. Mit der Zeit wurde dieses Lächeln zu Mars ständigem Begleiter. Elionor untersagte ihr, mit den Dienern zum Einkaufen zu gehen und die Küche zu betreten. Sie postierte Bedienstete vor den Türen der Wohnräume, wenn sie sich darin aufhielt. »Die Baronin möchte nicht gestört werden«, bekam Mar zu hören, wenn sie hineinwollte. Tag für Tag fand Elionor neue Wege, das Mädchen zu piesacken.

Der König. Sie durften den König nicht vor den Kopf stoßen. Diese Worte hatten sich Mar eingeprägt, und sie rief sie sich immer wieder in Erinnerung. Elionor war seine Ziehtochter und hatte jederzeit Zugang zum König. Sie würde Elionor keinen Anlass geben, sich beleidigt zu fühlen.

Welch großer Irrtum! Die häuslichen Zwistigkeiten stellten Elionor nicht zufrieden. Ihre kleinen Siege verpufften, wenn Arnau nach Hause kam und Mar sich in seine Arme warf. Die beiden lachten miteinander, sie plauderten ... und sie berührten sich. Arnau saß in einem Sessel und erzählte von seinem Tag, den Auseinandersetzungen an der Börse, dem Wechselgeschäft, den Schiffen, und Mar kauerte zu seinen Füßen und lauschte andächtig seinen Geschichten. War dies nicht eigentlich der Platz seiner rechtmäßigen Ehefrau? Nach dem Abendessen stand Arnau am Fenster und betrachtete gemeinsam mit Mar, die sich bei ihm untergehakt hatte, die sternenklare Nacht. Hinter ihnen ballte Elionor die Fäuste, bis sich ihre Fingernägel schmerzhaft in die Handflächen gruben. Dann stand sie brüsk auf, um sich zurückzuziehen.

In der Einsamkeit ihrer Gemächer überdachte sie ihre Situation. Arnau hatte sie seit der Hochzeit kein einziges Mal berührt. Sie streichelte ihren Körper, ihre immer noch festen Brüste, ihre Hüften, ihre Scham, doch wenn die Lust sie übermannte, wurde ihr stets schmerzlich bewusst, dass es diesem Mädchen gelungen war, ihren Platz einzunehmen.

»Was geschieht, wenn mein Mann stirbt?«

Sie fragte direkt und ohne Umschweife, nachdem sie vor dem mit Büchern beladenen Tisch Platz genommen hatte. Dann hustete sie. Dieses Studierzimmer voller Bücher und Akten, der Staub ...

Reginald d'Area betrachtete seine Besucherin in aller Ruhe. Er sei der beste Anwalt der Stadt, hatte man Elionor gesagt, sehr erfahren in der Auslegung der katalonischen Gesetze.

»Wenn ich Euch recht verstanden habe, habt Ihr keine gemeinsamen Kinder mit Eurem Gemahl, ist das richtig?« Elionor runzelte die Stirn. »Ich muss es wissen«, sagte er bedächtig. Seine gesamte Erscheinung – ein beleibter, gutmütiger Herr mit weißen Haaren und weißem Bart – flößte ihr Sicherheit ein.

»Nein, haben wir nicht.«

»Ich nehme an, Eure Anfrage bezieht sich auf den Aspekt der Erbschaft.«

Elionor rutschte unruhig auf ihrem Stuhl hin und her.

»Ja«, antwortete sie schließlich.

»Eure Mitgift erhaltet Ihr zurück. Was das Vermögen Eures Mannes angeht, so kann er in einem Testament darüber verfügen, wie er möchte.«

»Mir stünde nichts zu?«

»Der Nießbrauch an seinem Besitz während des Trauerjahres.«

»Mehr nicht?«

Der Ausruf brachte Reginald d'Area aus der Fassung. Wofür hielt sich diese Frau?

»Das habt Ihr Eurem Vormund König Pedro zu verdanken«, entgegnete er trocken.

»Wie meint Ihr das?«

»Bis zur Thronbesteigung Eures Vormunds war in Katalonien ein Gesetz König Jaimes I. in Kraft, nach dem die Witwe ein Lebtag lang in den Nießbrauch des gesamten Erbes ihres Mannes kam, solange sie sich ehrbar verhielt. Doch die Händler in Barcelona und Perpignan sind sehr misstrauisch, was ihr Vermögen angeht, selbst gegenüber ihren Ehefrauen, und setzten ein königliches Privileg durch, dem zufolge dieser Nießbrauch nur für das Trauerjahr gelten sollte. Euer Vormund hat dieses Privileg in den Stand eines Gesetzes erhoben, das für das gesamte Prinzipat Gültigkeit hat ...«

Elionor hatte genug gehört und stand auf, bevor der Anwalt zu Ende gesprochen hatte. Sie hustete erneut und ließ ihren Blick durch die Studierstube schweifen. Was wollte er mit all diesen Büchern? Reginald erhob sich ebenfalls.

»Wenn Ihr noch etwas benötigt ...«

Elionor, die sich bereits zum Gehen gewandt hatte, winkte lediglich ab.

Die Sache war klar: Sie brauchte ein Kind von ihrem Mann, um ihre Zukunft abzusichern. Arnau hatte Wort gehalten, und Elionor hatte ein anderes Leben kennengelernt: Ein Leben im Luxus, den sie bei Hofe zwar gesehen hatte, der ihr aber nach unzähligen Kontrollen durch die königlichen Schatzmeister stets verwehrt geblieben war. Nun gab sie so viel Geld aus, wie sie wollte, hatte alles, was sie sich wünschte. Doch was, wenn Arnau starb? Die Einzige, die ihr im Weg stand, die Einzige, die ihn von ihr fernhielt, war diese wollüstige Hexe. Wenn die Hexe nicht mehr da wäre ... wenn sie verschwände ... dann würde Arnau sicherlich ihren Reizen erliegen. Oder sollte sie etwa nicht in der Lage sein, einen geflohenen Bauern zu verführen?

Einige Tage später ließ Elionor den Mönch zu sich rufen, den einzigen Estanyol, mit dem sie einen gewissen Umgang pflegte.

»Ich kann das nicht glauben!«, sagte Joan.

»Aber es ist so, Bruder Joan«, beteuerte Elionor, die Hände immer noch vors Gesicht geschlagen. »Seit unserer Hochzeit hat er mich nicht einmal berührt.«

Joan wusste, dass es keine Liebe zwischen Arnau und Elionor gab und dass sie in getrennten Zimmern schliefen. Aber was besagte das schon? Niemand heiratete aus Liebe, und die meisten Adligen schliefen getrennt. Doch wenn Arnau Elionor nicht angefasst hatte, war die Ehe nicht vollzogen.

»Habt Ihr darüber gesprochen?«, wollte er von ihr wissen.

Elionor nahm die Hände vom Gesicht und sah Joan aus geröteten Augen an.

»Ich traue mich nicht. Ich wüsste nicht, wie. Außerdem glaube ich . . .«

Elionor ließ ihren Verdacht in der Luft stehen.

»Was glaubt Ihr?«

»Ich glaube, Arnau hat mehr Augen für Mar als für mich.«

»Ihr wisst doch, dass Arnau das Mädchen vergöttert.«

»Ich meine nicht diese Art von Liebe, Bruder Joan«, sagte sie und senkte die Stimme. Joan richtete sich in seinem Sessel auf. »Ich weiß, dass es Euch schwerfallen wird, mir zu glauben, doch ich bin überzeugt, dass dieses Mädchen, wie Ihr sie zu nennen beliebt, meinem Mann nachstellt. Es ist, als hätte man den Teufel im eigenen Haus, Bruder Joan!« Elionor legte ein Beben in ihre Stimme. »Meine Waffen sind die einer verheirateten Frau, die dem Auftrag der Kirche nachkommen will. Doch immer wenn ich es versuche, stelle ich fest, dass mein Mann von einer Wollust gefangen ist, die ihn daran hindert, mich zu beachten. Ich weiß nicht mehr, was ich tun soll!«

Deshalb also wollte Mar nicht heiraten! Konnte das wirklich stimmen? Joan erinnerte sich: Die beiden waren immer zusammen. Und wie sie sich in die Arme fielen! Und diese Blicke, und das Lächeln. Wie dumm er gewesen war! Der Maure wusste davon, keine Frage. Deshalb verteidigte er sie.

»Ich weiß nicht, was ich Euch sagen soll«, entschuldigte er sich.

»Ich habe einen Plan. Doch dabei benötige ich Eure Hilfe und vor allen Dingen Euren Rat.«

43

Joan hörte sich Elionors Plan an, und es lief ihm kalt den Rücken hinunter.

»Ich muss darüber nachdenken«, antwortete er.

An diesem Abend ließ sich Joan beim Essen entschuldigen und schloss sich in seinem Zimmer ein, um Arnau und Mar aus dem Weg zu gehen und Elionors fragendem Blick zu entkommen. Bruder Joan betrachtete seine theologischen Bücher, die sorgfältig in einem Bücherschrank aufgereiht standen. In ihnen musste die Antwort auf seine Probleme zu finden sein. All die Jahre, die er getrennt von seinem Bruder verbracht hatte, hatte Joan nie aufgehört, an ihn zu denken. Er liebte Arnau. Er und sein Vater waren alles gewesen, was er in seiner Kindheit gehabt hatte. Doch diese Liebe war kein ungetrübtes Gefühl. In ihr schwang auch eine Bewunderung mit, die in schlechten Momenten an Neid grenzte. Arnau mit seinem offenen Lächeln und seiner aufgeweckten Art, ein Junge, der behauptete, mit der Jungfrau zu sprechen. Bruder Joan verzog das Gesicht bei der Erinnerung daran, wie er mit allen Mitteln versucht hatte, diese Stimme zu hören. Mittlerweile wusste er, dass es nahezu unmöglich war und nur wenige Auserwählte mit dieser Gnade gesegnet waren. Er hatte gelernt und sich diszipliniert in der Hoffnung, einer von ihnen zu sein. Er hatte gefastet, bis es ihn beinahe die Gesundheit gekostet hätte, doch es war alles vergeblich gewesen.

Bruder Joan vertiefte sich in die Schriften Bischof Hinkmars von Reims, Leos des Großen und Gratians, in die Paulusbriefe und vieles andere mehr.

Nur durch die körperliche Verbindung zwischen den Ehepartnern, die *Coniunctio sexuum*, schrieb der Erste, könne die Ehe ein Ebenbild der Vereinigung Christi mit der Kirche sein. Sie sei das oberste Ziel des Sakraments: Ohne die *Carnalis copula* gebe es keine Ehe.

Nur wenn die Ehe auch im Fleische vollzogen werde, habe sie Gültigkeit vor der Kirche, erklärte Leo der Große.

Auch Gratian, lange vor seiner Zeit Lehrer an der Universität Bologna, vertrat dieselbe Doktrin, nämlich dass das Eheversprechen vor dem Altar untrennbar mit der körperlichen Vereinigung von Mann und Frau verbunden sei, der Verschmelzung zu *einem Fleisch*. Selbst der heilige Paulus sagte in seinem berühmten Brief an die Epheser: »Wer seine Frau liebt, der liebt sich selbst. Denn niemand hat je sein eigenes Fleisch gehasst; sondern er nährt und pflegt es, wie auch Christus die Gemeinde. Denn wir sind Glieder seines Leibes. Darum wird ein Mann Vater und Mutter verlassen und an seiner Frau hängen, und die zwei werden ein Fleisch sein. Dies Geheimnis ist groß; ich deute es aber auf Christus und die Gemeinde.«

Bis spät in die Nacht hinein studierte Bruder Joan die Lehren und Schriften der großen Kirchenlehrer. Wonach suchte er? Er schlug eine weitere Abhandlung auf. Wie lange noch wollte er sich der Wahrheit verschließen? Elionor hatte recht: Ohne fleischliche Vereinigung gab es keine Ehe. »Weshalb hast du nicht mit ihr geschlafen? Du lebst in Sünde. Die Kirche erkennt deine Ehe nicht an.« Im Kerzenlicht las er noch einmal Gratian. Ganz langsam glitt sein Finger über die Zeilen, auf der Suche nach etwas, von dem er genau wusste, dass es nicht existierte. »Die Ziehtochter des Königs! Der König hat dir sein Mündel anvertraut, und du hast nicht mit ihr geschlafen! Was würde der König sagen, wenn er davon erführe? Nicht einmal dein ganzes Geld könnte ... Es ist ein Affront gegen die Krone. Er hat dir Elionor zur Frau gegeben. Er selbst hat sie zum Altar geführt, und du verschmähst, was er dir gewährte. Und der Bischof? Was würde der Bischof sagen?« Er vertiefte sich wieder in den Gratian. Und das alles wegen einem hochmütigen jungen Ding, das sich weigerte, seiner weiblichen Bestimmung nachzukommen.

Joan suchte stundenlang in den Büchern, doch seine Gedanken waren bei Elionors Plan und den möglichen Alternativen. Vielleicht sollte er es ihm direkt sagen. Dann stellte er sich vor, wie er Arnau gegenübersaß – oder vielleicht besser stand ... Ja, besser, sie standen beide. »Du solltest mit Elionor die Ehe vollziehen. Du lebst in Sünde«, würde er zu ihm sagen. Und wenn er ungehalten wurde? Er war Baron von Katalonien und Seekonsul der Stadt Barcelona. Wer war er, dass er ihm Vorschriften zu machen hatte? Er vertiefte sich wieder in die Bücher. Warum nur hatte Arnau das Mädchen bei sich aufgenommen? Sie war der Grund für all seine Probleme. Wenn Elionor recht hatte, sollte Mar Arnau zur Besinnung bringen, nicht er. Sie trug die alleinige Schuld an der Situation, niemand anders als sie. Sie hatte alle Heiratskandidaten abgewiesen, um Arnau weiterhin mit ihren Reizen zu betören. Welcher Mann konnte da widerstehen? Sie war der Teufel! Der Teufel in Frauengestalt, die Versuchung, die Sünde. Weshalb sollte er die Zuneigung seines Bruders aufs Spiel setzen, wenn sie der Teufel war? Sie war der Teufel. Sie trug die Schuld. Nur Christus vermochte der Versuchung zu widerstehen. Arnau war nicht Gott, er war ein Mann. Weshalb sollten die Männer um des Teufels willen leiden?

Joan vertiefte sich erneut in die Bücher, bis er fand, was er suchte:

»Siehe, diese schlechte Neigung ist in uns angelegt, die menschliche Natur neigt von Grund auf und ihrer ursprünglichen Verderbtheit wegen zu dieser Sünde, und drängte der Herr in seiner Güte diese natürliche Neigung nicht zurück, würde die ganze Welt schändlich dieser Verfehlung anheimfallen. So lesen wir von einem jungen, reinen Knaben, welcher bei frommen Einsiedlern in der Wüste aufgezogen wurde und keinen Kontakt zu Frauen gehabt hatte, der in die Stadt geschickt wurde, in der sein Vater und seine Mutter lebten. Und als er den Ort betrat, an dem sein Vater und seine Mutter lebten, fragte er jene, die ihn zu all diesen neuen Dingen gebracht hatte, was diese Dinge seien. Und da er schöne, aufgeputzte Frauen sah, fragte er sie, was das für Dinge seien, und die frommen Einsiedler antworteten ihm, es seien Teufel, welche die Sinne betörten. Im Hause der Eltern angekommen, fragten die frommen Einsiedler, welche den Knaben hergebracht hatten: ›Welches von all den schönen und neuen Dingen, die du noch nie zuvor gesehen hast, hat dir am besten gefallen?‹ Und der Knabe antwortete: ›Von allen Dingen, die ich sah, gefielen mir diese Teufel am besten, welche die Sinne betören.‹ Da antworteten sie: ›Oh, du Kleingeist! Hast du nicht so oft schon gehört und gelesen, wie böse die Teufel sind, wie viel Böses sie tun und dass sie in der Hölle hausen? Und doch konnten sie dir so gefallen, als du sie zum ersten Mal sahst?‹ Darauf entgegnete dieser: ›Alles Böse, was sie wirken, wäre mir gleich, und gleich wäre es mir, in der Hölle zu schmoren, wenn ich nur in Begleitung von Teufeln wie diesen wäre. Und nun weiß ich, dass die Teufel in der Hölle nicht so schlimm sind, wie immer behauptet wird, und dass es mir gut erginge in der Hölle, wenn es dort solche Teufel gibt.‹«

Als es Tag wurde, schlug Fra Joan seine Bücher zu. Er würde sich keine Blöße geben. Er wollte kein frommer Einsiedler sein, der den Knaben tadelte, welcher den Teufel vorzog. Er würde seinen Bruder nicht klein im Geiste nennen. So stand es in seinen Büchern, die Arnau ihm gekauft hatte. Seine Entscheidung konnte nicht anders ausfallen. Er kniete vor dem Kruzifix in seinem Zimmer nieder und betete.

An diesem Abend glaubte er vor dem Einschlafen einen seltsamen Geruch wahrzunehmen, einen Geruch nach Tod, der seine Schlafkammer erfüllte, bis es ihm beinahe die Luft nahm.

Am Markustag ernannten der vollzählig zusammengetretene Rat der Hundert und die Zunftmeister von Barcelona Arnau Estanyol, Baron von Granollers, Sant Vicenç und Caldes de Montbui, zum Seekonsul von Barcelona. Wie es das *Llibre de Consolat de Mar* vorsah, zogen Arnau und der zweite Konsul, die Mitglieder des Rats der Hundert und die Vornehmen der Stadt unter dem Beifall des Volkes zur Börse, dem Sitz des Seekonsulats. Diese befand sich in einem neu errichteten Gebäude in unmittelbarer Ufernähe, nur wenige Schritte von der Kirche Santa María und Arnaus Wechselstube entfernt.

Die *Missatges*, die Soldaten des Seekonsulats, standen Spalier. Das Gefolge betrat das Gebäude, und die Ratsherren von Barcelona übergaben den neu gewählten Konsuln das Gebäude. Gleich nachdem die Ratsherren gegangen waren, begann Arnau mit der Wahrnehmung seiner neuen Aufgaben. Ein Händler forderte Entschädigung für eine Schiffsladung Pfeffer, die ein junger Hafenschiffer beim Entladen ins Wasser hatte fallen lassen. Der Pfeffer wurde in den Gerichtssaal gebracht, und Arnau überzeugte sich persönlich davon, dass er verdorben war.

Er hörte den Händler und den Hafenschiffer an sowie die Zeugen, die beide mitgebracht hatten. Der Hafenschiffer war ihm persönlich bekannt. Es war noch nicht lange her, dass er ein Darlehen in seiner Wechselstube aufgenommen hatte. Er hatte erst kürzlich geheiratet, und Arnau hatte ihm gratuliert und ihm alles Gute gewünscht.

»Es ergeht folgendes Urteil«, sagte er, und seine Stimme zitterte. »Der Hafenschiffer muss den Wert des Pfeffers ersetzen. So verlangt es . . .« Arnau sah in dem Buch nach, das ihm der Schreiber hinhielt. »So verlangt es Kapitel 72 des Seehandelsrechts.« Der junge Mann hatte in der Kirche Santa María geheiratet, wie es sich für einen Mann der See gehörte. Ob seine Frau schwanger war? Arnau erinnerte sich an das Leuchten in den Augen der jungen Frau, als er ihnen gratuliert hatte. Er räusperte sich.

»Hast du . . .« Er räusperte sich erneut. »Hast du Geld?«

Arnau sah den Jungen an. Ob das Darlehen, das er ihm gewährt hatte, für die Wohnung gewesen war? Für die Ausstattung? Für die Möbel oder vielleicht für das Boot. Das Nein des Jungen tat ihm in den Ohren weh.

»Hiermit verurteile ich dich . . .« Der Kloß in seinem Hals hinderte ihn beinahe am Weitersprechen. »Ich verurteile dich zu Kerkerhaft, bis du die gesamte Schuld beglichen hast.«

Wie sollte er zahlen, wenn er nicht arbeiten konnte? Arnau vergaß, mit dem Holzhämmerchen auf den Tisch zu schlagen. Die *Missatges* machten ihn mit Blicken darauf aufmerksam, und er klopfte. Der Junge wurde in das Verlies des Konsulats gebracht. Arnau sah zu Boden.

»Es muss sein«, sagte der Schreiber zu ihm, als alle Beteiligten den Gerichtssaal verlassen hatten.

Arnau schwieg. Er saß zur Linken des Schreibers in der Mitte des riesigen Tischs, der den Raum beherrschte.

»Schau hier«, sagte der Schreiber und schob ihm ein weiteres Buch hin, die Satzung des Konsulats. »Hier steht bezüglich der Kerkerstrafen: ›So zeige man seine Macht, vom Höheren zum Niederen.‹ Du bist Seekonsul und musst deine Macht zeigen. Unser Wohlergehen, das Wohlergehen unserer Stadt hängt davon ab.«

An jenem Tag musste er niemanden mehr ins Gefängnis schicken, an vielen anderen jedoch schon. Die Rechtsprechung des Seekonsuls umfasste den gesamten Handel – Preise, die Heuer der Seeleute, die Sicherheit der Schiffe und der Waren – und alles, was mit der See zu tun hatte. Durch sein Amt wurde Arnau eine Autorität, die nicht dem Stadtrichter unterstand. Er fällte Urteile, beschlagnahmte Waren, pfändete Schuldner, schickte Leute ins Gefängnis. Dabei stand ihm eine eigene bewaffnete Truppe zur Verfügung.

Während Arnau gezwungen war, junge Hafenschiffer einzukerkern, ließ Elionor Felip de Ponts kommen, einen Ritter, den sie aus der Zeit ihrer ersten Ehe kannte. Er war schon einige Male bei ihr vorstellig geworden, damit sie ein gutes Wort für ihn bei Arnau einlegte, dem er eine beträchtliche Summe schuldete, die er nicht zurückzahlen konnte.

»Ich habe versucht, was in meiner Macht stand, Don Felip«, log Elionor, als er vor ihr stand, »doch es war schlichtweg unmöglich. In Kürze werden Eure Schulden gepfändet.«

Felip de Ponts, ein großer, kräftiger Mann mit rotem Bart und kleinen Äuglein, wurde blass, als er die Worte seiner Gastgeberin hörte. Wenn man seine Schulden pfändete, würde er sein weniges Land verlieren ... und sogar sein Schlachtross. Ein Ritter ohne Land, das ihn unterhielt, und ohne Pferd, um in den Krieg zu ziehen, konnte sich nicht länger als Ritter bezeichnen.

Felip de Ponts kniete nieder.

»Ich flehe Euch an, werte Dame«, bat er. »Ich bin sicher, Euer Gemahl wird seine Entscheidung aufschieben, wenn Ihr es wünscht. Wenn er zur Pfändung schreitet, hat mein Leben keinen Sinn mehr. Tut es für mich! Um der alten Zeiten willen!«

Elionor ließ sich ein wenig bitten, während der Ritter vor ihr kniete. Sie tat, als dächte sie nach.

»Erhebt Euch«, sagte sie schließlich. »Es gäbe da vielleicht eine Möglichkeit ...«

»Ich flehe Euch an«, wiederholte Felip de Ponts noch einmal, bevor er sich erhob.

»Es ist sehr riskant.«

»Sei's drum! Mich kann nichts schrecken. Ich war mit dem König in ...«

»Es würde darum gehen, ein Mädchen zu entführen«, erklärte Elionor.

»Ich ... ich verstehe nicht«, stammelte der Ritter, nachdem es einige Sekunden still geworden war.

»Ihr habt mich genau verstanden«, entgegnete Elionor. »Es würde darum gehen, ein Mädchen zu entführen ... und zu entjungfern.«

»Darauf steht der Tod!«

»Nicht immer.«

Elionor hatte davon gehört. Sie hatte nie nachfragen wollen, schon gar nicht jetzt, da sie ihren Plan hegte. So wartete sie also darauf, dass der Dominikaner ihre Zweifel ausräumte.

»Wir suchen jemanden, der sie entführt«, hatte sie dem Mönch erklärt. Joan war fassungslos gewesen. »Und vergewaltigt.«

Joan hatte das Gesicht in den Händen verborgen.

»Soweit ich weiß, bleibt der Vergewaltiger straffrei, wenn das Mädchen oder seine Eltern einer Ehe zustimmen.« Joan hatte immer noch die Hände vors Gesicht geschlagen. »Stimmt das, Bruder Joan? Stimmt das?«, insistierte sie angesichts seines Schweigens.

»Ja schon, aber ...«

»Ja oder nein?«

»Ja«, bestätigte Joan. »Schändung wird mit Verbannung bestraft, wenn sie ohne Gewalt vonstattenging. Wurde hingegen Gewalt angewendet, so gilt die Todesstrafe. Kommt es indes zur Eheschließung oder schlägt der Vergewaltiger einen Ehemann vor, der dem Stand des Mädchens angemessen ist und der auf den Handel eingeht, so bleibt der Täter straffrei.«

Elionor musste ein Lächeln verbergen, als Joan sie ansah, um sie von ihrem Plan abzubringen. Doch Elionor gab die Rolle der entehrten Frau.

»Ich weiß es nicht, doch ich versichere Euch, dass ich jede Abscheulichkeit begehe, um meinen Mann wiederzugewinnen. Suchen wir jemanden, der sie entführt und vergewaltigt, und dann stimmen wir einer Eheschließung zu.« Joan schüttelte den Kopf. »Wo ist der Unterschied?«, setzte Elionor nach. »Wir könnten Mar auch gegen ihren Willen verheiraten, wenn Arnau nicht so geblendet, ja besessen von diesem Mädchen wäre. Ihr selbst würdet sie nur zu gerne verheiraten, wenn Arnau Euch ließe. Wir würden nichts anderes tun, als dem unheilvollen Einfluss dieser Frau auf meinen Ehemann Einhalt zu gebieten. Wir würden Mars zukünftigen Ehemann aussuchen, genau wie bei einer normalen Heirat, außer dass wir Arnaus Einwilligung umgehen. Man kann nicht auf ihn zählen, er ist verrückt, wie von Sinnen wegen dieses Mädchens. Kennt Ihr einen Vater, so reich und vornehm er auch sein mag, der so handelt wie Arnau und zulässt, dass eine seiner Töchter eine alte Jungfer wird? Kennt Ihr einen? Auch der König hat mich gegen meinen Willen verheiratet ... ohne mich nach meiner Meinung zu fragen.«

Elionors Argumente hatten Joan ins Wanken gebracht. Diese hatte die Schwäche des Mönchs ausgenutzt und immer wieder auf ihre prekäre Situation hingewiesen, darauf, dass man in diesem Haus in Sünde lebe ... Joan hatte versprochen, darüber nachzudenken. Und das hatte er getan. Felip de Ponts hatte seine Zustimmung gefunden, mit Einschränkungen zwar, aber dennoch.

»Nicht immer steht darauf der Tod«, wiederholte Elionor.

Ritter und Edelleute mussten die *Usatges*, das örtliche Recht, kennen, also auch Felip de Ponts.

»Ihr sagt, das Mädchen würde einer Heirat zustimmen? Warum heiratet sie dann nicht einfach?«, fragte dieser nun.

»Ihre Vormunde würden zustimmen.«

»Weshalb suchen sie ihr nicht einfach einen Ehemann?«

»Das geht Euch nichts an«, wies Elionor ihn zurecht. Das war ihre Aufgabe, dachte sie. Und die des Mönches.

»Ihr verlangt von mir, dass ich ein Mädchen entführe und vergewaltige, und behauptet gleichzeitig, das Motiv gehe mich nichts an? Meine Dame, Ihr habt Euch in mir getäuscht. Ich mag Schulden haben, aber ich bin ein Ehrenmann ...«

»Es handelt sich um meine Ziehtochter.« Felip de Ponts war überrascht. »Ja, doch. Die Rede ist von meiner Ziehtochter, Mar Estanyol.«

Felip de Ponts erinnerte sich an das Mädchen, das Arnau an Kindes statt bei sich aufgenommen hatte. Er hatte sie einmal in der Wechselstube ihres Vaters gesehen. Bei einem seiner Besuche bei Elionor hatte er sogar eine angenehme Unterhaltung mit ihr geführt.

»Ihr wollt, dass ich Eure eigene Ziehtochter entführe und vergewaltige?«

»Mir scheint, Don Felip, ich habe mich deutlich genug ausgedrückt. Ich kann Euch die Zusicherung geben, dass Euer Vergehen nicht bestraft werden wird.«

»Aber warum?«

»Die Gründe sind meine Sache! Nun, wie entscheidet Ihr?«

»Was hätte ich davon?«

»Die Mitgift wäre hoch genug, um all Eure Schulden zu begleichen – und glaubt mir, mein Mann wird sehr großzügig gegenüber seiner Ziehtochter sein. Außerdem stündet Ihr hoch in meiner Gunst, und Ihr wisst ja, wie nahe ich dem König stehe.«

»Und der Baron?«

»Um den kümmere ich mich.«

»Ich verstehe nicht . . .«

»Es gibt nichts weiter zu verstehen. Entweder Ruin, Schande und Schmach oder meine Gunst.« Felip de Ponts setzte sich. »Ruin oder Reichtum, Don Felip. Wenn Ihr Euch weigert, wird der Baron noch morgen Euer Land, Eure Waffen und Eure Tiere pfänden. So viel kann ich Euch versichern.«

44

Es vergingen zehn Tage voll beklemmender Ungewissheit, bis Arnau die ersten Nachrichten von Mar erhielt. Zehn Tage, in denen er nichts anderes tat, als der Frage nachzugehen, was mit dem Mädchen geschehen war, nachdem es spurlos verschwunden war. Er sprach beim Stadtrichter und den Ratsherren vor, damit diese alles daransetzten, die Vorgänge aufzuklären. Er setzte hohe Belohnungen für jeden Hinweis auf Mars Schicksal und ihren Aufenthaltsort aus, und er betete, wie er noch nie im Leben gebetet hatte. Schließlich bestätigte Elionor, die behauptete, die Information von einem durchreisenden Händler zu haben, seine Befürchtungen. Das Mädchen war von einem Ritter namens Felip de Ponts entführt worden, einem seiner Schuldner, der sie in einem Wehrhof in der Nähe von Mataró festhielt, keine Tagesreise nördlich von Barcelona.

Arnau entsandte die *Missatges* des Seekonsulats dorthin. Er selbst ging zur Kirche Santa María, um zu seiner Madonna zu beten.

Niemand wagte es, ihn zu stören. Selbst die Handwerker hielten in ihrer Arbeit inne. Vor dem kleinen steinernen Gnadenbild kniend, das ihm ein Leben lang so viel bedeutet hatte, versuchte Arnau, die schrecklichen Szenen zu verdrängen, die ihn zehn Tage lang gequält hatten und die sich nun in seinen Gedanken mit dem Gesicht Felip de Ponts verbanden.

Felip de Ponts hatte Mar in ihrem eigenen Haus überfallen, geknebelt und geschlagen, bis das Mädchen schließlich erschöpft seinen Widerstand aufgab. Er hatte sie in einen Sack gesteckt und diesen auf einen mit Reitgeschirr beladenen Karren gehievt, der von einem seiner Bediensteten gelenkt wurde. So hatten sie das Stadttor passiert, ohne dass jemand Verdacht schöpfte, denn es sah so aus, als wäre der Ritter in die Stadt gekommen, um Zügel und Zaumzeuge zu kaufen oder reparieren zu lassen. Auf seinem Hof angekommen, brachte er das

Mädchen in den befestigten Turm und schändete es immer wieder, mit zunehmender Rücksichtslosigkeit und Lust, je deutlicher ihm die Schönheit seiner Geisel bewusst wurde und je verzweifelter sie versuchte, ihren Körper, wenn schon nicht mehr ihre Jungfräulichkeit, zu schützen. Eigentlich hatte Felip de Ponts Joan versprochen, Mar zu entjungfern, ohne sie zu entkleiden oder ihr seine eigene Blöße zu zeigen und dabei nur so viel Gewalt anzuwenden, wie unbedingt nötig war. Beim ersten Mal hielt er sich auch daran; und dabei hätte es bleiben sollen, doch die Wollust war stärker als sein ritterliches Ehrenwort.

Nichts von dem, was sich Arnau unter Tränen und mit wehem Herzen in der Kirche Santa María ausmalte, konnte mit dem mithalten, was das Mädchen durchlitt.

Als die *Missatges* in die Kirche stürmten, kamen die Bauarbeiten völlig zum Erliegen. Die Stimme des Hauptmanns hallte von den Wänden wider wie im Gerichtssaal des Seekonsulats.

»Ehrenwerter Herr Konsul, es stimmt. Eure Tochter wurde entführt und befindet sich in der Gewalt des Ritters Felip de Ponts.«

»Habt ihr mit ihm gesprochen?«

»Nein, Herr Konsul. Er hat sich im Turm verschanzt und unsere Autorität in Abrede gestellt, da es keine Handelsangelegenheit betrifft.«

»Wisst ihr etwas von dem Mädchen?«

Der Hauptmann senkte den Blick.

Arnau grub die Fingernägel in das Holz des Betstuhls.

»Ich habe keine Autorität? Die soll er haben«, presste er hervor.

Die Nachricht von Mars Entführung verbreitete sich rasch. Am nächsten Tag begannen bei Tagesanbruch sämtliche Kirchenglocken Barcelonas durchdringend zu läuten, und das »*Via fora!*« erscholl wie aus einer Kehle: Es galt, eine Bürgerin Barcelonas zu retten.

Wie so oft schon verwandelte sich die Plaza del Blat in den Sammelplatz des Bürgerheeres von Barcelona, an dem sich sämtliche Zünfte der Stadt einfanden. Es fehlte keine, und die bewaffneten Zunftmitglieder sammelten sich unter ihren Bannern. An diesem Morgen legte Arnau seine Prunkgewänder ab und zog erneut jene einfachen Kleider an, in denen er damals unter dem Befehl Eiximèn d'Esparças und dann gegen Pedro den Grausamen gekämpft hatte. Er benutzte immer noch die herrliche Armbrust seines Vaters. Er hatte sie nicht gegen eine andere eintauschen wollen und war nun so dankbar dafür wie nie zuvor. Am Gürtel trug er denselben Dolch, mit dem er vor Jahren seinen Feinden den Tod gebracht hatte.

Als Arnau auf den Platz kam, wurde er von über dreitausend Männern begrüßt. Die Fahnenträger erhoben die Banner. Schwerter, Lanzen und Armbrüste wurden über den Köpfen geschwenkt, während ein ohrenbetäubendes *»Via fora!«* erklang. Arnau zeigte keine Regung. Joan und Elionor, die hinter Arnau standen, wurden bleich. Arnau blickte suchend über das Meer von Waffen und Bannern. Die Geldwechsler hatten keine eigene Zunft.

»War das in unseren Plänen vorgesehen?«, fragte der Dominikanermönch Elionor inmitten des Lärms.

Elionor starrte verloren in die Menge. Ganz Barcelona stand hinter Arnau. Johlend schwenkten sie ihre Waffen. Und das alles wegen dieser kleinen Hexe.

Da entdeckte Arnau das Banner. Die Menge ließ ihn durch, während er zum Sammelpunkt der *Bastaixos* ging.

»War das in unseren Plänen vorgesehen?«, fragte der Mönch noch einmal. Die beiden gingen langsam hinter Arnau her. Elionor gab keine Antwort. »Sie werden unseren Ritter vernichten. Sie werden sein Land verwüsten, sein Gehöft zerstören, und dann . . .«

»Und dann was?«, blaffte Elionor, während sie nach vorn sah.

Ich werde meinen Bruder verlieren, dachte Joan. Vielleicht bleibt uns noch Zeit, etwas zu unternehmen. Das kann nicht gut gehen . . .

»Sprecht mit ihm«, bat er Elionor.

»Seid Ihr verrückt geworden?«

»Und wenn er der Ehe nicht zustimmt? Und wenn Felip de Ponts alles erzählt? Sprecht mit ihm, bevor sich das Heer in Marsch setzt. Tut es. Bei Gott, Elionor!«

»Bei Gott?« Nun sah Elionor Joan an. »Sprecht Ihr mit Eurem Gott, Mönch!«

Die beiden erreichten das Banner der *Bastaixos*. Dort erblickten sie Guillem, unbewaffnet, wie es sich für einen Sklaven gehörte.

Arnau sah Elionor mit gerunzelter Stirn an, als er sie bemerkte.

»Sie ist auch meine Ziehtochter«, rief sie.

Die Ratsherren gaben den Befehl zum Abmarsch, und das Bürgerheer von Barcelona setzte sich in Bewegung. Die Banner von Sant Jordi und der Stadt zogen voran, gefolgt von den *Bastaixos* und den übrigen Zünften, dreitausend Mann gegen einen einzelnen Ritter. Auch Elionor und Joan befanden sich unter ihnen.

Auf halbem Wege wuchs das Bürgerheer von Barcelona um mehr als hundert Bauern von Arnaus Besitzungen an, die bereitwillig mit ihren Armbrüsten auszogen, um für den Mann zu kämpfen, der sich ihnen gegenüber so großzügig verhalten hatte. Arnau stellte fest, dass sich ihnen kein Adliger oder Ritter anschloss.

Gemeinsam mit den anderen *Bastaixos* schritt Arnau grimmig hinter dem Banner her. Joan versuchte zu beten, doch was ihm sonst so leicht über die Lippen ging, wurde nun zu einem wirren Gedankenwust. Weder er noch Elionor hatten damit gerechnet, dass Arnau das Bürgerheer der Stadt einberufen würde. Die Schritte der dreitausend Mann, die auszogen, um einer Bürgerin Barcelonas Gerechtigkeit und Genugtuung widerfahren zu lassen, dröhnten Joan in den Ohren. Viele von ihnen hatten ihre Töchter geküsst, bevor sie aufgebrochen waren. Mehr als einer hatte, bereits bewaffnet, beim Abschied das Kinn seiner Frau angehoben und zu ihr gesagt: »Barcelona verteidigt seine Bürger . . . vor allem seine Frauen.«

Sie werden das Land des unglücklichen Felip de Ponts verwüsten, als hätte er ihre eigenen Töchter entführt, dachte Joan. Sie werden ihm den Prozess machen und ihn hinrichten, doch vorher werden sie ihm Gelegenheit geben, zu reden . . . Joan sah Arnau an, der schweigend und mit finsterer Miene vorwärtsstapfte.

Gegen Abend erreichte das Heer den Besitz Felip de Ponts und hielt am Fuß des kleinen Hügels an, auf dem das Anwesen des Ritters stand. Bei diesem handelte es sich um einen schlichten Bauernhof ohne jegliche Verteidigungsanlage, abgesehen von dem üblichen Wehrturm, der sich an einer Seite des Hofes befand. Joan blickte zu dem Gehöft herüber. Dann wanderte sein Blick über das Heer, das auf die Befehle der Ratsherren wartete. Er sah Elionor an, die seinem Blick auswich. Dreitausend Mann, um ein einfaches Gehöft einzunehmen!

Plötzlich kam Leben in Joan, und er lief dorthin, wo Arnau und Guillem mit den Ratsherren und den übrigen Vornehmen der Stadt unter dem Banner von Sant Jordi zusammenstand und beratschlagten, was nun zu tun sei. Ihm wurde flau im Magen, als er feststellte, dass die große Mehrheit dafür plädierte, das Gehöft anzugreifen, ohne jegliche Vorankündigung und ohne Ponts die Möglichkeit zu lassen, sich dem Bürgerheer zu ergeben.

Die Ratsherren begannen den Zunftmeistern Befehle zu erteilen. Joan sah zu Elionor, die reglos zu dem Gehöft herüberstarrte. Dann trat er zu Arnau. Er wollte mit ihm reden, doch er konnte einfach nicht. Guillem, der neben ihm stand, sah ihn mit Verachtung im Blick an. Die Zunftmeister gaben die Befehle an ihre Soldaten weiter. Ringsum waren die Vorbereitungen zum Kampf zu hören. Fackeln wurden entzündet. Man hörte Schwerter klirren und das Geräusch, mit dem die Armbrüste gespannt wurden. Joan betrachtete das Gehöft und dann wieder das Heer. Dieses setzte sich nun in Bewegung. Es würde keine Zugeständnisse geben. Barcelona würde keine Gnade zeigen. Arnau ließ den Mönch stehen, um wie alle anderen zum Gehöft Felip de Ponts zu ziehen. Er hielt seinen Dolch fest umklammert. Ein erneuter Blick zu Elionor: Sie zeigte immer noch keine Regung.

»Nein!«, rief Joan, doch sein Bruder hatte ihm bereits den Rücken gekehrt.

Sein Schrei ging im Lärmen des Heeres unter. Vor dem Gehöft erschien eine Gestalt auf einem Pferd. Langsam kam ihnen Felip de Ponts entgegengeritten.

»Nehmt ihn fest!«, ordnete ein Ratsherr an.

»Nein!«, rief Joan. Alle wandten sich zu ihm um. Arnau sah ihn fragend an. »Ein Mann, der sich ergibt, darf nicht festgenommen werden.«

»Was soll das, Mönch?«, fragte einer der Ratsherren. »Willst du das Heer von Barcelona befehligen?«

Joan warf Arnau einen flehentlichen Blick zu.

»Ein Mann, der sich ergibt, darf nicht festgenommen werden«, erklärte er seinem Bruder noch einmal.

»Lasst ihn sich ergeben«, lenkte Arnau ein.

Felip de Ponts' erster Blick galt seinen Komplizen. Dann wandte er sich an die Männer unter dem Banner Sant Jordis, darunter auch Arnau und die Ratsherren der Stadt.

»Bürger von Barcelona!«, rief er laut genug, damit ihn das ganze

Heer verstehen konnte. »Ich weiß, warum ihr heute hier seid, und ich weiß, dass ihr Gerechtigkeit für eine Mitbürgerin wollt. Hier bin ich. Ich bekenne mich der Vergehen schuldig, die man mir vorwirft, doch bevor ihr mich festnehmt und meinen Besitz zerstört, bitte ich euch um die Gelegenheit, zu sprechen.«

»Sprecht«, gestand ihm einer der Ratsherren zu.

»Es ist wahr, dass ich Mar Estanyol gegen ihren Willen entführt und mich mit ihr vereint habe . . .« Ein Murmeln ging durch die Reihen des barcelonesischen Bürgerheers und hinderte Felip de Ponts am Weitersprechen. Arnau schloss seine Hände um die Armbrust. »Ich habe mein Leben aufs Spiel gesetzt, wohl wissend, welche Strafe auf dieses Vergehen steht. Ich habe es getan und ich würde es wieder tun, denn so groß war meine Liebe zu diesem Mädchen, so groß mein Kummer darüber, sie in ihrer Jugend dahinwelken zu sehen, ohne einen Ehemann an ihrer Seite, um mit ihm die Gaben zu genießen, die der Herrgott ihr gewährt hat, dass meine Gefühle meinen Verstand übermannten und ich mich eher wie ein liebestolles Tier als wie ein Ritter König Pedros verhielt.« Joan spürte die angespannte Aufmerksamkeit des Heeres und versuchte, dem Ritter in Gedanken die nächsten Worte einzugeben. »Als dieses Tier, das ich war, ergebe ich mich euch. Als Ritter, der ich wieder sein möchte, verpflichte ich mich, Mar zu heiraten und sie mein Leben lang zu lieben. Nun richtet über mich! Ich bin nicht bereit, einen Ehemann ihres Standes vorzuschlagen, wie es unsere Gesetze vorsehen. Bevor ich sie mit einem anderen sehe, nehme ich mir lieber eigenhändig das Leben.«

Felip de Ponts beendete seine Ansprache und wartete stolz auf seinem Pferd, einem Heer von dreitausend Mann trotzend, die schweigend dastanden und zu verstehen versuchten, was sie soeben gehört hatten.

»Gelobt sei der Herr!«, rief Joan.

Arnau sah ihn erstaunt an. Alle wandten sich dem Mönch zu, auch Elionor.

»Was soll das?«, fragte Arnau.

»Arnau . . .« Joan fasste seinen Bruder am Arm und erhob die Stimme, laut genug, damit ihn die Anwesenden hören konnten. »Dies ist nichts anderes als die Folge unserer eigenen Nachlässigkeit.« Arnau fuhr zusammen. »Jahrelang haben wir Mars Launen nachgegeben und unsere Pflichten gegenüber einer schönen, gesunden jungen Frau vernachlässigt, die bereits Kinder haben sollte, wie es ihre Bestimmung gewesen wäre. So will es das göttliche Gesetz, und es ist nicht an uns, seine Wege zu durchkreuzen.« Arnau wollte etwas erwidern, doch Joan brachte ihn mit einer Handbewegung zum Schweigen. »Ich fühle mich schuldig. Seit Jahren fühle ich mich schuldig, weil ich zu nachgiebig gegenüber einer launischen Frau gewesen bin, deren Leben in den Augen der heiligen katholischen Kirche sinnlos war. Dieser Ritter« – er deutete auf Felip de Ponts – »ist nichts anderes als die Hand Gottes. Der Herr hat ihn gesandt, um das zu tun, wozu wir nicht imstande waren. Ja, jahrelang habe ich mich schuldig gefühlt, wenn ich sah, wie die Schönheit und die Gesundheit dahinwelkten, die Gott diesem Mädchen schenkte, welches das Glück hatte, von einem gütigen Menschen wie dir aufgenommen zu werden. Ich will mich nicht auch noch am Tod eines Mannes schuldig fühlen, der unter Einsatz seines eigenen Lebens, das er uns heute anbietet, gekommen ist, um das zu einem guten Ende zu bringen, was durchzusetzen wir nicht fertigbrachten. Stimme der Heirat zu. Ich an deiner Stelle, wenn du meine Meinung hören willst, würde zustimmen.«

Arnau schwieg. Das ganze Heer wartete gespannt auf seine Antwort. Joan nutzte den Moment, um Elionor anzusehen. Er glaubte, ein stolzes Lächeln auf ihren Lippen zu erkennen.

»Willst du damit sagen, dass ich an alldem schuld bin?«, fragte Arnau Joan.

»Nein, Arnau, ich bin schuld. Ich hätte dich über die Vorschriften der Kirche und die göttliche Bestimmung in Kenntnis setzen müssen, doch das habe ich nicht getan ... Und ich bereue es.«

Guillems Augen sprühten Funken.

»Was will das Mädchen?«, fragte Arnau Felip de Ponts.

»Ich bin ein Ritter König Pedros«, antwortete dieser, »und seine Gesetze – dieselben, die euch heute hierhergeführt haben – messen bei einer Heirat dem Willen der Frau keine Bedeutung bei.« Ein zustimmendes Raunen ging durch die Reihen des Heeres. »Ich, Felip de Ponts, katalanischer Ritter, biete Eurer Ziehtochter die Ehe an. Solltest du, Arnau Estanyol, Baron von Katalonien und Seekonsul von Barcelona, einer Heirat nicht zustimmen, so nehmt mich fest und richtet über mich. Stimmst du jedoch zu, so hat der Willen des Mädchens wenig Bedeutung.«

Erneut murmelte das Heer zustimmend zu den Worten des Ritters. So war das Gesetz, und alle hielten sich daran und verheirateten ihre Töchter unabhängig davon, was diese wollten.

»Es geht nicht darum, was sie will, Arnau«, flüsterte Joan ihm zu. »Es ist deine Pflicht. Finde dich damit ab. Niemand fragt seine Töchter nach ihrer Meinung. Es wird entschieden, was für sie am besten ist. Dieser Mann hat Mar entjungfert, da geht es nicht mehr darum, was das Mädchen will. Entweder sie heiratet ihn, oder ihr Leben wird die Hölle sein. Die Entscheidung liegt bei dir, Arnau: ein weiterer Toter oder die göttliche Lösung für unsere Versäumnisse.«

Arnau sah zu seinen Freunden und Verwandten. Guillem starrte voller Wut zu dem Ritter herüber. Elionor, mit der er auf Befehl des Königs verheiratet war, hielt seinem Blick stand. Arnau sah sie fragend an. Elionor nickte. Zuletzt wandte er sich Joan zu.

»Es ist das Gesetz«, sagte dieser.

Arnau sah den Ritter an, dann die Soldaten. Diese hatten die Waffen gesenkt. Keiner dieser dreitausend Männer schien die Argumente Felip de Ponts in Frage zu stellen, keiner dachte mehr an Krieg. Sie warteten auf Arnaus Entscheidung. So war das katalanische Gesetz. Was erreichte er, wenn er kämpfte, den Ritter tötete und Mar befreite? Was für ein Leben erwartete das Mädchen, nachdem man es entführt und geschändet hatte? Ein Kloster?

»Ich stimme zu.«

Für einen Moment herrschte Stille. Dann ging ein Raunen durch die Reihen der Soldaten, als Arnaus Entscheidung die Runde machte. Manche begrüßten laut seinen Entschluss, ein anderer jubelte. Weitere schlossen sich an, und schließlich brach das ganze Heer in Jubelrufe aus.

Joan und Elionor sahen sich erleichtert an.

Keine hundert Meter entfernt beobachtete die Frau, über deren Zukunft soeben beschlossen worden war, aus ihrem Gefängnis in Felip de Ponts Wehrturm die Menge, die sich am Fuß der kleinen Anhöhe drängte. Warum kamen sie nicht hinauf? Warum griffen sie nicht an? Was hatten sie mit diesem Unhold zu besprechen? Was riefen sie da?

»Arnau, was rufen deine Männer da?«

45

Der Jubel des Heeres bestätigte ihm, dass er richtig gehört hatte: »Ich stimme zu.« Guillem presste die Lippen fest zusammen. Jemand klopfte ihm auf die Schulter und fiel in den Jubel ein. »Ich stimme zu.« Guillem sah Arnau an, dann sah er zu dem Ritter, dessen Gesicht entspannt wirkte. Was konnte ein einfacher Sklave wie er unternehmen? Erneut betrachtete er Felip de Ponts. Jetzt grinste dieser. »Ich habe mich mit Mar Estanyol vereint.« Wie konnte Arnau zulassen . . .?

Jemand hielt ihm einen Weinschlauch hin. Guillem stieß ihn missmutig weg.

»Trinkst du nicht, Christ?«, hörte er jemanden fragen.

Sein Blick begegnete jenem von Arnau. Die Ratsherren gratulierten Felip de Ponts, der immer noch auf seinem Pferd saß. Die Leute tranken und lachten.

»Trinkst du nicht, Christ?«, hörte er erneut jemanden hinter sich fragen.

Guillem gab dem Mann mit den Weinschlauch einen Stoß und sah erneut zu Arnau hinüber. Die Ratsherren gratulierten auch ihm. Von Leuten umringt, reckte Arnau den Kopf, um Guillem anzusehen.

Unterdessen feierte das gesamte Heer die friedliche Einigung. Die Männer hatten Lagerfeuer entzündet und saßen singend um diese herum.

»Trink auf unseren Konsul und das Glück seiner Ziehtochter«, sagte ein anderer und hielt ihm erneut einen Weinschlauch hin.

Arnau war in Richtung Gehöft verschwunden. Guillem schob erneut den Weinschlauch beiseite.

»Du willst nicht auf sie trinken?«

Guillem sah den Mann an. Dann wandte er sich ab und machte sich auf den Rückweg nach Barcelona.

Das Lärmen des Heeres wurde immer leiser und verstummte schließlich ganz. Guillem befand sich alleine auf dem Weg in die Stadt. Er ging schleppend, ganz allein mit seinen Gefühlen und dem bisschen Mannesstolz, der einem Sklaven blieb.

Arnau lehnte den Käse ab, den ihm die zitternde Alte anbot, die sich um Felip de Ponts Gehöft kümmerte. Zunftmeister und Ratsherren drängten sich im Obergeschoss über den Ställen, wo sich der große steinerne Rauchfang des Rittergehöfts befand. Arnau sah sich nach Guillem um. Die Leute redeten und lachten und riefen nach der Alten, damit sie Käse und Wein brachte. Joan und Elionor standen am Kamin; sie wichen Arnaus Blicken aus, als er zu ihnen herübersah.

Als ein Raunen durch die Versammelten ging, sah er zum anderen Ende des Raumes hinüber.

Mar hatte an Felip de Ponts Arm den Saal betreten. Arnau sah, wie sie sich von dem Mann losriss und auf ihn zugerannt kam. Ein Lächeln erschien auf ihren Lippen. Mar breitete die Arme aus, während sie auf ihn zuflog, doch dann hielt sie plötzlich inne und ließ die Arme langsam sinken.

Arnau glaubte, einen Bluterguss auf ihrer Wange zu erkennen.

»Was ist los, Arnau?«, fragte ihn das Mädchen.

Arnau drehte sich hilfesuchend zu Joan um, doch sein Bruder stand mit gesenktem Kopf da. Alle im Raum warteten auf seine Antwort.

»Felip de Ponts hat sich auf das Gesetz *Si quis virginem* berufen«, sagte er schließlich.

Mar rührte sich nicht. Eine Träne rollte über ihre Wange. Arnau hob die rechte Hand, doch dann zog er sie zurück, und die Träne rann ungehindert den Hals hinab.

»Dein Vater...«, begann Felip de Ponts, bevor Arnau ihn mit einer herrischen Geste zum Schweigen brachte. »Der Seekonsul hat mir vor dem Heer von Barcelona deine Hand versprochen«, erklärte Felip de Ponts, bevor Arnau ihn daran hindern oder sein Wort zurücknehmen konnte.

»Stimmt das?«, fragte Mar.

Alles, was Arnau wusste, war, dass er sie umarmen, sie küssen, sie immer bei sich haben wollte. Waren das die Gefühle eines Vaters?

»Ja, Mar.«

Auf Mars Gesicht erschienen keine weiteren Tränen mehr. Felip de

Ponts trat zu dem Mädchen und fasste es wieder beim Arm. Sie wehrte sich nicht. Hinter Arnau brach jemand das Schweigen, und alle stimmten mit ein. Arnau und Mar sahen sich an. Man hörte Hochrufe auf das Brautpaar, die Arnau in den Ohren dröhnten. Nun liefen ihm die Tränen über die Wangen. Vielleicht hatte sein Bruder recht. Vielleicht hatte er geahnt, was nicht einmal Arnau selbst wusste. Vor der Jungfrau hatte er geschworen, nie wieder aus Liebe zu einer anderen seiner Ehefrau untreu zu sein, selbst wenn er diese Ehe nicht freiwillig eingegangen war.

»Vater«, sagte Mar, während sie mit der freien Hand seine Tränen abwischte.

Arnau zitterte, als er Mars Berührung spürte. Er drehte sich auf dem Absatz um und floh.

Zur gleichen Zeit blickte irgendwo auf dem einsamen, dunklen Weg nach Barcelona ein Sklave in den Himmel und hatte den Schmerzensschrei des Mädchens in den Ohren, das er wie eine eigene Tochter großgezogen hatte. Er war als Sklave geboren und hatte als Sklave gelebt. Er hatte gelernt, stumm zu lieben und seine Gefühle zu unterdrücken. Ein Sklave war kein Mann, und so hatte er in seiner Einsamkeit – dem einzigen Ort, an dem niemand seine Freiheit einschränken konnte – gelernt, viel tiefer zu sehen als all jene, denen das Leben den Geist vernebelte. Er hatte gesehen, welche Liebe die beiden füreinander empfanden, und er hatte zu seinen beiden Göttern gebetet, dass es diesen Menschen, die er so sehr liebte, gelingen möge, sich von ihren Fesseln zu befreien, die viel stärker waren als die eines einfachen Sklaven.

Guillem schluckte seine Tränen hinunter, denn Weinen war einem Sklaven verboten.

Guillem betrat Barcelona nicht. Er erreichte die Stadt noch in der Nacht und stand vor dem verschlossenen Stadttor San Daniel. Sie hatten ihm sein kleines Mädchen weggenommen. Vielleicht war er sich dessen nicht bewusst gewesen, doch Arnau hatte sie verschachert wie eine Sklavin. Was sollte er noch in Barcelona? Wie sollte er sich dorthin setzen, wo Mar gesessen hatte? Wie sollte er dort entlanggehen, wo er plaudernd und lachend mit ihr spazieren gegangen war und die Geheimnisse seines kleinen Mädchens geteilt hatte? Was blieb ihm in

Barcelona anderes, als Tag und Nacht an sie zu denken? Welche Zukunft erwartete ihn im Haus eines Mannes, der ihrer beider Hoffnungen durchkreuzt hatte?

Guillem folgte weiter der Straße in Richtung Küste und erreichte nach zwei Tagen Salou, den zweitwichtigsten Hafen Kataloniens. Dort blickte er übers Meer zum Horizont, und die Meeresbrise trug Erinnerungen an seine Kindheit in Genua zu ihm, Erinnerungen an eine Mutter und mehrere Geschwister, von denen er grausam getrennt wurde, als man ihn an einen Händler verkaufte, bei dem er dann das Geschäft zu erlernen begann. Auf einer Schiffsreise gerieten Herr und Sklave in Gefangenschaft der Katalanen, die im ständigen Krieg mit Genua lagen. Guillem ging von Hand zu Hand, bis Hasdai Crescas schließlich erkannte, dass seine Fähigkeiten weit über die eines einfachen Arbeiters hinausgingen. Guillem sah erneut aufs Meer hinaus, zu den Schiffen und den Reisenden ... Warum nicht Genua?

»Wann läuft das nächste Schiff in die Lombardei aus, nach Pisa?«

Der junge Mann blätterte nervös in den Unterlagen, die sich auf dem Schreibtisch des Ladens stapelten. Er kannte Guillem nicht und hatte ihn zunächst mit Herablassung behandelt, wie er es bei jedem schmutzigen, stinkenden Sklaven getan hätte, doch als der Maure sich vorstellte, fielen ihm die Worte ein, die er so häufig von seinem Vater gehört hatte: »Guillem ist die rechte Hand von Arnau Estanyol, des Seekonsuls von Barcelona, von dem wir alle leben.«

»Ich brauche Schreibzeug und einen ruhigen Ort, um einen Brief zu verfassen«, sagte Guillem.

»Ich nehme dein Angebot, mich freizulassen, an«, schrieb er. »Ich werde über Pisa nach Genua reisen, in deinem Namen und als dein Sklave, und dort auf die Freilassungsurkunde warten.« Was gab es noch zu sagen? Dass er ohne Mar nicht leben konnte? Würde Arnau, sein Herr und Freund, das können? Wozu ihn daran erinnern? »Ich mache mich auf die Suche nach meinen Wurzeln, nach meiner Familie«, schrieb er weiter. »Neben Hasdai bist du mein bester Freund gewesen. Gib auf ihn acht. Ich werde dir ewig dankbar sein. Allah und die Jungfrau Maria mögen dich beschützen. Ich werde für dich beten.«

Sobald die Galeere, auf der sich Guillem eingeschifft hatte, den Hafen von Salou verließ, machte sich der junge Mann, der den Mauren bedient hatte, auf den Weg nach Barcelona.

Arnau schrieb langsam Guillems Freilassungsbrief, während er jeden Buchstaben des Schriftstücks betrachtete. Die Pest, der Krieg, die Wechselstube, Tage voller Arbeit, angeregter Gespräche, Freundschaft und Freude ... Seine Hand zitterte, als er den letzten Strich machte. Nachdem er unterschrieben hatte, ließ er die Feder sinken. Sie wussten beide, dass es andere Gründe gewesen waren, die Guillem zur Flucht bewegt hatten.

Arnau kehrte zur Börse zurück, wo er Anweisung gab, die Freilassungsurkunde an seinen Handelsvertreter in Pisa zu übersenden. Dieser legte er eine Anweisung über ein kleines Vermögen bei.

»Warten wir nicht auf Arnau?«, fragte Joan Elionor, nachdem er das Esszimmer betreten hatte, wo die Baronin bereits am Tisch saß.

»Habt Ihr Hunger?« Joan nickte. »Nun, wenn Ihr etwas essen wollt, solltet Ihr es besser jetzt tun.«

Der Mönch nahm Elionor gegenüber am Kopfende des langen Esstisches Platz. Zwei Diener trugen Weißbrot, Wein, Suppe und geschmorte Gans mit Paprika und Zwiebeln auf.

»Sagtet Ihr nicht, Ihr hättet Hunger?«, bemerkte Elionor, als sie sah, dass der Mönch nur im Essen herumstocherte.

Es war der einzige Satz, der während des gesamten Abends gesprochen wurde. Joan sah seine Schwägerin stumm an.

Mehrere Stunden, nachdem er sich in sein Zimmer zurückgezogen hatte, hörte Joan Bewegung im Palast. Dienstboten liefen, um Arnau zu empfangen. Sie würden ihm etwas zu essen anbieten, und er würde es ablehnen, wie er es auch die drei Male getan hatte, die Joan beschlossen hatte, auf ihn zu warten: Arnau hatte sich in einen der Salons des Palasts gesetzt, wo Joan auf ihn wartete, und mit einer müden Geste die späte Mahlzeit zurückgewiesen.

Joan hörte die Dienstboten zurückkommen. Dann hörte er Arnau an seiner Tür vorbei langsam zu seinem Schlafzimmer gehen. Was sollte er ihm sagen, wenn er jetzt zu ihm ging? Dreimal hatte er auf ihn gewartet und versucht, mit ihm zu sprechen, doch Arnau war verschlossen gewesen und hatte nur einsilbig auf die Fragen seines Bruders geantwortet. »Geht es dir gut?« »Ja.« »Hast du viel zu tun in der Börse?« »Nein.« »Läuft es gut?« Schweigen. »Und Santa María?« »Gut.«

In der Dunkelheit seines Zimmers barg Joan das Gesicht in seinen Händen. Arnaus Schritte waren verklungen. Worüber sollte er mit ihm reden? Über sie? Sollte Arnau aus seinem Munde hören, dass er sie liebte? Wo er es sich selbst nicht eingestand?

Joan hatte gesehen, wie Mar die Träne wegwischte, die Arnau übers Gesicht lief. »Vater«, hatte sie gesagt. Er hatte gesehen, wie Arnau zitterte. Dann hatte Joan sich umgedreht und gesehen, wie Elionor lächelte. War es nötig gewesen, ihn leiden zu sehen, um zu begreifen... Aber wie konnte er ihm die Wahrheit gestehen? Wie sollte er ihm sagen, dass er es gewesen war, der ... Wieder sah Joan diese Träne vor sich. So sehr liebte er sie? Würde er sie vergessen können? Niemand tröstete Joan, als er wieder einmal niederkniete und bis zum Morgengrauen betete.

»Ich möchte weg aus Barcelona.«

Der Prior der Dominikaner betrachtete den Mönch eingehend. Er war abgemagert, seine tiefliegenden Augen waren von dunklen Schatten umgeben, und sein schwarzer Habit war zerknittert.

»Siehst du dich imstande, Bruder Joan, das Amt des Inquisitors auszuüben?«

»Ja«, versicherte Joan. Der Prior musterte ihn von oben bis unten. »Ich muss nur aus Barcelona weg, dann werde ich mich erholen.«

»Nun denn. Nächste Woche wirst du in den Norden reisen.«

Sein Ziel war eine Reihe kleiner Bauerndörfer tief im Gebirge, deren Bewohner der Ankunft des Inquisitors mit Angst entgegensahen. Seine Anwesenheit war nichts Neues für sie. Seit Papst Innozenz IV. vor über hundert Jahren Ramon de Penyafort damit beauftragt hatte, die Inquisition in das Königreich Aragón und das Fürstentum Narbonne zu tragen, litten diese Dörfer unter den Nachforschungen der schwarzen Mönche. Die meisten Lehren, die von der Kirche als häretisch betrachtet wurden, kamen von Frankreich nach Katalonien. Zunächst waren es die Katharer und Waldenser gewesen, dann die Begarden und schließlich die vom französischen König verfolgten Templer. Die Grenzgebiete gerieten als erste unter den Einfluss häretischer Lehren, Adlige wurden angeklagt und hingerichtet, etwa der Vicomte Arnau und seine Gemahlin Ermessenda, Ramon de Cadí oder Guillem de Niort, Amtsrichter des Grafen Nuñó Sanç in Cerdaña und Coflent – Gegenden, in denen nun auch Bruder Joan seinem Auftrag nachkommen sollte.

»Euer Exzellenz«, wurde er in einem dieser Dörfer von einem Komitee der Dorfältesten empfangen, während diese vor ihm niederknieten.

»Ich bin keine Exzellenz«, entgegnete Joan und bedeutete ihnen, sich zu erheben. »Nennt mich einfach Bruder Joan.«

Seine kurze Erfahrung zeigte ihm, dass sich diese Szene stets wiederholte. Die Nachricht von der Ankunft des Inquisitors, des Schreibers, der ihn begleitete, und eines halben Dutzends Soldaten des Sanctum Officium war ihnen vorausgeeilt. Sie standen auf dem kleinen Dorfplatz. Joan betrachtete die vier Männer, die noch immer die Köpfe gesenkt hielten. Sie hatten ihre Kopfbedeckungen abgenommen und traten nervös von einem Fuß auf den anderen. Sonst befand sich niemand auf dem Platz. Doch Joan wusste, dass heimlich viele Augen auf ihn gerichtet waren. So viel hatten sie zu verbergen?

Nach der Begrüßung würde das Übliche kommen. Man würde ihnen die beste Unterkunft im Dorf anbieten, wo ein reichgedeckter Tisch auf ihn warten würde, zu reich gedeckt für die Möglichkeiten dieser Leute.

»Ich möchte nur ein Stück Käse, Brot und Wasser. Tragt den Rest wieder ab und sorgt dafür, dass meine Männer verpflegt werden«, sagte er ein weiteres Mal, nachdem er sich zu Tisch gesetzt hatte.

Auch das Haus war wie die Male zuvor. Einfach, aber aus Stein erbaut, im Gegensatz zu den Hütten aus Lehm oder morschem Holz, die es in diesen Dörfern gab. Ein Tisch und einige Stühle waren das gesamte Mobiliar des Raums, in dessen Mitte sich der Herd befand.

»Euer Exzellenz werden müde sein.«

Joan betrachtete den Käse, der vor ihm stand. Sie waren mehrere Stunden über steinige Pfade durch die morgendliche Kälte gewandert, die Füße voller Schlamm und nass vom Raureif. Unter dem Tisch rieb er sich die schmerzende Wade und den rechten Fuß.

»Ich bin keine Exzellenz«, wiederholte er monoton, »und ich bin auch nicht müde. Gott kennt keine Müdigkeit, wenn es darum geht, seinen Namen zu verteidigen. Wir werden in Kürze beginnen, sobald ich etwas gegessen habe. Versammelt die Leute auf dem Dorfplatz.«

Vor seiner Abreise aus Barcelona hatte Joan in Santa Caterina um das Traktat Papst Gregors IX. aus dem Jahr 1231 gebetet und sich mit der Vorgehensweise der reisenden Inquisitoren vertraut gemacht.

»Sünder, übt Buße!« Zunächst die Predigt an das Volk. Die wenig mehr als siebzig Personen, die sich auf dem Dorfplatz versammelt hatten, senkten die Blicke, als sie seine ersten Worte hörten. Die Blicke des schwarzen Mönchs ließen ihnen das Blut in den Adern gefrieren. »Das ewige Feuer erwartet euch!« Beim ersten Mal hatte er an seiner Fähigkeit gezweifelt, zu den Menschen zu sprechen, doch die Worte waren ihm leichtgefallen, umso mehr, als ihm bewusst wurde, welche Macht er über diese verängstigten Bauern besaß. »Keiner von euch wird ihm entgehen! Gott duldet keine schwarzen Schafe in seiner Herde.« Reden sollten sie; er musste die Häresie ans Licht bringen. Das war sein Auftrag: Die Sünde zu entdecken, die im Verborgenen begangen wurde, von der nur der Nachbar, der Freund, die Ehefrau wusste . . .

»Gott sieht alles. Er kennt euch. Er wacht über euch. Wer der Sünde tatenlos zusieht, wird im ewigen Feuer brennen, denn wer eine Sünde zulässt, ist schlimmer als jener, der sündigt. Wer sündigt, kann Vergebung erlangen, doch wer die Sünde für sich behält . . .«

Er beobachtete die Zuhörer. Eine Bewegung zu viel, ein flüchtiger Blick . . . Sie würden die Ersten sein.

»Wer die Sünde für sich behält –«, Joan schwieg erneut, zögerte sein Schweigen so lange heraus, bis er sah, wie sie unter seiner Drohung zusammenbrachen, »– wird keine Vergebung finden.«

Angst. Feuer, Schmerz, Sünde, Strafe . . . der schwarze Mönch tobte und wetterte, bis er ihre Seelen erreichte, eine Verbindung, die er schon bei seiner ersten Predigt verspürte.

»Ihr habt eine Frist von drei Tagen«, sagte er schließlich. »Jeder, der kommt und seine Sünden freiwillig bekennt, wird mit Milde behandelt. Nach diesen drei Tagen werde ich ein Exempel statuieren.« Er wandte sich an den Beamten. »Stellt Nachforschungen über diese blonde Frau, den barfüßigen Mann und den mit dem schwarzen Gürtel an. Und über das Mädchen mit dem Kind . . .« Joan deutete unauffällig auf die Benannten. »Wenn sie sich nicht freiwillig melden, bringt sie zusammen mit einigen anderen, zufällig Ausgewählten zu mir.«

Während der dreitägigen Bedenkfrist saß Joan reglos neben dem Schreiber und den Soldaten, die sich nicht von der Stelle rührten, am Tisch, während langsam und lautlos die Stunden verstrichen.

Nur vier Personen kamen, um ihr Schweigen zu brechen. Zwei Männer, die ihrer Pflicht nicht nachgekommen waren, an der Messe teilzunehmen, eine Frau, die ihrem Mann nicht immer gehorsam gewesen war, und ein Kind, das mit riesengroßen Augen durch die Tür lugte.

Jemand schob den Knaben vorwärts, der sich sträubte und auf der Türschwelle verharrte.

»Komm herein, Junge«, forderte Joan ihn auf.

Der Junge wich zurück, doch eine Hand stieß ihn erneut in den Raum, dann wurde die Tür geschlossen.

»Wie alt bist du?«, fragte Joan.

Der Junge sah die Soldaten an, den Schreiber, der bereits mit seiner Aufgabe beschäftigt war, und dann Joan.

»Neun Jahre«, stotterte er.

»Wie heißt du?«

»Alfons.«

»Tritt näher, Alfons. Was hast du uns zu sagen?«

»Dass ... Also, vor zwei Monaten habe ich Bohnen aus dem Nachbargarten genommen.«

»Genommen?«, fragte Joan.

Alfons blickte zu Boden.

»Ich habe sie gestohlen«, war leise zu hören.

Joan stand auf und entzündete die Kerze. Seit Stunden war es still im Dorf, und genauso lange versuchte er vergeblich, Schlaf zu finden. Er schloss die Augen und döste ein, doch die Erinnerung an die Träne, die über Arnaus Wange rollte, ließ ihn wieder hochschrecken. Er brauchte Licht. Er versuchte es erneut, ein ums andere Mal, doch am Ende stand er immer auf, manchmal hastig, manchmal schweißgebadet, manchmal schwerfällig, benommen von den Erinnerungen, die ihm den Schlaf raubten.

Er brauchte Licht. Er vergewisserte sich, dass Öl in der Lampe war.

Arnaus trauriges Gesicht erschien ihm in der Dunkelheit.

Er legte sich wieder hin. Es war kalt. Es war immer kalt. Für einige Sekunden beobachtete er das Flackern der Flamme und die zuckenden Schatten. Das einzige Fenster der Schlafkammer besaß keine Läden, und es zog durch die Ritzen. »Wir alle tanzen unseren Tanz ...«

Er wickelte sich in die Decken und zwang sich, an die Zimmerdecke zu sehen.

Wann dämmerte es endlich? Noch ein Tag, und die dreitägige Bedenkfrist war vorbei.

Joan fiel in einen Dämmerschlaf. Nach etwas mehr als einer halben Stunde wachte er schweißgebadet wieder auf.

Die Lampe brannte noch, die Schatten tanzten auf den Wänden, das Dorf lag immer noch still da. Warum wurde es nicht Morgen?

Er wickelte sich in die Decke und trat ans Fenster.

Ein Dorf von vielen. Eine weitere Nacht, in der er darauf wartete, dass es hell wurde.

Dass der nächste Tage kam ...

Am Morgen stand, bewacht von den Soldaten, eine Reihe von Dörflern vor dem Haus.

Sie hieß Peregrina. Joan tat, als achtete er nicht auf die blonde Frau, die als Vierte eintrat. Den ersten dreien war nichts zu entlocken gewesen. Peregrina blieb vor dem Tisch stehen, hinter dem Joan und der Schreiber saßen. Das Feuer im Herd knisterte. Sonst war niemand anwesend. Die Soldaten waren vor dem Haus stehen geblieben. Plötzlich blickte Joan hoch. Die Frau zitterte.

»Du weißt etwas, nicht wahr, Peregrina? Gott sieht alles«, sagte Joan. Peregrina nickte, den Blick fest auf den Lehmboden des Hauses geheftet. »Sieh mich an. Du musst mich ansehen. Willst du denn im ewigen Feuer brennen? Sieh mich an. Hast du Kinder?«

Die Frau sah langsam auf.

»Ja, aber ...«, stammelte sie.

»Aber sie sind nicht die Sünder«, unterbrach Joan. »Wer ist es dann, Peregrina?« Die Frau zögerte. »Wer ist es, Peregrina?«

»Sie lästert Gott«, sagte sie dann.

»Wer lästert Gott, Peregrina?«

»Sie ...« Joan wartete schweigend ab. Es gab keinen Ausweg mehr.

»Ich habe sie fluchen gehört, wenn sie wütend ist ...« Peregrina sah wieder zu Boden. »Die Schwester meines Mannes, Marta. Sie sagt schreckliche Dinge, wenn sie wütend ist.«

Es war nichts weiter zu hören als das Kratzen der Feder, während der Schreiber mitschrieb.

»Noch etwas, Peregrina?«

Diesmal sah die Frau ruhig auf.

»Nein.«

»Sicher?«

»Ich schwöre es Euch. Ihr müsst mir glauben.«

Nur bei dem mit dem schwarzen Gürtel hatte er sich getäuscht. Der barfüßige Mann denunzierte zwei Schäfer, die sich nicht an die Fastentage hielten. Er behauptete, gesehen zu haben, wie sie in der Fastenzeit Fleisch aßen. Das Mädchen mit dem Kind, eine junge Witwe, benannte ihren Nachbarn, einen verheirateten Mann, der ihr ständig unanständige Angebote mache ... Er habe ihr sogar an die Brust gefasst.

»Und du? Hast du ihn gewähren lassen?«, fragte Joan. »Empfandest du Lust dabei?«

Das Mädchen brach in Tränen aus.

»Hast du es genossen?«, bohrte Joan weiter.

»Wir hatten Hunger«, schluchzte das Mädchen und hielt das Kind hoch.

Der Schreiber notierte den Namen des Mädchens. Joan sah sie an. Und was hat er dir gegeben?, dachte er. Ein Stück trockenes Brot? So wenig ist deine Ehre wert?

»Geständig!«, urteilte Joan.

Zwei weitere Dörfler denunzierten ihre Nachbarn. Ketzer, so behaupteten sie.

»Manchmal nachts höre ich merkwürdige Geräusche und sehe Lichter im Haus«, erzählte einer. »Sie sind Teufelsanbeter.«

Was hat dir dein Nachbar getan, dass du ihn denunzierst?, dachte Joan. Du weißt ja, dass er den Namen seines Verräters nie erfahren wird. Was bringt es dir ein, wenn ich ihn verurteile? Ein Stück Land vielleicht?

»Wie heißt dein Nachbar?«

»Anton, der Bäcker.«

Der Schreiber notierte den Namen.

Als Joan die Befragung für beendet erklärte, war es bereits dunkel. Er befahl den Hauptmann herein, und der Schreiber nannte ihm die Namen derer, die am nächsten Morgen bei Sonnenaufgang vor dem Inquisitionstribunal zu erscheinen hatten.

Wieder die Stille der Nacht, die Kälte, das Zittern der Flamme ... und die Erinnerungen. Joan stand auf.

Ein Fall von Gotteslästerung, ein Fall von Unzucht und ein Teufelsanbeter. »Wenn es hell wird, gehört ihr mir«, murmelte er. Ob die Sache mit dem Teufelsanbeter stimmte? Schon oft hatte es ähnliche Beschuldigungen gegeben, doch nur in einem Fall hatte die Anzeige Erfolg gehabt. Ob es diesmal stimmte? Wie sollte er das beweisen?

Er war müde und legte sich wieder hin. Ein Teufelsanbeter ...

»Schwörst du auf die vier Evangelien?«, fragte Joan, als das erste Tageslicht durch die Fenster im Erdgeschoss des Hauses drang.

Der Mann nickte.

»Ich weiß, dass du gesündigt hast«, behauptete Joan.

Bewacht von zwei Soldaten, erblasste der Mann, der sich von der jungen Witwe einen Augenblick der Lust erkauft hatte. Schweißtropfen traten ihm auf die Stirn.

»Wie ist dein Name?«

»Gaspar«, war leise zu vernehmen.

»Ich weiß, dass du gesündigt hast, Gaspar«, wiederholte Joan.

»Ich ... Ich ...«, stotterte der Mann.

»Gestehe!« Joan erhob die Stimme.

»Ich ...«

»Peitscht ihn, bis er gesteht!« Joan sprang auf und hieb mit beiden Fäusten auf den Tisch.

Einer der Soldaten griff an seinen Gürtel, an dem eine Lederpeitsche baumelte. Der Mann fiel vor dem Tisch mit Joan und dem Schreiber auf die Knie.

»Nein, ich flehe Euch an. Peitscht mich nicht aus.«

»Dann gestehe.«

Der Soldat strich ihm mit der Peitsche über den Rücken.

»Gestehe!«, schrie Joan.

»Ich ... Es war nicht meine Schuld. Es war diese Frau. Sie hat mich verhext.« Der Mann sprach hastig. »Ihr Mann fasst sie nicht mehr an.« Joan regte sich nicht. »Sie stellt mir nach, sie verfolgt mich. Wir haben es nur ein paar Mal getrieben. Aber ich werde es nicht wieder tun. Ich werde sie nicht wiedersehen. Ich schwöre es Euch.«

»Hast du mit ihr geschlafen?«

»J. . .ja.«

»Wie oft?«

»Ich weiß es nicht . . .«

»Viermal? Fünfmal? Zehnmal?«

»Viermal. Ja, genau. Viermal.«

»Wie heißt die Frau?«

Der Schreiber protokollierte.

»Welche Sünden hast du noch begangen?«

»Keine . . . Keine, ich schwöre es Euch.«

»Schwöre nicht falsch.« Joan sprach mit Nachdruck. »Peitscht ihn aus.«

Nach zehn Schlägen gestand der Mann, nicht nur mit dieser Frau geschlafen zu haben, sondern auch mit mehreren Prostituierten, wenn er auf dem Markt in Puigcerdà war. Außerdem hatte er geflucht, gelogen und eine Unmenge kleiner Sünden begangen. Fünf weitere Peitschenhiebe genügten, damit er sich an die junge Witwe erinnerte.

»Geständig«, urteilte Joan. »Morgen erscheinst du zum *Sermo generalis* auf dem Dorfplatz, wo dir deine Strafe mitgeteilt wird.«

Der Mann hatte nicht einmal Zeit zu widersprechen. Auf Knien wurde er von den Soldaten aus dem Haus geschleift.

Peregrinas Schwägerin Marta gestand ohne weitere Drohungen, und nachdem er sie für den nächsten Tag einbestellt hatte, warf Joan dem Schreiber einen Blick zu.

»Bringt Anton Sinom herein«, befahl dieser dem Hauptmann, nachdem er die Liste durchgesehen hatte.

Als er den angeblichen Teufelsanbeter hereinkommen sah, richtete sich Joan auf seinem harten Holzstuhl auf. Die spitze Nase dieses Mannes, die hohe Stirn, die dunklen Augen . . .

Er wollte seine Stimme hören.

»Schwörst du bei den vier Evangelien?«

»Ja.«

»Wie heißt du?«, fragte er ihn, noch bevor der Mann vor ihm stand.

»Anton Sinom.«

Dieser kleine, etwas gebeugte Mann verschwand fast zwischen den beiden Soldaten, während er Joans Frage beantwortete. In seiner Stimme lag ein Hauch von Resignation, der dem Inquisitor nicht entging.

»Hast du schon immer so geheißen?«

Anton Sinom zögerte. Joan wartete auf die Antwort.

»Hier kennt man mich schon immer unter diesem Namen«, erklärte er schließlich.

»Und anderswo?«

»Anderswo hatte ich einen anderen Namen.«

Joan und Anton sahen sich an. Der kleine Mann hatte nicht ein einziges Mal den Blick gesenkt.

»Einen christlichen Namen?«

Anton schüttelte den Kopf. Joan verkniff sich ein Lächeln. Wie sollte er es anfangen? Indem er ihm sagte, dass er wisse, dass er gesündigt habe? Dieser konvertierte Jude würde nicht auf das Spiel hereinfallen. Niemand im Dorf hatte ihn durchschaut. Sonst hätte ihn mehr als einer angezeigt, wie es bei Konvertiten sonst geschah. Dieser Sinom musste intelligent sein. Joan betrachtete ihn einige Sekunden, während er sich fragte, was dieser Mann zu verbergen hatte. Weshalb zündete er nachts Lichter in seinem Haus an?

Joan erhob sich und verließ den Raum. Der Schreiber und die Soldaten rührten sich nicht. Als er die Tür hinter sich schloss, erstarrten die Neugierigen, die sich vor dem Haus versammelt hatten. Joan achtete nicht auf sie und wandte sich an den Hauptmann: »Befinden sich Familienangehörige des Mannes unter den Anwesenden?«

Der Hauptmann deutete auf eine Frau und zwei Knaben, die ihn ängstlich ansahen. Da war etwas, das . . .

»Was arbeitet dieser Mann? Wie ist sein Haus? Was hat er gerade getan, als ihr ihn vor das Tribunal gebracht habt?«

»Er ist Bäcker«, antwortete der Hauptmann. »Seine Backstube befindet sich im Erdgeschoss seines Hauses. Sein Haus war ganz normal, sauber. Wir haben nicht mit ihm gesprochen, als wir ihn einbestellt haben, sondern mit seiner Frau.«

»Er befand sich nicht in der Backstube?«

»Nein.«

»Seid ihr im Morgengrauen dort gewesen, wie ich es euch befohlen habe?«

»Ja, Bruder Joan.«

›Manchmal werde ich nachts wach . . .‹ So hatte der Nachbar gesagt. Ein Bäcker stand vor Morgengrauen auf. Schläfst du nicht, Sinom? Wenn du frühmorgens aufstehen musst . . . Joan sah zu der Familie des Konvertiten hinüber, die ein wenig abseits von den übrigen Schaulustigen stand. Er ging eine Weile im Kreis, dann kehrte er ins Haus zurück. Der Schreiber, die Soldaten und der Konvertit hatten sich nicht von der Stelle bewegt.

Joan trat so nah vor den Mann, dass sich ihre Gesichter beinahe berührten. Dann setzte er sich wieder auf seinen Platz.

»Zieht ihn aus«, befahl er den Soldaten.

»Ich bin beschnitten. Ich sagte ja bereits . . .«

»Zieht ihn aus!«

Die Soldaten traten zu Sinom. Der Blick, den ihm der Konvertit zuwarf, bevor sie sich auf ihn stürzten, überzeugte Joan davon, dass er recht hatte.

»Und was hast du mir nun zu sagen?«, fragte er ihn, als dieser völlig entkleidet war.

Der Konvertit versuchte, so gut es ging Haltung zu bewahren.

»Ich weiß nicht, was du meinst«, entgegnete er.

»Ich meine«, Joan senkte die Stimme und betonte jedes einzelne Wort. »Ich meine, dass dein Gesicht und dein Hals schmutzig sind, doch von der Brust abwärts ist deine Haut makellos sauber. Ich meine, dass deine Hände und Handgelenke schmutzig sind, deine Arme jedoch völlig rein. Ich meine, dass deine Füße und Knöchel schmutzig sind, deine Beine jedoch sauber.«

»Über der Kleidung schmutzig, darunter sauber«, bemerkte Sinom.

»Nicht einmal Mehl, Bäcker? Willst du mir weismachen, dass die Kleidung eines Bäckers vor Mehl schützt? Willst du mich glauben machen, dass du in dicker Winterkleidung am Backofen arbeitest? Wo ist das Mehl auf deinen Armen? Heute ist Montag, Sinom. Hast du den Tag des Herrn gefeiert?«

»Ja.«

Joan hieb mit der Faust auf den Tisch und sprang auf.

»Aber du hast dich auch gereinigt, wie es deine ketzerischen Riten vorschreiben!«, schrie er.

»Nein«, wimmerte Sinom.

»Wir werden sehen, Sinom, wir werden sehen. Sperrt ihn ein und bringt mir seine Frau und seine Söhne.«

»Nein!«, flehte Sinom, als ihn die Soldaten unter den Armen packten und in den Keller schleiften. »Sie haben nichts damit zu tun!«

»Halt!«, befahl Joan. Die Soldaten blieben stehen und drehten den Konvertiten zu dem Inquisitor um. »Womit haben sie nichts zu tun, Sinom? Womit?«

Sinom gestand, um seine Familie zu schützen. Als er geendet hatte, ließ Joan ihn festnehmen. Ihn und seine Familie. Dann befahl er, die übrigen Angeklagten vorzuführen.

Es war noch dunkel, als Joan auf dem Dorfplatz erschien.

»Schläft der denn nie?«, fragte einer der Soldaten gähnend.

»Nein«, antwortete ein Zweiter. »Oft hört man ihn nachts im Zimmer auf und ab gehen.«

Die beiden Soldaten beobachteten Joan, der die letzten Vorbereitungen für die Abschlusspredigt traf. Der schmutzige, zerschlissene schwarze Habit, der wie Pergament wirkte, weigerte sich, seine Bewegungen mitzumachen.

»Nun, wenn er nicht schläft und nicht isst, von was lebt er dann?«, fragte der Erste.

»Er lebt vom Hass«, erklärte der Hauptmann, der die Unterhaltung mit angehört hatte.

Bei Tagesanbruch trafen die Dorfbewohner ein. Die Angeklagten standen in der ersten Reihe, getrennt von den Zuschauern und von den Soldaten bewacht. Unter ihnen befand sich auch Alfons, der neunjährige Junge.

Joan eröffnete das Autodafé, und die Dorfschulzen traten vor, um der Inquisition Gehorsam zu leisten und zu schwören, dass sie die verhängten Strafen ausführen würden. Der Mönch begann, die Anklageschriften und die Urteile zu verlesen. Diejenigen, die sich während der Bedenkfrist gemeldet hatten, erhielten eine mildere Strafe. Sie mussten zur Kathedrale von Gerona pilgern. Alfons wurde dazu verurteilt, einen Monat lang einen Tag pro Woche unentgeltlich dem Nachbarn zu helfen, den er bestohlen hatte. Als er die Anklage gegen Gaspar verlas, wurde er von einem Schrei unterbrochen: »Du Dirne!« Ein Mann stürzte sich auf die Frau, die mit Gaspar geschlafen hatte. Die Soldaten eilten ihr zu Hilfe. »Das war also die Sünde, von der du mir nicht erzählen wolltest?«, tobte er hinter den Soldaten weiter.

Als der betrogene Ehemann schließlich verstummte, verlas Joan Gaspars Urteil: »Drei Jahre lang sollst du jeden Sonntag im Büßerhemd von Sonnenaufgang bis Sonnenuntergang vor der Kirche knien. Was dich betrifft . . .«, sagte er dann, an die Frau gewandt.

»Ich beanspruche das Recht für mich, sie zu bestrafen!«, fiel ihm der tobende Ehemann ins Wort.

Joan sah die Frau an. Er hätte sie gerne gefragt, ob sie Kinder hatte. Was konnten ihre Kinder verbrochen haben, um auf einer Kiste stehend durch eine kleine Fensterluke mit ihrer Mutter sprechen zu müssen, nur getröstet von ihrer Hand auf ihrem Haar? Aber dieser Mann war im Recht . . .

»Was dich betrifft«, fuhr er fort, »so übergebe ich dich der weltlichen Macht, die dafür sorgen wird, dass auf Ersuchen deines Mannes das katalanische Recht angewandt wird.«

Dann verlas Joan die weiteren Anklagen und Urteile.

»Anton Sinom. Du wirst mit deiner Familie dem Generalinquisitor überstellt.«

»Auf geht's«, befahl Joan, nachdem er seine wenigen Habseligkeiten auf einem Maulesel verstaut hatte.

Der Dominikanermönch blickte zu dem Dorf zurück, während seine Worte über den kleinen Dorfplatz hallten. Noch am selben Tag würden sie das nächste Dorf erreichen und danach ein anderes und wieder ein anderes. »Und überall werden mich die Leute verängstigt ansehen und voller Furcht meine Worte hören. Und dann werden sie sich gegenseitig verleumden und ihre Sünden ans Licht zerren. Und ich muss in ihren Bewegungen, ihren Gesichtszügen, ihrem Schweigen, ihren Empfindungen lesen, um die Sünde zu entlarven.«

»Beeilt Euch, Hauptmann. Ich möchte vor Mittag ankommen.«

VIERTER TEIL

DIENER DES SCHICKSALS

46

Ostern 1367
Barcelona

Arnau kniete vor dem Gnadenbild seiner Madonna, während die Priester die Ostermesse zelebrierten. Er hatte die Kirche gemeinsam mit Elionor betreten. Das Gotteshaus war überfüllt, aber die Leute machten Platz, damit er in die erste Reihe gelangen konnte. Er erkannte ihre lächelnden Gesichter wieder: Dieser hatte ihn um eine Anleihe für sein neues Boot gebeten, jener hatte ihm seine Ersparnisse anvertraut; ein anderer hatte sich Geld für die Aussteuer seiner Tochter geliehen, und jener dort hatte seine Schulden noch nicht beglichen. Der Letztgenannte sah beschämt zu Boden, doch Arnau blieb vor ihm stehen und reichte ihm zu Elionors Unmut die Hand.

»Der Friede sei mit dir«, sagte er.

Die Augen des Mannes begannen zu strahlen, und Arnau ging weiter zum Hauptaltar. Das war alles, was er besaß, sagte er der Jungfrau: die Wertschätzung der einfachen Leute, denen er half. Joan war immer noch auf der Jagd nach armen Sündern, und von Guillem hatte er nichts mehr gehört. Und Mar? Was konnte er über Mar sagen?

Elionor stieß ihm gegen das Schienbein. Als Arnau sie ansah, gab sie ihm zu verstehen, er solle sich erheben. »Hat man schon einmal einen Adligen gesehen, der so lange niederkniet wie du?«, hatte sie ihm schon mehrmals vorgeworfen. Arnau achtete nicht weiter auf sie, doch Elionor trat ihm erneut gegen das Schienbein.

Das war alles, was er hatte. Eine Frau, für die nichts wichtiger war als der äußere Schein – außer vielleicht, dass er sie zur Mutter machte. Sollte er? Sie wollte nur einen Erben, einen Sohn, der ihre Zukunft sicherte. Elionor stieß ihn erneut an. Als Arnau sie anblickte, sah seine

Frau zu den anderen Adligen herüber, die sich in der Kirche Santa María befanden. Einige standen, die meisten jedoch saßen. Nur Arnau kniete.

»Frevel!«

Der Schrei hallte durch die ganze Kirche. Die Priester verstummten. Arnau stand auf, und alle wandten sich dem Hauptportal zu.

»Frevel!«, war erneut zu hören.

Mehrere Männer bahnten sich den Weg zum Altar. »Gotteslästerung! Häresie! Teufel! Juden!«, riefen sie. Sie sprachen mit den Priestern, doch einer von ihnen wandte sich an die Gläubigen: »Die Juden haben eine geweihte Hostie geschändet!«, rief er.

Ein Raunen ging durch die Menge.

»Nicht genug damit, dass sie Jesus Christus getötet haben«, rief der Mann vom Altar herab, »nun entweihen sie auch noch seinen Leib!«

Das anfängliche Raunen schwoll zu einem empörten Geschrei an. Arnau wandte sich zu der Menge um, doch zuvor traf sein Blick auf Elionor.

»Deine Judenfreunde«, sagte sie.

Arnau wusste, was seine Gattin meinte. Seit Mars Verheiratung hielt er es zu Hause nicht mehr aus und ging oft abends zu seinem alten Freund Hasdai Crescas, um bis spät in die Nacht mit ihm zu plaudern. Bevor Arnau Elionor eine Antwort geben konnte, begannen auch die anwesenden Adligen und Ratsherren zu diskutieren.

»Sie wollen Christus noch im Tod Schmerz zufügen«, sagte einer.

»Sie sind von Gesetzes wegen gezwungen, an Ostern in ihren Häusern zu bleiben und Türen und Fenster geschlossen zu halten. Wie also sollen sie das gemacht haben?«, fragte ein anderer, der neben ihm stand.

»Sie werden sich davongeschlichen haben«, mutmaßte ein anderer.

»Und die Kinder?«, setzte ein Dritter hinzu. »Bestimmt haben sie auch ein Christenkind entführt, um es zu kreuzigen und sein Herz zu essen . . .«

»Und sein Blut zu trinken.«

Arnau sah wie gebannt zu dem Grüppchen wutentbrannter Adliger hinüber. Wie konnten sie nur so etwas glauben? Er begegnete erneut Elionors Blick. Sie lächelte.

»*Deine* Freunde«, wiederholte seine Frau mit Nachdruck.

In diesem Moment begann in der Kirche der Ruf nach Rache laut zu werden. »Auf zum Judenviertel!«, stachelten sie sich gegenseitig an, »Ketzer!« und »Gotteslästerer!« brüllend. Arnau sah, wie sie zum Ausgang der Kirche drängten. Die Adligen blieben zurück.

»Wenn du dich nicht beeilst«, hörte er Elionor sagen, »kommst du nicht mehr ins Judenviertel.«

Arnau betrachtete seine Frau, dann sah er zu seiner Madonna auf. Das Geschrei begann sich in der Calle de la Mar zu verlieren.

»Warum dieser Hass, Elionor? Hast du nicht alles, was du willst?«

»Nein, Arnau, und das weißt du. Ich will das, was du deinen Judenfreunden gibst.«

»Was meinst du damit?«

»Dich, Arnau, dich. Du weißt genau, dass du noch nie deinen ehelichen Pflichten nachgekommen bist.«

Arnau erinnerte sich, wie oft er Elionors Annäherungsversuche zurückgewiesen hatte, zuerst zaghaft, um sie nicht zu verletzen, später schroff und ohne lange Umschweife.

»Der König hat mich gezwungen, dich zu heiraten. Von der Befriedigung deiner Bedürfnisse hat er nichts gesagt«, warf er ihr entgegen.

»Der König vielleicht nicht«, entgegnete sie, »wohl aber die Kirche.«

»Gott kann mich nicht zwingen, mich zu dir zu legen!«

Elionor nahm die Worte ihres Mannes mit starrem Blick auf. Dann wandte sie den Kopf langsam in Richtung Hauptaltar. Sie waren alleine in der Kirche zurückgeblieben, mit Ausnahme von drei Priestern, die schweigend die Auseinandersetzung des Ehepaares mitverfolgten. Auch Arnau sah zu den drei Priestern hinüber. Als sich die Blicke der Ehepartner erneut trafen, kniff Elionor die Augen zusammen.

Sie sagte nichts mehr. Arnau kehrte ihr den Rücken und ging zum Ausgang der Kirche.

»Geh doch zu deiner jüdischen Geliebten!«, schrie ihm Elionor hinterher.

Ein Schauder lief Arnau über den Rücken.

In diesem Jahr bekleidete Arnau erneut das Amt des Seekonsuls. In Festtagskleidung machte er sich auf den Weg zum Judenviertel. Während er durch die Calle de la Mar zur Plaza del Blat und von dort die

Bajada de la Presó hinunter zur Kirche Sant Jaume ging, wurden die Schreie der Menge immer lauter. Das Volk schrie nach Rache und drängte sich vor den von königlichen Soldaten geschützten Toren des Judenviertels. Trotz des Tumults gelangte Arnau problemlos durch die Menge.

»Das Judenviertel darf nicht betreten werden, ehrenwerter Herr Konsul«, sagte der Hauptmann der Wache. »Wir warten auf Anweisungen des königlichen Statthalters, Infant Don Juan, König Pedros Sohn.«

Und die Anweisungen kamen. Am nächsten Morgen ordnete der Infant an, alle Juden Barcelonas ohne Wasser und Nahrung in der großen Synagoge einzusperren, bis sich diejenigen stellten, die den Hostienfrevel begangen hatten.

»Fünftausend Menschen«, murmelte Arnau in seinem Arbeitszimmer in der Börse, als man ihm die Nachricht überbrachte. »Fünftausend Menschen in der Synagoge zusammengepfercht, ohne Wasser und ohne Nahrung! Was wird aus den Kindern, den Neugeborenen? Was erhofft sich der Infant davon? Wie kann man so dumm sein, zu erwarten, dass sich ein Jude für schuldig erklärt, eine Hostie entweiht zu haben? Wie blöd muss man sein, um zu glauben, dass jemand sein eigenes Todesurteil unterschreibt?«

Arnau schlug mit der Faust auf den Tisch und sprang auf. Der Diener, der ihm die Nachricht überbracht hatte, zuckte zusammen.

»Ruf die Wachen«, wies er ihn an.

Der Seekonsul eilte in Begleitung eines halben Dutzends bewaffneter *Missatges* durch die Stadt. Die Tore zum Judenviertel standen weit offen, immer noch von königlichen Soldaten bewacht. Die Menge davor hatte sich zerstreut, doch an die hundert Schaulustige versuchten trotz der Stöße und Hiebe der Soldaten einen Blick ins Innere zu erhaschen.

»Wer ist hier zuständig?«, fragte Arnau den Hauptmann vor dem Portal.

»Der Stadtrichter. Er ist drinnen«, antwortete dieser.

»Gebt ihm Bescheid.«

Kurz darauf erschien der Stadtrichter.

»Was willst du hier, Arnau?«, erkundigte er sich, während er ihm die Hand reichte.

»Ich möchte mit den Juden sprechen.«

»Der Infant hat angeordnet, dass . . .«

»Ich weiß«, unterbrach ihn Arnau. »Genau deshalb muss ich mit ihnen sprechen. Viele meiner Geschäfte betreffen die Juden. Ich muss mit ihnen sprechen.«

»Aber der Infant . . .«, begann der Stadtrichter erneut.

»Der Infant lebt von den Juden im Land! Zwölftausend Sueldos jährlich müssen sie ihm auf Geheiß des Königs zahlen.« Der Stadtrichter nickte. »Der Infant mag ein Interesse daran haben, die Schuldigen der Hostienschändung ausfindig zu machen, doch du kannst gewiss sein, dass er auch ein Interesse daran hat, dass die Geschäfte der Juden weiterlaufen. Vergiss nicht, dass die Juden von Barcelona den größten Beitrag zu den zwölftausend Sueldos leisten.«

Der Stadtrichter hatte nichts weiter zu entgegnen und ließ Arnau und seine Begleiter passieren.

»Sie sind in der großen Synagoge«, erklärte er.

»Ich weiß.«

Obwohl sämtliche Juden eingesperrt waren, herrschte im Judenviertel reges Treiben. Im Vorübergehen sah Arnau, wie ein Schwarm schwarzgekleideter Mönche auf der Suche nach der blutenden Hostie jedes einzelne jüdische Haus durchsuchte.

Vor den Toren der Synagoge hielten königliche Soldaten Wache.

»Ich muss mit Hasdai Crescas sprechen.«

Der Hauptmann wollte widersprechen, doch der Wachsoldat, der sie zur Synagoge begleitet hatte, nickte zustimmend.

Während er auf Hasdai wartete, betrachtete Arnau das Judenviertel. Vor den Häusern, deren Türen sämtlich offen standen, bot sich ein trauriges Schauspiel. Die Mönche gingen ein und aus, beladen mit Gegenständen, die sie anderen Mönchen zeigten. Diese begutachteten die Fundstücke und schüttelten die Köpfe, um die Objekte dann auf den Boden zu werfen, der bereits mit den Besitztümern der Juden übersät war. »Wer schändet hier was?«, fragte sich Arnau.

»Ehrenwerter Konsul«, hörte er eine Stimme hinter sich sagen.

Arnau drehte sich um. Vor ihm stand Hasdai. Er sah in die Augen seines Freundes, die sich mit Tränen füllten, als er sah, wie ihr persönlicher Besitz geplündert wurde. Arnau befahl sämtlichen Soldaten, sich zurückzuziehen. Die *Missatges* gehorchten, die königlichen Soldaten hingegen rührten sich nicht von der Stelle.

»Interessiert ihr euch für die Angelegenheiten des Seekonsulats?«, fragte Arnau. »Geht zu meinen Männern. Die Angelegenheiten des Konsulats sind geheim.«

Widerstrebend gehorchten die Soldaten. Arnau und Hasdai sahen sich an.

»Ich würde dich gerne umarmen«, sagte Arnau, als sie niemand mehr hören konnte.

»Besser nicht.«

»Wie geht es euch?«

»Schlecht, Arnau. Sehr schlecht. Wir Alten sind nicht wichtig, und die Jungen werden durchhalten, aber die Kinder haben seit Stunden nichts gegessen und getrunken. Es sind einige Neugeborene darunter. Wenn den Müttern die Milch versiegt ... Wir sind erst seit einigen Stunden eingeschlossen, doch die Bedürfnisse des Körpers ...«

»Kann ich euch helfen?«

»Wir haben versucht, zu verhandeln, aber der Stadtrichter will uns nicht anhören. Du weißt, dass es nur einen Weg gibt: Erkaufe unsere Freiheit.«

»Wie viel soll ich ...?«

Hasdais Blick hinderte ihn am Weitersprechen. Wie viel war das Leben von fünftausend Juden wert?

»Ich vertraue auf dich, Arnau. Meine Gemeinde ist in Gefahr.«

Arnau reichte ihm die Hand.

»Wir vertrauen auf dich«, sagte Hasdai noch einmal und erwiderte Arnaus Händedruck.

Erneut kam Arnau an den schwarzen Mönchen vorbei. Ob sie die blutende Hostie bereits gefunden hatten? Der Hausrat und nun auch die Möbel türmten sich in den Gassen. Beim Verlassen des Judenviertels nickte er dem Stadtrichter zu. Er würde am Nachmittag bei ihm vorsprechen, doch wie viel sollte er für das Leben eines Menschen bieten? Und für das Leben einer ganzen Gemeinde? Arnau hatte mit allen möglichen Waren gehandelt – Stoffen, Gewürzen, Getreide, Vieh, Schiffen, Gold und Silber –, er kannte auch die Sklavenpreise, doch was war ein Freund wert?

Arnau verließ das Judenviertel und ging nach links die Banys Nous hinunter, über die Plaza del Blat und die Calle Carders entlang, doch kurz vor der Calle de Montcada blieb er abrupt stehen. Wozu nach Hause gehen? Um Elionor zu begegnen? Er machte kehrt und ging durch die Calle de la Mar zu seiner Wechselstube. Seit dem Tag, an dem er Mars Vermählung zugestimmt hatte, ließ Elionor ihm keine Ruhe mehr. Zunächst hatte sie es mit Schmeichelei versucht, ihn sogar Liebster genannt! Bislang hatte sie sich weder für seine Geschäfte interessiert noch dafür, was er gerne aß oder wie es ihm ging. Als diese Taktik nicht aufging, beschloss Elionor, zum direkten Angriff überzugehen. »Ich bin eine Frau«, sagte sie eines Tages zu ihm. Der Blick, mit dem Arnau sie bedachte, schien ihr nicht zu gefallen, denn sie sagte nichts mehr. Doch einige Tage später fing sie wieder damit an: »Wir müssen unsere Ehe vollziehen. Wir leben in Sünde.«

»Seit wann interessierst du dich für mein Seelenheil?«, entgegnete Arnau.

Elionor gab trotz der Zurückweisung ihres Mannes nicht auf und beschloss schließlich, mit Pater Juli Andreu zu sprechen, einem der Priester von Santa María, und ihm die Angelegenheit dazulegen. Er hatte ganz gewiss Interesse am Seelenheil seiner Gläubigen, von denen Arnau einer der Beliebtesten war. Gegenüber dem Priester konnte sich Arnau nicht herausreden, wie er es bei Elionor tat.

»Ich kann nicht, Pater«, erklärte er, als dieser ihn eines Tages in der Kirche abpasste.

Und das entsprach der Wahrheit. Kurz nachdem Arnau Mar an Felip de Ponts übergeben hatte, hatte er versucht, das Mädchen zu vergessen und – warum nicht? – eine eigene Familie zu gründen. Er war einsam. Alle Menschen, die er liebte, waren aus seinem Leben verschwunden. Er konnte Kinder bekommen, mit ihnen spielen, sie umsorgen und in ihnen das finden, was ihm fehlte, und das alles war nur mit Elionor möglich. Doch wenn er sah, wie sie seine Nähe suchte, ihm durch die Räume des Palastes folgte, wenn er ihre falsche, gekünstelte Stimme hörte, die so ganz anders klang als die Stimme, mit der sie ihn bisher behandelt hatte, brachen all seine Vorsätze in sich zusammen.

»Was wollt Ihr damit sagen, mein Sohn?«, fragte ihn der Pfarrer.

»Der König hat mich zur Heirat mit Elionor gezwungen, Pater. Er hat mich nie gefragt, ob mir seine Ziehtochter gefällt.«

»Die Baronin . . .«

»Die Baronin zieht mich nicht an, Pater. Mein Körper verweigert sich.«

»Ich kann dir einen guten Arzt empfehlen . . .«

Arnau lächelte.

»Nein, nein, Pater. Darum geht es nicht. Körperlich fehlt mir nichts. Es ist nur . . .«

»Dann müsst Ihr Euch zwingen, Eure ehelichen Pflichten zu erfüllen. Unser Herr erwartet . . .«

Arnau ließ die Predigt des Pfarrers über sich ergehen, bis er sich vorstellte, wie Elionor sich bei ihm einschmeichelte, wie sie ihn bedrängte, wie sie Gift und Galle spuckte.

»Pater«, fiel er dem Priester ins Wort, »ich kann meinen Körper nicht zwingen, eine Frau zu begehren, die ich nicht begehre.« Der Priester wollte etwas sagen, doch Arnau sprach weiter. »Ich habe geschworen, meiner Frau die Treue zu halten, und das tue ich. Niemand kann mir das Gegenteil vorwerfen. Ich bin häufig hier, um zu beten, und gebe Geld für Santa María. Mir scheint, mein Beitrag zum Bau dieser Kirche ist Sühne genug für die Schwächen meines Körpers.«

Der Priester hörte auf, seine Hände zu kneten.

»Mein Sohn . . .«

Der Priester durchforstete sein schmales theologisches Wissen, um Arnaus Argumente zu entkräften, was ihm indes nicht gelang. Schließlich ging er rasch davon und verschwand zwischen den Handwerkern von Santa María. Als Arnau wieder alleine war, kniete er vor seiner Jungfrau nieder.

»Ich denke nur an sie, Mutter. Weshalb hast du zugelassen, dass ich sie Felip de Ponts überließ?«

Seit ihrer Heirat mit Felip de Ponts hatte er Mar nicht wiedergesehen. Als dieser wenige Monate nach der Vermählung gestorben war, hatte er versucht, Kontakt zu der Witwe aufzunehmen, doch Mar wollte ihn nicht sehen. Vielleicht war es besser so, sagte sich Arnau. Der Schwur vor der Jungfrau war nun eine stärkere Fessel als je zuvor: Er war dazu verdammt, einer Frau die Treue zu halten, die ihn nicht liebte und die er nicht lieben konnte. Und dem einzigen Menschen zu entsagen, mit dem er glücklich gewesen war . . .

»Hat man die Hostie schon gefunden?«, fragte Arnau den Stadtrichter, als sie sich in dessen Amtssitz an der Plaza del Blat gegenübersaßen.

»Nein«, antwortete dieser.

»Ich habe mit den Ratsherren der Stadt gesprochen«, sagte Arnau, »und sie sind meiner Meinung. Die Festnahme der gesamten jüdischen Gemeinde kann den Geschäftsinteressen Barcelonas ernstlichen Schaden zufügen. Die Schifffahrtssaison hat gerade begonnen. Wenn du in den Hafen gehst, wirst du so manches Schiff sehen, das nur darauf wartet, ablegen zu können. Sie haben Warenlieferungen von Juden an Bord. Entweder müssen sie diese wieder löschen oder auf die Händler warten, die mitreisen sollen. Das Problem ist, dass nicht die gesamte Fracht den Juden gehört. Es sind auch Waren von Christen dabei.«

»Weshalb lädt man sie nicht einfach wieder aus?«

»Weil damit der Frachtpreis für die Waren der Christen steigen würde.«

Der Stadtrichter hob ohnmächtig die Hände.

»Bringt die Waren der Juden und der Christen auf gesonderte Schiffe«, schlug er schließlich als Lösung vor.

Arnau schüttelte den Kopf.

»Das geht nicht. Nicht alle Schiffe haben denselben Bestimmungsort. Du weißt doch, dass die Schifffahrtsperiode kurz ist. Wenn die Schiffe nicht auslaufen, kommt der gesamte Handel ins Stocken, und sie kehren nicht rechtzeitig zurück. Ihnen entgeht die eine oder andere Fahrt, und das wird den Preis für die Waren in die Höhe treiben. Wir alle werden Geld verlieren.« Auch du, dachte Arnau. »Zum anderen ist es gefährlich für die Schiffe, im Hafen von Barcelona abzuwarten. Wenn ein Sturm aufkommt . . .«

»Und was schlägst du vor?«

Lasst sie alle frei, hätte er am liebsten gesagt. Sagt den Mönchen, sie sollen aufhören, in ihren Häusern herumzuschnüffeln. Gebt ihnen zurück, was ihnen gehört. Doch er sagte: »Belegt die jüdische Gemeinde mit einer Geldstrafe.«

»Das Volk will Schuldige sehen, und der Infant hat versprochen, sie zu finden. Die Schändung einer Hostie . . .«

»Die Schändung einer Hostie wird sie teurer zu stehen kommen als jedes andere Vergehen«, fiel ihm Arnau ins Wort. Warum diskutieren? Die Juden waren beschuldigt und verurteilt worden, ganz gleich, ob die blutende Hostie auftauchte oder nicht. Der Stadtrichter sah ihn skeptisch und mit gerunzelter Stirn an. »Weshalb versuchst du es nicht? Wenn es uns gelingt, sind die Juden die Einzigen, die zahlen. Andernfalls wird es ein schlechtes Jahr für den Handel, und wir alle zahlen drauf.«

Umgeben von Handwerkern, Lärm und Staub, sah Arnau zu dem Schlussstein empor, der das zweite der vier Mittelschiffjoche der Kirche Santa María krönte, das zuletzt fertiggestellt worden war. Auf dem großen Schlussstein war die Verkündigungsszene zu sehen, mit einer knienden Maria im roten, goldverbrämten Mantel, der ein Engel die frohe Botschaft verkündete. Die leuchtenden Farben, das Rot und Blau, insbesondere aber das Gold, nahmen Arnaus Blick gefangen.

Es war eine wunderschöne Szene.

Der Stadtrichter hatte Arnaus Argumente abgewogen und schließlich eingewilligt. Fünfundzwanzigtausend Libras und fünfzehn Schuldige! So hatte das Angebot des Stadtrichters am nächsten Tag gelautet, nachdem er Rücksprache am Hof des Infanten Don Juan gehalten hatte.

»Fünfzehn Schuldige? Ihr wollt wegen der Heimtücke von vier Lügnern fünfzehn Menschen hinrichten?«

Der Stadtrichter hieb mit der Faust auf den Tisch.

»Diese Lügner sind die heilige katholische Kirche.«

»Du weißt genau, dass das nicht stimmt«, entgegnete Arnau.

Die beiden Männer sahen sich an.

»Keine Schuldigen«, erklärte Arnau.

»Unmöglich. Der Infant ...«

»Keine Schuldigen! Fünfundzwanzigtausend Libras sind ein Vermögen.«

Arnau verließ den Palast des Stadtrichters ohne festes Ziel. Was sollte er Hasdai sagen? Dass fünfzehn von ihnen sterben sollten? Aber er bekam das Bild der fünftausend Menschen nicht aus dem Kopf, die ohne Wasser und ohne Nahrung in einer Synagoge eingepfercht waren ...

»Wann kann ich mit einer Antwort rechnen?«, fragte er den Stadtrichter.

»Der Infant ist auf der Jagd.«

Auf der Jagd! Fünftausend Menschen wurden auf sein Geheiß gefangen gehalten, und er war zur Jagd gegangen. Von Barcelona zu den Besitzungen des Infanten in Gerona, der zugleich Graf von Gerona und Cervera war, waren es nicht mehr als drei Stunden zu Pferde, doch Arnau musste bis zum Abend des folgenden Tages warten, bevor er zum Stadtrichter bestellt wurde.

»Fünfunddreißigtausend Libras und fünf Schuldige.«

Tausend Libras für jeden Schuldigen weniger. Vielleicht war das der Preis eines Menschen, dachte Arnau.

»Vierzigtausend ohne Schuldige.«

»Nein.«

»Ich werde mich an den König wenden.«

»Du weißt doch, dass der König genug mit dem Krieg gegen Kastilien zu tun hat, um sich nicht auch noch mit seinem Sohn herumzuärgern. Schließlich hat er ihn zu seinem Stellvertreter ernannt.«

»Fünfundvierzigtausend, aber ohne Schuldige.«

»Nein, Arnau, nein . . .«

»Frag ihn!«, entfuhr es Arnau. »Ich bitte dich«, setzte, er, milder, hinzu.

Der Gestank, der aus der Synagoge drang, schlug Arnau bereits entgegen, als er noch ein gutes Stück entfernt war. In den Gassen des Judenviertels sah es noch verheerender aus als beim letzten Mal. Überall lagen Möbel und Hausrat der Juden herum. Aus dem Inneren der Häuser war das Hämmern der schwarzen Mönche zu hören, die auf der Suche nach dem Leib Cristi Wände und Fußböden aufmeißelten. Arnau musste sich zusammenreißen, um ruhig zu erscheinen, als er Hasdai entgegentrat, der diesmal in Begleitung zweier Rabbiner und weiterer Vertreter der Gemeinde war. Arnaus Augen brannten. War es wegen des beißenden Uringestanks, der aus der Synagoge drang, oder wegen der Nachrichten, die er ihnen überbringen musste?

Arnau beobachtete die Männer, die ihre Lungen mit frischer Luft füllten, während aus dem Gebäude Jammern und Stöhnen zu hören war. Wie mochte es da drinnen sein? Die Männer blickten auf die verwüsteten Straßen des Judenviertels, und für einen Moment stockte ihnen der Atem.

»Sie fordern Schuldige«, sagte Arnau, als sich die fünf wieder gefasst hatten. »Wir haben mit fünfzehn begonnen. Jetzt sind wir bei fünf, und ich habe die Hoffnung, dass . . .«

»Wir können nicht länger warten, Arnau Estanyol«, unterbrach ihn einer der Rabbiner. »Heute ist ein alter Mann gestorben. Er war krank, aber unsere Ärzte konnten nichts für ihn tun, sie konnten ihm nicht einmal die Lippen benetzen. Sie erlauben uns nicht, ihn zu bestatten. Weißt du, was das bedeutet?« Arnau nickte. »Morgen wird sich der Verwesungsgestank breitmachen . . .«

»Wir können uns kaum rühren in der Synagoge«, sagte Hasdai. »Die Leute können nicht aufstehen, um ihre Notdurft zu verrichten. Die Mütter haben keine Milch mehr. Sie haben die Neugeborenen und auch die anderen Kinder gesäugt, um ihren Durst zu stillen. Wenn wir noch lange warten, sind fünf Schuldige eine Kleinigkeit.«

»Und fünfundvierzigtausend Libras«, ergänzte Arnau.

»Was interessiert uns das Geld, wenn uns allen der Tod droht?«, erklärte der andere Rabbiner.

»Und nun?«, fragte Arnau.

»Versuch es weiter, Arnau«, bat ihn Hasdai.

Zehntausend Libras mehr machten dem Boten des Infanten Beine – vielleicht machte er sich gar nicht erst auf den Weg. Arnau wurde am nächsten Morgen vorgeladen. Drei Schuldige.

»Sie sind Menschen!«, hielt Arnau dem Stadtrichter vor.

»Sie sind Juden, Arnau. Sie sind nur Juden. Ketzer im Eigentum der Krone. Ohne die Gunst des Königs wären sie längst tot, und nun hat der König beschlossen, dass drei von ihnen für den Hostienfrevel büßen sollen. Das Volk verlangt danach.«

Seit wann gab der König etwas auf die Meinung seines Volkes?, dachte Arnau.

»Außerdem wären damit die Probleme des Seekonsulats gelöst«, erklärte der Stadtrichter.

Der Leichnam des alten Mannes, die ausgedörrten Brüste der Mütter, die weinenden Kinder, das Stöhnen und der Gestank – das alles bewegte Arnau dazu, dem Vorschlag zuzustimmen. Der Stadtrichter lehnte sich in seinem Lehnstuhl zurück.

»Zwei Bedingungen«, ergänzte Arnau und zwang seinen Gesprächspartner erneut zur Aufmerksamkeit. »Sie wählen die Schuldigen selbst aus.« Der Stadtrichter nickte. »Und der Bischof muss der Vereinbarung zustimmen und zusichern, dass er die Gläubigen beruhigt.«

»Das habe ich bereits veranlasst, Arnau. Glaubst du, ich sähe gerne ein neuerliches Blutbad im Judenviertel?«

Die Prozession machte sich im Judenviertel auf den Weg. Die Fenster und Türen der Häuser waren verschlossen und die mit Mobiliar übersäten Straßen menschenleer. Die Stille im Judenviertel stand im Kontrast zu dem Lärm, der vor den Toren herrschte, wo sich eine Menschenmenge um den im Mittelmeerlicht goldschimmernden Bischof und eine Unzahl von Priestern und schwarzen Mönchen drängten. Zwei Reihen Soldaten trennten die Geistlichen vom Volk.

Ein Schrei erhob sich in den Himmel, als die drei Gestalten vor den Toren des Judenviertels erschienen. Die Leute reckten die geballten Fäuste in die Höhe, und ihre Schmährufe gingen in dem metallischen Geräusch unter, mit dem die Soldaten ihre Schwerter zogen, um den Zug zu schützen. Zwei Reihen schwarzer Mönche nahmen die an Händen und Füßen gefesselten Gestalten in ihre Mitte, und angeführt durch den Bischof von Barcelona, setzte sich die Prozession in Bewegung. Die Gegenwart der Soldaten und der Dominikanermönche konnte nicht verhindern, dass das Volk die drei Beschuldigten, die sich mühsam voranschleppten, mit Steinen bewarf und bespuckte.

Arnau befand sich in der Kirche Santa María, um zu beten. Er hatte die Nachricht ins Judenviertel gebracht, wo er von Hasdai, den Rabbinern und den Vertretern der Gemeinde vor der Synagoge empfangen wurde.

»Drei Schuldige«, sagte er und versuchte, ihre Blicke auszuhalten. »Ihr . . . Ihr könnt sie selbst auswählen.«

Niemand sagte ein Wort. Sie betrachteten einfach die Gassen des Judenviertels, in Gedanken bei dem Jammern und Klagen, das aus dem Gotteshaus drang. Arnau hatte nicht den Mut, ein weiteres Mal zu verhandeln, und rechtfertigte sich vor dem Stadtrichter, als er aus dem Judenviertel kam.

»Es sind drei Unschuldige. Du weißt genauso gut wie ich, dass die Sache mit der Hostienschändung nicht stimmt.«

Arnau hörte das Johlen der Menge entlang der Calle de la Mar. Es erfüllte die Kirche, drang durch die noch unvollendeten Portale und stieg über die hölzernen Gerüste bis in die Gewölbekuppeln hinauf. Drei Unschuldige! Wie mochten sie ihre Wahl getroffen haben? Hatten die Rabbiner entschieden, oder hatten sich Freiwillige gefunden? Auf einmal dachte Arnau daran, wie Hasdai die Gassen des Judenviertels betrachtet hatte. Was war es, das er in seinen Augen gesehen hatte? Resignation? War es nicht der Blick eines Menschen gewesen, der ... der sich verabschiedete? Arnau zitterte. Seine Beine gaben nach, und er musste sich an der Bank festklammern. Die Prozession näherte sich Santa María. Das Johlen wurde lauter. Arnau erhob sich und sah zu dem Portal hinüber, das auf den Vorplatz führte. Die Prozession würde gleich dort eintreffen. Er blieb in der Kirche und sah auf den Platz hinaus, bis die Schmährufe der Leute ganz nah waren.

Arnau rannte zur Tür. Niemand hörte seinen Schrei. Niemand sah ihn weinen. Niemand sah, wie er auf die Knie fiel, als er Hasdai mit müden Schritten und in Ketten vorüberziehen sah, während Beschimpfungen, Steine und Spucke auf ihn herabregneten. Als Hasdai an der Kirche Santa María vorbeiging, galt sein Blick nur dem Mann, der dort kniete und mit den Fäusten auf den Boden einhieb. Arnau jedoch sah ihn nicht und hieb immer weiter auf die Erde ein, bis die Prozession vorüber war und der Boden sich rot färbte. Da kniete jemand vor ihm nieder und fasste ihn sanft bei den Händen.

»Mein Vater würde nicht wollen, dass du dich seinetwegen grämst«, sagte Raquel, als Arnau aufblickte.

»Sie ... Sie werden ihn töten.«

»Ja, ich weiß.«

Arnau betrachtete das Gesicht des Mädchens, das mittlerweile zur Frau geworden war. Genau hier, unter dieser Kirche, hatte er sie vor vielen Jahren versteckt. Raquel weinte nicht. Trotz der Gefahr trug sie die Kleidung mit dem gelben Zeichen, das sie als Jüdin auswies.

»Wir müssen jetzt stark sein«, sagte ihm das kleine Mädchen, als das er sie in Erinnerung hatte.

»Warum, Raquel? Warum er?«

»Er tut es für mich. Für Jucef. Für meine und Jucefs Kinder, seine Enkel. Für seine Freunde. Für alle Juden von Barcelona. Er sagte, er sei schon alt und habe genug gelebt.«

Arnau ließ sich von Raquel aufhelfen, und gemeinsam folgten sie dem Gejohle.

Sie wurden bei lebendigem Leib verbrannt. Man hatte sie an Pfähle gebunden, um die herum Reisig und Holz aufgeschichtet war. Diese wurden in Brand gesteckt, ohne dass die Racherufe der Christen auch nur einen Moment verstummten. Als die Flammen seinen Körper erreichten, blickte Hasdai zum Himmel auf. Nun war es Raquel, die sich schluchzend an Arnau klammerte und ihr tränenüberströmtes Gesicht an seiner Brust verbarg. Sie standen etwas abseits der Menge.

Während er Hasdais Tochter im Arm hielt, konnte Arnau den Blick nicht von dem brennenden Körper seines Freundes abwenden. Es kam ihm vor, als blutete er, doch das Feuer fraß sich rasch in den Körper. Plötzlich hörte er die Schreie der Leute nicht mehr. Er sah nur noch ihre drohend gereckten Fäuste. Dann zwang ihn etwas, nach rechts zu sehen. Etwa fünfzig Meter entfernt standen der Bischof und der Generalinquisitor und neben ihnen Elionor, die mit den beiden sprach und dabei mit ausgestrecktem Arm zu ihm hinüberdeutete. Neben ihr stand eine weitere, vornehm gekleidete Dame, die Arnau zunächst nicht erkannte. Sie wechselte einen Blick mit dem Inquisitor, während Elionor lautstark gestikulierend zu ihm hinüberwies.

»Die da ist es. Diese Jüdin ist seine Geliebte. Seht sie Euch an. Seht nur, wie er sie umarmt.«

Genau in diesem Moment schloss Arnau Raquel besonders fest in den Arm, während die Flammen unter dem Toben der Menge in den Himmel loderten. Als Arnau schließlich wegschaute, um dem Horror zu entgehen, begegnete ihm Elionors Blick. Als er den abgrundtiefen Hass in ihren Augen sah, die Boshaftigkeit gelungener Rache, überlief es ihn kalt. Und dann hörte er das Lachen der Frau, die neben Elionor stand. Es war ein unverwechselbares, spöttisches Lachen, das sich seit Kindertagen in Arnaus Gedächtnis eingegraben hatte. Margarida Puigs Lachen.

47

Es war eine Rache, die von langer Hand geplant war, und Elionor war nicht alleine. Die Beschuldigungen gegen Arnau und die Jüdin Raquel waren erst der Anfang.

Arnaus Entscheidungen als Baron von Granollers, Sant Vicenç dels Horts und Caldes de Montbui führten zu Aufruhr unter den übrigen Adligen, die bereits den Sturm des Aufstands unter ihren Bauern erwachen sahen. Mehr als einer sah sich genötigt, härter als bisher nötig gegen aufmüpfige Untertanen vorzugehen, die lautstark die Abschaffung gewisser Privilegien forderten, die Arnau, dieser als Leibeigener geborene Baron, für aufgehoben erklärt hatte.

Unter diesen gedemütigten Adligen befand sich auch Jaume de Bellera, der Sohn des Herrn von Navarcles, den Francesca als Kind gesäugt hatte. Und an seiner Seite stand jemand, dem Arnau sein Zuhause, sein Vermögen und sein Ansehen genommen hatte: Genís Puig, der nach der Enteignung in das alte Haus in Navarcles ziehen musste, das einmal seinem Großvater, Graus Vater, gehört hatte. Diese Hütte hatte wenig Gemeinsamkeiten mit dem Palast in der Calle Montcada, wo er den größten Teil seines Lebens verbracht hatte. Die beiden hatten sich stundenlang ihr Unglück geklagt und Rachepläne geschmiedet. Pläne, die nun, wenn die Briefe seiner Schwester Margarida nicht trogen, Früchte zu tragen schienen ...

Arnau unterbrach den Seemann, der soeben seine Aussage machte, und wandte sich dem Gerichtsdiener des Seekonsulats zu, der die Verhandlung gestört hatte.

»Ein Hauptmann und mehrere Soldaten der Inquisition wünschen Euch zu sprechen«, flüsterte er ihm zu.

»Was wollen sie?«, fragte Arnau. Der Gerichtsdiener hob die Schultern. »Sie sollen bis zum Ende der Verhandlung warten«, befahl er, bevor er den Seemann bat, in seinen Erklärungen fortzufahren.

Ein anderer Matrose war während der Fahrt gestorben, und nun weigerte sich der Besitzer des Schiffes, seinen Hinterbliebenen mehr als zwei Monate Heuer auszuzahlen, während die Witwe behauptete, es habe sich nicht über einen Vertrag über eine bestimmte Anzahl von Monaten gehandelt, und folglich stehe ihr die Hälfte der ausgehandelten Heuer zu, da ihr Mann auf See gestorben sei.

»Fahrt fort«, ermunterte Arnau den Zeugen, während er die Witwe und die drei Kinder des Gestorbenen betrachtete.

»Kein Matrose heuert für eine bestimmte Anzahl von Monaten an ...«

Plötzlich wurden die Türen des Gerichtssaals aufgestoßen, und sechs bewaffnete Soldaten der Inquisition drangen, angeführt von ihrem Hauptmann, in den Saal ein, wobei sie den Gerichtsdiener vor sich herstießen.

»Arnau Estanyol?«, wandte sich der Hauptmann direkt an ihn.

»Was hat das zu bedeuten?«, beschwerte sich Arnau. »Wie könnt Ihr es wagen, eine Gerichtsverhandlung zu stören?«

Der Hauptmann blieb genau vor Arnau stehen. »Bist du Arnau Estanyol, Seekonsul von Barcelona und Baron von Granollers?«

»Das wisst Ihr ganz genau, Hauptmann«, entgegnete ihm Arnau brüsk, »aber ...«

»Im Namen der Heiligen Inquisition, Ihr seid verhaftet. Kommt mit mir!«

Die *Missatges*, die sich im Gerichtssaal befanden, wollten ihrem Konsul zu Hilfe eilen, doch Arnau gebot ihnen Einhalt.

»Seid so freundlich und tretet beiseite«, forderte Arnau den Inquisitionsbeamten auf.

Der Mann zögerte. Der Konsul bedeutete ihm ruhig, an der Tür zu warten. Ohne den Verhafteten aus den Augen zu lassen, trat der Hauptmann schließlich so weit beiseite, dass Arnau die Angehörigen des toten Seemanns wieder sehen konnte.

»Urteil zugunsten der Witwe und Kinder«, erklärte er ruhig. »Sie erhalten die Hälfte des Lohnes für die gesamte Fahrt und nicht nur für zwei Monate, wie vom Schiffseigner vorgesehen. Anordnung des Gerichts.«

Arnau klopfte mit der Hand auf den Tisch, stand auf und trat vor den Inquisitionsbeamten.

»Gehen wir«, sagte er.

Die Nachricht von Arnau Estanyols Verhaftung verbreitete sich in Barcelona und machte dann über Adlige, Händler und einfache Bauern die Runde in Katalonien.

Einige Tage später erreichte die Neuigkeit auch einen Inquisitor in einem Städtchen im Norden des Prinzipats, wo dieser gerade eine Gruppe von Einheimischen in Angst und Schrecken versetzte.

Joan sah den Inquisitionsbeamten an, der ihm die Nachricht überbrachte.

»Es scheint zu stimmen«, erklärte dieser.

Der Inquisitor sah seine Zuhörer an. Arnau verhaftet? Wie konnte das sein?

Er blickte erneut zu dem Beamten, und dieser nickte mit dem Kopf. *Arnau?*

Die Leute begannen, unruhig zu werden. Joan versuchte weiterzusprechen, aber er brachte kein Wort heraus. Ein weiteres Mal sah er den Beamten an und bemerkte ein Lächeln auf seinen Lippen.

»Fahrt Ihr nicht fort, Bruder Joan?«, wagte dieser zu sagen. »Die Sünder warten auf Euch.«

Joan betrachtete erneut die Zuhörer.

»Wir brechen nach Barcelona auf«, befahl er dann.

Auf dem Weg in die gräfliche Stadt kam Joan ganz in der Nähe der Besitzungen des Barons von Granollers vorbei. Hätte er nur einen kleinen Umweg gemacht, so hätte er sehen können, wie der Vogt von Montbui und andere, Arnau untergebene Grundherren umherzogen und die Bauern drangsalierten, die nun wieder den Gebräuchen unterworfen waren, die Arnau einst abgeschafft hatte. »Es heißt, die Baronin selbst habe Arnau angezeigt«, behauptete einer.

Doch Joan kam nicht durch Arnaus Besitz. Seit sie aufgebrochen waren, hatte er kein Wort mit dem Hauptmann oder einem anderen aus der Reisegesellschaft gewechselt, nicht einmal mit dem Schreiber. Er konnte jedoch nicht verhindern, dass er ihre Unterhaltungen mit anhörte.

»Sieht so aus, als hätte man ihn wegen Ketzerei verhaftet«, sagte einer der Soldaten laut genug, damit Joan es hören konnte.

»Den Bruder eines Inquisitors?«, entgegnete ein anderer.

»Nicolau Eimeric wird schon alles aus ihm herausbekommen«, mischte sich nun auch der Hauptmann ein.

Joan erinnerte sich an Nicolau Eimeric. Wie oft hatte er ihn zu seiner Arbeit als Inquisitor beglückwünscht?

»Man muss die Häresie bekämpfen, Bruder Joan ... Man muss die Sünde im Gewand des vorgeblich Guten suchen, in den Schlafgemächern der Leute, bei ihren Kindern und Ehepartnern.«

Und das hatte er getan. »Man darf nicht zögern, sie zu foltern, damit sie gestehen.« Auch das hatte er getan, immer wieder. Welche Folter hatte Eimeric wohl bei Arnau angewandt, damit sich dieser als Ketzer bekannte?

Joan ging schneller. Der schmutzige, zerschlissene schwarze Habit schlug ihm gegen die Beine.

»Durch seine Schuld bin ich in diese Lage geraten«, sagte Genís Puig, während er im Raum auf und ab ging. »Früher, da hatte ich alles ...«

»Geld, Frauen, Macht«, nahm ihm der Baron das Wort aus dem Mund, doch der andere achtete nicht auf ihn. Aufgebracht durchmaß er weiter den Burgturm von Navarcles.

»Meine Eltern und mein Bruder sind wie einfache Bauern gestorben, von Hunger und Krankheiten geschwächt, die nur die Armen heimsuchen, und ich ...«

»... bin nur ein einfacher Ritter ohne Truppen, die ich dem König zur Verfügung stellen könnte«, beendete der Baron gelangweilt den tausendmal gehörten Satz.

Genís Puig blieb vor Jaume, dem Sohn Llorenç de Belleras, stehen.

»Findest du das witzig?«

Der Herr von Bellera rührte sich nicht aus dem Lehnstuhl, von dem aus er Genís' Wanderungen durch den Burgturm beobachtet hatte.

»Ja«, antwortete er dann, »mehr als witzig. Deine Gründe, Arnau Estanyol zu hassen, erscheinen mir lächerlich, verglichen mit den meinen.«

Jaume de Bellera blickte zur Decke.

»Kannst du nicht endlich aufhören, im Kreis zu laufen?«

»Wie lange braucht dein Hauptmann denn noch?«, fragte Genís, während er weiter den Turm durchmaß.

Die beiden warteten auf Bestätigung der Nachrichten, die Margarida Puig in einer vorherigen Botschaft bereits angedeutet hatte. Genís Puig hatte seine Schwester von Navarcles aus überredet, während der vielen Stunden, die Elionor alleine im ehemaligen Palast der Puigs verbrachte, das Vertrauen der Baronin zu gewinnen, was Margarida nicht besonders schwerfiel. Elionor brauchte eine Vertraute, die ihren Ehemann genauso hasste wie sie selbst. Es war Margarida, die Elionor hinterhältig darüber informiert hatte, wo Arnau hinging. Margarida war es, die sich das Liebesverhältnis zwischen Arnau und Raquel ausgedacht hatte. Sobald Arnau Estanyol wegen der Beziehung zu einer Jüdin festgenommen war, würden Jaume de Bellera und Genís Puig den nächsten Schritt unternehmen.

»Die Inquisition hat Arnau Estanyol verhaftet«, bestätigte der Hauptmann, als er den Burgfried betrat.

»Also hatte Margarida recht«, entfuhr es Genís.

»Sei still«, befahl der Herr de Bellera aus seinem Lehnstuhl. »Fahr fort«, wandte er sich an den Hauptmann.

»Er wurde vor drei Tagen während einer Gerichtsverhandlung im Seekonsulat festgenommen.«

»Wie lautet die Anklage?«, fragte der Baron.

»Darüber besteht Unklarheit. Einige behaupten, sie laute auf Ketzerei, andere glauben, wegen Judenfreundlichkeit oder weil er eine Beziehung zu einer Jüdin unterhalten habe. Noch wurde ihm nicht der Prozess gemacht. Er befindet sich in den Verliesen des Bischofspalastes. Die halbe Stadt ist für ihn und die andere Hälfte gegen ihn, doch alle stehen vor seiner Wechselstube Schlange, um ihre Ersparnisse zu retten. Ich habe sie selbst gesehen. Die Leute prügeln sich darum, ihr Geld zurückzubekommen.«

»Bekommen sie denn etwas ausgezahlt?«, fragte Genís.

»Im Moment schon, aber alle wissen, dass Arnau Estanyol viel Geld an mittellose Leute verliehen hat, und wenn er dieses Geld nicht zurückbekommt ... Deshalb prügeln sich die Leute auch, weil sie befürchten, dass die Solvenz nicht von langer Dauer ist. Es ist ein großes Durcheinander.«

Jaume de Bellera und Genís Puig sahen sich an.

»Der Fall beginnt«, sagte der Ritter.

»Such die Hure, die mich als Amme genährt hat«, befahl der Baron dem Hauptmann, »und wirf sie ins Burgverlies!«

Genís Puig pflichtete dem Herrn von Bellera bei und trieb den Hauptmann zur Eile an.

»Diese verhexte Milch war nicht für mich bestimmt, sondern für ihren Sohn, Arnau Estanyol«, hatte er immer wieder sagen hören. »Aber während er Geld hat und hoch in der Gunst des Königs steht, leide ich an den Folgen der Krankheit, die seine Mutter an mich weitergab.«

Jaume de Bellera hatte bis zum Bischof gehen müssen, damit die Epilepsie, unter der er litt, nicht als Teufelswerk betrachtet wurde. Doch die Inquisition würde nicht daran zweifeln, dass Francesca vom Teufel besessen war.

»Ich will meinen Bruder sehen«, verlangte Joan von Nicolau Eimeric, kaum dass er den Bischofspalast betreten hatte.

Die Augen des Generalinquisitors verengten sich.

»Du solltest dafür sorgen, dass er seine Schuld bekennt und Reue zeigt.«

»Wie lautet die Anklage?«

Nicolau Eimeric zuckte hinter dem Tisch zusammen, an dem er ihn empfangen hatte.

»Ich soll dir sagen, wessen man ihn beklagt? Du bist ein guter Inquisitor, aber ... Versuchst du womöglich, deinem Bruder zu helfen?« Joan senkte den Blick. »Ich kann dir lediglich sagen, dass es sich um eine ernste Sache handelt. Ich werde dir gestatten, ihn jederzeit zu besuchen, wenn du versprichst, dass deine Besuche dem Ziel dienen, ein Geständnis von Arnau zu erreichen.«

Zehn Peitschenhiebe, fünfzehn, fünfundzwanzig ... Wie oft hatte er in den letzten Jahren diesen Befehl gegeben? »Bis er gesteht!«, hatte er den Büttel angewiesen, der ihn begleitete. Und nun forderte man ihn auf, seinen eigenen Bruder zu einem Geständnis zu bringen. Wie sollte er das erreichen? Joan wollte antworten, doch er kam nicht dazu.

»Es ist deine Pflicht«, erinnerte ihn Eimeric.

»Er ist mein Bruder. Er ist das Einzige, was ich habe ...«

»Du hast die Kirche. Du hast uns, deine Brüder im Glauben.« Der Inquisitor ließ einige Sekunden verstreichen. »Bruder Joan, ich habe nur abgewartet, weil ich wusste, dass du kommen würdest. Wenn du nicht auf meinen Vorschlag eingehst, dann werde ich mich der Sache selbst annehmen müssen.«

Er konnte nicht verhindern, dass sich sein Gesicht zu einer angewiderten Grimasse verzog, als ihm der Gestank aus den Verliesen des Bischofspalasts entgegenschlug. Während er den Korridor entlangging, der ihn zu Arnau führen würde, hörte Joan das Wasser von den Wänden tropfen und das Trippeln der Ratten, die vor ihm davonhuschten. Er spürte, wie eine von ihnen an seinen Knöcheln entlangstrich. Diese Berührung stellte ihm die Nackenhaare auf, genau wie zuvor Nicolau Eimerics Drohung: »Dann werde ich mich der Sache selbst annehmen müssen.« Was hatte Arnau verbrochen? Wie sollte er ihm beibringen, dass er, sein eigener Bruder, sich verpflichtet hatte, ihn zu einem Geständnis zu bringen?

Der Kerkermeister öffnete die Tür des Verlieses. Ein großer, dunkler, übel riechender Raum lag vor Joan. Einige Schemen bewegten sich, und das Rasseln der Ketten, mit denen die Gefangenen an den Wänden festgeschmiedet waren, hallte dem Dominikaner in den Ohren wider. Er merkte, wie sein Magen rebellierte und ihm die Galle hochkam. »Da drüben«, sagte der Kerkermeister und deutete auf eine Gestalt, die in einer Ecke kauerte. Dann verließ er den Kerker, ohne eine Antwort abzuwarten. Als die Tür hinter ihm zuschlug, zuckte Joan zusammen. Er blieb am Eingang des Raumes stehen. Dunkelheit umfing ihn. Durch ein einziges, vergittertes Fenster hoch oben in der Wand fielen einige schwache Lichtstrahlen. Als der Kerkermeister gegangen war, begannen die Ketten zu klirren. Mehr als ein halbes Dutzend Schemen bewegte sich. Waren sie beruhigt, weil man sie nicht abgeholt hatte, oder war genau dies für sie Anlass zur Verzweiflung?, überlegte Joan, während nun ringsum Jammern und Stöhnen zu hören war. Er trat zu einem der Schemen, von dem er glaubte, dass es der war, auf den der Kerkermeister gezeigt hatte, doch als er neben der Gestalt niederkniete, blickte er in das von schwärenden Wunden entstellte, zahnlose Gesicht einer alten Frau.

Joan fiel hintenüber auf den Fußboden. »Arnau?«, wisperte er, während er versuchte, sich aufzurichten. Er rief noch einmal, lauter diesmal, in das Schweigen hinein, das er zur Antwort bekommen hatte.

»Joan?«

Rasch ging er der Stimme entgegen, die ihm den Weg zeigte. Wieder kniete er neben einer Gestalt nieder, nahm den Kopf seines Bruders in beide Hände und zog ihn an seine Brust.

»Heilige Jungfrau Maria! Was haben sie mit dir gemacht? Wie geht es dir?« Joan fuhr Arnau über das zottige Haar, die hervorstehenden Wangenknochen. »Gibt man dir nichts zu essen?«

»Doch«, antwortete Arnau. »Brot und Wasser.«

Joan betastete die Eisenringe um Arnaus Fußknöchel, dann zog er die Hände rasch zurück.

»Kannst du etwas für mich tun?«, fragte Arnau. Joan schwieg. »Du bist einer von ihnen. Du hast mir immer erzählt, dass der Inquisitor dich schätzt. Es ist unerträglich, Joan. Ich weiß nicht, seit wie vielen Tagen ich hier bin. Ich habe auf dich gewartet . . .«

»Ich bin gekommen, so schnell ich konnte.«

»Hast du schon mit dem Inquisitor gesprochen?«

»Ja.« Trotz der Dunkelheit wich Joan Arnaus Blick aus.

Die beiden Brüder schwiegen.

»Und?«, fragte Arnau schließlich.

»Was hast du getan, Arnau?«

Arnau packte Joan am Arm. »Wie kannst du denken . . .«

»Ich muss es wissen, Arnau. Ich muss wissen, wessen man dich beschuldigt, damit ich dir helfen kann. Du weißt, dass die Anzeige nicht öffentlich gemacht wird. Nicolau wollte mir nichts sagen.«

»Worüber habt ihr dann gesprochen?«

»Über nichts«, antwortete Joan. »Ich wollte mich nicht mit ihm unterhalten, ohne dich zuvor gesehen zu haben. Ich muss wissen, worauf die Anklage hinausläuft, um Nicolau überzeugen zu können.«

»Frag Elionor.« Arnau sah wieder seine Frau vor sich, wie sie durch die Flammen hindurch, in denen ein Unschuldiger verbrannte, mit dem Finger auf ihn gezeigt hatte.

»Elionor?«

»Wundert dich das?«

Joan taumelte und musste sich auf Arnau stützen.

»Was hast du, Joan?«, fragte sein Bruder und hielt ihn fest, damit er nicht stürzte.

»Dieser Ort ... dich hier zu sehen ... Ich glaube, mir wird schlecht.«

»Geh«, bat ihn Arnau. »Draußen nutzt du mir mehr, als wenn du hier versuchst, mich zu trösten.«

Joan stand auf. Seine Beine zitterten.

»Ja. Ich denke schon.«

Er rief den Kerkermeister und verließ die Zelle. Im Korridor ging der dicke Wärter voraus. Joan hatte ein paar Münzen in der Tasche.

»Hier, nimm«, sagte er zu ihm. Der Mann betrachtete die Münzen. »Morgen bekommst du noch mehr, wenn du meinen Bruder gut behandelst.« Nur das Trippeln der Ratten war zu hören. »Hast du gehört?«, fragte er. Die einzige Antwort war ein Grunzen, das durch den Korridor des Verlieses hallte und die Ratten verstummen ließ.

Er brauchte Geld. Vom Bischofspalast ging Joan auf direktem Wege zu Arnaus Wechselstube. Dort fand er eine Menschenmenge vor, die sich an der Ecke der Straßen Canvis Vells und Canvis Nous vor dem kleinen Haus drängte, von dem aus Arnau seine Geschäfte geleitet hatte. Joan wich zurück.

»Da ist sein Bruder!«, rief jemand.

Mehrere Personen stürzten auf ihn zu. Joan wollte die Flucht ergreifen, entschied sich jedoch anders, als er sah, dass die Leute in einigen Schritt Entfernung stehen blieben. Wie konnten sie einen Dominikanermönch angreifen? So aufrecht wie möglich setzte er seinen Weg fort.

»Was ist mit deinem Bruder, Pfaffe?«, fragte einer Joan im Vorübergehen.

Joan blieb vor dem Mann stehen, der ihn um Haupteslänge überragte.

»Mein Name ist Bruder Joan, Inquisitor des Sanctum Officium.« Er erhob die Stimme, als er sein Amt erwähnte. »Für dich bin ich der Herr Inquisitor.«

Joan sah nach oben, dem Mann direkt in die Augen. Und was sind deine Sünden?, fragte er ihn stumm. Der Mann wich zwei Schritte zurück. Als Joan seinen Weg zu dem Haus fortsetzte, machten die Leute ihm Platz. Vor den verschlossenen Türen des Geschäfts musste er erneut rufen: »Hier ist Bruder Joan, Inquisitor des Sanctum Officium!«

Drei Angestellte von Arnau ließen ihn ein. Innen herrschte heilloses Durcheinander. Die Bücher waren auf dem zerknitterten roten Tuch verteilt, das auf dem langen Tisch seines Bruders lag. Wenn Arnau das sähe . . .

»Ich brauche Geld«, sagte er.

Die drei Männer sahen ihn ungläubig an.

»Wir auch« antwortete der Älteste, Remigi, der Guillem ersetzt hatte.

»Was sagst du da?«

»Es ist kein einziger Sueldo mehr da, Bruder Joan.« Remigi trat an den Tisch und kippte einige Schatullen um. »Nicht ein einziger, Bruder Joan.«

»Mein Bruder hat kein Geld mehr?«

»Nichts Bares, nein. Was glaubt Ihr, was die ganzen Leute dort draußen wollen? Sie wollen ihr Geld. Seit Tagen werden wir belagert. Arnau ist immer noch sehr reich«, versuchte ihn der Angestellte zu beruhigen, »aber es ist alles investiert in Darlehen, Warengeschäfte, Transaktionen . . .«

»Könnt ihr nicht die Rückzahlung der Darlehen verlangen?«

»Der größte Schuldner ist der König, und Ihr wisst ja, die Truhen Seiner Majestät sind leer.«

»Gibt es sonst niemanden, der Arnau Geld schuldet?«

»Doch, viele, aber die Darlehen sind noch nicht fällig, und falls doch . . . Wie Ihr wisst, hat Arnau viel Geld an einfache Leute verliehen. Sie können es nicht zurückzahlen. Als sie von Arnaus Lage erfuhren, sind tatsächlich viele gekommen und haben einen Teil ihrer Schulden zurückgezahlt, so viel sie eben haben, aber es war nicht mehr als eine Geste. Wir können die Auszahlung der Einlagen nicht decken.«

Joan deutete zur Tür.

»Und wieso können sie ihr Geld zurückfordern?«

»Eigentlich können sie das nicht. Sie alle haben ihr Geld angelegt, damit Arnau es investiert, aber Geld ist feige, und die Inquisition . . .«

Joan hatte erneut das Grunzen des Kerkerwächters in den Ohren.

»Ich brauche Geld«, dachte er laut.

»Wie ich Euch bereits sagte: Es ist keines da«, antwortete Remigi.

»Aber ich brauche es«, beharrte Joan. »Arnau braucht es.«

Arnau brauchte Geld, vor allem aber brauchte er Ruhe, dachte Joan und sah erneut zur Tür. Dieser Aufruhr konnte ihm nur schaden. Die Leute würden denken, dass er ruiniert sei, und dann würde niemand mehr etwas auf ihn geben. Sie brauchten Unterstützung.

»Kann man nichts unternehmen, um diese Leute zu beruhigen? Können wir nichts verkaufen?«

»Wir könnten uns aus einigen Warengeschäfte zurückziehen und den Anlegern Warengeschäfte vermitteln, an denen Arnau nicht beteiligt ist«, antwortete Remigi. »Aber ohne seine Ermächtigung...«

»Genügt dir meine Ermächtigung?«

Der Angestellte sah Joan an.

»Es muss sein, Remigi.«

»Ich denke schon«, gab der Angestellte schließlich nach. »Im Grunde würden wir kein Geld verlieren. Wir würden lediglich die Geschäfte verlagern. Wenn Arnau nicht beteiligt ist, werden sie beruhigt sein. Aber Ihr müsst mir Eure schriftliche Ermächtigung geben.«

Joan unterschrieb das Dokument, das Remigi vorbereitete.

»Sorge dafür, dass morgen früh Bargeld da ist«, sagte er, während er sein Unterschrift daruntersetzte. »Wir brauchen unbedingt Bargeld«, erklärte er angesichts des Blicks des Angestellten. »Verkaufe irgendetwas unter Preis, wenn es sein muss, aber wir brauchen dieses Geld.«

Nachdem Joan die Wechselstube verlassen und die Gläubiger erneut zum Schweigen gebracht hatte, machte sich Remigi daran, die laufenden Warengeschäfte durchzusehen. Noch am gleichen Tag nahm das letzte Schiff, das den Hafen von Barcelona verließ, Instruktionen für alle Handelsvertreter Arnaus rings um das Mittelmeer mit. Remigi handelte schnell. Am nächsten Tag würden die zufriedengestellten Gläubiger Arnaus neue Geschäftssituation in der Stadt bekannt machen.

48

Zum ersten Mal seit fast einer Woche trank Arnau frisches Wasser und aß etwas anderes als trockenes Brot. Der Kerkermeister zwang ihn mit einem Tritt zum Aufstehen und kippte einen Eimer Wasser über den Fußboden. Besser nass als mit Exkrementen übersät, dachte Arnau. Für einige Sekunden waren nur das Plätschern des Wassers und der schwere Atem des dicken Kerkermeisters zu hören. Bis die alte Frau, die sich in ihren Tod ergeben hatte und ihr Gesicht immer in ihrer zerlumpten Kleidung verbarg, zu Arnau aufsah.

»Lass den Eimer da«, sagte Arnau zu dem Kerkermeister, als dieser gehen wollte.

Arnau hatte gesehen, wie er Gefangene misshandelte, nur weil sie seinen Blick erwiderten. Der Wärter fuhr mit erhobenem Arm herum, doch dann hielt er in der Bewegung inne. Arnau hatte dem Schlag reglos entgegengesehen. Der Mann spuckte aus und stellte den Eimer auf den Boden. Bevor er ging, trat er nach einer der Gestalten, die die Szene beobachteten.

Als die Erde das Wasser aufgesogen hatte, setzte Arnau sich wieder hin. Draußen war Glockenläuten zu hören. Das schwache Tageslicht, das durch das von außen ebenerdige Fenster drang, und das Läuten der Glocken waren seine einzige Verbindung zur Außenwelt. Arnau sah zu dem kleinen Fenster hoch und lauschte aufmerksam. Santa María war lichtdurchflutet, doch die Kirche besaß noch keine Glocken. Dafür waren das Hämmern und Meißeln und die Rufe der Handwerker weithin zu hören. Wenn das Echo eines dieser Geräusche in den Kerker drang, hüllten ihn das Licht und der Klang ein und trugen ihn in Gedanken zu jenen, die so eifrig für die Madonna des Meeres arbeiteten. Dann spürte Arnau erneut das Gewicht des ersten Steins auf den Schultern, den er nach Santa María geschleppt hatte. Wie lange war das her? Wie sehr hatte sich alles verändert! Damals war er ein Kind gewesen, ein Kind, das in der Jungfrau Maria die Mutter fand, die es niemals gehabt hatte.

Immerhin war es ihm gelungen, Raquel vor dem furchtbaren Schicksal zu bewahren, zu dem sie verurteilt zu sein schien. Gleich nachdem er beobachtet hatte, wie Elionor und Margarida Puig mit den Fingern auf sie zeigten, sorgte Arnau dafür, dass Raquel und ihre Familie aus dem Judenviertel verschwanden. Nicht einmal er selbst wusste, wohin sie geflohen waren.

»Ich möchte, dass du zu Mar gehst«, sagte er zu Joan, als dieser ihn wieder besuchte.

Der Mönch erstarrte. Er war noch einige Schritte von seinem Bruder entfernt.

»Hast du gehört, Joan?« Arnau erhob sich, um ihm entgegenzugehen, doch die Ketten an seinen Füßen hinderten ihn daran. Joan stand immer noch reglos da. »Joan, hast du gehört?«

»Ja.« Joan trat auf Arnau zu, um ihn zu umarmen. »Aber . . .«

»Ich muss sie sehen, Joan.« Arnau packte den Mönch bei den Schultern, bevor dieser ihn umarmen konnte, und schüttelte ihn sanft. »Ich will nicht sterben, ohne noch einmal mit ihr gesprochen zu haben.«

»Himmel, sag doch nicht so etwas!«

»Doch, Joan. Ich könnte hier verrecken, und nur ein Dutzend hoffnungsloser Unglücklicher wären Zeugen. Ich will nicht sterben, ohne die Möglichkeit bekommen zu haben, Mar noch einmal zu sehen.«

»Aber was willst du ihr sagen? Was kann so wichtig sein?«

»Ich will sie um Vergebung bitten, Joan. Und ihr sagen, dass ich sie liebe.« Joan versuchte, sich aus dem Griff seines Bruders zu lösen, doch Arnau hinderte ihn daran. »Du kennst mich. Du bist ein Mann Gottes. Du weißt, dass ich nie jemandem etwas zuleide getan habe. Nur diesem Mädchen . . .«

Es gelang Joan, sich loszumachen. Er fiel vor seinem Bruder auf die Knie.

»Nicht du warst es«, begann er.

»Ich habe nur dich, Joan«, fiel ihm Arnau ins Wort und kniete gleichfalls nieder. »Du musst mir helfen. Du hast mich nie im Stich gelassen. Tu es auch jetzt nicht. Du bist alles, was ich habe, Joan!«

Joan schwieg.

»Und ihr Mann?«, fragte er schließlich. »Vielleicht gestattet er nicht, dass . . .«

»Er ist tot«, erklärte Arnau. »Ich habe davon erfahren, als er aufhörte, seine Zinsen bei mir zu zahlen. Er starb im Dienst des Königs bei der Verteidigung Calatayuds.«

»Aber . . .«, machte Joan einen erneuten Anlauf.

»Joan, ich bin durch einen Schwur an meine Ehefrau gebunden, der es mir verbietet, mit Mar zusammen zu sein, solange sie lebt. Aber ich muss sie sehen. Ich muss ihr meine Gefühle offenbaren, selbst wenn wir nie zusammenkommen können.« Arnau fasste sich wieder. Es gab noch einen Gefallen, um den er seinen Bruder bitten wollte. »Geh in der Wechselstube vorbei. Ich wüsste gerne, wie die Lage dort ist.«

Joan seufzte. Als er an diesem Morgen in die Wechselstube gekommen war, hatte Remigi ihm eine Geldbörse überreicht.

»Es war kein gutes Geschäft«, sagte der Angestellte.

Nichts war ein gutes Geschäft. Nachdem er Arnau versprochen hatte, das Mädchen aufzusuchen, bezahlte Joan an der Tür des Verlieses den Kerkermeister.

»Er hat einen Eimer verlangt.«

Wie viel kostete wohl ein Eimer? Joan drückte dem Mann eine weitere Münze in die Hand.

»Ich will, dass der Eimer immer sauber ist.« Der Kerkermeister steckte das Geld ein und wandte sich zum Gehen. »Da drin liegt ein toter Gefangener«, setzte Joan hinzu.

Der Wärter zuckte nur mit den Schultern.

Joan verließ den Bischofspalast nicht, sondern ging geradewegs zu Nicolau Eimeric. Er kannte diese Gänge. Wie oft hatte er sie in jungen Jahren durchmessen, voller Stolz auf seinen Einfluss? Nun waren es andere, tadellos gekleidete junge Priester, die ihm in den Gängen begegneten und die sich keine Mühe gaben, bei seinem Anblick ihr Befremden zu verbergen.

»Hat er gestanden?«

Er hatte ihm versprochen, Mar zu suchen.

»Hat er gestanden?«, fragte der Generalinquisitor noch einmal.

Joan hatte sich die ganze Nacht auf dieses Gespräch vorbereitet, doch nun war alles, was er sich überlegt hatte, wie weggeblasen.

»Wenn er gestände, welche Strafe würde ihn erwarten?«

»Ich sagte dir ja bereits, dass es sich um eine sehr ernste Angelegenheit handelt.«

»Mein Bruder ist sehr reich.«

Joan hielt Nicolau Eimerics Blick stand.

»Hast du vor, das Sanctum Officium zu kaufen? Du, ein Inquisitor?«

»Geldstrafen sind durchaus üblich. Ich bin sicher, wenn man Arnau eine Geldstrafe vorschlüge ...«

»Du weißt, dass dies von der Schwere des Vergehens abhängt. Die Vorwürfe gegen ihn ...«

»Elionor kann ihm nichts vorwerfen«, wandte Joan ein.

Der Generalinquisitor erhob sich und beugte sich zu Joan, die Hände auf den Tisch gestützt.

»Dann wisst ihr also beide«, sagte er und erhob die Stimme, »dass es die Ziehtochter des Königs war, die ihn angezeigt hat. Seine eigene Ehefrau, die Ziehtochter des Königs! Wie kommt ihr darauf, dass sie es war, wenn dein Bruder nichts zu verbergen hat? Welcher Mann verdächtigt seine eigene Ehefrau? Warum nicht einen Geschäftspartner, einen Angestellten oder einen Nachbarn? Wie viele Menschen hat Arnau in seiner Funktion als Seekonsul verurteilt? Weshalb sollte es nicht einer von ihnen gewesen sein? Antworte, Bruder Joan: Warum die Baronin? Welche Sünde verheimlicht dein Bruder, dass er weiß, dass sie es war?«

Joan sank auf seinem Stuhl zusammen. Wie oft war er genauso vorgegangen? Wie oft hatte er jedes Wort gegen die Angeklagten verwendet? Woher wusste Arnau, dass es Elionor gewesen war? Konnte es sein, dass er tatsächlich ...

»Arnau hat nichts gegen seine Ehefrau gesagt«, log Joan. »Ich weiß es.«

Nicolau Eimeric hob theatralisch beide Hände.

»Du weißt es? Und woher weißt du das, Bruder Joan?«

»Sie hasst ihn ... oder nein!«, versuchte er sich zu korrigieren, doch Nicolau hatte ihn schon am Wickel.

»Und weshalb?«, brüllte der Inquisitor. »Weshalb hasst die Ziehtochter des Königs ihren Mann? Weshalb sollte eine gläubige, gottesfürchtige, anständige Frau ihren Mann hassen? Was hat ihr dieser

Mann angetan, um ihren Hass zu entfachen? Es ist die Bestimmung der Frau, dem Mann zu dienen. So will es das irdische wie das göttliche Gesetz. Männer züchtigen ihre Frauen und werden trotzdem nicht von ihnen gehasst. Männer sperren ihre Frauen ein und werden trotzdem nicht von ihnen gehasst. Frauen arbeiten für ihre Männer, schlafen mit ihnen, wann immer es diese danach verlangt, sie sorgen für sie und unterwerfen sich ihnen, doch nichts von all dem erweckt ihren Hass. Was weißt du, Bruder Joan?«

Joan biss die Zähne zusammen. Er fühlte sich geschlagen.

»Du bist Inquisitor. Ich verlange, dass du mir erzählst, was du weißt«, schrie Nicolau.

Joan schwieg immer noch.

»Du darfst die Sünde nicht decken. Wer schweigt, begeht eine schlimmere Sünde als der Sünder selbst.«

Unzählige kleine Dorfplätze, auf denen die Zuhörer bei seinen Predigten immer kleiner wurden, zogen an Joans innerem Auge vorbei.

»Bruder Joan«, Nicolau betonte jedes Wort, während er über den Schreibtisch hinweg mit dem Finger auf ihn deutete, »ich will morgen früh dieses Geständnis. Und bete zu Gott, dass ich nicht beschließe, auch dich anzuklagen. Ach ja, Bruder Joan!«, setzte er hinzu, als Joan sich zum Gehen wandte. »Du solltest einen neuen Habit anziehen. Ich habe bereits Klagen deswegen erhalten, und tatsächlich ...« Nicolau deutete auf Joans zerschlissene Kutte.

Als Joan, den schlammbespritzten, zerrissenen Saum seines Habits betrachtend, den Raum verließ, traf er draußen auf zwei Edelleute, die im Vorzimmer des Großinquisitors warteten. Bei ihnen befanden sich drei bewaffnete Männer, die zwei mit Ketten gefesselte Frauen bewachten. Die eine war bereits alt, die andere noch jünger, und ihr Gesicht kam ihm bekannt vor.

»Bist du immer noch hier, Bruder Joan?«

Nicolau Eimeric war in der Tür erschienen, um die beiden Adligen zu empfangen.

Joan hielt sich nicht länger auf und ging eilig davon.

Jaume de Bellera und Genís Puig betraten Nicolau Eimerics Arbeitszimmer. Francesca und Aledis blieben im Vorraum zurück, nachdem der Inquisitor ihnen einen raschen Blick zugeworfen hatte.

»Wir haben gehört, dass Ihr Arnau Estanyol verhaftet habt«, begann der Herr von Bellera, nachdem er sich vorgestellt hatte und sie auf den Besucherstühlen saßen.

Genís Puig spielte nervös mit seinen Händen.

»Ja«, antwortete Nicolau knapp. »Das ist allgemein bekannt.«

»Was wird ihm vorgeworfen?«, brach es aus Genís Puig heraus, was ihm sofort einen strafenden Blick des Grundherren einhandelte. »Sprich nur, wenn der Inquisitor dich fragt«, hatte dieser ihm mehrfach geraten.

Nicolau wandte sich Genís zu.

»Wisst Ihr nicht, dass dies der Geheimhaltung unterliegt?«

»Bitte entschuldigt Genís Puig«, erklärte Jaume de Bellera, »aber Ihr werdet sehen, dass unser Interesse begründet ist. Uns ist bekannt, dass eine Anzeige gegen Arnau Estanyol vorliegt, und die wollen wir stützen.«

Der Inquisitor richtete sich in seinem Lehnstuhl auf. Eine Ziehtochter des Königs, drei Priester von Santa María, die gehört hatten, wie Arnau Estanyol bei einem Streit mit seiner Frau in der Kirche lauthals geflucht hatte, und nun noch ein Adliger und ein Ritter. Glaubwürdigere Zeugen konnte man kaum finden. Er warf den beiden einen aufmunternden Blick zu.

Jaume de Bellera sah Genís Puig aus zusammengekniffenen Augen an und begann dann mit der Aussage, die er sich genauestens zurechtgelegt hatte.

»Wir glauben, dass Arnau Estanyol die Inkarnation des Teufels ist.« Nicolau hörte reglos zu. »Dieser Mann ist der Sohn eines Mörders und einer Hexe. Sein Vater, Bernat Estanyol, tötete auf der Burg Bellera einen Jungen und floh dann mit seinem Sohn Arnau, den mein Vater, wissend, um wen es sich handelte, eingesperrt hatte, damit er keinen Schaden anrichten konnte. Bernat Estanyol war es, der damals im ersten Hungerjahr auf der Plaza del Blat zum Aufruhr aufrief. Erinnert Ihr Euch? Dort wurde er auch gehängt ...«

»Und sein Sohn verbrannte den Leichnam«, redete Genís Puig erneut dazwischen.

Nicolau zuckte zusammen. Jaume de Bellera warf dem Zwischenrufer einen vernichtenden Blick zu.

»Er verbrannte den Leichnam?«, fragte Nicolau.

»Ja. Ich habe es selbst gesehen«, log Genís Puig, während er an die Erzählungen seiner Mutter dachte.

»Und habt Ihr ihn angezeigt?«

»Ich . . .«, stotterte Genís. Der Herr von Bellera wollte eingreifen, doch Nicolau brachte ihn mit einer Handbewegung zum Schweigen.

»Ich war noch ein Kind. Ich hatte Angst, er könnte dasselbe mit mir tun.«

Nicolau stützte das Kinn in die Hand, um ein kaum merkliches Lächeln zu verbergen. Dann bat er den Herrn von Bellera, fortzufahren.

»Seine Mutter, die Alte, die dort draußen wartet, ist eine Hexe. Mittlerweile verdient sie ihr Brot als Hure, doch vor vielen Jahren war sie meine Amme und gab das Böse an mich weiter. Sie verhexte mich mit ihrer Milch, die eigentlich für ihren Sohn bestimmt war.« Nicolau riss bei dem Geständnis des Adligen erschreckt die Augen auf. Der Herr von Navarcles bemerkte es. »Seid unbesorgt«, setzte er rasch hinzu. »Als die Krankheit sich zeigte, brachte mich mein Vater unverzüglich zum Bischof. Meine Eltern sind Llorenç und Caterina de Bellera. Ihr könnt überprüfen, dass noch nie jemand aus meiner Familie die Fallsucht hatte. Es kann nur die verhexte Milch gewesen sein!«

»Sie ist eine Dirne, sagtet Ihr?«

»Ja, Ihr könnt Euch dessen vergewissern. Sie nennt sich Francesca.«

»Und die andere Frau?«

»Sie wollte unbedingt mitkommen.«

»Ist sie ebenfalls eine Hexe?«

»Das bleibt Eurem Urteil überlassen.«

Nicolau dachte nach.

»Gibt es noch etwas?«, fragte er dann.

»Ja«, brach es aus Genís Puig heraus. »Arnau hat meinen Bruder Guiamon getötet, als dieser sich weigerte, an seinen teuflischen Riten teilzunehmen. Er versuchte ihn bei Nacht am Strand zu ertränken. Danach ist er gestorben.«

Nicolau wandte seine Aufmerksamkeit Genís zu.

»Meine Schwester Margarida kann es bezeugen. Sie war dabei. Sie erschrak und versuchte zu fliehen, als Arnau begann, den Teufel anzurufen. Sie wird es Euch bestätigen.«

»Und Ihr habt ihn damals nicht angezeigt?«

»Ich habe erst jetzt davon erfahren, als ich meiner Schwester erzählte, was ich vorhatte. Sie hat noch immer schreckliche Angst, Arnau könnte ihr Schaden zufügen. Seit Jahren findet sie keine Ruhe.«

»Das sind schwere Anschuldigungen.«

»Berechtigte Anschuldigungen«, setzte der Herr von Bellera hinzu. »Ihr wisst, dass dieser Mann es sich zum Ziel gemacht hat, die Obrigkeit zu untergraben. Auf seinen Besitzungen schaffte er gegen den Willen seiner Ehefrau die Leibeigenschaft ab. Hier in Barcelona verleiht er Geld an die Armen, und es ist bekannt, dass er in seiner Funktion als Seekonsul häufig Urteile zugunsten des Volkes fällt.« Nicolau Eimeric hörte aufmerksam zu. »Sein ganzes Leben hindurch hat er die Gesetze hintertrieben, von denen unser Zusammenleben bestimmt werden sollte. Gott hat die Bauern erschaffen, damit sie für ihre Grundherren das Land bestellen. Selbst die Kirche hat ihren Bauern verboten, den Habit zu nehmen, um ihre Arbeitskraft nicht zu verlieren . . .«

»Im neuen Katalonien gibt es keine Leibeigenschaft mehr«, unterbrach ihn Nicolau.

Genís Puig sah vom einen zum anderen.

»Genau das ist es, was ich meinte.« Der Herr von Bellera fuchtelte heftig mit den Händen. »Im neuen Katalonien gibt es keine Leibeigenschaft mehr. Im Interesse des Königs, im Interesse Gottes. Das von den Ungläubigen eroberte Gebiet musste bevölkert werden, und das ging nur, indem man die Leute anlockte. Der König hat es so beschlossen. Doch Arnau . . . Arnau ist nichts anderes als ein Handlanger des Teufels.«

Genís Puig lächelte, als er sah, dass der Generalinquisitor leise nickte.

»Er verleiht Geld an die Armen«, fuhr der Adlige fort, »Geld, von dem er weiß, dass er es nie zurückbekommen wird. Gott hat die Menschen als Reiche und Arme geschaffen. Es kann nicht sein, dass die Armen Geld haben und ihre Töchter verheiraten wie die Reichen. Es ist gegen Gottes Gesetz. Was sollen die Armen von Euch Kirchenmännern und uns Adligen denken? Erfüllen wir nicht die Vorschriften der Kirche, indem wir die Armen als das behandeln, was sie sind? Arnau ist eine Ausgeburt des Teufels, der nichts anderes vorhat, als durch die Unzufriedenheit des Volkes die Ankunft des Leibhaftigen vorzubereiten. Denkt darüber nach.«

Und Nicolau Eimeric dachte darüber nach. Er rief den Schreiber, damit dieser die Beschuldigungen des Herrn von Bellera und Genís Puigs schriftlich festhielt. Er ließ Margarida Puig vorladen und veranlasste Francescas Verhaftung.

»Und die andere?«, fragte der Inquisitor den Herrn von Bellera. »Liegt etwas gegen sie vor?« Die beiden Männer zögerten. »In diesem Fall bleibt sie in Freiheit.«

Francesca wurde weit weg von Arnau am anderen Ende des riesigen Verlieses angekettet. Aledis wurde auf die Straße geworfen.

Nachdem alles in die Wege geleitet war, ließ sich Nicolau in seinen Lehnstuhl fallen. Fluchen im Haus Gottes, das Unterhalten fleischlicher Beziehungen zu einer Jüdin, Judenfreundlichkeit, Mord, Teufelspraktiken, Verstöße gegen die Vorschriften der Kirche ... Und das alles gestützt von Priestern, Adligen und Edelleuten. Und von der Ziehtochter des Königs. Der Inquisitor lehnte sich zurück und lächelte Joan an.

»So reich ist dein Bruder, Fra Joan? Dummkopf! Was redest du von Geldstrafen, wenn mit der Verurteilung deines Bruders sein gesamtes Vermögen an die Inquisition fällt?«

Aledis stolperte auf die Straße, als die Soldaten sie aus dem Bischofspalast warfen. Nachdem sie das Gleichgewicht wiedergefunden hatte, merkte sie, dass die Leute stehen geblieben waren und sie angafften. Was hatten die Soldaten gerufen? Hexe? Sie sah an ihren schmutzigen Kleidern herunter und strich ihr verfilztes, wirres Haar glatt. Ein gut gekleideter Mann ging an ihr vorüber und sah sie verächtlich an. Aledis stapfte mit dem Fuß auf und stürzte ihm knurrend und zähnefletschend hinterher wie ein bissiger Hund. Der Mann machte einen Satz und rannte davon, bis er merkte, dass Aledis ihm nicht folgte. Stattdessen sah sie die Umstehenden herausfordernd an, bis einer nach dem anderen zu Boden blickte und seiner Wege ging.

Was war geschehen? Die Soldaten des Herrn von Bellera waren in ihr Haus eingedrungen und hatten Francesca festgenommen, die in einem Lehnstuhl saß, um auszuruhen. Niemand gab ihnen irgendeine Erklärung. Die Mädchen wurden gewaltsam zurückgedrängt, als sie auf die Soldaten losgingen. Sie suchten Hilfe bei Aledis, die starr war vor Schreck. Ein Kunde rannte halb nackt davon. Aledis wandte sich an den, den sie für den Hauptmann hielt: »Was hat das zu bedeuten? Warum nehmt ihr diese Frau fest?«

»Befehl des Herrn von Bellera«, antwortete dieser.

Der Herr von Bellera! Aledis sah zu Francesca, die klein und gebeugt zwischen zwei Soldaten stand, die sie unter den Armen gefasst hatten. Die alte Frau zitterte. Bellera! Seit Arnau vor der Burg Montbui die Gewohnheitsrechte abgeschafft und Francesca Aledis ihr Geheimnis anvertraut hatte, war die Kluft überwunden, die zwischen den beiden Frauen gestanden hatte. Wie oft hatte sie von Francesca die Geschichte des Llorenç de Bellera gehört? Wie oft hatte sie die alte Frau weinen gesehen, wenn sie an jene Momente zurückdachte? Und nun war da wieder ein Bellera. Wieder wurde sie zur Burg gebracht, wie damals, als man sie ...

Francesca stand immer noch zitternd zwischen den Soldaten.

»Lasst sie los!«, schrie Aledis die Soldaten an. »Seht ihr nicht, dass ihr der Frau wehtut?« Die Männer sahen hilfesuchend zum Hauptmann. »Wir kommen freiwillig mit«, erklärte Aledis, während sie ihn herausfordernd ansah.

Der Hauptmann zuckte mit den Schultern, und die Soldaten überließen Aledis die alte Frau.

Sie wurden zur Burg von Navarcles gebracht und ins Verlies gesperrt. Allerdings misshandelte man sie nicht, sondern gab ihnen Essen, Wasser und sogar ein wenig Stroh, um darauf zu schlafen. Jetzt verstand sie auch den Grund: Der Herr von Bellera wollte, dass Francesca in ordentlicher Verfassung in Barcelona ankam, wohin man sie nach zwei Tagen brachte. Warum? Wozu? Was hatte das alles zu bedeuten?

Das Stimmengewirr holte sie in die Realität zurück. In ihre Gedanken verloren, war sie die Calle del Bisbe und die Calle de Sederes entlanggegangen, bis sie schließlich die Plaza del Blat erreichte. An diesem klaren, sonnigen Frühlingstag hatten sich mehr Menschen auf dem Platz eingefunden als gewöhnlich. Dutzende von Passanten flanierten zwischen den Getreideverkäufern. Aledis stand vor dem alten Stadttor. Als sie das duftende Brot an einem Stand zu ihrer Linken roch, drehte sie sich um. Der Bäcker sah sie misstrauisch an, und Aledis erinnerte sich wieder daran, wie sie aussah. Sie hatte keinen einzigen Sueldo dabei. Sie schluckte die Spucke herunter, die ihr im

Munde zusammengelaufen war, und ging davon, wobei sie sich bemühte, dem Blick des Bäckers auszuweichen.

Fünfundzwanzig Jahre. Fünfundzwanzig Jahre war es her, seit sie zuletzt durch diese Straßen gelaufen, die Menschen beobachtet und die Gerüche der gräflichen Stadt eingesogen hatte. Ob es die Armenspeisung noch gab? An diesem Morgen hatten sie nichts zu essen bekommen in der Burg, und ihr knurrender Magen erinnerte sie daran. Sie ging zurück bis zur Kathedrale, am Bischofspalast vorbei. Wieder lief ihr das Wasser im Mund zusammen, als sie sich der Schar der Bedürftigen näherte, die sich vor der Tür des Almosenhauses drängte. Wie oft war sie in ihrer Jugend hier vorbeigekommen und hatte Mitleid mit diesen hungrigen Menschen empfunden, die auf der Suche nach öffentlicher Mildtätigkeit gezwungen waren, sich vor den Bürgern zur Schau zu stellen?

Aledis gesellte sich zu ihnen. Sie senkte den Kopf, damit ihr die Haare ins Gesicht fielen, und rückte schlurfend mit der Reihe vorwärts bis dorthin, wo das Essen ausgegeben wurde. Sie verbarg ihr Gesicht noch mehr, als sie schließlich vor dem Novizen stand und die Hände ausstreckte. Warum musste sie um Almosen betteln? Sie besaß ein schönes Haus und hatte genug Geld gespart, um ein sorgenfreies Leben zu führen. Die Männer begehrten sie nach wie vor ... Es gab trockenes Brot aus Bohnenmehl, Wein und eine Schüssel Suppe. Sie aß mit derselben Gier wie die übrigen Armen um sie herum.

Als sie aufgegessen hatte, blickte sie zum ersten Mal auf. Sie war umgeben von Bettlern, Krüppeln und Greisen, die ihr Essen hinunterschlangen, ohne ihre Gefährten im Unglück aus den Augen zu lassen, den Brotkanten und die Schüssel fest umklammernd. Was war der Grund dafür, dass sie nun hier war? Warum wurde Francesca im Bischofspalast festgehalten? Aledis stand auf. Eine blonde Frau in einem leuchtend roten Kleid, die auf dem Weg zur Kathedrale war, weckte ihre Aufmerksamkeit. Eine Adlige ohne Begleitung? Aber wenn sie keine Adlige war, konnte sie mit diesem Kleid nur eine ... Da erkannte sie sie. Es war Teresa! Aledis lief zu dem Mädchen.

»Wir haben uns vor der Burg abgewechselt, um herauszufinden, was mit euch los war«, erzählte Teresa, nachdem sie sich umarmt hatten. »Es war ein Leichtes für uns, die Wache am Tor davon zu überzeugen, uns auf dem Laufenden zu halten.« Das Mädchen zwinkerte Aledis mit ihren schönen grünen Augen zu. »Als man euch abführte und die Soldaten uns erzählten, dass ihr nach Barcelona gebracht würdet, mussten wir erst einen Weg finden, um hierherzukommen. Deshalb hat es so lange gedauert. Wo ist Francesca?«

»Im Bischofspalast gefangen.«

»Weshalb?«

Aledis zuckte mit den Schultern. Als man sie getrennt hatte und ihr befahl zu gehen, hatte sie bei den Soldaten und Priestern den Grund zu erfahren versucht. »In den Kerker mit der Alten«, hatte sie gehört. Doch niemand hatte ihr geantwortet. Stattdessen hatte man sie immer wieder beiseitegestoßen. In ihrer Hartnäckigkeit, die Gründe für Francescas Verhaftung zu erfahren, hatte sie einen jungen Mönch an der Kutte gepackt, und dieser rief nach der Wache, die sie schließlich auf die Straße warf und als Hexe beschimpfte.

»Wer von euch ist alles mitgekommen?«

»Nur Eulàlia und ich.«

Ein leuchtend grünes Kleid kam auf sie zugerannt.

»Habt ihr Geld dabei?«

»Natürlich.«

»Und Francesca?«, fragte Eulàlia, als sie vor Aledis stand.

»Verhaftet«, erklärte diese noch einmal. Eulàlia wollte weitere Fragen stellen, doch Aledis kam ihr zuvor. »Ich weiß nicht, warum.« Aledis sah die beiden an. Gab es etwas, was diese Mädchen nicht herausbekommen konnten? »Ich weiß nicht, warum sie verhaftet wurde, aber wir werden es herausfinden. Oder, Mädchen?«

Die Antwort der beiden bestand in einem verschwörerischen Lächeln.

Joan schleifte den verschmutzten Saum seines schwarzen Habits durch ganz Barcelona. Sein Bruder hatte ihn gebeten, Mar aufzusuchen. Wie sollte er ihr unter die Augen treten? Er hatte versucht, einen Pakt mit Eimeric zu schließen. Doch stattdessen war er auf seine Schliche hereingefallen wie einer dieser tumben Dörfler, denen er selbst so oft den Prozess gemacht hatte, und hatte ihm die besten Indizien für Arnaus Schuld an die Hand gegeben. Was mochte Elionor ausgesagt haben? Er überlegte kurz, seiner Schwägerin einen Besuch abzustatten, doch schon die Erinnerung daran, wie sie ihm in Felip de Ponts Haus zugelächelt hatte, ließ ihn davon Abstand nehmen. Was sollte sie ihm zu sagen haben, wenn sie ihren eigenen Mann angezeigt hatte?

Er ging durch die Calle de la Mar zur Kirche Santa María. Arnaus Kirche. Joan blieb stehen und betrachtete sie. Noch war sie von hölzernen Gerüsten umgeben, auf denen die Maurer hin und her liefen, doch Santa María zeigte bereits ihr stolzes Antlitz. Sämtliche Außenmauern und Strebepfeiler waren fertiggestellt, ebenso die Apsis und zwei der vier Mittelschiffjoche. Die Rippen des dritten Jochs, dessen Schlussstein der König gestiftet hatte und der dessen Vater König Alfons zu Pferde zeigte, wuchsen auf einem komplizierten Gerüstwerk in die Höhe, bis der Schlussstein den Schub auffing und das Gewölbe von alleine trug. Es fehlten nur noch die beiden letzten Joche, dann war Santa María vollständig geschlossen.

Wie sollte man sich nicht in diese Kirche verlieben? Joan erinnerte sich an Pater Albert und daran, wie Arnau und er die Kirche zum ersten Mal betreten hatten. Damals wusste er nicht einmal, wie man betete! Jahre später hatte er beten, lesen und schreiben gelernt, und währenddessen hatte sein Bruder Steine für den Bau geschleppt. Joan erinnerte sich an die blutenden Wunden, mit denen Arnau in den ersten Tagen nach Hause gekommen war. Und dennoch hatte er gelächelt. Er beobachtete die Handwerker, die an den Türpfosten und Archivolten der Hauptfassade arbeiteten, an dem Figurenschmuck, den beschlagenen Türen, dem Maßwerk, das sich an jedem Portal unterschied, an den schmiedeeisernen Gittern und den Wasserspeiern in Form von Fabelgestalten, an den Kapitellen der Säulen und an den Glasfenstern – ganz besonders an den kunstvollen Glasfenstern, deren Aufgabe es war, das magische Licht des Mittelmeers zu filtern, um Stunde für Stunde, Minute für Minute fast, mit den Formen und Farben im Innenraum der Kirche zu spielen.

Die gewaltige Fensterrose in der Hauptfassade ließ bereits die zukünftige Komposition erkennen: In der Mitte befand sich eine kleine Mehrpassrosette, von der wie eigensinnige Strahlen, einer sorgfältig gearbeiteten Sonne aus Stein gleich, die Lanzettfenster ausgingen, welche die Rosette gliedern sollten. An diese schlossen sich eine Reihe spitzbögiger Dreipässe und eine weitere Reihe runder Vierpässe an, die den Abschluss der großen Rosette bildeten. In dieses Maßwerk würde, genau wie an den schmalen Fenstern der Fassade, im Anschluss die Bleiverglasung eingepasst werden. Im Moment allerdings sah die Fensterrose wie ein riesiges Spinnennetz aus fein gemeißeltem Stein aus, der darauf wartete, dass die Glasermeister die Lücken füllten.

Es war noch viel zu tun, dachte Joan beim Anblick der vielen hundert Männer, die hingebungsvoll an dem Traum eines ganzen Volkes arbeiteten. In diesem Augenblick kam ein *Bastaix* vorbei, der einen riesigen Stein trug. Der Schweiß rann ihm von der Stirn bis zu den Waden hinunter, und seine angespannten Muskeln zeichneten sich bei jedem Schritt ab, der ihn der Kirche näher brachte. Aber er lächelte, genau wie sein Bruder damals. Joan konnte den Blick nicht von dem *Bastaix* wenden. Auf den Gerüsten ließen die Maurer ihre Arbeit liegen und schauten nach unten, um das Eintreffen der Steine zu beobachten, die sie später verarbeiten sollten. Hinter dem ersten *Bastaix* erschien ein zweiter, und dann noch einer und noch einer. Sie alle beugten sich unter ihrer Last. Das Hämmern der Meißel auf dem Stein verstummte beim Anblick der einfachen Lastenträger aus dem Hafenviertel von Barcelona, und für einige Augenblicke war ganz Santa María verzaubert. Ein Maurer hoch oben auf den Gerüsten brach das Schweigen. Sein aufmunternder Ruf hing in der Luft, hallte von den Steinen wider und ging allen Anwesenden durch Mark und Bein.

»Nur Mut«, flüsterte Joan in das Geschrei hinein, das nun losbrach. Die *Bastaixos* lächelten, und immer wenn einer seinen Stein ablud, wurden die Rufe lauter. Jemand bot ihnen Wasser an. Die *Bastaixos* ließen das Wasser aus den Schläuchen über ihre Gesichter rinnen, bevor sie tranken. Joan sah sich selbst am Strand, wie er mit Bernats Schlauch hinter den *Bastaixos* hergelaufen war. Dann blickte er in den Himmel. Er musste zu ihr gehen. Wenn das die Strafe war, die der Herr ihm auferlegte, so würde er sich auf die Suche nach dem Mädchen machen und ihm die Wahrheit gestehen. Er ging von der Kirche Santa María über die Plaza del Born und den Pla d'en Llull zum Kloster Santa Clara und verließ Barcelona durch das Stadttor San Daniel.

Es war ein Leichtes für Aledis, den Herrn von Bellera und Genís Puig ausfindig zu machen. Außer dem Handelshof für auswärtige Händler, die nach Barcelona kamen, gab es in der gräflichen Stadt lediglich fünf Herbergen. Sie wies Teresa und Eulàlia an, sich an dem Weg hinauf zum Montjuïc zu verstecken, bis sie sie holen kam. Aledis blickte ihnen stumm hinterher, während schmerzliche Erinnerungen in ihr wach wurden.

Als die leuchtenden Kleider der Mädchen nicht mehr zu sehen waren, machte sie sich auf die Suche. Zunächst im Hostal del Bou ganz in der Nähe des Bischofspalasts, an der Plaza Nova. Der Hausbursche jagte sie davon, als sie am Hintereingang klopfte und nach dem Herrn von Bellera fragte. Im Hostal de la Massa in der Portaferrissa, ebenfalls unweit des Bischofspalasts, sagte ihr eine Frau, die am Hintereingang saß und Teig knetete, dass die besagten Herrschaften nicht dort wohnten. Daraufhin ging Aledis zum Hostal del Estanyer an der Plaza de la Llana. Dort musterte ein schamloser Bursche die Frau von oben bis unten.

»Wer interessiert sich für den Herrn von Bellera?«, fragte er.

»Meine Herrin«, antwortete Aledis. »Sie ist ihm aus Navarcles hinterhergereist.«

Der Bursche, der groß und dürr war, starrte auf die Brüste der Dirne. Dann streckte er die Hand aus und wog eine in seiner Hand.

»Was will deine Herrin von diesem Adligen?«

Aledis ließ die Berührung reglos über sich ergehen, während sie sich ein Lächeln verkniff.

»Das geht mich nichts an.« Der Bursche begann sie zu befingern. Aledis presste sich an ihn und griff ihm zwischen die Beine. Der Bursche zuckte bei der Berührung zusammen. »Aber falls sie hier sind«, sagte sie, jedes Wort dehnend, »kann es gut sein, dass ich heute Nacht im Garten schlafen muss, während meine Herrin . . .«

Aledis streichelte den Burschen zwischen den Beinen.

»Heute morgen sind zwei Männer gekommen und haben eine Unterkunft gesucht«, stammelte er.

Aledis lächelte. Für einen Moment überlegte sie, den Jungen stehen zu lassen, aber . . . warum eigentlich nicht? Sie hatte schon lange keinen jungen, unerfahrenen, nur von der Leidenschaft getriebenen Körper mehr auf sich gespürt . . .

Aledis schob ihn in einen kleinen Verschlag. Beim ersten Mal hatte der Bursche nicht einmal Zeit, die Hosen herunterzuziehen, doch dann saugte die Frau das ganze Ungestüm aus dem launischen Objekt ihrer Begierde.

Als Aledis aufstand, um sich anzuziehen, blieb der Junge keuchend auf dem Boden liegen, den Blick irgendwo an der Decke des Verschlags verloren.

»Wenn du mich irgendwo wiedersiehst«, sagte sie, »dann kennst du mich nicht, verstanden?«

Aledis musste zweimal nachfragen, bis der Junge es versprach.

»Ihr seid meine Töchter«, erklärte sie Teresa und Eulàlia, nachdem sie ihnen die Kleider überreicht hatte, die sie gekauft hatte. »Ich bin seit kurzem verwitwet, und wir sind auf der Durchreise nach Gerona, wo wir bei einem Bruder von mir unterkommen wollen. Wir sind völlig mittellos. Euer Vater war ein einfacher Geselle ... ein Kürschner aus Tarragona.«

»Dafür, dass du frisch verwitwet bist und kein Geld hast, strahlst du ganz schön«, bemerkte Eulàlia, während sie das grüne Kleid abstreifte, und zwinkerte Teresa zu.

»Stimmt«, pflichtete diese bei. »Du solltest diesen befriedigten Gesichtsausdruck ablegen. Man könnte meinen, du hättest gerade ...«

»Keine Sorge«, unterbrach Aledis sie. »Wenn es an der Zeit ist, werde ich den Schmerz an den Tag legen, der einer jungen Witwe zusteht.«

»Aber nicht länger als nötig«, erklärte Teresa. »Könntest du nicht die Sache mit der Witwe einmal kurz vergessen und uns erzählen, warum du so fröhlich bist?«

Die beiden Mädchen lachten. Im Gebüsch am Hang des Montjuïc verborgen, konnte Aledis nicht aufhören, ihre nackten, vollkommenen, sinnlichen Körper zu betrachten. Für einen Moment erinnerte sie sich daran, wie sie selbst vor vielen Jahren an diesem Ort ...

»Iiih!«, rief Eulàlia. »Das kratzt!«

Aledis kehrte in die Wirklichkeit zurück und sah Eulàlia in einem langen, farblosen Kittel, der ihr bis zu den Knöcheln reichte.

»Die Waisen eines Kürschnergesellen tragen keine Seide.«

»Aber das hier?«, beschwerte sich Eulàlia, während sie mit zwei Fingern an dem Kittel zupfte.

»Das ist ganz normal«, erklärte Aledis. »Ihr habt das hier vergessen.«

Aledis zeigte ihnen zwei Bänder, die aus dem gleichen farblosen, groben Stoff waren wir die Kittel. Die beiden Mädchen traten näher, um sie zu nehmen.

»Was ist das?«, fragte Teresa.

»Leibbinden. Damit macht ihr . . .«

»Nein, du hast doch nicht etwa vor . . .«

»Anständige Frauen verstecken ihre Brüste.« Die beiden wollten protestieren. »Zuerst die Leibbinden«, befahl Aledis, »dann die Hemden und darüber die Umschlagtücher. Und seid froh, dass ich euch Kittel gekauft habe und keine Büßerhemden«, setzte sie angesichts der empörten Blicke der Mädchen hinzu. »Vielleicht täte es euch ganz gut, ein wenig Buße zu üben.«

Die drei mussten sich gegenseitig beim Anlegen der Leibbinden helfen.

»Ich dachte, wir sollten die beiden Adligen verführen«, sagte Eulàlia, während Aledis die Leibbinde über ihren üppigen Brüsten festzurrte. »Ich weiß nicht, wie wir damit . . .«

»Lass mich nur machen«, antwortete Aledis. »Die Kleider sind weiß, ein Symbol der Jungfräulichkeit. Diese beiden Schwachköpfe werden sich die Gelegenheit nicht entgehen lassen, mit zwei Jungfrauen zu schlafen. Und merkt euch: Ihr habt keine Erfahrung mit Männern«, schärfte Aledis ihnen ein, während sie sich weiter ankleideten, »also seid weder kokett noch frivol. Ziert euch. Weist sie so oft zurück wie nötig.«

»Und wenn wir sie so oft abweisen, dass sie schließlich aufgeben?«

Aledis sah Teresa mit hochgezogenen Augenbrauen an.

»Dummerchen«, sagte sie lächelnd. »Ihr müsst nichts weiter tun, als sie zum Trinken zu bringen. Der Wein erledigt den Rest. Solange ihr in ihrer Nähe seid, werden sie nicht aufgeben, das versichere ich euch. Und denkt daran, dass Francesca von der Kirche verhaftet wurde, nicht auf Veranlassung des Stadtrichters. Also lenkt die Unterhaltung auf religiöse Themen . . .«

Die beiden Mädchen sahen sie überrascht an.

»Religiöse Themen?«, fragten sie wie aus einem Munde.

»Ich weiß, dass ihr euch nicht besonders damit auskennt«, gab Aledis zu. »Setzt eure Phantasie ein. Ich glaube, es geht um Hexerei. Als ich aus dem Bischofspalast geworfen wurde, hat man mich als Hexe beschimpft.«

Einige Stunden später ließen die Wachen am Stadttor Trentaclaus eine schwarz gekleidete Frau passieren, deren Haar zu einem Knoten gebunden war. Sie befand sich in Begleitung ihrer beiden weiß gekleideten Töchter. Auch sie hatten das Haar streng nach hinten gebunden und waren weder geschminkt noch parfümiert. In ihren einfachen Strohschuhen gingen sie mit gesenkten Köpfen hinter der schwarz gekleideten Frau her, den Blick auf ihre Fersen geheftet, wie es ihnen Aledis gesagt hatte.

49

ie Tür zum Kerker wurde aufgerissen. Die Uhrzeit war ungewöhnlich. Die Sonne stand noch nicht tief genug, und es kam kaum Licht durch das kleine Gitterfenster. Das Elend, das in der Luft hing, schien jede Helligkeit fernhalten zu wollen, und das schwache Licht vermischte sich mit dem Staub und den Ausdünstungen der Gefangenen. Es war eine ungewöhnliche Uhrzeit, und alle Schemen begannen sich zu regen. Arnau hörte das Rasseln der Ketten, das sofort verstummte, als der Kerkermeister mit einem neuen Gefangenen hereinkam. Sie kamen nicht, um jemanden abzuholen. Noch einer ... Noch eine, korrigierte sich Arnau, als er die Umrisse einer alten Frau auf der Türschwelle sah. Welches Vergehen mochte diese arme Frau begangen haben?

Der Kerkermeister stieß das neue Opfer in das Verlies. Die Frau fiel zu Boden.

»Steh auf, du Hexe!«, dröhnte es durch den Kerker. Doch die Hexe rührte sich nicht. Zwei dumpfe Schläge hallten von den Wänden wider. »Du sollst aufstehen, habe ich gesagt!«

Arnau beobachtete, wie die Schemen mit den Wänden zu verschmelzen versuchten, an die sie gekettet waren. Es waren dieselben Schreie, derselbe Befehlston, dieselbe Stimme. In den Tagen, die er nun bereits in diesem Kerker verbrachte, hatte er diese donnernde Stimme schon einige Male auf der anderen Seite der Tür gehört, nachdem zuvor einer der Gefangenen losgekettet worden war. Er hatte gesehen, wie die Schemen sich duckten und aus lauter Angst vor der Folter erbrachen. Zuerst hörte man die Stimme brüllen und gleich darauf das durchdringende Heulen eines misshandelten Körpers.

»Steh auf, du alte Hure!«

Der Kerkermeister trat erneut nach ihr, doch die alte Frau rührte sich immer noch nicht. Schließlich bückte er sich keuchend, packte sie am Arm und schleifte sie zu dem Platz, wo er sie den Anweisungen zufolge anketten sollte: weit weg von dem Geldwechsler. Das Rasseln der Schlüssel und das Klirren der Fußeisen besiegelten das Schicksal der Alten. Bevor der Kerkermeister den Raum verließ, ging er dorthin, wo Arnau hockte.

»Warum?«, hatte er gefragt, als man ihm befahl, die Hexe weit weg von Arnau anzuketten.

»Diese Hexe ist die Mutter des Geldwechslers«, antwortete ihm der Inquisitionsbeamte. So jedenfalls hatte es ihm der Hauptmann des Herrn von Bellera erklärt.

»Du musst nicht glauben, dass für den gleichen Preis auch deine Mutter besseres Essen bekommt«, sagte der Kerkermeister, als er vor Arnau stand. »Sie mag deine Mutter sein, aber eine Hexe kostet Geld, Arnau Estanyol.«

Das Gehöft mit dem angebauten Wehrturm stand unverändert auf der kleinen Anhöhe. Joan sah zu ihm hinauf und glaubte erneut das nervöse Gemurmel der Soldaten zu hören, das Klirren der Schwerter und die Jubelrufe, als er selbst Arnau an genau dieser Stelle davon überzeugt hatte, Mars Verheiratung zuzustimmen. Er hatte sich nie gut mit dem Mädchen verstanden. Was sollte er ihr jetzt sagen?

Joan blickte zum Himmel und schlich dann gebeugt und mit gesenktem Kopf den Hügel hinauf. Der Saum seiner Kutte schleifte über die Erde.

Das Gehöft wirkte verlassen. Nur das Widerkäuen der Tiere im ebenerdigen Stall war zu hören.

»Ist jemand da?«, rief Joan.

Er wollte noch einmal rufen, als er eine Bewegung bemerkte. Hinter einer Ecke des Gehöfts lugte ein kleiner Junge hervor und sah ihn aus weit aufgerissenen Augen an.

»Komm her, Junge«, befahl ihm Joan.

Das Kind zögerte.

»Komm schon . . .«

»Was ist los?«

Joan wandte sich zu der Außentreppe um, die ins Obergeschoss führte. Oben an der Treppe stand Mar und sah ihn fragend an.

Die beiden standen lange da, ohne etwas zu sagen. Joan versuchte in dieser Frau das Mädchen wiederzuerkennen, das er Felip de Ponts ausgeliefert hatte, doch von der Gestalt ging eine Strenge aus, die wenig mit den überschwänglichen Gefühlen gemeinsam hatte, die er vor fünf Jahren in diesem Gehöft erlebt hatte. Die Zeit verging, und Joan sank immer mehr der Mut. Mar starrte ihn stumm an, ohne sich zu rühren.

»Was willst du hier?«, fragte sie schließlich.

»Ich bin gekommen, um mit dir zu reden.« Joan musste die Stimme erheben.

»Ich wüsste nicht, was du mir zu sagen hättest.«

Mar wollte sich umdrehen, doch Joan beeilte sich, ihr zuvorzukommen.

»Ich habe Arnau versprochen, mit dir zu reden.« Anders als Joan erwartet hatte, schien Mar die Erwähnung von Arnau nicht weiter zu berühren. Aber sie ging auch nicht weg. »Hör mich an. Nicht ich will mit dir reden.« Joan wartete einen Moment. »Darf ich raufkommen?«

Mar kehrte ihm den Rücken zu und ging ins Haus. Bevor er die Treppe hinaufging, sah Joan erneut zum Himmel. War das wirklich die Strafe, die er verdiente?

Beim Eintreten räusperte er sich, um auf sich aufmerksam zu machen. Mar stand am Herd und rührte in einem Topf, der an einem Kesselhaken über dem Feuer hing.

»Sprich«, sagte sie knapp.

Joan betrachtete ihren über den Herd gebeugten Rücken. Das Haar fiel ihr offen über die Schultern und reichte ihr fast bis zu den Hüften, die sich fest und wohlgeformt unter dem Kittel abzeichneten. Sie war eine Frau geworden ... eine attraktive Frau.

»Du sagst nichts?«, fragte Mar und wandte ihm für einen Moment den Kopf zu.

Wie sollte er beginnen?

»Arnau wurde von der Inquisition verhaftet«, sagte der Dominikaner unvermittelt.

Mar hörte auf, in dem Topf zu rühren.

Joan schwieg.

Die Stimme schien aus den Flammen zu kommen, zitternd, brüchig: »Wir Frauen sind schon immer Gefangene gewesen.«

Mar stand nach wie vor mit dem Rücken zu Joan, aufrecht, mit hängenden Armen, den Blick auf den Herd gerichtet.

»Es war nicht Arnau, der dich in diesen Kerker sperrte . . .«

Mar wandte sich brüsk um.

»War nicht er es, der mich dem Herrn von Ponts zur Frau gab?«, brach es aus ihr heraus. »War nicht er es, der in die Hochzeit einwilligte? War nicht er es, der entschied, meine verlorene Ehre nicht zu rächen? Er hat mich vergewaltigt! Er hat mich entführt und vergewaltigt.«

Sie hatte jedes Wort ausgespuckt. Sie zitterte. Alles an ihr zitterte, von der Unterlippe bis zu den Händen, die sie nun vor der Brust verschränkte. Joan konnte den Blick aus diesen geröteten Augen nicht ertragen.

»Es war nicht Arnau«, wiederholte der Mönch mit bebender Stimme. »Ich . . . Ich war es! Verstehst du? Ich war es. Ich habe ihn überzeugt, dass er dich verheiraten müsse. Welches Schicksal hätte ein entehrtes Mädchen erwartet? Was wäre aus dir geworden, wenn ganz Barcelona von deinem Unglück erfahren hätte? Ich war es, der auf Betreiben Elionors die Entführung vorbereitete und deiner Entehrung zustimmte, um Arnau davon zu überzeugen, dass er dich verheiraten müsse. Ich bin an allem schuld. Arnau hätte dich niemals diesem Mann überlassen.«

Die beiden sahen sich an. Joan merkte, wie ihm eine Last von den Schultern fiel. Mar hörte auf zu zittern, und Tränen erschienen in ihren Augen.

»Er hat dich geliebt«, sprach Joan weiter. »Er hat dich damals geliebt, und er liebt dich heute. Er braucht dich . . .«

Mar schlug die Hände vors Gesicht. Ihre Knie knickten seitlich weg, und ihr Körper sackte in sich zusammen, bis sie vor dem Mönch auf dem Boden lag.

Das war es. Er hatte es getan. Jetzt würde Mar nach Barcelona kommen, sie würde Arnau alles erzählen, und . . . Er ging in die Knie, um Mar aufzuhelfen.

»Fass mich nicht an!«

Joan wich zurück.

»Was ist los, Herrin?«

Der Mönch fuhr zur Tür herum. Auf der Schwelle stand ein herkulischer Mann, mit einer Sense bewaffnet, und sah ihn drohend an. Hinter einem seiner Beine lugte der Kopf des Jungen hervor. Joan stand keine zwei Handbreit von dem Mann entfernt, der ihn beinahe um doppelte Haupteslänge überragte.

»Es ist nichts«, antwortete Joan, doch der Mann stieß ihn zur Seite, als ob er gar nicht da wäre, und ging zu Mar. »Ich sagte dir doch, es ist nichts«, beteuerte Joan. »Geh an deine Arbeit.«

Der Junge flüchtete sich vor die Tür und spähte von draußen herein. Joan beachtete ihn nicht länger. Als er sich wieder in den Raum umwandte, sah er, dass der Mann mit der Sense neben Mar kniete, ohne sie indes zu berühren.

»Hast du nicht gehört?«, fragte Joan. Der Mann gab keine Antwort. »Gehorche und geh an deine Arbeit.«

Diesmal sah der Mann Joan an.

»Ich gehorche nur meiner Herrin.«

Wie viele große, kräftige, stolze Männer wie er waren vor ihm zu Kreuze gekrochen? Wie viele hatte er weinen und flehen gesehen, bevor er das Urteil über sie sprach? Joan kniff die Augen zusammen, ballte die Fäuste und machte zwei Schritte auf den Knecht zu.

»Du wagst es, dich der Inquisition zu widersetzen?«, brüllte er.

Er hatte den Satz noch nicht zu Ende gesprochen, als Mar vom Fußboden hochfuhr. Sie zitterte erneut. Auch der Mann mit der Sense richtete sich langsam auf.

»Wie kannst du es wagen, in mein Haus zu kommen und meinem Knecht zu drohen? Inquisitor? Ha! Du bist nichts weiter als ein Teufel im Mönchsgewand. Du hast mich vergewaltigt!« Joan sah, wie der Knecht den Schaft der Sense umklammerte. »Du hast es selbst zugegeben!«

»Ich . . .«, begann Joan zögerlich.

Der Knecht trat auf ihn zu und drückte ihm die Spitze der Sense in die Magengrube.

»Niemand würde es erfahren, Herrin. Er ist alleine gekommen.«

Joan sah Mar an. Es war keine Angst in ihren Augen, nicht einmal Mitleid, nur . . . Er lief so rasch er konnte zur Tür, doch der kleine Junge schlug sie zu und stellte sich ihm in den Weg.

Der Knecht legte Joan von hinten die Sense um den Hals. Diesmal drückte die scharfe Schneide gegen den Adamsapfel des Mönchs. Joan erstarrte. Der Junge sah nicht mehr ängstlich aus. Sein Gesicht spiegelte die Gefühle wider, die sich hinter ihm abspielten.

»Was . . . Was willst du tun, Mar?« Als er sprach, schnitt ihm die Sense in den Hals.

Mar schwieg. Joan konnte ihren Atem hören.

»Sperr ihn in den Turm«, befahl sie.

Mar hatte den Turm nicht mehr betreten, seit sie von dort aus zugesehen hatte, wie sich das Heer von Barcelona zuerst zum Angriff formierte und dann in Jubel ausbrach. Nachdem ihr Mann in Calatayud gefallen war, hatte sie den Turm zugesperrt.

50

ie Witwe und ihre beiden Töchter gingen über die Plaza de la Llana zum Hostal del Estanyer, einem zweigeschossigen Gasthof aus Stein, in dem sich ebenerdig die Küche und der Schankraum und im Obergeschoss die Schlafkammern befanden. Sie wurden von dem Wirt und dem Burschen empfangen. Aledis zwinkerte dem Jungen zu, als sie seinen verdutzten Blick bemerkte. »Was glotzt du so?«, schimpfte der Gastwirt, bevor er ihm eine Ohrfeige verpasste. Der Bursche verschwand hastig im hinteren Teil des Gastraums. Teresa und Eulàlia hatten das Zwinkern bemerkt und grinsten.

»Die Ohrfeige sollte ich euch verpassen«, flüsterte Aledis ihnen zu, als sich der Wirt für einen Moment abwandte. »Wollt ihr wohl anständig gehen und aufhören, euch zu kratzen? Die Nächste, die sich kratzt, werde ich . . .«

»In diesen Latschen kann man nicht laufen . . .«

»Still jetzt!«, zischte Aledis, als der Wirt sich ihnen wieder zuwandte.

Er habe ein Zimmer frei, sagte er, in dem sie zu dritt schlafen könnten. Allerdings gebe es nur zwei Matratzen.

»Seid unbesorgt, guter Mann«, sagte Aledis. »Meine Töchter sind daran gewöhnt, das Lager zu teilen.«

»Hast du gesehen, wie uns der Wirt angesehen hat, als du ihm sagtest, dass wir zusammen schlafen?«, fragte Teresa, als sie sich auf ihrem Zimmer befanden.

Zwei Strohsäcke und eine kleine Truhe, auf der eine Öllampe stand, waren das ganze Mobiliar.

»Er hat sich schon zwischen uns beiden liegen gesehen«, kicherte Eulàlia.

»Und das, obwohl ihr eure Reize nicht zeigt. Ich habe es euch doch gesagt«, bemerkte Aledis.

»Wir könnten so arbeiten. Wenn man den Erfolg betrachtet . . .«

»Es funktioniert nur einmal«, erklärte Aledis, »ein paar Mal allenfalls. Sie lechzen nach Unschuld, nach Jungfräulichkeit. Sobald sie ihr Ziel erreicht haben ... Wir müssten von einem Ort zum anderen ziehen, um die Leute zu betrügen, und wir könnten nicht kassieren.«

»So viel Gold kann es in ganz Katalonien nicht geben, dass ich in diesen Schuhen und in so einem Kittel herumlaufe.« Teresa kratzte sich von den Oberschenkeln bis hinauf zu den Brüsten.

»Du sollst dich nicht kratzen!«

»Hier sieht uns doch keiner«, verteidigte sich das Mädchen.

»Aber je mehr du kratzt, umso stärker juckt es.«

»Und was sollte das Gezwinkere mit dem Jungen?«, fragte Eulàlia.

Aledis sah die beiden Mädchen an.

»Das geht euch nichts an.«

»Nimmst du etwas dafür?«, wollte Teresa wissen.

Aledis dachte an den Gesichtsausdruck des Jungen, als ihm nicht einmal Zeit geblieben war, die Hose herunterzulassen, an das ungeschickte Ungestüm, mit dem er sich auf sie gestürzt hatte.

»Etwas habe ich bekommen«, antwortete sie lächelnd.

Sie blieben auf dem Zimmer, bis es Zeit zum Abendessen war. Dann gingen sie hinunter und setzten sich an einen groben Tisch aus rauem Holz. Kurz darauf erschienen Jaume de Bellera und Genís Puig. Sobald sie an ihrem Tisch am anderen Ende des Raumes saßen, wandten sie keinen Blick von den Mädchen. Sonst befand sich niemand im Gastraum. Aledis rief die Mädchen zur Ordnung, und die beiden bekreuzigten sich, bevor sie die Suppe zu löffeln begannen, die der Wirt ihnen vorsetzte.

»Wein? Nur für mich«, sagte Aledis zu ihm. »Meine Töchter trinken nicht.«

»Noch einen Krug Wein. Und noch einen . . . Seit unser Vater gestorben ist«, entschuldigte Teresa Aledis mit Blick auf den Wirt.

»Um den Kummer zu überwinden«, ergänzte Eulàlia.

»Hört gut zu, Mädchen«, flüsterte Aledis ihnen zu, »das sind drei Krüge Wein, und die werden sich natürlich bemerkbar machen. Gleich werde ich den Kopf auf die Tischplatte legen und zu schnarchen anfangen. Ihr wisst, was zu tun ist. Wir müssen herausfinden, warum Francesca verhaftet wurde und was sie mit ihr vorhaben.«

Nachdem sie den Kopf in den Armen vergraben hatte, spitzte Aledis die Ohren.

»He, kommt her«, klang es durch den Gastraum. Dann Schweigen.

»Sie ist betrunken«, war nach einer Weile zu hören.

»Wir tun euch nichts«, sagte einer der beiden. »Was kann euch in einem Gasthof in Barcelona schon geschehen? Der Wirt ist gleich dort drüben.«

Aledis dachte an den Gastwirt. Wenn sie ihn auch mal ranließen ...

»Keine Sorge, wir sind Ehrenmänner!«

Schließlich gaben die beiden Mädchen nach, und Aledis hörte, wie sie vom Tisch aufstanden.

»Man hört dich nicht schnarchen«, wisperte Teresa ihr zu.

Aledis musste grinsen.

»Eine Burg!«

Aledis sah Teresa vor sich, wie sie ihre wundervollen grünen Augen ganz weit aufriss und den Herrn von Bellera unverwandt ansah, damit er ihre Schönheit bewundern konnte.

»Hast du gehört, Eulàlia? Eine Burg. Er ist ein echter Adliger. Wir haben noch nie mit einem Adligen gesprochen ...«

»Erzählt uns von Euren Schlachten«, bat ihn Eulàlia. »Kennt Ihr König Pedro? Habt Ihr schon einmal mit ihm gesprochen?«

»Und wen kennt Ihr noch?«, fragte Teresa dazwischen.

Die beiden gingen dem Herrn von Bellera um den Bart. Aledis war versucht, die Augen zu öffnen, nur ein bisschen, gerade weit genug, um zu sehen, wie ... Aber sie durfte nicht. Die Mädchen würden ihre Sache gut machen.

Die Burg, der König, die Cortes ... Ob sie schon einmal bei den Cortes gewesen seien? Der Krieg ... ein paar spitze Schreie, als Genís Puig – der keine Burg, keinen König, keine Cortes vorzuweisen hatte – mit seinen Schlachten prahlte. Und Wein, viel Wein.

»Was macht ein Adliger wie Ihr in der Stadt, in diesem Gasthof? Wartet Ihr vielleicht auf eine wichtige Persönlichkeit?«, hörte Aledis Teresa fragen.

»Wir haben eine Hexe hergebracht«, sagte Genís Puig stolz.

Die Mädchen hatten nur den Herrn von Bellera gefragt. Teresa sah, wie der Adlige seinem Begleiter einen vorwurfsvollen Blick zuwarf. Das war der richtige Moment.

»Eine Hexe!«, rief Teresa, stürzte sich auf Jaume de Bellera und ergriff seine Hände. »In Tarragona haben wir gesehen, wie eine Hexe verbrannt wurde. Sie starb unter gellenden Schreien, während das Feuer an ihren Beinen hochzüngelte und ihre Brust verbrannte . . .«

Teresa blickte zur Decke, als sähe sie den Flammen hinterher. Dann fasste sie sich mit den Händen an die Brust, doch nach einigen Sekunden kam sie wieder zu sich und sah verstört den Adligen an, in dessen Gesicht bereits das Verlangen geschrieben stand.

Ohne die Hände des Mädchens loszulassen, stand Jaume de Bellera auf.

»Komm mit.« Es war weniger eine Bitte als ein Befehl, und Teresa ließ sich davonziehen.

Genís Puig sah den beiden hinterher.

»Und wir?«, fragte er Eulàlia und legte eine Hand auf das Bein des Mädchens.

Eulàlia machte keine Anstalten, die Hand wegzuschieben.

»Zuerst will ich alles über die Hexe wissen. Es erregt mich . . .«

Genís Puig schob seine Hand zwischen die Beine des Mädchens und begann zu erzählen. Aledis hätte beinahe den Kopf gehoben und alles verdorben, als sie den Namen Arnau hörte. »Die Hexe ist seine Mutter«, hörte sie Genís Puig sagen.

»Gehen wir jetzt?«, fragte er schließlich, als er mit seiner Erzählung geendet hatte.

Aledis hörte, dass Eulàlia schwieg.

»Ich weiß nicht«, sagte sie dann.

Genís Puig sprang auf und ohrfeigte das Mädchen.

»Lass jetzt die Ziererei und komm!«

»Also gut, gehen wir«, gab sie nach.

Als Aledis alleine im Raum war, richtete sie sich mühsam auf. Sie legte die Hände in den Nacken und streckte sich. Man würde Arnau und Francesca einanderlgegenüberstellen – den Teufel und die Hexe, wie Genís Puig sie genannt hatte.

»Eher würde ich sterben, bevor Arnau erfährt, dass ich seine Mutter bin«, hatte Francesca bei einem der wenigen Gespräche gesagt, die sie nach Arnaus Rede vor der Burg Montbui geführt hatten. »Er ist ein angesehener Mann, und ich bin eine gewöhnliche Hure«, hatte sie hinzugesetzt, bevor Aledis etwas erwidern konnte. »Außerdem könnte ich ihm viele Dinge nicht erklären . . . Warum ich ihm und seinem Vater nicht gefolgt bin, warum ich ihn dem sicheren Tod überließ . . .«

Aledis hatte zu Boden gesehen.

»Ich weiß nicht, was ihm sein Vater über mich erzählt hat«, fuhr Francesca fort, »aber wie dem auch sei, es ist nicht wiedergutzumachen. Die Zeit lässt vieles vergessen, auch die Mutterliebe. Wenn ich an ihn denke, dann sehe ich ihn, wie er auf diesem Podest stand und den Adligen die Stirn bot. Ich will nicht, dass er meinetwegen absteigt. Es ist besser, alles so zu lassen, wie es ist, Aledis. Du und ich, wir sind die einzigen Menschen auf der Welt, die davon wissen. Ich verlasse mich darauf, dass du mein Geheimnis auch über meinen Tod hinaus wahrst. Versprich es mir, Aledis.«

Doch was war dieses Versprechen nun noch wert?

Als Esteve erneut in den Turm kam, hatte er die Sense nicht mehr dabei.

»Die Herrin sagt, du sollst dir die Augen verbinden«, sagte er zu Joan und warf ihm ein Stück Stoff hin.

»Wofür hältst du dich?«, tobte Joan und versetzte dem Stoff einen Tritt.

Das Innere des Turms war klein, nicht mehr als drei Schritt in jede Richtung. Mit einem Satz stand Esteve vor ihm und verpasste ihm zwei Ohrfeigen, eine auf jede Wange.

»Die Herrin hat gesagt, du sollst dir die Augen verbinden.«

»Ich bin Inquisitor!«

Diesmal schleuderte Esteves Ohrfeige ihn gegen die Wand. Joan sank Esteve vor die Füße.

»Binde dir das Tuch um.« Esteve zog ihn mit einer Hand hoch. »Los, mach schon«, sagte er, als Joan wieder stand.

»Glaubst du, mit Gewalt wirst du einen Inquisitor brechen? Du kannst dir nicht vorstellen, was . . .«

Esteve ließ ihn nicht ausreden. Zuerst schlug er ihm mit der Faust ins Gesicht, und als Joan erneut zu Boden ging, begann der Knecht ihn zu treten, in den Unterleib, in den Magen, gegen den Brustkorb, ins Gesicht.

Joan krümmte sich vor Schmerzen. Erneut zog Esteve ihn mit einer Hand hoch.

»Die Herrin sagt, du sollst dir das Tuch umbinden.«

Joan blutete aus dem Mund. Als der Knecht ihn losließ, versuchte er sich auf den Beinen zu halten, doch ein heftiger Schmerz im Knie ließ ihn zusammensacken. Er klammerte sich an Esteve fest, doch der Knecht stieß ihn zu Boden.

»Binde dir das Tuch um.«

Das Tuch lag neben ihm. Joan merkte, dass er sich in die Hosen gemacht hatte und der Habit an seinen Beinen festklebte.

Er nahm das Tuch und verband sich die Augen.

Joan hörte, wie der Knecht die Tür schloss und die Treppe hinunterging. Dann herrschte Stille. Eine Ewigkeit lang. Schließlich kamen mehrere Personen nach oben. Joan rappelte sich auf. Er hielt sich an der Wand fest. Die Tür öffnete sich. Möbel wurden hereingebracht. Stühle vielleicht?

»Ich weiß, dass du gesündigt hast.« Auf einem Schemel sitzend, hallte Mars Stimme durch den Turm. Neben ihr stand der kleine Junge und betrachtete den Mönch.

Joan schwieg.

»Die Inquisition verbindet ihren Gefangenen niemals die Augen«, sagte er schließlich.

»Das stimmt«, entgegnete Mar. »Ihr nehmt ihnen nur ihre Seele, ihre Männlichkeit, ihren Anstand, ihre Ehre. Ich weiß, dass du gesündigt hast«, wiederholte sie dann.

»Ich akzeptiere diese Farce nicht.«

Mar gab Esteve ein Zeichen. Der Knecht trat zu Joan und rammte ihm die Faust in die Magengrube. Der Mönch krümmte sich und schnappte nach Luft. Als es ihm schließlich gelang, sich wieder aufzurichten, herrschte erneut Schweigen. Durch sein eigenes Keuchen konnte er den Atem der Anwesenden nicht hören. Seine Beine und seine Brust schmerzten, sein Gesicht brannte. Niemand sagte etwas. Ein Tritt gegen die Außenseite seines Oberschenkels ließ ihn zu Boden gehen.

Als der Schmerz nachließ, lag Joan zusammengerollt wie ein Embryo auf dem Boden.

Wieder herrschte Schweigen.

Ein Tritt in die Nieren zwang ihn, diese Haltung aufzugeben.

»Was hast du vor?«, schrie Joan, während ihn der Schmerz übermannte.

Niemand antwortete, bis sein Schmerz nachließ. Dann zog der Knecht ihn hoch und stellte ihn wieder vor Mar.

Joan musste sich anstrengen, um sich auf den Beinen zu halten.

»Was hast du vor?«

»Ich weiß, dass du gesündigt hast.«

Wozu war sie fähig? Wie weit würde sie gehen? Ihn erschlagen? War sie fähig, ihn zu töten? Ja, er hatte gesündigt, doch was berechtigte Mar dazu, über ihn zu richten? Ein Zittern durchlief seinen Körper, und er war kurz davor, erneut zu Boden zu sinken.

»Du hast mich bereits verurteilt«, gelang es Joan schließlich zu sagen. »Wozu willst du noch über mich richten?«

Schweigen. Dunkelheit.

»Sag! Wozu willst du über mich richten?«

»Du hast recht«, hörte Joan schließlich. »Ich habe dich bereits verurteilt, aber denk daran, dass du deine Schuld eingestanden hast. Genau hier, wo du dich nun befindest, hat er mir meine Jungfräulichkeit geraubt. Genau hier hat er mir wieder und wieder Gewalt angetan. Häng ihn auf und lass dann seine Leiche verschwinden«, sagte Mar, an Esteve gewandt.

Mars Schritte entfernten sich auf der Treppe nach unten. Joan spürte, wie Esteve ihm die Hände auf dem Rücken fesselte. Er konnte sich nicht bewegen, sein Körper gehorchte ihm nicht. Der Knecht packte ihn und stellte ihn auf den Hocker, auf dem zuvor Mar gesessen hatte. Dann hörte er, wie ein Seil über die Deckenbalken des Turms geworfen wurde. Esteve traf nicht, und das Seil klatschte auf den Boden. Joan machte sich erneut in die Hose. Er hatte das Seil um den Hals liegen.

»Ich habe gesündigt!«, schrie Joan mit letzter Kraft.

Mar hörte den Schrei am Fuß der Treppe.

Endlich.

Gefolgt von dem Jungen, stieg Mar wieder in den Turm hinauf.

»Jetzt höre ich dir zu«, sagte sie zu Joan.

Im Morgengrauen brach Mar nach Barcelona auf. Angetan mit ihren besten Kleidern und dem wenigen Schmuck, den sie besaß, das offene Haar frisch gewaschen, ließ sie sich von Esteve auf ein Maultier heben und stieß dem Tier die Hacken in die Weichen.

»Gib gut auf das Haus acht«, sagte sie zu dem Knecht, bevor das Maultier lostrabte. »Und du hilf deinem Vater.«

Esteve stieß Joan hinter dem Maultier her.

»Los, Mönch«, sagte er.

Mit gesenktem Kopf trottete Joan hinter Mar her. Was würde nun geschehen? In der Nacht, als man ihm die Augenbinde abnahm, hatte im flackernden Licht der Fackeln, die an den halbrunden Wänden des Turms hingen, Mar vor ihm gestanden.

Sie hatte ihm ins Gesicht gespuckt.

»Du verdienst keine Gnade, aber möglicherweise wird Arnau dich brauchen«, sagte sie dann. »Nur das rettet dich davor, dass ich dich auf der Stelle mit meinen eigenen Händen töte.«

Die kleinen spitzen Hufe des Maultiers hallten dumpf auf dem Erdboden wider. Joan folgte dem gleichmäßigen Klang, den Blick auf seine eigenen Füße geheftet. Er ging mit sich selbst ins Gericht, von seinen Gesprächen mit Elionor bis zu dem Hass, mit dem er sich in die Inquisition gestürzt hatte. Dann nahm Mar ihm die Augenbinde ab und spuckte ihn an.

Das Maultier trottete fügsam in Richtung Barcelona. Joan roch das Meer, das ihn linker Hand auf seinem Bußweg begleitete.

51

ie Sonne wärmte schon, als Aledis den Gasthof verließ und sich unter die Leute auf der Plaza de la Llana mischte. Barcelona war bereits erwacht. Frauen standen mit Eimern, Töpfen und Wasserschläuchen vor dem Cadena-Brunnen gleich neben dem Gasthof an, andere warteten vor der Metzgerei am anderen Ende des Platzes. Alle schwatzten und lachten. Sie wäre gerne schon früher losgegangen, doch zuerst hatte sie sich wieder als Witwe verkleiden müssen. Dabei wurde sie mehr schlecht als recht unterstützt von den beiden Mädchen, die unablässig fragten, wie es nun weitergehe, was aus Francesca werde und ob man sie auf dem Scheiterhaufen verbrenne, wie es die beiden Adligen vorhatten. So war es später geworden. Wenigstens achtete niemand auf sie, als sie durch die Calle de la Bòria zur Plaza del Blat ging. Es war eine seltsame Erfahrung für Aledis. Sie hatte immer die bewundernden Blicke der Männer und die verächtlichen Blicke der Frauen auf sich gezogen, doch nun begegnete ihr nicht einmal ein flüchtiger Blick, während die Sonne auf ihr schwarzes Kleid brannte.

Das Lärmen von der nahen Plaza del Blat verhieß noch mehr Menschen, Sonne und Hitze. Sie schwitzte, und ihre Brüste begannen unter der engen Leibbinde zu drücken. Auf der Suche nach Schatten bog Aledis kurz vor dem großen Markt von Barcelona nach rechts in die Calle de los Semolers. Auf der Plaza del Oli waren zahlreiche Passanten auf der Suche nach dem besten Öl oder kauften Brot in der angrenzenden Bäckerei. Nachdem sie den Platz überquert hatte, kam sie am Brunnen Sant Joan vorbei, und auch dort achteten die Frauen nicht auf die schwitzende Witwe, die an ihnen vorüberging.

Von Sant Joan wandte sich Aledis nach links zur Kathedrale und dem Bischofspalast, wo man sie tags zuvor hinausgeworfen und als Hexe beschimpft hatte. Ob man sie wiedererkennen würde? Der Junge aus dem Gasthof ... Aledis lächelte, während sie sich nach einem Seiteneingang umsah. Der Junge hatte mehr Gelegenheit gehabt, sie zu betrachten, als die Soldaten der Inquisition.

»Ich suche den Kerkermeister. Ich habe eine Nachricht für ihn«, antwortete sie auf die Fragen des Wachsoldaten am Eingang.

Er trat zur Seite und zeigte ihr den Weg zum Verlies.

Je weiter sie auf der Treppe nach unten ging, desto schwächer wurden das Licht und die Farben. Unten angekommen, stand Aledis in einem kahlen, rechteckigen Raum, dessen Lehmboden von Fackeln erleuchtet wurde. Auf der einen Seite des Raumes saß auf einem Schemel der fette Kerkermeister, den Rücken gegen die Wand gelehnt. Am anderen Ende befand sich ein düsterer Gang.

Der Mann musterte sie schweigend, während sie auf ihn zuging.

Aledis atmete tief durch.

»Ich würde gerne zu der alten Frau, die gestern eingesperrt wurde.«

Aledis ließ einen Beutel mit Münzen klingeln.

Der Kerkermeister rührte sich nicht von der Stelle. Ohne ihr eine Antwort zu geben, spuckte er ihr vor die Füße und machte eine verächtliche Handbewegung. Aledis trat einen Schritt zurück.

»Nein«, sagte er schließlich.

Aledis öffnete die Börse. Die Augen des Mannes folgten begierig den glänzenden Münzen, die in Aledis' Handfläche fielen. Nicolau hatte strikte Anweisung gegeben, dass niemand ohne seine ausdrückliche Erlaubnis den Kerker betreten dürfe, und der Kerkermeister wollte sich nicht mit dem Generalinquisitor anlegen. Er kannte seine Wutausbrüche, und er wusste, was mit jenen geschah, die seine Anordnungen missachteten. Aber das Geld, das ihm diese Frau anbot ... Und hatte der Beamte nicht gesagt, der Inquisitor wolle nicht, dass jemand mit dem Geldwechsler sprach? Diese Frau wollte nicht zu dem Geldwechsler, sondern zu der Hexe.

»Einverstanden«, sagte er.

Nicolau schlug mit der Faust auf den Tisch.

»Wofür hält sich dieser Kerl?«

Der junge Mönch, der ihm die Nachricht überbracht hatte, wich einen Schritt zurück. Sein Bruder, ein Weinhändler, hatte ihm am gestrigen Abend davon erzählt, als sie bei ihm zu Hause zu Abend aßen. Er hatte es lachend erzählt, während um sie herum seine fünf Kinder tobten.

»Es ist das beste Geschäft seit Jahren«, erzählte er. »Offensichtlich hat Arnaus Bruder, der Mönch, Anweisung gegeben, Warenlieferungen unter Preis zu verkaufen, um an Bargeld zu kommen, und wenn er so weitermacht, wird ihm das auch gelingen. Arnaus Angestellter verkauft für den halben Preis.« Dann hatte er sein Weinglas erhoben und immer noch grinsend auf Arnau getrunken.

Als Nicolau davon hörte, verstummte er zunächst. Dann lief er rot an und explodierte. Der junge Mönch hörte, wie der Inquisitor mit sich überschlagender Stimme einem Beamten Befehle erteilte: »Bringt mir Bruder Joan her! Sagt den Wachen Bescheid!«

Als der Bruder des Weinhändlers das Arbeitszimmer verlassen hatte, schüttelte Nicolau ungläubig den Kopf. Was hatte sich dieser Mönch dabei gedacht? Wollte er die Inquisition hintergehen, indem er die Schatullen seines Bruders leerte? Dieses Vermögen gehörte dem Sanctum Officium, und zwar alles! Eimeric ballte die Fäuste, bis die Knöchel weiß hervortraten.

»Und wenn ich ihn auf den Scheiterhaufen bringen muss«, murmelte er.

»Francesca . . .« Aledis kniete neben der alten Frau nieder, die das Gesicht zu einer Grimasse verzog, die ein Lächeln sein sollte. »Was haben sie mit dir gemacht? Wie geht es dir?« Die Alte antwortete nicht. In der Stille war das Stöhnen der anderen Gefangenen zu hören.

»Francesca, sie haben Arnau. Deshalb hat man dich hergebracht.«

»Ich weiß.« Aledis sah sich um, doch bevor sie fragen konnte, fuhr Francesca fort: »Dort drüben ist er.«

Aledis sah zum anderen Ende des Raumes hinüber und erkannte eine stehende Gestalt, die sie aufmerksam beobachtete.

»Woher . . . ?«

»Hört mich an«, klang es durch das Verlies. »Ja, Ihr dort drüben bei der alten Frau.« Aledis sah erneut zu der Gestalt hinüber. »Ich möchte mit Euch sprechen. Mein Name ist Arnau Estanyol.«

»Was ist los, Francesca?«

»Seit ich hergebracht wurde, fragt er mich, warum der Kerkermeister behauptet hat, ich sei seine Mutter. Er heiße Arnau Estanyol und sei ein Gefangener der Inquisition ... Es war schlimmer als jede Folter.«

»Und was hast du ihm gesagt?«

»Nichts.«

»Hört mich an!«

Diesmal drehte Aledis sich nicht um.

»Die Inquisition will beweisen, dass Arnau der Sohn einer Hexe ist«, sagte Francesca.

»Bitte, hört mich an!«

Aledis merkte, wie Francesca ihre Arme umklammerte, während Arnaus flehentliche Bitten durch den Raum hallten.

»Willst du nicht ...« Aledis räusperte sich. »Willst du ihm nichts sagen?«

»Niemand braucht zu wissen, dass Arnau mein Sohn ist, hörst du, Aledis? Wenn ich es bis jetzt für mich behalten habe, warum sollte ich dann jetzt, da die Inquisition ... Nur du weißt davon, Aledis.« Die Stimme der alten Frau wurde klarer.

»Jaume de Bellera ...«

»Bitte!«, klang es erneut durch den Raum.

Aledis drehte sich zu Arnau um. Durch die Tränen in ihren Augen konnte sie ihn nicht sehen, aber sie riss sich zusammen, um sie nicht wegzuwischen.

»Nur du, Aledis«, wiederholte Francesca. »Versprich mir, dass du es niemals jemandem verraten wirst.«

»Aber der Herr von Bellera ...«

»Niemand kann es beweisen. Versprich es, Aledis.«

»Sie werden dich foltern.«

»Mehr, als es das Leben bereits getan hat? Mehr als das Stillschweigen, das ich trotz Arnaus Flehen wahren muss? Versprich es.«

Francescas Augen glänzten im Dunkeln.

»Ich verspreche es.«

Aledis schlang die Arme um Francescas Hals. Zum ersten Mal in vielen Jahren bemerkte sie, wie zerbrechlich die alte Frau war.

»Nein ... Ich will dich nicht hier zurücklassen«, schluchzte sie. »Was soll aus dir werden?«

»Mach dir keine Sorgen um mich«, flüsterte ihr die Alte ins Ohr.

»Ich werde durchhalten, bis ich sie davon überzeugt habe, dass Arnau nicht mein Sohn ist.« Francesca musste Luft schöpfen, bevor sie weitersprach. »Ein Bellera hat mein Leben ruiniert. Sein Sohn wird nicht das Gleiche mit Arnau tun.«

Aledis küsste Francesca und ließ ihre Lippen für einen Moment auf ihrer Wange ruhen. Dann stand sie auf.

»So hört mich doch an!«

Aledis sah zu der Gestalt hinüber.

»Geh nicht zu ihm«, bat sie Francesca, die am Boden saß.

»Kommt her! Ich bitte Euch.«

»Du würdest schwach werden, Aledis. Du hast es mir versprochen.«

Arnau und Aledis sahen sich im Dunkeln an, zwei undeutliche Schemen. Tränen glitzerten auf Aledis' Gesicht.

Als Arnau sah, wie die Unbekannte zum Ausgang des Kerkers ging, ließ er sich zu Boden sinken.

Am selben Morgen ritt eine Frau auf einem Maulesel durch das Stadttor San Daniel nach Barcelona hinein. Hinter ihr schleppte sich mit müden Schritten ein Dominikanermönch vorwärts, der keinen Blick für die Soldaten hatte. Schweigend gingen sie durch die Stadt zum Bischofspalast, der Mönch immer hinter dem Maultier her.

»Bruder Joan?«, fragte einer der Soldaten, die am Eingang Wache hielten.

Der Dominikaner wandte dem Soldaten sein blaugeschwollenes Gesicht zu.

»Bruder Joan?«, fragte der Soldat noch einmal.

Joan nickte.

»Der Generalinquisitor hat angeordnet, Euch zu ihm zu bringen.«

Der Soldat rief nach der Wache, und mehrere seiner Kameraden kamen herbeigeeilt, um Joan in Gewahrsam zu nehmen.

Die Frau stieg nicht von ihrem Maulesel ab.

52

Sahat stürzte in das Lagerhaus des alten Händlers in Pisa, ganz in der Nähe des Hafens am Arno. Mehrere Angestellte und Lehrburschen grüßten ihn, doch der Maure hörte nicht hin. »Wo ist euer Herr?«, fragte er jeden, während er unruhig zwischen den zahllosen Waren auf und ab lief, die sich in dem riesigen Lagerhaus stapelten. Schließlich fand er den Gesuchten am anderen Ende des Raumes, über einige Stoffballen gebeugt.

»Was gibt es, Filippo?«, fragte er ihn.

Der alte Händler richtete sich mühsam auf und sah Sahat an.

»Gestern lief ein Schiff auf dem Weg nach Marseille ein.«

»Ich weiß. Ist etwas vorgefallen?«

Filippo betrachtete Sahat. Wie alt er wohl war? Jung war er jedenfalls nicht mehr. Er war wie stets gut gekleidet, jedoch nicht protzig wie so viele andere, die weniger reich waren als er. Was mochte zwischen ihm und Arnau vorgefallen sein? Er hatte es ihm nie erzählen wollen. Filippo erinnerte sich, wie der Sklave damals aus Katalonien gekommen war, an den Freilassungsbrief, an Arnaus Zahlungsanweisung.

»Filippo!«

Sahats Stimme rief ihn in die Gegenwart zurück. Der Maure besaß noch immer den Schwung eines jungen Mannes. Alles ging er mit großer Entschlossenheit an.

»Filippo, bitte!«

»Gewiss, gewiss. Du hast recht. Entschuldige.« Der alte Mann trat zu ihm und stützte sich auf seinen Arm. »Du hast recht, du hast recht. Hilf mir. Gehen wir in mein Büro.«

In der Welt der Händler von Pisa gab es nur wenige Menschen, von denen Filippo Tescio sich helfen ließ. Dieser öffentliche Vertrauensbeweis des betagten Mannes konnte mehr Türen öffnen als Tausende von Goldflorins. Diesmal jedoch blieb Sahat stehen und hinderte den reichen Händler am Weitergehen.

»Filippo, bitte!«

Der alte Mann zog ihn sanft weiter.

»Es gibt Nachrichten ... schlechte Nachrichten. Es geht um Arnau.« Er ließ dem Mauren Zeit, sich auf das einzustellen, was nun kam. »Er wurde von der Inquisition festgenommen.«

Sahat schwieg.

»Die Gründe sind recht unklar«, fuhr Filippo fort. »Seine Angestellten haben damit begonnen, Warenlieferungen zu verkaufen. So wie es aussieht, ist seine Lage ziemlich düster ... Doch das sind vermutlich nur bösartige Gerüchte. Setz dich«, bat er ihn, als sie das »Büro« des alten Händlers erreichten. Es handelte sich um einen schmucklosen Tisch auf einem Podest, von wo aus er die drei Angestellten beaufsichtigte, die an ähnlichen Tischen die Transaktionen in riesige Rechnungsbücher eintrugen, während er gleichzeitig das stete Kommen und Gehen im Lagerhaus im Auge hatte.

Filippo nahm Platz und seufzte.

»Das ist noch nicht alles«, setzte er hinzu. Sahat saß ihm wie versteinert gegenüber. »An Ostern haben sich die Bürger Barcelonas gegen das Judenviertel erhoben. Sie beschuldigten die Juden, eine Hostie geschändet zu haben. Die Sache endete mit einer hohen Geldstrafe und drei Hingerichteten ...« Filippo sah, wie Sahats Unterlippe zu zittern begann. »Darunter war Hasdai.«

Der alte Mann sah weg und überließ Sahat für einen Moment seinen Gefühlen. Als er sich ihm wieder zuwandte, sah er, dass seine Lippen fest aufeinandergepresst waren. Sahat zog die Nase hoch und fuhr sich mit der Hand über die Augen.

»Hier«, sagte Filippo und überreichte ihm einen Brief. »Er ist von Jucef. Eine Kogge aus Barcelona mit Ziel Alexandria hat ihn bei meinem Vertreter in Neapel hinterlegt. Von dort hat ihn mir der Kapitän des Schiffes nach Marseille mitgebracht. Jucef hat das Geschäft übernommen. In dem Brief erzählt er alles, was passiert ist. Über Arnau allerdings sagte er nicht viel.«

Sahat nahm den Brief an sich, öffnete ihn jedoch nicht.

»Hasdai hingerichtet, Arnau verhaftet«, sagte er. »Und ich sitze hier ...«

»Ich habe dir eine Überfahrt nach Marseille reserviert«, sagte Filippo. »Das Schiff läuft morgen früh aus. Von dort wird es nicht schwer sein, nach Barcelona zu gelangen.«

»Danke«, murmelte Sahat.

Filippo schwieg.

»Ich kam hierher, um nach meinen Wurzeln zu suchen«, begann Sahat, »die Familie, die ich verloren zu haben glaubte. Weißt du, was ich fand?« Filippo sah ihn stumm an. »Als man mich verkaufte – ich war damals noch ein Kind –, blieben meine Mutter und fünf Geschwister zurück. Ich fand nur einen von ihnen wieder. Und ich kann nicht einmal versichern, dass er es wirklich war. Er war Sklave bei einem Stauer im Hafen von Genua. Als er mir gezeigt wurde, vermochte ich in ihm nicht meinen Bruder wiederzuerkennen. Ich erinnerte mich nicht einmal an seinen Namen. Er zog ein Bein nach, und ihm fehlten der kleine Finger der rechten Hand sowie beide Ohren. Damals dachte ich, dass sein Besitzer sehr grausam sein musste, um ihn derart zu bestrafen, doch dann . . .« Sahat machte eine Pause und sah den alten Mann an. Er erhielt keine Antwort. »Ich kaufte ihn frei und ließ ihm eine hübsche Summe Geldes zukommen, ohne ihm zu eröffnen, dass ich hinter all dem steckte. Das Geld reichte nur sechs Tage. Sechs Tage, in denen er ständig betrunken war und das Geld, das für ihn ein Vermögen sein musste, beim Spiel und mit Frauen durchbrachte. Danach verkaufte er sich erneut gegen Kost und Logis als Sklave an seinen früheren Herrn.« Sahat machte eine abschätzige Handbewegung. »Das war alles, was ich hier fand: einen betrunkenen, streitsüchtigen Bruder.«

»Du hast auch Freunde gefunden«, beschwerte sich Filippo.

»Das ist wahr. Entschuldige. Ich meinte . . .«

»Ich weiß, was du meinst.«

Die beiden Männer starrten auf die Schriftstücke, die auf dem Tisch lagen. Das rege Treiben im Lagerhaus brachte sie wieder zu sich.

»Sahat«, sagte Filippo schließlich, »ich war viele Jahre lang Hasdais Handelsvertreter und werde diese Aufgabe auch für seinen Sohn wahrnehmen, solange Gott mich noch leben lässt. Später wurde ich auf Hasdais Wunsch und auf deine Veranlassung auch Arnaus Vertreter. In all dieser Zeit habe ich nur Loblieder auf Arnau gehört, ob nun von

Händlern, Matrosen oder Kapitänen. Sogar hier erzählte man sich, was er für die unfreien Bauern auf seinen Besitzungen getan hat! Was ist zwischen euch vorgefallen? Wärt ihr im Streit geschieden, so hätte er dir nicht die Freiheit geschenkt, und erst recht nicht hätte er mich angewiesen, dir eine solch hohe Geldsumme auszuhändigen. Was ist vorgefallen, dass du ihn verlassen hast und er dich so reich beschenkte?«

Sahats Erinnerungen wanderten zu einem Hügel in der Nähe von Mataró, zu dem Klirren von Schwertern und Armbrüsten.

»Ein Mädchen . . . ein außergewöhnliches Mädchen.«

»Aha!«

»Nein«, widersprach Sahat, »nicht, was du denkst.«

Und zum ersten Mal in fünf Jahren erzählte Sahat, was er die ganze Zeit für sich behalten hatte.

»Wie konntest du es wagen!« Nicolau Eimerics Gebrüll hallte durch die Flure des Bischofspalasts. Er wartete nicht einmal ab, bis die Soldaten sein Arbeitszimmer verlassen hatten. Der Inquisitor lief wild gestikulierend im Zimmer auf und ab. »Wie kannst du es wagen, das Vermögen des Sanctum Officium zu gefährden?« Nicolau fuhr zu Joan herum, der in der Mitte des Raumes stand. »Wie kannst du es wagen, den Verkauf von Warenposten unter Preis anzuordnen?«

Joan gab keine Antwort. Er hatte die ganze Nacht kein Auge zugetan, übel zugerichtet und gedemütigt, wie er war. Er war meilenweit hinter einem Maultier hergelaufen, und sein ganzer Körper schmerzte. Er roch schlecht, und der schmutzstarrende Habit kratzte auf seiner Haut. Seit dem Vortag hatte er nichts mehr gegessen, und Durst quälte ihn. Nein, er wollte nicht antworten.

Nicolau trat von hinten an ihn heran.

»Was hast du vor, Bruder Joan?«, flüsterte er ihm ins Ohr. »Den Besitz deines Bruders zu verkaufen, um ihn vor der Inquisition in Sicherheit zu bringen?«

Der Inquisitor blieb einen Moment neben Joan stehen.

»Du stinkst!«, rief er, während er auf Abstand ging und weiter mit den Armen fuchtelte. »Du stinkst wie ein gewöhnlicher Bauer.« Er stapfte erneut durch den Raum, um sich schließlich zu setzen. »Die Inquisition hat die Rechnungsbücher deines Bruders konfisziert. Es wird keine weiteren Verkäufe mehr geben.« Joan rührte sich nicht. »Ich habe weitere Besuche im Kerker untersagt, versuch also nicht, ihn zu sehen. In einigen Tagen beginnt der Prozess.«

Joan stand immer noch reglos da.

»Hast du nicht gehört? In wenigen Tagen werde ich deinem Bruder den Prozess machen.«

Nicolau schlug mit der Faust auf den Tisch.

»Das war's! Verschwinde!«

Der Saum von Joans schmutzigem Habit schleifte über die glänzenden Fliesen im Arbeitszimmer des Generalinquisitors.

Joan blieb in der Tür stehen, damit sich seine Augen an das Sonnenlicht gewöhnen konnten. Mar stand draußen und erwartete ihn, die Zügel des Maultiers in der Hand. Da hatte er sie von ihrem Landgut hierhergeholt, und nun . . . Wie sollte er ihr beibringen, dass der Inquisitor Arnau jeden Besuch untersagt hatte? Wie sollte er auch noch die Schuld an diesem Verbot auf sich nehmen?

»Gehst du jetzt raus oder nicht, Mönch?«, hörte er eine Stimme hinter sich.

Joan drehte sich um und stand vor einer in Tränen aufgelösten Witwe. Die beiden sahen sich an.

»Joan?«, fragte die Frau.

Diese braunen Augen. Dieses Gesicht . . .

»Joan?«, fragte sie noch einmal. »Ich bin's, Aledis. Erinnerst du dich an mich?«

»Die Tochter des Gerbers«, erinnerte sich Joan.

»Was gibt's?«

Mar war zu ihnen getreten. Aledis sah, wie sich Joan der Frau zuwandte. Dann sah der Mönch wieder zu ihr und zurück zu der Frau mit dem Maultier.

»Eine Freundin aus Kindertagen«, sagte er. »Aledis, darf ich dir Mar vorstellen? Mar, das ist Aledis.«

Die beiden Frauen begrüßten sich mit einem Kopfnicken.

»Das ist nicht der richtige Platz für einen Plausch.« Die drei drehten sich zu dem Wachsoldaten um. »Gebt den Eingang frei.«

»Wir wollten zu Arnau Estanyol«, sagte Mar laut. Sie hielt das Maultier am Halfter.

Der Soldat musterte sie von oben bis unten, dann erschien ein spöttisches Grinsen auf seinen Lippen.

»Dem Geldwechsler?«, fragte er.

»Ja«, antwortete Mar.

»Der Generalinquisitor hat dem Geldwechsler Besuch untersagt.«

Der Soldat schob Aledis und Joan hinaus.

»Weshalb darf er keinen Besuch empfangen?«, fragte Mar, während die anderen beiden den Bischofspalast verließen.

»Das musst du den Mönch fragen«, antwortete er und deutete auf Joan.

Die drei gingen davon.

»Ich hätte dich gestern umbringen sollen, Mönch.«

Aledis sah, wie Joan zu Boden blickte. Er antwortete nicht einmal. Dann betrachtete sie die Frau mit dem Maultier. Sie ging aufrecht und zog entschlossen das Tier hinter sich her. Was mochte tags zuvor vorgefallen sein? Joan konnte sein blau geschwollenes Gesicht nicht verbergen, und seine Begleiterin wollte zu Arnau. Wer war diese Frau? Arnau war mit der Baronin verheiratet, der Frau, die mit ihm auf dem Podest vor der Burg Montbui gestanden hatte, als er die Leibeigenschaft abschaffte . . .

»In wenigen Tagen beginnt der Prozess gegen Arnau.«

Mar und Aledis blieben wie angewurzelt stehen. Joan ging noch einige Schritte weiter, bis er merkte, dass die Frauen nicht mehr neben ihm waren. Als er sich umdrehte, sah er, dass sie sich stumm anblickten. Wer bist du?, schienen ihre Blicke zu fragen.

»Ich habe meine Zweifel, ob dieser Mönch eine Kindheit gehabt hat . . . und erst recht Freundinnen«, sagte Mar.

Aledis konnte keine Regung in ihrem Gesicht feststellen. Mar stand stolz da, ihre jugendlichen Augen schienen sie durchbohren zu wollen. Sogar das Maultier hinter ihr stand still, die Ohren gespitzt.

»Du bist sehr direkt«, sagte Aledis.

»Das Leben hat mich gelehrt, es zu sein.«

»Wenn mein Vater mich vor fünfundzwanzig Jahren gelassen hätte, hätte ich Arnau geheiratet.«

»Wenn man mich vor fünf Jahren wie einen Menschen behandelt hätte und nicht wie Vieh«, sagte Mar mit einem Seitenblick zu Joan, »wäre ich noch immer an Arnaus Seite.«

Erneut maßen sich die beiden Frauen mit Blicken.

»Ich habe Arnau seit fünfundzwanzig Jahren nicht mehr gesehen«, räumte Aledis schließlich ein. Ich will nicht mit dir konkurrieren, versuchte sie ihr in einer Sprache zu sagen, die nur Frauen untereinander verstehen konnten.

Mar verlagerte ihr Gewicht auf einen Fuß und ließ den Zügel des Maultiers locker. Ihr Blick durchbohrte Aledis nicht länger.

»Ich lebe außerhalb von Barcelona. Kannst du mich bei dir aufnehmen?«, fragte sie.

»Ich bin auch nicht von hier. Ich wohne mit meinen . . . mit meinen Töchtern im Hostal del Estanyer. Aber wir werden eine Lösung finden«, sagte sie, als sie Mars Zögern bemerkte. »Und er?« Aledis deutete mit einem Kopfnicken zu Joan.

Die beiden Frauen sahen zu ihm herüber. Er stand immer noch dort, wo er stehen geblieben war, das Gesicht blau geschwollen, der schmutzige, zerrissene Habit klebte an seinen hängenden Schultern.

»Er hat viel zu erklären«, sagte Mar, »und wir können ihn noch brauchen. Er kann bei dem Maultier im Stall schlafen.«

Joan wartete, bis die Frauen weitergingen, und trottete hinter ihnen her.

Sicherlich würde sie sie fragen, was sie im Bischofspalast gewollt hatte. Aledis sah zu ihrer neuen Begleiterin. Sie hielt sich wieder kerzengerade und zog das Maultier hinter sich her, ohne auszuweichen, wenn ihr jemand entgegenkam. Was mochte zwischen Mar und Joan vorgefallen sein? Der Mönch wirkte völlig unterwürfig. Wie konnte ein Dominikanermönch zulassen, dass eine Frau ihm befahl, im Stall bei einem Maultier zu schlafen? Sie überquerten die Plaza del Blat. Aledis hatte bereits zugegeben, dass sie Arnau kannte, aber sie hatte den beiden nicht gesagt, dass sie ihn im Verlies gesehen und er sie angefleht hatte, mit ihm zu sprechen. ›Und Francesca? Was soll ich ihnen über Francesca sagen? Dass sie meine Mutter ist? Nein. Joan kannte meine Mutter und weiß, dass sie nicht Francesca hieß. Vielleicht die Mutter meines verstorbenen Mannes. Aber was werden sie sagen, wenn man sie zwingt, im Prozess gegen Arnau auszusagen? Ich hätte es wissen müssen. Und wenn herauskommt, dass sie eine öffentliche Frau ist? Meine Schwiegermutter soll eine Hure sein?‹ Es war besser, von nichts zu wissen – aber was hatte sie dann im Bischofspalast gewollt?

»Oh«, antwortete Aledis auf Mars Frage, »das war ein Auftrag meines verstorbenen Mannes, des Kürschnermeisters. Da er wusste, dass wir durch Barcelona kommen würden ...«

Eulàlia und Teresa sahen sie unauffällig an, während sie weiter ihre Suppe löffelten. Im Gasthof angekommen, hatten sie den Wirt dazu gebracht, eine dritte Matratze in das Zimmer zu legen, das Aledis und ihre Töchter bewohnten. Joan nickte gefügig, als Mar verkündete, er werde im Stall bei dem Maultier schlafen.

»Ihr sagt kein Wort, ganz gleich, was ihr hört«, schärfte Aledis den Mädchen ein. »Beantwortet keine Fragen, und vor allem kennen wir keine Francesca.«

Die fünf setzten sich zu Tisch.

»Also, Mönch«, wollte Mar erneut wissen. »Weshalb hat der Inquisitor Besuche bei Arnau verboten?«

Joan hatte noch keinen Bissen gegessen.

»Ich brauchte Geld, um den Kerkermeister zu bestechen«, antwortete er mit müder Stimme, »und weil es in Arnaus Wechselstube kein Bargeld gab, habe ich veranlasst, dass einige Warenposten verkauft wurden. Eimeric glaubt, ich hätte versucht, Arnaus Kassen zu leeren, um die Inquisition ...«

In diesem Augenblick betraten der Herr von Bellera und Genís Puig den Schankraum. Beim Anblick der beiden Mädchen erschien ein breites Lächeln auf ihren Gesichtern.

»Joan«, sagte Aledis, »diese beiden feinen Herren haben gestern meine Töchter belästigt, und ich habe den Eindruck, dass ihre Absichten alles andere als lauter sind ... Könntest du mir helfen, damit sie die Mädchen nicht noch einmal behelligen?«

Joan trat zu den beiden Männern, die dastanden und Teresa und Eulàlia angafften, während sie sich an die vergangene Nacht erinnerten.

Ihr Grinsen erstarb, als sie Joans schwarzen Habit bemerkten. Der Mönch bedachte sie mit einem strengen Blick, und die Männer setzen sich schweigend an ihren Tisch und versenkten ihren Blick in den Schüsseln, die der Wirt ihnen hinstellte.

»Wie lautet die Anklage gegen Arnau?«, fragte Aledis, als sich Joan wieder zu ihnen setzte.

Sahat betrachtete das Schiff nach Marseille, während die Besatzung die letzten Vorbereitungen zum Auslaufen traf. Es war eine solide, einmastige Galeere mit einem Ruder am Heck und zwei Seitenrudern, hundertzwanzig Ruderknechten und einem Laderaum von rund dreihundert Tonnen.

»Sie ist schnell und sehr sicher«, bemerkte Filippo. »Sie hatte bereits mehrere Begegnungen mit Piraten und konnte jedes Mal entkommen. In drei oder vier Tagen bist du in Marseille.« Sahat nickte. »Dort wirst du ohne weiteres ein Küstenschiff finden, das dich nach Barcelona bringt.«

Filippo hielt sich an Sahats Arm fest, während er mit dem Gehstock auf das Schiff zeigte. Hafenbeamte, Händler und Stauer grüßten ihn ehrfürchtig, wenn sie an ihm vorübergingen. Dasselbe taten sie auch mit Sahat, dem Mauren, auf den sich der alte Händler stützte.

»Das Wetter ist gut«, setzte Filippo hinzu und deutete mit dem Stock zum Himmel. »Es wird keine Schwierigkeiten geben.«

Der Kapitän der Galeere trat an die Reling und gab Filippo ein Zeichen. Sahat spürte, wie der alte Mann seinen Arm drückte.

»Ich habe das Gefühl, dass ich dich nicht wiedersehen werde«, sagte der betagte Händler. Sahat sah ihn an, doch Filippo packte ihn noch fester am Arm. »Ich bin ein alter Mann, Sahat.«

Die beiden Männer umarmten sich, während sie vor der Galeere standen.

»Kümmere dich um meine Geschäfte«, sagte Sahat, als er sich von ihm löste.

»Das werde ich, und wenn ich nicht mehr bin«, setzte er mit brüchiger Stimme hinzu, »werden es meine Söhne tun. Dann wirst du ihnen helfen müssen, wo immer du auch sein magst.«

»Das werde ich«, versprach Sahat seinerseits.

Filippo zog Sahat an sich und küsste ihn vor den Augen der Schaulustigen, die den letzten Passagier beobachteten, während sie auf das Ablegen der Galeere warteten, auf den Mund. Bei diesem Zuneigungsbeweis Filippo Tescios ging ein Raunen durch die Menge.

»Geh jetzt«, sagte der alte Mann.

Sahat befahl den beiden Sklaven, die sein Gepäck trugen, voranzugehen. Dann ging er selbst an Bord. Als er das Deck der Galeere erreicht hatte, war Filippo verschwunden.

Das Meer lag ruhig da. Es war windstill, und die Galeere wurde durch die Muskelkraft der hundertzwanzig Ruderer bewegt.

»Ich hatte nicht den Mut«, schrieb Jucef in seinem Brief, nachdem er die Situation nach dem angeblichen Hostienraub geschildert hatte, »das Judenviertel zu verlassen und meinen Vater in seinen letzten Momenten zu begleiten. Ich hoffe, er wird es verstehen, dort, wo er jetzt ist.«

Sahat stand im Bug der Galeere. Er blickte zum Horizont. ›Dass ihr unter Christen lebt, ist Beweis genug für deinen, für euren Mut‹, dachte er bei sich. Er hatte den Brief immer und immer wieder gelesen:

Raquel wollte nicht fliehen, aber wir haben sie davon überzeugt.

Sahat übersprang den Rest des Briefes und las erst am Ende weiter:

Gestern wurde Arnau von der Inquisition verhaftet. Heute konnte ich durch einen Juden in Erfahrung bringen, dass er sich im Bischofspalast befindet und dass es seine Frau Elionor war, die ihn der Judenfreundlichkeit bezichtigt hat. Da die Inquisition zwei Zeugen braucht, welche die Anzeige bestätigen, benannte Elionor dem Sanctum Officium mehrere Priester von Santa María del Mar, die Zeugen eines Streits zwischen den Eheleuten wurden. Es sieht ganz so aus, als könnten Arnaus Aussagen als gotteslästerlich ausgelegt werden und genügten, um Elionors Anzeige zu stützen.

Die Angelegenheit, so Jucef weiter, sei ziemlich verfahren. Zum einen sei Arnau ein sehr reicher Mann, dessen Vermögen für die Inquisition von großem Interesse sei, und zum anderen befinde er sich in den Händen eines Mannes wie Nicolau Eimeric. Sahat erinnerte sich an den hochfahrenden Inquisitor, der sechs Jahre, bevor er selbst das Prinzipat verlassen hatte, ins Amt gekommen war. Er hatte ihn einmal bei einer Messfeier gesehen, zu der er Arnau begleiten musste.

Seit du fortgegangen bist, hat Eimeric mehr und mehr Macht angehäuft. Dabei scheute er nicht einmal davor zurück, sich öffentlich mit dem König anzulegen. Der König bleibt dem Papst seit Jahren seine Abgaben schuldig, und so hat Urban V. dem Herrn von Arborea, dem Anführer des Aufstands gegen die Katalanen, Sardinien als Lehen angeboten. Nach dem langen Krieg gegen Kastilien herrscht nun erneut Unruhe unter den korsischen Adligen. Das alles hat Eimeric, der unmittelbar dem Papst unterstellt ist, dazu genutzt, den König direkt anzugreifen. Unter anderem fordert er größere Befugnisse für die Inquisition gegenüber Juden und anderen Nichtchristen, was der König als Besitzer der Judengemeinden Kataloniens rundheraus ablehnt. Doch Eimeric setzt den Papst immer wieder unter Druck, und diesem liegt nicht eben viel daran, die Interessen unseres Königs zu verteidigen.

Aber nicht genug damit, dass er gegen die Interessen des Königs Einflussnahme in den jüdischen Gemeinden verlangt, hat Eimeric es gewagt, die Werke des katalanischen Theologen Ramon Llull als ketzerisch zu brandmarken, nachdem diese mehr als ein halbes Jahrhundert lang von der katalanischen Kirche anerkannt wurden. Der König hat Juristen und Gelehrte mit seiner Verteidigung betraut, denn für ihn kommt die Angelegenheit einer persönlichen Beleidigung durch den Inquisitor gleich.

In Anbetracht dieser Umstände glaube ich, dass Eimeric versuchen wird, den Prozess gegen Arnau, einen katalanischen Baron und Seekonsul von Barcelona, als neuerlichen Affront gegen den König zu nutzen, um seine eigene Position weiter auszubauen und ein beträchtliches Vermögen für die Inquisition zu sichern. Soweit ich weiß, hat Eimeric bereits an Papst Urban geschrieben, um ihm mitzuteilen, dass er den Anteil des Königs an Arnaus Besitz einbehalten werde, um damit die ausstehenden Kirchensteuern König Pedros zu begleichen. Auf diese Weise rächt sich der Inquisitor mittels eines katalanischen Barons am König und sichert gleichzeitig seine eigene Stellung beim Papst.

Auch Arnaus persönliche Situation ist schwierig, wenn nicht gar verzweifelt. Sein Bruder Joan ist Inquisitor, berüchtigt für seine Grausamkeit. Seine eigene Frau hat ihn angezeigt. Mein Vater ist tot, und in Anbetracht der Anklage wegen Judenfreundlichkeit können wir ihm zu seinem eigenen Besten unsere Wertschätzung nicht zeigen. Er hat nur noch dich.

Damit endete Jucefs Brief: *Er hat nur noch dich.* Sahat legte das Schreiben in das Kästchen, in dem er die Briefe aufbewahrte, die er fünf Jahre lang mit Hasdai gewechselt hatte. *Er hat nur noch dich.* Das Kästchen in den Händen, stand er im Bug und blickte erneut zum Horizont. »Legt euch in die Riemen, Marseiller! Er hat nur noch mich.«

Auf einen Wink von Aledis zogen sich Eulàlia und Teresa zurück. Joan war bereits vor einer Weile schlafen gegangen. Mar hatte seinen Abschiedsgruß nicht erwidert.

»Warum behandelst du ihn so?«, fragte Aledis, als sie alleine im Schankraum zurückblieben. Nur das Knacken der heruntergebrannten Holzscheite war zu hören. Mar schwieg. »Immerhin ist er sein Bruder . . .«

»Dieser Mönch hat es nicht anders verdient.«

Mar starrte unverwandt auf die Tischplatte, während sie einen vorstehenden Astknoten auszubrechen versuchte. Sie ist schön, dachte Aledis. Das seidige Haar fiel ihr in weichen Wellen über die Schultern, und ihre Gesichtszüge waren fein modelliert: sanft geschwungene Lippen, hohe Wangenknochen, festes Kinn, gerade Nase. Aledis war erstaunt, als sie ihre makellos weißen Zähne sah, und auf dem gesamten Weg vom Bischofspalast zum Gasthof hatte sie ihren straffen, wohlgeformten Körper bewundert. Ihre rauen, schwieligen Hände allerdings waren die eines Menschen, der harte Feldarbeit verrichtet hatte.

Mar ließ von dem Astloch ab und sah Aledis an, die ihren Blick stumm erwiderte.

»Es ist eine lange Geschichte«, erklärte sie.

»Ich habe Zeit«, sagte Aledis.

Mar verzog das Gesicht und ließ einige Sekunden verstreichen. Sie hatte seit Jahren nicht mehr mit einer Frau gesprochen. Seit Jahren lebte sie nur für sich und schuftete auf den kargen Feldern, stets in der Hoffnung, das Korn und die Sonne hätten ein Einsehen mit ihrem Elend und würden sich gnädig zeigen. Warum nicht? Aledis schien eine anständige Frau zu sein.

»Meine Eltern starben während der Großen Pest. Ich war damals noch ein kleines Mädchen . . .«

Sie ließ kein Detail aus. Aledis durchfuhr ein Schauder, als Mar von der Liebe erzählte, die sie auf dem freien Feld vor der Burg Montbui durchströmt hatte. »Ich verstehe dich«, hätte sie beinahe gesagt, »mir ging es genauso . . .« Arnau, Arnau, Arnau – jedes fünfte Wort war Arnau. Aledis erinnerte sich, wie der Seewind seinen jugendlichen Körper liebkost hatte, der ihr Verlangen weckte. Mar erzählte ihr die Geschichte ihrer Entführung und ihrer Ehe. Bei der Schilderung brach sie in Tränen aus.

»Danke«, sagte Mar, als sie wieder sprechen konnte.

Aledis ergriff ihre Hand.

»Hast du Kinder?«, fragte sie, als sie sich wieder gefasst hatte.

»Ich hatte einen Sohn.« Aledis drückte ihre Hand. »Er starb vor vier Jahren kurz nach der Geburt an der Pest, die damals unter den Kindern wütete. Sein Vater lernte ihn nie kennen; er wusste nicht einmal, dass ich schwanger war. Er starb in Calatayud, wo er für einen König kämpfte, der, anstatt sein Heer anzuführen, mit dem Schiff von Valencia in den Roussillon floh, um seine Familie vor dem neuerlichen Pestausbruch in Sicherheit zu bringen.« Mar lächelte verächtlich.

»Und was hat das alles mit Joan zu tun?«, fragte Aledis.

»Er wusste, dass ich Arnau liebte . . . und er mich.«

Als Aledis die ganze Geschichte gehört hatte, schlug sie mit der Faust auf den Tisch. Es war mittlerweile Nacht geworden, und der Schlag hallte durch den Gasthof.

»Wirst du die Verräter anzeigen?«

»Arnau hat diesen Mönch immer geschützt. Er ist sein Bruder, und er liebt ihn.« Aledis erinnerte sich an die beiden Jungen, die unten in Peres und Marionas Haus geschlafen hatten. Arnau hatte Steine geschleppt, während Joan studierte. »Ich möchte Arnau nicht wehtun, aber jetzt . . . Jetzt kann ich nicht zu ihm und weiß nicht einmal, ob er weiß, dass ich hier bin und dass ich ihn immer noch liebe. Man wird ihm den Prozess machen. Vielleicht . . . vielleicht verurteilen sie ihn zum Tode.«

Und Mar brach erneut in Tränen aus.

»Glaub mir, ich werde das Versprechen nicht brechen, das ich dir gegeben habe, aber ich muss mit ihm reden«, sagte sie, kurz bevor sie ging. Francesca spähte in die Dunkelheit, um in ihrem Gesicht zu lesen. »Vertrau mir«, sagte Aledis.

Arnau war aufgestanden, als Aledis den Kerker betrat, hatte sie jedoch nicht angesprochen. Still sah er zu, wie die beiden Frauen miteinander flüsterten. Wo war Joan? Seit zwei Tagen hatte er ihn nicht mehr besucht, dabei musste er ihn so vieles fragen. Er sollte herausfinden, wer diese alte Frau war. Weshalb war sie hier? Warum hatte der Kerkermeister gesagt, sie sei seine Mutter? Was war mit seinem Prozess? Und mit seinen Geschäften? Und Mar? Was war mit Mar? Etwas lief schief. Seit Joans letztem Besuch behandelte ihn der Gefängniswärter wieder wie alle anderen. Das Essen bestand wieder aus Brot und Wasser, und der Eimer war verschwunden.

Arnau sah, wie sich die Frau von der Alten verabschiedete. Den Rücken gegen die Wand gelehnt, wollte er sich zu Boden sinken lassen, doch da merkte er, dass sie auf ihn zukam.

Arnau sah sie in der Dunkelheit näher kommen und richtete sich auf. Die Frau blieb einige Schritte vor ihm stehen, weit weg von den wenigen schwachen Lichtstrahlen, die in das Verlies drangen.

Arnau kniff die Augen zusammen, um sie deutlicher sehen zu können.

»Du darfst keinen Besuch mehr empfangen«, hörte er die Frau sagen.

»Wer bist du?«, fragte er. »Woher weißt du das?«

»Wir haben keine Zeit, Arnau.« Sie hatte ihn Arnau genannt! »Wenn der Kerkermeister kommt ...«

»Wer bist du?«

Warum es ihm nicht sagen? Warum ihn nicht umarmen und trösten? Sie würde es nicht ertragen. Francescas Worte klangen ihr in den Ohren. Aledis drehte sich zu ihr um, dann sah sie erneut zu Arnau.

»Wer bist du?«, fragte er noch einmal.

»Das tut nichts zur Sache. Ich wollte dir nur sagen, dass Mar in Barcelona ist und auf dich wartet. Sie liebt dich. Sie liebt dich noch immer.«

Aledis sah, wie sich Arnau gegen die Wand lehnte. Sie wartete einige Sekunden. Dann waren Geräusche auf dem Flur zu hören. Der Kerkermeister hatte ihr nur einige Minuten zugestanden. Erneute Geräusche. Der Schlüssel drehte sich im Schloss. Auch Arnau hörte es und sah zur Tür.

»Soll ich ihr etwas ausrichten?«

Die Tür öffnete sich, und das Licht der Fackeln, die den Gang erleuchteten, fiel auf Aledis.

»Sag ihr, dass ich sie auch . . .« Der Kerkermeister betrat das Verlies. »Ich liebe sie. Auch wenn ich nicht . . .«

Aledis wandte sich ab und ging zur Tür.

»Was hast du da mit dem Geldwechsler geredet?«, fragte der dicke Kerkermeister sie, nachdem er die Tür geschlossen hatte.

»Er hat nach mir gerufen, als ich gerade gehen wollte.«

»Es ist verboten, mit ihm zu sprechen.«

»Das wusste ich nicht. Ich wusste auch nicht, dass er der Geldwechsler ist. Ich habe ihm nicht geantwortet. Ich bin nicht einmal näher herangegangen.«

»Der Inquisitor hat verboten . . .«

Aledis zog die Geldbörse hervor und ließ ein paar Münzen klingeln.

»Aber ich will dich hier nicht mehr sehen«, sagte der Kerkermeister, während er das Geld an sich nahm. »Falls doch, wirst du dieses Verlies nicht mehr verlassen.«

Unterdessen versuchte Arnau in dem düsteren Gelass, die Worte der Frau zu begreifen: »Sie liebt dich. Sie liebt dich noch immer.« Doch die Erinnerung an Mar wurde getrübt durch das flüchtige Aufblitzen riesiger brauner Augen im Schein der Fackeln. Er kannte diese Augen. Wo hatte er sie schon einmal gesehen?

Sie hatte ihr versprochen, ihm die Nachricht zu übermitteln.

»Keine Sorge«, hatte sie versichert. »Arnau wird erfahren, dass du hier bist und auf ihn wartest.«

»Sag ihm auch, dass ich ihn liebe«, rief Mar ihr hinterher, als Aledis bereits auf der Plaza de la Llana war.

In der Tür des Gasthofs stehend, sah Mar, wie die Witwe sich zu ihr umwandte und lächelte. Als Aledis nicht mehr zu sehen war, verließ Mar den Gasthof. Sie hatte während des ganzen Weges von Mataró darüber nachgedacht. Sie hatte darüber nachgedacht, als man ihr verbot, Arnau zu sehen. Und sie hatte die ganze letzte Nacht darüber nachgedacht. Von der Plaza de la Llana ging sie ein paar Schritte durch die Calle de Bòria, an der Markuskapelle vorbei und dann nach rechts.

Am Anfang der Calle Montcada blieb sie stehen und betrachtete einen Moment lang die vornehmen Stadtpaläste.

»Señora!«, rief Pere, Elionors betagter Diener, als er sie durch einen der großen Türflügel in Arnaus Palast einließ. »Welch eine Freude, Euch wiederzusehen. Wie lange ist es her, seit ...« Pere verstummte und bat sie mit einer nervösen Geste über den gepflasterten Hof. »Was führt Euch her?«

»Ich bin gekommen, um mit Doña Elionor zu sprechen.«

Pere nickte und verschwand.

Unterdessen verlor Mar sich in Erinnerungen. Alles war unverändert. Die Ställe auf der anderen Seite des Hofes und zur Rechten die beeindruckende Treppe zum Adelsgeschoss, auf der Pere verschwunden war.

Dieser kehrte zerknirscht zurück.

»Die Herrin wünscht Euch nicht zu empfangen.«

Mar sah zum Adelsgeschoss hinauf. Ein Schatten verschwand hinter einem der Fenster. Wann hatte sie diese Situation schon einmal erlebt? Wann ...? Sie blickte erneut zu den Fenstern hinauf.

»Ich habe das schon einmal erlebt«, murmelte sie. Pere wagte es nicht, sie für die Abfuhr zu trösten. »Damals hat Arnau gewonnen, Elionor. Ich warne dich: Er hat seine Rechnung beglichen ... vollständig beglichen.«

53

as Klirren der Waffen und Rüstungen der Soldaten, die ihn eskortierten, hallte in den endlosen hohen Gängen des Bischofpalasts wider. Es war ein martialischer Auftritt: Vorneweg marschierte der Hauptmann. Er selbst hatte je zwei Soldaten vor und hinter sich. Als sie das Ende der Treppe erreichten, die von den Verliesen nach oben führte, blieb Arnau stehen, um seine Augen an das Tageslicht zu gewöhnen, das den Palast durchflutete. Ein heftiger Stoß in den Rücken zwang ihn, mit den Soldaten Schritt zu halten.

Arnau ging an Mönchen, Priestern und Schreibern vorbei, die zur Seite traten, um sie vorbeizulassen. Niemand hatte ihm eine Auskunft geben wollen. Der Kerkermeister war gekommen und hatte ihm die Ketten abgenommen. »Wohin bringst du mich?« Ein Dominikanermönch bekreuzigte sich, als er vorüberging, ein anderer hielt ein Kruzifix hoch. Die Soldaten gingen unbeeindruckt weiter. Schon bei ihrem Anblick wichen die Leute zurück. Seit Tagen hatte er nichts mehr von Joan oder der Frau mit den braunen Augen gehört. Wo hatte er diese Augen schon einmal gesehen? Er fragte die alte Frau, erhielt jedoch keine Antwort. »Wer war diese Frau?«, rief er ihr viermal zu. Einige der Schemen, die an den Wänden festgekettet waren, murrten, andere waren ebenso gleichgültig wie die Alte, die sich nicht einmal rührte. Doch als der Kerkermeister ihn unsanft aus dem Verlies stieß, schien es ihm, als bewegte sie sich unruhig.

Arnau lief gegen einen der Soldaten, die vor ihm hergingen. Sie hatten vor einer beeindruckenden hölzernen Flügeltür angehalten. Der Soldat stieß ihn zurück. Dann klopfte der Hauptmann an die Tür, öffnete sie, und sie betraten einen riesigen, mit kostbaren Wandteppichen geschmückten Raum. Die Soldaten führten Arnau in die Mitte des Raums und nahmen dann Aufstellung an der Tür.

Hinter einem langen, reich geschnitzten Tisch saßen sieben Männer und sahen ihn an. Nicolau Eimeric, der Generalinquisitor, und Berenguer d'Erill, der Bischof von Barcelona, saßen in der Mitte. Sie trugen kostbare, goldbestickte Gewänder. Arnau kannte die beiden. Zur Linken des Inquisitors saß der Schreiber des Sanctum Officium. Arnau war ihm bereits früher begegnet, hatte jedoch nie mit ihm zu tun gehabt. Zur Linken des Schreibers und zur Rechten des Bischofs vervollständigten je zwei schwarz gekleidete Dominikanermönche das Tribunal.

Arnau hielt schweigend ihren Blicken stand, bis einer der Mönche abschätzig das Gesicht verzog. Arnau hob die Hand zum Gesicht und betastete den verfilzten Bart, der ihm im Gefängnis gewachsen war. Die ursprüngliche Farbe seiner zerrissenen Kleidung war nicht mehr zu erkennen. Sie starrte genauso vor Dreck wie seine nackten Füße und seine langen Fingernägel. Ein unangenehmer Geruch ging von ihm aus. Er ekelte sich vor sich selbst.

Eimeric lächelte, als er Arnaus angewiderte Miene bemerkte.

»Zunächst lässt man ihn auf die vier Evangelien schwören«, erklärte Joan Mar und Aledis, während sie an einem Tisch im Gasthof saßen. »Der Prozess kann sich über Tage oder gar Monate hinziehen«, sagte er, als sie darauf drängten, zum Bischofspalast zu gehen. »Besser, wir warten im Gasthof.«

»Wird er einen Verteidiger haben?«, fragte Mar.

Joan schüttelte müde den Kopf.

»Sie werden ihm einen Anwalt zur Seite stellen, der ihn jedoch nicht verteidigen darf.«

»Was?«, riefen die beiden Frauen wie aus einem Munde.

»Es ist den Anwälten und Advokaten untersagt, den Ketzern zu helfen, sie zu beraten oder zu unterstützen. Ebenso wenig dürfen sie ihnen Glauben schenken oder sie verteidigen.« Mar und Aledis sahen Joan ungläubig an. »So steht es in einer Bulle Papst Innozenz' III.«

»Aber wozu?«, fragte Mar.

»Die Aufgabe des Anwalts ist es, ein freiwilliges Geständnis des Ketzers zu erreichen. Würde er den Ketzer verteidigen, so verteidigte er damit die Ketzerei.«

»Ich habe nichts zu gestehen«, antwortete Arnau dem jungen Priester, den man zu seinem Anwalt bestimmt hatte.

»Er ist ein Kenner des weltlichen und kanonischen Rechts«, sagte Nicolau Eimeric. »Und ein glühender Anhänger des Glaubens«, setzte er lächelnd hinzu.

Der Priester breitete in einer hilflosen Geste die Arme aus, wie bereits zuvor im Verlies, als er Arnau in Gegenwart des Kerkermeisters gedrängt hatte, seine Ketzerei zu gestehen. »Du solltest es tun«, riet er ihm, »und auf die Gnade des Tribunals vertrauen.« Er breitete erneut die Arme aus – wie oft hatte er das bereits als Ketzeranwalt getan? –, dann verließ er auf ein Zeichen Eimerics den Raum.

»Dann wird man ihn nach den Namen seiner Feinde befragen«, fuhr Joan auf Drängen von Aledis fort.

»Warum?«

»Wenn er einen der Zeugen benennt, die ihn angezeigt haben, könnte das Tribunal anerkennen, dass es sich bei der Anzeige um einen Racheakt handelt.«

»Aber Arnau weiß nicht, wer ihn angezeigt hat«, warf Mar ein.

»Vorerst nicht. Danach könnte er es erfahren ... falls Eimeric ihm dieses Recht zugesteht. Eigentlich müsste er es erfahren«, setzte er angesichts der empörten Gesichter der beiden Frauen hinzu. »So hat es Bonifaz VIII. verfügt, doch der Papst ist weit weg, und letzten Endes führt jeder Inquisitor die Verhandlung so, wie er es für richtig hält.«

»Ich glaube, meine Frau hasst mich«, antwortete Arnau auf Eimerics Frage.

»Aus welchem Grund sollte Doña Elionor dich hassen?«, fragte der Inquisitor nach.

»Wir haben keine Kinder bekommen.«

»Hast du es versucht? Hast du mit ihr geschlafen?«

Er hatte auf die vier Evangelien geschworen.

»Hast du mit ihr geschlafen?«, wiederholte Eimeric seine Frage.

»Nein.«

Die Feder des Schreibers eilte über die Prozessakten, die vor ihm lagen. Nicolau Eimeric wandte sich an den Bischof.

»Weitere Feinde?«, übernahm nun Berenguer d'Erill.

»Die Adligen auf meinen Besitzungen, insbesondere der Vogt von Montbui.« Der Notar schrieb mit. »Außerdem habe ich als Seekonsul zahlreiche Urteile gefällt, glaube jedoch, gerecht gewesen zu sein.«

»Hast du Feinde beim Klerus?«

Wozu diese Frage? Er hatte sich stets gut mit der Kirche gestanden.

»Abgesehen von einigen der Anwesenden ...«

»Die Mitglieder dieses Tribunals sind unparteiisch«, fiel ihm Eimeric ins Wort.

»Davon bin ich überzeugt.« Arnau sah den Inquisitor fest an.

»Noch jemand?«

»Wie Euch wohl bekannt ist, bin ich seit langem als Geldwechsler tätig. Vielleicht ...«

»Es geht nicht darum, darüber zu spekulieren, wer dein Feind sein könnte und warum«, unterbrach Eimeric ihn erneut. »Hast du Feinde, so nenne ihre Namen; hast du keine, dann verneine die Frage. Hast du weitere Feinde oder nicht?«

»Ich glaube, nicht.«

»Und dann?«, fragte Aledis.

»Dann beginnt das eigentliche Inquisitionsverfahren.« Joans Gedanken wanderten zu den Dorfplätzen, den Häusern der Dorfschulzen, den schlaflosen Nächten ... Ein heftiger Schlag auf den Tisch riss ihn aus seinen Gedanken.

»Was bedeutet das?«, schrie ihn Mar an.

Joan seufzte und sah ihr in die Augen.

»Das Wort Inquisition bedeutet so viel wie ›Suche‹. Der Inquisitor sucht nach der Häresie, nach der Sünde. Auch wenn Anzeigen vorliegen, beschränkt sich der Prozess nicht auf diese Aussagen. Legt der Angeklagte kein Geständnis ab, muss man nach dieser verborgenen Wahrheit suchen.«

»Auf welche Weise?«, fragte Mar.

Joan schloss die Augen, bevor er antwortete.

»Falls du die Folter meinst: Ja, sie ist eines der Mittel.«

»Was geschieht mit ihm?«

»Möglicherweise kommt es gar nicht zur Folter.«

»Was geschieht mit ihm?«, wiederholte Mar ihre Frage.

»Weshalb willst du das wissen?«, sagte Aledis und nahm ihre Hand. »Es wird dich nur noch mehr quälen.«

»Das Gesetz verbietet, dass die Folter zum Tod oder zum Verlust von Gliedmaßen führt«, erklärte Joan. »Und sie darf nur einmal angewendet werden.«

Joan sah, wie sich die beiden Frauen mit Tränen in den Augen gegenseitig zu trösten versuchten. Doch Eimeric hatte einen Weg gefunden, sich über diese rechtliche Vorgabe hinwegzusetzen. »*Non ad modum iterationis sed continuationis*«, pflegte er mit einem seltsamen Funkeln in den Augen zu sagen. »Nicht Wiederholung, sondern Fortführung«, übersetzte er für die Novizen, die noch kein Latein beherrschen.

»Was geschieht, wenn sie ihn foltern und er immer noch nicht gesteht?«, fragte Mar, nachdem sie die Nase hochgezogen hatte.

»Sein Verhalten wird bei der Urteilsfindung berücksichtigt werden«, antwortete Joan unumwunden.

»Und das Urteil fällt Eimeric?«, wollte Aledis wissen.

»Ja, es sei denn, die Strafe lautet auf lebenslange Haft oder Tod auf dem Scheiterhaufen. In diesem Fall braucht er die Zustimmung des Bischofs. Befindet das Tribunal indes, dass es sich um einen schwierigen Fall handelt«, kam der Mönch der nächsten Frage der Frauen zuvor, »so berät es sich zuweilen mit den *Boni viri*, zwischen dreißig und achtzig Laien und Geistliche, damit diese eine Empfehlung hinsichtlich der Schuld des Angeklagten und der angemessenen Strafe abgeben. Dann kann sich der Prozess über Monate hinziehen.«

»In denen Arnau im Gefängnis bleiben wird«, folgerte Aledis.

Joan nickte, und die drei schwiegen. Die Frauen versuchten zu begreifen, was sie soeben gehört hatten, während Joan sich an einen weiteren Grundsatz Eimerics erinnerte: »Der Kerker muss finster sein, ein Kellerloch, in das keinerlei Licht dringt, insbesondere kein Sonnen- oder Mondlicht. Die Haft muss hart und unbarmherzig sein, um das Leben des Gefangenen möglichst abzukürzen, bis er schließlich stirbt.«

Während Arnau schmutzig und zerlumpt in der Mitte des Raumes stand, steckten der Inquisitor und der Bischof die Köpfe zusammen und begannen zu tuscheln. Der Schreiber nutzte die Gelegenheit, um seine Unterlagen zu ordnen, und die vier Dominikanermönche musterten Arnau.

»Wie willst du die Befragung durchführen?«, fragte Berenguer d'Erill.

»Wir beginnen wie immer, und je nachdem, ob wir etwas erreichen, sagen wir ihm, was ihm zur Last gelegt wird.«

»Du willst ihm die Anklagen nennen?«

»Ja. Ich glaube, bei diesem Mann richten wir mit Worten mehr aus als mit körperlichen Schmerzen, obwohl . . . Wenn uns kein anderes Mittel bleibt . . .«

Arnau versuchte den Blicken der schwarzen Mönche standzuhalten. Einer, zwei, drei, vier . . . Er verlagerte sein Gewicht von einem Fuß auf den anderen und beobachtete erneut den Inquisitor und den Bischof, die noch immer miteinander flüsterten. Die Dominikaner sahen ihn unverwandt an. Es war völlig still im Raum, abgesehen von dem unverständlichen Geflüster der beiden Kirchenmänner.

»Er beginnt nervös zu werden«, sagte der Bischof, nachdem er kurz zu Arnau gesehen hatte und sich dann wieder dem Inquisitor zuwandte.

»Er ist daran gewöhnt zu befehlen und Gehör zu finden«, erwiderte Eimeric. »Er muss seine tatsächliche Lage begreifen, das Tribunal anerkennen, sich ihm unterwerfen. Erst dann ist er reif für eine Befragung. Die Demütigung ist der erste Schritt.«

Der Bischof und der Inquisitor berieten sich noch eine ganze Weile, in der Arnau unablässig von den Dominikanern beobachtet wurde. Arnau versuchte, seine Gedanken zu Mar und Joan zu lenken, doch jedes Mal, wenn er an einen von ihnen dachte, begegnete er den durchdringenden Blicken eines schwarzen Mönches, als könnte dieser seine Gedanken lesen. Unzählige Male änderte er seine Haltung, fuhr sich mit der Hand über den Bart und durchs Haar und sah an seiner schmutzigen Gestalt herab. Unterdessen saßen Berenguer d'Erill und Nicolau Eimeric in goldfunkelnden Gewändern bequem hinter ihrem Tisch verschanzt und beobachteten ihn unauffällig, bevor sie weitertuschelten.

Schließlich wandte sich Nicolau Eimeric mit donnernder Stimme an ihn: »Arnau Estanyol, ich weiß, dass du gesündigt hast.«

Die Befragung begann. Arnau atmete tief ein.

»Ich weiß nicht, wovon Ihr sprecht. Ich bin, so glaube ich, immer ein guter Christ gewesen, der versucht hat ...«

»Du selbst hast vor diesem Tribunal zugegeben, niemals körperliche Beziehungen zu deiner Gattin unterhalten zu haben. Verhält sich so ein guter Christ?«

»Ich kann keine fleischlichen Beziehungen unterhalten. Ich weiß nicht, ob Euch bekannt ist, dass ich schon einmal verheiratet war. Auch damals konnte ich keine Kinder bekommen.«

»Willst du damit sagen, dass es sich um ein körperliches Problem handelt?«, erkundigte sich der Bischof.

»Ja.«

Eimeric sah Arnau eine Weile an. Er stützte die Ellenbogen auf den Tisch, verschränkte die Hände und stützte das Kinn darauf. Dann wandte er sich an den Schreiber und flüsterte ihm etwas zu.

»Aussage von Juli Andreu, Pfarrer an der Kirche Santa María del Mar«, las der Schreiber, über seine Unterlagen gebeugt. »Ich, Juli Andreu, Priester an der Kirche Santa María del Mar, erkläre auf Befragen des Generalinquisitors von Katalonien, im März des Jahres 1364 eine Unterhaltung mit Arnau Estanyol, Baron von Katalonien, geführt zu haben. Dies geschah auf Bitten seiner Frau Doña Elionor, Baronin und Ziehtochter König Pedros, die in großer Sorge war, weil ihr Mann seine ehelichen Pflichten vernachlässigte. Ich erkläre, dass Arnau Estanyol mir gestand, seine Frau ziehe ihn nicht an, und sein Körper weigere sich, Doña Elionor beizuwohnen. Dass er sich körperlich wohl befinde, indes seinen Körper nicht zwingen könne, eine Frau zu begehren, die er nicht begehre. Ihm sei bewusst, dass er eine Sünde begehe«, Nicolau Eimeric sah Arnau scharf an, »weshalb er oft in der Kirche Santa María bete und großzügig für den Bau der Kirche stifte.«

Es wurde wieder still im Saal. Nicolau ließ Arnau nicht aus den Augen.

»Hältst du immer noch daran fest, dass es sich um ein körperliches Problem handelt?«, fragte der Inquisitor schließlich.

Arnau erinnert sich an das Gespräch, nicht jedoch an den genauen Wortlaut.

»Ich weiß nicht mehr, was ich damals gesagt habe.«

»Du gibst also zu, mit Pater Juli Andreu gesprochen zu haben?«

»Ja.«

Arnau hörte die Feder des Schreibers über das Pergament kratzen.

»Aber du ziehst die Aussage eines Gottesmannes in Zweifel. Welches Interesse sollte ein Geistlicher daran haben, falsch gegen dich auszusagen?«

»Er könnte sich irren. Sich nicht genau erinnern, was damals gesprochen wurde . . .«

»Du willst also sagen, dass ein Priester, wenn er Zweifel daran hätte, was gesprochen wurde, so aussagen würde, wie es Pater Juli Andreu getan hat?«

»Ich sage nur, dass er sich irren könnte.«

»Pater Juli Andreu gehört nicht zu deinen Feinden, nicht wahr?«, warf der Bischof ein.

»Ich habe ihn nicht für einen solchen gehalten.«

Nicolau wandte sich erneut an den Schreiber.

»Aussage von Pere Salvete, Kanoniker an der Kirche Santa María del Mar. ›Ich, Pere Salvete, Kanoniker an der Kirche Santa María del Mar, erkläre auf Befragen des Generalinquisitors von Katalonien, dass während der Ostermesse des Jahres 1367 einige Bürger in die Kirche kamen, um von dem Raub einer Hostie durch Ketzer zu berichten. Die Messe wurde unterbrochen, und die Gläubigen verließen die Kirche, mit Ausnahme des Seekonsuls Arnau Estanyol und seiner Gemahlin Doña Elionor.‹«

»Geh doch zu deiner jüdischen Geliebten!« Elionors Worte klangen ihm wieder in den Ohren, und auch jetzt lief es ihm kalt über den Rücken, genau wie damals. Arnau sah auf. Nicolau ließ ihn nicht aus den Augen . . . Und er lächelte. Hatte er seine Reaktion bemerkt?

Der Schreiber las weiter: ». . . worauf der Konsul ihr zur Antwort gab, dass Gott ihn nicht zwingen könne, mit ihr zu schlafen . . .«

Nicolau bat den Schreiber zu schweigen. Sein Lächeln erstarb.

»Lügt der Kanoniker ebenfalls?«

»Geh doch zu deiner jüdischen Geliebten!« Weshalb hatte er den Schreiber nicht zu Ende lesen lassen? Was hatte Nicolau vor? Deine jüdische Geliebte, deine jüdische Geliebte . . . die Flammen, die an Hasdais Körper emporzüngelten, die Stille, die aufgebrachte Menge, die stumm Genugtuung forderte, Worte schreiend, die ihre Münder nicht verließen, Elionor, die mit dem Finger auf ihn zeigte, Nicolau und der Bischof, die zu ihm herübersahen ... und Raquel, die sich an ihn klammerte.

»Lügt der Kanoniker ebenfalls?«, wiederholte Nicolau.

»Ich habe niemanden der Lüge beschuldigt«, verteidigte sich Arnau. Er musste nachdenken.

»Stellst du die göttlichen Gebote in Abrede? Verweigerst du dich den Pflichten eines christlichen Ehemannes?«

»Nein ... nein«, stotterte Arnau.

»Also?«

»Also was?«

»Stellst du die göttlichen Gebote in Abrede?« Nicolau erhob die Stimme.

Die Worte hallten von den steinernen Wänden des großen Saales wider. Arnaus Beine waren taub, nach so vielen Tagen im Verlies.

»Das Tribunal kann dir dein Schweigen als Geständnis auslegen«, erklärte der Bischof.

»Nein. Ich stelle sie nicht in Abrede.« Seine Beine begannen zu schmerzen. »Weshalb hat das Sanctum Officium solches Interesse an meinem Verhältnis zu Doña Elionor? Ist es etwa eine Sünde, sich ...«

»Damit das klar ist, Arnau«, unterbrach ihn der Inquisitor, »die Fragen stellt das Tribunal.«

»Nun, so fragt.«

Nicolau beobachtete, wie Arnau unruhig von einem Fuß auf den anderen trat und immer wieder seine Haltung änderte.

»Es fängt an, ihm wehzutun«, flüsterte er Berenguer d'Erill ins Ohr.

»Lassen wir ihn darüber nachdenken«, antwortete der Bischof.

Sie begannen erneut zu tuscheln, und Arnau spürte wieder die vier Augenpaare der Dominikaner auf sich ruhen. Seine Beine schmerzten, aber er musste durchhalten. Er durfte nicht vor Nicolau Eimeric in die Knie gehen. Was würde geschehen, wenn er zusammenbrach? Er brauchte ... einen Stein! Einen Stein auf seinem Rücken, einen langen Weg, den er mit einem Stein für seine Madonna zurücklegen musste. ›Wo bist du jetzt? Sind diese Männer wirklich deine Stellvertreter auf Erden?‹ Er war noch ein Kind gewesen ... Warum sollte er jetzt nicht durchhalten? Er hatte einen Stein durch ganz Barcelona geschleppt, der mehr wog als er selbst, er hatte geschwitzt und geblutet, während er die aufmunternden Rufe der Leute hörte. War ihm nichts mehr von dieser Stärke geblieben? Sollte ihn ein fanatischer Pfaffe bezwingen? Ihn, den jungen *Bastaix*, den alle Halbwüchsigen in der Stadt bewundert hatten? Schritt für Schritt hatte er sich nach Santa María geschleppt, um dann nach Hause zu gehen und sich auszuruhen für den nächsten Tag. Zu Hause . . . die braunen Augen, große braune Augen. Und da, in diesem Moment wurde ihm klar, dass die Besucherin in dem dunklen Verlies Aledis gewesen war. Die Erkenntnis ließ ihn beinahe zu Boden gehen.

Nicolau Eimeric und Berenguer d'Erill wechselten einen Blick, als sie sahen, wie Arnau sich straffte. Zum ersten Mal schaute einer der Dominikaner zur Mitte des Tisches.

»Er bricht nicht ein«, flüsterte der Bischof nervös.

»Wo befriedigst du deine Instinkte?«, fragte Nicolau mit donnernder Stimme.

Deshalb hatte sie seinen Namen gewusst. Ihre Stimme . . . ja, natürlich. Das war die Stimme, die er so oft am Hang des Montjuïc gehört hatte.

»Arnau Estanyol!« Die Stimme des Inquisitors brachte ihn in die Realität zurück. »Ich fragte, wo du deine Instinkte befriedigst.«

»Ich verstehe Eure Frage nicht.«

»Du bist ein Mann. Du unterhältst seit Jahren keine fleischlichen Beziehungen zu deiner Frau. Es ist ganz einfach: Wo befriedigst du deine Bedürfnisse als Mann?«

»Seit ebenso vielen Jahren habe ich keinerlei Kontakt zu einer Frau.«

Er hatte geantwortet, ohne zu überlegen. Der Kerkermeister hatte behauptet, sie sei seine Mutter.

»Du lügst!« Arnau zuckte zusammen. »Das Tribunal selbst hat dich in Umarmung mit einer Ketzerin gesehen. Ist das kein Kontakt mit einer Frau?«

»Nicht jener, von dem Ihr sprecht.«

»Was kann einen Mann und eine Frau dazu treiben, sich in der Öffentlichkeit zu umarmen, außer . . .« Nicolau fuchtelte mit den Händen, »außer der Wollust?«

»Schmerz.«

»Welcher Schmerz?«, fragte der Bischof.

»Welcher Schmerz?«, setzte Nicolau angesichts seines Schweigens nach. Arnau schwieg. Die Flammen des Scheiterhaufens erhellten den Raum. »Wegen der Hinrichtung eines Ketzers, der eine geweihte Hostie schändete?«, fragte der Inquisitor und richtete seinen beringten Finger auf ihn. »Ist das der Schmerz, den du als guter Christ empfindest? Wegen der gerechten Vergeltung an einem ruchlosen Verbrecher, einem Gotteslästerer, einem gemeinen Dieb?«

»Er war es nicht!«, schrie Arnau.

Sämtliche Mitglieder des Tribunals, auch der Schreiber, fuhren auf ihren Stühlen hoch.

»Die drei haben ihre Schuld eingestanden. Weshalb verteidigst du die Ketzer? Die Juden . . .«

»Die Juden! Die Juden!«, entgegnete er. »Was haben die Juden denn verbrochen?«

»Weißt du das nicht?«, fragte der Inquisitor und erhob die Stimme. »Sie haben Jesus Christus ans Kreuz geschlagen!«

»Haben sie nicht oft genug mit ihrem eigenen Leben dafür gebüßt?«

Arnau sah die Blicke sämtlicher Tribunalsmitglieder auf sich gerichtet. Alle hatten sich auf ihren Stühlen aufgerichtet.

»Du plädierst dafür, zu verzeihen?«, fragte Berenguer d'Erill.

»Hat es uns der Herr nicht so gelehrt?«

»Der einzige Weg ist die Bekehrung! Man kann niemandem vergeben, der nicht bereut«, brüllte Nicolau.

»Ihr sprecht von etwas, das vor mehr als dreizehnhundert Jahren geschah. Was soll ein Jude bereuen, der in unserer Zeit geboren wird? Er trägt keine Schuld an dem, was damals geschehen sein mag.«

»Jeder, der dem jüdischen Glauben anhängt, ist für das verantwortlich, was seine Vorfahren taten. Er nimmt ihre Schuld an.«

»Sie folgen nur ihrem Glauben, ihren Überzeugungen, genau wie wir . . .« Nicolau und Berenguer zuckten zusammen. »Genau wie wir«, wiederholte Arnau mit fester Stimme.

»Du setzt den christlichen Glauben mit der Häresie gleich?«, entfuhr es dem Bischof.

»Solche Vergleiche stehen mir nicht zu. Diese Aufgabe überlasse ich Euch, den Männern Gottes. Ich habe lediglich gesagt . . .«

»Wir wissen genau, was du gesagt hast!«, unterbrach ihn Nicolau

Eimeric. »Du hast den einzig wahren, den christlichen Glauben mit den häretischen Lehren der Juden gleichgesetzt.«

Arnau sah das Tribunal an. Der Notar schrieb weiter in seinen Akten. Sogar die Soldaten, die reglos hinter ihm an der Tür standen, schienen zuzuhören, wie die Feder über das Pergament kratzte. Nicolau lächelte, und das Kratzen der Feder verursachte Arnau eine Gänsehaut. Ein Zittern durchlief seinen gesamten Körper. Der Inquisitor bemerkte es und lächelte unverhohlen. Ja, schien sein Blick zu sagen, das ist deine Aussage.

»Sie sind genau wie wir«, beteuerte Arnau.

Nicolau bedeutete ihm zu schweigen.

Der Notar schrieb noch eine Weile weiter. Das sind deine Worte, schien ihm der Blick des Inquisitors noch einmal zu sagen. Als der Schreiber die Feder hinlegte, lächelte Nicolau erneut.

»Der Prozess wird auf morgen vertagt«, verkündete er und erhob sich von seinem Platz.

Mar hatte keine Lust mehr, Joan länger zuzuhören.

»Wo gehst du hin?«, fragte Aledis. Mar sah sie an. »Schon wieder? Du warst jeden Tag dort und hast es nicht geschafft . . .«

»Sie weiß, dass ich dort bin und dass ich nicht vergessen werde, was sie mir angetan hat.« Joan ließ den Kopf hängen. »Ich sehe sie durch das Fenster und gebe ihr zu verstehen, dass Arnau mir gehört. Ich sehe es in ihren Augen, und ich habe vor, sie jeden Tag ihres Lebens daran zu erinnern. Ich will, dass sie in jedem Augenblick merkt, dass ich gewonnen habe.«

Aledis sah ihr hinterher, als sie den Gasthof verließ. Mar ging denselben Weg wie jeden Tag, seit sie in Barcelona war, bis sie vor dem Portal des Stadtpalasts in der Calle Montcada stand. Dort betätigte sie mit Nachdruck den Türklopfer. Elionor würde sich weigern, sie zu empfangen, aber sie sollte wissen, dass sie dort unten stand.

Wie jeden Tag öffnete der alte Diener das Guckloch.

»Señora«, sagte er durch das Fensterchen hindurch, »Ihr wisst doch, dass Doña Elionor . . .«

»Öffne die Tür. Ich will sie nur sehen, und sei es lediglich durch das Fenster, hinter dem sie sich versteckt.«

»Aber sie will das nicht, Señora.«

»Weiß sie, wer ich bin?«

Mar sah, wie Pere sich zu den Fenstern des Palasts umwandte.

»Ja.«

Mar betätigte erneut den Türklopfer.

»Hört auf, Señora, oder Doña Elionor wird die Soldaten rufen lassen«, riet ihr der Alte.

»Mach auf, Pere.«

»Sie will Euch nicht sehen, Señora.«

Mar spürte, wie sich eine Hand auf ihre Schulter legte und sie zur Seite schob.

»Vielleicht will sie ja mich sehen«, hörte sie eine Stimme sagen. Ein Mann trat an das Guckfenster.

»Guillem!«, rief Mar und stürzte sich auf ihn.

»Erinnerst du dich noch an mich, Pere?«, fragte der Maure, während Mar an seinem Hals hing.

»Natürlich erinnere ich mich.«

»Dann sag deiner Herrin, dass ich sie sprechen möchte.«

Als der alte Diener das Fensterchen schloss, fasste Guillem Mar um die Taille und hob sie hoch. Lachend ließ sich Mar herumwirbeln. Dann stellte Guillem sie wieder auf den Boden, fasste sie bei den Händen und schob sie ein Stückchen von sich weg, um sie zu betrachten.

»Mein kleines Mädchen«, sagte er mit brüchiger Stimme. »Wie oft habe ich davon geträumt, dich so herumzuwirbeln. Aber mittlerweile bist du viel schwerer. Du bist eine Frau geworden . . .«

Mar machte sich los und schmiegte sich an ihn.

»Warum hast du mich im Stich gelassen?«, fragte sie schluchzend.

»Ich war nur ein Sklave, meine Kleine. Was konnte ein einfacher Sklave schon tun?«

»Du warst wie ein Vater für mich.«

»Und jetzt nicht mehr?«

»Du wirst es immer sein.«

Mar umarmte Guillem innig. »Du wirst es immer sein«, dachte der Maure. »Wie viel Zeit habe ich in der Ferne vergeudet?« Er sah zu dem Fensterchen.

»Doña Elionor will auch Euch nicht sehen«, war von innen zu hören.«

»Sag ihr, dass sie von mir hören wird.«

Die Soldaten brachten ihn ins Verlies zurück. Während der Kerkermeister ihn wieder ankettete, sah Arnau unverwandt zu der Gestalt hinüber, die am anderen Ende des düsteren Raumes auf dem Boden kauerte. Er blieb auch noch stehen, als der Wärter den Kerker verließ.

»Was hast du mit Aledis zu tun?«, rief er der alten Frau zu, als die Schritte draußen im Gang verhallten. »Was wollte sie hier? Warum besucht sie dich?«

Die Antwort bestand in Schweigen. Arnau erinnerte sich an jene riesigen, braunen Augen.

»Was haben Aledis und Mar miteinander zu tun?«, bat er die Gestalt.

Arnau versuchte zumindest den Atem der Alten zu hören, doch von überall übertönte Keuchen und Röcheln das Schweigen, mit dem Francesca ihm antwortete. Arnau sah an den Wänden des Verlieses entlang. Niemand schenkte ihm die geringste Beachtung.

Als der Gastwirt Mar in Begleitung eines vornehm gekleideten Mauren hereinkommen sah, hörte er auf, in dem großen Topf zu rühren, der über dem Feuer hing. Seine Nervosität stieg, als hinter ihnen zwei Sklaven erschienen, die Guillems Gepäck schleppten. Weshalb hatte er sich nicht im Handelshof einquartiert wie die anderen Händler?, überlegte der Wirt, während er zu ihm ging, um ihn zu begrüßen.

»Es ist eine Ehre für dieses Haus«, sagte er und machte eine übertriebene Verbeugung.

Guillem wartete, bis der Wirt mit seiner Lobhudelei am Ende war.

»Können wir bei dir unterkommen?«

»Ja. Die Sklaven können im Stall . . .«

»Wir sind zu dritt«, unterbrach Guillem ihn. »Zwei Zimmer. Eins für mich und eins für sie.«

Der Wirt sah die beiden Jungen mit den großen dunklen Augen und dem krausen Haar an, die stumm hinter ihrem Herrn warteten.

»Ganz wie Ihr wünscht«, antwortete er. »Folgt mir.«

»Sie werden sich um alles kümmern. Bringt uns ein wenig Wasser.«

Guillem führte Mar zu einem der Tische. Sie waren alleine im Schankraum.

»Heute hat der Prozess begonnen, sagst du?«

»Ja, aber genau weiß ich es nicht. Eigentlich weiß ich gar nichts. Ich konnte ihn nicht einmal sehen.«

Guillem merkte, wie Mars Stimme versagte. Er streckte die Hand aus, um sie zu trösten, doch dann ließ er sie wieder sinken. Sie war kein Kind mehr, und er ... letztendlich war er nur ein Maure. Niemand sollte auf falsche Gedanken kommen. Vor Elionors Palast war er schon zu weit gegangen. Mars Hand kam näher und legte sich auf die seine.

»Ich bin noch dieselbe. Für dich werde ich immer dieselbe sein.«

Guillem lächelte.

»Und dein Mann?«

»Er ist gestorben.«

Mars Gesicht ließ keinen Kummer erkennen. Guillem wechselte das Thema.

»Wurde etwas für Arnau unternommen?«

Mar verzog den Mund, ihre Augen verengten sich.

»Wie meinst du das? Wir konnten nichts tun ...«

»Und Joan? Joan ist Inquisitor. Hast du etwas von ihm gehört? Ist er nicht für Arnau eingetreten?«

»Dieser Pfaffe?« Mar lächelte nur müde und schwieg. Warum sollte sie ihm davon erzählen? Die Sache mit Arnau genügte, und schließlich war Guillem seinetwegen hier. »Nein, er hat nichts unternommen. Schlimmer noch: Er hat den Generalinquisitor gegen sich. Er wohnt hier bei uns.«

»Bei euch?«

»Ja. Ich habe eine Witwe namens Aledis kennengelernt, die mit ihren beiden Töchtern hier wohnt. Sie ist eine Freundin von Arnau aus Kindertagen. Offensichtlich war sie zufällig auf der Durchreise in Barcelona, als er verhaftet wurde. Ich teile das Zimmer mit ihnen. Sie ist eine sehr angenehme Frau. Beim Essen wirst du alle kennenlernen.«

Guillem drückte Mars Hand.

»Und wie ist es dir ergangen?«, fragte sie ihn.

Mar und Guillem erzählten sich, was in den fünf Jahren, die sie getrennt gewesen waren, geschehen war, wobei Mar es vermied, über Joan zu sprechen. Als die Sonne bereits hoch am Himmel über Barcelona stand, erschienen zunächst Teresa und Eulàlia. Sie waren erhitzt, aber glücklich, doch das Lächeln verschwand von ihren hübschen Gesichtern, als sie Mar sahen und wieder an Francesca dachten, die im Kerker saß.

Sie waren durch die ganze Stadt gelaufen und hatten die neue Identität genossen, die ihnen ihre Verkleidung als jungfräuliche Waisenmädchen verschaffte. Noch nie zuvor hatten sie sich so frei bewegen können, denn sie waren von Gesetz wegen gezwungen, farbige Seidenstoffe zu tragen, damit sie für jeden als Huren zu erkennen waren.

»Sollen wir?«, schlug Teresa vor und deutete auf den Eingang der Kirche Sant Jaume. Sie flüsterte, als befürchtete sie, allein der Gedanke könne den Zorn von ganz Barcelona entfesseln. Doch nichts geschah. Die Gläubigen, die sich in der Kirche befanden, schenkten ihnen genauso wenig Beachtung wie der Pfarrer, an dem sie mit gesenktem Blick und eng aneinandergedrückt vorbeihuschten.

Von der Calle de la Boquería gingen sie plaudernd und lachend in Richtung Meer. Wären sie die Calle del Bisbe entlanggegangen bis zur Plaza Nova, hätten sie dort Aledis getroffen, die zu den Fenstern des Bischofspalasts hinaufsah und in jeder Gestalt, die sich hinter den Scheiben abzeichnete, Arnau oder Francesca zu erkennen versuchte. Sie wusste nicht einmal, hinter welchen Fenstern Arnau der Prozess gemacht wurde! Ob Francesca ausgesagt hatte? Joan wusste nichts von ihr. Aledis blickte von Fenster zu Fenster. Bestimmt, aber wozu ihm von ihr erzählen, wenn er doch nichts tun konnte. Arnau war stark, und Francesca ... Diese Leute kannten Francesca nicht.

»Was lungerst du hier herum?« Neben Aledis stand ein Soldat der Inquisition. Sie hatte ihn nicht kommen gesehen. »Was schaust du so neugierig?«

Aledis fuhr zusammen und lief davon, ohne zu antworten. »Ihr kennt Francesca nicht«, dachte sie. »Keine Folter wird sie dazu bringen, das Geheimnis zu verraten, das sie ein Leben lang für sich behalten hat.«

Bevor Aledis den Gasthof erreichte, traf Joan ein. Er trug einen sauberen Habit, den er im Kloster Sant Pere de les Puelles erhalten hatte. Als er Guillem bei Mar und den beiden Mädchen sitzen sah, blieb er mitten im Schankraum stehen.

Guillem sah ihn aufmerksam an. War das eben ein Lächeln gewesen oder ein Ausdruck des Missfallens?

Joan hätte es selbst nicht sagen können. Ob Mar ihm von der Entführung erzählt hatte?

Guillem kam wieder in den Sinn, wie der Mönch ihn behandelt hatte, als er noch bei Arnau gewesen war, doch dies war nicht der richtige Moment, um nachtragend zu sein. Sie mussten gemeinsam handeln, um Arnau zu helfen.

»Wie geht es dir, Joan?«, erkundigte er sich und fasste den Mönch bei den Schultern. »Was ist denn mit deinem Gesicht passiert?«, setzte er hinzu, als er die blauen Flecke bemerkte.

Joan blickte zu Mar herüber, doch die sah ihn genauso hart und ausdruckslos an wie stets, seit er sie aufgesucht hatte. Aber Guillem konnte nicht so zynisch sein zu fragen, obwohl er wusste ...

»Eine unangenehme Begegnung«, antwortete er. »So etwas kommt auch bei Mönchen vor.«

»Ich vermute, du hast die Missetäter bereits exkommuniziert – steht es so nicht im Landfrieden?«, sagte Guillem lächelnd, während er den Mönch zum Tisch führte. Joan und Mar wechselten einen Blick. »Ist es nicht so, dass jeder aus der Kirche ausgeschlossen wird, der den Frieden gegen unbewaffnete Geistliche bricht? Du warst doch nicht etwa bewaffnet, Joan?«

Guillem hatte keine Gelegenheit, die Spannung zwischen Mar und dem Mönch zu bemerken, denn in diesem Moment erschien Aledis. Die Vorstellung fiel kurz aus, denn Guillem wollte mit Joan sprechen.

»Du bist Inquisitor«, sagte er zu ihm. »Wie schätzt du Arnaus Lage ein?«

»Ich glaube, Nicolau will ihn unbedingt verurteilen, aber er kann nicht viel gegen ihn in der Hand haben. Meiner Meinung nach wird er mit öffentlicher Buße und einer empfindlichen Geldstrafe davonkommen, denn das ist es, was Eimeric interessiert. Ich kenne Arnau. Er hat niemandem etwas zuleide getan. Selbst wenn Elionor ihn angezeigt haben sollte, können sie nicht ...«

»Und wenn Elionors Aussage von mehreren Priestern gestützt würde?« Joan erschrak. »Würde ein Priester eine Nichtigkeit zur Anzeige bringen?«

»Was genau meinst du damit?«

»Das tut nichts zur Sache«, sagte Guillem und dachte an Jucefs Brief. »Antworte mir. Was geschieht, wenn die Anzeige von mehreren Priestern gestützt wird?«

Aledis hörte nicht, was Joan antwortete. Sollte sie erzählen, was sie wusste? Konnte dieser Maure etwas unternehmen? Er war reich, und offenbar . . . Eulàlia und Teresa sahen sie an.

»Es geht noch um viel mehr«, unterbrach Aledis Joans Mutmaßungen.

Die beiden Männer und Mar sahen sie an.

»Ich werde euch nicht sagen, wie ich davon erfuhr, und ich werde nie wieder über die Sache sprechen, nachdem ich alles erzählt habe. Seid ihr damit einverstanden?«

»Was soll das heißen?«, fragte Joan.

»Das ist doch völlig klar«, fuhr Mar ihn an.

Guillem sah Mar überrascht an. Weshalb sprach sie so mit ihm? Er beobachtete Joan, doch der hatte den Blick gesenkt.

»Fahr fort, Aledis. Wir sind einverstanden«, erklärte Guillem.

»Erinnert ihr euch an die beiden Adligen, die hier im Gasthof wohnen?«

Als Guillem den Namen Genís Puig hörte, unterbrach er Aledis.

»Er hat eine Schwester namens Margarida«, erklärte ihm diese.

Guillem schlug die Hände vors Gesicht.

»Wohnen sie noch hier?«, fragte er.

Aledis berichtete weiter, was ihre Mädchen herausgefunden hatten. Eulàlias Schäferstündchen mit Genís Puig war nicht vergebens gewesen. Nachdem er, vom Wein berauscht, sein Verlangen mit ihr befriedigt hatte, hatte er sich damit gebrüstet, welche Vorwürfe sie vor dem Inquisitor gegen Arnau erhoben hatten.

»Sie behaupten, Arnau habe den Leichnam seines Vaters verbrannt«, erzählte Aledis. »Ich kann das nicht glauben . . .«

Joan würgte. Alle drehten sich zu ihm um. Der Mönch presste die Hand auf den Mund. Er sah elend aus. Die Dunkelheit, Bernats Körper, der auf dem improvisierten Schafott baumelte, die Flammen . . .

»Was sagst du nun, Joan?«, hörte er Guillem fragen.

»Sie werden ihn hinrichten«, brachte er heraus, bevor er aus dem Raum stürzte, die Hand auf den Mund gepresst.

Joans Urteil hing in der Luft. Alle starrten vor sich hin.

»Was ist da zwischen Joan und dir?«, fragte Guillem Mar leise, als der Mönch nach einer ganzen Weile immer noch nicht wieder erschienen war.

»Nichts«, antwortete sie. »Du weißt doch, dass wir uns noch nie gut verstanden haben.«

Mar wich Guillems Blick aus.

»Erzählst du es mir irgendwann einmal?«

Mar senkte den Blick.

54

as Tribunal war bereits zusammengetreten. Die vier Dominikaner und der Schreiber saßen hinter dem Tisch, die Wachen standen an der Tür, und Arnau wartete in der Mitte des Raumes. Er war genauso schmutzig wie am Tag zuvor.

Kurz darauf betraten Nicolau Eimeric und Berenguer d'Erill, Prunk und Hochmut vor sich hertragend, den Saal. Die Soldaten salutierten, und die übrigen Mitglieder des Tribunals erhoben sich, bis die beiden ihre Plätze eingenommen hatten.

»Die Verhandlung ist eröffnet«, sagte Nicolau, und dann, an Arnau gewandt: »Ich erinnere dich daran, dass du nach wie vor unter Eid stehst.«

»Dieser Mann«, hatte er dem Bischof auf dem Weg zum Gerichtssaal gesagt, »wird eher wegen des geleisteten Eids sprechen als aus Angst vor der Folter.«

»Verlies noch einmal die letzten Worte des Gefangenen«, wandte sich Nicolau nun an den Schreiber.

»Sie folgen nur ihrem Glauben und ihren Überzeugungen, genau wie wir.« Seine eigene Aussage traf ihn wie ein Schlag ins Gesicht. Während seine Gedanken ständig bei Mar und Aledis waren, hatte er die ganze Nacht darüber nachgegrübelt, was er gesagt hatte. Nicolau hatte ihm keine Möglichkeit gegeben, sich näher zu erklären, aber was gab es da auch zu erklären? Was sollte er diesen Ketzerjägern sein Verhältnis zu Raquel und ihrer Familie darlegen? Der Schreiber las weiter. Er durfte die Ermittlungen nicht auf Raquel lenken. Die Familie hatte schon genug unter Hasdais Tod gelitten, um ihnen nun auch noch die Inquisition auf den Hals zu hetzen ...

»Bist du der Ansicht, der christliche Glaube reduziere sich auf Überzeugungen oder Glaubenslehren, die der Mensch nach Belieben annehmen könne?«, fragte Berenguer d'Erill. »Vermag ein einfacher Sterblicher über die göttlichen Gebote zu urteilen?«

Warum nicht? Arnau sah Nicolau an. Waren er und seinesgleichen keine einfachen Sterblichen? Sie würden ihn verbrennen. Sie würden ihn verbrennen, wie sie Hasdai und so viele andere verbrannt hatten. Es lief ihm kalt den Rücken herunter.

»Ich habe mich nicht korrekt ausgedrückt«, sagte er schließlich.

»Wie würdest du es denn richtig ausdrücken?«, hakte Nicolau nach.

»Ich weiß es nicht. Ich habe nicht Eure Kenntnisse. Ich kann nur sagen, dass ich an Gott glaube, dass ich ein guter Christ bin und mich stets an Seine Lehren gehalten habe.«

»Entspricht es für dich der göttlichen Lehre, den Leichnam deines Vaters zu verbrennen?«, brüllte der Inquisitor, während er aufsprang und mit beiden Händen auf die Tischplatte einschlug.

Raquel erschien im Schutz der Dunkelheit im Haus ihres Bruders, wie sie mit diesem vereinbart hatte.

»Sahat!« Mehr brachte sie nicht heraus, während sie in der Tür stehen blieb.

Guillem erhob sich vom Tisch, an dem er mit Jucef gesessen hatte.

»Es tut mir leid, Raquel.«

Die Frau verzog schmerzlich das Gesicht. Guillem stand einige Schritte entfernt, aber eine kaum merkliche Bewegung von ihr genügte, damit er zu ihr trat und sie umarmte. Guillem drückte sie an sich und wollte sie trösten, doch seine Stimme versagte. »Lass den Tränen freien Lauf, Raquel«, dachte er, »damit das Brennen in deinen Augen aufhört.«

Nach wenigen Momenten machte sich Raquel von Guillem los und wischte ihre Tränen weg.

»Du bist wegen Arnau hier, nicht wahr?«, fragte sie, nachdem sie sich wieder gefasst hatte. Als Guillem nickte, setzte sie hinzu: »Du musst ihm helfen. Wir können nicht viel tun, ohne alles noch schlimmer zu machen.«

»Ich sagte deinem Bruder gerade, dass ich ein Empfehlungsschreiben für den Hof brauche.«

Raquel sah ihren Bruder, der am Tisch sitzen geblieben war, fragend an.

»Und wir werden es bekommen«, beteuerte er. »Infant Don Juan und sein Gefolge, Mitglieder des königlichen Hofstaats und weitere führende Männer des Landes haben sich zum Parlament in Barcelona versammelt, um die Sardinienfrage zu erörtern. Es ist ein guter Augenblick.«

»Was hast du vor, Sahat?«, fragte Raquel.

»Ich weiß es noch nicht. Du hast mir geschrieben, der König sei mit dem Inquisitor verfeindet«, setzte er dann, an Jucef gewandt, hinzu. Dieser nickte. »Und was ist mit seinem Sohn?«

»Der noch viel mehr«, sagte Jucef. »Der Infant ist ein Mäzen der Kunst und der Kultur. Er liebt Musik und Poesie, und an seinem Hof in Gerona versammeln sich Dichter und Philosophen. Keiner von ihnen heißt Eimerics Angriff auf Ramon Llull gut. Die Inquisition genießt bei den katalanischen Denkern kein hohes Ansehen. Anfang des Jahrhunderts wurden vierzehn Werke des Arztes Arnau de Vilanova als ketzerisch verurteilt. Eimeric selbst erklärte das Werk des Nicolás de Calabria zur Häresie, und nun verfolgen sie mit Ramon Llull einen weiteren großen Gelehrten. Aus Angst davor, wie Eimeric ihre Texte auslegen könnte, wagen es nur noch wenige, überhaupt zu schreiben. Nicolás de Calabria endete auf dem Scheiterhaufen. Und wenn jemand etwas gegen die Pläne des Inquisitors haben könnte, seine Rechtsprechung auf die jüdischen Gemeinden Kataloniens auszuweiten, so ist es der Infant, bedenkt man, dass dieser von den Steuern lebt, die wir ihm zahlen. Er wird dich anhören«, sagte Jucef überzeugt. »Doch mach dir nichts vor. Er wird sich kaum direkt mit der Inquisition anlegen.«

Guillem nickte still.

Nicolau stand vor Arnau, die Hände auf die Tischplatte gestützt. Sein Gesicht war rot angelaufen.

»Dein Vater«, zischte er, »war ein Teufel, der das Volk aufhetzte. Deshalb wurde er hingerichtet, und deshalb hast du ihn verbrannt, damit er wie ein Teufel stirbt.«

Mit diesen Worten endete Nicolau, während er mit dem Finger auf Arnau zeigte.

Woher wusste er das? Nur eine Person wusste davon . . . Die Feder des Schreibers kratzte über das Pergament. Es konnte einfach nicht sein. Nicht Joan . . . Arnau spürte, wie seine Beine nachgaben.

»Bestreitest du, den Leichnam deines Vaters verbrannt zu haben?«, fragte Berenguer d'Erill.

Joan konnte ihn nicht denunziert haben!

»Bestreitest du es?«, donnerte Nicolau.

Die Gesichter der Tribunalsmitglieder verschwammen. Arnau kämpfte mit der Übelkeit.

»Wir hatten Hunger!«, brach es aus ihm heraus. »Habt Ihr schon einmal gehungert?« Das violett verfärbte Gesicht seines Vaters mit der heraushängenden Zunge verschwamm mit den Gesichtern derer, die ihn nun ansahen. Hatte Joan ihn verraten? War er deshalb nicht mehr zu ihm gekommen?

»Wir hatten Hunger!« Ich an deiner Stelle würde mich nicht unterwerfen, hörte Arnau seinen Vater sagen. »Habt Ihr schon einmal gehungert?«

Arnau wollte sich auf Nicolau stürzen, der immer noch selbstherrlich vor ihm stand und ihn durchdringend ansah, doch bevor er ihn zu packen bekam, waren die Soldaten zur Stelle und schleiften ihn wieder in die Mitte des Raumes.

»Hast du deinen Vater verbrannt wie einen Dämon?«, brüllte Nicolau noch einmal.

»Mein Vater war kein Dämon!«, brüllte Arnau zurück, während er sich zwischen den Soldaten aufbäumte, die ihn festhielten.

»Aber du hast seinen Leichnam verbrannt.«

Warum hast du das getan, Joan? Du warst mein Bruder, und Bernat ... Bernat hat dich geliebt wie einen Sohn. Arnau ließ den Kopf hängen und gab seinen Widerstand auf. Warum?

»Hast du auf Befehl deiner Mutter gehandelt?«

Arnau hob willenlos den Kopf.

»Deine Mutter ist eine Hexe, die das dämonische Leiden der Fallsucht weitergibt«, erklärte der Bischof.

Was redeten diese Männer da?

»Dein Vater hat einen Jungen ermordet, um dich zu befreien. Gestehst du das?«, schrie Nicolau.

»Was?«, brachte Arnau heraus.

»Auch du« – mit diesen Worten deutete Nicolau auf ihn – »hast einen Christenjungen getötet. Was hattest du mit ihm vor?«

»Haben deine Eltern es dir befohlen?«, fragte der Bischof.

»Wolltest du sein Herz?«, drang Nicolau in ihn.

»Wie viele Kinder hast du ermordet?«

»In welchem Verhältnis stehst du zu den Ketzern?«

Der Inquisitor und der Bischof bombardierten ihn mit Fragen. Arnau ließ erneut den Kopf hängen. Er zitterte.

»Gestehst du?«

Arnau rührte sich nicht. Das Tribunal ließ die Zeit verstreichen. Arnau hing kraftlos zwischen den Wachen. Schließlich gab Nicolau den Soldaten ein Zeichen, den Gefangenen aus dem Saal zu bringen. Arnau merkte, wie sie ihn davonschleiften.

»Wartet!«, befahl der Inquisitor, als sie schon an der Tür standen. Die Soldaten wandten sich zu ihm um. »Arnau Estanyol!«, rief er, und noch einmal: »Arnau Estanyol!«

Arnau hob langsam den Kopf und sah Nicolau an.

»Bringt ihn weg«, sagte der Inquisitor, nachdem er Arnau prüfend angesehen hatte. »Notiert, Schreiber«, hörte Arnau im Hinausgehen Nicolau sagen: »Der Gefangene leugnete keine der vom Tribunal vorgetragenen Beschuldigungen, verweigerte jedoch ein Geständnis, indem er einen Schwächeanfall vortäuschte. Dass dieser nur gespielt war, zeigte sich, als der Gefangene beim Verlassen des Saales, von weiterer Befragung befreit, durchaus auf die Ansprache des Gerichts reagierte.«

Das kratzende Geräusch der Feder verfolgte Arnau bis in den Kerker.

Guillem wies seine Sklaven an, sein Gepäck zum Handelshof ganz in der Nähe des Hostal del Estanyer zu bringen, dessen Besitzer die Nachricht mit Bedauern hörte. Guillem musste Mar zurücklassen, doch er konnte es nicht riskieren, von Genís Puig erkannt zu werden. Alle Versuche des Wirtes, den reichen Händler in seinem Haus zu halten, wurde von den beiden Sklaven mit einem Kopfschütteln abgelehnt. »Was will ich mit Adligen, die nicht zahlen?«, murmelte er, als er das Geld zählte, das ihm Guillems Sklaven überreicht hatten.

Vom Judenviertel ging Guillem direkt zum Handelshof. Keiner der Händler, die für die Dauer ihres Aufenthaltes dort Quartier bezogen hatten, wussten von seiner früheren Beziehung zu Arnau.

»Ich habe ein Unternehmen in Pisa«, antwortete er einem sizilianischen Händler, der sich beim Essen an seinen Tisch setzte und sich für ihn interessierte.

»Was hat dich nach Barcelona geführt?«, erkundigte sich der Sizilianer.

»Ein Freund von mir ist in Schwierigkeiten«, hätte er beinahe geantwortet. Der Sizilianer war ein kleiner, kahlköpfiger Mann mit markanten Gesichtszügen. Er stellte sich als Jacopo Lercardo vor. Guillem hatte lange und ausführlich mit Jucef gesprochen, aber es war immer gut, eine weitere Meinung zu hören.

»Vor Jahren hatte ich gute Kontakte nach Katalonien, und nun nutze ich eine Reise nach Valencia, um ein wenig den Markt zu erkunden.«

»Da gibt es nicht viel zu erkunden«, sagte der Sizilianer, während er unverdrossen weiter sein Essen löffelte.

Guillem wartete, dass er weitersprach, doch Jacopo widmete sich stattdessen seinem Fleischeintopf. Dieser Mann würde nur mit jemandem sprechen, der das Geschäft ebenso gut kannte wie er selbst.

»Ich habe festgestellt, dass sich die Situation seit meinem letzten Aufenthalt sehr verändert hat. Auf den Märkten fehlen die Bauern; ihre Stände bleiben leer. Ich erinnere mich, dass der Marktaufseher vor Jahren zwischen den konkurrierenden Händlern und Bauern schlichten musste.«

»Heute hat er nichts mehr zu tun«, sagte der Sizilianer lächelnd. »Die Bauern produzieren nichts und kommen nicht mehr auf die Märkte, um ihre Waren zu verkaufen. Seuchen haben die Bevölkerung dezimiert, und die Erde gibt nichts mehr her. Selbst die Grundherren verlassen ihr Land und lassen ihre Felder veröden. Das Volk strömt dorthin, wo du gerade herkommst: nach Valencia.«

»Ich habe einige alte Bekannte besucht.« Der Sizilianer sah ihn über seinen Löffel hinweg an. »Sie riskieren ihr Geld nicht mehr im Handel, sondern kaufen stattdessen Anleihen der Stadt. Sie sind zu Rentiers geworden. Ihnen zufolge war die Stadt vor neun Jahren mit etwa 169 000 Libras verschuldet; heute sind es um die 200 000 Libras, und es wird immer mehr. Die Stadt kann die Auszahlung der Rendite nicht länger garantieren. Sie wird sich ruinieren.«

Guillem dachte an die ewige Diskussion um das Zinsverbot der Christen. Nach dem Rückgang des Handels und damit der lohnenden

Warengeschäfte war es ihnen erneut gelungen, das gesetzliche Verbot zu umgehen, indem sie die Anleihen erfunden hatten. Dabei gaben die Reichen der Stadt eine Summe Geldes, und diese verpflichtete sich zu einer jährlichen Rückzahlung, in der ganz offensichtlich die verbotenen Zinsen enthalten waren. Oft musste bei der Rückzahlung ein Drittel der ursprünglichen Summe zusätzlich gezahlt werden. Zudem barg das Verleihen von Geld an die Stadt wesentlich weniger Risiken als die Handelsschifffahrt . . . solange Barcelona zahlen konnte.

»Aber bis es zum Ruin kommt«, riss ihn der Sizilianer aus seinen Gedanken, »ist die Situation im Prinzipat ganz hervorragend, um Geld zu verdienen.«

»Wenn man verkauft«, warf Guillem ein.

»Vor allem.« Guillem merkte, dass der Sizilianer Vertrauen fasste. »Aber man kann auch kaufen, solange man auf die richtige Währung setzt. Das Verhältnis des Goldflorins zum Silbercroat ist völlig abwegig und nicht mit den Wechselkursen auf ausländischen Märkten zu vergleichen. Das Silber wird förmlich aus Katalonien herausgeschwemmt, der König indes hält trotzdem gegen den Markt am Wert des Florins fest. Das wird ihn sehr teuer zu stehen kommen.«

»Weshalb glaubst du, dass er daran festhalten wird?«, fragte Guillem neugierig. »König Pedro ist stets ein kluger Herrscher gewesen . . .«

»Aus rein politischem Interesse«, erklärte Jacopo. »Der Florin ist die königliche Münze und wird unter direkter Aufsicht des Königs in Montpellier geprägt. Der Croat hingegen wird mit königlicher Konzession in Städten wie Barcelona oder Valencia geprägt. Der König will den Wert seiner Münze halten, selbst wenn es ein Fehler ist. Für uns jedoch ist es der beste Fehler, den er begehen kann. Der König hat den Wert des Goldes im Vergleich zum Silber dreizehnmal höher angesetzt, als dieses tatsächlich auf anderen Märkten kostet!«

»Und die königlichen Schatullen?«

Das war der Punkt, auf den Guillem hinauswollte.

»Dreizehnfach überbewertet!«, lachte der Sizilianer. »Der König befindet sich nach wie vor im Krieg mit Kastilien, auch wenn es ganz danach aussieht, als wäre er bald beendet. Pedro der Grausame hat Probleme mit seinen Adligen, die sich auf die Seite Heinrich von Trastámaras gestellt haben. Dem hiesigen König halten nur die Städte und, wie es aussieht, die Juden die Treue. Der Krieg gegen Kastilien hat den König ruiniert. Vor vier Jahren gewährten ihm die Cortes von Monzón eine Unterstützung von 270 000 Libras im Gegenzug für weitere Zugeständnisse an Adlige und Städte. Der König steckt dieses Geld in den Krieg, verliert dabei aber immer weitere Privilegien. Nun gibt es auch noch einen neuen Aufstand in Korsika. Solltest du Geld im Königshaus investiert haben – vergiss es.«

Guillem hörte dem Sizilianer nicht länger zu und beschränkte sich darauf, mit dem Kopf zu nicken oder zu lächeln, wenn es ihm angebracht erschien. Der König war ruiniert, und Arnau war einer seiner größten Gläubiger. Als Guillem Barcelona verlassen hatte, hatten die Darlehen an das Königshaus über zehntausend Libras betragen. Wie viel mochte es heute sein? Er konnte nicht einmal die Zinsen bezahlt haben. »Sie werden ihn hinrichten.« Joans Urteil kam ihm wieder in den Sinn. »Nicolau wird Arnau benutzen, um seine Macht zu stärken«, hatte Jucef zu ihm gesagt. »Der König bleibt dem Papst die Abgaben schuldig, und Eimeric hat ihm einen Anteil an Arnaus Vermögen versprochen.« Würde König Pedro bereit sein, in der Schuld eines Papstes zu stehen, der soeben einen Aufstand in Korsika unterstützt hatte, indem er das Recht der aragonesischen Krone an der Insel bestritt? Aber wie sollte er es anstellen, dass der König sich mit der Inquisition anlegte?

»Euer Vorschlag interessiert uns.«

Die Stimme des Infanten verlor sich in der Weite des Salón del Tinell. Der Infant war erst sechzehn Jahre alt, stand aber seit kurzem im Namen seines Vaters dem Parlament vor, das über den korsischen Aufstand beraten sollte. Guillem betrachtete verstohlen den Thronfolger. Er saß auf seinem Thron, neben ihm standen seine beiden Ratgeber Juan Fernández de Heredia und Francesc de Perellós. Es hieß von ihm, er sei schwach, doch vor zwei Jahren hatte dieser Junge einen Mann verurteilen und hinrichten müssen, der von Geburt an sein Vormund gewesen war: Bernat de Cabrera. Nachdem er seine Enthauptung auf dem Marktplatz von Zaragoza angeordnet hatte, musste der Infant das Haupt des Vicomte seinem Vater König Pedro übersenden.

Am Nachmittag hatte Guillem mit Francesc de Perellós sprechen können. Nachdem der Ratgeber ihn aufmerksam angehört hatte, bat er ihn, vor einer kleinen Tür zu warten. Als man ihn nach langem

Warten vorließ, stand Guillem auf einmal in dem eindrucksvollsten Raum, den er jemals betreten hatte: Er war über dreißig Meter lang, mit sechs mächtigen Rundbögen, die fast bis zum Boden reichten. Die Wände waren kahl und von Fackeln erleuchtet. Der Infant und seine Ratgeber hatten ihn am Ende des Saals erwartet.

Einige Schritte vom Thron entfernt hatte er das Knie gebeugt und gewartet, bis Francesc de Perellós ihm mit einem Blick zu verstehen gab, dass er sprechen sollte.

»Euer Vorschlag interessiert uns sogar sehr«, sagte der Infant noch einmal, nachdem Guillem geendet hatte. »Aber denkt daran, dass wir uns nicht mit der Inquisition überwerfen können.«

»Das müsst Ihr nicht, hoher Herr.«

»So sei es«, beschloss der Infant. Dann erhob er sich und verließ den Saal in Begleitung von Juan Fernández de Heredia.

»Erhebt Euch«, forderte Francesc de Perellós Guillem auf. »Wann soll es so weit sein?«

»Morgen, wenn möglich. Andernfalls übermorgen.«

»Ich werde dem Stadtrichter Bescheid geben.«

Als Guillem den königlichen Palast verließ, wurde es gerade dunkel. Er sah in den klaren Mittelmeerhimmel hinauf und atmete tief ein. Ihm blieb noch viel zu tun.

Am Nachmittag, noch während des Gesprächs mit dem Sizilianer Jacopo, hatte er eine Nachricht von Jucef erhalten: »Der Ratgeber Francesc de Perellós wird dich heute Nachmittag nach der Parlamentssitzung im königlichen Palast empfangen.« Guillem wusste, wie er das Interesse des Infanten wecken konnte. Es war ganz einfach: Indem man der Krone die umfangreichen Schulden erließ, die in Arnaus Büchern vermerkt waren, damit sie nicht in die Hände des Papstes gelangten. Aber wie konnte man Arnau befreien, ohne dass sich der Herzog von Gerona offen mit der Inquisition überwerfen musste?

Guillem hatte einen Spaziergang unternommen, bevor er zum königlichen Palast gegangen war. Sein Weg hatte ihn zu Arnaus Wechselstube geführt. Sie war geschlossen. Die Bücher musste Nicolau Eimeric an sich genommen haben, um Scheinverkäufe zu verhindern. Von Arnaus Angestellten war nichts zu sehen. Guillem blickte zur Kirche Santa María, die von Gerüsten umgeben war. Wie war es möglich, dass ein Mann, der alles für diese Kirche gegeben hatte ...? Sein Weg führte ihn weiter zum Seekonsulat und zum Strand.

»Wie geht es deinem Herrn?«, hörte er eine Stimme hinter sich fragen.

Guillem drehte sich um und stand vor einem *Bastaix*, der einen riesigen Sack auf dem Rücken trug. Arnau hatte ihm vor Jahren Geld geliehen, und er hatte es Münze für Münze zurückgezahlt. Guillem hob die Schultern und machte ein ratloses Gesicht. Plötzlich war er von einer ganzen Reihe *Bastaixos* umringt, die gerade ein Schiff entluden. »Was ist mit Arnau los?«, wurde er gefragt. »Wie kann man ihn der Ketzerei beschuldigen?« Diesem Mann hatte er ebenfalls Geld geliehen. Für die Aussteuer einer seiner Töchter? Wie viele von ihnen hatten Hilfe bei Arnau gesucht? »Wenn du ihn siehst«, sagte ein anderer, »dann richte ihm aus, dass eine Kerze für ihn vor dem Gnadenbild brennt. Wir sorgen dafür, dass sie nie verlischt.« Guillem versuchte, sich dafür zu entschuldigen, dass er nichts Näheres wusste, doch die *Bastaixos* ließen ihn nicht zu Wort kommen. Nachdem sie auf die Inquisition geschimpft hatten, setzten sie ihren Weg fort.

Die empörten *Bastaixos* noch vor Augen, war Guillem entschlossenen Schrittes zum königlichen Palast gegangen.

Nun stand der Maure erneut vor Arnaus Wechselstube, während sich hinter ihm die Umrisse von Santa María vor dem Nachthimmel abzeichneten. Er brauchte die Zahlungsbestätigung, die der Jude Abraham Levi seinerzeit unterschrieben und die er selbst hinter einem Mauerstein versteckt hatte. Die Tür war verriegelt, aber im Erdgeschoss befand sich ein Fenster, das nie richtig geschlossen hatte. Guillem spähte in die Dunkelheit. Es schien niemand da zu sein. Arnau hatte nie von diesem Dokument erfahren. Er hätte dieses Geld nicht angenommen. Das Knarren des Fensters drang durch die nächtliche Stille. Guillem erstarrte. Er war ein Maure, ein Ungläubiger, der mitten in der Nacht in das Haus eines Gefangenen der Inquisition einbrach. Dass er getauft war, würde ihm wenig nutzen, wenn man ihn erwischte. Doch die nächtlichen Geräusche zeigten ihm, dass sich die Welt weiterdrehte. Man hörte das Meer, das Knacken der Gerüste von Santa María, weinende Kinder, Männer, die ihre Frauen anschrien ...

Er öffnete das Fenster und kroch hinein. Mit dem Geld, das angeblich von Abraham Levi stammte, hatte Arnau gehandelt und gute Gewinne gemacht, doch nach jeder getätigten Transaktion hatte er ein Viertel der Einnahmen Abraham Levi, dem Anleger des Geldes, gutgeschrieben. Guillem wartete, bis sich seine Augen an die Dunkelheit gewöhnt hatten und der Mond aufging. Bevor Abraham Levi Barcelona verlassen hatte, war Hasdai mit ihm zu einem Schreiber gegangen und hatte ihn eine Verzichtserklärung über das angelegte Geld unterschreiben lassen. Das Geld gehörte also Arnau, in den Büchern des Geldwechslers jedoch stand es nach wie vor unter dem Namen des Juden vermerkt.

Guillem kniete neben der Wand nieder. Es war der zweite Stein in der Ecke des Raumes. Er versuchte ihn herauszuziehen. Er hatte nie den richtigen Moment gefunden, Arnau von diesem ersten Geschäft zu erzählen, das er hinter seinem Rücken, aber in seinem Namen getätigt hatte, und so war Abraham Levis Vermögen immer weiter angewachsen. Der Stein ließ sich nicht bewegen. »Sei unbesorgt«, hatte ihm Hasdai einmal gesagt, als Arnau in seiner Gegenwart den Juden erwähnte. »Ich habe Anweisungen, dass du genauso weitermachen sollst. Mach dir keine Gedanken.« In einem unbeobachteten Moment hatte Hasdai Guillem angesehen, der nur seufzte und mit den Schultern zuckte. Der Stein lockerte sich. Nein, Arnau hätte niemals eingewilligt, mit Geld zu arbeiten, das aus dem Verkauf von Sklaven stammte.

Der Stein gab nach, und dahinter fand Guillem das sorgfältig in Tuch gewickelte Dokument. Er machte sich nicht die Mühe, es zu lesen. Er wusste, was darin stand. Er setzte den Stein wieder in die Mauerlücke und trat ans Fenster. Als er nichts Ungewöhnliches hörte, schloss er das Fenster und verließ Arnaus Wechselstube.

55

Die Soldaten der Inquisition mussten in das Verlies kommen, um ihn zu holen. Zwei von ihnen packten ihn unter den Armen und schleiften den stolpernden Arnau hinter sich her. Er stieß mit den Knöcheln gegen die Treppenstufen, die zum Verlies hinabführten, und ließ sich durch die Gänge des Bischofspalasts schleifen. Er hatte nicht geschlafen. Er bemerkte nicht einmal die Mönche und Priester, die zusahen, wie man ihn zu Nicolau brachte. Wie hatte Joan ihn nur verraten können?

Seit man ihn in den Kerker zurückgebracht hatte, weinte Arnau. Er schrie und schlug den Kopf gegen die Wand. Warum Joan? Und wenn Joan ihn denunziert hatte, was hatte Aledis mit alldem zu tun? Und die gefangene Frau? Aledis hatte allen Grund, ihn zu hassen. Er hatte sie verlassen und war dann vor ihr geflohen. Ob sie mit Joan unter einer Decke steckte? War Joan wirklich zu Mar gegangen? Und falls ja, warum war sie nicht gekommen? War es so schwierig, einen einfachen Kerkermeister zu bestechen?

Francesca hörte ihn schluchzen und toben. Als sie ihren Sohn so hörte, sank ihr Körper noch mehr in sich zusammen. Zu gerne hätte sie ihn angesehen und mit ihm gesprochen, um ihn zu trösten, und sei es durch Lügen. »Du wirst ihm nicht widerstehen können«, hatte sie Aledis gewarnt. Und sie selbst? Würde sie diese Situation noch lange ertragen? Francesca presste sich gegen die kalten Steine der Mauer, während Arnau weiter mit dem Schicksal und der Welt haderte.

Die Türen des Gerichtssaals öffneten sich, und Arnau wurde hineingezerrt. Das Tribunal war bereits versammelt. Die Soldaten schleiften Arnau in die Mitte des Raumes und ließen ihn los. Arnau sank zu Boden. Er hörte, wie Nicolau in die Stille hineinsprach, doch er war unfähig, seine Worte zu verstehen. Was konnte ihm dieser

Mönch noch antun, nachdem ihn sein eigener Bruder bereits verdammt hatte? Er hatte niemanden mehr. Er hatte nichts.

»Du täuschst dich«, hatte ihm der Kerkermeister geantwortet, als er ihm ein kleines Vermögen anbot, um ihn zu bestechen. »Du hast kein Geld mehr.« Geld! Geld war der Grund dafür gewesen, dass der König ihn mit Elionor verheiratet hatte. Geld steckte hinter dem Verhalten seiner Ehefrau, die seine Festnahme in die Wege geleitet hatte. Sollte Geld Joan dazu bewogen haben . . .?

»Bringt die Mutter herein!«

Angesichts dieses Befehls war Arnau auf einmal hellwach.

Mar und Aledis standen auf der Plaza Nova, gegenüber dem Bischofspalast. Joan hielt sich ein wenig abseits. »Infant Don Juan wird heute Nachmittag meinen Herrn empfangen«, hatte ihnen einer von Guillems Sklaven tags zuvor mitgeteilt. Heute Morgen in aller Frühe war derselbe Sklave zu ihnen gekommen, um ihnen von seinem Herrn auszurichten, dass sie auf der Plaza Nova warten sollten.

Und da standen die drei nun und spekulierten darüber, warum Guillem ihnen diese Botschaft geschickt hatte.

Arnau hörte, wie hinter ihm die Tür geöffnet wurde. Die Soldaten kamen herein und stellten jemanden neben ihn, dann nahmen sie wieder ihren Posten an der Tür ein.

Er spürte ihre Gegenwart. Er sah ihre nackten, runzligen Füße. Sie waren schmutzig und schwielig, und sie bluteten. Nicolau und der Bischof lächelten, als sie sahen, wie Arnau die Füße seiner Mutter anstarrte. Dann hob er den Kopf und sah zu ihr auf. Obwohl er kniete, überragte ihn die alte Frau um höchstens eine Spanne, so gebeugt war sie. Die Tage im Kerker waren nicht spurlos an Francesca vorübergegangen. Ihr schütteres graues Haar stand wirr in die Höhe. Sie hatte den Blick starr auf das Tribunal gerichtet, die Haut war pergamenten und eingefallen. Ihre Augen lagen tief in violett verfärbten Höhlen.

»Francesca Esteve«, sagte Nicolau, »schwörst du auf die vier Evangelien?«

Die feste Stimme der Greisin überraschte alle Anwesenden.

»Ich schwöre«, antwortete sie, »doch Ihr sitzt einem Irrtum auf. Ich heiße nicht Francesca Esteve.«

»Wie dann?«, fragte Nicolau.

»Mein Name ist Francesca, doch nicht Esteve, sondern Ribes. Francesca Ribes«, sagte sie laut und vernehmlich.

»Müssen wir dich an deinen Eid erinnern?«, mahnte der Bischof.

»Nein. Wegen dieses Eids sage ich die Wahrheit. Mein Name ist Francesca Ribes.«

»Bist du nicht die Tochter von Pere und Francesca Esteve?«, fragte Nicolau.

»Ich habe meine Eltern nie kennengelernt.«

»Warst du die Ehefrau von Bernat Estanyol aus Navarcles?«

Arnau richtete sich auf. Bernat Estanyol?

»Nein. Ich bin nie an diesem Ort gewesen, und ich war auch nicht verheiratet.«

»Hattest du keinen Sohn namens Arnau Estanyol?«

»Nein. Ich kenne keinen Arnau Estanyol.«

Arnau sah Francesca an.

Nicolau Eimeric und Berenguer d'Erill flüsterten miteinander. Dann wandte sich der Inquisitor an den Schreiber.

»Hör genau hin«, forderte er Francesca auf.

»Aussage von Jaume de Bellera, Herr von Navarcles«, begann der Schreiber zu lesen.

Arnaus Augen verengten sich, als er den Namen Bellera hörte. Sein Vater hatte ihm von ihm erzählt. Neugierig hörte er die Geschichte seines Lebens an, die sein Vater zum großen Teil mit in den Tod genommen hatte. Wie seine Mutter auf die Burg bestellt worden war, um den neugeborenen Sohn Llorenç de Belleras zu stillen. Eine Hexe? Aus dem Mund des Schreibers hörte er Jaume de Belleras Version über die Flucht seiner Mutter, nachdem dieser noch als Säugling die ersten Anfälle von Fallsucht erlitten hatte.

»Bernat Estanyol«, fuhr der Schreiber fort, »nutzte einen unaufmerksamen Moment der Wachen, um seinen Sohn Arnau zu befreien, nachdem er zuvor einen unschuldigen Jungen ermordet hatte. Die beiden ließen ihr Land im Stich und flohen nach Barcelona. In der gräflichen Stadt angekommen, fanden sie Unterschlupf bei der Familie des Händlers Grau Puig. Der Zeuge hat Beweise dafür, dass aus der Hexe eine öffentliche Frau wurde. Arnau Estanyol ist der Sohn einer Hexe und eines Mörders«, schloss er.

»Was hast du dazu zu sagen?«, fragte Nicolau Francesca.

»Dass Ihr die falsche Hure erwischt habt«, sagte die Alte ungerührt.

»Du, eine Metze, wagst es, die Erkenntnisse der Inquisition in Zweifel zu ziehen?«, brüllte der Bischof, während er mit dem Finger auf sie zeigte.

»Ich stehe nicht als Dirne hier«, entgegnete Francesca, »noch, um als solche zur Verantwortung gezogen zu werden. Der heilige Augustinus schreibt, es sei an Gott, über die Dirnen zu richten.«

Der Bischof lief rot an.

»Wie kannst du es wagen, dich auf den heiligen Augustinus zu berufen?«

Berenguer brüllte weiter, doch Arnau hörte nicht hin. ›Der heilige Augustinus schreibt, es sei an Gott, über die Dirnen zu richten.‹ Der heilige Augustinus . . . Vor vielen Jahren hatte er diese Worte schon einmal von einer Hure in einem Gasthof in Figueras gehört. Hieß sie nicht Francesca? Der heilige Augustinus . . . Konnte es sein?

Arnau wandte sich Francesca zu. Er hatte sie zweimal in seinem Leben gesehen, beide Male an entscheidenden Wendepunkten. Alle Mitglieder des Tribunals sahen, wie er die Frau anstarrte.

»Sieh deinen Sohn an!«, donnerte Eimeric. »Bestreitest du, seine Mutter zu sein?«

Arnau und Francesca hörten seine Worte von den Wänden des Saales widerhallen. Er auf Knien, das Gesicht der alten Frau zugewandt, sie den Blick starr geradeaus auf den Inquisitor gerichtet.

»Sieh ihn an!«, brüllte Nicolau erneut.

Ein leichtes Zittern durchlief Francescas Körper angesichts des Hasses, mit dem der Inquisitor anklagend auf Arnau deutete. Nur Arnau konnte sehen, wie die pergamentene Haut, die sich über ihren Hals spannte, leise bebte. Doch Francesca sah den Inquisitor unverwandt an.

»Du wirst gestehen«, versicherte ihr Nicolau, jedes Wort betonend. »Ich versichere dir, dass du gestehen wirst.«

»Via fora!«

Der Ruf störte die Ruhe auf der Plaza Nova. Ein Junge lief vorbei und wiederholte ein ums andere Mal das *»Via fora!«*, das die Bürger zu den Waffen rief. Aledis und Mar sahen sich an, dann sahen sie zu Joan.

»Die Glocken läuten gar nicht«, stellte dieser schulterzuckend fest.

Santa María besaß noch keine Glocken.

Dennoch verbreitete sich das »*Via fora!*« in der ganzen Stadt, und die Menschen sammelten sich überrascht auf der Plaza del Blat, wo sie erwarteten, das Banner des Stadtpatrons Sant Jordi neben dem Stein in der Mitte des Platzes vorzufinden. Stattdessen wurden sie von zwei mit Armbrüsten bewaffneten *Bastaixos* zur Kirche Santa María geführt.

Auf dem Vorplatz der Kirche versammelte sich das Volk vor dem Gnadenbild der Schutzpatronin des Meeres, das die *Bastaixos* unter einem Baldachin auf ihren Schultern trugen. Vor der Madonna standen die Zunftmeister der *Bastaixos* mit ihrem Banner und erwarteten die Menge, die durch die Calle de la Mar herbeiströmte. Einer von ihnen hatte den Schlüssel des Marienschreins um den Hals hängen. Die Leute drängten sich immer zahlreicher um das Gnadenbild. Etwas abseits stand Guillem in der Tür zu Arnaus Wechselstube und beobachtete aufmerksam das Geschehen.

»Die Inquisition hat einen Bürger dieser Stadt entführt, den Seekonsul von Barcelona«, erklärten die Zunftmeister.

»Aber die Inquisition ...«, wandte eine Stimme ein.

»Die Inquisition gibt nichts auf unsere Stadt«, entgegnete einer der Zunftmeister, »ja, nicht einmal auf den König. Sie ist weder dem Rat der Hundert noch dem Stadtrichter unterstellt. Ihre Mitglieder werden nicht von einer dieser Autoritäten ernannt, sondern vom Papst, einem fernen Papst, der nur das Geld unserer Bürger will. Wie können sie einen Mann der Ketzerei bezichtigen, der sein Leben für die Schutzpatronin des Meeres gegeben hätte?«

»Sie wollen nur das Geld unseres Konsuls«, rief einer der Versammelten.

»Sie lügen, um an unser Geld zu kommen!«

»Sie hassen das katalanische Volk«, erklärte ein zweiter Zunftmeister.

Die Leute erzählten sich weiter, was dort vorne gesprochen wurde. Die Rufe schallten durch die Calle de la Mar.

Guillem sah, wie die Zunftmeister der *Bastaixos* den Zunftmeistern der übrigen Innungen die Lage erklärten. Wer fürchtete nicht um sein Geld? Andererseits war auch die Inquisition zu fürchten . . . Es brauchte nur eine absurde Beschuldigung . . .

»Wir müssen unsere Rechte verteidigen«, sagte einer, nachdem er mit den *Bastaixos* gesprochen hatte.

Das Volk begann sich zu empören. Schwerter, Dolche und Armbrüste wurden über den Köpfen geschwenkt, während immer lauter der Schlachtruf »*Via fora!*« erklang.

Das Gebrüll wurde ohrenbetäubend. Guillem sah, wie mehrere Ratsherren eintrafen, und gesellte sich rasch zu der Gruppe, die vor dem Baldachin mit der Madonna diskutierte.

»Und die Soldaten des Königs?«, hörte er einen der Ratsherren fragen.

Der Zunftmeister wiederholte genau die Worte, die Guillem ihm vorgegeben hatte: »Gehen wir zur Plaza del Blat und sehen wir, was der Stadtrichter zu unternehmen gedenkt.«

Guillem ging davon. Für einen kurzen Moment fiel sein Blick auf die kleine steinerne Figur, die auf den Schultern der *Bastaixos* ruhte. »Steh ihnen bei«, betete er stumm.

Die Menge setzte sich in Bewegung. »Zur Plaza del Blat!«, riefen die Menschen.

Guillem schloss sich dem Strom an, der sich durch die Calle de la Mar auf den Platz ergoss, an dem sich der Palast des Stadtrichters befand. Nur wenige wussten, dass man herausfinden wollte, welche Haltung der Stadtrichter in der Sache einnahm, und so hatte er keine Probleme, zu dessen Amtssitz durchzukommen, während unter den Rufen der Menge das Gnadenbild der Jungfrau dort aufgestellt wurde, wo sich sonst die Banner von Sant Jordi und der Stadt befanden.

Die Zunftmeister und Ratsherren standen neben der Madonna und dem Banner der *Bastaixos* in der Mitte des Platzes und sahen zum Palast des Stadtrichters herüber. Die Menge begann zu begreifen. Es wurde still, und alle wandten sich dem Palast zu. Guillem konnte die Anspannung förmlich spüren. Würde sich der Infant an die Abmachung halten? Die Soldaten hatten sich mit gezogenen Schwertern zwischen die Menge und den Palast gestellt. Der Stadtrichter erschien an einem der Fenster, betrachtete die Menschenmasse, die sich dort unten drängte, und verschwand wieder. Kurz darauf trat ein königlicher Beamter auf den Platz. Tausende von Augenpaaren, auch jenes von Guillem, richteten sich auf ihn.

»Der König sieht sich außerstande, sich in die Angelegenheiten der Stadt Barcelona einzumischen«, verkündete er. »Die Einberufung des Bürgerheers ist Sache der Stadt.«

Dann befahl er den königlichen Soldaten, sich zurückzuziehen.

Die Menge beobachtete, wie die Soldaten an dem Palast entlangmarschierten und durch das frühere Stadttor abzogen. Noch bevor der Letzte verschwunden war, erschallte ein lautes »*Via fora!*«, das Guillem einen Schauder über den Rücken jagte.

Nicolau wollte Francesca soeben zur Folter in den Kerker zurückbringen lassen, als die Glocken zu läuten begannen und ihn mitten im Satz unterbrachen. Zuerst war es nur die Glocke von Sant Jaume, die das Bürgerheer einberief, dann fielen sämtliche Glocken der Stadt ein. Die meisten Priester in Barcelona waren treue Anhänger der Lehren Ramon Llulls, der Eimerics Missfallen erregt hatte, und nur wenige von ihnen hatten etwas gegen die Lektion einzuwenden, welche die Stadt der Inquisition zu erteilen gedachte.

»Das Bürgerheer?«, fragte der Inquisitor Berenguer d'Erill.

Der Bischof hob ratlos die Schultern.

Unterdessen befand sich das Gnadenbild der Jungfrau weiterhin in der Mitte der Plaza del Blat und wartete, dass sich die Banner der einzelnen Zünfte der Stadt zu jenem der *Bastaixos* gesellten. Die Menge indes zog bereits zum Bischofspalast.

Aledis, Mar und Joan hörten sie näher kommen, bis schließlich das »*Via fora!*« über die Plaza Nova schallte.

Nicolau Eimeric und Berenguer d'Erill traten an eines der Bleiglasfenster. Nachdem sie es geöffnet hatten, sahen sie weit über hundert Menschen dort versammelt, die schrien und ihre Waffen gegen den Palast erhoben. Das Geschrei wurde lauter, als einer die beiden Kirchenmänner erkannte.

»Was geht da vor?«, fragte Nicolau einen Beamten, nachdem er einen Schritt zurückgetreten war.

»Barcelona ist gekommen, um seinen Seekonsul zu befreien«, rief ein Junge Joan auf die gleiche Frage zu.

Aledis und Mar schlossen die Augen und pressten die Lippen aufeinander. Dann fassten sie sich bei den Händen und sahen mit tränennassem Blick zu dem Fenster hinauf, das halb geöffnet geblieben war.

»Lauf und such den Stadtrichter!«, befahl Nicolau dem Beamten.

Nun, da niemand auf ihn achtete, erhob sich Arnau und fasste Francesca am Arm.

»Warum hast du gerade gezittert, Frau?«, fragte er sie.

Francesca unterdrückte eine Träne, die ihr über die Wange rollen wollte, konnte jedoch nicht verhindern, dass sich ihre Lippen zu einer schmerzlichen Geste verzogen.

»Vergiss mich«, antwortete sie mit brüchiger Stimme.

Der Lärm von draußen ließ keine weiteren Gespräche und Gedanken mehr zu. Das Bürgerheer, nun vollständig versammelt, näherte sich der Plaza Nova. Es zog durch das alte Stadttor, am Palast des Stadtrichters vorbei, der das Schauspiel von einem der Fenster aus beobachtete, durch die Calle de los Seders zur Calle de la Boquería und von dort aus gegenüber der Kirche Sant Jaume, deren Glocke noch immer läutete, durch die Calle del Bisbe zum Bischofspalast.

Mar und Aledis sahen die Straße hinunter. Sie hielten sich immer noch so fest an den Händen, dass die Knöchel weiß hervortraten. Die Leute wichen an die Hauswände zurück, um das Heer vorbeizulassen, zuerst das Banner der *Bastaixos* und deren Zunftmeister, dann den Baldachin mit der Jungfrau und dahinter in einem bunten Fahnenmeer die Banner sämtlicher Innungen der Stadt.

Der Stadtrichter weigerte sich, den Beamten der Inquisition zu empfangen.

»Der König hat keine Möglichkeit, sich in die Angelegenheiten des Bürgerheers von Barcelona einzumischen«, beschied ihm der königliche Beamte.

»Aber sie werden den Bischofspalast stürmen«, beschwerte sich, immer noch keuchend, der Gesandte der Inquisition.

Der Stadtrichter zuckte mit den Schultern. »Benutzt du dein Schwert nur zum Foltern?«, hätte er beinahe gesagt. Der Hauptmann der Inquisition bemerkte den Blick, und die beiden Männer hüllten sich in Schweigen.

»Ich würde gerne sehen, wie es sich mit einem kastilischen Schwert oder einem maurischen Krummsäbel misst«, bemerkte der Beamte des

Stadtrichters schließlich und deutete auf die Waffe. Dann spuckte er vor dem Inquisitionsbeamten aus.

Unterdessen war das Gnadenbild der Jungfrau vor dem Bischofspalast angekommen. Begleitet von den Rufen des Bürgerheers, schwankte es auf den Schultern der *Bastaixos* hin und her, die nicht viel anderes tun konnten, als sich dem Ungestüm der Barcelonesen anzuschließen.

Ein Stein wurde gegen die Bleiglasfenster geschleudert.

Der Erste traf nicht, wohl aber der Zweite und viele von denen, die noch folgten.

Nicolau Eimeric und Berenguer d'Erill entfernten sich von den Fenstern. Arnau wartete immer noch auf eine Antwort von Francesca. Keiner der beiden rührte sich.

Mehrere Personen warfen sich gegen die Tore des Palastes. Ein Junge begann die Mauer zu erklimmen, die Armbrust umgehängt. Die Menge feuerte ihn an. Andere folgten seinem Beispiel.

»Genug!«, rief einer der Ratsherren, während er versuchte, die Männer wegzudrängen, die gegen die Tür anrannten. »Genug! Niemand greift ohne Zustimmung der Stadt an.«

Die Männer an der Tür hielten inne.

»Niemand greift ohne Zustimmung der Ratsherren und Zunftmeister der Stadt an«, schärfte er ihnen noch einmal ein.

Die Männer vorne an der Tür verstummten, und die Botschaft verbreitete sich über den ganzen Platz. Das Gnadenbild der Jungfrau hörte auf zu tanzen, Schweigen legte sich über die Menge, und alle sahen zu den sechs Männern empor, die sich an der Fassade hinaufhangelten. Der Erste hatte bereits das eingeschlagene Fenster des Gerichtssaals erreicht.

»Kommt herunter!«, war zu hören.

Die fünf Ratsherren der Stadt und der Zunftmeister der *Bastaixos*, der den Schlüssel des Marienschreins um den Hals trug, klopften am Tor des Palasts an.

»Öffnet dem Bürgerheer von Barcelona!«

»Aufmachen!« Der Inquisitionsbeamte hämmerte gegen das Tor des Judenviertels, das beim Vorbeimarsch des Bürgerheeres geschlossen worden war. »Aufmachen! Inquisition!«

Er hatte versucht, zum Bischofspalast zu gelangen, doch in sämtlichen Straßen, die dorthin führten, drängten sich die Menschen. Es gab nur einen Weg, zum Palast zu kommen: durch das angrenzende Judenviertel. Von dort aus konnte er zumindest seine Nachricht übermitteln: Der Stadtrichter würde nicht eingreifen.

Nicolau und Berenguer erhielten die Botschaft noch im Gerichtssaal: Die königlichen Truppen würden nicht zu ihrer Verteidigung ausrücken, und die Ratsherren drohten damit, den Bischofspalast zu stürmen, wenn man ihnen den Zutritt verwehrte.
»Was wollen sie?«
Der Beamte sah zu Arnau.
»Den Seekonsul befreien.«
Nicolau trat so nahe vor Arnau, dass sich ihre Gesichter beinahe berührten.
»Wie können sie es wagen?«, zischte er. Dann drehte er sich um und setzte sich wieder hinter den Richtertisch. Berenguer tat es ihm nach.
»Lasst sie ein«, befahl Nicolau.
Den Seekonsul befreien ... Arnau hielt sich so aufrecht, wie es sein geschwächter Zustand erlaubte. Seit der Frage, die ihr Sohn ihr gestellt hatte, blickte Francesca ins Leere. Der Seekonsul bin ich, gab Arnau Nicolau mit seinem Blick zu verstehen.
Die fünf Ratsherren und der Zunftmeister der *Bastaixos* stürmten in den Gerichtssaal. Hinter ihnen folgte möglichst unauffällig Guillem, dem der *Bastaix* die Erlaubnis gegeben hatte, sie zu begleiten.
Guillem blieb an der Tür stehen, während die übrigen sechs bewaffnet vor Nicolau traten. Einer der Ratsherren trat vor die Abordnung.
»Was wollt ihr?«, fragte Nicolau.
»Das Bürgerheer von Barcelona«, fiel der Ratsherr dem Inquisitor ins Wort, »befiehlt Euch die Herausgabe des Seekonsuls Arnau Estanyol.«
»Ihr wagt es, der Inquisition Befehle zu erteilen?«, empörte sich Nicolau.
Der Ratsherr sah Nicolau Eimeric unverwandt in die Augen.
»Zum zweiten Mal«, erklärte er: »Das Bürgerheer von Barcelona befiehlt Euch die Herausgabe des Seekonsuls von Barcelona.«

Nicolau stotterte und sah hilfesuchend zum Bischof.

»Sie werden den Palast stürmen«, gab dieser leise zu bedenken.

»Das werden sie nicht wagen«, flüsterte Nicolau.

»Er ist ein Ketzer!«, brüllte er dann.

»Müsstet Ihr ihn dafür nicht erst verurteilen?«, war aus der Abordnung der Ratsherren zu vernehmen.

Nicolau sah sie aus schmalen Augen an.

»Er ist ein Ketzer«, betonte er noch einmal.

»Zum dritten und letzten Mal, gebt den Seekonsul heraus.«

»Was soll das heißen: Zum letzten Mal?«, erkundigte sich Berenguer d'Erill.

»Seht nach draußen, wenn Ihr es wissen wollt.«

»Nehmt sie fest!«, brüllte der Inquisitor und winkte wütend die Soldaten herbei, die an der Tür standen.

Guillem rückte von den Soldaten ab. Die Ratsherren rührten sich nicht. Einige Soldaten griffen nach ihren Waffen, doch der befehlshabende Hauptmann winkte ab.

»Nehmt sie fest!«, verlangte Nicolau erneut.

»Sie sind gekommen, um zu verhandeln«, widersetzte sich der Hauptmann.

»Wie kannst du es wagen!«, tobte Nicolau und sprang auf.

Der Hauptmann ließ ihn nicht ausreden: »Sagt mir, wie ich diesen Palast verteidigen soll, dann nehme ich sie fest. Der König wird uns nicht zu Hilfe kommen.« Der Hauptmann deutete nach draußen, von wo das Geschrei der Menge zu hören war. Dann sah er zum Bischof.

»Ihr könnt euren Seekonsul mitnehmen«, antwortete der Bischof. »Er ist frei.«

Nicolau lief rot an.

»Was sagt Ihr da?«, rief er und packte den Bischof am Arm.

Berenguer d'Erill riss sich wütend los.

»Arnau Estanyol untersteht nicht Eurer Autorität«, sagte der Ratsherr, an den Bischof gewandt. »Nicolau Eimeric«, fuhr er dann fort, »das Bürgerheer von Barcelona hat Euch drei Möglichkeiten gewährt. Übergebt uns nun den Seekonsul, oder Ihr werdet die Folgen tragen.«

Wie um die Worte des Ratsherren zu unterstreichen, flog ein Stein durchs Fenster und prallte gegen den langen Tisch, an dem die Mitglieder des Tribunals saßen. Selbst die Dominikanermönche zuckten auf ihren Plätzen zusammen. Das Geschrei auf der Plaza Nova war wieder lauter geworden. Ein weiterer Stein flog in den Raum. Der Schreiber sprang auf, raffte seine Unterlagen zusammen und flüchtete ans andere Ende des Saales. Die schwarzen Mönche, die dem Fenster am nächsten saßen, wollten es ihm nachtun, doch ein Zeichen des Inquisitors hinderte sie an der Flucht.

»Seid Ihr verrückt?«, flüsterte ihm der Bischof zu.

Nicolau ließ seinen Blick über die Anwesenden gleiten, bis er an Arnau hängenblieb. Dieser sah ihn an und lächelte.

»Ketzer!«, tobte er.

»Es reicht«, sagte der Ratsherr und wandte sich zum Gehen.

»Nehmt ihn mit!«, flehte der Bischof.

»Wir sind nur gekommen, um zu verhandeln«, erklärte der Ratsherr und blieb stehen. Er musste die Stimme erheben, um den Lärm zu übertönen, der vom Platz heraufdrang. »Wenn sich die Inquisition den Forderungen der Stadt nicht beugt und den Gefangenen nicht freilässt, wird das Bürgerheer ihn befreien müssen. So ist das Gesetz.«

Nicolau stand zitternd vor ihnen. Seine Augen waren blutunterlaufen und traten aus den Höhlen. Zwei weitere Steine prallten gegen die Wände des Gerichtssaals.

»Sie werden den Palast stürmen«, sagte der Bischof zu ihm, ohne darauf zu achten, ob man ihn hörte. »Was wollt Ihr noch? Ihr habt seine Aussage und sein Vermögen. Erklärt ihn trotzdem zum Ketzer, und er ist dazu verdammt, ein Leben lang auf der Flucht zu sein.«

Die Ratsherren und der Zunftmeister der *Bastaixos* hatten sich zum Gehen gewandt. Die Soldaten traten beiseite, Angst stand auf ihren Gesichtern. Guillem achtete nur auf das Gespräch zwischen dem Bischof und dem Inquisitor. Unterdessen stand Arnau immer noch mitten im Raum neben Francesca und sah Nicolau herausfordernd an. Dieser wich seinem Blick aus.

»Nehmt ihn mit!«, gab der Inquisitor schließlich nach.

Die Menge auf dem Platz und in den überfüllten Seitenstraßen brach in Jubel aus, als die Ratsherren mit Arnau vor dem Tor des Palasts erschienen. Francesca zog die Füße nach. Niemand hatte auf die alte Frau geachtet, als Arnau sie am Arm gepackt und aus dem Gerichtssaal geschoben hatte. Doch an der Tür hatte er sie losgelassen und war wie angewurzelt stehen geblieben. Die Ratsherren hatten ihn zum Weitergehen gedrängt, doch Arnau rührte sich nicht. Nicolau stand noch immer hinter dem Tisch und sah ihm hinterher, ohne auf den Steinhagel zu achten, der durch das Fenster hereinprasselte. Einer der Steine traf ihn am linken Arm, doch der Inquisitor blieb reglos stehen. Die übrigen Mitglieder des Tribunals hatten sich weit weg von der Fensterfront in Sicherheit gebracht, vor der sich der Zorn der Bürger entlud.

»Guillem ...«

Der Maure trat zu ihm, fasste ihn bei den Schultern und küsste ihn auf den Mund.

»Geh mit ihnen, Arnau«, drängte er ihn. »Draußen warten Mar und dein Bruder. Ich habe noch etwas hier zu erledigen. Wir sehen uns später.«

Obwohl sich die Ratsherren bemühten, ihn zu schützen, stürzten sich die Leute auf Arnau, sobald er den Platz betrat, um ihn zu umarmen, zu berühren und zu beglückwünschen. Immer neue lächelnde Gesichter tauchten vor ihm auf. Niemand wollte zur Seite weichen, um die Ratsherren durchzulassen. Die Gesichter riefen ihm etwas zu.

Durch das Gedränge der Menge wurden die fünf Ratsherren und der Zunftmeister, die Arnau in ihre Mitte nahmen, hin und her geschoben. Das Geschrei ging Arnau durch Mark und Bein. Immer neue Gesichter tauchten vor ihm auf. Seine Beine gaben nach. Arnau versuchte über die Köpfe der Leute hinwegzusehen, doch er erkannte nur einen Wald von Armbrüsten, Schwertern und Dolchen, die sich unter dem Geschrei der Menge in den Himmel reckten, immer und immer wieder ... Er stützte sich auf die Ratsherren, doch als er kurz davor war zu fallen, tauchte eine kleine steinerne Figur in dem Meer aus Waffen auf, die genau wie diese hin und her wogte.

Guillem war zurückgekommen, und seine Jungfrau lächelte ihm zu. Arnau schloss die Augen und ließ sich von den Ratsherren davontragen.

Mar, Aledis und Joan kamen nicht an Arnau heran, sosehr sie auch drängten und rempelten. Als das Gnadenbild der Jungfrau und die

Banner zurück zur Plaza del Blat zogen, entdeckten sie ihn auf den Armen der Ratsherren. Auch Jaume de Bellera und Genís Puig, die sich unters Volk gemischt hatten, konnten ihn sehen. Bis gerade eben hatten auch sie ihre Schwerter in dem Meer aus Waffen gegen den Bischofspalast erhoben und waren gezwungenermaßen in die Rufe gegen den Inquisitor eingefallen, obwohl sie aus tiefstem Herzen beteten, dass Nicolau hart blieb und der König seine Haltung änderte und dem Sanctum Officium zu Hilfe kam. Wie war es möglich, dass sich der König, für den sie so oft ihr Leben riskiert hatten, so feige zurückhielt?

Als er Arnau entdeckte, reckte Genís Puig erneut sein Schwert in die Luft und begann zu schreien wie ein Besessener. Der Herr von Navarcles kannte diesen Schrei. Er hatte ihn schon oft gehört, wenn sich der Ritter, das Schwert über seinem Kopf schwenkend, im gestreckten Galopp in den Kampf stürzte. Genís' Waffe stieß gegen die Armbrüste und Schwerter der Umstehenden. Die Leute wichen zurück, und Genís Puig drängte in Richtung der Ratsherren, die soeben von der Plaza Nova in die Calle del Bisbe einbogen. Hatte er vor, sich dem gesamten Heer von Barcelona entgegenzustellen? Man würde ihn töten, zuerst ihn und dann ...

Jaume de Bellera warf sich auf seinen Freund und zwang ihn, das Schwert zu senken. Die Umstehenden sahen sie befremdet an, doch die große Masse drängte weiter in Richtung Calle del Bisbe. Die Lücke in der Menge schloss sich, sobald Genís aufgehört hatte zu brüllen und mit dem Schwert zu fuchteln. Der Herr von Bellera zog ihn von denen weg, die seine Attacke beobachtet hatten.

»Bist du verrückt geworden?«, fragte er.

»Sie haben ihn freigelassen ... Frei!« Genís betrachtete die Banner, die nun die Calle del Bisbe hinunterzogen. Jaume de Bellera zwang Genís, ihn anzusehen.

»Was hast du vor?«

Genís Puig betrachtete erneut die Banner und versuchte, sich von Jaume de Bellera loszureißen.

»Ich will Rache!«, entgegnete er.

»Aber nicht so!«, riet ihm der Herr von Bellera. »Das ist nicht der richtige Weg!« Dann schüttelte er Genís aus Leibeskräften, bis dieser zur Besinnung kam. »Wir werden einen Weg finden ....«

Genís sah ihn durchdringend an. Seine Lippen bebten.

»Schwörst du es mir?«

»Bei meiner Ehre.«

Als das Bürgerheer von der Plaza Nova abzog und die letzten Siegesrufe in der Calle del Bisbe verhallten, wurde es still im Gerichtssaal. Nur der schwere Atem des Inquisitors war zu hören. Niemand hatte sich gerührt. Die Soldaten hielten die Stellung und gaben sich alle Mühe, dass ihre Waffen und Rüstungen nicht verräterisch klirrten. Nicolau sah die Anwesenden an. Worte waren überflüssig. »Verräter«, sagte der Blick, den er Berenguer d'Erill zuwarf. »Feiglinge«, gab er den Übrigen stumm zu verstehen. Als er sich schließlich den Soldaten zuwandte, bemerkte er Guillem.

»Was hat dieser Ungläubige hier zu suchen?«, schrie er.

Der Hauptmann wusste nicht, was er antworten sollte. Guillem war mit den Ratsherren hereingekommen, und er hatte ihn nicht bemerkt, weil er mit den Anweisungen des Inquisitors beschäftigt gewesen war. Guillem wiederum wollte abstreiten, dass er ein Ungläubiger war, und seine Taufe erwähnen, doch dann tat er es nicht: Trotz der Bemühungen des Generalinquisitors hatte das Sanctum Officium keine rechtliche Handhabe gegen Juden und Mauren. Nicolau konnte ihn nicht festnehmen.

»Mein Name ist Sahat von Pisa«, sagte Guillem laut und vernehmlich, »und ich möchte mit Euch sprechen.«

»Ich habe nichts mit einem Ungläubigen zu besprechen. Werft ihn hinaus!«

»Ich glaube, was ich Euch zu sagen habe, wird Euch interessieren.«

»Was du glaubst, ist mir völlig gleichgültig.«

Nicolau gab dem Hauptmann ein Zeichen, und dieser zog sein Schwert.

»Vielleicht ist es Euch nicht gleichgültig, zu erfahren, dass Arnau Estanyol bankrott ist«, setzte Guillem hinzu, während er vor dem Hauptmann zurückwich. »Ihr werdet keinen einzigen Sueldo aus seinem Vermögen bekommen.«

Nicolau seufzte und sah an die Decke. Ohne auf einen ausdrücklichen Befehl zu warten, senkte der Hauptmann das Schwert.

»Erkläre dich, Ungläubiger«, forderte der Inquisitor Guillem auf.

»Ihr habt Arnau Estanyols Rechnungsbücher. Seht sie Euch genau an.«

»Denkst du, das haben wir nicht bereits getan?«

»Ihr solltet wissen, dass die Schulden des Königs erlassen wurden.«

Guillem selbst hatte die entsprechenden Dokumente unterzeichnet und an Francesco de Perellós übergeben. Arnau hatte seine Vollmachten nie löschen lassen, wie der Maure aus den Büchern des Magistrats ersah.

Nicolau verzog keine Miene. Alle im Raum hatten den gleichen Gedanken: Das also war der Grund, weshalb der Stadtrichter nicht eingegriffen hatte.

Es vergingen einige Sekunden, in denen Guillem und Nicolau sich mit Blicken maßen. Guillem wusste, was dem Inquisitor in diesem Moment durch den Kopf ging. ›Was wirst du jetzt deinem Papst sagen? Wie willst du ihm die versprochene Summe zahlen? Der Brief ist bereits unterwegs, und es gibt keine Möglichkeit, ihn abzufangen, bevor er den Papst erreicht. Was willst du ihm sagen? Du bist auf seine Unterstützung gegen den König angewiesen, den du dir zum Feind gemacht hast.‹

»Und was hast du mit all dem zu schaffen?«, fragte Nicolau schließlich.

»Das kann ich Euch erklären ... unter vier Augen«, verlangte Guillem angesichts der Herablassung, mit der Nicolau ihn behandelt hatte.

»Die Stadt erhebt sich gegen die Inquisition, und nun verlangt ein gewöhnlicher Ungläubiger eine Privataudienz von mir!«, tobte Nicolau. »Wofür haltet ihr euch?«

›Was wirst du deinem Papst sagen?‹, schien Guillems Blick zu fragen. ›Willst du, dass ganz Barcelona von deinen Machenschaften erfährt?‹

»Durchsucht ihn«, wies der Inquisitor den Hauptmann an. »Vergewissert euch, dass er keine Waffen bei sich trägt, und führt ihn in den Vorraum meines Arbeitszimmers. Dort wartet ihr, bis ich komme.«

Bewacht von dem Hauptmann und zwei Soldaten, stand Guillem im Vorzimmer des Inquisitors. Er hatte nie den Mut gehabt, Arnau zu erzählen, dass sein Vermögen aus dem Import von Sklaven stammte. Die Schulden des Königs waren getilgt, und wenn die Inquisition Arnaus Vermögen konfiszierte, so galt das auch für seine Verpflichtungen – und nur er, Guillem, wusste, dass die Gutschriften zugunsten von Abraham Levi falsch waren. Wenn er nicht die Verzichtserklärung vorlegte, die der Jude damals unterschrieben hatte, war Arnau mittellos.

56

Auf der Plaza Nova entfernte sich Francesca rasch vom Eingang des Bischofspalasts und drückte sich an die Mauer. Von dort aus sah sie zu, wie sich die Menschen auf Arnau stürzten und wie die Ratsherren vergeblich versuchten, ihn schützend in ihre Mitte zu nehmen. »Sieh deinen Sohn an!«, hatte Nicolau so laut gebrüllt, dass er das Geschrei der Menge draußen übertönte. »Du wolltest doch, dass ich ihn ansehe, Inquisitor? Dort ist er, und er hat über dich gesiegt.« Francesca stellte sich auf die Zehenspitzen, als sie sah, dass Arnau einen Schwächeanfall hatte, doch dann verlor sie ihn endgültig aus den Augen, während ringsum alles ein einziges Meer von Köpfen, Waffen und Bannern war und mittendrin, heftig schwankend, die kleine steinerne Statue der Jungfrau.

Nach und nach strömte das Bürgerheer, immer noch schreiend und Waffen schwenkend, die Calle del Bisbe hinunter. Francesca rührte sich nicht von der Stelle. Sie musste sich gegen die Mauer lehnen, ihre Beine trugen sie nicht mehr. Als der Platz sich leerte, sahen sie sich. Aledis hatte nicht mit Mar und Joan gehen wollen, denn Francesca konnte sich unmöglich bei den Ratsherren befinden. Eine Frau wie sie ... Und da stand sie! Aledis schnürte es die Kehle zu, als sie sah, wie sich Francesca haltsuchend an der Mauer festhielt, klein, gebeugt und hilflos.

Sie wollte gerade zu ihr laufen, doch in diesem Moment wagten sich die Soldaten der Inquisition wieder vor den Eingang des Palasts, nachdem sich das Lärmen der Menge immer weiter entfernte. Francesca stand nur wenige Schritte vom Portal entfernt.

»Hexe!«, beschimpfte sie der erste Soldat.

Aledis blieb direkt vor Francesca und den Soldaten stehen.

»Lasst sie in Ruhe!«, rief sie. Nun befanden sich bereits mehrere Soldaten vor dem Tor. »Lasst sie in Ruhe, oder ich rufe Hilfe«, drohte sie und deutete auf die letzten bewaffneten Männer, die in die Calle del Bisbe einbogen.

Die Soldaten sahen ihnen hinterher, doch einer zog sein Schwert.

»Der Inquisitor wird den Tod einer Hexe begrüßen«, sagte er.

Francesca achtete gar nicht auf die Soldaten. Sie hatte nur Augen für die Frau, die ihr entgegengelaufen war. Wie viele Jahre hatten sie miteinander verbracht? Was hatten sie alles gemeinsam durchgemacht?

»Lasst sie in Ruhe, ihr Schweine!«, schrie Aledis, während sie einige Schritte rückwärts machte, um zu dem abrückenden Bürgerheer hinüberzulaufen, doch der Soldat hatte bereits die Waffe gegen Francesca erhoben. Die Klinge des Schwertes schien größer zu sein als die alte Frau. »Lasst sie in Ruhe«, wimmerte sie.

Francesca sah, wie Aledis die Hände vors Gesicht schlug und auf die Knie sank. Seit sie das Mädchen in Figueras aufgenommen hatte, waren sie unzertrennlich gewesen. Und nun sollte sie sterben, ohne sie noch einmal umarmt zu haben?

Der Soldat hatte bereits alle Muskeln angespannt, als Francesca ihn durchdringend ansah.

»Hexen sterben nicht durch das Schwert«, sagte sie mit ruhiger Stimme. Die Waffe in der Hand des Soldaten zitterte. Was sagte die Frau da? »Nur der Feuertod kann sie läutern.«

Stimmte das? Der Soldat sah hilfesuchend zu seinen Kameraden, doch diese wichen langsam zurück.

»Wenn du mich mit dem Schwert tötest, werde ich dich dein Leben lang verfolgen. Euch alle!«

Es war schwer vorstellbar, dass sich die Stimme, die sie soeben gehört hatte, aus diesem schwachen Körper entrungen haben sollte. Aledis sah auf.

»Ich werde euch verfolgen«, flüsterte Francesca, »eure Frauen und Kinder, und eure Kindeskinder samt ihrer Frauen. Ich verfluche euch!«

Zum ersten Mal, seit sie den Bischofspalast verlassen hatte, löste sie sich von der stützenden Wand. Die Soldaten waren im Palast verschwunden, nur noch der mit dem gezückten Schwert stand da.

»Ich verfluche dich«, sagte sie und wies mit dem Finger auf ihn. »Töte mich, und du wirst selbst im Tod keine Ruhe finden. Ich werde mich in tausend Würmer verwandeln und deine Organe auffressen. Deine Augen sollen meine sein in alle Ewigkeit.«

Während Francesca den Soldaten weiter einschüchterte, stand Aledis auf und ging zu ihr. Sie legte ihr den Arm um die Schulter und ging los.

»Die Lepra wird deine Söhne zerfressen ...« Die beiden Frauen gingen unter dem Schwert des Soldaten hindurch, »... und deine Frau wird die Metze des Teufels sein ...«

Sie blickten nicht zurück. Der Soldat stand noch eine ganze Weile mit erhobenem Schwert da. Dann ließ er es sinken und sah den beiden Frauen nach, die langsam über den Platz davongingen.

»Verschwinden wir von hier, mein Kind«, sagte Francesca, als sie die nun verwaiste Calle del Bisbe erreicht hatten.

Aledis zuckte zusammen.

»Ich muss noch im Gasthof vorbei ...«

»Nein, nein. Lass uns sofort aufbrechen. Wir dürfen keine Zeit verlieren.«

»Und Teresa und Eulàlia?«

»Wir schicken ihnen eine Nachricht«, antwortete Francesca.

An der Plaza de Sant Jaume gingen sie am Judenviertel entlang zum Stadttor der Boquería, das am nächsten lag. Sie gingen eng umschlungen, ohne etwas zu sagen.

»Und Arnau?«, fragte Aledis schließlich.

Francesca gab keine Antwort.

Der erste Teil hatte ganz nach Plan funktioniert. In diesem Moment sollte sich Arnau mit den *Bastaixos* auf dem kleinen Küstenschiff befinden, das Guillem angemietet hatte. Die Abmachung mit Infant Don Juan hatte ihre Grenzen. Guillem erinnerte sich an den genauen Wortlaut: »Der Infant verspricht lediglich«, hatte Francesc de Perellós ihm mitgeteilt, nachdem er ihn angehört hatte, »sich nicht dem Bürgerheer von Barcelona in den Weg zu stellen. Auf keinen Fall wird er die Inquisition herausfordern, sie unter Druck zu setzen versuchen oder ihre Entscheidungen in Frage stellen. Wenn dein Plan gelingt und Estanyol freikommt, wird der Infant nicht für ihn eintreten, sollte er erneut von der Inquisition verhaftet oder verurteilt werden. Ist das klar?« Guillem hatte zugestimmt und ihm die Schuldscheine des Königs ausgehändigt.

Nun stand der zweite Teil bevor. Nicolau musste davon überzeugt werden, dass Arnau ruiniert war und er nichts damit erreichen würde, ihn zu verfolgen oder zu verurteilen. Sie hätten alle nach Pisa fliehen und Arnaus Besitz der Inquisition überlassen können. Im Grunde hatte diese bereits die Verfügungsgewalt, und sollte Arnau, auch in Abwesenheit, verurteilt werden, würde damit auch die Konfiszierung seines Vermögens verbunden sein. Deshalb versuchte Guillem Eimeric zu täuschen. Er hatte nichts zu verlieren, hingegen viel zu gewinnen: Arnaus Seelenfrieden nämlich und die Gewissheit, dass ihn die Inquisition nicht ein Leben lang verfolgen würde.

Nicolau ließ ihn mehrere Stunden warten. Schließlich erschien er in Begleitung eines kleinen Juden, der den üblichen schwarzen Überrock mit dem gelben Zeichen trug. Der Jude hatte mehrere Bücher unter den Arm geklemmt und folgte dem Inquisitor mit kurzen, trippelnden Schritten. Er wich Guillems Blick aus, als Nicolau beide mit einer Geste in sein Arbeitszimmer befahl.

Er bot ihnen keinen Platz an. Er selbst setzte sich an seinen Schreibtisch.

»Wenn es stimmt, was du sagst«, wandte er sich zunächst an Guillem, »ist Estanyol bankrott.«

»Ihr wisst, dass es stimmt«, sagte Guillem. »Der König schuldet Arnau Estanyol keinen einzigen Sueldo mehr.«

»In diesem Fall könnte ich mich an den Magistrat wenden«, entgegnete der Inquisitor. »Es wäre eine Ironie des Schicksals, wenn dieselbe Stadt, die ihn aus dem Kerker des Sanctum Officium befreit hat, ihn nun wegen Bankrotts hinrichten würde.«

Das wird niemals geschehen, war Guillem versucht zu sagen. Er hatte Arnaus Freiheit in Händen. Er brauchte lediglich das von Abraham Levi unterschriebene Dokument vorzulegen ... Doch Nicolau hatte ihn nicht empfangen, um ihm damit zu drohen, Arnau beim städtischen Magistrat anzuzeigen. Er wollte sein Geld, das Geld, das er seinem Papst versprochen hatte, das Geld, das ihm dieser Jude, mit Sicherheit ein Freund von Jucef, in Aussicht gestellt hatte.

Guillem schwieg.

»Ich könnte es tun«, beteuerte Nicolau noch einmal.

Guillem hob gelassen die Hände. Der Inquisitor sah ihn forschend an.

»Wer bist du?«, fragte er schließlich.

»Mein Name ist . . .«

»Ja, ja«, fiel ihm Eimeric mit einer ungeduldigen Handbewegung ins Wort, »dein Name ist Sahat von Pisa. Was ich wissen will, ist, warum ein Händler aus Pisa in Barcelona einen Ketzer verteidigt.«

»Arnau Estanyol hat viele Freunde, auch in Pisa.«

»Ungläubige und Ketzer«, tobte Nicolau.

Guillem hob erneut die Hände. Wann würde der Inquisitor endlich auf das Geld zu sprechen kommen? Nicolau schien zu verstehen. Er schwieg einen Moment.

»Welchen Vorschlag haben die Freunde Arnau Estanyols der Inquisition zu machen?«, fragte er schließlich.

»In diesen Büchern«, sagte Guillem mit einer Kopfbewegung zu dem kleinen Juden, der unverwandt auf Nicolaus Schreibtisch starrte, »sind zahlreiche Posten zugunsten eines Gläubigers von Arnau Estanyol verzeichnet. Ein Vermögen.«

Zum ersten Mal wandte sich der Inquisitor an den Juden.

»Stimmt das?«

»Ja«, bestätigte der Jude. »Seit Geschäftsbeginn gibt es Buchungen zugunsten eines gewissen Abraham Levi . . .«

»Noch ein Ungläubiger!«, warf Nicolau ein.

Die drei schwiegen.

»Fahr fort«, befahl der Inquisitor dann.

»Diese Posten haben sich im Laufe der Jahre vervielfacht. Zum heutigen Zeitpunkt müssten es über fünfzehntausend Libras sein.«

In den kleinen Äuglein des Inquisitors erschien ein Funkeln, das weder Guillem noch dem Juden entging.

»Und?«, fragte Nicolau Eimeric, an Guillem gewandt.

»Arnau Estanyols Freunde könnten dafür sorgen, dass der Jude auf sein Geld verzichtet.«

Nicolau lehnte sich in seinem Stuhl zurück.

»Euer Freund ist frei«, sagte er. »Und Geld verschenkt man nicht. Weshalb sollte jemand, bei aller Freundschaft, auf fünfzehntausend Libras verzichten?«

»Arnau Estanyol wurde lediglich vorläufig vom Bürgerheer befreit.«

Guillem betonte das »vorläufig«. Arnau konnte jederzeit wieder von der Inquisition belangt werden. Der Augenblick war gekommen. In den Stunden des Wartens hatte er immer wieder darüber nachgedacht, während er die Schwerter der Inquisitionsbeamten betrachtete. Er durfte Nicolaus Intelligenz nicht unterschätzen. Die Inquisition hatte keine Handhabe gegen einen Mauren – es sei denn, Nicolau konnte beweisen, dass er die Inquisition direkt angegriffen hatte. Er durfte einem Inquisitor auf keinen Fall einen Handel anbieten. Der Vorschlag musste von Eimeric ausgehen. Ein Ungläubiger durfte nicht versuchen, das Sanctum Officium zu bestechen.

Nicolaus Blick ermunterte Guillem, fortzufahren. Du kriegst mich nicht, dachte er.

»Vielleicht habt Ihr recht«, sagte er. »In der Tat gibt es keinen logischen Grund, eine solche Geldsumme zu bieten, nachdem Arnau befreit wurde.« Die Augen des Inquisitors verengten sich zu schmalen Schlitzen. »Ich verstehe nicht, weshalb man mich hierhergeschickt hat; mir wurde gesagt, Ihr würdet verstehen, doch ich teile Eure triftige Ansicht. Ich bedaure, Eure Zeit verschwendet zu haben.«

Guillem wartete, dass Nicolau eine Entscheidung traf. Als der Inquisitor sich aufrichtete und ihn ansah, wusste Guillem, dass er gewonnen hatte.

»Geht«, befahl er dem Juden. Als der Mann die Tür hinter sich geschlossen hatte, sprach Nicolau weiter, bot ihm jedoch immer noch keinen Stuhl an. »Euer Freund ist frei, das stimmt, doch der Prozess gegen ihn ist noch nicht abgeschlossen. Ich habe sein Geständnis. Auch in Freiheit könnte ich ihn wegen mehrfacher Ketzerei verurteilen. Die Inquisition darf keine Todesurteile vollstrecken. Das ist Sache des weltlichen Arms, des Königs. Eure Freunde müssen wissen, dass der Wille des Königs unbeständig ist. Vielleicht, eines Tages . . .«

»Ich bin überzeugt, dass sowohl Ihr als auch der König tun werdet, was Ihr tun müsst«, antwortete Guillem.

»Für den König gibt es keinen Zweifel daran, was er zu tun hat: die Ungläubigen bekämpfen und das Christentum in alle Winkel des Reiches tragen. Doch die Kirche . . . Oft ist es schwierig zu entscheiden, was für ein Volk am besten ist. Euer Freund Arnau Estanyol hat seine Schuld eingestanden, und dieses Geständnis darf nicht ungestraft bleiben.« Nicolau hielt inne und sah Guillem forschend an. »Andererseits«, fuhr er angesichts des Schweigens seines Gesprächspartners fort, »sollten die Kirche und die Inquisition großzügig sein, wenn sie mit dieser Haltung andere Bedürfnisse erfüllen können, die letzten Endes zum Wohle aller sind. Würden deine Freunde, die dich hergeschickt haben, eine mildere Strafe akzeptieren?«

›Ich werde nicht mit dir verhandeln, Eimeric‹, dachte Guillem. ›Nur Allah – gelobt und gepriesen sei sein Name! – weiß, was du gewinnst, wenn du mich verhaftest. Nur ER weiß, ob uns hinter diesen Wänden Ohren belauschen. Der Vorschlag muss von dir kommen.‹

»Niemand wird jemals die Entscheidungen der Inquisition in Zweifel ziehen«, entgegnete er.

Nicolau rutschte auf seinem Stuhl hin und her.

»Du hast eine Privataudienz bei mir gefordert mit der Begründung, du könntest etwas haben, was mich interessiert. Du sagtest, Freunde von Arnau Estanyol könnten dafür sorgen, dass sein größter Geldgeber auf eine Summe von fünfzehntausend Libras verzichtet. Was willst du, Ungläubiger?«

»Ich weiß, was ich nicht will«, antwortete Guillem knapp.

»Nun denn«, sagte Nicolau und erhob sich. »Eine verschwindend geringe Strafe: Arnau hat während eines Jahres jeden Sonntag in der Kathedrale Buße zu tun, und deine Freunde sorgen dafür, dass der Gläubiger auf den Kredit verzichtet.«

»In Santa María.« Guillem war selbst überrascht, aber die Worte waren aus seinem tiefsten Inneren gekommen. Wo, wenn nicht in Santa María, sollte Arnau Buße tun?

57

Mar versuchte den Männern zu folgen, die Arnau wegbrachten, doch die Menschenmassen hinderten sie daran. Sie erinnerte sich an Aledis' letzte Worte: »Gib gut auf ihn acht«, hatte diese ihr durch den Lärm hindurch zugerufen. Dann hatte sie gelächelt.

Mar hatte zurückgeschaut, während die Menge sie mit sich davonriss.

»Gib gut auf ihn acht«, rief Aledis noch einmal, während Mar sich immer wieder umdrehte und denen auszuweichen versuchte, die ihr entgegenkamen. »Ich habe ihn vor vielen Jahren einmal geliebt.«

Plötzlich war sie verschwunden.

Mar wäre beinahe hingefallen und überrannt worden. »Frauen haben hier nichts verloren«, herrschte ein Mann sie an, der sie rücksichtslos angerempelt hatte.

Die Banner hatten bereits die Plaza de Sant Jaume am Ende der Calle del Bisbe erreicht. Zum ersten Mal an diesem Morgen versiegten Mars Tränen, und aus ihrer Kehle löste sich ein Schrei, der die Männer um sie herum verstummen ließ. »Arnau!« Sie schrie, rempelte diejenigen, die vor ihr liefen, an und kämpfte sich mit den Ellenbogen durch die Menge.

Das Bürgerheer versammelte sich auf der Plaza del Blat. Mar stand nicht weit von dem Gnadenbild der Jungfrau entfernt, das auf den Schultern der *Bastaixos* über dem Stein in der Mitte des Platzes tanzte. Doch wo war Arnau? Mar sah, wie einige Männer mit den Ratsherren der Stadt diskutierten. Zwischen ihnen . . . Ja, dort war er. Es waren nur ein paar Schritte, doch die Leute auf dem Platz standen dichtgedrängt. Sie zerkratzte den Arm eines Mannes, der sich weigerte, zur Seite zu treten. Der Mann zog einen Dolch, und für einen Moment fürchtete sie, er würde zustechen. Doch dann lachte er schallend und ließ sie vorbei. Gleich hinter ihm musste Arnau stehen, doch als sie an dem Mann vorbei war, waren da nur die Ratsherren und der Zunftmeister der *Bastaixos*.

»Wo ist Arnau?«, fragte sie keuchend und schwitzend.

Der *Bastaix* mit dem Schlüssel des Marienschreins um den Hals sah zu ihr herab. Arnaus Aufenthaltsort war geheim. Die Inquisition ...

»Ich bin Mar Estanyol«, sprudelte es aus ihr hervor. »Ich bin die Tochter von Ramon dem *Bastaix*. Du musst ihn gekannt haben.«

Nein, er hatte ihn nicht gekannt, aber er hatte von ihm gehört und wusste, dass Arnau seine Tochter bei sich aufgenommen hatte.

»Lauf schnell zum Strand«, sagte er nur.

Mar überquerte den Platz und flog die Calle de la Mar hinunter. Dort gab es kein Gedränge mehr. Auf Höhe des Konsulats hatte sie Arnau eingeholt. Er wurde von sechs *Bastaixos* getragen, weil er noch immer geschwächt war.

Mar wollte zu ihnen stürzen, doch einer der *Bastaixos* stellte sich ihr in den Weg. Guillems Anweisungen waren unmissverständlich gewesen: Niemand sollte Arnaus Aufenthaltsort kennen.

»Lass mich los!«, schrie Mar und strampelte mit den Füßen in der Luft.

Der *Bastaix* hatte sie um die Taille gefasst und versuchte, ihr nicht wehzutun. Sie wog nicht einmal halb so viel wie die Steine und Lasten, die er jeden Tag trug.

»Arnau! Arnau!«

Wie oft hatte er davon geträumt, diese Stimme zu hören? Als er die Augen öffnete, sah er, wie er von einigen Männern davongetragen wurde, deren Gesichter er kaum erkennen konnte. Sie brachten ihn irgendwohin, hastig, schweigend. Was ging hier vor sich? Wo war er? »Arnau!« Ja, es war die Stimme des Mädchens, das er damals auf dem Hof von Felip de Ponts verraten hatte.

»Arnau!« Er war am Strand. Die Erinnerungen verschmolzen mit dem Rauschen der Wellen und der salzigen Brise. Was machte er am Strand?

»Arnau!«

Die Stimme kam von weit weg.

Die *Bastaixos* wateten durch das Wasser zu einem Boot, das Arnau zu der Felucke bringen sollte, die Guillem angemietet hatte und die draußen im Hafen wartete. Das Meerwasser spritzte an Arnau hoch.

»Arnau!«

»Wartet«, stammelte er und versuchte sich aufzurichten. »Diese Stimme ... Wer ist das?«

»Eine Frau«, antwortete einer der Männer. »Sie wird keine Probleme machen. Wir müssen uns beeilen ...«

Arnau stand neben dem Boot, gestützt von den *Bastaixos*, und blickte zum Strand zurück. »Mar wartet auf dich.« Die Erinnerung an Guillems Worte brachte alles um ihn herum zum Schweigen. Guillem, Nicolau, die Inquisition, der Kerker – alles stürzte wie in einem Strudel auf ihn ein.

»Meine Güte!«, rief er. »Bringt sie her, ich flehe euch an!«

Einer der *Bastaixos* watete rasch zu der Stelle, wo Mar noch immer festgehalten wurde.

Arnau sah sie auf sich zulaufen.

Die *Bastaixos* beobachteten sie ebenfalls, bis Arnau sich von ihnen losriss. Er sah aus, als könnte ihn die kleinste Welle davonspülen.

Das Mädchen blieb vor Arnau stehen, der mit hängenden Armen dastand. Eine Träne rollte über seine Wange. Mar trat zu ihm und küsste sie weg.

Sie wechselten kein Wort, während Mar den *Bastaixos* half, ihn in das Boot zu heben.

Eine direkte Auseinandersetzung mit dem König würde ihn nicht weiterbringen.

Seit Guillem gegangen war, lief Nicolau in seinem Arbeitszimmer auf und ab. Wenn Arnau kein Geld mehr besaß, würde es ihm nichts nützen, ihn zu verurteilen. Der Papst würde ihn niemals von dem Versprechen entbinden, das er ihm gegeben hatte. Der Ungläubige hatte ihn am Wickel. Wenn er die Erwartungen des Papstes erfüllen wollte ...

Als es an der Tür klopfte, hielt er kurz inne, doch nach einem flüchtigen Blick auf die Tür setzte Nicolau seine Wanderung fort.

Ja, eine geringere Strafe würde seinen Ruf als Inquisitor retten, eine Konfrontation mit dem König vermeiden und ihm genügend Geld einbringen, um ...

Es klopfte wieder.

Nicolau warf erneut einen Blick zur Tür.

Er hätte diesen Estanyol nur zu gerne auf den Scheiterhaufen gebracht. Und seine Mutter? Was war aus der alten Frau geworden? Bestimmt hatte sie die allgemeine Verwirrung genutzt, um sich davonzustehlen.

Wieder hallte das Klopfen durch den Raum. Nicolau, der in der Nähe der Tür stand, riss diese ungestüm auf.

»Was gibt es?«

Jaume de Bellera stand mit geballter Faust da und wollte soeben ein weiteres Mal anklopfen.

»Was wollt Ihr?«, fragte der Inquisitor. Dann sah er den Soldaten, der im Vorraum Wache halten sollte und nun, von Genís Puigs Schwert bedroht, in einer Ecke kauerte. »Wie könnt Ihr es wagen, einen Soldaten der Inquisition zu bedrohen?«, wetterte er.

Genís senkte das Schwert und sah seinen Begleiter an.

»Wir warten schon lange«, antwortete der Herr von Navarcles.

»Ich habe doch gesagt, dass ich niemanden sehen will«, sagte Nicolau zu dem Soldaten, der nun von Genís' bedrohlichem Schwert befreit war.

Der Inquisitor wollte die Tür zuschlagen, doch Jaume de Bellera hinderte ihn daran.

»Ich bin ein katalanischer Baron«, sagte er, jedes Wort betonend, »und ich verdiene den Respekt, der meiner Position zusteht.«

Genís nickte zu den Worten seines Freundes und stellte sich mit gezücktem Schwert erneut dem Soldaten in den Weg, der dem Inquisitor zu Hilfe kommen wollte.

Nicolau sah dem Herrn von Bellera in die Augen. Er konnte um Hilfe rufen – die übrigen Soldaten wären gleich zur Stelle, doch diese zusammengekniffenen Augen ... Wer wusste, wozu zwei Männer fähig waren, die es gewohnt waren, ihren Willen durchzusetzen? Er seufzte. Dies schien nicht der beste Tag seines Lebens zu sein.

»Nun denn, Herr Baron«, lenkte er ein, »was wollt Ihr?«

»Ihr habt versprochen, Arnau Estanyol zu verurteilen. Stattdessen habt Ihr ihn entkommen lassen.«

»Ich kann mich nicht entsinnen, etwas versprochen zu haben. Und dass ich ihn hätte entkommen lassen ... Euer König, dessen Adelstitel

Ihr für Euch beansprucht, hat der Kirche seine Hilfe verweigert. Bittet ihn um Erklärungen.«

Jaume Bellera stammelte unverständlich vor sich hin und fuchtelte mit den Händen.

»Ihr könnt ihn immer noch verurteilen«, sagte er schließlich.

»Er ist entkommen«, erklärte Nicolau.

»Wir werden ihn Euch bringen!«, rief Genís Puig, der weiterhin den Soldaten in Schach hielt, ihnen jedoch aufmerksam zuhörte.

Nicolau sah ihn an. Weshalb sollte er ihnen Erklärungen geben?

»Wir haben Euch reichlich Beweise für seine Verfehlungen geliefert«, bemerkte Jaume de Bellera. »Die Inquisition kann nicht . . .«

»Welche Beweise?«, blaffte Eimeric. Diese beiden Trottel boten ihm die Gelegenheit, seine Ehre zu retten. »Welche Beweise? Die Aussage eines Besessenen wie Euch, Herr Baron?« Jaume de Bellera wollte etwas entgegnen, doch Nicolau brachte ihn mit einer brüsken Handbewegung zum Schweigen. »Ich habe nach diesen Dokumenten gesucht, die der Bischof angeblich nach Eurer Geburt ausstellte.« Die beiden maßen sich mit Blicken. »Ich habe keine gefunden, wisst Ihr das?«

Genís Puig ließ die Hand mit dem Schwert sinken.

»Sie müssen sich in den Archiven des Bischofs befinden«, verteidigte sich Jaume de Bellera.

Nicolau schüttelte nur den Kopf.

»Und Ihr, Herr Edelmann?«, brüllte Nicolau, nun an Genís gewandt. »Was habt Ihr gegen Arnau Estanyol?« Der Inquisitor sah Genís die Angst dessen an, der etwas zu verbergen hatte. Das war seine Arbeit. »Wisst Ihr, dass es ein Vergehen ist, die Inquisition zu belügen?« Genís sah hilfesuchend zu Jaume de Bellera, doch der starrte auf irgendeinen Punkt im Arbeitszimmer des Inquisitors. Er war auf sich allein gestellt. »Was habt Ihr mir zu sagen?« Genís wand sich und versuchte dem Blick des Inquisitors auszuweichen. »Was hat Euch der Geldwechsler getan?«, eiferte sich Nicolau. »Hat er Euch vielleicht in den Ruin getrieben?«

Genís reagierte. Es war nur eine Sekunde, in der er den Inquisitor ansah. Das war es. Was konnte ein Geldwechsler einem Edelmann anderes antun, als ihn zu ruinieren?

»Mich nicht«, antwortete Genís.

»Euch nicht? Euren Vater vielleicht?«

Genís sah zu Boden.

»Ihr habt versucht, Euch mittels einer Lüge der Inquisition zu bedienen! Ihr habt falsches Zeugnis abgelegt, um persönliche Rache zu üben!«

Die empörte Stimme des Inquisitors brachte Jaume de Bellera wieder zur Besinnung.

»Er hat seinen Vater verbrannt«, sagte Genís fast unhörbar.

Nicolau fuchtelte in der Luft herum. Was sollte er nun tun? Sie zu verhaften und ihnen den Prozess zu machen, würde nur eine Angelegenheit wieder aufleben lassen, die man besser so rasch wie möglich begrub.

»Ihr geht jetzt zum Schreiber und zieht Eure Aussagen zurück, andernfalls ... Habt ihr verstanden?«, brüllte er. Die beiden nickten fügsam. »Die Inquisition kann niemanden aufgrund von Falschaussagen verurteilen. Und nun geht«, schloss er mit einer Geste zu dem Wachsoldaten.

»Du hast bei deiner Ehre Rache geschworen«, rief Genís Puig Jaume de Bellera in Erinnerung, als sie sich zur Tür wandten.

Nicolau hörte genau, was der Mann sagte. Und er hörte auch die Antwort.

»Kein Herr von Navarcles hat je seinen Schwur gebrochen«, beteuerte Jaume de Bellera.

Der Inquisitor kniff die Augen zusammen. Ihm reichte es. Er hatte einen Angeklagten freigelassen. Er hatte soeben zwei Zeugen angewiesen, ihre Aussagen zurückzuziehen. Er schacherte mit einem ... mit einem Händler aus Pisa? Er wusste nicht einmal, mit wem er es zu tun hatte! Und wenn Jaume de Bellera sein Versprechen wahrmachte, bevor die Inquisition an das Vermögen kam, das Arnau noch besaß? Würde der Ungläubige sich an die Abmachung halten? Über diese Angelegenheit musste ein für alle Mal der Mantel des Schweigens gehüllt werden.

»Nun, diesmal wird der Herr von Navarcles seinen Schwur nicht halten«, brüllte er den beiden Männern hinterher.

Die beiden fuhren herum.

»Was sagt Ihr da?«, empörte sich Jaume de Bellera.

»Das Sanctum Officium kann nicht zulassen, dass zwei ...« – er machte eine abschätzige Handbewegung –, »... dass zwei Laien ein gültiges Urteil in Frage stellen. Das ist göttliches Recht. Eine andere Rache gibt es nicht! Habt Ihr verstanden, Bellera?« Der Adlige zögerte. »Wenn Ihr Euren Schwur einlöst, werde ich Euch vor Gericht bringen, weil Ihr vom Teufel besessen seid. Habt Ihr mich jetzt verstanden?«

»Aber ein Schwur . . .«

»Im Namen der Heiligen Inquisition entbinde ich Euch von Eurem Schwur.« Jaume de Bellera nickte. »Und Ihr«, setzte er, an Genís Puig gewandt, hinzu, »hütet Euch davor, Rache für etwas zu üben, worüber die Inquisition bereits gerichtet hat. Habe ich mich deutlich ausgedrückt?«

Genís Puig nickte.

Die Felucke, ein kleines Schiff von zehn Metern Länge mit Lateinersegel, ankerte in einer abgelegenen, nur von See zugänglichen Bucht an der Küste von Garraf, gut versteckt vor vorbeifahrenden Schiffen.

Eine windschiefe Hütte, die Fischer aus dem Strandgut errichtet hatten, das vom Mittelmeer in die Bucht gespült worden war, unterbrach die Monotonie der grauen Felsen und Kiesel, die in der gleißenden, brutheißen Sonne lagen.

Der Kapitän der Felucke hatte neben einer prallgefüllten Geldbörse genaue Anweisungen von Guillem erhalten. »Du lässt ihn mit einem vertrauenswürdigen Matrosen sowie ausreichend Wasser und Lebensmitteln dort und widmest dich dann der Küstenschifffahrt. Aber laufe nur nahe gelegene Häfen an, und kehre spätestens alle zwei Tage nach Barcelona zurück, um meine Anweisungen entgegenzunehmen. Wenn alles vorbei ist, bekommst du noch mehr Geld«, hatte er ihm versprochen, um sich seiner Ergebenheit zu versichern. Es wäre nicht nötig gewesen, denn Arnau war beliebt bei den Seeleuten, die ihn für einen gerechten Konsul hielten. Doch der Mann nahm das Geld trotzdem gerne an. Aber er hatte nicht mit Mar gerechnet. Das Mädchen weigerte sich, Arnau gemeinsam mit einem Matrosen zu pflegen.

»Ich werde mich um ihn kümmern«, versicherte sie dem Kapitän, nachdem sie in der Bucht gelandet waren und Arnau in der Hütte untergebracht hatten.

»Aber Sahat . . .«, versuchte der Seemann einzuwenden.

»Sag Sahat, dass Mar bei ihm ist, und sollte er etwas dagegen einzuwenden haben, dann komm mit deinem Matrosen zurück.«

Sie strahlte eine Autorität aus, die ungewöhnlich war für eine Frau. Der Kapitän sah sie an und wollte erneut widersprechen.

»Geh«, sagte sie nur.

Als die Feluke hinter den Felsen verschwand, von denen die Bucht geschützt war, atmete Mar auf und sah zum Himmel. Wie oft hatte sie sich diesen Traum verwehrt? Wie oft hatte sie sich bei dem Gedanken an Arnau gesagt, dass ihr ein anderes Schicksal bestimmt war? Und nun . . . Sie sah zu der Hütte hinüber. Er schlief noch immer.

Während der Fahrt hatte Mar sich immer wieder vergewissert, dass er kein Fieber hatte und nicht verletzt war. Sie hatte sich an die Reling gesetzt und Arnaus Kopf auf ihre Beine gelegt.

Manchmal hatte er die Augen geöffnet, sie angesehen und dann wieder geschlossen, während ein Lächeln auf seinen Lippen erschienen war. Sie hatte seine Hand ergriffen und jedes Mal, wenn Arnau sie ansah, fest gedrückt, bis er wieder in einen ruhigen Schlaf fiel. So war das immer und immer wieder gegangen, als hätte Arnau sich vergewissern wollen, dass sie wirklich da war. Und nun . . .

Mar ging zu der Hütte hinüber und setzte sich zu Füßen des Mannes nieder, den sie liebte.

Er streifte seit zwei Tagen durch Barcelona, um sich die Orte in Erinnerung zu rufen, die so lange Zeit ein Teil seines Lebens gewesen waren. Es hatte sich nicht viel verändert in den fünf Jahren, die Guillem in Pisa gewesen war. Trotz der allgemeinen Krise herrschte reges Leben in der Stadt. Barcelona war nach wie vor zum Meer hin offen, nur geschützt von den Sandbänken, auf die Arnau damals den Walfänger gesetzt hatte, als Pedro der Grausame mit seiner Flotte die gräfliche Stadt bedrohte. Gleichzeitig wurde noch immer an der westlichen Stadtmauer gebaut, deren Errichtung Pedro III. befohlen hatte. Auch die königliche Werft befand sich noch im Bau. Bis sie fertiggestellt war, wurden die Schiffe in der alten Werft auf dem Strand vor der Torre de Regomir repariert und gebaut.

Dort folgte Guillem dem Geruch des Teers, mit dem die Kalfaterer, nachdem sie den Teer mit Werg gemischt hatten, die Schiffe abdichteten. Er sah den Schiffszimmerleuten, Segelmachern, Schmieden und

Seilern bei der Arbeit zu. Früher war er gemeinsam mit Arnau hier gewesen, um die Arbeit der Seiler zu überprüfen und sicherzugehen, dass bei den Seilen für Trossen und Takelagen kein alter Hanf verwendet wurde. Ehrfürchtig begleitet von den Zimmerleuten, waren sie zwischen den Schiffen umherspaziert. Nachdem sie die Seile geprüft hatten, war Arnau immer zu den Kalfaterern gegangen. Er hatte alle weggeschickt, die ihn begleiteten, um sich persönlich mit ihnen zu unterhalten, aus der Ferne von den Übrigen beäugt.

»Ihre Arbeit ist enorm wichtig. Es ist von Gesetz wegen verboten, sie unter Zeitdruck zu verrichten«, hatte er Guillem beim ersten Mal erklärt. Deshalb unterhielt sich der Konsul mit den Kalfaterern, um sich zu vergewissern, dass keiner von ihnen aus finanzieller Not gegen diese Vorschrift verstieß, die die Sicherheit der Schiffe garantieren sollte.

Guillem sah zu, wie einer von ihnen auf Knien sorgfältig die Fuge überprüfte, die er soeben kalfatert hatte. Bei dem Anblick musste er die Augen schließen. Er presste die Lippen aufeinander und schüttelte den Kopf. Sie hatten so viel zusammen durchgefochten, und nun wartete Arnau in einer kleinen Bucht darauf, dass der Inquisitor ihn zu einer milden Strafe verurteilte. Christen! Wenigstens hatte er Mar an seiner Seite ... sein kleines Mädchen. Guillem war nicht überrascht gewesen, als der Kapitän der Felucke, nachdem er Mar und Arnau abgesetzt hatte, im Handelshof erschienen war und ihm erklärt hatte, was geschehen war. So war sie, sein kleines Mädchen!

»Viel Glück, mein Schatz«, hatte er gemurmelt.

»Was sagtet Ihr?«

»Nichts, nichts. Ihr habt richtig gehandelt. Verlasst nun den Hafen und kommt in einigen Tagen wieder.«

Am ersten Tag hörte er nichts von Eimeric. Am zweiten streifte er erneut durch Barcelona. Er konnte nicht länger im Handelshof herumsitzen und warten. Er ließ einen Diener dort zurück mit dem Auftrag, ihn in der ganzen Stadt zu suchen, falls jemand nach ihm fragte.

Die Viertel der Händler waren völlig unverändert. Man konnte mit geschlossenen Augen durch Barcelona laufen, nur geleitet von dem charakteristischen Geruch jedes einzelnen Viertels. Die Kathedrale war noch unvollendet, ebenso Santa María del Mar und Santa María del Pi, aber der Bau an der Kirche der Madonna des Meeres war wesentlich weiter vorangeschritten als die beiden anderen. Auch an den Kirchen Santa Clara und Santa Anna wurde gearbeitet. Guillem blieb vor jedem der Gotteshäuser stehen, um den Zimmerleuten und Maurern bei der Arbeit zuzusehen. Und die Mauer zum Meer hin? Der Hafen? Sie waren schon seltsam, diese Christen.

»Im Handelshof sucht man nach Euch«, teilte ihm am dritten Tag keuchend ein Diener mit.

»Habe ich dich, Nicolau?«, murmelte Guillem, während er zum Handelshof zurückeilte.

Nicolau Eimeric unterzeichnete das Urteil in Gegenwart von Guillem, der vor dem Schreibtisch stand. Dann siegelte er es und überreichte es schweigend dem Mauren.

Guillem nahm das Dokument entgegen und begann sofort, es zu lesen.

»Ganz am Ende«, drängte ihn der Inquisitor.

Guillem sah Nicolau über das Schriftstück hinweg an und vertiefte sich dann wieder in die Ausführungen des Inquisitors. Jaume de Bellera und Genís Puig hatten also ihre Aussagen zurückgezogen. Wie hatte Nicolau das geschafft? Margarida Puigs Aussage wurde von Nicolau in Zweifel gezogen, nachdem das Tribunal Kenntnis darüber erlangt hatte, dass ihre Familie durch Geschäfte mit Arnau ruiniert worden war. Und Elionors Aussage ... Sie hatte es an jenem Gehorsam mangeln lassen, den jede Frau ihrem Mann schuldig war!

Außerdem behauptete Elionor, der Angeklagte habe vor aller Augen eine Jüdin umarmt, mit der er, so vermutete sie, ein Verhältnis habe. Als Zeugen dieses Vorgangs benannte sie Nicolau selbst sowie Bischof Berenguer d'Erill. Guillem sah Nicolau erneut über die Urteilsschrift hinweg an. Der Inquisitor erwiderte seinen Blick. Es entspreche nicht der Wahrheit, schrieb Nicolau, dass der Beklagte zu dem von Doña Elionor bezeichneten Zeitpunkt eine Jüdin umarmt habe. Weder er noch Berenguer d'Erill, der das Urteil ebenfalls unterzeichnet hatte – Guillem blätterte auf die letzte Seite, um die Unterschrift und das Siegel des Bischofs zu betrachten –, konnten diese Aussage bestätigen. Der Rauch, das Feuer, der Lärm, die Erregung – jeder dieser Umstände, so Nicolau weiter, hätte dazu führen können, eine Frau, die von Natur aus schwach war, dergleichen glauben zu machen.

Da die Beschuldigung Doña Elionors bezüglich einer Beziehung Arnaus zu einer Jüdin offenkundig falsch sei, könne auch der übrigen Aussage wenig Glauben geschenkt werden.

Guillem lächelte.

Wofür der Angeklagte unzweifelhaft belangt werden könne, seien lediglich jene Aussagen, die von den Pfarrern von Santa María del Mar bezeugt worden seien. Der Beschuldigte habe die blasphemischen Äußerungen zugegeben, diese jedoch vor dem Tribunal bereut, und Reue sei schließlich das höchste Ziel jeden Inquisitionsprozesses. Deshalb laute die Strafe für Arnau Estanyol: Verlust sämtlichen Besitzes sowie die Verpflichtung, ein Jahr lang jeden Sonntag im Büßergewand der Verurteilten vor der Kirche Santa María Buße zu tun.

Guillem übersprang die rechtlichen Formeln und betrachtete die Unterschriften und Siegel des Inquisitors und des Bischofs. Er hatte es geschafft!

Er rollte das Urteil zusammen und suchte in seinen Taschen nach Abraham Levis Verzichtserklärung, um sie Nicolau zu überreichen. Guillem sah schweigend zu, wie der Inquisitor das Schreiben las, das Arnaus Ruin bedeutete, zugleich aber auch seine Freiheit und sein Leben. Andererseits hätte er ihm sowieso niemals erklären können, woher das Geld kam und warum er das Dokument so viele Jahre versteckt gehalten hatte.

58

Arnau verschlief den Rest des Tages. Als es dunkel wurde, machte Mar ein kleines Feuer mit dem dürren Laub und dem Holz, das die Fischer in der Hütte gesammelt hatten. Das Meer war ruhig. Die Frau sah in den sternenklaren Himmel, dann wanderte ihr Blick zu den steilen Felswänden, von denen die Bucht umgeben war. Der Mond beschien die zerklüfteten Felsen und trieb ein launisches Spiel aus Licht und Schatten.

Sie atmete die Stille ein und schmeckte die Ruhe. Die Welt existierte nicht. Barcelona existierte nicht, auch nicht die Inquisition, nicht einmal Elionor oder Joan. Es gab nur sie und Arnau.

Gegen Mitternacht hörte sie Geräusche aus der Hütte. Sie stand auf, um zu Arnau zu gehen, als dieser auf einmal im Mondlicht erschien. Reglos standen die beiden da, einige Schritte voneinander entfernt.

Mar stand zwischen Arnau und dem Lagerfeuer. Der Widerschein der Flammen betonte ihre Umrisse, während ihr Gesicht im Dunkeln blieb. ›Bin ich schon im Himmel?‹, fragte sich Arnau. Als sich seine Augen schließlich an die Dunkelheit gewöhnten, nahmen die Gesichtszüge, die ihn bis in seine Träume verfolgt hatten, nach und nach Gestalt an. Zuerst ihre schönen, glänzenden Augen – wie viele Nächte hatte er ihretwegen geweint? Dann ihre Nase, ihre Wangenknochen, ihr Kinn . . . und ihr Mund. Diese Lippen . . . Die Gestalt breitete die Arme aus, und der Feuerschein hüllte ihren Körper ein, der im Zusammenspiel von Licht und Schatten unter der durchscheinenden Kleidung zu erahnen war. Sie rief seinen Namen.

Arnau folgte der Aufforderung. Was ging hier vor? Wo war er? War das wirklich Mar? Er wusste die Antwort, als er ihre Hände ergriff, ihr strahlendes Lächeln sah, den warmen Kuss spürte, den sie auf seine Lippen drückte.

Dann klammerte sich Mar ganz fest an Arnau, und die Wirklichkeit kehrte zurück. »Umarme mich«, hörte er sie flüstern. Arnau schlang seine Arme um das Mädchen und presste sie ganz fest an sich. Er hörte sie weinen und spürte, wie das Schluchzen ihren Körper schüttelte. Er strich ihr über den Kopf und wiegte sie sanft hin und her. Wie viele Jahre mussten vergehen, bis er diesen Moment auskosten konnte? Wie viele Fehler hatte er begangen?

Arnau hob Mars Kopf von seiner Schulter und zwang sie, ihm in die Augen zu sehen.

»Es tut mir leid«, begann er. »Es tut mir leid, dass ich dich diesem Mann . . .«

»Sei still«, unterbrach sie ihn. »Die Vergangenheit existiert nicht mehr. Es gibt nichts zu verzeihen. Wir leben heute. Sieh nur, das Meer.« Sie löste sich von ihm und nahm seine Hand. »Das Meer weiß nichts über das Gestern. Es ist einfach da. Es wird niemals Erklärungen von uns verlangen. Da sind die Sterne und der Mond, und sie leuchten für uns. Was interessiert sie, was hätte gewesen sein können? Sie leuchten uns und sind froh darüber. Siehst du, wie sie am Himmel funkeln? Würden sie sonst so strahlen? Müsste nicht ein Sturm losbrechen, wenn Gott uns strafen wollte? Wir sind alleine, nur du und ich, ohne Vergangenheit, ohne Erinnerungen, ohne Schuld. Da ist nichts, was uns im Weg stehen könnte.«

Arnau blickte in den Himmel. Dann sah er aufs Meer hinaus, zu den kleinen Wellen, die sanft in der Bucht ausliefen. Er betrachtete die Felswand, die sie schützte, und wiegte sich in der Stille.

Ohne Mars Hand loszulassen, wandte er sich dem Mädchen zu. Er musste ihr etwas beichten, etwas Schmerzliches, das er seiner Madonna nach dem Tod seiner ersten Frau versprochen hatte, und dieses Versprechen konnte er auch nun nicht brechen. Er sah ihr in die Augen und erklärte es ihr leise flüsternd.

Als er geendet hatte, seufzte Mar.

»Ich weiß nur, dass ich dich nicht wieder verlassen werde, Arnau. Ich will bei dir sein, dir nahe sein . . . zu den Bedingungen, die du stellst.«

Am Morgen des fünften Tages erschien eine Felucke, der niemand anders entstieg als Guillem. Die drei trafen sich am Ufer. Mar trat ein wenig zurück, damit sich die beiden Männer umarmen konnten.

»Mein Gott!«, schluchzte Arnau.

»Welcher Gott?«, fragte Guillem mit einem Kloß im Hals. Er schob Arnau von sich weg und lächelte, sodass man seine weißen Zähne blitzen sah.

»Der Gott aller«, antwortete Arnau gleichfalls fröhlich.

»Komm her, mein kleines Mädchen«, sagte Guillem dann und breitete die Arme aus.

Mar trat zu den beiden Männern und umarmte sie.

»Ich bin nicht mehr dein kleines Mädchen«, erklärte sie mit einem verschmitzten Lächeln.

»Das wirst du immer sein«, beteuerte Guillem.

»Ja, das wirst du immer sein«, bestätigte auch Arnau.

Eng umschlungen begaben sich die drei zu den Resten des Lagerfeuers vom Abend zuvor.

»Du bist frei, Arnau«, teilte ihm Guillem mit, nachdem er Platz genommen hatte. Er hielt ihm das Urteil hin.

»Sag mir, was drinsteht«, bat ihn Arnau, ohne das Schriftstück an sich zu nehmen.

»Darin steht, dass dein Besitz konfisziert wird . . .« Guillem sah Arnau an, konnte jedoch keine Regung erkennen. »Und dass du ein Jahr lang jeden Sonntag vor der Kirche Santa María öffentlich Buße tun musst. Darüber hinaus lässt dich die Inquisition unbehelligt.«

Arnau sah sich barfüßig und im knöchellangen Büßergewand mit den zwei aufgemalten Kreuzen vor dem Portal seiner Kirche stehen.

»Ich hätte wissen müssen, dass es dir gelingen würde, als ich dich im Gerichtssaal sah. Aber ich befand mich nicht in der Verfassung . . .«

»Arnau«, unterbrach ihn Guillem, »hast du gehört, was ich gesagt habe? Die Inquisition konfisziert deinen gesamten Besitz.«

Arnau schwieg einen Moment, bevor er antwortete: »Ich war so gut wie tot, Guillem. Eimeric hatte mich fast so weit. Und außerdem hätte ich alles, was ich habe – oder vielmehr hatte –, für die vergangenen Tage gegeben.« Mit diesen Worten ergriff er Mars Hand. Guillem sah das Mädchen an, das übers ganze Gesicht strahlte. Ihre Augen leuchteten. Guillem lächelte ebenfalls.

Arnau tätschelte die Hand des Mädchens.

»Ich nehme an, es hat viel Geld gekostet, dass der König nicht gegen das Bürgerheer einschreitet.«

Guillem nickte.

»Danke«, sagte Arnau.

Die beiden Männer sahen sich an.

»Und du?«, sagte Arnau schließlich, um den Bann zu brechen. »Wie ist es dir in den vergangenen Jahren ergangen?«

Die Sonne stand bereits hoch am Himmel, als die drei zu der Felucke wateten. Zuvor hatten sie dem Kapitän durch Zeichen zu verstehen gegeben, dass er in die Bucht kommen solle. Arnau und Guillem gingen an Bord.

»Einen Moment noch«, bat Mar.

Das Mädchen wandte sich zu der Bucht um und betrachtete die Hütte. Was erwartete ihn nun? Öffentliche Buße, Elionor . . .

Mar blickte zu Boden.

»Mach dir keine Gedanken wegen ihr.« Arnau streichelte ihr tröstend übers Haar. »Wenn nichts mehr zu holen ist, wird sie uns nicht weiter behelligen. Der Palast in der Calle de Montcada ist Teil meines Vermögens, gehört also nun der Inquisition. Ihr bleibt nur noch Montbui. Sie wird dort bleiben müssen.«

»Die Burg«, sagte Mar leise. »Wird sie ihr von der Inquisition überlassen?«

»Nein. Die Burg und das Land wurden uns vom König zur Hochzeit geschenkt. Die Inquisition kann sie nicht als mein Vermögen konfiszieren.«

»Die Bauern tun mir leid«, murmelte Mar und erinnerte sich an den Tag, an dem Arnau die Leibeigenschaft abgeschafft hatte.

Niemand erwähnte Mataró oder den Hof Felip de Ponts.

»Wir werden uns schon irgendwie durchschlagen«, erklärte Arnau schließlich.

»Was redest du da?«, unterbrach ihn Guillem. »Ihr werdet so viel Geld haben, wie ihr braucht. Wenn ihr wolltet, könnten wir sogar den Palast in der Calle Montcada zurückkaufen.«

»Es ist dein Geld«, widersprach Arnau.

»Es ist unser Geld. Ich habe niemanden außer euch beiden. Was soll ich mit dem Geld anfangen, das ich deiner Großzügigkeit verdanke? Es gehört euch.«

»Nein, nein«, wehrte Arnau ab.

»Ihr seid meine Familie. Mein kleines Mädchen . . . und der Mann, dem ich meine Freiheit und meinen Reichtum zu verdanken habe. Bedeutet das, dass ihr mich nicht in eurer Familie haben wollt?«

Mar legte ihre Hand auf Guillems Arm. Arnau kam ins Stottern: »Nein, nein . . . Das wollte ich damit nicht sagen . . . Natürlich bist du . . .«

»Nun, und das Geld kommt mit mir«, fiel Guillem ihm erneut ins Wort. »Oder willst du, dass ich es der Inquisition überlasse?«

Arnau musste lachen.

»Und ich habe große Pläne«, setzte Guillem hinzu.

Mar sah noch immer zur Bucht zurück. Eine Träne rollte über ihre Wange, benetzte ihre Lippen und verschwand in ihrem Mundwinkel. Nun ging es zurück nach Barcelona. Zu einer ungerechten Strafe, der Inquisition, zu Joan, der seinen Bruder verraten hatte . . . Und zu einer Ehefrau, die sie verachtete und die sie doch nicht loswurde.

59

Guillem hatte ein Haus im Ribera-Viertel gemietet. Er vermied jeden Luxus, doch das Haus war groß genug für sie drei. Und mit einem Zimmer für Joan, dachte Guillem, als er die entsprechenden Anweisungen gab. Arnau wurde herzlich von den Menschen im Hafen empfangen, als er von Bord der Felucke ging. Doch einige Händler, die den Transport ihrer Waren überwachten oder auf dem Weg zur Börse waren, grüßten ihn lediglich mit einem knappen Kopfnicken.

»Ich bin nicht mehr reich«, bemerkte er zu Guillem, während er, nach allen Seiten grüßend, weiterging.

»Wie sich Neuigkeiten herumsprechen«, entgegnete dieser.

Arnau hatte gesagt, dass er gleich nach der Ankunft nach Santa María wollte, um der Jungfrau für seine Befreiung zu danken. Aus seinen konfusen Träumen war irgendwann klar und deutlich das kleine Gnadenbild erstanden, das über den Köpfen der Menge schwankte, während er von den Ratsherren der Stadt davongetragen wurde. Doch an der Ecke der Straßen Canvis Vells und Canvis Nous verlangsamte er seine Schritte. Die Tür und die Fenster seines Hauses, seiner Wechselstube, standen weit offen. Davor drängte sich ein Häuflein Schaulustiger, die zur Seite traten, als sie Arnau kommen sahen. Er ging nicht hinein. Die drei erkannten einige Möbel und Gegenstände wieder, die von Beamten der Inquisition auf einen Wagen geladen wurden, der vor der Tür stand. Da war der lange Tisch, der über den Karren hinausragte und mit Stricken festgebunden war, die rote Tischdecke, die Zange zum Zerbrechen des Falschgeldes, der Abakus, die Schatullen ...

Arnaus Blick fiel auf eine schwarz gekleidete Gestalt, die eine Liste der Gegenstände erstellte. Der Dominikaner hörte auf zu schreiben und sah ihn an. Die Leute verstummten. Arnau erkannte die Augen wieder: Sie hatten ihn während der Verhöre von dem Platz gleich neben dem Bischof angestarrt.

»Geier«, murmelte er.

Es war sein Besitz, seine Vergangenheit. Niemals hätte er gedacht, dass er einmal bei der Plünderung seines Hauses zusehen würde. Er hatte nie viel auf Besitz gegeben, doch es war ein ganzes Leben, das dort weggetragen wurde.

Mar merkte, wie Arnaus Hand feucht wurde.

Jemand aus den hinteren Reihen buhte den Mönch aus. Sofort stellten die Inquisitionsbeamten ihre Lasten ab und zogen ihre Schwerter. Drei weitere Soldaten kamen aus dem Haus, die Waffen bereits in den Händen.

»Sie werden sich nicht noch einmal vom Volk demütigen lassen«, bemerkte Guillem. Dann zog er Mar und Arnau schnell weiter.

Die Soldaten gingen auf die Schaulustigen los, die in alle Richtungen davonstoben. Arnau ließ sich von Guillem wegführen, während er unverwandt zu dem Karren zurücksah.

Der Besuch in Santa María fiel aus, weil die Soldaten die Leute bis vor die Kirche verfolgten. Die drei gingen rasch um den Bau herum zur Plaza del Born und von dort zu ihrem neuen Haus.

Die Nachricht von Arnaus Rückkehr sprach sich in der Stadt herum. Die Ersten, die bei ihm erschienen, waren mehrere *Missatges* des Seekonsulats. Der Hauptmann wagte es nicht, Arnau ins Gesicht zu sehen. Er sprach ihn mit seinem Ehrentitel an, doch er musste ihm das Schreiben überbringen, mit dem der Rat der Hundert ihn seines Amtes enthob.

»Es war eine Ehre, für Euch zu arbeiten«, sagte er.

»Die Ehre war ganz meinerseits«, antwortete Arnau. »Sie wollen keinen armen Seekonsul«, sagte er zu Guillem und Mar, als der Hauptmann und die Soldaten gegangen waren.

»Darüber müssen wir noch sprechen«, bemerkte Guillem, doch Arnau schüttelte den Kopf.

Viele andere suchten Arnau in seinem neuen Haus auf. Einige, wie den Zunftmeister der *Bastaixos*, bat Arnau hinein. Die einfachen Leute beschränkten sich darauf, ihm durch die Dienstboten, die ihnen öffneten, die besten Wünsche ausrichten zu lassen.

Am zweiten Tag kam Joan. Seit er von Arnaus Ankunft in Barcelona erfahren hatte, fragte er sich, was Mar ihm erzählt haben mochte. Als er die Ungewissheit nicht länger ertrug, beschloss er, sich seinen Ängsten zu stellen und seinen Bruder aufzusuchen.

Arnau und Guillem erhoben sich vom Tisch, als Joan das Esszimmer betrat. Mar blieb sitzen.

»Du hast den Leichnam deines Vaters verbrannt!« Arnau hatte versucht, nicht daran zu denken, doch als er Joan sah, klang ihm erneut die Anschuldigung Nicolau Eimerics in den Ohren.

In der Tür zum Esszimmer stehend, stammelte Joan einige Worte. Dann ging er mit gesenktem Kopf auf Arnau zu.

Arnau kniff die Augen zusammen. Er kam, um sich zu entschuldigen. Wie konnte sein Bruder ...?

»Wie konntest du das tun?«, brach es aus ihm heraus, als Joan vor ihm stand.

Joan sah von Arnaus Füßen auf und warf einen Blick in Richtung Mar. Hatte sie ihn noch nicht genug gestraft? Musste er selbst Arnau erzählen ...? Doch das Mädchen sah überrascht aus.

»Was willst du hier?«, fragte Arnau mit schneidender Stimme.

Joan suchte verzweifelt nach einem Vorwand.

»Die Zeche im Gasthof muss bezahlt werden«, hörte er sich selbst sagen.

Arnau winkte ab und kehrte ihm den Rücken zu.

Guillem rief einen Diener herbei und übergab ihm eine Geldbörse.

»Begleite den Mönch zum Gasthof, um die Rechnung zu begleichen«, trug er ihm auf.

Joan sah den Mauren hilfesuchend an, doch als der keine Miene verzog, wandte er sich zur Tür und ging hinaus.

»Was ist zwischen euch vorgefallen?«, fragte Mar, nachdem Joan das Esszimmer verlassen hatte.

Arnau schwieg. Mussten sie das wissen? Wie sollte er ihnen erklären, dass er den Leichnam seines eigenen Vaters verbrannt hatte und dass ihn sein Bruder bei der Inquisition angezeigt hatte? Joan war der Einzige, der davon wusste.

»Lassen wir die Vergangenheit ruhen«, sagte er schließlich. »Zumindest soweit wir können.«

Mar schwieg. Dann nickte sie.

Joan verließ das Haus und ging hinter Guillems Sklaven her. Auf dem Weg zum Gasthof musste sich der Junge einige Male nach dem Dominikaner umdrehen, der immer wieder mit leerem Blick auf der Straße stehen blieb. Sie hatten den Weg zum Handelshof genommen, den der Junge kannte.

Doch in der Calle Montcada konnte der Sklave Joan nicht mehr zum Weitergehen bewegen. Der Mönch stand reglos vor dem Portal von Arnaus Stadtpalast.

»Geh du bezahlen«, sagte Joan zu dem Jungen, der ihn weiterzuziehen versuchte. »Ich muss eine andere Schuld begleichen«, murmelte er dann vor sich hin.

Pere, der alte Diener, führte ihn zu Elionor. Seit er die Türschwelle übertreten hatte, murmelte er den immer gleichen Satz vor sich hin. Als er die steinerne Treppe hinaufging, wurde seine Stimme immer lauter, bis Pere sich verwundert zu ihm umdrehte. Und als er schließlich vor Elionor stand, donnerte er los, bevor diese einen Ton sagen konnte: »Ich weiß, dass du gesündigt hast!«

Die Baronin stand in der Mitte des Raumes und sah ihn hochmütig an.

»Was faselst du da, Mönch?«, erwiderte sie.

»Ich weiß, dass du gesündigt hast«, wiederholte Joan.

Elionor lachte laut auf, bevor sie ihm den Rücken zuwandte.

Joan betrachtete das kostbar bestickte Kleid, das die Frau trug. Mar hatte gelitten. Er hatte gelitten. Und Arnau . . . Arnau musste nicht minder gelitten haben.

Elionor lachte noch immer.

»Wofür hältst du dich, Mönch?«

»Ich bin Inquisitor des Sanctum Officium«, antwortete Joan. »Und in deinem Fall brauche ich kein Geständnis.«

Angesichts von Joans kalten Worten drehte sich Elionor schweigend um. Sie sah, dass er eine Öllampe in der Hand hielt.

»Was . . . ?«

Ihr blieb keine Zeit, den Satz zu vollenden. Joan schleuderte ihr die Lampe entgegen. Das Öl ergoss sich über ihr kostbares Kleid und ging augenblicklich in Flammen auf.

Elionor stieß einen markerschütternden Schrei aus.

Als Pere die übrigen Diener zusammenrief und seiner Herrin zu

Hilfe eilen wollte, hatte sie sich bereits in eine lodernde Fackel verwandelt. Joan sah, wie Pere einen Wandteppich herunterriss, um ihn über Elionor zu werfen. Er stieß den alten Diener weg, doch in der Tür standen bereits weitere Bedienstete und rissen entsetzt die Augen auf.

Jemand rief nach Wasser.

Joan betrachtete Elionor, die lichterloh brennend zu Boden gestürzt war.

»Vergib mir, Herr«, stammelte er.

Dann nahm er eine weitere Lampe und trat zu Elionor. Der Saum seines Habits fing Feuer.

»Bereue!«, schrie er, bevor die Flammen ihn einhüllten. Er ließ die Lampe auf Elionor fallen und brach neben ihr zusammen. Der Teppich begann lichterloh zu brennen, desgleichen mehrere Möbelstücke.

Als die Diener mit dem Wasser kamen, schütteten sie es von der Türschwelle in den brennenden Salon, bevor sie vor dem dichten Rauch flohen.

60

15. August 1384
Mariä Himmelfahrt
Santa María del Mar
Barcelona

Sechzehn Jahre waren vergangen.

Arnau stand vor der Kirche Santa María und blickte nach oben. Das Läuten der Glocken war in ganz Barcelona zu hören. Die Härchen auf seinen Armen richteten sich auf, und ein Schauder durchlief seinen Körper, als die vier Glocken ertönten. Er hatte zugesehen, wie man sie in den Turm gezogen hatte, und wäre gerne bei den jungen Männern gewesen, die sie nun läuteten. Da war die Assumpta, die größte der vier, dann die Conventual, La Andrea und La Vedada, die kleinste ganz oben im Turm.

Am heutigen Tage wurde Santa María geweiht, seine Kirche, und die Glocken schienen anders zu klingen als sonst. Oder hörten sie sich nur für ihn anders an? Er blickte zu den Oktogonaltürmen hoch, welche die Fassade zu beiden Seiten flankierten. Es waren schlanke, luftige Türme, deren drei Freigeschosse sich nach oben hin verjüngten. Jedes Geschoss war ringsum mit Spitzbogenfenstern, Gesimsen und einer Brüstung versehen. Als sie noch im Bau waren, hatte Arnau gehört, dass sie einfach und schlicht werden sollten, ohne Turmspitzen und Turmhelme, natürlich wie das Meer, dessen Schutzpatronin sie bewachten, und doch eindrucksvoll und stolz, genau wie das Meer.

Die Menschen strömten in Festtagskleidung herbei. Manche betraten gleich die Kirche, andere, wie Arnau, blieben draußen stehen, um ihre Schönheit zu bewundern und dem Geläut der Glocken zu lauschen. Arnau drückte Mar an sich. Er hatte den rechten Arm um sie gelegt. Zu seiner Linken stand, genauso staunend wie sein Vater, ein dreizehnjähriger Knabe mit einem Muttermal über dem rechten Auge.

Während die Glocken immer noch läuteten, betrat Arnau mit seiner Familie Santa María del Mar. Die Leute, die mit ihnen hineingingen, blieben stehen und ließen ihn vor. Dies war Arnau Estanyols Kirche. Als *Bastaix* hatte er auf seinem Rücken die ersten Steine herbeigeschleppt; als Geldwechsler und Seekonsul und später als Händler für Seeversicherungen hatte er sie mit bedeutenden Stiftungen bedacht. Aber Santa María hatte auch Katastrophen erlebt. Am 28. Februar 1373 hatte ein Erdbeben den Glockenturm zum Einsturz gebracht. Arnau war der Erste gewesen, der Geld für seinen Wiederaufbau gab.

»Ich brauche Geld«, hatte er damals zu Guillem gesagt.

»Es gehört dir«, antwortete der Maure, der von dem Unglück wusste und auch, dass Arnau an diesem Morgen Besuch von einem Mitglied des Baurates erhalten hatte.

Das Glück war ihnen wieder hold. Auf Guillems Ratschlag war Arnau in den Handel mit Seeversicherungen eingestiegen. Katalonien, wo es anders als in Genua, Venedig oder Pisa keine Schadensregulierungen gab, war ein Paradies für die Ersten, die sich in diesem Geschäft betätigten. Doch nur umsichtigen Unternehmern wie Arnau und Guillem gelang das Überleben. Das Finanzsystem im Prinzipat war im Untergang begriffen und mit ihm die Leute, die schnelle Geschäfte machen wollten, indem sie eine Ladung über Wert versicherten, um dann nie wieder von ihr zu hören. Andere versicherten Schiffe und Waren, nachdem bereits bekannt geworden war, dass Piraten das Schiff gekapert hatten, weil sie darauf hofften, dass es sich um eine Falschmeldung handelte. Arnau und Guillem hingegen wählten die Schiffe gut aus und kalkulierten das Risiko sehr genau, und schon bald konnten sie bei dem neuen Geschäft auf das weitgespannte Netz von Vertretern zurückgreifen, mit dem sie bereits als Geldwechsler zusammengearbeitet hatten.

Am 26. Dezember 1379 hatte Arnau Guillem nicht mehr fragen können, ob er mit einer weiteren Stiftung an die Kirche einverstanden sei, denn der Maure war ein Jahr zuvor überraschend gestorben. Als Arnau ihn fand, hatte er tot in seinem stets nach Mekka ausgerichteten Lehnstuhl im Garten gesessen, wo er, wie alle wussten, heimlich seine

Gebete verrichtete. Arnau hatte mit den Mitgliedern der maurischen Gemeinde gesprochen, und diese hatten in der Nacht Guillems Leichnam abgeholt.

In jener Nacht des 26. Dezembers 1379 war Santa María durch einen schrecklichen Brand verwüstet worden. Das Feuer vernichtete die Sakristei, den Chor, die Orgel, die Altäre und überhaupt alles im Inneren der Kirche, was nicht aus Stein war. Doch auch der Stein wurde durch den Brand in Mitleidenschaft gezogen, insbesondere der Dekor, und der Schlussstein mit der Darstellung König Alfons' des Gütigen, Vater des aktuellen Königs, der diesen Bauabschnitt bezahlt hatte, wurde vollständig zerstört.

Der König tobte, als er davon hörte, und forderte die Wiederherstellung des Steins. Doch die Bewohner des Ribera-Viertels hatten genug damit zu tun, das Geld für einen neuen Schlussstein zusammenzubekommen, und konnten nicht auch noch auf die Wünsche des Königs Rücksicht nehmen. Die ganze Mühe und das Geld des Volkes flossen in die Sakristei, den Chor, die Orgel und die Altäre; das Reiterabbild König Alfons' wurde in Gips modelliert und in Rot und Gold bemalt.

Am 3. November 1383 war der letzte Schlussstein des Mittelschiffs gesetzt worden. Er schloss das Gewölbe am Hauptportal und trug das Wappen des Baurats, zu Ehren aller namenlosen Bürger, die den Bau der Kirche ermöglicht hatten.

Arnau sah nach oben. Mar und Bernat waren bei ihm. Die drei lächelten sich an, während sie zum Hauptaltar gingen.

Seit der Schlussstein oben auf dem Gerüst geruht hatte, wo er darauf wartete, dass die Gewölberippen zu ihm emporwuchsen, hatte er immer wieder zu seinem Sohn Bernat gesagt: »Das ist unser Zeichen.«

Der Junge hatte nach oben gesehen.

»Das ist das Wappen des Volkes, Vater«, hatte er entgegnet. »Leute wie du haben ihre eigenen Wappen in den Gewölben und an den Wänden, in den Kapellen und ...« Arnau wollte seinen Sohn unterbrechen, doch der Knabe hatte weitergesprochen. »Du hast nicht einmal einen Platz im Chorgestühl!«

»Diese Kirche gehört dem Volk, mein Sohn. Viele Männer haben ihr Leben für sie gegeben, und ihr Name steht nirgendwo geschrieben.«

Arnaus Erinnerungen wanderten zu dem Jungen zurück, der Steine aus dem königlichen Steinbruch nach Santa María geschleppt hatte.

»Dein Vater hat viele dieser Steine mit seinem Blut gezeichnet«, erklärte Mar. »Eine größere Würdigung gibt es nicht.«

Bernat sah seinen Vater mit großen Augen an.

»Wie so viele andere, mein Sohn«, sagte dieser. »So viele andere.«

Es war August am Mittelmeer. August in Barcelona. Die Sonne schien so hell wie sonst wohl nirgendwo auf der Welt. Denn bevor sie durch die Glasfenster von Santa María fiel, um ihr Farbenspiel mit dem Stein zu beginnen, warf das Meer die Bläue des Himmels an diesen zurück, und das Licht über der Stadt erstrahlte in einem unnachahmlichen Glanz. Im Inneren der Kirche verschmolz der farbige Widerschein der Sonnenstrahlen, die durch die Fenster fielen, mit dem Flackern Tausender Kerzen, die am Hauptaltar und in den Seitenkapellen brannten. Die Luft war von Weihrauch geschwängert, und der Klang der Orgel füllte die perfekte Akustik des Raumes.

Arnau, Mar und Bernat gingen zum Hauptaltar. Unter der herrlichen Apsis, umgeben von sechs schlanken Säulen, stand vor einem Altarretabel das kleine Gnadenbild der Madonna des Meeres. Am Altar, der mit kostbaren französischen Stoffen geschmückt war, die König Pedro für diesen Anlass zur Verfügung gestellt hatte – nicht ohne in einem Brief aus Vilafranca del Penedés darauf hinzuweisen, dass sie ihm sofort nach der Feier zurückzugeben seien –, stand Bischof Pere de Planella, um den Weihegottesdienst zu zelebrieren.

Die Kirche war brechend voll, und die drei Estanyols mussten stehen. Einige der Anwesenden erkannten Arnau und machten Platz, damit er vor den Hauptaltar treten konnte, doch Arnau dankte und blieb dort stehen, umringt von seinen Leuten, von seiner Familie. Nur Guillem fehlte ... und Joan. Arnau wollte ihn als das Kind in Erinnerung behalten, mit dem er die Welt entdeckt hatte, nicht als den verbitterten Mönch, der sich in den Flammen geopfert hatte.

Bischof Pere de Planella begann mit der Messe.

Arnau merkte, wie ihn Wehmut überkam. Er vermisste Guillem, Joan, Maria, seinen Vater ... und die alte Frau. Weshalb dachte er immer an diese alte Frau, wenn er sich an jene erinnerte, die ihm fehlten? Er hatte Guillem gebeten, nach ihr zu suchen. Nach ihr und Aledis.

»Sie sind verschwunden«, hatte der Maure irgendwann erklärt.

»Es hieß, sie solle meine Mutter sein«, erinnerte sich Arnau. »Versuch es noch einmal.«

»Ich konnte sie nicht ausfindig machen«, erklärte Guillem nach einer Weile erneut.

»Aber . . .«

»Vergiss sie«, riet ihm sein Freund mit einer gewissen Strenge in der Stimme.

Pere de Planella las die Messe.

Arnau war nun dreiundsechzig Jahre alt. Er war erschöpft und stützte sich auf seinen Sohn.

Bernat drückte zärtlich den Arm seines Vaters, der sich zu ihm hinabbeugte und ihm, während er zum Hauptaltar deutete, ins Ohr flüsterte: »Siehst du, wie sie lächelt, mein Sohn?«

Nachwort des Autors

er vorliegende Roman folgt der *Chronik* Pedros III., natürlich mit den notwendigen Änderungen, nach denen ein fiktives Werk verlangt.

Der Ort Navarcles als Standort der Burg und der Ländereien des gleichnamigen Adligen ist völlig fiktiv, anders hingegen die Baronien Granollers, Sant Vicenç dels Horts und Caldes de Montbui, die Arnau bei seiner Heirat mit Elionor, der Ziehtochter des Königs (auch sie eine Schöpfung des Autors), von Pedro III. als Schenkung erhält. Die fraglichen Besitzungen wurden im Jahr 1380 von Infant Martín, einem Sohn König Pedros, an Guillem Ramon de Montcada aus dem sizilianischen Zweig der Montcadas für seine Vermittlung bei der Eheschließung Königin Marias mit einem von Martíns Söhnen verliehen, der später unter dem Beinamen »der Menschliche« regieren sollte. Guillem Ramon de Montcada allerdings behielt die Baronie nicht so lange wie der Protagonist des Romans. Kurz nach der Schenkung verkaufte er sie an den Grafen von Urgell, um mit dem Geld eine Flotte auszurüsten und sich der Freibeuterei zu widmen.

Das *Ius primae noctis*, das Recht der ersten Nacht, war tatsächlich Bestandteil der Rechte, welche die *Usatges*, das katalanische Rechtsbuch, den Grundherrn über ihre Leibeigenen zuerkannten. Diese Herrenrechte aus dem alten Katalonien führten zu ständigen Konflikten zwischen den Bauern und ihren Herren, bis sie schließlich 1486 im Urteil von Guadalupe endgültig abgeschafft wurden, wenngleich gegen eine bedeutende Entschädigungszahlung an die entmachteten Grundherren.

Das königliche Urteil gegen Joans Mutter, bis zu ihrem Tod bei Wasser und Brot in einem verschlossenen Raum zu leben, sprach König Alfons III. tatsächlich im Jahr 1330 gegen eine Frau namens Eulàlia aus, Ehefrau des Juan Dosca.

Die Ansichten, die im Verlauf des Romans über die Frauen oder die unfreien Bauern geäußert werden, geben nicht die Auffassung des Autors wieder, sondern sind größtenteils wörtlich dem Buch des Mönchs Francesc Eiximenis mit dem Titel *Lo crestià* entnommen, welches um 1381 entstand.

Anders als im übrigen Spanien, das in der gotischen Rechtstradition des *Fuero Juzgo* stand, der ein solches Vorgehen untersagte, konnte im mittelalterlichen Katalonien ein Entführer, der einem Mädchen Gewalt antat, dieses unter Berufung auf das Gesetz *Si quis virginem* tatsächlich ehelichen, so wie es bei der Heirat von Mar mit Felip de Ponts beschrieben wird.

Der Entführer war verpflichtet, die Frau mit einer Mitgift auszustatten, damit sie einen Ehemann finden konnte, oder er konnte sie selbst heiraten. Handelte es sich um eine bereits verheiratete Frau, so wurde der Fall als Ehebruch betrachtet und als solcher bestraft.

Ob König Jaime von Mallorca tatsächlich seinen Schwager Pedro III. zu entführen versuchte und nur deshalb scheiterte, weil ein Mönch aus der Verwandtschaft König Pedros diesen warnte, nachdem er durch eine Beichte von dem Komplott erfahren hatte, ist nicht mit Gewissheit zu sagen. Womöglich handelt es sich auch um eine Erfindung Pedros III., um so den offenen Prozess gegen den König von Mallorca zu rechtfertigen, der mit der Beschlagnahmung von dessen Besitztümern endete. Gesichert scheint indes die Forderung König Jaimes, eine rundum geschlossene Brücke von seinen im Hafen von Barcelona ankernden Galeeren bis zum Kloster Framenors zu errichten, ein Umstand, der König Pedro in seiner Annahme bestärkt haben mochte, es handele sich um ein Komplott, wie es in seiner Chronik berichtet wird.

Der Angriff des kastilischen Königs Pedro des Grausamen auf Barcelona wird in der Chronik Pedros III. minutiös geschildert. Tatsächlich war der Hafen der gräflichen Stadt den Naturgewalten und feindlichen Angriffen schutzlos ausgeliefert, nachdem die früheren Häfen verlandet und somit unbrauchbar geworden waren. Erst 1340 wurde unter der Herrschaft Alfons' des Großmütigen mit dem Bau eines neuen Hafens begonnen, der den Bedürfnissen Barcelonas entsprach.

Jedenfalls fand die Schlacht so statt, wie es von Pedro III. geschildert wird: Die kastilische Armada konnte die Stadt nicht einnehmen, weil sich ein Schiff – Capmany zufolge ein Walfänger – auf die der Küste vorgelagerten Sandbänke schob und dem König von Kastilien so den Zugang zum Strand versperrte. In dieser Schilderung lässt sich einer der frühesten Hinweise auf den Einsatz von Artillerie – eine im Bug der königlichen Galeere montierte Kanone – in einer Seeschlacht finden. Wenig später verwandelten sich die Schiffe, die bislang lediglich ein Transportmittel für die Truppen gewesen waren, in mit Kanonen bestückte schwimmende Festungen, was die Auffassung von einer Seeschlacht vollständig änderte. In seiner Chronik schildert Pedro III. eingehend, wie die Katalanen die Truppen Pedros des Grausamen vom Ufer und von Booten aus mit Hohn und Spott überschütteten. Darin und in dem Einsatz der Kanone sieht er den Grund dafür, dass der kastilische König von seinem Angriff auf Barcelona abließ.

Bei dem Aufstand auf der Plaza del Blat im sogenannten ersten Hungerjahr, bei dem die Barcelonesen nach Getreide verlangten, wurden die Anführer tatsächlich nach einem Eilverfahren zum Tode verurteilt und gehenkt. Im Roman wurde die Hinrichtung aus dramaturgischen Gründen auf die Plaza del Blat verlegt. Fest steht, dass die städtische Obrigkeit glaubte, durch reine Versprechungen den Hunger des Volkes besiegen zu können.

Eine historische Tatsache ist auch die Hinrichtung des Geldwechslers F. Castelló, der im Jahr 1360, wie es das Gesetz vorsah, vor seinem Geschäft in der Nähe der heutigen Plaza Palacio enthauptet wurde, nachdem man ihn zuvor für bankrott erklärt hatte.

Ebenfalls belegt ist die Hinrichtung von drei Juden im Jahr 1367 auf Befehl des Infanten Don Juan, Stellvertreter König Pedros, nachdem man sie des Hostienfrevels beschuldigt und zuvor die jüdische Gemeinde ohne Wasser und ohne Nahrung in der Synagoge eingesperrt hatte.

Während der Ostertage war es den Juden strengstens untersagt, ihre Häuser zu verlassen. Sie mussten die Türen und Fenster ihrer Wohnungen strikt geschlossen halten, damit sie die zahlreichen Prozessionen der Christen weder sehen noch diese stören konnten. Dennoch fachte das Osterfest den Hass der Fanatiker noch weiter an – falls das überhaupt möglich war, und an diesen von den Juden zu Recht gefürchteten Tagen kam es vermehrt zu Bezichtigungen, die Juden würden heidnische Rituale feiern.

Zwei Verbrechen vor allem waren es, die den jüdischen Gemeinden im Zusammenhang mit dem christlichen Osterfest zur Last gelegt wurden: die rituelle Ermordung von Christen, insbesondere Kindern, um die Opfer zu kreuzigen, sie zu foltern, ihr Blut zu trinken oder ihr Herz zu essen, und die Schändung von Hostien – beides dem Volksglauben zufolge in der Absicht, den Schmerz und das Leiden Christi während des christlichen Passionsfestes zu erneuern.

Die erste bekannte Anklage wegen der Kreuzigung eines christlichen Kindes wurde 1147 in Würzburg erhoben, und wie immer, wenn es um die Juden ging, breitete sich der krankhafte Wahn des Volkes schon bald über ganz Europa aus. Bereits ein Jahr später, 1148, wurden die Juden im englischen Norwich beschuldigt, ein weiteres christliches Kind gekreuzigt zu haben. Von da an kam es immer wieder vor allem in der Osterzeit zu Anklagen wegen Ritualmords durch Kreuzigung: 1168 in Gloucester, 1235 in Fulda, 1255 in Lincoln, 1286 in München ... So groß waren der Hass gegen die Juden und die Leichtgläubigkeit des Volkes, dass im 15. Jahrhundert der italienische Franziskanermönch Bernhardin von Feltre die Kreuzigung eines Kindes voraussagte, zunächst in Trient, wo die Prophezeiung tatsächlich in Erfüllung ging und der kleine Simon tot an einem Kreuz hängend aufgefunden wurde. Die Kirche sprach Simon selig, doch der Mönch sagte weitere Kreuzigungen in Reggio, Bassano oder Mantua voraus. Erst Mitte des 20. Jahrhunderts machte die Kirche die Seligsprechung Simons rückgängig, der ein Märtyrer des Fanatismus und nicht des Glaubens geworden war.

Etwas später als im Roman, im Jahr 1369 nämlich, zog das Bürgerheer von Barcelona gegen die Ortschaft Creixell, weil diese den für Barcelona bestimmten Viehherden das Wege- und Weiderecht verweigerte. Schlachtvieh durfte nur lebend in die Stadt gebracht werden, und das Festhalten von Herden war einer der häufigsten Anlässe für das Bürgerheer, die Rechte der Stadt gegenüber anderen Ortschaften und Feudalherren zu verteidigen.

Santa María del Mar ist ohne Zweifel eine der schönsten Kirchen, die es gibt. Ihr fehlt es an der Monumentalität zeitgleicher oder späterer Kirchen, doch ihr Inneres atmet den Geist, den Berenguer de Montagut ihr einzuhauchen versuchte. Sie ist eine Kirche des Volkes, vom Volk und für das Volk erbaut, schmucklos, trutzig und schützend wie ein katalanisches Gehöft. Das Licht des Mittelmeers ist es, das sie einzigartig macht.

Nach Auffassung der Kunsthistoriker besteht die große Besonderheit von Santa María darin, dass sie in einem Zeitraum von fünfundfünfzig Jahren ohne Unterbrechungen erbaut wurde, nach einem zusammenhängenden architektonischen Plan und mit nur wenigen stilfremden Elementen, was sie zur bedeutendsten Vertreterin der katalanischen Gotik macht. Wie zu jener Zeit üblich, wurde Santa María über der alten Kirche errichtet, um den religiösen Betrieb nicht zu unterbrechen. Zunächst situierte der Architekt Bassegoda Amigó den Vorgängerbau an der Ecke der Calle Espaseria, was bedeutet hätte, dass man den heutigen Bau vor diesem, weiter nördlich, errichtet hätte, getrennt durch eine Straße, die heutige Calle Santa María. Als jedoch 1966 bei den Bauarbeiten zu einem neuen Presbyterium und einer neuen Krypta eine römische Nekropole unter der Kirche gefunden wurde, musste man von Bassegodas Idee Abstand nehmen. Sein Enkel, ebenfalls Architekt und ein Kenner der Kirche, geht heute davon aus, dass sich die Folgebauten von Santa María stets am selben Platz befanden und einander überlagerten. In dieser Nekropole ruhten wahrscheinlich die Gebeine der heiligen Eulalia, Stadtpatronin Barcelonas, bevor sie durch König Pedro von Santa María in die Kathedrale überführt wurden.

Das im Roman geschilderte Gnadenbild der Madonna des Meeres hat heute seinen Platz auf dem Hauptaltar der Kirche; zuvor befand es sich am Tympanon des Portals in der Calle del Born.

Über die Glocken von Santa María ist nichts bekannt bis in das Jahr 1714, das Jahr des Sieges Philipps V. über die Katalanen. Der kastilische König erhob eine Sondersteuer auf die Glocken in Katalonien, zur Strafe dafür, dass sie die Katalanen mit ihrem Geläut dazu aufgerufen hatten, ihr Land zu verteidigen. Doch nicht nur Kastilier betrachteten es mit Missfallen, dass die Glocken die Bürger zu den Waffen riefen. Nachdem König Pedro III. einen Aufstand in Valencia niedergeschlagen hatte, ordnete er die Hinrichtung mehrerer Aufständischer an, bei der die Verurteilten gezwungen wurden, das geschmolzene Metall jener Glocke zu trinken, welche die Valencianer zum Kampf gerufen hatte.

Santa María war ein repräsentativer Bau. Nicht umsonst fiel die

Wahl König Pedros auf den Vorplatz der Kirche, um dort die Bürgerschaft auf den Krieg gegen Sardinien einzuschwören, und nicht auf einen anderen Platz der Stadt, die Plaza del Blat mit dem Palast des Stadtrichters etwa.

Die einfachen *Bastaixos*, die unentgeltlich die Steine nach Santa María schleppten, sind das deutlichste Beispiel für die Begeisterung, mit der das Volk zum Bau der Kirche beitrug. Die Pfarrei gestand ihnen umfassende Privilegien zu, und bis zum heutigen Tage zeigen Bronzereliefs am Hauptportal, Reliefbilder im Presbyterium und auf Marmorkapitellen die Marienverehrung der Lastenträger aus dem Hafen.

Den Juden Hasdai Crescas gab es wirklich, ebenso einen gewissen Bernat Estanyol, Hauptmann der Almogavaren. Bei der Wahl des zweiten Namens handelt es sich um eine zufällige Übereinstimmung, der Erstere wurde bewusst ausgewählt, doch sein Leben und sein Beruf als Geldwechsler sind eine Erfindung des Autors. 1391, sieben Jahre nach der offiziellen Einweihung von Santa María und mehr als hundert Jahre, bevor die Katholischen Könige die Vertreibung der Juden aus ihren Königreichen anordneten, wurde das Judenviertel Barcelonas vom Volk gestürmt, seine Bewohner wurden getötet. Wer mehr Glück hatte, etwa weil es ihm gelungen war, in ein Kloster zu fliehen, wurde gezwungen zu konvertieren. Nachdem das Judenviertel der Stadt völlig zerstört, seine Häuser abgerissen und an ihrer Stelle Kirchen errichtet worden waren, versuchte König Juan, besorgt wegen der finanziellen Einbußen, die das Verschwinden der Juden für die königlichen Schatullen bedeutete, seine jüdischen Untertanen zur Rückkehr nach Barcelona zu bewegen. Er versprach Steuerbefreiungen, solange die Gemeinde nicht mehr als zweihundert Mitglieder zählte, und befreite sie von Pflichten wie etwa jener, ihre Betten und Möbel zur Verfügung zu stellen, wenn der Hof in Barcelona weilte, oder jener, für die Löwen und sonstigen wilden Tiere des Königs aufzukommen. Doch die Juden kehrten nicht zurück, und im Jahr 1397 gestand der König der Stadt Barcelona das Privileg zu, kein Judenviertel zu besitzen.

Der Generalinquisitor Nicolau Eimeric musste letztendlich Zuflucht beim Papst in Avignon suchen, doch nach dem Tod König Pedros kehrte er nach Katalonien zurück und wetterte erneut gegen die Werke Ramon Llulls. Als König Juan ihn 1393 des Landes verwies, flüchtete er ein weiteres Mal zum Papst. Doch noch im selben Jahr kehrte er nach Seu d'Urgell zurück, und König Juan musste den Bischof der Stadt auffordern, ihn unverzüglich des Bistums zu verweisen. Nicolau floh erneut nach Avignon, doch als König Juan starb, erhielt er von König Martín dem Menschlichen die Erlaubnis, seine letzten Lebensjahre in seiner Geburtsstadt Gerona zu verbringen, wo er, achtzigjährig, starb. Eimerics Grundsatz, dass man mehr als einmal foltern könne, indem man jede weitere Folterung als Fortsetzung der ersten betrachte, entspricht ebenso der Wahrheit wie seine Überlegungen hinsichtlich der Zustände, die im Kerker herrschen sollten, damit der Gefangene bald zugrunde gehe.

Im Gegensatz zu Kastilien, wo die Inquisition erst seit 1487 wirkte – auch wenn die Erinnerung an ihre schrecklichen Prozesse die Jahrhunderte überdauerte –, besaß Katalonien bereits ab 1249 eigene Inquisitionstribunale, die völlig unabhängig von der traditionellen kirchlichen Rechtsprechung bischöflicher Tribunale waren. Dass die ersten Inquisitionstribunale in Katalonien eingerichtet wurden, liegt im ursprünglichen Ansinnen dieser Institution begründet: dem Kampf gegen die Häresie, die man in jenen Jahren mit den Katharern in Südfrankreich und den Waldensern des Petrus Valdes aus Lyon gleichsetzte. Diese beiden von der Kirche als ketzerisch verdammten Lehren fanden aufgrund der geografischen Nähe zahlreiche Anhänger unter der Bevölkerung des alten Kataloniens, darunter auch katalanische Adlige aus dem Pyrenäenumland wie etwa der Vicomte Arnau und seine Gemahlin Ermessenda, Ramon, Herr von Cadí, und Guillem de Niort, Richter des Grafen Nunó Sanç in Cerdanya und Conflent.

So nahm der traurige Siegeszug über die Iberische Halbinsel seinen Ausgang in Katalonien. Nachdem 1286 die Katharerbewegung zerschlagen war, wies Papst Klemens V. die katalanische Inquisition zu Beginn des 14. Jahrhunderts an, ihre Aufmerksamkeit dem in Ungnade gefallenen Templerorden zuzuwenden, wie dies auch im benachbarten Frankreich geschah. Doch in Katalonien wurden die Templer nicht mit dem gleichen Hass verfolgt wie durch den französischen König – wobei dessen Gründe vor allem finanzieller Natur waren –, und auf einem vom Bischof von Tarragona einberufenen Landeskonzil beschlossen die anwesenden Bischöfe einstimmig eine

Erklärung, welche die Templer freisprach und keinen Grund fand, sie der Ketzerei zu beschuldigen.

Nach den Templern richtete die katalanische Inquisition ihr Augenmerk auf die Begarden, die sich ebenfalls bis nach Katalonien ausgebreitet hatten. Es kam zu einigen Todesurteilen, die wie allgemein üblich nach der Entlassung der Verurteilten durch den weltlichen Arm vollstreckt wurden. Mitte des 14. Jahrhunderts dann, als sich während der Pestepidemie von 1348 der Volkszorn gegen die Juden in ganz Europa entlud und allenthalben Juden beschuldigt wurden, begann die katalanische Inquisition in Ermangelung von Ketzern und anderen Sekten oder spirituellen Bewegungen vor allem gegen die Juden vorzugehen.

Mein Dank gilt meiner Frau Carmen, ohne die dieser Roman nicht möglich gewesen wäre, Pau Pérez, der ebenso viel Leidenschaft daransetzte wie ich, der *Escola d'Escriptura de l'Ateneu Barcelonès* für ihre hervorragende Arbeit sowie meiner Agentin Sandra Bruna und meiner Lektorin Ana Liarás.

Barcelona im November 2005

Legende der Stadtkarte von Barcelona

1. DIE STADTMAUER
Stadttor Santa Anna (La Rambla/Calle Santa Anna)

Seit dem 13. Jahrhundert war Barcelona von einer Mauer umgeben, die auch jene Viertel umschloss, die jenseits der alten römischen Stadtmauern entstanden waren. Diese verlief parallel zur Rambla, die damals noch ein Wasserlauf war. Dahinter erstreckte sich das Raval mit seinen Feldern, Brachen, Herbergen und Klöstern. König Pedro III. und der Rat der Hundert beschlossen dann den Bau einer neuen Mauer, die auch das Raval einschloss.

Das Portal Santa Ana erhielt seinen Namen von dem gleichnamigen Kloster. Rund um dieses Stadttor lebten die Armen und Entwurzelten der Stadt, die Krüppel und Bettler. Die Stadttore wurden jeden Morgen geöffnet, um Besucher und Landbewohner einzulassen, bei Sonnenuntergang wurden sie wieder geschlossen.

2. DAS TÖPFERVIERTEL
Carrer dels Ollers, Nähe Stadttor Trentaclaus (Calle Escudellers/La Rambla)

Am Stadttor Trentaclaus befand sich das Töpferviertel. In diesem Randbereich der Stadt am Ende der Rambla gab es Sand, den die Töpfer zur Herstellung ihrer Töpfe, Teller und Schüsseln brauchten. So entstanden dort die Straßen Carrer dels Ollers und Carrer dels Ollers Blancs, die heutige Calle Escudellers. Sie nahm ihren Anfang an einem weiteren Stadttor an der Rambla, dem Portal de Trentaclaus.

3. DAS VIERTEL FRAMENORS
Kloster Framenors (Plaza del Duc de Medinaceli)

Das Kloster Framenors hat seinen Namen von den Franziskaner-Minoriten, die sich im 13. Jahrhundert dort ansiedelten. Das unmittelbar am Meer gelegene Kloster war das Zentrum des Viertels Framenors, das sich zwischen der Stadtmauer an der Rambla, Calle Boquería, Calle del Mar und Strand erstreckte.

Wie in allen europäischen Städten des Mittelalters gingen seit dem 13. Jahrhundert auch in Barcelona wichtige kulturelle und geistliche Impulse von den Orden der Dominikaner und der Franziskaner aus.

4. DAS SEEKONSULAT UND DER MITTELMEERHANDEL
Seehandelsbörse (Börse, Pla del Palau/Paseo Isabel II.)

Das Seekonsulat von Barcelona war ein unabhängiges Tribunal von Händlern und Seeleuten, das sich mit Streitfällen in der Seefahrt befasste. Grundlage der Urteile waren die in den Seehandelsgesetzen festgeschriebenen Regeln und Richtlinien.

In der Mitte des 14. Jahrhunderts wurde auf einer kleinen Anhöhe direkt am Ufer, dem Puig de les Falzies, die Seehandelsbörse errichtet. Ende des Jahrhunderts erbaute Pere Arvey die Neue Börse, deren gotischer Kern trotz zahlreicher Umbauten, Restaurierungs- und Erweiterungsarbeiten erhalten blieb.

Im Zuge des Seehandels entstanden zahlreiche weitere Einrichtungen in Barcelona, die Handelshöfe etwa, die den Kaufleuten Unterkunft und Warenlager boten, der Pórtico de los Encantes, der Pórtico del Forment und die neue Werft.

5. HANDEL UND GESCHÄFTSWELT
Plaça dels Canvis (Ecke Canvis Vells/Canvis Nous)

Obwohl Barcelona keinen Hafen besaß, hatte sich die Stadt zu einem aufstrebenden, weltoffenen Zentrum am Mittelmeer entwickelt. Sie wurde von zahlreichen Reisenden und Händlern besucht, die fremde Sprachen sprachen und die verschiedensten Währungen mitbrachten. Die Geldwechsler tauschten Devisen, spekulierten mit den Wechselkursen und beteiligten sich an Geschäften und Warenlieferungen, die es ihnen ermöglichten, das Zinsverbot zu umgehen.

Die Geldwechsler siedelten sich in der Nähe des Hafens im sogenannten Canvis an, unweit der Börse. Nachdem sie die Kaution entrichtet hatten, die von den städtischen Behörden als Sicherheit verlangt wurde, stellten sie ihre Wechseltische entlang der Straße auf und statteten sie mit allem aus, was man für dieses Geschäft benötigte.

Die Entwicklung im Geldhandel führte 1401 zur Gründung der *Taula de Canvi*, der ersten öffentlichen Bank Barcelonas.

6. SANTA MARÍA DEL MAR
Basilika Santa María del Mar (Plaza de Santa María)

Die gotische Kirche Santa María del Mar, Mittelpunkt des Ribera-Viertels, ist ein Werk der Baumeister Berenguer de Montagu und Ramón Despuig und wurde in der beeindruckend kurzen Zeit von nur fünfundfünfzig Jahren erbaut.

Bereits am 15. August 1384 war die schmucklose, schlanke, lichtdurchflutete Kirche fertiggestellt. Die einzigartige Weite des Raumes und die harmonischen Proportionen machen aus ihr eines der vollkommensten Beispiele der katalanischen Gotik. Ermöglicht wurde der Bau durch die selbstlose Mitarbeit vieler Bewohner des Ribera-Viertels. Hier ist insbesondere die Zunft der *Bastaixos* zu nennen, der Lastenträger des Barceloneser Hafens, die auf ihren Schultern die Steine vom Montjuïc zur Baustelle schleppten. Die Zunft hatte strenge Aufnahme- und Verhaltensregeln für ihre Mitglieder, die zahlreiche Privilegien in der Kirche Santa María del Mar besaßen und an vielen Stellen der *Kathedrale des Meeres* dargestellt sind.

7. MARKTTAGE, VERGNÜGUNGEN UND FESTE
Plaça del Born (Paseo del Born)

Das Ribera-Viertel war das am dichtesten bevölkerte Viertel des mittelalterlichen Barcelona und auch das Viertel mit der stärksten sozialen und wirtschaftlichen Entwicklung. Mittelpunkt war die Plaça del Born, eine große Freifläche zwischen Rec Comtal und Pla d'en Llull.

Auf dem Born spielte sich das Leben des Viertels ab: Es wurde Markt gehalten, Handwerker arbeiteten im Freien, es gab Schänken, Bordelle, Glücksspiele, den alten und den neuen Fischmarkt. Seeleute und Besucher der Stadt mischten sich auf dem Born unters Volk, flanierten in einem steten Sehen und Gesehenwerden. Auch Prozessionen und religiöse Feste fanden dort statt, Spiele und Turniere, Aufführungen von Troubadouren und Volkstänze.

8. DAS HAFENVIERTEL
Die Uferhäuser (Calle Ribera und umliegende Straßen)

Viele Hafenarbeiter von Barcelona lebten in den letzten Häusern des Ribera-Viertels, kleine, einfache Häuschen, die direkt auf dem Strand standen. Üblicherweise hatten diese zwei Stockwerke mit einem ebenerdigen Raum, der als Küche und Wohnraum diente, und einer oder zwei Schlafkammern im Obergeschoss. Manchmal vermieteten arme Familien diese Kammern an andere Familien unter, denen es noch schlechter ging als ihnen selbst.

In diesen Häusern in der Nähe des Fischmarktes und der Lagergebäude für Trockenfisch lebten Fischer, Seeleute und auch viele *Bastaixos*. Der Beruf des Lastenträgers war hart und einfach, aber dringend notwendig, denn durch das seichte Wasser liefen große Handelsschiffe wie die bauchigen katalanischen Koggen Gefahr, auf Grund zu laufen. Deshalb setzte man Boote ein, deren Besatzungen in der Zunft der Hafenschiffer organisiert waren, und diese wurden am Strand von den *Bastaixos* be- und entladen.

9. HÄNDLER, RITTER UND EDELLEUTE
Die Stadtpaläste in der Calle Montcada (Calle Montcada)

Die Calle Montcada entstand im 13. Jahrhundert und war schon bald eine der vornehmsten und prächtigsten Straßen des gotischen Barcelona, ein geradliniger Straßenzug, gesäumt von den Stadtpalästen reicher Händler und des Adels der Stadt.

Die Stadtpaläste von Barcelona waren nach einem festen Grundriss angelegt: Die Wohnräume lagen rings um einen zentralen Innenhof und waren über eine Freitreppe rechts des Zugangs von der Straße aus zu erreichen. Das große Tor zur Straße war für Kutschen und Pferde ausgelegt. Die Stallungen befanden sich ebenerdig im hinteren Teil des Innenhofs, neben den Küchenräumen und dem Wachhaus.

10. EINE STADT DER REISENDEN
Plaça de la Llana (Plaza de la Llana/Calle Carders)

Im Spätmittelalter zog Barcelona viele Reisende an, die für die Dauer ihres Aufenthalts eine Unterkunft brauchten. An den Zufahrtsstraßen der Stadt entstanden Gasthöfe und Herbergen. Die Calle Bòria war eine dieser Achsen, die vom Portal Nou ins Stadtzentrum führte. Dort befanden sich viele solcher Herbergen. Sie hatten die ganze Nacht geöffnet, und ein Licht über der Tür wies den Weg.

Zu den zahlreichen Gasthöfen des 14. Jahrhunderts in Barcelona gehörten das *Hostal de Pere ça Cort*, die *Albergue d'En Pila*, das *Hostal de los Judíos* und das *Hostal de los Degollados*.

11. STADTZENTRUM UND KORNMARKT
Plaça del Blat (Plaza del Àngel)

Die Plaza del Blat war das symbolische Zentrum des gotischen Barcelona. Es gab einen Markstein, auf dem die einzelnen Stadtviertel dargestellt waren, und im 14. Jahrhundert fand dort der Mehl- und Kornmarkt statt. Wenn das Getreide knapp wurde, stieg der Getreidepreis, und die Menschen hungerten. Der Hunger führte zu Aufruhr, und die Menschen, die nichts zu verlieren hatten, erhoben sich gegen die Obrigkeit und verlangten nach Brot, so auch im April 1334.

Öffentliche Bestrafungen waren im mittelalterlichen Barcelona gang und gäbe, bewies die Obrigkeit doch damit, dass sie in der Lage war, die Ordnung aufrechtzuerhalten. Gleichzeitig dienten sie der Abschreckung. Eine öffentliche Strafe etwa bestand darin, die Gefangenen »Bòria Abajo« zu führen. Dabei wurden diese auf einem Esel vom Palast des Stadtrichters über die Plaza del Blat durch die Calle Bòria geführt. Während dieses demütigenden Schauspiels wurden die Delinquenten öffentlich ausgepeitscht, zum Tode Verurteilte wurden anschließend vor den Mauern der Stadt gehängt.

12. DER KÖNIGLICH-GRÄFLICHE PALAST VON BARCELONA
Plaça del Rei und Capilla Palatina (Plaza del Rei und Kapelle Santa Ágata)

An der Plaza del Rei befindet sich der Königliche Palast, Residenz der königlichen Grafen der aragonesischen Krone in Barcelona. Im Jahr 1306 wurde die gotische Palastkapelle geweiht, die über einem romanischen Vorgängerbau errichtet wurde.

Diese über römischem Mauerwerk errichtete Capilla Palatina ist von bescheidenen Ausmaßen und besitzt einen achteckigen, bekrönten Glockenturm. Im Inneren gibt es eine Kassettendecke, die Wände sind mit Reliefs königlicher Wappen geschmückt.

Nebenan ließ König Pedro III. den Saló del Tinell errichten. Mit diesem Thron- und Audienzsaal, der auch für Bankette genutzt wurde, schuf der Architekt Guillem Carbonell eines der spektakulärsten Beispiele gotischer Profanbauten in Katalonien.

13. DIE INQUISITION
Bischofspalast von Barcelona (Calle del Bisbe)

Die Inquisition, auch Sanctum Officium genannt, entstand im 13. Jahrhundert zur Bekämpfung der Häresie und wurde vor allem von den Dominikanern kontrolliert. Die Aufgabe dieses kirchlichen Tribunals war es, über die Reinheit des katholischen Glaubens zu wachen. Die Inquisitoren suchten nach abtrünnigen Sündern und Ketzern, um sie an Leib und Besitz zu strafen oder hinzurichten. Am Anfang konzentrierte sich die Inquisition auf die Katharer. Später verlegte sie sich darauf, die christliche Gesellschaft von heimlichen Juden und Judenfreunden, Protestanten und Hexen zu reinigen, bis sie schließlich im 19. Jahrhundert in ganz Spanien abgeschafft wurde.

Das Inquisitionstribunal von Barcelona hatte seinen Sitz zunächst im Bischofspalast; später zog es in einige Gebäude im Innenhof des königlichen Palasts an der Calle dels Comtes.

14. DAS JUDENVIERTEL VON BARCELONA
Call de Barcelona (Calle del Call/Plaza Sant Jaume)

Die jüdischen Familien von Barcelona lebten in einem teils von einer Mauer umgebenen Viertel, dem Call, zwischen den heutigen Straßen Calle Bisbe, Baixada de Santa Eulàlia, Calle del Call und Banys Nous gelegen. Mit dem Bevölkerungswachstum des 14. Jahrhunderts dehnte sich das Judenviertel über diesen Bereich hinaus, es entstand der *Call Menor*, auch *Call d'en Sanahuja* genannt.

Die Juden Barcelonas gingen unterschiedlichen Berufen nach. Sie waren Handwerker, Geldwechsler, Hofbeamte, Ärzte und vieles mehr. Das Leben im Judenviertel spielte sich rund um die einzelnen Synagogen ab. Zu den Lehrern, Denkern, Wissenschaftlern und Philosophen der jüdischen Gemeinde Barcelonas gehörten mehrere Mitglieder der Familie Cresques.

Im 14. Jahrhundert jedoch wurde die Stimmung zunehmend judenfeindlich, und es kam zu mehreren Pogromen, die in dem großen Sturm auf den Call im Jahr 1391 gipfelten, der praktisch das Ende dieser blühenden Gemeinde bedeutete.

Lesen Sie auch >>

LESEPROBE

Die lange erwartete Fortsetzung des Weltbestsellers »Die Kathedrale des Meeres«

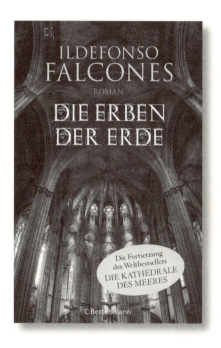

Barcelona, 1387: Als Hugo Llors Vater stirbt, bricht für den Zwölfjährigen eine Welt zusammen. Zu seinem Glück nimmt der reiche Werftbesitzer Arnau Estanyol sich seiner an – aber immer wieder werden Hugos Jugendträume mit der unbarmherzigen Realität konfrontiert: Er verliebt sich in die schöne Nichte eines jüdischen Weinbergsbesitzers und muss am eigenen Leibe miterleben, wie unerbittlich der Hass auf Volksgruppen sein kann.

1

Barcelona, 4. Januar 1387

Die See war aufgewühlt, der Himmel grau und bleiern. Am Strand standen die Werftarbeiter, Hafenschiffer, Seemänner und Bastaixos in gespannter Erwartung. Einige rieben sich die Hände oder klopften sich warm, andere suchten sich vor dem eisigen Wind zu schützen. Kaum einer sprach. Stumme Blicke wurden gewechselt, dann sah man wieder auf die Wellen, die sich kraftvoll am Ufer brachen. Die mächtige königliche Galeere mit ihren dreißig Ruderbänken zu jeder Seite war rettungslos den Unbilden des Sturms ausgeliefert. In den vergangenen Tagen hatten sich die Mestres d'aixa, die Schiffsbaumeister der Werft, mit den Lehrburschen und Seemännern daran gemacht, sämtliche Apparaturen und alles Zubehör vom Schiff abzumontieren: die Steuerruder und Kolderstöcke, die Ausrüstung, die Segel, Masten und Ruderbänke mitsamt den Rudern ...

Was nicht niet- und nagelfest war, hatten die Hafenschiffer zum Strand geschafft und an die Bastaixos übergeben, die alles auf die Lager verteilten. Sie hatten drei Anker fest im Grund verhakt zurückgelassen, die nun an der Santa Marta zerrten, welche nur mehr ein riesiges schutzloses Gerippe war, gegen das die Wellen anbrandeten.

Hugo, ein zwölfjähriger Junge mit kastanienbraunem Haar, Hände und Gesicht so schmutzig wie das Hemd, das ihm bis auf die Knöchel fiel, hielt den Blick seiner wachen Augen starr auf die Galeere gerichtet. Seit er mit dem Genuesen in der Werft arbeitete, hatte er schon oft dabei geholfen, Schiffe an Land zu ziehen oder vom Stapel laufen zu lassen, aber das hier war gewaltig, und der Sturm gefährdete das Gelingen ihres Manövers. Ein paar Seemänner wurden an Bord der Santa Marta geschickt, um die Anker zu lichten, damit die Hafenschiffer das Schiff an Land bringen und die dort wartenden Arbeiter es zum Überwintern ins Innere der Werft ziehen konnten. Die Arbeit war mühevoll und außerordentlich anstrengend, es kamen Seilzüge und Spillen zum Einsatz, die helfen sollten, das Schiff an Land zu ziehen. Neben Genua, Pisa und Venedig war Barcelona eine der größten Schiffsbaustätten, und doch hatte es keinen Hafen, gab es dort keine schützenden Buchten und Dämme, die die Arbeit hätten erleichtern könnten. Das Meeresufer vor der Stadt war ein einziger offener Strand.

»Anemmu, Hugo!« befahl ihm der Genuese. Hugo sah den Mestre d'aixa verwundert an. »Aber ...«, wagte er zaghaft einzuwenden.

»Tu, was ich dir sage«, fiel der Genuese ihm ins Wort, ehe er hinzusetzte: »Der Statthalter der Werft hat gerade einem angesehenen Mann aus der Gilde der Hafenschiffer die Hand gegeben. Sie sind sich also handelseinig geworden, welchen Preis der König ihnen zahlen soll. Bei dem Sturm ist das alles ein höchst gefährliches Manöver. Wir werden das Schiff aus dem Wasser ziehen!«

Hugo bückte sich und packte die Eisenkugel, die der Genuese am rechten Knöchel an einer Kette mit sich herumschleppte, wuchtete sie unter Aufbietung all seiner Kräfte hoch und hielt sie dann gegen den Bauch gepresst.

»Bist du bereit?«, fragte der Genuese.

»Ja.«

»Der Oberste Baumeister erwartet uns.«

Der Bursche folgte ihm über den Strand, und sie bahnten sich einen Weg durch die Menschenmenge, die schon von dem Handel erfahren hatte. Alle warteten auf die Anweisungen des Obersten Baumeisters. Es gab auch einige Genuesen in der Menge, die ebenfalls auf See in Gefangenschaft geraten waren und nun mit Eisenkugeln an der Flucht gehindert wurden. Sie alle waren Zwangsarbeiter der katalanischen Werft, jeder mit einem Burschen an der Seite, der die Kugel im Arm hielt.

Domenico Blasio, so hieß der Genuese, dem Hugo Geleit gab, zählte zu den besten Mestres d'aixa des Mittelmeers, und man durfte behaupten, dass er sogar den Obersten Baumeister in den Schatten stellte. Blasio hatte Hugo als Lehrjungen eingestellt, nachdem Herr Arnau Estanyol und Juan der Navarrer, ein Mann mit gewaltigem Wanst und rundem Kahlkopf, ihn darum gebeten hatten. Zu Anfang hatte der Genuese ihn ein wenig zurückhaltend behandelt. Doch seit Pedro der III., genannt der Prächtige, mit den Herrschern von Genua einen prekären

Friedensvertrag unterzeichnet hatte, gaben sich alle gefangenen Werftarbeiter der Hoffnung hin, man werde zunächst die katalanischen Gefangenen in die Freiheit entlassen und dann ein Gleiches mit den Genuesen tun. Und so hatte der Meister sich auf Hugo gestürzt und begonnen, ihn in die Geheimnisse eines der Berufe einzuweisen, die im gesamten Mittelmeerraum am meisten geschätzt wurden: in die Geheimnisse des Schiffsbaus.

Als der Genuese sich dem Kreis der anderen hohen
Persönlichkeiten und Mestres rund um den Obersten Baumeister zugesellt hatte, legte Hugo die Kugel im Sand ab. Er suchte den Strand mit den Augen ab. Die Spannung stieg. Unter den Gehilfen, die die Zugtiere vorbereiteten, gab es ein beständiges Hin und Her und viel Geschrei. Es galt, dem Wind, der Kälte und nebelverhangenen Licht zu trotzen, das in einem Land, das die Sonne mit ihrem ewigen Strahlen beschenkte, so fremd war. Hugos Aufgabe bestand zwar bloß darin, die Eisenkugel des Genuesen zu tragen, doch er war stolz, diesem Trupp anzugehören. Es hatten sich viele Schaulustige am Meeresufer eingefunden. Sie feuerten die Arbeiter mit ihren Rufen an. Der Junge beobachtete die Seeleute, die Schaufeln trugen, um den Sand unter der Galeere auszugraben, dann die Männer, welche die Spillen, Seilrollen und Taue vorbereiteten. Andere schleppten die hölzernen Schienen herbei, die mit Fett eingestrichen und mit Gras bedeckt wurden, damit das Schiff gut darübergleiten konnte, oder trugen lange Stangen zum Strand, während die Bastaixos sich bereit machten, das Schiff an Land zu ziehen.

Hugo vergaß den Genuesen und lief zu der Schar von Bastaixos hinüber, die sich am Strand versammelt hatte. Er wurde herzlich begrüßt. »Wo hast du denn die Kugel gelassen?«, fragte einer und lockerte ein wenig den Ernst und die Anspannung der Versammelten. Sie kannten ihn alle, zumindest wussten sie, dass Herr Arnau Estanyol ihm große Zuneigung entgegenbrachte, der altehrwürdige Herr, der im Innern des Kreises stand und neben den kräftigen Zunftmeistern der Bastaixos von Barcelona recht schmächtig wirkte. Alle wussten, wer Arnau Estanyol war und seine Geschichte flößte ihnen Bewunderung ein. Es gab immer noch etliche Zeitzeugen, die erzählen konnten, wie viele Dienste er der Zunft und ihren Mitgliedern schon erwiesen hatte. Hugo stellte sich still und leise neben ihn. Der alte Herr strich ihm übers Haar, ohne den

Gesprächsfaden zu verlieren. Sie sprachen über die Gefahren, die den Bootsführern drohten, wenn sie die Galeere an Land zogen, und welche Gefahr sie selbst liefen, sollte das Schiff weit draußen auf einer Sandbank stranden und sie müssten hinüber, um es festzumachen. Der Wellengang war gewaltig, und die wenigsten Bastaixos konnten schwimmen.

»Hugo!«, hörte er eine laute Stimme.

»Hast du den Meister schon wieder allein gelassen?«, fragte Arnau.

»Er muss ja noch nicht arbeiten«, entschuldigte sich der Bursche.

»Geh zu ihm!«

»Aber ...«

»Nun mach schon!«

Hugo lief zurück, nahm die Kugel in den Arm und folgte dem Genuesen über den Strand, während dieser dem einen oder anderen Arbeiter einen Befehl erteilte. Der Oberste Baumeister und die Handwerker respektierten Domenico. Niemand stellte sein großes Können als Mestre d'aixa in Frage. In dem Moment, da es den Hafenschiffern gelang, zur Santa Marta zu kommen, die Seile zu packen, die Anker zu lichten und die Galeere langsam Richtung Ufer zu ziehen, brandete Begeisterung auf. Vier Boote zogen die Galeere, zwei zu jeder Seite. Einige beobachteten das Geschehen mit Entsetzen. In ihren Gesichtern und verkrampften Händen spiegelte sich die Angst. Aber die meisten ließen sich mitreißen.

»Lass dich nicht ablenken, Hugo«, ermahnte ihn der Genuese, doch der Junge starrte unverwandt zu dem Schauspiel hinüber, das auch die Menge in Bann geschlagen hatte: ein Schiff drohte zu kentern, und ein paar Hafenschiffer waren ins Wasser gefallen. Würde es ihnen gelingen, wieder an Bord zu kommen?

»Meister?« Er stellte die Frage, ohne den Blick von den Hafenschiffern losreißen zu können, die sich vollkommen verausgabten, um das Leben ihrer Gefährten zu retten. Durch das Manöver des vierten Bootes bekam die Santa Marta Schlagseite.

Hugo zitterte. Die Szene erinnerte ihn an einen anderen Vorfall. Seeleute hatten ihm erzählt, dass sie mit eigenen Augen gesehen hatten, wie sein Vater vor einigen Jahren auf einer Reise nach Sizilien von den Wellen verschlungen worden war. Der Genuese verstand ihn, denn er kannte Hugos Geschichte, und auch ihn hatte das Drama, das sich vor ihren Augen abspielte, in seinen Bann geschlagen.

Einem der Schiffer war es gelungen, sich an Bord zu hieven, der andere kämpfte in den Wellen noch verzweifelt um sein Leben. Sie würden ihn nicht im Stich lassen. Das Schiff, das von der gleichen Seite an der Galeere zog wie das erste, machte die Leinen los und fuhr zu der Stelle, wo der Hafenschiffer mit einem verzweifeltem Winken in den Fluten verschwunden war. Gleich darauf waren die wedelnden Arme noch einmal kurz zu sehen gewesen. Die Strömung trug den Mann aufs offene Meer hinaus. Nun machte auch das erste Schiff die Leinen los, und die beiden Schiffe von der anderen Seite schlossen sich ebenfalls an.

Hugo spürte, wie die Hände des Meisters aus Genua sich in seine Schultern krallten. Die Rettungsbemühungen gingen weiter, obwohl just in dem Moment die davontreibende Santa Marta bei der kleinen Mole von Sant Damià auf Grund lief. Ein paar wenige sahen kurz hinüber, doch gleich darauf richteten sie ihre Aufmerksamkeit erneut auf die Schiffe. Eines der Schiffe machte ein deutliches Zeichen, was einer für ein gutes Omen hielt und sogleich auf die Knie fiel, aber der Mehrheit schien es nicht zu genügen. Und wenn es doch ein Irrtum war? Noch mehr Zeichen, jetzt von allen Schiffen. Etliche Arme wurden in die Höhe gereckt, triumphierend, mit geballter Faust. Schon war kein Zweifel mehr: Sie kehrten zurück. Sie ruderten zum Strand, wo die Leute einander lachend in die Arme fielen oder in Tränen ausbrachen.

Hugo spürte, wie erleichtert der Meister war, aber er selbst zitterte noch immer. Niemand hatte damals etwas für seinen Vater tun können, das hatte man ihm versichert. Jetzt stellte er sich vor, wie er mit rudernden Armen um Hilfe gerufen hatte, ganz wie soeben der Schiffer in den Wellen.

Der Genuese strich ihm zärtlich von hinten übers Gesicht.

»Das Meer kann so grausam sein« flüsterte er ihm zu. »Vielleicht hat heute dein Vater aus der Tiefe der Meeresfluten heraus diesem Mann geholfen.«

Unterdessen wurde die Santa Marta wieder und wieder von den Wellen gepackt, bis sie an den Felsen der Mole zerschmetterte.

»Das haben sie nun davon, dass sie es zulassen, dass die Schiffe jetzt auch außerhalb der Zeit zwischen April und Oktober fahren dürfen, auf die man früher die Schifffahrt beschränkte«, erklärte Arnau Hugo.

Die beiden waren am Tag nach dem Unglück der Santa Marta auf dem Weg ins Ribera-Viertel. Die Männer von der Werft sammelten das Treibholz, das von der Galeere an den Strand gespült wurde, sie versuchten, von der kleinen Mole von Sant Damià aus so viel wie möglich zu retten. Dort konnte der Genuese mit seiner Kugel am Bein nicht arbeiten, und so kamen sie in den Genuss eines freien Tages, der noch um einen weiteren Feiertag verlängert wurde: das Dreikönigsfest.

»Heute«, erläuterte Herr Arnau weiter, »bauen wir bessere Galeeren, die mehr Bänke und mehr Ruder haben, die aus besserem Holz und besserem Eisen gemacht sind und von Schiffsbaumeistern mit größeren Kenntnissen entworfen wurden. Unsere Erfahrungen im Schiffsbau haben uns vorangebracht, und jetzt gibt es sogar schon Schiffer, die sich im Winter aufs Wasser trauen. Sie vergessen, dass das Meer dem Waghalsigen nichts verzeiht.«

Sie gingen zur Pfarrei von Santa María del Mar, um in der Armenkasse der Kirche das Geld abzugeben, das sie beim Betteln von Haus zu Haus gesammelt hatten. Diese Wohlfahrtseinrichtung erfreute sich guter Einkünfte; sie besaß Weinberge, Häuser, Werkstätten und zog Pachtgelder ein. Doch Herr Arnau hatte großen Gefallen daran, die Menschen um milde Gaben zu ersuchen, wie es für die Verwalter der Armenkasse Pflicht war, und seit er Hugos Familie seine Hilfe zuteil werden ließ, half ihm der Junge bei der Kollekte, die später allen Bedürftigen zugute kam. Hugo kannte die Geber, aber nie die Empfänger.

»Sagt mir nur, warum ...«, hub der Junge an und verstummte. Mit einer zärtlichen Geste ermunterte Arnau ihn zum Weiterreden. »Warum verbringt ein Mann wie Ihr ... seine Zeit mit Betteln?«

Arnau lächelte geduldig. »Für die Bedürftigen um Almosen zu bitten ist ein Privileg, eine Gnade Gottes, nichts, wofür man verspottet werden könnte. Keiner von denen, bei denen wir vorsprechen, würde Menschen, von denen er nicht weiß, ob er ihnen vertrauen kann, auch nur ein einziges Geldstück geben. Die Treuhänder der Armenkasse von Santa María del Mar müssen angesehene Männer aus Barcelona sein, und selbst für die Armen betteln gehen. Und weißt du was? Wir Treuhänder sind nicht verpflichtet, Rechenschaft abzulegen, wofür wir das Geld aus der Armenkasse verwenden. Niemandem gegenüber, nicht einmal dem Erzdiakon von Santa María ... ja nicht einmal gegenüber dem Bischof!«

Früher hatte Hugo Meister Arnau bei dieser Aufgabe begleitet, bis er in der Werft bei dem Genuesen Arbeit fand, von dem er lernen sollte, wie man Schiffe baut, um später selbst ein Schiffsbaumeister zu werden. Bevor Hugo in der Werft zu arbeiten anfing, hatte Arnau bereits eine Anstellung für Hugos kleine Schwester Arsenda gefunden, die einer Nonne im Kloster María Jonqueres als Dienstmagd zur Hand ging. Die Nonne wollte das Mädchen ernähren und erziehen, wollte eine tüchtige Frau aus ihr machen und sie nach zehn Jahren mit einer Mitgift von zwanzig Pfund bedenken, auf dass sie sich einen Ehemann suchen konnte; das alles wurde in dem Vertrag niedergelegt, den Arnau mit der Nonne geschlossen hatte.

Die Begeisterung, mit der Hugo sich auf die Arbeit in der Werft stürzte, obwohl seine einzige Aufgabe vorläufig darin bestand, die Kugel des Genuesen zu tragen, war dennoch getrübt aufgrund der Folgen, die das für seine Mutter Antonina hatte.

»Ich soll in der Werft wohnen? Dort nächtigen?«, hatte er verängstigt gefragt, als sie mit ihm über seine neue Beschäftigung gesprochen hatte. »Wieso kann ich nicht arbeiten und dann nach Hause kommen, um bei Euch zu nächtigen, wie sonst auch?«

»Weil du dann nicht mehr hier wohnen kannst«, erwiderte Antonina mit sanfter Stimme.

Der Junge schüttelte den Kopf.

»Das ist unser Haus.«

»Ich kann es mir nicht leisten, Hugo«, gestand sie. »Arme Witwen, die noch dazu Kinder haben, sind wie nutzlose Greisinnen: Wir finden kein Auskommen in dieser Stadt. Das solltest du eigentlich wissen.«

»Aber Herr Arnau ...«

Antonina unterbrach ihn wieder: »Der werte Herr Arnau hat eine Arbeit für mich gefunden, bei der ich Kleidung, Kost und Logis und vielleicht ein wenig Geld bekommen kann. Wenn deine Schwester im Kloster ist, und du in der Werft bist, was soll ich dann hier allein?«

»Nein!«, schrie Hugo sich an sie klammernd.

Barcelonas königliche Werft lag direkt am Meer. Sie bestand aus einem achtschiffigen, von Pfeilern gestützten und mit Satteldächern bedeckten Gebäude. Dahinter öffnete sich ein geräumiger Innenhof, der den Bau großer Galeeren ermöglichte. Hinter diesem gab es ein weiteres achtschiffiges Gebäude, ebenso hoch, ebenso nach den Seiten hin offen, ebenso geeignet, Schiffe zu bauen, zu reparieren oder zu beherbergen. Das Opus Magnum, mit dessen Bau bereits zur Zeit von König Jaime begonnen worden war und für das später Peter III., der Prächtige, die Schirmherrschaft übernommen hatte, kulminierte in mächtigen Türmen an den Ecken des Gebäudekomplexes.

Neben den Hallen, Türmen und Wasserbecken zur Feuchthaltung des Holzes gab es Lagerräume, in denen alles Zeug und Zubehör für die Galeeren aufbewahrt wurde: Holz und Werkzeug, Ruder und Waffen, Armbrüste, Pfeile, Lanzen, Sensen, Handschwerter und Handbeile. Es gab Krüge mit ungelöschtem Kalk, die man den Feinden beim Angriff ins Gesicht kippte, damit sie erblindeten, wieder andere mit Seife, auf der die Seemänner ausrutschten, oder mit Pech, mit dem die gegnerischen Schiffe in Brand gesetzt wurden. Es gab mannshohe Schilde, die man entlang der Schiffsflanken aufstellte, um die Ruderer zu schützen, sobald der Kampf begonnen hatte; Leder, mit dem man den Rumpf schützte, damit der Feind ihn nicht in Brand setzen konnte; Kerzen, Bänder und Nägel, Ketten, Anker, Masten, Schiffslaternen sowie eine Unmenge an sonstigen Gerätschaften und Takelagezubehör.

Die Werft erhob sich am Stadtrand von Barcelona, auf der anderen Seite von Santa María del Mar, beim Kloster Framenors, doch während die Mönche sich durch die alten Stadtmauern geschützt wussten, wartete man in der Werft immer noch darauf, dass die Mauern, deren Bau Pedro III. angeordnet hatte, sie endlich umschließen würden.

Antonina hatte Hugo nicht begleitet.

»Du bist jetzt ein Mann, mein Sohn. Denk an deinen Vater.«

Arnau hatte das verstanden und Hugo sanft bei der Schulter gefasst.

»Ihr werdet euch auch weiterhin sehen«, hatte er ihm versichert, als der Junge sich im Fortgehen zu seiner Mutter umwandte.

Schon nach wenigen Tagen hatte Hugo sich an seine neue Umgebung gewöhnt. Einmal war er in die Stadt gegangen, um seine Mutter zu besuchen. Herr Arnau hatte ihm erzählt, sie arbeite jetzt als Dienstmädchen im Haus eines Handschuhmachers in der Calle Canals, beim Rec Comtal hinter der Kirche Santa María.

»Na wenn das dein Sohn ist, dann schick ihn sofort weg!«, hatte die Gattin des Handschuhmachers derb auf Antoninas schüchterne Entschuldigung reagiert, mit der sie sich zu verteidigen suchte, als ihre Herrin sie dabei überrascht hatte, wie sie sich in der Tür umarmten. »Du bist zu nichts zu gebrauchen. Du kennst dich nur mit Fisch aus, das ist auch schon fast alles. Du hast nie in einem reichen Haushalt gearbeitet. Und du!« ¬Sie hatte auf Hugo gedeutet. »Sieh zu, dass du verschwmindest!«

Dann hatte sie wachsam beobachtet, wie Hugo bedrückt davongegangen war.

Hugo ging seitdem immer wieder in die Calle Canals, in der Hoffnung, seine Mutter zu sehen. Das nächste Mal blieb er in einiger Entfernung stehen, ohne in dem engen Gässchen ein geeignetes Versteck zu finden. »Was machst du da, du Rotzlöffel!«, rief ihm eine Frau aus einem Fenster zu. »Bist wohl aufs Stehlen aus? Scher dich fort!« Bei dem Gedanken, ihr Geschrei könnte seiner Mutter weitere Schelte eintragen, ging er schnell weiter.

Von da an ging er nur noch durch die Calle Canals, als wolle er gerade woanders hin oder komme zufällig vorbei, trödelte dann vor dem Haus des Handschuhmachers ein wenig herum und summte das Liedchen, das sein Vater immer gepfiffen hatte. Doch er bekam sie kein einziges Mal zu Gesicht.

Wenn er dann die Calle Canals hinter sich ließ und sich mit dem Gedanken tröstete, dass er sie am Sonntag bei der Messe sehen würde, ging Hugo ins Ribera-Viertel, um nach Herrn Arnau zu suchen, entweder in Santa María del Mar oder in seinem Haus, in dem noch andere Seeleute wohnten, oder vielleicht auch an seinem Schreibtisch, an dem er jedoch immer seltener saß und den er seinen Gesellen überantwortet hatte. Traf er ihn auch dort nicht an, suchte er ihn auf der Straße. Die Leute im Ribera-Viertel kannten Arnau Estanyol gut, und die meisten achteten ihn. Hugo musste nur nach ihm fragen, in der Bäckerei in der Calle Ample oder in der Metzgerei del Mar, in den beiden Fischläden oder beim Käser.

In dieser Zeit erfuhr er, dass Herr Arnau eine Frau hatte, die Mar genannt wurde. »Tochter eines Bastaix«, sagte der alte Mann stolz. Und auch, dass er einen Sohn hatte, Bernat, der etwas älter war als er selbst.

»Zwölf bist du?«, sagte Arnau, nachdem Hugo ihm noch einmal sein Alter genannt hatte. »Bernat ist gerade sechzehn geworden. Er ist jetzt im Konsulat in Alexandria, lernt dort Handel und Schifffahrt. Ich denke, er wird bald wieder nach Hause kommen. Ich will mich um keinen Handel mehr kümmern müssen. Ich bin zu alt!«

»Sagt doch so etwas nicht!«

»Keine Widerrede!«, fiel Arnau ihm ihn Wort.

Hugo nickte ergeben, als Herr Arnau sich auf ihn stützte und sie weitergingen. Es gefiel ihm, dass Herr Arnau sich auf ihn stützte.

»So tief sollte man sich vor niemandem verbeugen«, lautete der Rat, den Arnau ihm eines Tages gab. Hugo antwortete nicht. Arnau wartete ab – er wusste, dass Hugo antworten würde, er kannte ihn.

»Ihr könnt es wagen, euch nicht zu verneigen, Ihr seid ein allseits geachteter Bürger«, sagte der Junge schließlich, »ich dagegen...«

»Wenn du dich da nicht irrst«, erwiderte Arnau. »Dass ich ein geachteter Bürger wurde, verdanke ich vielleicht gerade der Tatsache, dass ich mich nie vor irgend jemand verbeugt habe.«

Darauf erwiderte Hugo nichts. Doch Arnau hörte auch gar nicht mehr zu – in Gedanken war er zu dem Tag zurückgekehrt, an dem er auf Knien durch den Salon der Puigs gerutscht war, um die Füße von Margarida zu küssen. Die Puigs, Verwandte der Estanyols, die reich und arrogant geworden waren, hatten Arnau und dessen Vater Bernat erniedrigt und dafür gesorgt, dass letzterer wie ein gewöhnlicher Verbrecher auf der Plaza del Blat gehenkt worden war. Margarida hasste ihn aus tiefster Seele. Obgleich seither schon so viel Zeit vergangen war, lief ihm immer noch ein Schauder über den Rücken, wenn er an sie dachte. Er hatte nie wieder etwas von ihnen gehört.

An jenem Tag im Januar 1387, als sie gerade auf dem Weg zur Kirche Santa María del Mar waren, erinnerte Hugo sich an den Rat, den Arnau ihm damals gegeben hatte, und lächelte. »Du darfst dich vor niemandem verneigen.« Was hatte er schon Ohrfeigen und Fußtritte erhalten, weil er diesem Rat gefolgt war! Aber Herr Arnau hatte Recht behalten: Nach jedem Streit hatten die Burschen von der Werft größere Hochachtung vor ihm gehabt, auch wenn die Auseinandersetzungen mit den Älteren meist damit endeten, dass sie ihn kräftig durchprügelten.

Sie überquerten gerade den Pla d'en Llull hinter der Plaza del Born an der Kirche Santa María del Mar, als in der Ferne Glocken zu läuten begannen. Arnau blieb stehen, wie viele andere Bürger auch – dieses Geläut rief nicht zu den Waffen.

»Das ist das Totengeläut«, murmelte der alte Mann. »König Pedro ist gestorben.«

Er hatte noch nicht zu Ende gesprochen, als die Glocken von Santa María einfielen. Dann folgten die Glocken von Sant Just i Pastor und von Santa Clara und von Framenors ... Innerhalb kurzer Zeit hatten sämtliche Glocken Barcelonas und der Umgebung das Trauergeläut angestimmt.

»Der König ...!«, hallte es durch die Straßen. »Der König ist tot!«

Hugo glaubte Kummer in Herrn Arnaus Miene zu erkennen.

»Habt Ihr König Pedro sehr geschätzt?«

Arnau verzog nur den Mund und schüttelte den Kopf. Ich habe eine Schlange geheiratet, seine Ziehtochter, eine böse Frau, wie man sich keine schlimmere denken kann, hätte er antworten können.

»Und seinen Sohn?«, ließ der Junge nicht locker.

»Prinz Juan?« Der hat den Tod eines des besten Menschen auf dieser Welt verschuldet, hätte Arnau am liebsten geantwortet. Die Erinnerung an Hasdai, der auf dem Scheiterhaufen verbrannt war, bereitete ihm bis heute Qualen: der Mann, der ihm das Leben gerettet hatte, nachdem er das Gleiche mit seinen Kindern getan hatte, der Jude, der ihn bei sich aufgenommen und ihn reich gemacht hatte. Wie viele Jahre waren seitdem vergangen ...!

»Er ist ein schlechter Mensch«, antwortete er stattdessen. Ein Mensch, der drei Menschen auf dem Gewissen hat, setzte er für sich hinzu, drei gute Menschen, die sich für ihre Lieben und für ihre Gemeinschaft geopfert hatten.

Arnau seufzte und stützte sich schwer auf Hugo.

»Lass uns nach Hause gehen«, murmelte er. »Ich fürchte, es kommen schwere Zeiten auf Barcelona zu.«

»Warum sagt Ihr das«, fragte Hugo verwirrt.

»Königin Sibila ist schon vor Tagen mit ihren Angehörigen und ihrem Hofstaat aus dem Palast geflohen, sobald sie die Gewissheit hatte, dass ihr Gatte sterben würde ...« erwiderte Arnau.

»Sie hat den König im Stich gelassen?«, wunderte sich Hugo.

»Unterbrich mich nicht«, wies Arnau ihn scharf zurecht. »Sie ist geflohen, weil sie sich vor der Rache fürchtete, die Prinz Juan an ihr nehmen würde ... Der neue König Juan«, korrigierte er sich. »Die Königin hat ihren Stiefsohn nie sonderlich geschätzt, und dieser hat ihr immer die Schuld an allem Schlechten gegeben, auch an der Abkehr seines Vaters und dem Zerwürfnis mit ihm. Im vergangenen Jahr sprach dieser ihm den Titel und die Ehren der Statthalterschaft des Königreichs ab. Das war für den Erben eine Erniedrigung. Es wird Rache geben, ganz gewiss, Repressalien werden nicht ausbleiben«, prophezeite Arnau.